U0910074

名家·名著

郑克鲁文集·著作卷

法国经典文学研究

郑克鲁 著

郑克鲁

广东中山人，1939年8月生于澳门。著名法国文学专家、翻译家。教授，博士生导师。因其在翻译领域取得的卓越成就，1987年荣膺法国文化部颁发的“文化教育一级勋章”，2008年荣膺中国翻译家协会授予的“中国资深翻译家”荣誉称号，2012年获得“傅雷翻译出版奖”。

1957～1962年，于北京大学西语系法语专业学习。1962～1965年，于中国社会科学院外国文学研究所攻读研究生，师从李健吾。毕业后留所工作。1981～1983年，获派法国巴黎第三大学担任访问学者。1984年，就职于武汉大学，任法语系主任兼法国问题研究所所长。1987年，就职于上海师范大学，曾任上海师范大学文学研究所所长、中文系系主任、教授、博士生导师，上海师范大学图书馆馆长。现为上海师范大学比较文学与世界文学博士点导师，全国重点学科带头人，中文系博士后流动站负责人。

1984年加入中国作家协会。历任中国比较文学学会上海分会副会长、中国作家协会理事、上海图书馆协会理事、上海翻译家协会副会长、上海比较文学研究会副会长、中国外国文学研究会理事、中国法国文学研究会副会长。

总　序

我致力于法国文学的研究和翻译工作，回想一下至今竟已有六十年了。故，学生们建议我整理出版一套文集，以兹留念。这套文集起因源于此。

从中学时代起，我就喜欢阅读俄国文学和法国文学作品。遗憾的是，1957年报考大学时，俄文专业不招生，于是我便报考了法文专业，由此进入北京大学西语系法语专业学习。从1958年起开始参与系里组织的撰写文学批判文章的活动。一篇集体写作、由我统稿的关于《红与黑》的写作背景论文，曾经摘要刊登于《光明日报》，后又收入一本专辑。1960年，国内放映电影《红与黑》。我组织另外三个同学一起撰写了一篇评论影片与小说的异同和得失的文章，约8000字，并大胆地投稿给了《中国电影》杂志，经专家审阅后发表。由此，我踏上了法国文学研究之路。

1962年大学毕业后，我考入中国社会科学院文学所西方组（1964年转为外国文学研究所）攻读研究生。在读期间，我参与内部刊物的编译工作，并有几篇长篇译文发表在内部丛刊上。20世纪70年代初，组织上安排我和金志平合译《荷兰史》（“我知道为什么”丛书），该书于1974年出版。这算是我的第一部译作。

在外文所时，我和柳鸣九、张英伦通力合作，开始编写《法国文学史》。我负责编写的内容包括中世纪、16世纪、莫里哀、高乃依、拉辛和散文作家。开始编写工作的前几年，主要是查阅资料和法文专家的评论，后编写成文

10万余字。《法国文学史》在1979年出版了第一册，当时就在学界引起了关注。随后，我又参与了此书的巴尔扎克、福楼拜等作家的编写工作，成稿10万余字。这算是我从事法国文学研究的正式开端。

20世纪80年代期间，在进行法国文学的研究工作之余，我也抽空做了一些翻译工作：先是翻译出版了《家族复仇》；随后又翻译了《蒂博一家》，共100多万字，费时颇多。

1981～1983年获派法国巴黎第三大学做访问学者期间，我发现了法国诗歌这个“宝藏”，便有意识地收集了很多诗歌选本。1987年来到上海师范大学工作后，应中文系老师之约，给学生开课讲解法国诗歌。这些讲稿陆续发表在《名作欣赏》上。后来因为申请到国家社科基金项目，我又用了几年时间对讲稿进行修订与增补，撰写成了《法国诗歌史》。

90年代初，我翻译出版了《基督山恩仇记》《茶花女》。这是我的两部重要译作。

那时，翻译作品在学校的工作考核中是不算成果的，我的主要工作还是做研究。从20世纪90年代至21世纪初，我先后出版了《法国诗歌史》《现代法国小说史》《法国文学史》，同时还撰写了此套文集中付梓的《普鲁斯特研究》一书中收录的多篇论文。这几部著作，是我对法国文学全面研究的心得，历时三十余载。我对法国文学的研究日渐深入，特别是对19世纪和20世纪法国文学有了更广阔的探索和钻研。以此为基础，我着手编写了整部法国文学史。

我的研究工作是逐层展开的。在撰写整部法国文学史时，我补充了之前自己缺少研究的部分，例如18世纪启蒙文学，主要涉及一些重要作家，如对孟德斯鸠、伏尔泰、卢梭、狄德罗的研究。这部书稿虽然有我前期对诗歌和小说的研究作为依托，仍然花费了我多年时间。现在得以付梓的这部《法国文学史》，约一百四五十万字，对法国文学史上重要的作家都做了相当充分的分析。

在此期间，为他人和自己的译作所写之序，以及一些相关的专题论文，汇总起来也有几十万字之多。我的研究除了汲取法国评论家的真知灼见以外，还加入了自己的一得之见，表达了我国研究者对法国文学的新见解。作为一名法国文学研究者，我已尽己所能，对法国文学的研究之广、之深，姑妄言之，在国内恐无可及者。尽管如此，仍难免缺漏。

至此，除了撰写独篇论文和译作的序言以外，我的研究工作基本上告一段落。

21 世纪初，我选择并翻译了《悲惨世界》，随后又应出版社之约，翻译出版《第二性》。这两本书的影响也较大。

七十岁以后，我曾动过一次大手术。静养恢复后，我决心把以前想做而无法放手去做的事着手做起来；同时也感到无法再像多年以前那样以充沛的精力从事研究工作了，不如专心从事翻译工作，做自己想做的事。由于年事已高，不像年轻人那样不在乎时间，我便决定专门翻译经典文学作品。有法语与对法国文学的多年研究为基础，我的一系列译作，如《八十天环游地球》《海底两万里》《巴黎圣母院》《笑面人》《莫泊桑中短篇小说精选》《梅里美中短篇小说精选》《名人传》，等等，就这样产生了。有人说我的翻译已达到 1500 余万字，其实，字数的多寡并不是最重要的，重要的是翻译作品的质量要好。我认为，翻译作品的优劣，毋需己言，要看读者的意见和评价，看后人的评说。

回过头来再看这套文集，洋洋洒洒 30 余种，其中著作 5 种。在这里，我的遴选标准是不收入合著和合译的，比如有些编著，我的工作只占其中的一部分，收进文集就有点掠人之美了。当然，有些教科书使用量和影响力也是非常大的，如我主编的《外国文学史》（高教版），但毕竟不能算个人的著作，所以也未予以收入。

本套文集卷帙浩繁，谷雨和李玉瑶几乎是日夜兼程地编辑，才保证了图书的质量和出版的进度。在此我表示衷心的感谢。感谢商务印书馆上海分馆各位领导对本套丛书出版给予的大力支持。

本套文集肯定存在不少缺点，敬请方家不吝指正。

郑克鲁

2018年元月

目录

揭露资本主义罪恶的杰作

——《茫茫黑夜漫游》

塞利纳在相当长的时期内是一个有争议的作家。但是，从 20 世纪 60 年代以来，他的小说吸引了越来越多的读者，也引起越来越多的批评家的注意，“其激烈程度本身是他的作品具有活力的证明”。[1]

塞利纳一生写过九部小说，代表作是《茫茫黑夜漫游》。这部小说集中地包容了他的小说的写作题材。如果说《缓期死亡》在艺术上显得更完整些，但在内容上却远远不及《茫茫黑夜漫游》，前者只补充了第一次世界大战前的一段生活，即作者童年至青少年时期的生活，但批判社会黑暗的锋芒已大大减弱；而在第二次世界大战后所写的几部小说，或者是对后来生活的补充，或者是对《茫茫黑夜漫游》中某个题材的重复，如战争。虽然在艺术手法上，后来的小说有所发展，可是它们都建立在第一部小说之上。

《茫茫黑夜漫游》发表后引起了轩然大波，赞扬和贬抑的见解几乎旗鼓相当。一些著名作家把名不见经传的塞利纳列入与他们并肩的地位，如瓦莱里认为这是一部“写罪恶的杰作”；莫洛亚在《纽约时报》上撰文推荐这位“有杰出才能的新人”。[2] 莫里亚克在日记中写道，他“庆贺这部作品问世，因为完全

1 奈泰尔贝克：《塞利纳》，《法国文学史教程》，第 6 卷，社会出版社，1982 年，第 565 页。

2 塞利纳：《〈茫茫黑夜漫游〉出版说明》，《塞利纳小说集》，第 1 卷，伽利玛出版社，1981 年，第 1272 页。

纯粹的恶在其中得到展现”。他在《巴黎回声报》发表的文章中则指出：“这部使人感到压抑的小说，正当就要颁发各种文学奖之际，人们关于它谈论不休，却不该推荐任何人阅读。它具有力量使我们生活在绝望的人类最密集的地方，这类人安营扎寨在现代世界一切大城市的门口。这类人不是普通人民，甚至不是无产者，他们超脱了一切希望和一切怜悯，游荡在弱肉强食的世界以及肮脏、仇恨和藐视自己的贫困中。这类人已不再知道仁慈这个名字本身。”[1] 萨特对这部小说也很欣赏，西蒙娜·德·波伏瓦曾回忆说：“那一年我们最看重的法国作品，就是塞利纳的《茫茫黑夜漫游》。我们背得出许多段落。他的无政府主义，我们觉得很接近我们的。他攻击战争、殖民主义、庸俗、老生常谈、社会，其风格、语调令我们着迷。塞利纳锻造了一种新工具：一种像口语一样生动的文字。在纪德、阿兰、瓦莱里无动于衷的句子之后，多么放松啊！萨特仿效这种写法。”[2] 克洛德·莱维-施特劳斯在《社会主义大学生》杂志上撰文，认为“从它深刻的价值，从它有意过激的、咄咄逼人的、使它具有宣言甚至解放宣言格调的方式来看，无疑是10年来出版的最重要的作品。”[3] 美国作家亨利·米勒是最早接触到这部小说的外国作家，他赞赏地说，“任何作家都没有给我这样的冲击”。[4]

有的作家基本上持否定态度。季奥诺说：这部小说“很有趣，但有偏见。而且不自然，如果塞利纳确实怎么写就怎么想，他就会自杀。……他对人抱着什么希望呢？”布勒东直到后来仍然坚持，看了这部小说后“令人难受”，“我反

1 塞利纳：《〈茫茫黑夜漫游〉出版说明》，《塞利纳小说集》，第1卷，第1275页。

2 波伏瓦：《岁月的力量》，伽利玛出版社，1960年，第142页。

3 塞利纳：《〈茫茫黑夜漫游〉出版说明》，《塞利纳小说集》，第1卷，第1278页。

4 布拉赛伊：《亨利·米勒的伟大与个性》，伽利玛出版社，1975年，第80页。

对一个殖民地下级步兵军官难以形容的洋洋自得的自述。我觉得这里面显露了卑劣的线索。”[1]

在批评家中，除了列昂·都德以外，一般都持有褒有贬的态度。比利先在文章中罗列了异议和保留，然后指出作者的灵感是异乎寻常的，这部小说“属于诅咒的文学，这种文学的精神之父是兰波，超现实主义也倚重它”。蒂博岱认为：塞利纳“创造了一个崭新的世界……人们不太可能喜欢它，但可以忍受它。他使在他之前不像样的东西具有文学性。”[2]

值得注意的是法共和苏联对这部小说的态度。让·弗雷维尔在《人道报》上撰文写道：“一部绝望的史诗，一篇忏悔，其中抒情的叙述夹杂着讽刺，带着思想的真诚、表达的不留情和辛辣，这些特点使这部作品具有激烈和独创的色调……他无可挽回地谴责腐朽的统治阶级，但他可怕的描绘缺乏结论……他看不到新的力量和革命的阶级——无产者，它将从资产阶级衰弱无力的手中夺过文明的火炬……所有激动我们心灵的东西……塞利纳都格格不入……塞利纳只导致摈弃、毫无出路的忧伤哲学。”[3] 但亨利·勒菲弗尔却认为这部小说虽然“令我们非常高兴”，却“不可卒读，令人恶心”。高尔基在1934年举行的苏联作家代表大会上则把塞利纳作为资产阶级文学的颓废倾向加以批判：“资产阶级社会已经失去了它的创造力。个人主义的浪漫主义只能认识怪异和神秘。它远离现实，不是建立在形象的引起联想的力量上，而是仅仅建立在字句的魔力上……正如人们在《茫茫黑夜漫游》中看到的那样，西方作家离开了现实，主张绝望的虚无主义……”但不久，这部小说却译成俄文在苏联出版，批

1 塞利纳：《〈茫茫黑夜漫游〉出版说明》，《塞利纳小说集》，第1卷，第1277页。

2 同上，第1269页。

3 同上，第1264页。

评家伊凡·阿尼西莫夫认为这部小说是“垂死的资本主义的真正百科全书”，外交家里特维诺夫甚至透露，《茫茫黑夜漫游》是斯大林的“枕边书”。[1]托洛茨基在《塞利纳和普安卡雷》中认为，塞利纳写这部小说是为了反对总统普安卡雷，这部小说的悲观主义超过了反抗性，描绘生活的荒诞景象超过了对社会状况的责难：“塞利纳表达了现存的东西。因此他看来像个革命者。但他不是革命者，也不想成为革命者……‘塞利纳主义’是一种道德和艺术上的反普安卡雷主义。它的力量就来自这里，但这也是它的局限。”[2]有作家回忆，托洛茨基认为马尔罗的《人的状况》和《茫茫黑夜漫游》是当时两部好书。1935 年 9 月，雅克·杜克洛在一篇讲话中认为塞利纳属于“像我们一样想拯救文化的人”。[3]

一部小说引起法国乃至国际上如此重视，这是一个并不多见的文学现象。原因在于，《茫茫黑夜漫游》在思想和艺术上都有独特的创造，同时也存在缺憾。

从思想内容来看，《茫茫黑夜漫游》主要有四个方面的描写：战争，殖民主义在非洲，美国的繁荣和工人的艰苦劳动的对照，巴黎下层人民的生活。这些内容在其他作家的作品中不是没有描写过，但是，集中在一部三十几万字的小说中去描写，却是独一无二的。这四个方面的内容，都属于第一次世界大战至 30 年代初资本主义社会的重大问题，有的甚至是当时最重大的问题。它们触及资本主义制度的本质，由此可以看出《茫茫黑夜漫游》的题材的重要性。塞利纳虽然以不多的篇幅去描写每一个方面，但他所揭露的内容却绝不亚于写同类题材的任何小说。

1 塞利纳：《〈茫茫黑夜漫游〉出版说明》，《塞利纳小说集》，第 1 卷，第 1265 页。
2 托洛茨基：《文学与革命》，朱利亚出版社，1964 年，第 340～341 页。
3 塞利纳：《〈茫茫黑夜漫游〉出版说明》，《塞利纳小说集》，第 1 卷第 1266 页。

关于战争。《茫茫黑夜漫游》显然不同于巴比塞的《炮火》和儒勒·罗曼的《善意的人们》等描绘第一次世界大战的小说。塞利纳没有正面描写战争场面和战争的残酷，主人公的遭遇倒有点像好兵帅克，但帅克是个憨厚正直的人，而费迪南·巴达缪是一个复杂的人物。他尽管不满意于各种现象，抨击军官的所作所为，可是他也有低级趣味，多少有点玩世不恭。他对将军的抨击是犀利的："他好像特别喜欢舒适，甚至片刻不可无舒适。尽管一个多月来我们连连败退，他仍然穷讲究：到达新营地，如果传令兵没有及时为他安排好整洁的床铺和现代化厨房，那么大伙儿都得挨骂。"参谋长潘松动辄想枪毙士兵，而"宪兵队长寸步不离参谋长，一心只想干这等差事哩。宪兵队长的仇人可不是德国人啊。"那些低级军官比平时更苛刻、更凶狠，夜以继日地折磨人，"即使铁打的硬汉，也会不想活下去的"。奥托朗上尉迷上了可卡因，脸色苍白，眼圈发黑，四肢虚弱，每次下马，总得踉跄一阵才恢复过来，"他恨不得把我们派到对方的炮口里去吃炮火"。法军来到努瓦瑟市，市长等待的不是他们，而是德国人。但他的卖国自有一番理由，他一再强调要保护古建筑和艺术遗产，"德国人可不喜欢形迹可疑的城市，不能容忍敌军士兵出没"，因此，他把法军"扫地出门"了。这场帝国主义战争就这样被描绘成荒谬的战争：士兵们是炮灰、草芥，军官无法无天；有的人去送命，有的人发战争财。随后，小说笔锋一转，写到后方。巴达缪受伤后，治疗期间受到不公正的待遇，他被当作神经错乱的伤员，关在一所中学里进行观察，"以便鉴别我们的爱国理想是受到了毒害还是完全不中用了"。伤员之间不能说悄悄话，否则很可能被送往刑场。女门房一面靠卖淫和卖日用品为生，一面从伤员口中掏出真心话，向主任医生汇报，然后枪毙这些人。伤员之间不可能有友谊和信任，为了防止奸细向上汇报，每个人都设法保护自己。巴达缪不禁喊出："我反对战争，反对战争的各个方面。”他的女友劳拉说：“但反对战争是不可能的，费迪南，当祖国危亡的时候，只有疯子和懦夫才反对战争。”巴达缪回答：“那么疯子万岁！懦夫万岁！”费迪南的话是对沙文主义的愤怒批驳。在医院里，大家开展竞赛，看谁编造英雄事迹的本事大，战功越讲越邪乎，简直无法收场。但诗人再把这些“事迹”写成诗歌，在法兰西剧院举行朗诵会。奇怪的是，战争越持久，首饰的需要量就越大，罗杰·皮塔为国防部提供首饰，“立下了汗马功劳”，忙得不可开交。达官权贵搞投机，时运亨通。后方生活的无奇不有，进一步突出了战争给社会造成的灾难。塞利纳描写战争的角度是独特的，揭露战争的不合理性也是相当尖锐而深刻的。

关于殖民主义。对法属非洲殖民地的揭露，在纪德的《刚果纪行》和《乍得归来》等游记作品中，已有相当深入的反映。塞利纳显然吸取了这些作品中的某些描写。但是可以说，他的揭露更为尖锐、深刻。他一方面揭露殖民者对黑人的残酷盘剥和作威作福，另一方面描写黑人的非人生活。主人公费迪南·巴达缪到非洲去是想发洋财的。在“布拉格通海军上将”号轮船上，他获悉能用一包刀片向黑人换到又长又粗的象牙、珍禽异兽、未成年的女奴。在邦博拉-布拉加芒斯，总督是至高无上的统治者，官员们盼着有一天总督跟他们的妻子睡觉。在首府戈诺堡，漂亮建筑的主人多半是酒囊饭袋。黑人干着苦力，黑女人更苦，她们头顶着棕榈筐，背上还有孩子，“恐怕蚂蚁还不如她们吃力”。黑人衣衫褴褛，遍体脓疱，“搬运时，尽管监工的闷棍落在他们直不起的背上，他们却没有一声异议，不发一声怨言，浑浑噩噩，不做任何反抗”。黑人“一贫如洗，家徒四壁。他们世代受苦，却逆来顺受，和我们国内的穷人相比，并无二致，不过孩子多些，脏衣服少些，红葡萄酒少些”。一个波迪里埃尔公司的欧洲人掌管一家门市部，害着奇痒难熬的皮肤病。他对黑人的盘剥是惊人的：有一家黑人来自森林，他们一家采集了很久，才搞到一筐橡胶，然而所得只有几枚银币。这种不等价的交易，到了令人咋舌的地步。经理“历来所干的荒淫无耻的勾当，超过了一个军港监狱的全部犯人”。这里医院很多，疟疾和其他疾病也多。有个格拉帕中尉管打官司，他讨厌动脑筋，动辄下令打棍子，把一个老人打得动弹不得，巴达缪“倒不觉得他比别人更暴虐无道”。他的文明是“罗马式的，即鞭打驯服者，赤裸裸地压榨部落”。在塞利纳笔下，非洲是一片未开化的地方，贫穷、落后、生活条件极其艰苦，要么炎热异常，要么大雨倾盆，茅屋四处漏雨，一到夜晚，森林里便传来动物的各种声响，使人难以成眠。殖民制度并没有给这块大陆带来任何福音，却使这里变得更加乌烟瘴气，灾难重重。

关于美国的繁荣、生活幸福的神话。塞利纳一是描写美国人令人眼花缭乱的生活，一是描写美国下层人民的艰苦工作。美国是一个不同于法国的国家，纽约的“街道肮脏不堪，潮湿阴暗”。在百老汇大街，摩天大楼顶端几层楼的高处还有一些日光和几片云天，行人走在下面，像在森林中一样，“灰暗得整条街好似一大团混杂的脏棉花。这条漫无尽头的街道好像一条令人心酸的伤疤”。厕所非常龌龊。美国人“对人事沧桑满不在乎，也不想明白为什么活着，全然无所谓”。巴达缪感到无所事事，“在非洲诚然我感到孤独，那是一种野兽般的孤独，而在人声鼎沸的美国所感受的孤独更令人难堪”。来到街上，走进商店，他看到了“美国的商业无孔不入”。人们“夜以继日地把日子往前赶，一辈子也看不清生活的真面貌”。为了生活，巴达缪来到底特律的福特汽车制造厂。工厂周围和上空的机器响声震耳欲聋，这杂乱的巨响仿佛是砸碎庞然大物引起的。找工作要排队等候，有个人等了两天，还没有动窝；等候的人互相窥伺，有如两败俱伤的野兽互不信任。巴达缪先进行体检，护士认为他的身体糟透了，“不过没关系”；医生发现体弱多病的人反而高兴，是否录用，“身体好坏无关紧要”。他说自己学过医，医生们立即对他冷眼相看：“你的学业对你毫无用处，小伙子！你来这里用不着思想，而要按别人的指令行事。我们的工厂不需要思想家，而需要黑猩猩。”的确，在这个工厂里，人是附属于机器的奴隶，只是一头干活的动物。在这里，令人感到从脚到耳都在震动，“逐渐地人也成了机器，浑身上下的肉随着震耳欲聋的哐当哐当声而颤动，从头到脚，从里到外翻腾得叫你两眼冒金花，心脏怦怦跳个不停”。装满金属制品的小火车在一道道工序之间蜿蜒而行，工人必须紧张干活，让火车及时开向前。生产线上的工人弯着腰，机油味呛得人嗓子冒烟。他们屈服于噪音，“有如屈服于战争”。塞利纳观察到人的异化现象：“正因为对生命爱惜得不够，所以才必须把生命变成物，变成结结实实的物体。”“成千上万台机器轰隆隆不停地指挥着人。其他一切皆无关紧要。”在这里，人的本质确实以非人的方式同自身对立起来，亦即异化了。一天工作下来，整夜脑子里嗡嗡作响，机油味老散不掉。当时美国正实施泰勒工作法，力图最大限度地榨取工人的剩余劳动价值。流动生产线虽然能够提高劳动生产率，却加大了工人的劳动强度。美国资本主义的迅速发展，是建立在进一步榨取工人血汗的基础之上的。

关于法国下层人民的生活。塞利纳描写的是巴黎郊区和外省的生活。巴达缪发现巴黎6月里汽车造成的热气几乎和福特汽车厂里没有两样。他经过五六年的学习，终于获得了医学文凭，在加雷纳–朗西从业。这里同底特律一样，灰蒙蒙的天空，沉沉的烟雾笼罩着平原。楼房外表粗糙，远处的烟囱高低不齐。每天早晨，人们一窝蜂拥进地铁，电车上人们动不动互相谩骂。到处是战争、革命、商业倒闭留下的痕迹。穷人们生活在这样憋气的环境里，精神境界便十分低下，或者只想着能多几个小钱而做出不合情理的事，或者寻求一时的快乐，或者以酒浇愁，再想法出气。昂鲁伊夫妇希望老太太早点死，但是老太太精神抖擞，又固执、孤僻。结果昂鲁伊串通罗班松，想在兔棚里放炸药，把老太太炸死。罗班松贪财，居然动手安炸药，不料失手，炸伤了自己。“富翁不需要为糊口而亲自动手杀人，只要指使别人去干就行了。他们自己不作恶，却付钱让别人作恶。”另有一户人家的女儿，总是同有妇之夫的上司来往，经常打胎，引起大出血。看门人一家常常吃醉酒，父亲举起椅子当斧头，母亲拿起木柴当大刀，或者打孩子，踩得小狗哇哇叫，东西纷纷被砸碎。还有一家，大人吵架以后，把气出在孩子身上，将孩子绑在椅子上痛打一顿。万桑街的一家，女儿的相好无影无踪，她生下了一个孩子，却甘心随遇而安。贝倍尔得了伤寒，不治而死。巴达缪为他们治病从来只收取很少的费用，不收钱也不行，“免费治疗向来不是光彩的事情。所以他们背地里骂我的脏话无奇不有。我和大多数的医生一样没有汽车，在他们看来，我步行去上班是一种缺陷。”做好事也得不到好结果，没有钱就被人看不起。随着罗班松和昂鲁伊老太太去了图卢兹，巴达缪也离开了朗西。罗班松在眼睛看不见东西时，已经不能忍受昂鲁伊老太太获得大部分看管木乃伊展览馆的收入，最终把她从楼梯推了下去。待他眼睛复明后，他更是抛弃了爱着他的姑娘玛德隆。他对一切都厌倦了，不愿意再同玛德隆恢复关系，宁死不干。面对那么多的恶，巴达缪不由得感叹道：“不幸的是人们虽有那么多潜在的爱，却恶得不得了。总之，潜在的爱总表现不出来。……直到人死，爱仍留在内心。”这是塞利纳对当时社会人与人关系的看法。巴达缪最后来到疯人院工作，这里的环境和气氛十分特殊，意志坚强的人才能待下去。院长巴里通就不堪忍受而离去。

在塞利纳描写的这个横跨欧洲、非洲和美洲的世界中，充满了非正义现象，主人公巴达缪，包括以后发表的小说的主人公费迪南，都受到无情命运的包围。这是一个异化的世界：战争的荒谬可笑，军官的胡作非为，官员的卖国行径；非洲殖民地充满人性的丑恶，不仅殖民者敲骨吸髓，连黑人也串通白人做人贩子，甚至难以令人忍受的自然条件也具有异化的色彩；美国资本主义生产造成的人的物化，人被剥夺了思想的权利，而成为血肉做的机器；法国下层人民也沾染了金钱利益置于一切之上的风气，发展到谋财害命的地步。自私自利是唯一的道德准则，死亡是唯一的真实，要生活下去，就得忍受一切庸俗和谎言。这样一个人难以生存的异化的世界，是一个荒诞的世界。巴达缪无论在战争期间，在后方治疗，在航船上，在非洲丛林，在美国，在巴黎郊区，在疯人院，处处碰壁，受到压抑。他几乎是一个受气包和受害者，忍受着丑恶现实的折磨。在塞利纳后来的小说中，这种思想得到延续。《缓期死亡》描写家庭令人窒息的有毒的氛围，学校里疯狂的残忍，商界的伪善恶毒，"很少作品像《缓期死亡》那样，表现'美好时代'的反面"。[1]《诺尔芒斯》描写战争期间一座楼房的居民的荒唐经历。世间充斥着丑恶，以致扭曲了人性，看来毫无出路。正如《茫茫黑夜漫游》卷首诗所写的："我们的人生正如/冬夜的一次旅行，/我们在寻找道路/天空无明月繁星。"整个世界陷入了一片黑暗之中。与这种荒诞的内容相配合，塞利纳也采用了不少荒诞的手法："我具有从许多权威人士面前滚开的经验，所以知道如何从这位美国权威人士面前滚开：先毕恭毕敬冲他立正，行军礼，而后敏捷地向后转，屁股朝他，开步走。"不仅语言是嬉笑怒骂式的，而且情节的安排也与传统小说的"合情理"不一样，而是在荒唐中显得合理。如军官对士兵的颐指气使，巴达缪被卖到苦役船上，等等。从某种意义上来说，《茫茫黑夜漫游》等小说发荒诞文学之先声。

1　亨利·戈达尔：《〈塞利纳小说集〉序》，第26页。

主人公巴达缪是一个反英雄。塞利纳在战场上十分英勇，为此得了军功章，而巴达缪却害怕打仗，害怕死亡。他对生活的感受充满低级趣味，看女人首先注意她们的大腿，经常逛妓院，不管玛德隆是他的朋友罗班松的未婚妻，想方设法把她弄到手。他并无雄心壮志，只求能浑浑噩噩地过日子。但他也不是非常坏，他还有上进心，要念书当医生，不收穷人多少诊费，对卖国行径表示出愤恨之情。这样的人物不同于19世纪受压迫受打击受侮辱的小人物，他是一个观察者，也是一个参与者。他观察世间的不幸，自己也经历着这种不幸。他不是逆来顺受者，他发觉环境不合他的意，便要离开这个地方；但他也不是反抗者，他只避开环境而已，并不做出激烈的对抗行动。因此他不是一个英雄人物，而是一个与传统小说的主人公不同的反英雄人物。

塞利纳的小说大多具有自传性，然而，塞利纳只是从自己的生平经历中撷取素材，他往往加以改造，再写进小说中去。例如，他在第一次世界大战中右臂受了伤，写到小说中，巴达缪却是头部受了伤，以致在很长一段时期内，人们以为塞利纳是头部受伤。他拿到医生执照后，是在克利希行医，但在小说中却改在朗西行医。值得注意的是，塞利纳往往将别人的作品加以改变，写到自己的小说里。塞利纳在写作巴达缪到美国后的经历，尤其是在福特汽车厂工作的插曲时，参考了杜阿梅尔的《未来生活场景》。这部作品写的是芝加哥屠宰场工人的劳动情况，这是一个"死亡王国"，牲口一头接一头，"就像士兵走进战壕一样"。塞利纳从杜阿梅尔的描写中获得启发。塞利纳1925年春在美国的见闻与杜阿梅尔在1928年秋所看到的十分类似。但是，塞利纳的描写角度显然有了很大变化。首先，屠宰场变成了福特汽车厂，这就有一个质的变化。福特汽车厂是美国最大、最现代化的企业之一，代表了美国最先进的生产方式，以此来反映美国的资本主义更有典型性。其次，一是用机器来屠宰牲口，一是工人在流动生产线上干活，这也有根本的不同。两者虽然都能表现美国生产方式的先进，但后者却同时反映了工人的劳动强度，反映了人的物化和异化。此外，塞利纳借鉴纪德的《刚果纪行》，也有异曲同工之妙，揭露得更为尖锐和深刻。

塞利纳善于运用口语化的语言，这是他的小说的一大特点。他的句子十分简短，大量使用老百姓的日常语言。贝纳诺斯认为这是“少见的语言，充满自然和巧妙”。达尔戈指出：“塞利纳的语言异常丰富，仅此一点，就足以解释它对读者的魅力。法语至今多少丧失的丰富性，由一个具有节奏感和细腻感的人还给了文学。”[1] 塞利纳越到后来越喜欢使用删节号，这种表达法在于使句子简短。他的写法看来简单，因此有不少作家纷纷模仿塞利纳，但都没有取得成功，可见这是塞利纳独特的表达方式，别人难以模仿。塞利纳的语言有点像拉伯雷，连拉伯雷的粗俗也相似，应该说，塞利纳使用了过多的不堪入目的词句，《缓期死亡》刚发表时，编辑不得不留下了许多空白，因为这些淫秽的语言实在不堪入目。语言不加节制是不可取的。

《茫茫黑夜漫游》虽是一部揭露性极强的小说，但其中多少包含了塞利纳后来鼓吹种族主义的思想因子。“塞利纳既不相信资本主义的自由民主，也不相信真正民主的社会主义的可能性。”[2] 他对资本主义、殖民主义的批判，多少带有无政府主义的倾向，这一点在 1932 年小说出版时已经有不少人正确地指出来了，尼赞在承认这是一部重要作品的同时，认为“这种纯粹的反抗可以把他导向任何地方”[3]，这是很有见地的话。塞利纳对黑人的受压迫是同情的，但

1 《塞利纳小说集》序，第 38 页。

2 同上，第 41 页。

3 《塞利纳小说集》，第 1 卷，第 1277 页。

对他们的愚昧、落后并不是怒其不争，甚至有一些偏见。不少评论家指出《茫茫黑夜漫游》酷似伏尔泰的《老实人》。在形式上，这两部小说的确很相似。可是，塞利纳的思想却根本不同于启蒙思想家伏尔泰。后者是一个不屈不挠的斗士，而塞利纳却谈不上是个斗士。塞利纳绝不是进步力量的同路人，更不会赞成社会主义。

史实和虚构的结合

——试论尤瑟纳尔的历史小说

玛格丽特·尤瑟纳尔（1903～1987）是法兰西学士院成立以来近三百五十年的第一个女院士。她的创作不能不引起世界文坛的注意。

玛格丽特·尤瑟纳尔是一个颇有创造性的历史小说家。20世纪涌现的历史小说不可谓不多，但大多数历史小说都受到19世纪历史小说的影响，在形式上没有多少创新。它们往往以虚构为主，不重历史事实，就像大仲马的小说那样。尤瑟纳尔则别出机杼，试图走出新路子。评论家注意到，尤瑟纳尔从不写自己的经历，她把目光投向历史："总而言之，玛格丽特·尤瑟纳尔似乎对除了玛格丽特·尤瑟纳尔之外的一切、除了她的生活之外的全部生活、除了为她安排的环境之外的所有的环境都感兴趣。"[1] 这种异乎寻常的特点，表明尤瑟纳尔是一个相当纯粹的历史小说家，也是一个与众不同的历史小说家。

从她的历史小说的内容来看，大致可以分为两种类型：一是写历史题材，一是写她的家族史。

写历史题材有这样几部小说：《哈德良回忆录》《苦炼》《一弹解千愁》《一枚传经九人的银币》，以及其他中短篇小说。它们在尤瑟纳尔的创作中占据较大的分量。《哈德良回忆录》写的是公元2世纪罗马皇帝的经历，《苦炼》以16世

1　让·勃洛特：《尤瑟纳尔论》，见《尤瑟纳尔研究》，漓江出版社，1987年，第560页。

纪上半叶法国和欧洲为背景，《一弹解千愁》转到20世纪初的俄国，《一枚传经九人的银币》发生在墨索里尼统治下的意大利，此外，《东方故事集》写到中国、阿尔巴尼亚、希腊、印度、土耳其、荷兰，但时代不详。她的小说涉及意大利、佛兰德尔、英国、美国、古希腊、基督教初期的希腊、现代希腊、中国、巴尔干半岛、奥匈帝国、东波罗的海沿岸、德国……时间包括公元前5世纪、2世纪、中世纪、文艺复兴、18世纪、19世纪、20世纪初、第一次世界大战、20世纪30年代……可以看出，尤瑟纳尔力图在她的历史小说中囊括整个世界，从古代一直写到现代。

这类小说，只有《哈德良回忆录》的主人公实有其人，其余几部小说的主人公名字基本上都是虚构的。尤瑟纳尔选取了公元2世纪的罗马帝国，是有深意的。这时期的罗马帝国正处于鼎盛时期，随后逐渐走向衰落。尤瑟纳尔想通过哈德良皇帝的命运，探索人类历史发展的症结所在。哈德良前后几个皇帝的产生，都是以一种较为民主的方式进行的。这几个皇帝都没有后嗣，因此，他们只能通过实践去物色接班人。图拉真就是这样当上皇帝的。而他也是通过这种办法，在病重时把皇位传给了哈德良。哈德良也没有后嗣，他先选定了安蒂诺乌斯，但安蒂诺乌斯体质太弱而夭折。哈德良又果断地选中了安东尼。这种不是父传子的皇位继承法，也许是保证罗马帝国在相当长的时期内不致迅速衰败的原因。就哈德良来说，他不但是一个英勇善战的军事家，屡建奇功，而且是一个出色的政治家，他懂得与邻邦和睦相处的必要性，同时他实行了一系列有利于发展社会和安定民心的措施：让无地的农民耕种荒芜的土地，给予妇女在婚姻、家族和财产方面的权利，对商人实行监督政策，军队地方化，以减轻国家负担，又能加强防卫，建造城市，发展艺术等等。他统治的宗旨是“人道、自由、幸福”，重道德而不重法律。这些政策果然使得社会安定繁荣，人民安居乐业，实现了斯巴达式的统治理想。而对于犹太人的反抗，他则采取了坚决的镇压手段，荡平巴勒斯坦，处决了九名叛乱的首领。这场战争夺去了几百万人的生命，毁灭了九百多座城市和村庄。战争虽以帝国的胜利告终，但也大大削弱了它的力量，种下了它衰落的根源，哈德良后来意识到这是他的一大失策。罗马帝国终于由盛而衰，它当时横跨欧亚非，是欧洲历史上最繁荣最强大的帝国。它实行的是奴隶制，对人民的统治是极其残酷的，但是，它为什么会达到这样强盛的地步？尤瑟纳尔对哈德良的描写显然有夸大之处，甚至是以今人的意识去理解和表现这个罗马皇帝。因为一个奴隶主的头子不可能信奉“人道、自由、幸福”的宗旨，而应该说正好相反，他实行的政策是不人道、无自由、不考虑人民幸福的。我们不排除哈德良会实施一些利国利民的政策，否则他不可能坐稳二十年的皇位，上述措施都属于符合历史发展潮流，有利于罗马帝国存在的良策，就是证明。但是，他也不可能超越时代，实施资产阶级提出的一套原则。不过总的说来，尤瑟纳尔对哈德良的描绘大体上是符合历史真实的。

《苦炼》描写的时代则处于法国历史发展的重要阶段。16世纪的法国属于文艺复兴时期。小说题名取自炼金术的术语，“它指的是物质分解和融化的那个阶段”，那是大功告成前最难以攻克的一道关口；它的引申意为“象征摆脱了陈规陋习和狭隘偏见的哲人所经受的考验”。小说主人公泽农是个炼金术士，同时又是一个医生和哲学家，他掌握了最先进的知识。炼金术士懂得一定的自然科学，他们做的是化学实验。泽农就对自然现象如北极光等很感兴趣。泽农懂得解剖，深入研究过心脏功能和构造，处于当时医学的最前沿。他是个无神论者，反对宗教信条，因此受到教会的迫害和追捕。他还是个哲学家，力图探索世界的真谛、人类历史的过去和未来图景。作者在《〈苦炼〉后记》中说："在思想方面，泽农还带有经院哲学的烙印，他起而反对经院哲学，处于炼金术士的颠覆动力论向取代经院哲学的机械论哲学过渡的中途，介乎认为万物内部有一个潜在的上帝的神秘主义和还不敢为自己正名的无神论之间，既有实践者的唯物经验主义，又有犹太经学学生近似幻觉的想象力，同时，他也从当时名副其实的哲学家或科学家的著述中寻求依据。"[1] 泽农的一生都在探索，这是人文主义者的主要特点。尤瑟纳尔虽然没有运用人文主义者这个词来指泽农，但泽农无疑是一个人文主义者，他甚至超越了人文主义者的思想，因为他几乎是个无神论者。他在法庭上直言不讳地宣称自己是个叛逆分子。后来他集中研究人体，改变了以前认为人在宇宙中是至高无上、完美无瑕的观点，发现人有很多生理和心理上的缺陷；他对人的本质认识得越深入，便越是对人产生厌恶。《苦炼》所描绘的时代正好与《哈德良回忆录》描绘的时代相反，后者写的是盛极而衰，而前者写的是一个社会大变动时期，资本主义正孕育在这个大变动中，新社会出现之前要有"阵痛"。作者曾经做过这样的解释："在坩埚里进行炼金，包括三个阶段：最长最困难的熔至黑色，与物质的分解相应。从中炼出黑色的残留物，它变成偏见与毁灭的象征。摆脱这些偏见，这是不容易的。然后，如果炼金术士办得到，他就继续炼下去。熔至白色，从寓意的角度看，与苦行阶段相应。最后是第三阶段——但是否已经达到呢？——这时物质重新返回，达到具有神奇力量这一步。"[2] 由此看来，《苦炼》的描写具有象征意义，尤瑟纳尔将泽农的探索看成是一种苦炼，他的一生在同社会偏见做斗争，他在肉体上被消灭了，但他在科学和精神方面的探索成果，就像炼金术士进行熔炼那样，最后在坩埚里留下的物质却是最宝贵的东西。

1 柳鸣九、罗新璋编选：《尤瑟纳尔研究》，漓江出版社，1987 年，第 338～339 页。
2 亨利·勒梅特尔：《法国文学史》，第 5 卷，博尔达斯-拉封出版社，1972 年，第 177 页。

在这两部小说中，尤瑟纳尔选取了杰出人物作为主人公。在《〈哈德良回忆录〉创作笔记》中，她指出："我很快就发现我是在写一个伟人的传记。"[1] 她还认为自己是在探索皇帝的伟大历史。泽农则属于"思想先进"的人士，他的所作所为像著名的人文主义者多雷，又有伽利略、康帕涅拉、布鲁诺的学问和胆识。通过一个杰出人物来表现一个重要的历史时期，是尤瑟纳尔创作历史小说的一个重要方法。

尤瑟纳尔的另外几部历史小说都没有上述两部小说重要，但多多少少也反映了她对历史的思考。其中，《一枚传经九人的银币》以墨索里尼统治下的意大利为背景，通过普通人的生活，描写法西斯的猖獗。作者并没有正面接触法西斯的罪恶，但是，法西斯势力却像阴云一样笼罩在每个人的头上，敢于指责墨索里尼的人自然被杀害了，企图谋杀墨索里尼的玛尔赛拉也死去了。大多数人，包括工人都以为墨索里尼会在下一次大战中把意大利变成一个举足轻重的大国。尤瑟纳尔写出了法西斯意识存在的社会基础，再现了第二次世界大战前夕山雨欲来风满楼的社会状况。《一弹解千愁》据作者在序中的介绍，"具有文献资料的价值"，而不是为了它的政治意义。这部小说写的是第一次世界大战和俄国十月革命期间的事，按理说牵涉到红军和白军的斗争，难以回避两个阶级的生死搏斗。但尤瑟纳尔却从爱情纠葛入手，小说集中描写了两个主要人物埃里克和索菲，他们同属于特权阶层。索菲爱上了埃里克，而埃里克无意于她，索菲于是自暴自弃，走向堕落。作者描写索菲的政治倾向与埃里克不同，埃里克是个白军军官，而索菲同情红军，最后还加入了红军。命运仿佛在捉弄他们，埃里克俘虏了一批红军士兵，其中就有索菲，索菲不仅不要埃

1 柳鸣九、罗新璋编选：《尤瑟纳尔研究》，第 328 页。

里克赦免她，反而要埃里克亲手打死她，以便让埃里克终生内疚。她确实达到了目的。作者声称这是一部根据真人真事写成的小说。从内容来看，这是一个异乎寻常的爱情故事。尤瑟纳尔将贵族青年面对本阶级毁灭的到来而感到苦闷，行动乖戾，走向沉沦，描写得相当真实，并如实记录了他们在时局的影响下产生了分化，朋友可以变为敌对分子，然而他们的内心情感还不能完全割断。他们不能结合，便会产生怨恨，这是20世纪初贵族青年中出现的一种特殊现象。尤瑟纳尔试图以此来表现20世纪初的社会变化。

尤瑟纳尔的历史小说的第二个，同时也具有特殊性的内容，是以她的家族史为描写对象。她力图通过自己的家族史，反映两个家庭的变迁，进而从一个侧面表现社会的变化。《虔诚的回忆》写的是她母系的家族。小说先写作者母亲费尔南德的婚姻，后来她得了产褥热和腹膜炎而去世。随后，小说追述了费尔南德的家庭和她本人的情况，从她的外曾祖父叙述起。1830年革命后，他当上马尔西那市市长。因此，作者的母系属于新贵。这个市长的大儿子阿尔蒂尔两夫妇是虔诚的天主教徒，一心照顾田庄。主妇玛蒂尔特有个得力助手弗洛依琳小姐。玛蒂尔特生下十个儿女，存活八个，作者的母亲费尔南德是最小的女儿，玛蒂尔特在生下她十四个月后死去。小说插入了对表舅奥克塔夫·皮尔麦茨和雷莫的叙述，扩大了对母系家族描写的范围。雷莫从小同情弱小者，对1871年凡尔赛人的残暴行为十分愤慨，后来他接受了达尔文主义，放弃了信仰基督教，终于自杀。奥克塔夫也和弟弟雷莫一样，寻求一个与他所处的资本主义社会不同的制度，但他不是改革家，也不是战斗者。晚年他大量施舍，他的死众说纷纭。小说最后一部分回到关于费尔南德的叙述上来。她在修道院办的女子寄宿学校读书，本来成绩优异，却因一个美丽的荷兰姑娘的到来，改变了这种状况。她迷上了这个荷兰姑娘，为了让她得到第一，竟然不再用功，成绩急转直下，被父亲叫回了家。阿尔蒂尔留下八个孩子，遗产一分，每个孩子所得便不多，费尔南德的婚姻就成了问题。尽管她长得漂亮，可是没有人向她求婚，因为她无法使丈夫飞黄腾达。好不容易她才找到46岁、妻子去世的法国人德·C先生，他比她大18岁。作者的母系仅仅经过三代人，便走了下坡路，到了她母亲那里，可以说已经败落了。幸好德·C先生还有点财产。作者的母系是比利时人，这一世系的变迁是一个比利时的贵族之家由盛而衰的写照。尤其是她的母亲，费尔南德本来对姐姐们的包办婚姻很反感，从中看到她们不幸的家庭生活。可是，她的爱情追求却一再落空。她先迷上一个金融新贵的儿子，他们对音乐有共同的爱好，然而，他怎么会去爱这个没有家庭做坚强后盾的姑娘呢？在爱情失意中，她出国旅游，多次望着那些英俊的小伙子出神。这时她才发现罗曼蒂克的爱情和婚姻是不存在的。《虔诚的回忆》是叙述中上阶层人物之家的一部家史，它反映了19世纪比利时列日地区的社会风貌。

《北方档案》则是写父系的家族史。他的家族最早可以追溯到16世纪初。比作者早十三代的克利纳维克，是个小领主——历史学家认为是暴发的商人，有自封纹章，住在佛兰德尔。作者的祖父米歇尔—沙尔到巴黎学法律，这是在19世纪40年代。由于他娶了一个有钱的法官的女儿，过上了优裕的生活。他的儿子小米歇尔在中学时同情巴黎公社社员，差点被开除。在大学时，他放荡无度，酷爱自由的生活使他离家出走，但却来到军队。他因赌博输了钱还不起而逃到英国，又与房主之妻私奔。如此过着不安定的生活，直到他父亲为他安排了一门婚事，他才有了一个安定的归宿。可是好景不长，五年以后，即1899年，他的妻子贝尔特去世了。过了一年，他娶了费尔南德。他在自己的手臂上刺了一个希腊字："命中注定"。作者认为这很符合她父亲碰运气的一生。从作者的祖辈起，她家已经侧身法国北部城市里尔的上流社会。尤瑟纳尔的父系与母系在社会地位方面几乎相当，只是她的父亲的经济地位还没有败落。她的祖父和父亲经历了19世纪动荡的年代，而且不同程度地受到影响。20世纪初史称“美好时代”，但尤瑟纳尔却认为这是一个充满人类的愚蠢、暴力和贪欲的时代。《北方档案》反映了四百年来法国北部地区的历史的一个侧面，构成法国近代编年史的一个组成部分。

不难看出，尤瑟纳尔的历史小说或者通过在历史上起过重要作用的政治家和代表了先进思想的人物（作为历史先进人物的体现）来表现历史，或者通过自己的家族的历史演变来表现历史进程，这是她写历史小说的两种主要方法，并且取得了很大的成就。前者在于探索历史发展的本质，既不排除历史人物的重要作用，又描写历史发展面临关键时刻人物和事件所构成的阻遏作用或推进作用。至于后者，尤瑟纳尔显然认为自己的家族具有代表性，其变迁体现了资产阶级在近代，特别是自19世纪以来的发展轨迹，她是以点去反映面。她的目的和意图十分明确，较之把历史小说写成通俗小说，无疑高出一筹。

从艺术上来看，尤瑟纳尔的历史小说也有一些成功的经验和创新之处。

首先，她以第一人称去写历史小说，这是别开生面的。这种写法在她之前已经出现过，如让·施伦贝热（Jean Schlumberger，1877～1968）的《变老的狮子》（*Le Lion devenu vieux*，1924）。但尤瑟纳尔有自己的创造。哈德良确实写过回忆录，虽然至今只留下三行字，这是他的政治遗言。尤瑟纳尔想象他在晚年为后代着想，把自己的生平和治国策略写下来。尤瑟纳尔指出：“用第一人称是为了避免任何中介，即使这个中介是我自己。由哈德良来讲自己的生平一定比我讲得实在，比我讲得有声有色。”第一人称的写法在某种程度上缩短了读者与历史人物的距离，读者仿佛有阅读真人真事的感觉，随着人物的思索去判断发生的事件。当人物自我反省时，读者便确实觉得这是人物会有的想法："我不否认这一点：犹太省的战争是我的一次失败。西蒙的罪孽、阿基巴的疯狂当然并非因我而起，但是我自责在耶路撒冷耳目闭塞，在亚历山大心不在焉，在罗马缺乏耐性。我没能对百姓好言安抚，即使不能防患于未然，至少可以延缓这种过火行动的爆发……"能承认自己失策说明他是清醒的。同样，他对政敌的分析又令人觉得他十分明智："我言谈稍有不慎，他（指塞尔维亚努斯）便添枝加叶，行动稍有失误他便加以利用，使皇帝对我越来越不满。这样一个敌人实在是教人谨慎处世的好先生，我受教于塞尔维亚努斯之处多矣！"尤瑟纳尔尤其注意对人物心理的刻画，她明确指出："现代历史小说以及通常图方便称为历史小说的作品，必须深入到一个被重新发现的时代中去，并以此去把握一个人的内心世界。"上述两个例子就能表现哈德良的性格的重要方面：他有自知之明，十分清醒，不是一个暴君。小说着重描写哈德良在政治上的考虑，通过内心思索，写出他的政治抱负和各种作为。他对皇位的继承特别花费心思。作者不仅写出他选人的标准，还写出了他考虑问题的细致和处事的果断。尤瑟纳尔还根据现存材料，写出他在统帅外表下流露出知识分子的气质。他喜欢最难懂的诗人，但他自己写诗的时候，却仿照民间诗歌。他留下的三封信中，一封是写给岳母的，活泼诙谐；一封是写给姐夫兼政敌的，潇洒从容；第三封是写给他的继承人的，高雅不凡。史书记录的他的话，有的巧妙，有的直率，有的细腻。尤瑟纳尔一一加以吸收，写进小说，力图再现他的复杂个性。这一点是《哈德良回忆录》取得成功的重要原因。

其次，尤瑟纳尔运用综合手法去塑造人物。《苦炼》的主人公泽农就是综合了当时最先进的人物的学识和见解写成的。以综合的手法去塑造人物早已有之，但尤瑟纳尔的手法稍有不同，她是把真实的人物综合起来，去写一个虚构人物。她在《〈苦炼〉后记》中指出："虚构'历史'人物和根据真人真事再创造，这两种方法在许多方面是不相上下的。对历史人物再创造，为了全面表现那个人物的历史面貌，小说家必须潜心研究由历史传说所形成的那个人物的有关文献，用心之细是永无止境的；而虚构一个历史人物，小说家只有求助于过去的史实和日期，也就是说，乞灵于历史，才能给这个虚构人物创造出一个特定的、由时间和地点所决定的真实环境。"在她笔下，泽农与当时有过类似曲折经历，不懈地探索的人，有着千丝万缕的联系。他进过修道院、发明机器，与伊拉斯谟相同；他的暴烈，使人想到多雷；他身兼炼金术士、医生和哲学家，同传说的帕拉塞尔斯的生平几乎一样；他施行外科手术，套用了昂布洛瓦兹·帕雷的记载；他的科学研究，根据的是达·芬奇的《手记》以及其他科学家的实验；他在近东的经历，同炼金术士的传记如出一辙；甚至他的鸡奸嫌疑，也与某些著名历史人物的行为相似。尤瑟纳尔写道："在某些情况下，甚至一种感情或一种思想的表达，也参照泽农这个人物所处时代的真实历史人物，以便使这些角度恰如其分，符合16世纪的真实。"作者参考了大量的文献，以求有根有据，当然，在时间的先后上略有出入，例如，作者也参考了蒙田的著作，把布鲁日的两起风化案提前了几年。有时，则把两件史实糅合在一起。尤瑟纳尔这样描写的目的，是为了反映历史的真实。以真人真事为根据去塑造虚构人物，确能使这个虚构的历史人物写活，而不致违反历史真实。

尤瑟纳尔又以另一种方式去写家族史：她完全是写真人真事。小说虽然是以第一人称去写的，但行文的大部分实际上仍然是第三人称，"我"只不过在小说中做插入的叙述或评论，她是以历史家、小说家、道德家或诗人的面目出现的。作者力求对自己的先辈保持客观态度。例如，她对两个表舅的评价是："我对雷莫十分尊敬。至于奥克塔夫，他有时使我感动，有时使我愤怒。"

她母亲的座右铭是："深刻认识事物，为的是从中得到解脱。"作者表示不同意这个观点。她的父母举行婚礼时，费尔南德让漂亮的莫妮克当伴娘。作者不无讽刺地写道：那个荷兰姑娘的美貌使德·C先生赞叹不已，可是已经太晚了；莫妮克已经订婚。这种揶揄口吻是建立在对人物品性的了解之上的，能够深化对人物的描绘。然而，尤瑟纳尔的家族史是小说，其中大量情节是虚构的。作者根据一些基本事实，加以铺陈，因为许多细节她无法知晓。尤瑟纳尔是个严谨的小说家，她的小说往往都是经过长年累月的材料积累和思索然后写出来的，她从18岁起就酝酿写作历史小说；对于家族史也一样，她尽量搜集祖先的材料，"以克服不真实感"。尤瑟纳尔创作历史小说取得成功，绝不是偶然的。

略论《东方故事集》

玛格丽特·尤瑟纳尔是法兰西科学院三百五十年来的第一位女院士，作为历史小说家，达到这样的成就实属不易。尤瑟纳尔踏上创作道路时，写的就是历史小说，不过是短篇。《东方故事集》主要搜集了她的早期创作，最早的发表于1928年，大部分小说发表于30年代，最晚的发表于1978年，10篇小说创作的时间长达50年。虽说《东方故事集》基本上是早期创作，但是已经显示了她的才华，在20世纪的法国短篇小说中占有了一席之地，令人瞩目。

《东方故事集》的独特之处有如下几个方面：

一是题材。尤瑟纳尔选取了中国、南斯拉夫、阿尔巴尼亚、希腊、印度、日本的故事、传说和神话作为这些历史小说的题材。在法国人看来，“东方”的概念一般是指法国或西欧以东的广大地域，因此，巴尔干地区的南斯拉夫、希腊和阿尔巴尼亚都划在“东方”之内。尤瑟纳尔感兴趣的不是当今的东方，而是东方的历史故事。这与一般描写东方题材的现代法国作家迥异，如马尔罗、杜拉斯都以自己的经历和见闻为蓝本进行创作，不写20世纪以前的故事。如果一定要找她的先行者，夏多布里昂和福楼拜的历史小说与她的小说倒是一脉相通的。夏多布里昂的《殉教者》(1809)以3世纪末的古罗马帝国的末期为背景，展现罗马帝国的腐败风俗，这是欧洲的第一部历史小说，略早于司各特的历史小说创作。福楼拜的《萨朗波》是一部新型的历史小说，再现了公元前240年发生在迦太基的一场战争的起因、过程和残酷，以此影射第二帝国的腐败。又如，《三故事》中的《希罗狄亚》描写耶稣传播基督教时期地中海东岸的宫廷斗争，是一个短篇历史小说，形式上与《东方故事集》更为接近，只不过它的篇幅较长，不像《东方故事集》的故事和小说那样短小精悍。从上述的简单介绍看来，其他作家不像尤瑟纳尔那样在短短的篇幅内（中文约5万字）汇集了六个东方国家的传说与神话，这一点显示了尤瑟纳尔对历史题材的广泛兴趣。《东方故事集》是尤瑟纳尔从事历史小说创作的起点，也是试笔，而且是成功的试笔，为以后她创作《哈德良回忆录》（描写古罗马帝国）和《苦炼》（描写文艺复兴时期）打下基础。从《东方故事集》的内容来看，有的是从中国道家的寓言故事中挖掘题材的，有的根据巴尔干地区的谣曲改编，有的在印度的佛教典籍中寻找材料，有的改写了日本古代小说《源氏物语》主人公的结局，有的是在希腊的见闻的基础上加以想象衍生而成的。有几篇可以列入传说或传奇，如《马尔科的微笑》《寡妇阿芙罗迪西亚》《马尔科·克拉列维奇之死》《源氏亲王的黄昏恋》（《柯内琉斯·贝尔格的悲哀》可以列入这一范畴，但不属于东方故事），有几篇与神话相似，如《迷恋上海洋女神的人》《燕子圣母院》《砍掉脑袋的迦利》，有些介于两者之间，如《三福脱险记》《死去女人的奶》。严格说来，《东方故事集》并不能算作真正的历史小说，确切地说，这是历史题材的短篇小说。虽然这些故事不能进入历史编年史中，然而历史小说的内容不一定有确切的历史依据，如大仲马的小说大半是史书上语焉不详，而根据作者的想象写成的。因此，从广义上来说，《东方故事集》算作历史小说也未尝不可。这种半是传奇半是神话的故事和小说以短篇小说的形式出现，是一种独特的创造，扩大了短篇小说的内涵。类似的小说我们也可以见到，中国的且不论，法国作家中，戈蒂埃的短篇《女尸恋爱记》给一个女鬼以仙女的外貌和爱情执着的品格，《翁法勒——罗可可故事》类似聊斋故事；法国另一位现代作家埃梅的短篇《穿墙记》《生存卡》也有神话意味。只不过《东方故事集》具有历史色彩，这是其他传奇和有神话意味的短篇小说不可同日而语的。

二是哲理。尤瑟纳尔并不止于从东方的传奇和神话故事中猎奇，她更重视这些故事中蕴含的哲理意义，以她的话来说，要从中挖掘“不可分割的思辨观点”。正因如此，她有时加以改写，有时加以引申，有时以自己的方式加以想象，以致改变了原有故事的含义，丰富了故事的内涵。《东方故事集》描写爱情的故事最多，包括《马尔科的微笑》《源氏亲王的黄昏恋》《迷恋过海洋女神的人》《寡妇阿芙罗迪西亚》《砍掉脑袋的迦利》也可以算在内。这些故事每一篇的含义都不同。《马尔科的微笑》描写爱情的力量。马尔科是塞尔维亚民族反抗土耳其人统治的英勇斗士，他的勇猛和坚强可以与荷马史诗中的英雄阿喀琉斯媲美。由于他的情妇出卖，他被敌人抓住了，忍受了令人难以想象的酷刑：被钉子穿透手心和脚背，被烧红的炭火在胸脯上划出一圈，烧焦了皮肉，但他一声也不哼，脸上没有流露出任何表情，他的忍耐力是常人无法比拟的。可是，那个长得最美的姑娘的舞姿打动了他，本来谁也听不出他的心跳，如今他心跳加快，嘴角也露出一丝幸福的微笑，双唇轻轻地翕动，好像在接吻。爱情的力量比酷刑的威力更大，能使英雄情不自禁地露出心底的秘密。姑娘也爱慕这个坚强不屈的英雄，她看到了马尔科的微笑，为遮人耳目，机灵地把红手帕掉在马尔科的头上，盖住他的微笑。她的爱情表示与恶毒的寡妇出鬼主意形成鲜明对照。这是一曲爱情的颂歌。《寡妇阿芙罗迪西亚》则描写对爱情的忠贞。阿芙罗迪西亚与酷爱自由的科思蒂斯相爱，她的丈夫是个年老的神父，他们没有爱情可言。而科思蒂斯把她的名字刻在自己的手臂弯里，有着刻骨铭心的爱。科思蒂斯的死使她悲痛欲绝，她很想在打死他的农民的面包里下毒药，想到那些农民要在科思蒂斯的尸体浇上汽油然后烧掉，连葬在墓园里的机会也没有，便心如刀割。于是她利用中午烈日当头，农民们都关在家里睡午觉的机会，把科思蒂斯的无头尸体从尸堆中拖出来，埋在神父只剩下尸骨的棺材里。做完这件工作以后，她觉得还不够，又跑到用长柄叉戳着科思蒂斯和他的几个同伙的脑袋的空地，把他的脑袋拔出来。她坐在空地下方的果园里歇息时，果园主人出现了，以为她偷果子。她不让对方发现藏在裙子底下的头颅，在逃遁中坠下山崖。她不愿意在情人死后过着孤独和没有生的乐趣的生活，不愿过着欺瞒大家、常年说谎和保持虚伪的生活，宁愿一死了之。这个女人的一往情深表现得很突出。《源氏亲王的黄昏恋》描写一个早年是情场老手的亲王，他原想摆脱红尘，割断情丝，在平静中了却余生。不料他的妻妾中仍有人对他旧情未断。源氏因失明而无法看到她的真面目，再说他对这个女人早已置诸脑后，没有留什么印象，连他如今觉得动听的曲子是早先多次听到过的也记不起来。这对一个妻妾成群的亲王来说，是很普通的事。他对相貌平平的女人只是在想满足情欲时才与她过夜，这里没有爱情可言。眼下处在孤独与凄凉境地的他，得到一个女人无微不至的照顾，给了他极大的欣慰。这是爱情么？临终时他记起了旧日他宠爱的几个妻妾，也许这是旧日的“爱情”给他留下的美好印象。可悲的是，这几个获得他宠爱的妻妾中，唯独没有如今这个照料他的、渴望得到他的黄昏恋的女人。尤瑟纳尔对这个不能算是无情无义的大贵族的内心情感和本性刻画得入木三分，对痴情的、得不到真正宠爱的宫廷女子，流露了无限的同情。要求大贵族给予爱情是多么不易啊，试图做出最后一次努力，要获得老亲王的黄昏恋，结果是只能留下更深切的悲哀和惆怅。《迷恋过海洋女神的人》的主人公帕内吉约迪斯追逐过那些美丽的海洋女神后，成了白痴和哑巴，他“脱离现实世界，走进了理想世界”。小说的寓意在于表现：现实不能吸引他，现实世界的美女也不能吸引他，他只有在理想世界中才能找到美。《砍掉脑袋的迦利》中的迦利由于受到众神的嫉妒，先被砍掉了脑袋，继而众神后悔了，想把她的脑袋与身躯重新接到一起，不料接错了，竟将她的脑袋与一个妓女的身躯连接起来，由此产生了悲剧：这个脑袋无法按照自己的愿望做事，她的身体渴望淫欲，即使最令人不齿的男人，她也与之发生关系。这是纯洁的灵与淫邪的肉之间的矛盾，肉显然比灵的力量更为强大，不是灵支配肉，而是肉的欲望支配了灵。这样，一个作为美的象征的女神沦落到千夫所指的狗屎堆。小说的暗喻似乎是：人的肉身的欲望往往支配人做出不愿做的事来。这是那些恶神做出的恶作剧吗？灵受制于肉是万古不变的事实吗？不可能改变吗？另一方面，矛盾的辩证法却是："欲望使你懂得了欲望的虚空，悔恨教会你悔恨的无用……正因为你，完美才意识到自身的存在。"做过种种坏事的人回过头来会发现已往之不可取、悔恨之无用，然而，完美是在与丑恶的对比之中存在和确立的。描写爱情的短篇小说具有如此深邃的哲理，似乎并不多见。这就是为什么读完《东方故事集》令人觉得余味无穷，很耐咀嚼的缘故。

《东方故事集》描写母爱的小说只有一篇：《死去女人的奶》。这篇近乎神话的小说描写一个临死前的母亲念念不忘正在哺育的婴儿，于是向丈夫的两位哥哥提出，不要埋掉自己的乳房，让它能够继续给孩子喂奶。直到孩子断奶以后，这个已经死去的母亲的奶水才不再流出。正因为有这位伟大的母亲，孩子的生命才得以延续；也正因为有这位伟大的母亲，塔楼才得以建成，抵挡住土耳其人的入侵。小说结尾描写一个吉卜赛女人为了获得别人的同情，让人施舍，居然弄瞎自己孩子的眼睛，小说中的人物不禁感叹："世上的母亲真是千差万别啊。"这画龙点睛的一笔越发衬托出前一位母亲的母爱之可贵。

《王福脱险记》的第一个层面表达的是绘画的力量：长年深锁宫中的皇帝见不到现实世界，便把画幅中的山水人物当作现实，待到他掌权以后，发现现实并不像画中那样美好，于是要把画家抓来，弄瞎他的眼睛，砍掉他的手；然而，画的力量其实比他早先以为的更大，待王福画出海洋和小舟，他坐上这只小舟扬长而去。小说将绘画的魅力加以形象化。《王福脱险记》的第二个层面表达的是对现实的失望：皇帝说："世界只不过是一个失去理智的画家凭空涂抹的一堆乱糟糟的墨迹。"换言之，画家凭自己的想象将世界美化了。画家笔下是一个没有暴力的世界，是一个遍地开着永不凋谢的鲜花的世界，是一个桃花源。王福和他的弟子终于坐船驶往那里。

《燕子圣母院》是作者在希腊农村看到过的一座教堂的名字，令她不免忽发奇想。希腊是希腊神话的发源地，与天主教不是出自同一渊源。泰拉皮翁修士代表天主教的卫士，他对山林仙女的深恶痛绝，体现了天主教对异教的仇视。他凭借天主教堂和耶稣受难像，将山林仙女逼到最后一个洞穴里。在她们即将陷于毁灭之际，圣母马利亚出现了，提出找到一个"能调和仙女的生命和你的教徒的得救"的办法，说服了修士，让仙女们得以化作燕子，每年春天返回教堂，筑巢安居。这个两全其美的办法是尤瑟纳尔对多种宗教、多种文化共处一体的追求。

《东方故事集》文笔优美，叙事简洁，有的以神奇取胜，有的以惊心动魄而富有魅力，有的以形象感人，五光十色，熔于一炉，确是精品。

宏伟瑰丽的交响乐

——谈《约翰·克利斯朵夫》

罗曼·罗兰的《约翰·克利斯朵夫》是20世纪批判现实主义文学中的一部杰作，它曾在我国读者中产生过很大的影响。这是一部值得一看的小说，但是，它的篇幅浩大，内容也相应地较为复杂，需要做些认真的分析，帮助青年读者阅读。

罗曼·罗兰于1866年1月29日出生于法国中部克拉姆西的一个公证人家庭。他的母亲笃信宗教，酷爱音乐，给罗兰以深刻的影响。1880年罗兰全家迁至巴黎。他在准备投考高等师范学校期间，阅读了大量的文学作品。“我阅读莎士比亚和雨果的作品所失去的时间，在理解生活上得到了补偿。”莎士比亚和雨果这两个伟大作家的作品给年轻的罗兰打开了一个新世界。在这同时，罗兰被斯宾诺莎的哲学著作所吸引。罗兰由于厌弃“虚伪的唯灵主义”，在高师选学了历史。就在1886年，罗兰读到了托尔斯泰的《战争与和平》，“发现了另一个莎士比亚”，他被这部小说征服了：“在热爱与兴奋的激情中，气都喘不过来。”1887年4月罗兰给托尔斯泰写了第一封信，向他寻求关于生活的答案。同年10月，罗兰喜出望外地收到了托尔斯泰一封二三十页的长信，

“托尔斯泰的慈祥回答”给罗曼·罗兰的思想和后来的创作带来了不可磨灭的影响。

罗曼·罗兰在高师毕业后，当了研究生，在罗马做了两年研究工作。罗兰早就有志于写作，甚至下了“不创作，毋宁死”的决心。1890年，克利斯朵夫的形象第一次出现在他的脑海中，不过，罗兰并没有立刻从事小说写作。他在高师一面担当艺术史的教学，一面开始戏剧创作。罗兰偏爱戏剧，但在这方面成就不大。这时期他所创作的都是历史剧。罗兰的戏剧创作体现了他的一个重要思想观点：他认为19世纪末的法国社会已经同法国大革命的传统割断了联系，而法国的复兴只有恢复并发扬这个传统才能实现。他在给小说家兼评论家布尔热的信中说：“我们这个世纪的不幸，它所遭受的困扰，来自于大革命的潮流不断被各种反动力量所遏止……无论如何必须恢复这股动力，使这整部作品臻于完成。”他想做的是“补天”的工作。从1895年至1902年，罗兰接连写了六个剧本：收入《信仰悲剧》的有《圣路易》(1897)、《阿埃尔》(1898)和《理性的胜利》(1899)；收入《革命戏剧》的有《群狼》(1898)、《丹东》(1899)和《七月十四日》(1902)。其中，《群狼》一剧影射当时席卷全国的德雷福斯案件；《七月十四日》表现了人民群众攻打巴士底狱的激情场面。可是，罗曼·罗兰并没有实现自己所主张的发扬大革命传统的原则。他从抽象的人道主义出发，在剧本中竟对右翼的吉伦特党而不是对左翼的雅各宾派深表同情。毫不奇怪，罗曼·罗兰的剧作得不到观众的欢迎。

但是，罗兰也有收获。他取得了丰富的创作经验。约从1902年开始，他的创作进入了一个崭新阶段。这个阶段是以写作《约翰·克利斯朵夫》和《名人传》为主要内容的。《名人传》包括《贝多芬传》(1903)、《米开朗基罗传》(1907)和《托尔斯泰传》(1911)。这三部传记的主旨是同《约翰·克利斯朵夫》

一脉贯通的：为具有巨大精神力量的英雄树碑立传，让世人“呼吸到英雄的气息”。《贝多芬传》是其中的代表作，它所强调的自由精神以及作者在音乐方面的精湛修养吸引了人们的注意，这是一部独标一格的传记。《约翰·克利斯朵夫》则是《名人传》所宣扬的“英雄”形象的艺术体现。这部小说自 1904 年起在《半月丛刊》上发表，以后差不多每年刊载一卷，第十卷发表于 1912 年 10 月。罗曼·罗兰的小说家才具在《约翰·克利斯朵夫》中得到了充分表现，他的创作达到了第一个高峰。

1914 年第一次世界大战的爆发使罗兰的生活和创作揭开了新的一页。罗兰走出书斋，参加了日内瓦的“战俘通讯处”的工作。9 月 15 日他发表了《超乎混战之上》一文，谴责了这场帝国主义战争，呼吁以精神的力量去遏止战争势力。这篇文章立即遭到狂热的沙文主义者的围攻。在法国，沙文主义者咒骂罗兰是“卖国贼”，罗兰坚决顶住了他们的狺狺狂吠。罗兰的立场在国际上不乏支持者和同情者。流亡瑞士的列宁曾表示要争取和团结罗曼·罗兰。1915 年秋传来罗兰要成为诺贝尔文学奖候选人的消息，当时的法国政府曾竭力加以阻止。罗兰重申他“对统治阶级的鄙视”“对一切受苦的人们的友爱”和“对于未来的人类大团结的信念”。罗兰获奖后把奖金全部赠给了国际红十字会等组织。

两次大战之间罗曼·罗兰的创作又一次达到高潮。1919 年罗兰发表了中篇小说《哥拉·布勒尼翁》。这部写于 1913 年因战乱延迟出版的中篇小说，描写了 17 世纪一个具有乐天性格的手工匠。同《约翰·克利斯朵夫》这部鸿篇巨制相较，《哥拉·布勒尼翁》可算是一朵小小的奇葩。它具有浓郁的乡土气息，作者所运用的拉伯雷式的爽朗奔放的笔调，是深深植根于法兰西文学传统的土壤之上的。1920 年罗兰发表了两部反战小说《克莱朗波》与《皮埃尔和吕丝》。紧接着罗兰开始长篇小说《母与子》(原名《迷住的灵魂》)的创作。这部小说的写作前后达十一二年之久。它的内容反映了罗曼·罗兰思想发展中的重要变化。小说的前三卷描写一个富裕家庭出身的女子安乃德，她先是为冲破当时社会的婚姻观念而奋斗，继而她破了产，又为抚育儿子玛克而独自谋生。玛克长大后，母子却产生了隔阂，但他认清了自己父亲的政客面目后，回到了母亲的怀抱。这三卷的内容描绘的仍然是约翰·克利斯朵夫式的个人反抗。第四卷《女预言者》写于1929年至1933年，作者笔下的人物出现了变化。玛克积极参加了反法西斯斗争，终于被法西斯暴徒刺死。安乃德勇敢地走上她儿子走过的道路。当时，罗曼·罗兰积极从事反法西斯和反战的斗争，政治上拥护苏联，对社会主义抱着真诚的愿望。1931年他发表了《向过去告别》一文，就表现了他要同以往决裂，迈出新的一步的决心。罗兰和高尔基的深厚友谊在30年代初日益发展，高尔基对罗兰的思想无疑起了有益的影响。总之，罗兰在这时期思想的发展是《母与子》的主人公投入政治斗争的基础。这部长篇是罗兰后期创作的高峰，高尔基认为写得“完全成功”。

罗曼·罗兰的思想始终没有越出资产阶级人道主义的体系。1919年他发表的《精神独立宣言》就是从人道主义思想出发，去呼吁遏止新战争的。20年代他花了相当多的精力研究印度问题，写出了《甘地》等三部传记，十分赞赏甘地的非暴力主义。直至晚年，罗兰也基本上没有改变他的立场。资产阶级人道主义贯穿了罗兰的全部创作。

1935年罗兰发表了政论集《战斗十五年》。1939年发表的剧本《罗伯斯庇尔》，对雅各宾党人改变了看法，转为赞颂的态度。

第二次世界大战爆发、法国沦陷后，罗兰蛰居在巴黎郊区的维兹莱家中，受到严密监视。罗兰潜心于著述，写出回忆录《内心旅程》(1942)，完成《贝吉传》(1945)。罗兰看到了巴黎的解放。1944 年 12 月 30 日，体弱多病的罗兰终于溘然长逝。

文学艺术是社会生活在作家头脑中的反映的产物。一部杰出的文学作品必然反映出具有本质意义的社会生活。《约翰 · 克利斯朵夫》就反映了 19 世纪末、20 世纪初这个风云变幻、动乱异常的时代某些有重大意义的社会现象。

诚然，《约翰 · 克利斯朵夫》描写的是一个音乐家的一生，但作者是把他放在广阔的社会背景上来描绘的。罗曼 · 罗兰有意识地力图把这部小说写成《战争与和平》那样的规模：故事情节发生在欧洲几个国家，构成一部史诗性的作品。罗曼 · 罗兰当初酝酿这部作品时，就设想主人公要“翱翔于时间之上”“对现代欧洲做出评判”。就是说，要从艺术上对现代欧洲做出批判性的反映。《约翰 · 克利斯朵夫》的情节是在德国、法国、意大利、瑞士等国展开的。19 世纪末、20 世纪初，德、法、意这几个重要的欧洲国家逐渐从资本主义发展到帝国主义，社会状况和人们的精神面貌发生了重大变化。《约翰 · 克利斯朵夫》正是在这个方面深刻地反映了时代，从而取得了重大成就。

首先，《约翰 · 克利斯朵夫》深入地表现了 19 世纪末、20 世纪初日益增长和激化的社会矛盾。小说主要通过主人公克利斯朵夫的经历来反映这种尖锐对立的阶级状况。

在小说的前几部，约翰 · 克利斯朵夫是一个叛逆的形象。他生长在阶级界限、上下尊卑十分森严的环境中，从小就孕育了反抗性格。作者通过一系列的事例来塑造这种性格。最初，他对两个小主人的欺弄感到满腔愤懑，进行了大胆的还击。他为父母居然对那些卑鄙的恶人卑躬屈膝感到可耻。他甚至看不惯善良的母亲低声下气地接受主人家的恩赐。他对父亲要把他训练成一头玩把戏的动物而感到愤慨，执意不想再弹钢琴。他受不了满身铜臭气的伯父的揶揄，心头火起，竟对着伯父脸上啐了一口。他过早地就开始挣钱谋生，支撑这个被酗酒的父亲弄得破败不堪的家庭。他同弥娜闹恋爱，遭到克里赫太太的反对，她要他考虑门第，克利斯朵夫羞愤交集，宣称他“不是任何人的仆人！……即使我没有你的门第，我可是和你一样高贵。……我尽管不是一个伯爵，我的品德也许超过多少伯爵的品德。”这段愤激的话是对社会不平等的愤怒抗议，是对豪门权贵的高度蔑视。克利斯朵夫独来独往的行为竟然得罪了大公爵。有一次他在一份社会党的报纸上发表了一篇文章，大公爵暴跳如雷，训斥他：“你什么权利也没有，唯一的权利是不开口。”克利斯朵夫没有被淫威吓倒，他说：“我不是您的奴隶，我爱说什么就说什么，爱写什么就写什么。”表现了凛然不可侵犯的正气。克利斯朵夫最后因出于义愤打死了一个侮辱乡下姑娘的大兵，他的个人反抗达到了最高潮。克利斯朵夫的反抗反映了下层人民和上层统治者愈来愈尖锐的阶级对立。如果说，克利斯朵夫在闭塞保守的德国看不到组织起来的群众对统治当局进行斗争的话，他却在具有光荣革命传统的法国巴黎同工人群众相遇，终于不期而然地碰上示威游行队伍。他不由自主地同警察进行搏斗，成了被追捕的逃亡者。工人团体的活动和示威游行是 20 世纪初期逐渐高涨起来的群众性斗争，它们反映了社会矛盾的加剧。小说中的描写透露了强烈的时代气息。

罗曼·罗兰在小说中反映了尖锐的社会矛盾并不是偶然的。他从青年时代起就一直关注社会的动向和变化。他说：“我是纠缠着 1900 年前后法国第三共和国的政治社会危机的热烈而专注的见证人。”他十分注意布朗热将军与右翼暗中勾结的丑闻和轰动一时的德雷福斯案件，他常去听若莱斯的讲演和法国社会党内部的辩论。他对1905年的俄国革命运动十分关切，这一年年底他写道：“我怀着热烈的关心注视着俄国的事件。”他认为这是一次伟大的事件。1909年爆发了大规模的法国邮政工人罢工，罗兰说：“我不隐瞒，我所有的同情都在罢工工人一边。”对当时的政治事件、革命斗争和工人运动的关心和同情，使罗兰感受到时代跳动的脉搏。在小说中他有时正面描绘了这种社会矛盾，有时则放到背景之中，起到烘托气氛的作用。小说的描写使人感到当时的欧洲埋伏着深重的政治社会危机。

其次，小说描写了资产阶级的文化和精神的堕落。揭露得尤为淋漓尽致的是在第五卷。罗兰猛烈地抨击了巴黎艺术界。克利斯朵夫未到法国之前，把巴黎想象为自由的天堂，在巴黎爱干什么就可以干什么，既没有什么组织来操纵人家的声名和成功，文人也不相轻，批评界也不压制天才……可是到了巴黎以后，克利斯朵夫看到的却完全是另一个样。巴黎的出版商像猛兽等待猎物一样专候艺术家走投无路，自动送上门来。他发现这儿的文学专门描写淫荡、肉欲，到处都“弥漫着精神卖淫的风气”。资产阶级文人标榜什么“为科学而科学”“为艺术而艺术”，实际上他们是“为金钱而艺术”。在作家们的眼里，财富竟是一种美，几乎也是一种德，因此，他们的作品也成了“现代工商业化的出品”。罗兰一针见血地指出：金钱“在这商业化的民主国家中控制了全部的艺术思想”。巴黎文艺界的高级社交场所被作者绝妙地讽刺为广场上的市集，人人都在那里闹闹嚷嚷，推销自己的拙劣作品，并且互相攻讦。他们一旦发现克利斯朵夫是个大胆的革新者时，就想尽一切办法阻碍他获得成功。资产阶级文化上的堕落反映了他们精神上的堕落。罗兰用冷嘲的笔锋写道，那些上流社会的贵妇人，生活空虚，只求享乐，连小动作都有一定的功架，

“对着闪光的羹匙、刀叉、银咖啡壶，把自己的倩影随便瞅上一眼，她们更觉得其乐无穷”。这些女人身上散发着腐化堕落的气息。至于男人们，“他们嘴里一刻不停地说着自由，可是没有人比他们更不懂得自由，更受不了自由”。那些议员们一心只想捞到财产和再次当选；“在法国，政治被认为是工商业的一支。”他们中间有一个虚伪透顶的资产阶级文人兼政客——雷维·葛，他是暴发户的儿子，专搞些贵族式的文学，大言不惭地自命为第三共和国治下的贵族，“永远装得彬彬有礼，周到细腻，便是对心里厌恶而恨不得推下海去的人也是如此”。这个伪善的家伙却在上流社会中如鱼得水，十分活跃。小说对巴黎上层社会的乌烟瘴气，绅士淑女的猥琐卑污和精神堕落，进行了真实的写照。文化和精神的颓废沉沦是帝国主义时代的显著特点之一，《约翰·克利斯朵夫》关于这方面的反映也是入木三分的。

罗曼·罗兰明知这样描写要得罪不少的人，他说：“我攻击了太多的人，以致要被他们的报纸和沙龙乱咬一阵。我当然喜欢处于安静地幻想之中。但必须说出真相。即使我要隐忍着保持沉默，克利斯朵夫也不能忍耐下去；一旦我拒绝说出真相，他就会离我而去，一去永不复返。”正是这种敢于揭露社会黑暗面的写真实的精神，推动罗曼·罗兰写出了小说中最有分量的一些篇章。

第三方面，小说描写了一场即将来临的战争笼罩着欧洲上空的严重威胁。这场战争从19世纪末已经投下了阴影，20世纪初这种歇斯底里的叫嚷更加甚嚣尘上。罗兰在中学时代就被战争的幽灵纠缠不已。对此，他大声疾呼要实现民族和睦，特别是德法两个民族的和睦。“我们是西方的一对翅膀……战争要来就来吧！咱们的手始终紧紧地握着，像兄弟般契合的心灵始终在一块儿飞跃。”罗曼·罗兰通过克利斯朵夫和法国青年奥里维的友谊形象地表达了他的民族和睦的思想。奥里维和他的姐姐安多纳德的故事是十分动人的。

奥里维纯朴、多情、孱弱、天真，但骨子里他是个意志坚定、独立不羁、热血沸腾的青年。他和克利斯朵夫相遇后，彼此互相吸引，结为知己。克利斯朵夫通过他了解到法兰西纯洁、美好，向往和平的民族精神。每当局势紧张时，克利斯朵夫就认为德法两国应当携手，解除仇恨。他和奥里维在这种剑拔弩张的情势下都感到不胜苦闷。军国主义者十分猖獗。什么是爱国主义？是否要为统治者效命？这些问题纠缠着每一个人，也纠缠着他们俩。罗曼·罗兰描写奥里维在克利斯朵夫丧母时赶到德国去安慰他，而克利斯朵夫在奥里维跟雅葛丽纳离异后也给他以支持，他们之间心灵的融洽显示了两个民族可以达到和睦的思想。当然，罗兰的思想不可能达到制止战争的目的，他也不了解企图发动战争的狂人行动的原因。尽管如此，他的小说对回击沙文主义者的叫嚣、对帝国主义战争的谴责还是很有意义的。他的声音在沙文主义者的大合唱中显得十分突出。这种思想代表了相当一部分法国人要求遏止战争的善良愿望。

罗曼·罗兰在写完这部小说时曾说过："在刚过去的半个世纪中，精神界的改变较之以往的20个世纪变化更大。"他的长篇小说就是要描绘出这种精神变化，他把自己的小说称为"历史"或"历史性的"作品，又说这是"现代心灵的精神道德史诗"。着重从精神道德方面去反映广阔的时代面貌是《约翰·克利斯朵夫》在思想内容上的总的特点。从上述三个方面也可以看到，罗兰通过克利斯朵夫的幻想、追求、奋斗写出了小资产阶级在精神上的动荡不安，通过巴黎文艺界的形形色色的人物写出了资产阶级在精神上的腐化堕落，通过帝国主义战争的威胁写出了各阶层人物的骚乱不宁。《约翰·克利斯朵夫》确是一部描绘了19世纪末、20世纪初这个动乱时代人们精神心理的史诗作品。

然而，罗曼·罗兰的思想是复杂的。一方面，他富有正义感，同情下层人民生活，鄙视邪恶势力，在这种思想指导下，他敢于面对现实，揭露现实，笔锋所向，毫不留情。他继承了批判现实主义的优秀传统，把《约翰·克利斯朵夫》写成一部具有深刻揭露性的内容的长篇小说。另一方面，他又笃信单靠精神力量能够改造这个社会的不合理现象，夸大精神自由和独立的力量。克利斯朵夫在他笔下是一个限于个人反抗的“英雄”，又是一个以所谓精神力量“慑服人心”的“英雄”。罗兰思想上的矛盾导致小说主人公的复杂性。

对于克利斯朵夫的个人反抗，应当如何看待呢？不能不承认，克利斯朵夫这种敢于反抗强暴，连大公爵也敢于藐视的无畏性格；这种压迫他的势力越是强大，越是激起他的愤怒和憎恨的个性；这种即使会撞得头破血流，仍然不断地反抗，并对命运长期斗争，不愿听天由命的抗争精神：这一切无疑是很可贵的，正是这些地方博得了读者的同情和喜爱。同时也要看到，19 世纪末、20 世纪初，生活在风雨飘摇之中的小资产阶级有一部分沉沦了，有一部分采取了克利斯朵夫式的个人反抗，也有的倾向于社会主义（法国第一个工人政党成立于 1879 年）。克利斯朵夫同工人运动是有接触的。尽管克利斯朵夫（还有奥里维）主观上不愿同搞社会革命的人联盟，但“他们总还是在那条载着劳工队伍与整个社会的船上”。克利斯朵夫“用一种带着鼓励意味的关切的态度，看着无产阶级团结起来”。他虽然内心并不相信民众，仍然“喜欢到骚动的平民堆里混一下，让精神松动一点，事后觉得自己更有劲更新鲜”。他所做的革命歌曲，在工人团体中不胫而走。一直到最后，克利斯朵夫和奥里维身不由己地被卷进五一节的游行队伍中。但克利斯朵夫毕竟同工人在思想上是格格不入的。他的个人反抗应该说已远远落后于时代的发展，但他没有认识到这一点，始终不愿投身于革命运动之中。他成名之后，躲开社会斗争的漩涡，追求不可企及的精神恋爱，沉醉于脱离社会生活的音乐创作之中，这是个人反抗的一条悲剧性的出路。但在创作《约翰·克利斯朵夫》的初期，罗曼·罗兰却把克利斯朵夫的个人反抗看成了不起的英雄行为，他说："我只将那些心灵伟大的人称作英雄。"这样的"英雄"是"不怕在自己那个自由的思想领域内孤立"的。他认为在这个被卑鄙的利己主义窒息着的世界，需要这样的孤独的"英雄"："世界闷死了。打开窗户吧！放进自由的空气吧！让我们呼吸英雄的气息。"罗曼·罗兰认为这样的"英雄"是"新的人物"。实际上，这仍然是 19 世纪批判现实主义文学中常见的以资产阶级人道主义为思想武器的个人主义者。这样的个人主义者的行动既不可能，也绝不会动摇资产阶级社会，他们的反抗行动甚至得不到群众的理解（克利斯朵夫为搭救乡下姑娘打死了大兵，却受到农民的埋怨，即是一例）。他们不去投身于革命运动，势必成为落伍者，被时代的车轮抛在后面。到后来，罗曼·罗兰也开始意识到这一点，他说："《约翰·克利斯朵夫》总的来说不代表我的全部思想。这是一个完整的世界，却是一个正在完结的世界，它要诞生出另一个世界。"这段写于 1912 年 1 月的话既针对小说而言，也针对小说的主人公而言，说明罗曼·罗兰的思想已超越了当初构思这部小说时的高度，认识到受个人主义思想制约的人物已不符合时代潮流的发展。

《约翰·克利斯朵夫》在艺术上是一部独具特色的小说，它在长篇小说的创作上做出了重要的贡献，受到普遍的重视和赞赏。

《约翰·克利斯朵夫》最显著的艺术特色在于具有交响乐一般的宏伟气魄、结构和色彩。这在世界文学史上是前无古人，独创一格的。小说同音乐本是两种类型的文艺形式，而在罗曼·罗兰那里，却有机地结合在一起，产生了无穷的魅力。罗曼·罗兰多次谈到自己的作品包含着音乐性 “我的思想表达到人物身上，他们的互相吸引和冲突组成了一曲交响乐。在心灵的天地中有着节奏和旋律，这就是我的思想致力于达到的图景。”他又说：“我的精神状态始终是音乐家的而不是画家的精神状态。我先是把整部作品的音乐效果孕育成满天星云一样璀璨，然后才考虑主要的旋律节奏。”罗曼·罗兰具有深湛的音乐修养，他不仅精通欧洲音乐大师们的作品，而且自己还是个优秀的钢琴家，他还是一位音乐艺术史教授、音乐评论家和音乐家传记作者。这些优越的条件保证了他能在一部长篇小说中创造出交响乐一般的华美瑰丽的效果。

从结构上来看，《约翰·克利斯朵夫》的各卷有如交响乐的几个乐章一样，分成序曲、发展部、高潮和结尾，气势浩荡，浑然一体，鸣响着时代的强音。作者凭借他对欧洲音乐的深厚素养，在小说中交叉穿插对音乐作品和音乐家的评点，带领读者漫游欧洲古典音乐的王国，使读者感到生活在管音琴声的氛围里，陶醉在音乐曲调的享受中。这是深切热爱音乐的行家用小说的形式表达自己真切情感的一部杰作。

小说主人公克利斯朵夫是一个有杰出才能的音乐家。罗曼·罗兰酣畅自如地描绘了这个音乐家的内心世界。他细致入微地写出了克利斯朵夫儿时对音乐的敏感和觉醒。万事万物常常在他的心里融会为曲调：“这种无所不在的音乐，在克利斯朵夫心中都有回响。他所见所感，全部化为音乐。”他的舅舅常常带他去散步，给他唱一些动听的小调，和他谈论星辰、云彩，“教他辨别泥土、空气和水的气息，辨别在黑暗中飞舞蠕动、跳跃浮游的万物的歌声、叫声、响声，告诉他晴雨的先兆，夜间的交响乐中数不清的乐器”。舅舅是他的真正的音乐启蒙老师。描绘这个小小音乐家的音乐心理活动最为生动的一节，是当克利斯朵夫发现父亲逼他练琴，为了从他身上捞钱，于是他拒绝练琴，被父亲关在黑屋子里的一段描写。他幼小的心灵先是愤怒地咒骂，幻想出自己反抗的故事。莱茵河在屋下奔流，水声引起了他的音乐想象：

浩荡的绿波继续奔流，好像一整片的思想，没有波浪，没有皱痕，只闪出绿油油的光彩。克利斯朵夫简直看不见那片水了；他闭上眼睛想听个清楚。连续不断的澎湃的水声包围着他，使他头晕眼花。他受着这永久的、控制一切的梦境吸引。波涛汹涌，急促的节奏又轻快又热烈地往前冲刺。而多少音乐又跟着那些节奏冒上来，像葡萄藤沿着树干扶摇直上：其中有钢琴上清脆的琶音，有凄凉哀怨的提琴，也有缠绵婉转的长笛……

……音乐在那里回旋打转，舞曲的美妙节奏疯狂似的来回摆动；一切都卷入它们所向无敌的漩涡中去了……自由的心灵神游太空，有如为空气陶醉的飞燕，尖声呼叫着翱翔天际……欢乐啊！欢乐啊！什么都没有了！……哦！那才是无穷的幸福！……

这段文字把主人公所特有的音乐感绘写出来了，这种音乐感代替了人物的心理活动描写，或者说，所写的既是人物的音乐感，又是心理活动。我们可以从中看到人物音乐才能的成长过程：主人公的生活遭遇和自然界的音响相结合，促使这种才能得到了发展。心理描写（即音乐感）是独特的、细腻的；而自然景色的描写是富有诗意的、优美的。两者的结合形成一段动听的奏鸣曲，并构成整个交响乐的一部分。

正由于《约翰·克利斯朵夫》同音乐结合得这样紧密，所以有不少评论家把它称为一部“音乐小说”。

罗曼·罗兰着重描绘的人物心理状态、心理感受，既反映了主人公的音乐天赋，同时又表现了他倔强的个性。描绘青年时期的克利斯朵夫时，作者更是着力于个性的刻画。例如，小说描写克利斯朵夫在一次音乐会中突然觉得一切都是虚伪的，他抑制不住，大声狂笑起来，甚至看到那些吃惊的脸，越发笑得厉害。这个场面把一个狂放不羁的音乐家形象相当鲜明地显现了出来。

罗曼·罗兰遵循着现实主义塑造典型的方法，他说："我竭力描绘的是典型，而不是个体。"他指出自己笔下的人物肖像"包含着一些真实的人物面容，往往不知不觉借用了我所熟知的这样那样的人物：但是这些肖像绝不会是我所熟悉的这样那样的人。"他又说，他经过长期观察，把一些同样类型的人物综合到他笔下的一个人物身上，而成了他自己的一个创造。例如，克利斯朵夫的生平采用了德国伟大音乐家贝多芬的身世，但克利斯朵夫的身上还综合了其他一些欧洲音乐家的生平材料。克利斯朵夫绝不是贝多芬，而是20世纪初的音乐家形象，打上了时代的烙印。

《约翰·克利斯朵夫》中出现的人物相当多，一些次要人物也性格突出，给人留下深刻印象。如酗酒成性、浑噩贪财的曼希沃，善良懦弱的鲁意莎，慈祥温和的米希尔，淳朴得像水一样清朗的高脱弗烈特。还有自命不凡、爱卖弄风情的弥娜，朴实痴情的洛莎，懒散柔和的萨皮纳，开朗快乐的高丽纳，娴静贤淑的葛拉齐亚，刚强奔放的赛西尔，骚动不安、精神无所寄托的雅葛丽纳，温柔坚忍、为弟弟耗尽了最后一滴血的安多纳德，等等。在小说中出现的一系列女性形象都各不相同。能在同一部小说中创造出众多互不雷同的人物，表明作家具有高度的艺术技巧。

《约翰·克利斯朵夫》的艺术风格是朴素中隐含着绮丽，流畅中蕴含着精粹。罗曼·罗兰在小说中写下这样一段话："对普通的人就得表现普通的生活：它比海洋还要深，还要广。我们之中最渺小的人也包含着无穷的世界……

你写这些简单的人的简单生活吧，写这些单调岁月的平静的史诗吧，一切都那么相同又那么相异……你写得越朴素越好……你是向大众说话，得运用大众的语言。字眼无所谓雅俗，只有把你的意思说得准确不准确……文字应当跟从你心灵的节奏。所谓风格是一个人的灵魂。”罗曼·罗兰正是这样去做的。他的文字真诚朴实，不假虚饰，有如清澈见底的流水；这一条条清溪最后都汇入大河，然后再浩浩荡荡奔向前去。这样的语言能在朴素简单中见出浑厚浩瀚，在平凡静穆中显出深广热烈。

小说的情节开展也有类似特点：以主人公克利斯朵夫的生平经历为主线，其他人物随着克利斯朵夫走向社会而陆续出现；有的重要人物如奥里维直到第六卷才露面。这种写法乍看似无匠心，朴素无奇，然而这是像日常生活一样的简单朴讷，它使人感到平易亲切，就像咀嚼橄榄一般，你能慢慢体会出浓郁的生活气息来。

《约翰·克利斯朵夫》的巨大成功引起了广泛的关注。英国小说家威尔斯认为罗曼·罗兰开创了一个新流派。法国文学批评家朗松也认为这部小说是“我们时代最高水平、最优美的作品之一”，尤其在法国文坛处于不景气的时刻，这部小说就显得更加光彩夺目。确实，《约翰·克利斯朵夫》可以毫无愧色地置于世界文学杰作之列。

20 世纪批判现实主义的又一鸿篇杰作

——长河小说《蒂博一家》

从20世纪开始，法国的长篇小说创作出现了一种新体裁：长河小说。它们的篇幅都在100万字以上，有的长达几百万字。罗曼·罗兰在《约翰·克利斯朵夫》第七卷的序言中把他的小说比作一条河流。自此，长河小说的称谓便沿用下来。罗歇·马丁·杜伽尔的《蒂博一家》便是长河小说中有代表性的一部。

《蒂博一家》在20世纪上半叶的法国文学，乃至西欧文学中占有一个重要位置，它跟《约翰·克利斯朵夫》《追忆逝水年华》以及《布登勃洛克一家》[1]齐名。马丁·杜伽尔于1937年“因为他的长篇小说《蒂博一家》所描绘的人的冲突及当代生活中某些基本方面的艺术力量和真实性”而获得诺贝尔文学奖，这是对《蒂博一家》的成就和它在国际上的影响的一个高度评价。

《蒂博一家》花费了作家将近20年的巨大精力。这是在他拥有丰富的阅

1 《追忆逝水年华》（1913～1928）系法国意识流作家普鲁斯特（1871～1922）的著名作品；《布登勃洛克一家》（1901）系德国作家托马斯·曼（1875～1955）的杰作。此外，法国的长河小说还有儒勒·罗曼（1885～1972）的《善意的人们》，共20多卷；乔治·杜阿梅尔（1884～1966）的《帕斯吉埃一家纪事》（1933～1941）。

历和写作经验，进入中年以后的一部创作，也是他毕生文学写作的结晶。

罗歇·马丁·杜伽尔1881年5月23日生于纳伊利–舒尔–塞纳。父亲是巴黎塞纳区法庭的第一审诉代理人。童年时他经常在拉菲特别墅区度过，这个地方在《蒂博一家》中得到充分描绘。9到10岁时，有个小邻居把自己写的一个诗剧借给马丁·杜伽尔，这个偶然的行动竟然在马丁·杜伽尔幼小的心灵里打开了一个新世界，唤起了他巨大的激情："这个激动了我一辈子的写作需要，我认为是在一个春天的傍晚，受到我的朋友让的戏剧作品的魅惑之下产生的。"1892年，他进入天主教学校读书，爱看左拉的小说和米拉波的历史著作，并练习写诗和短篇小说。1896年，他离家去上中学，有个神甫借给他托尔斯泰的《战争与和平》："不用说，发现托尔斯泰是我青年时期最重要的事件之一；它无疑对我成为作家的未来产生最持久的影响。"[1]他又说："发现托尔斯泰对我的文学修养、小说家的禀赋，以及后来对我的全部作品——我甚至要说对我一生——有着决定性的、最大的和持久的影响。"[2]中学毕业后，他在索尔本学院念文学预科。著名评论家法盖是他的老师，鼓励他从事创作。1900年，他进入文献学院，学习历史和中世纪建筑学，这些课程培养了他对历史和当代事件的兴趣，使他学会了科学分析。1902～1903年，他到卢昂服兵役，复员后继续学习，1905年毕业。1906年结婚后，偕妻子到北非住了四个月。1908年，他钻研过精神病学。这些活动都为他日后创作提供了各种知识。

1909年，马丁·杜伽尔自费发表了第一部小说《变化》。小说情节不算复杂：巴黎一个公证人的儿子安德烈·马塞雷尔以为自己有作家才能，但他缺乏恒心，每次创作都以失败告终。他在上流社会遇到一个女子凯蒂·马里纳，

1 马丁·杜伽尔：《回忆录》，第2卷，弗拉马里翁出版社，1957年，第46页。
2 马丁·杜伽尔：《马丁·杜伽尔全集》，第1卷，伽利玛出版社，1955年，第569页。

一见钟情，然后又遇见另一个女子瓦朗蒂娜。由于她们没有财产，他抛弃了她们，最后娶了一个有钱的女继承人德尼丝·艾尔佐，于是放弃了文学创作，过起乡绅的悠闲生活。妻子在生育中死去，他挥霍过度，靠典押度日。这部小说对文学问题发表了不少有益的见解，但本身缺乏生动性，写得并不成功。1913 年，马丁·杜伽尔又出版另一部小说《让·巴罗瓦》。如果说，他的第一部小说的批判精神尚能贯彻始终的话，那么，《让·巴罗瓦》则倒退了一步。小说主人公出身资产阶级家庭，从小身体羸弱，15 岁时对宗教产生怀疑。他在巴黎学医，毕业后教书。因他不信教，导致同妻子分居。他创办了一个哲学和社会学杂志《播种人》。在德雷福斯事件中，这份杂志登载了为德雷福斯辩护的公开信。45 岁上，他感到心力衰竭，无法进行对公众的鼓动。他得了胸膜炎以后便不再领导《播种人》杂志。他的女儿这时当了修女；他和妻子思想逐渐接近，终于破镜重圆。他感到需要休息，临终时改变了自己叛教的信念。这部小说内容较为消极，它反映了马丁·杜伽尔思想上的矛盾。虽然他看到了 19 世纪末、20 世纪初随着社会的变动在一部分资产阶级知识分子中产生了精神信念的动摇，然而马丁·杜伽尔对这种动摇还缺乏坚定赞同的态度，他处在观望犹豫之中。小说主人公的结局反映了作家这种思想状况。

这两部小说尽管写得并不成熟，但有三点值得注意。其一，作家企图在小说中通过一个资产阶级出身的人物的一生经历，写出一代人的精神面貌。其二，小说注意对时代重大事件的反映，尤其是《让·巴罗瓦》对 19 世纪末、20 世纪初席卷法国的德雷福斯事件进行了正面描绘。其三，马丁·杜伽尔开始运用对话作为他的小说艺术的主要手段，并常用心理描写。这三个特点是马丁·杜伽尔第一阶段创作的主要收获，它们孕育了健康的成分，为马丁·杜伽尔的创作打下了良好的基础。

1914 年，第一次世界大战爆发，马丁 · 杜伽尔在总动员的第二天就上了前线。他在第一骑兵军团当下士，担任运输给养弹药的工作，直到战争结束。马丁 · 杜伽尔不仅仅是普通的士兵，他作为一个清醒的现实主义者，看到了资本主义文明的毁灭和这个社会的精神信念的破产，明确了他在战前模糊地认识到的问题。他的思想趋于成熟了。1919 年 2 月，他复员回到巴黎，同友人一起从事戏剧活动。从 1920 年春天起，他开始酝酿写作《蒂博一家》。开初，为了模仿《战争与和平》，想用《善与恶》作为小说的名字。随着构思的深入，他抛弃了这个过于抽象的题名。1922 年 4 月，小说第一卷《灰色笔记本》问世，5 月第二卷《教养院》出版。1923 年 10 月，发表《美好的季节》。第四、五卷在 1928 年出版，次年发表第六卷。但在写作第七卷《开航》时遇到了挫折。在此期间他发表了《古老的法兰西》，这是一组农村的速写，随着邮差的足迹，读者看到了一个小村镇的一系列场景：用作者的话来说，里面“搜集了丑恶的面影，冷酷的贪婪的残忍的心”。

正是当时的政治局势促使马丁 · 杜伽尔改变了写作《开航》的初衷。法西斯势力的猖獗和一次新的世界大战的危险促使他要正面描绘第一次世界大战给人们的精神带来的深刻影响。他毅然决然毁掉了三年来的心血，决定另起炉灶，动手写作《一九一四年夏天》，这一卷在 1936 年完成。马丁 · 杜伽尔的努力取得了出色的结果。纪德曾经这样评论说：“这样解决我看是十分成功的，较之他先前设想的冗长的续篇远远好得多；不仅更有意义，而且有助于阐明前几卷的思想内容。”《一九一四年夏天》引起了国际上的重视，它受到的欢迎是马丁 · 杜伽尔获得诺贝尔文学奖的直接原因。当时马丁 · 杜伽尔正在构思小说的结尾，这一卷直至 1940 年 1 月才辍笔付梓。写成这部纪念碑式的作品，马丁 · 杜伽尔的创作生涯实际上也告结束。

在第二次世界大战期间，马丁·杜伽尔着手创作另一部长篇小说《穆莫中校》。小说主要写1940年6月德军入侵时，退休的穆莫中校烧毁了自己40年来的日记；不久，他又开始记日记，并回忆自己早年的生活和走过的道路。可是，马丁·杜伽尔几度易稿，始终没有完成这部长篇。

此外，马丁·杜伽尔写过几部戏剧，都并无显著特色。不过，他从事戏剧创作对于他写作小说得益匪浅。不妨说，他的戏剧创作是为了小说创作而进行的一种练笔。

马丁·杜伽尔于1958年8月20日病逝。

同罗曼·罗兰一样，马丁·杜伽尔是个继承了19世纪批判现实主义传统的作家。《蒂博一家》通过一个资产阶级家庭及其社会联系，反映了整个资产阶级社会在20世纪初的变迁以及世界大战对社会的深刻影响。

从内容来看，《蒂博一家》的前六卷为一部分，后两卷为另一部分，但这两部分彼此交叉穿插，不能割裂。

蒂博父子一家是小说中重点描绘的对象。蒂博先生属于大资产阶级，经营社会慈善教育事业。这个一家之长自以为是，独断专行，习惯于在家庭中发号施令，一心要两个儿子按照他的意志踏入社会。其实他一手创建的教养院是个戕害青少年身心健康的地方，连他的小儿子也深受其害。他企图让自己的名字留传后世，结果事与愿违，两个儿子都没有继承他毕生精力所贯注的事业，临死时他才明确地意识到这一点。他亲手建造起来的大厦眼看一朝倾覆。他的死是一场痛苦的挣扎，预示了这个大资产阶级家庭的没落崩溃。

他的大儿子昂图瓦纳是个有才干、有毅力的年青医生，看来有条件成为蒂博家的继承人，像他父亲一样，活跃于社会上。他思想比父亲开明，对于监禁在教养院里的弟弟富有同情心，不惜同父亲面对面争执，并使父亲让步——他的才干看来在他父亲之上。对于跟自己家里信仰的天主教不同的新教家庭——丰塔南家，他也能随声附和，不坚持己见，表示出宽容态度。他对自己是盲目信任的。自从遇到拉雪尔以后，他开始意识到自身的弱点，对自己的力量逐渐产生怀疑。随着战争的逼近，他认识到自己与同时代人的联系，自己一帆风顺的前途成了问题。父亲死时，他朦胧地感到一切都要丧失。他在 37 岁的青春年华便因中了毒气而慢慢死去。最后他失去了自信心，知道他所生活的世界行将瓦解，他所依仗的个人奋斗已经不可能实现。这是一个年轻有为、循规蹈矩的资产者子弟所走过的道路。老一代的钻营失败了，这新一代的奋斗也碰了壁，小说形象地表明 20 世纪初某些大资产阶级家庭的历史命运。

蒂博先生的小儿子雅克是这个资产阶级家庭的逆子。他富于反抗精神，十四五岁时已想离开这个窒闷的家庭。教养院扼杀人的精神主动性的规章险些毁掉了这个倔强的孩子。他具有不亚于兄长的智力，居然考中了名牌学府高师，而且还名列第三。出于对环境的不满和爱情的失意，他再一次离家出走。他在瑞士同一些政治活动家致力于和平主义运动。他力图通过各种政治活动去解决当前的社会危机，包括政治危机。他离开家庭，投入社会斗争以后，眼界比以前开阔，思想意识也产生很大变化：从反抗家庭转到反对各国政府对战争威胁的软弱政策。他殚精竭虑，奔走于各个国家，鼓吹发动总罢工；执行领导人的指令，盗窃军事情报，甚至冒着生命危险乘坐飞机去散发传单，企图阻止战争蔓延。最后，他死于自己的宣传对象的枪口下：飞机坠毁，他受了重伤，抬担架的一名宪兵溜走了，他的担架被别人夺走，另一个抬担架的宪兵索性把这个“间谍”一枪打死。他的悲剧给他从事的活动做了总结：他企图遏止战争的行动之所以归于失败，是因为他进行的是消极的斗争，不可能改变战争发动者的政策。总之，他只从个人的地平线走到大众的地平线的边缘，还没有真正踏入社会主义的斗争道路。

蒂博父子的悲剧既是这个大资产阶级家庭的悲剧，也是第一次世界大战以前法国社会乃至西欧社会的悲剧。马丁·杜伽尔十分注意反映生活中这种悲剧因素，他在诺贝尔文学奖受奖词中说：“长篇小说的主要目标就是表现出生活的悲剧性，个人生活的悲剧性，一个正在形成的命运的悲剧性。”这里包含了个人生活的悲剧和社会生活的悲剧。在表现个人生活的悲剧时，作家着重描写人物的精神苦闷。昂图瓦纳在勒阿弗尔的码头上冒着风雨像无家可归的人一样奔走摸索，他感到空虚、彷徨、凄苦、无依无靠，与他以前充满信心判若两人。雅克在考上高师以后只有短暂的快乐，他始终处在精神压抑之中，无法摆脱烦恼苦闷。蒂博父子力图掌握自己的命运，但有一股看不见的力量在主宰他们，压倒他们，他们的悲剧是伴随着整个社会面临的浩劫而不可避免地产生的。昂图瓦纳回顾自己的一生，“把着欧洲的脉搏”，发出具有预言性的感叹：“西方犹如一只火药桶。一旦哪儿爆出一点火星，那就不得了啦！”这种危机感道出了人们的普遍心理。雅克比昂图瓦纳更进一步，他感到资本主义文明已无法解决社会危机，资本主义社会所宣扬的家庭和谐、精神道德并不能适应个人发展的需要，他要摆脱这一切，斩断资产阶级传统观念的约束。这种潜伏在知识分子中的精神危机乃是资本主义文明的深刻危机的反映。资本主义文明无法遏止世界大战的爆发，这本身就表明了它无力解决社会矛盾，正是这些矛盾导致了社会大悲剧的到来。

在小说中，除了蒂博一家，还有另一种类型的资产阶级家庭，这就是丰塔南家。丰塔南是个生活糜烂的资产者，为了追逐女人，不惜弃家庭于不顾，跟着情妇跑到国外，一过几年，最后他陷于精神矛盾而开枪自杀。这个新教家庭完全依靠丰塔南太太的张罗才勉强维持下去。丰塔南太太温柔善良，逆来顺受，出于无奈才与丈夫经济分家，总算把两个孩子拉扯大。战争期间她投身于护理工作，把自己的别墅改为医院，救护伤兵。她的大儿子达尼埃尔继承了父亲的浪荡本性，他的母亲对他放任自流，也助长了他放纵自己。他虽然具有绘画才能，终因懒散而不能充分发挥自己的才具。战争中他失去了腿，无法重温旧梦，抑郁终日。他怨恨和牢骚满腹："为什么我要把世界上的罪恶和不幸都扛在自己肩上呢？我得不到什么好处，也不为任何人受罪，我遏制了自己的创造力，扼杀了自己的才能。我生来不是使徒……那就让我成为魔鬼吧。"他那种玩世不恭、贪图享乐、悲观厌世的思想，同他父亲一样，代表了碌碌无为、堕落无耻的资产阶级人物。他的妹妹贞妮较为单纯，趋向美好的事物，厌恶不良的行为。她对雅克的爱情是慢慢形成的。起初她憎厌雅克，认为是他带坏了自己的哥哥，使哥哥离家出走。但在接触雅克的过程中，她发现雅克聪明、正直、疾恶如仇，不屑于朝三暮四、水性杨花的性格，同自己的志趣完全吻合。雅克的政治活动也得到她的支持。她由厌恶、抗拒、逃避，直至面对现实，承认了自己的内心所爱。她和雅克纯洁的爱情与小说中其他人物的思想情操形成了鲜明的对照。她和雅克的遗腹子让-保尔是蒂博家的唯一根苗，也是作家对未来所抱有的一丝希望，尽管这希望是朦胧的。丰塔南家各个人的遭遇代表了破落的资产阶级家庭的经历，从另一个侧面反映了资产阶级不同人物的精神面貌。

通过家庭的变迁去描绘社会的变化是《蒂博一家》的重大特色，这也是它有别于先前出现的长河小说的地方。《约翰·克利斯朵夫》是一部近乎自传体的小说，《追忆华年》虽也描写了几个家庭，但基本上围绕个人生活而展开。《蒂博一家》扩展了自传体小说的写法，而是从家庭纪事入手，这种写法对社会各方面的触及必然广泛一些。家庭是社会的基本单位，牵动着社会的神经。对一两个家庭的深入剖析显然能扩大对社会的批判。为了深化对社会的描绘，马丁・杜伽尔对宗教、道德、社会学、哲学、政治问题都进行过深入研究，搜集了广泛的资料。他在1918年1月18日的信中说："我关心所有的重大现实问题，并因此自豪；我在这方面不停地工作，增加材料，我没有一天不在记哲学或社会学问题的笔记，翻阅理论书，剪贴杂志和报纸。"如果说，在小说前六卷中政治问题接触不多的话，那么，在《一九一四年夏天》和《尾声》中就全面展开了描述。马丁・杜伽尔在领取诺贝尔文学奖时说："在这三册书中，我力图再现1914年总动员前夕欧洲的不安气氛，我力图指出各国政府先是软弱、犹豫、冒失，具有遮遮掩掩的贪欲；我尤其力图再现和平的人们面对浩劫来临的麻木状态，他们就要受到浩劫的危害，这场浩劫将要带来900万人的死亡和1000万人的伤残。"他要"保卫某些重新受到威胁的有价值的东西，反对战争力量的不祥传染"。他要"让忘却往事的老人、不知道或轻视往事的年轻人回忆起过去的惨痛教训"。

《一九一四年夏天》确实再现了第一次世界大战前夕和战争初期的历史面貌。当时，各国政府的外交活动和人们的态度先是麻木不仁，继之惊慌失措；各派政党紧张活动，尤其是社会党人与和平主义者大力宣传自己的主张。小说描写了社会党领袖若莱斯被暗杀的经过，渲染了战争狂人的猖獗活动气氛。小说还描写了1914年6月28日奥匈皇储被刺后的紧张局势。马丁・杜伽尔并不满足于这种全局性的画面描绘，他还力求分析这场战争的根源。小说中刻画了一个革命者的领袖梅奈斯特雷尔，他富有实际工作经验，善于归纳问题，从纷繁复杂的社会问题中抽出主要的东西，用明确的形式表达出来，他认识到“没有革命的理论，就没有革命的运动”。需要指出，马丁·杜伽尔对他怀有偏见，把他看作一个过激分子：梅奈斯特雷尔认为在战争中才能更好地实施自己关于暴力革命的理论，因此把雅克窃来的秘密文件销毁，不希望这些文件披露后会制止战争爆发。但是，梅奈斯特雷尔关于战争形势和根源的分析却颇为精辟。他认为，资本主义的经济依然十分坚挺，这部剥削工人的机器还能运转。无产阶级在受苦受累，骚动不安，但总的说来还未饿得发慌。“一切只不过是时间问题！这个制度的矛盾与日俱增。各国之间的斗争也在加剧。竞争、争夺市场在激化。这是生死存亡的问题：它们的整个制度的构成是为了不断扩张市场！仿佛市场可以无止境地增长！……来到壕沟前，要站立不稳！世界在走向危机，不可避免的危机。这危机将是普遍的……只要等待！等待世界的经济情况无法解决的时候到来……等待机器越加缩减雇用工人的数目……等待破产和倒闭飞速增加，等待到处缺乏工作，等待资本主义经济处于需要保险的状态中；到时候一切保险者都要遭受损失。”梅奈斯特雷尔的话比小说中其他人物，包括雅克的观察都要来得准确。他的话在1937年尤其具有现实意义。因为自1933年希特勒上台以后，法西斯主义日益猖狂，战云笼罩在欧洲上空，这种一触即发、危在旦夕的局面，一般人并不洞察内中的根源。从经济原因去剖析各帝国主义国家的矛盾加剧，便道出这场迫在眉睫的战争的秘密。

小说用了更多的篇幅去描写雅克的活动。雅克认为人民并没有觉悟到战争的危险；一旦工人动员起来，实行总罢工，就能阻止战争爆发。他对群众大声疾呼：“你们本来可以阻止战争！你们是爱好和平的人，占压倒多数，以前你们不会联合起来，组织起来，用团结一致的有决定性影响的方式及时进行干预，发动各国各阶层人民起来对纵火者进行抵制的运动，让欧洲各国政府接受你们的和平意志。”他呼吁法国人和德国人联合起来，实现民族和睦：“法国人和德国人，你们是人，你们是兄弟！以你们的母亲、妻子、儿女的名义，以你们身上最崇高的感情的名义，以来自历代的深处、使人成为正义和讲理智的创造灵感的名义——抓住这最后一个机会吧！得救的机会掌握在你们手中！”他的演讲和鼓动并没有产生预期的效果，不久，战争爆发了。他转而又想对士兵们做动员工作：“明天，在太阳升起时，法国人和德国人，你们大家一起，在同一时刻，怀着同样的英雄主义和兄弟情谊，举起你们的枪托，扔掉你们的武器，喊出解脱的呼声！人人站在那里，为了拒绝战争！为了迫使各国马上重建和平！”雅克的活动和呼吁是不切实际的幻想。当时，以人道主义的准则去启发人民群众虽有一定作用，但并不能起到动员人民起来阻止战争的效果。不过，马丁·杜伽尔忠实于生活，他描写雅克以失败告终表明了雅克的主张和活动是行不通的。以雅克为代表的和平主义者的活动在当时确实如小说所描写的那样，十分活跃。在某种意义上，这恰是一个历史的教训。面临二次大战的欧洲人民，应能从这里得到有益的借鉴。

由于忠实地再现了一次大战前夕的历史，马丁·杜伽尔受之无愧地获得了形象的历史家的称誉。

《蒂博一家》在艺术上取得了显著的成绩。总的说来，马丁·杜伽尔继承了批判现实主义的传统，并有所发展，具有自己独特的艺术风格，成为 20 世纪重要的批判现实主义作家。

马丁·杜伽尔在艺术上深受托尔斯泰的影响。在结构布局方面,《蒂博一家》和《战争与和平》有相同之处:小说先写和平生活,后写战争突然到来。和平生活中孕育了战争爆发的因素,战争又给人们生活带来重大影响,两者交叉相联,构成严密的整体。在塑造人物方面,马丁·杜伽尔对托尔斯泰也十分钦佩,他说:"究而言之,他(指托尔斯泰)给我们再现的人物恰似生活给我们提供的那样;但他善于在人物的细微之处发现这种隐秘的本质,它隐藏在表面现象之下,要不是他,我们就会看不到。他的洞察力使我们目瞪口呆。与他的洞察力相比较,我们的观察是多么欠缺、表面、下功夫不够和程式化!"同托尔斯泰一样,他笔下的人物肖像画不是一次完成,而是逐层加厚。人物的全貌只有当对它的描写全部完成,我们才能得到最后的印象。他的人物是一步步发展、变化的。我们看到了青少年时期倔强的雅克,未必知道成年后沉默郁闷的雅克,更料不到他考上高师会离家出走,投入社会斗争中。我们看到了稳重自信的昂图瓦纳,未必知道他对自己的信心产生了动摇,更料不到最后他完全对自己的家庭丧失了信心。仿佛由远而近,我们逐渐看清了人物的面目。

可是,马丁·杜伽尔毕竟与托尔斯泰不同。

关于如何写作现代长篇小说,马丁·杜伽尔对以前的小说家的经验进行过总结,他借自己小说《成功》中的人物发表了如下的见解:"在冒险小说和风俗研究之间,有一个位置需要占据:在大仲马和布尔热之间穿行;像前者那样选择人物和历史题材,像后者那样剖析细微的意识;依靠材料再现人物;以历史画面写出心理小说。"这一段话可以看作马丁·杜伽尔写作小说的基本纲领。他的小说既重视历史事实和生活真实,又注意心理描写,两者糅合在一起。他还说过:"我称之为客观性的东西,就是忠于真实,而结构和写作要朴素。”[1]《蒂博一家》对生活的再现是逼真的，采取了写实手法。这种写实手法非常朴素自然。马丁·杜伽尔并不追求华丽的词藻、复杂的语句。他的语言平易流畅，仿佛写来并不费力。福楼拜说过：“杰作就像大动物一样。它们有平静的外貌。”这句话有一定的道理，用在《蒂博一家》上尤为确切。《蒂博一家》的平淡朴实与作品的规模和场面的宏伟阔大十分协调，起到绝妙的衬托作用。另一方面，《蒂博一家》在描写每一个场景时又十分缜密细致，小说的每一卷所发生、经历的时间都很短：《灰色笔记本》是五天；《教养院》是几个星期（昂图瓦纳去看望弟弟只有几小时，占去大半篇幅）；《美好的季节》是五个月（主要场面在一个夜晚和一个白天进行）；《诊断》是24小时；《小妹妹》是一个星期；《父亲的死》是一个星期；《一九一四年夏天》是44天；《尾声》是六个半月。由此看来，描写极其细腻，而结构简明，脉络清楚，这是小说的一大优点。这种写法颇有巧用电影镜头的意味。作者手中的摄影镜头仿佛集中在一个场面上，从各个不同的角度进行拍摄，拍完了这一组场景，再转向另一情节。马丁·杜伽尔对这种手法做过如下说明：“电影式的描写手法不是一幅素描。相反，是一种综合。要写得好，必须先开始描写三页，然后涂改、删削、压缩、精炼、突出主要的东西。”因此，这种平易朴素的风格乃是经过艰苦的劳动而取得，绝不是像表面看来那样一蹴而就的。马丁·杜伽尔多次谈到过，他先是想象一个场面，反复思索，构思出准确的情景，人物活动的范围、内心的发展、对话的开展等等，然后才开始动笔。所以，“作品还没有写出一行字，整个情景已经出现在我的眼底下。”[2]写成以后也就显得一气呵成，明快酣畅。

至于心理描写，《蒂博一家》较之19世纪的法国小说前进了一大步。

1　米歇尔·雷蒙：《大革命以来的小说》，阿尔芒·柯林出版社，1967年，第184～185页。
2　马丁·杜伽尔：《马丁·杜伽尔全集》，第1卷，第69页。

马丁·杜伽尔吸收了现代小说家，尤其是意识流小说家的新手法。他在《让·巴罗瓦》的序中指出：“作家要竭力全面地反映出一个心灵的心理发展过程。”马丁·杜伽尔擅长描写人物的心理活动，以展示人物的思想发展和性格特点。昂图瓦纳在给骨折的小女孩动手术时内心的活动写得非常细致。在这个场合，昂图瓦纳不可能滔滔不绝地把心里的想法诉之于在场的人们。他的心理活动是微妙而复杂的：他从来没有动过手术，但又要表现得自信和有能耐。在动手术时，他心里自然而然冒出各种各样的想法：有职业上的同情心，也有掌握了一定技术的自信心，既有被推上手术台的无可奈何，又有担心失败的惶恐，这些心理反映了他的性格特征。又如他搬到新居和弟弟同住时，心里高兴、得意，对前途充满幻想，同时又生怕弟弟耽误了自己的钻研。他这时一个人在搬书，没有对话者，只能通过他的独白和心理活动来袒露他的思想。读者通过他的内心活动进一步了解到这个人物的精神世界。以前他是一个持重、富有同情心的青年医生，现在才透露出他十分看重自己的名誉地位，虚荣心很强。同样，在表现雅克情窦初开时的幼稚盲目（与女仆李斯贝特的关系）和难以抑制的爱情冲动（对贞妮的依恋）时，也插入了大段的心理描写，既写出了雅克心头的苦闷，也写出了他思想的成长。而这些地方用白描手法是很难表达出来的。马丁·杜伽尔在心理描写上进行了很多探索，把人物的思想发展过程淋漓尽致地描写出来。他的成就推动了现当代法国小说的发展，所以加缪称赞他的创作比纪德和瓦莱里更加“预示了今日的文学”。

《蒂博一家》是一部所谓对话体小说。小说的主体由对话构成，其他部分如同剧本的说明词，起着解释、连接的作用。马丁·杜伽尔认为：“我的人物和他们赖以活动的场面的突出与鲜明来自描绘的方式。人们看到它们是活灵活现的。”优秀的对话文体能生动地传达出人物的思想和性格特点，又能使文字如行云流水，轻灵自如。《蒂博一家》的对话写得十分出色，例如蒂博先生的专横、傲慢，丰塔南先生的油滑轻佻，连次要人物、蒂博先生的秘书沙斯勒先生的委琐、卑顺、婆婆妈妈，教养院院长费斯姆先生的谄媚、精明都靠人物的语言来表现。至于一些特定的场合，如昂图瓦纳去看望雅克时，雅克寡言少语，昂图瓦纳则千方百计引导他说出心里话，一问一答富有戏剧性，整个场面恍如目前；而拉雪尔滔滔不绝对昂图瓦纳讲述自己的身世，则又写出这个人物爱动荡爱刺激的特殊性格。与此同时，马丁·杜伽尔也竭力避免对话文体容易出现的单调平板，除了情节写得曲折以外，在语言的运用、时态的复杂变化等方面他都力求丰富多彩，一方面“创造出一种柔和的气氛”，另一方面“在各个场景周围加上色彩缤纷的气氛”。

毫无疑问，马丁·杜伽尔在塑造人物方面功力很深。他说：“天才的小说家能从这种激情辨别出来：他要不断深入了解人，从他笔下的每一个人物身上抽出个人生活的特点，抽出每个人物不会重复出现的、使他成为典型的东西。依我看，一个小说家的作品有可能流传下去，就看他捕捉到的个人生活的质与量。但这仍然不够。小说家还必须拥有对日常生活的感受力；他的作品必须表明个人对世界的想象力。在这方面，托尔斯泰是大师。他笔下的每一个人物或多或少隐约受到抽象思索的困扰；他是人类经历的历史家，他的每个人物的身世不是对人物进行一般调查，而是能引起人们对生活意义的不安的质疑。”[1] 这段话表达了马丁·杜伽尔对人物塑造的见解：伟大的小说家要塑造出数量众多的人物典型；典型从生活中撷取而来，又能使人对生活进行思索。《蒂博一家》的人物性格鲜明，互不雷同。昂图瓦纳和雅克是“气质尽可能不

1　布吕奈尔：《马丁·杜伽尔》，伽利玛出版社，1961 年，第 44 页。

同的两兄弟”，一个对自己有约束力，拒绝干出绝对的行为，另一个有独立精神，拒绝逆来顺受，要反叛逃跑。这两兄弟中，雅克无疑是更受人们同情的人物，他正直、纯朴，酷爱正义，勇敢而不屈不挠，一心想为社会做出自己的贡献，无论是对友谊还是对爱情都热烈纯真，敢于掏出自己的心里话，被认为是法国文学中最美的青年形象之一。昂图瓦纳则有不同的典型意义，有人认为他的经历更有启示性：他的发展变化不像雅克，他本来是个幸福的人，生活使他逐渐认识到社会的贫困和自身的弱点，他终于抛弃了自己已经达到的名誉地位。他的经历是有才能有地位的知识分子在这动乱的时代发展变化的写照。他贯穿了小说的始终也说明这个人物的重要性。不仅蒂博父子性格各异，丰塔南家的四个人物也是各个不同。丰塔南先生轻浮，他的妻子温柔贤惠，恰成对照。达尼埃尔与父亲有相同之处，但又有区别，他带有艺术家的气质。贞妮不同于母亲之处是她较有主见，柔中有刚。甚至有些不出场的人物，通过别人的叙述也性格鲜明，如希尔什，粗野、暴戾，有传奇色彩。马丁·杜伽尔能抓住人物的性格特点，善于做对比的描绘，笔墨虽则有多有少，但都栩栩如生。还有一点：马丁·杜伽尔笔下的人物往往不是绝对好或绝对坏。比如，他无情地鞭挞了蒂博先生的专横、自以为是、爱虚荣，又写了他确有替儿子前途着想的愿望。雅克虽然纯朴，在生活的道路上也不是洁白无瑕的（与女仆李斯贝特的关系）。丰塔南先生后来也想幡然悔悟，赎补前愆，把受过自己玩弄被迫过卖笑生涯的勒·迦德送回布列塔尼，让她过上小康生活。丰塔南太太善良有余，刚毅不足，显得过分软弱。马丁·杜伽尔对每个人物的处理未必正确，但他不从一般概念出发，力图写出活生生的不同类型的人，则是用心良苦，工力可嘉的。

长篇巨著《蒂博一家》，无论在思想内容上和艺术上都是20世纪法国文学的一部杰出作品。马丁·杜伽尔很注意内容和形式的紧密结合。他在1942年3月17日的日记中说：“依我看，内容和形式有如兔子和佐料那样的分别。兔子难道生来是拌红酒洋葱的吗？你得首先肯定，你的兔子是上好的，你不能满足于在一只插在叉上的老兔子周围浇上美味的佐料！”他还在1947年4月7日的日记中把内容和形式比作蜂房和蜂蜜：“事实上，我的工作中有两件要分清的事：蜂房和蜂蜜……蜂蜜就是我渴望放进去的活生生的、有个性因素的、动人的、新颖的东西。只有我的蜂房准备好容纳蜂蜜时，我才能把蜂蜜放进去。”[1] 力求取得内容与形式的完全一致是马丁·杜伽尔孜孜以求的目标，他呕心沥血创造出来的《蒂博一家》在这方面提供了成功的经验。

1 见1947年4月7日《日记》。

朗松的文学史研究方法简析

朗松（1857～1934）是19世纪末、20世纪初杰出的文学史专家。他的名著《法国文学史》发表于1894年，奠定了他的文学史家地位。同年他代替了著名批评家布吕纳介在巴黎高等师范学校的教师位置，表明他的声誉得到确认。1927年他以高师校长的职务退休，当时他的学术地位达到顶峰，他的名声早已越出了国界。从学术上看，朗松革新了文学史的研究方法，他不仅以自己的研究成果震动了文坛，而且提出了一套编写文学史的研究方法，这套方法至今仍有参考价值，特别在文学史教材的编写上有广泛影响。朗松对编写文学史的论述主要反映在《〈文学与人〉前言》(1895)、在巴黎大学讲座的首次讲话、《文学史方法的科学精神》等文章中。其中，在巴黎大学讲座的首次讲话是朗松1904年1月在接替拉鲁梅的法国雄辩术讲座时第一堂课的内容，《文学史方法的科学精神》是朗松1909年在布鲁塞尔大学的演讲，曾发表在《布鲁塞尔大学杂志》上。这两篇文字的长篇摘要均于1925年刊载在美国的法国教授协会主办的《法国研究》第一期上。这期的编者在按语中指出，在巴黎大学的"讲话"是对"从圣伯夫到朗松的文学研究史必要而活生生的文献"；而《文学史方法的科学精神》是"朗松关于这个问题最简洁和最生动的表述"。这一评语准确地表达了20世纪30年代朗松在美国的影响以及70年代末的重印者的赞许态度。毫无疑问，在长达半个世纪中，朗松的文学史研究方法在欧美仍然具有影响力。

朗松在形成自己的文学史研究方法之前，对前人的研究方法作了批判性的分析，然后才做出自己的选择。他尊重的批评家主要有三位：圣伯夫、泰纳和布吕纳介，对这三位批评家的看法主要体现在《〈人和书〉前言》一文中。

首先是评论圣伯夫。朗松这样论述圣伯夫的地位和批评方法："维勒曼[1]把文学看做社会的表现，建立了在重大的社会潮流和伟大的文学作品之间有点不确定和松懈的关系；在他仍然模糊的研究之后，圣伯夫给以批评坚实的基础，将批评建立在传记研究的基础之上：在活生生的个体身上，他找到真正的和必要的中介；通过这个中介，各种社会影响触及、激发和改变诗歌或雄辩类作品。"他又指出："圣伯夫竟至于将传记几乎看作批评的一切。"圣伯夫的方法不是通过作家生平去解释作品，而是通过作品去确立作家生平。朗松认为这样做会取消作品的文学价值。如在圣伯夫的《波尔-罗亚尔》一书中，大作家的作品只是作为一项调查的文件，圣伯夫用来阐明作家的精神状态；"让森主义"从属于帕斯卡尔，帕斯卡尔又从属于《致外省人书简》和《思想录》。圣伯夫的全部历史的和心理的研究，是为了获得对这两个作家更完备的解释。同样，在《星期一漫谈》中，圣伯夫尽量避免正面接触作品，迂回曲折地描绘作家的肖像，"将选择属于家庭生活和作家艺术创作的次要作品拿来研究作为主要方法"。朗松认为圣伯夫的传记研究方法并不可取，因此，"不应该把他的方法推

1　维勒曼（1790～1870），法国政治家、文学教授，著有《法国文学教程》（1828～1829），是较早的文学史批评家。

而广之，尤其不应该将这种方法推崇为获得文学知识完全而充分的方法”。

至于泰纳，朗松认为他比较有分寸。一方面，泰纳“将他的研究推进到个人之外，通过种族、环境、时代，确定个人，说实在的这就消灭了个人，个人只不过是三个总原因的合力偶然地形成的一组现象。”另一方面，在《艺术哲学》中，泰纳指出，只从伦勃朗和米开朗基罗的真实生平去分析这两位画家的油画是荒谬的，但他不是固守于这一观点，他同时又从莎士比亚和拉辛的生平去解释这两位剧作家的剧本。泰纳将批评对象、艺术作品置于前列，认为作品与作家生平有关，但又是独立存在的东西。

朗松认为布吕纳介也重视研究对象，不过他对泰纳的方法有所改变。首先，布吕纳介不同意泰纳以时代这个因素去混淆其他原因；泰纳没有注意到已存在的作品、已有的潮流对作家的影响以及文学种类的发展。其次，布吕纳介认为一切艺术作品都受到以往条件的影响，同时还存在难以解释的后继影响，有的东西是教育、环境的压力都消灭不了或改变不了的。作家个人具有难以解释的作用，作家的个性标志着文学作品的特点，批评家应通过文学、历史、社会、传记、心理等原因去解释，找出作家的独创性。第三，布吕纳介认为有必要从各个角度评论作品，有的文学类型几百年也出现不了一部杰作，而有些杰作却集中在几年之中出现，要了解在一部作品之前和之后出现的作品，找出这部作品存在的魅力。批评家要指出作品的艺术价值，做出美学判断。第四，文学类型没有高低之分。在 17 世纪，悲剧并非是比史诗和小说更高级的文学种类，而是高乃依和拉辛比另一作家斯居戴利小姐更高明。但布吕纳介从进化论的观点去分析文学类型，在政治上较保守，属于反德雷福斯派，反对自然主义、现实主义、象征派，崇尚古典主义，文学趣味落后于时代的发展。

朗松吸取了这三位著名批评家的可取之处，又批评了他们存在的缺憾，在此基础上加以综合和提高，从而形成了自己创新的文学史研究方法。

除了上文提及的三位批评家，朗松还注意到同时代的批评家的成就，并加以总结，他对当时有名的批评家拉鲁梅的态度就是一例。朗松在巴黎大学讲座上的讲话对拉鲁梅的研究方法做出了很有见地的评价，而且通过这一评价阐明了自己的文学史研究方法。

朗松首先提出了怎样研究古典作家的问题。这似乎是一个不需深究的问题了，但并非每个研究者都能对此遵循正确的方法，因为当时的研究者不是采取传记式的批评，就是仅仅做印象式的评论，这是很不够的。朗松肯定了拉鲁梅研究 18 世纪作家马里沃时认真地搜集材料的方法，他指出："拉鲁梅不满足于愉快的方法，这就是阅读一部作品，而且发挥阅读的印象。他采取更艰苦和更缓慢的方法，这就是搜集各种各样有用的文献，以阐明著作，并确定其性质，限制和控制受到阅读趣味约束的主观反应。文学材料包括先行者、当代人和后来者的作品、回忆录、书信、讽刺作品、18 世纪的报纸；还包括非文学的文献，即户籍证件、法兰西喜剧院的档案，从意大利喜剧院到新歌剧院的档案，法兰西学士院当时不公开的记录本，在这种广泛而细致的材料搜集中，什么也没有被忽视。"朗松赞许的研究方法是充分搜集材料，搜集材料的范围几乎无所不包，既包括文学材料，也包括非文学材料，不仅研究作品本身，还要研究与这部作品和作家有关的作品和作家。可以说，这是对一个文学史专家的严格要求，一般人是难以做到的。朗松提出的要求明显超过了圣伯夫专注于作家的生平材料的研究方法，或者说，他是将圣伯夫的研究方法加以发展，以求更全面地研究一个作家。

显然，朗松上述的论述有过于笼统之嫌，于是他紧接着指出在搜集材料的过程中如何对待浩如烟海的文献。“拉鲁梅更喜欢缓慢地归纳各种材料，平静地接纳他认为真实的前人的判断，而不是投以未加证实的一瞥，或者展示光耀夺目的想象。他有规律地研究各种见解，自由地抛弃他有理由抛弃的东西。”朗松注意到，拉鲁梅大量引用活着的批评家、名不见经传的新闻记者的话，他还喜欢引用无名的年轻人的著作，以求信息更为广泛和准确。这就是说，拉鲁梅在阅读材料时是有所取舍的，只要其中包含着真知灼见，他都乐于接受，并引用出来。同时，朗松还指出，研究者必须“在一大堆材料中做出选择，这是巴黎或外省的研究成果长期积累起来的，还要选择确定的和重要的材料，抛弃无意义的和不确实的材料”，再从这些材料中得出自己的结论。朗松从拉鲁梅的研究方法中归纳出，一个批评家必须熟悉前代和当代批评家的见解，吸取有益的营养。他不应囿于著名批评家的看法，也不应该忽视无名之辈的见解，而是根据自己的判断，择优而取，这就保证了他能够做出较准确、较精辟的分析。

朗松将拉鲁梅的研究方法称为“历史方法”，即全面搜集历史材料并尊重事实的方法；研究者的任务在于“提供一切事实，一切材料，一切讨论情况，一切对全面而准确地了解对象有用的解决办法”；采用“一种客观的和严格的方法，尊重文本和事实，有耐心而细致地调查的习惯，不信任华丽的思想和成体系的思想”。朗松承认，正是拉鲁梅向他指出了这种研究方法，使他能够用于研究 18 世纪的戏剧。这种历史方法就是根据材料说话。材料要求研究者具有广阔的视野，凡是缺乏材料的地方，研究者就只能停止考察。研究者还必须研究作家和作品“在一个文学种类、一个圈子、一场运动中的地位”，研究“社会环境”和“文学环境”，即将作家作品的历史作用了解清楚。历史方法也要求“审慎和节制”，例如，拉鲁梅是喜欢拉辛和莫里哀的，但他即使喜爱，却服从真理。例如，关于玛德莱娜·贝雅尔是不是莫里哀的情妇，关于阿尔芒德是不是玛德莱娜的女儿，拉鲁梅都没有下断语，因为玛德莱娜·贝雅尔有不止一个情人，阿尔芒德的户籍册上的文字写得不清楚。如此等等，拉鲁梅都抱着谨慎从事的态度，“拉鲁梅拒绝对莫里哀做出最浪漫的和最不好的推测”。并非拉鲁梅想掩盖或否认丑恶的事实，喜欢看好他所论的作家。“拉鲁梅的节制来自准确的方法，这种方法十分注意在文本中包含的大量可靠信息。”他对人性既不看好也不看坏，既不抱幻想又深思熟虑。拉鲁梅尊重事实的研究方法是值得赞同的。

历史方法是朗松遵循的研究文学史的基本方法，这是他综合圣伯夫的传记批评方法和泰纳、布吕纳介的实证主义研究方法，再加以发展而形成的批评观念。其要点在于，一是重视历史材料，这包括作家的历史背景、生平和创作经历。因为他看到文学与生活的关系，他指出：“文学与生活的相互关系可以在每一时刻和每个国家以特殊事实加以解决，这些事实不能通过一个共同规律来确定，而是来自多种规律作用的结果。必须逐个抓住这些规律，因此，在一系列特殊问题中分解出总的问题。”同时他提出要描绘“文学生活在民族中、文化史和默默无闻的读者群的活动史中，以及名作家的生平中显示的图景”，并力图确定文学作品产生的条件，包括作品产生的历史材料和其他相关作品的情况，包括历史上的批评家的各种观点。由此，朗松主张做大量的积累材料的工作，并出版了《现代法国文学书目指南》(1909～1914)(五卷本)等著作。不过，他郑重指出：“博学不是目的，而是一个方法。卡片是工具，用来扩展知识，获得避免记忆不准确的保证。”朗松的文学史研究方法的第二个要点是须持客观慎重的批评态度，不要人云亦云，也不要凭空想象，不要夸大和缩小，要根据作品和事实说话，追求达到真理。抛弃似是而非的印象，"将个人情感在我们的认识中的部分缩小到必不可少的、合理的最低程度，给予研究对象全部价值"。与此同时，朗松注意对文学作品渊源的研究，例如，他通过对伏尔泰的《哲学通信》的研究去发现"震动伏尔泰的悟性和想象力的事实、文本和话语"。很明显，朗松的"历史批评方法"力求把握住作家和作品在文学史上的真正地位，这就不能从一个方面去分析，而是要从多方面去探索。毫无疑问，他的文学史研究主张体现了历史意识。从历史意义、历史状况、文学地位的高度去审察作家作品，这便改变了以往孤立地、狭隘地研究作家和作品的方法，从而将文学史的批评方法推进了一大步。正如朗松所说，这是一种"有建设性的批评体系"。朗松的文学史研究方法显然与当时兴起的历史年鉴学派和社会学研究存在联系，从中得到有益的养料。

朗松对自己提出的历史方法与一般的历史研究做了对比。他在布鲁塞尔大学所做的演讲中说："我们的研究是历史的。我们的方法因而将是历史研究的方法；我们的结果只会是历史这种'预测小科学'的信念。但我们有一点不同于历史学家的条件。他们研究过去的、消逝的事实，它们以存续下来的为标志，重新构成事实。我们呢，当我们竭力重新找到18世纪的感情生活，或者文艺复兴的思想方式时，我们追寻的是一个已不存在的过去的形象。但这过去，我们在如今呈现的现实即文学作品中又抓住了它：在这一点上，我们只与艺术史家相似。无疑有许多死去的作品；可是杰作摆在我们面前，不像档案材料那样，不是处于僵死冰冷的化石状态，与今日的生活无关；而是像鲁本斯或伦勃朗的油画，总是积极的，活生生的，还能够对我们时代的心灵产生印象，如同它们在当时那样，并能确定它们产生的深刻变化。对文明人类来说，它们能够持久产生精神或者情感上的激动。”朗松的区分划清了文学史的历史方法（包括文学研究）与历史研究的不同所在，对两者的性质也是一个很好的说明。

不过，仅从上述方面去研究作家作品，并未完成批评家的任务，因为作品的优秀与文学性是密切相关的。所谓文学性即作品的艺术性，朗松自然不会忽略这一点，他将美学倾向与社会倾向并列，说明了他对作家和作品的艺术成就是十分重视的。他在布鲁塞尔大学的讲话中指出：“文学杰作之所以得以流传，就在于个人美好的形式，作家的创新在这种形式中确立。如果你愿意，我们说的是风格。这就承认，任何外在尺度，甚至任何逻辑，都不能抓住美，什么也不能代替美感的反应。”朗松在这里提到形式、风格和美感，并没有展开论述，但他的思想中考虑的是艺术形式问题。他的《法国文学史》特别注重艺术性的分析，为他的主张树立了典范。诚然，印象主义的评论方法在朗松的文艺观中仍有影响，他认为这是接触美的一种有效途径。

朗松提出文学史的历史批评方法以后，力图将自己的思想建立在更坚实的基础之上。他在布鲁塞尔大学的演讲中做出了这种尝试。他开门见山地说：“我仅仅非常谨慎和有保留地并大胆地将科学方法的概念运用于文学史。”以往实用主义批评也根据19世纪科学取得巨大进展而提出将文学批评建立在科学的基础之上，可是，泰纳等批评家并未解释或者区分过文学批评与科学研究之间有何差异，左拉甚至将生物学的一套观点和方法直接搬到自己的文学论文中。由此产生的偏颇是不言自明的。朗松显然意识到这一点，他准确地提出了在文学批评中运用科学方法的概念，这就与一般的实证主义批评家划清了界线。当然，他看到了自己是第一次提出这个概念，所以表示自己“仅仅非常谨慎和有保留地”，而且是“大胆地”这样提出主张的。朗松指出，科学这个词已经有点用滥了，泰纳和布吕纳介等批评家提供了“错误和科学企图的失败教训”，“大人物的坠落向我们表明了存在悬崖：谁还敢自诩在泰纳和布吕纳介滑落的地方稳步前进呢？”

朗松首先区别了自然科学运用的研究方法与他倡导的文学史批评方法。他指出，实验室的科学其操作方法是实在性的，而文学史中运用的方法是隐喻性的或者是理想的，“分析诗歌天才与分析除了分析这个词以外，两者毫无共同之处……对科学家来说作为一种观察方法的东西，在文学家手里不再是观察方式”。朗松意在说明，科学研究与文学研究存在不同，前者是实验性的，后者是用文字记录的，前者用实验方法，后者用考察方法。朗松进一步引用了心理分析家弗烈德里克·罗的话来阐明文学批评和科学研究的异同：“必须借自科学的并不是这样那样的方法；而是它的精神……确实，在我们看来，没有科学，没有普遍的方法，而只有一种普遍的科学态度。共同的精神状态在不同的研究中能够将同样是科学的精神引导到恰好相反的方法中。人们长期以来将某一种科学运用的、根据它引导到的准确结果的方法与科学精神本身混淆起来。研究外界的科学因此变成科学的唯一典范……但物理学和精神科学的统一只是一个公设。可是它并没有得到证明，因为这种统一是假设的或者近似的，人们不能将同样的科学精神运用于两种不同方法的科学中……”据此，朗松正确地区分了科学研究与文学批评的不同性质。朗松指出：“我们不能做实验。我们只能观察。我们观察既不能衡量也没有重量的事实，而且是永远不会重复的事实。每一事实都是这一种中唯一的，不是由于偶然产生的，而是由本质产生的：这就构成了文学文本与档案材料的不同即使在历史领域，人们也可以依附于一般，对个体的不同做出概括。我们呢，即使寻找一般，也要记住个体的不同……我们想抓住唯一的现象，找出个体的特点”。朗松认为科学研究的是一般事实，或者是事实的本质，而文学描写的是特殊（个体），虽然也接触到一般，但这一般要体现出特殊。朗松抓住了科学与文学两者的基本特点，从而对之做出了真正的区别。在《文学与科学》一文中，朗松进一步分清了文学与科学的区别，朗松指出：“我们要首先避免真理[1]这个词的模棱两可，分清科学真理和艺术真实。只有前者是真正的真理；后者是隐喻式的真理，从前这是以一个非常出色的词来表明的，即逼真、相似或真实意象。”他还在这篇文章中强调：“文学不以只表现真正的科学思想为使命：它应该避免表现错误的科学思想。”他认为：“科学并非恰好是文学的材料，但它给文学提供材料，这材料是所有科学不去利用或者达不到的东西。”这一区分深中肯綮。朗松以自然主义为例，认为自然主义是庸俗地将文学与科学混淆为一体，“自然主义同时是科学和文学最极端和最低级的形式”，“科学方法运用于文学，压缩到使用一小套方法，其确定的效果是贬低文学，将它最好的作用抽取出来”。朗松对自然主义机械地将（假）科学运用于文学的指责是正确的。

然而，文学批评与科学在某些方面也有共同之处，朗松指出：“对待现实采取的精神态度，这是我们能够从学者那里获取的东西；我们要将无私的好奇心、严格的正直、勤奋的耐心、服从事实、不轻易相信、既相信自己也相信别人、不断需要批评、控制和证实等移植过来。”他还说：“我们从对科学方法的思考中，首先得出审慎态度，需要有证据，需要知识，不要轻易满足于想象，

1　在法语中，“真理”与“真实”是同一个词。

不要轻信。”文学批评需要科学精神，即科学家严肃对待自然学科的态度。朗松提倡文学批评要有科学精神，与当时流行的印象派批评有很大不同：印象派批评注重感觉和个人感受，不需要依据各种事实来下结论；朗松的观点与正统的实证主义批评也有不同：正统的实证主义批评其实没有遵循科学精神，虽然它也注重事实，可是它对科学精神的理解是相当笼统而且有偏颇的，不像朗松那样对科学精神提出了具体的严格的要求。

朗松又从哲理的高度对“文学史的科学方法”进行了解说：“要分清‘知’和‘感’，分清能知道的东西和应该感到的东西，凡是能知道的东西就不去感觉，知道要去感觉就不去相信：我确信，文学史的科学方法就归结于此。”这句话的含义是对印象派批评和实证主义批评的一种纠正，朗松既不完全同意印象派批评的唯感觉去判断，又不完全同意实证主义只靠某些事实、排斥感受的做法。他宁愿采取一种灵活的批评方法，即注重科学家的科学精神，但事实固然重要，文学同时又是宣泄感情的，批评家也应表达自己和他人的感受，这样才能充分阐明文学作品的意义和艺术成就。

朗松明确意识到文学史批评包括文学批评要受到一定的约束。他虽然主张要给文学史批评以自由，但这是有一定限度的自由。“批评和文学史不能忍受限制自由，更不能忍受过度自由。这种过度自由是将科学屈从于个人的任性；我们只有在规则、正确方法的神圣规则中才找到真正的、充分的自由。我们过于相信只要有思想就够了，而不够相信文学像其他学科一样，需要得到证实的思想、真正的思想。我们过于相信有权以我们的同情和反感，以我们的偏爱和信条，以我们的愿望和梦想便获得了文学的真相。我们过于设想事实与我们的结论相一致，过于将自然和生活之美、人类天才的力量局限在我们的成见中……”朗松指出了一般的文学史批评家和文学批评家易犯的弊病，认为批评家要约束自己的自由，接受一定规则的限制，这一见解也包括在科学方法之内。

朗松有一段话比较言简意赅地阐明了他的科学方法的含义："我们的任务就在于处处区分主观因素和客观认识，区分美学印象和有偏见的激情、信仰，在于取消一切只会产生错误和武断的见解，在于保留、检查、估计一切能够有助于正确再现一个作家天才或者一个时代的灵魂的东西。"为了达到这个目标，文学批评或文学史家应该研究手稿，搜集各种版本，讨论真实性和作家的贡献，了解生平、书目和传记，研究渊源，勾画出影响，写出传播史，穷究档案材料和统计，进行语言、艺术魅力和风格的系统研究。这些研究方法是"非常缓慢和非常细致的"，对急于下结论的人来说有限制作用。朗松指出，科学的研究方法是普遍适用的，因为科学不分党派，科学不分国别，科学是全人类的。正如科学趋向于将人类的知识结为一体，科学也有助于保持和建立各民族的精神统一。

朗松的文学史研究方法最成功的运用，无疑是他的《法国文学史》。在《〈法国文学史〉序》中，他总结了自己的研究心得，同时也进一步阐明了自己的文学史研究方法。

朗松在这篇序言中批驳了勒南[1]认为研究文学不需要阅读文学作品的说法。勒南说："文学史的研究在于大部分代替直接阅读人类精神的作品。"朗松

1 勒南（1823～1892），法国批评家、宗教史家、散文家，著有《耶稣传》。

认为这句话否定了文学批评，将文学史研究变成历史的一个分支。他指出：人们不会明白，艺术史能免去观看油画和塑像。文学和艺术一样，人们不能取消作品，作品是个性的保存者和显示者。如果阅读原文并非是持续阐明文学史及其最终目的，那么文学史就只能获得贫乏的和无价值的知识。”他重申文学史研究要注重博学，要有准确的知识，以指导正确的判断。其次，要运用科学方法，将我们的思想、印象连贯起来，系统地反映出文学的进程、发展和变化。同时不应忽略两点：文学史的对象一是描绘个性，一是以个人的直觉为基础。作家因人而异，得出的研究结果也应不同。不过，朗松认为，文学知识的对象和方法从严格意义上来说不像科学那样，文学不是认知的对象，“它是练习、趣味、娱乐”，正如笛卡尔所说，阅读好书就像同往昔最有教养的人谈话，在谈话中，他们只会把他们最好的想法告诉我们。朗松认为文学是与“我们的智力游戏相关的精神娱乐”，“文学是内在文化的工具”。他还认为，文学是哲学的普及化，因为决定进步和社会变化的伟大哲学潮流是通过文学来传达的，保持在人们的心灵里。

《法国文学史》把上述观点付诸实践。书中对中世纪和 19 世纪的论述较多，因为自 19 世纪以来，对中世纪的重新评价和重视带来了许多成果，有必要加以总结。19 世纪即将过去，其辉煌的文学成就自然值得详加分析。朗松并不想写文明史、思想史、语言史，但书中提及有关情况，表明他具有广博知识。以书中对中世纪的论述为例。朗松首先研究了中世纪文学多样化的原因，他指出：“有三种主要的影响造成了法国精神在文学作品中的共同本质多样化：即社会阶级、外省的起源、历史时刻。”朗松分析了教会即僧侣的作用，认为中世纪文学只打上了教会的间接作用，而贵族在文学中则得到充分的表现，贵族和市民一起组成了“法国文学的大合唱”。朗松分析了法国各省的特点及其产生的文学，指出："封建社会原始的和暴烈的热情与战争和基督教的史诗相适应，封建社会变得缓和的细腻与传奇诗歌或抒情诗歌相适应。"中世纪虽然总体说来是贫乏的，但它是"伟大的，尤其是丰富的"。朗松在分析英雄史诗时，较精辟地看到了这是描写封建社会的一个个插曲，英雄史诗的系别是描写古代的家族史。朗松对中世纪文学的分析与评价，总结了19世纪初以来学术界所取得的丰硕成果，并以他提倡的科学的历史方法进行研究，至今看来，他的观点基本上还是准确的。书中也提到其他批评家的见解和重要书目。作家生平放在注释中，较为简略，这也许是有意与圣伯夫的方法相区别。他表明，以往对法国文学的发展论述简单化了，一般只重视一流作家。这部文学史则对二三流作家也有一定分量的分析。朗松尤其在书中较详尽地分析作家的艺术特点，既有对代表作的评价，又有总体的概括性的分析，常有精辟的见解，《法国文学史》至今还有一定的参考价值，或许主要表现于此。可以说，重视对艺术性的分析，是朗松的文学史批评方法的具体体现和精华所在，值得后人借鉴。至于这部文学史存在的缺点，则不在本文讨论的范围之内。

试论普吕多姆的诗歌创作

一个作家的地位会随着时间的推移而变化不定，苏利·普吕多姆的升沉就是一个明证。瑞典科学院为什么将第一届诺贝尔文学奖授予他呢？

第一个原因是，斯德哥尔摩的评审委员会决定将这一选择给予一位法国作家。不错，19 世纪末北欧和俄国的文学欣欣向荣，在国际上产生了巨大影响，易卜生、斯特林堡、契诃夫、托尔斯泰等大作家都具有崇高的国际声誉。然而，自波德莱尔以来，巴那斯派，继而是象征派诗歌风靡一时，在诗歌创作上起到振聋发聩的作用，革新了诗歌的内容和形式，其影响是世界性的。因此，诺贝尔文学奖评审委员会将自己的选择投向一位法国巴那斯派的诗人是毫不足怪的，而且理由相当充分。

第二个原因是，诺贝尔文学奖评审委员会根据诺贝尔的遗嘱，将追求理想作为评选的一条重要准则。这个委员会的成员排斥现实主义文学，因此，易卜生、比昂逊，甚至斯特林堡都无法加以考虑，左拉、法郎士也因此而落选。当时英国提不出候选人，德国和波兰提出的作家甚至不入流，无法参与竞争。

第三个原因是，苏利·普吕多姆在当时具有很高的声誉。在同辈诗人亨利·德·雷尼埃、勒内·吉尔、莫雷亚斯、埃雷迪亚之中，他的排名并不落后。朗松具有权威的《法国文学史》把他列在巴那斯派的领袖勒贡特·德利尔之后，而且在其他巴那斯派诗人中，只重点评价他的诗歌的特点和成就。朗松给他相当高的赞誉，认为他思想明晰，表达的哲理符合时代潮流，手法灵活，诗意朦胧而不晦涩，精确而不抽象，尤其是一些小诗，没有什么比它们“更完美、更新颖的了”，“这些精美的诗歌陈述了难以形容的、细腻的、微小的印象，显示出难以形容的精神力量”。朗松的评价代表了当时学术界的一致意见，可见苏利·普吕多姆的地位是相当高的。20 世纪初，这种情况丝毫未变。1909 年出版、作为教科书的一部《法国文学史》贬低波德莱尔，而推崇苏利·普吕多姆。这本书这样评价波德莱尔：“如同左拉一样，但他不能提出同样的借口，他将奇异、复杂、丑恶、令人讨厌的事物当作诗歌的对象，他的诗一出版，便有一种轰动的成功，今天，《恶之花》只能引起厌恶，尤其人们在其中很难找到真诚的音调，而每时每刻却显示出装腔作势。”这部文学史将苏利·普吕多姆说成“无可辩驳地是第一位现代法国诗人，既由于哲理的高超，也由于表达的典雅、往往富有诗意的准确”。这一贬一褒两种评价，今天看来不免滑稽可笑，离事实相距太远，表明了这位作者的无知和缺乏判断力，但却反映了一代人的兴趣爱好、思想方式、艺术标准和鉴赏力，反映了这两个诗人在当时的实际地位。这部教科书并非表达了作者的个人观点，在序言中，作者指出：“这部简史不奢求新颖的独到看法；它只包含批评大师们上百次说过并且说得恰到好处的观点。”这就表明，苏利·普吕多姆在 20 世纪初仍然享有极高的声誉。

第四个原因是，苏利·普吕多姆得到许多法国作家和批评家的支持。当时有个名叫勒内·瓦莱里–拉多的作家，写了一本《巴斯德传》，得到不少人的拥护，但加斯东·帕里斯、勒梅特尔、法盖、布尔热、科佩、埃雷迪亚等著名批评家和作家联名推荐苏利·普吕多姆。这个行动给诺贝尔评审委员会以重大影响。苏利·普吕多姆成为第一届诺贝尔文学奖得主就顺理成章了。

一、生平简介

苏利·普吕多姆(Sully Prudhomme)1839年3月16日生于巴黎，原名为勒内·弗朗索瓦·阿尔芒·普吕多姆。其母克洛蒂德·卜雅非常虔诚，深居简出。其父是个十分富裕的商人，周围的人称他为“苏利”。诗人在给友人的一封信中写道：“我的父亲在童年时从周围的人那里得到这个名字，我不知什么缘故；他的近亲中有个人脱口而出，他觉得这个名字很漂亮。不管怎样，我的母亲像全家人和朋友们一样，也这样称呼我的父亲。他逝世时，她把这个名字给了我，以便总能叫这个名字。我的假名因此具有这种从摇篮起便给予我的特殊性质，可以说久而久之也就转成我的名字。”(加斯东，《思想家和诗人》，1896) 普吕多姆这个名字由于亨利·莫尼埃在1830年创造的同名人物，而具有“狭隘的自我满足的小市民”的含义，如今加上“苏利”，便减轻了贬意，这是诗人愿意用这个名字的原因之一。

诗人三岁时(一说两岁)，他的父亲死于脊髓炎。他母亲的痛苦影响到诗人的心灵，他童年似乎没有别的孩子那么欢快、幸福：

在阴森的学校只看到
总在哭泣的小东西；
其他孩子正在蹦跳；
他们待在院子尽里。

诗人在寄宿学校读书，失去家庭温暖在他幼小的心灵留下难以磨灭的创伤。他在波拿巴特中学——后来叫孔多塞中学读书，尽管有仇视学校的思想，却对老师十分尊敬，学业成绩优良。从三年级起，虽然他被文学所吸引，却仍然选择了理科。他的数学成绩突出。1857 年他获得理科业士，随后进了综合工科学校的科学系。在准备考试时，他一度受到母亲的影响，想成为多明我会修士。由于眼炎，他中断了学习。他的这段学业加强了他对方法、次序的感受力以及对事物精确的看法。1858 年，他获得文学业士，然后蛰居里昂母亲家中，这短暂的居留期间，他产生了一种神秘主义的观点，日后在他的诗作中找到回响。回到巴黎之后，他受到神学、哲学和科学的吸引，又接受理性主义，不过心中充满矛盾，于是想到找工作。他以工程师的资格进了克勒佐的施奈德企业中，当了个小职员。这时他开始写诗。他在工厂待了一年半，又回到巴黎，进了法律学校。为了生存，他在一个公证人事务所当见习生。他获得一笔遗产，使他能全力投入到文学创作中："使他用不着同可恶的障碍做斗争，他既没有了解这些障碍的不幸，也没有战胜它们的荣幸。"20 年后，他成为法兰西学院院士时，即 1882 年 3 月 23 日的会议上，马克西姆·杜冈两次看到诗人早年既要写作，又过着清贫生活的困难："保护诗人的天主使您摆脱生活的烦扰，让您能前程似锦。我赞赏您摆脱了许多危险：科学、工业、公证事务；其中有令人发抖的东西。"诗人过起安定的生活，有时间从容地进行诗歌创作。

在感情方面，人们仅仅知道苏利·普吕多姆从小爱上了一个比他小两岁的表妹，可是他认为婚姻会有碍于他实现梦想，于是他把自己无法得到幸福的痛苦散发到他的诗歌中。他曾对友人诉说过自己这种内心痛苦："这激情使我明白柏拉图式精神恋爱的可能性，我可以说，我是一个活生生的证明；因为它孕育在最完美的纯洁无邪中，但它是这样具有排他性，这样强烈，今天我一想起它，就觉得我此后所感受过的任何感情都没有这种全部占有心灵的特性。"

也许是为了忠于自己的初恋，他始终保持独身。

在朋友的推荐下，苏利·普吕多姆把他的第一部诗集《长短诗集》交给出版商出版（1865）。这部诗集随后加上《考验集》，在出版商勒梅尔那里出版；勒梅尔专门出版年轻诗人的作品，此后他成为苏利·普吕多姆唯一的出版商。《长短诗集》充满庄重而细腻的激情，一下子征服了读者和批评界。圣伯夫撰文赞扬说："这样，我们同一个有才能、有思想的诗人打交道，他对科学、哲学、工业、激情、敏感性、色彩、旋律、自由、现代文明都不说'不'字。"他取得的成功使他有可能参与巴那斯派的活动，成为其中的一名骁将。苏利·普吕多姆一直利用空闲时间翻译拉丁语诗人卢克莱修的《物性论》，于1869年出版了第一卷。同年他还发表了《孤独集》，这是他的内心悲剧的诗意化，其中有爱情的失意、哲学沉思、宗教信仰危机的痛苦后果。普法战争期间，他进了机动保安队，这时除了他的姐姐，他失去了所有的亲人。他参加了保卫首都的活动，寒冷、疲倦、缺吃少穿使他受到下肢瘫痪的打击，影响到他余生。在战争中的体验和思索，成为他的一部作品的内容：《战争印象》。哲理诗在《命运集》（1872）中得到发展。1874年他发表十四行诗集《法兰西》，表达他的爱国情怀。随后他又回到抒发个人的内心《徒劳的温存》（1875）。长诗《正义》（1878）分析人心中的善与恶，善指对人的信任，它不肯定、不证实、也不否定正义的存在；人在大自然中找不到正义，正义只存在于人心之中。这首长诗反映了他的人道精神，深得当时知识界的好评。他曾经雄心勃勃，想写一首能与卢克莱修相比肩的诗篇，然而卢克莱修作品的形式和风格与他的思想是相抵触的。典雅风格和华丽辞藻反映在他的另外两部诗集中：《花卉的反叛》（1884）和《棱镜集》（1886）。他的诗作还有长诗《幸福》（1888）、《荣耀与祖国》（1900）、《沉船集》（1908）。

苏利·普吕多姆也写作散文作品，阐明他的思想，如《论美术的表现》(1883)。《诗意的遗嘱》(1901) 在 1904 年再版时增加了三篇社会学研究。《因果问题》(1902) 是同沙尔·里舍合作完成的；《帕斯卡尔心目中真正的宗教》(1905)、《自由意志心理学》(1906) 则是纯粹的哲学著作。此外，他的遗著有《私人日记》《书信集》和《思想录》(1922)。

苏利·普吕多姆于 1881 年 12 月 8 日当选为法兰西学院院士，1901 年 12 月 10 日获得诺贝尔文学奖。颁奖词称苏利·普吕多姆为“诗人兼思想家”，认为他在发表《长短诗集》时“一下子就显示出是个完美的诗人”，“如果别的诗人的想象力主要转向外部，反映我们周围的生活和世界，那么苏利·普吕多姆则具有更为转向内心的特质，这一特质既敏感又细腻。他的诗歌很少关注外界形象和外部处境”，他的创作主题是“他的精神的爱、怀疑、内心骚乱”，他的诗“形式完美，具有雕塑美，不能忍受无用的词”，“他的诗没有丰富色彩，但是具有动听的音乐性”。苏利·普吕多姆“是我们时代最杰出的诗人之一，他的诗是具有不朽价值的珍珠”。瑞典科学院并不赞赏他的哲理长诗，而是赞赏“他的抒情短诗创作，它们充满情感和沉思”。一句话，“特别感谢他的诗作，他的诗作显示了崇高的理想主义、艺术的完美、心灵和精神的优异品质罕见的结合”。苏利·普吕多姆因身体原因无法参加颁奖仪式，他表示：“我感到既高兴又骄傲，想到我认为高于我的作家争夺的这一如此崇高声誉的荣耀要惠及我的祖国，我欣喜异常，这一荣耀给予我的作品的报偿完全归功于我的祖国。”他将这笔接近 21 万法郎（超过他的诗歌稿费总收入的四倍）的奖金用来建立诗歌奖，奖给年轻诗人：“我想到我年轻的同行们，他们没有办法出版他们的处女作。我有意给他们保留一笔款子，使他们出版最初的诗作。”这个奖由文学家协会来颁发。他的身体越来越衰弱，经常失眠，只得离开巴黎，蛰居到“狼谷”中。他于1907年9月7日死在书桌边。

苏利·普吕多姆的哲学思想集中反映在《物性论》第一卷的序言中(1869)。他表明要探索“两种根本体系”——唯物论与唯灵论，但毫无结果；他要了解人类认识的过程，认为在人类的思想发展史上，获得每一进步，对于事物的观点便得到更深入的分析，使原有意义改变了；他认识到人类对世界的探索得到的见解会多么不同，“在探索真理中，令人泄气的最严峻的原因，显而易见是人类见解惊人的各式各样；如此多和如此惊人的矛盾似乎证实了对理智一致和真实性的一切怀疑”；他尤其想穷究人类精神的奥秘：“问题是要知道，在显示我的同时，意识是否导致了解一个与已经显露给外部经验的存在截然不同的存在，通过不同的变化显示给我们。”苏利·普吕多姆提出了不少问题，可是却找不到正确的答案。他在《内心生活》(1865)中写道：

真理，你从深渊向我们说话吧！
请对受害者的呼吁做出回答，
　　他们执着地哀求你。
爱猜疑的真理，脱下你的面纱；
告诉我们最老星星的年龄、在哪，
　　它看到意念的奋起！

给我们在远处显示最初意念，

显示把它投入荒凉、黑暗和无限
　　那最初的原动力吧，
显示唯一原因：爱情、必要、任性，
显示盲目的全能或创造理性，
　　我们看不到却要说出它。

一切似崩溃；告诉我们谁能长存；
形式是表面，表面像圈套很诱人，
　　内容一触就烟消云散，
我们若找心灵，虽感体内存在，
我们亲切的目光却徒劳期待，
　　我们身上和别处都是黑暗！

这三节诗形象地阐明了苏利·普吕多姆的哲学思想：“真理”在这里代表了诗人对宇宙的总观念和奥秘，它是掌握人类的意识和情感的钥匙，但是，人类却无法获得它，而只看到茫茫的一片混沌的黑暗。这说明，苏利·普吕多姆的哲学探求毫无结果，几乎可以说导致不可知论和悲观主义。他说过：“不管西方世界的人的发现多么重大，火炬还只照亮一片表面，处于它的光决定的局限中。我知道存在是不可洞悉的……我丝毫不了解我所感知的事物的起源。”晚年他转向了让森派（帕斯卡尔）的思想，从中寻求出路。

在苏利·普吕多姆的短诗中，哲理的表达往往是含蓄的，这并不妨碍他对人的内心意识的发掘，相反，有时还有助于内容变得深沉浑厚，这同他细腻的绘写相得益彰，因而使他的不少短诗获得成功。对内心感情的独到刻画和细致分析是苏利·普吕多姆的抒情诗的主要特色，他主张表达“心灵的隐晦而细小的情感”。诗人继承了拉马丁、缪塞，尤其是波德莱尔的传统，更确切地说，他继承了拉马丁、缪塞发自内心咏叹的特点，而继承了波德莱尔用象征手法描写内心情感的手法，再融合了巴那斯派某些冷漠的客观的叙述方法，使他在巴那斯派诗人中独树一帜。他的抒情短诗风格冷峻峭拔，善于捕捉微小的感触，显示出诗人感受的细腻；在形式上则韵律和谐，诗行整齐而诗节颇多变化，既讲求格律又避免单调划一，反映了诗人的匠心。

按理说，在诗歌中追求科学性本是巴那斯派的主张之一。苏利·普吕多姆早年学的是理科，在这方面具有扎实的知识，同其他诗人比较起来，他无疑拥有优越的条件。但是，诗与哲理或者与科学的结合是有条件的，诗歌毕竟不是哲学或科学，过分的议论或大谈特谈哲学与科学必然会走到反面。他提出要致力于“将科学的杰出成就和现代思辨的高度综合进入诗歌领域”。随着他对哲学探讨的兴趣加强，甚至发展到写长诗，大段地发议论。由于他在哲学上并无真知灼见，其结果是使他的长诗晦涩难懂，难以卒读，完全破坏了他原有的风格。随着时间的推移，他的大部分作品逐渐失去了读者。

苏利·普吕多姆主张写真实：“在文学上，如果人们善于写真实，那就足以创新。优质的创新不是别的，就是在心灵的口授下手中笔的完全真诚。因为真实只有一个，所以唯有心灵是新颖的。文学上的创新简而言之可以这样下定义：通过人心的各式各样使之变得生动活泼的不变的真实。”苏利·普吕多姆主张的是，要写出内心的真实感情，由于内心感情因人而异，丰富多彩，因此按照这个原则写出的诗也就显得与众不同，具有独创性。

其次，苏利·普吕多姆主张具有以情动人的风格：“忧郁和欢乐的细微差别无以名之，但这些细腻的和深刻的感情，却是绣花底布，思想就绣在上面；

这些感情像光与影一样形成效果。因此，不应写得像说话一样，因为文学不具备手势和声调的方法去表达感情——手段显得很不够；书面语言由于被剥夺了这种对心灵的描摹，就需要人为的生动去加以补充。这种来自手中笔的激情的秘密被称为风格，因此不冲动而又灵巧的人能写出催人泪下的小说。”

二、诗歌特色

苏利·普吕多姆的诗歌从内容来看，可以分为两大类，一类是抒情短诗，往往抒写爱情的失意、内心感触、孤独惆怅，另一类是哲理长诗，阐发哲理见解、对科学新成就的赞美、对社会现象或人生奥秘的哲学思考。诚然，这两类诗歌互有渗透，但就基本特征来看，还是可以区分开来的。

苏利·普吕多姆描绘爱情有独到之处。他最著名的诗篇之一是《破裂的花瓶》：

扇子一下微微敲裂
马鞭草枯萎的花瓶；
这只不过轻轻碰击：
并没发出什么声音。

可是这轻微的裂痕
每天蚕食水晶容器，
隐蔽而切实地延伸，
慢慢绕圈裂开瓶壁。

清凉的水滴滴外渗，
花儿的汁液全枯竭，
发觉此事还没有人；
别碰花瓶，花瓶已裂。

情人的手往往如此，
碰伤心灵，留下痕迹；
随后心儿自行开裂，
爱情之花凋谢而死；

表面看它原封不动；
感到伤痕深深扩大，
心儿低声饮泣哀痛；
它已破裂，别去碰它。

这首诗细腻而形象地写出失恋的微妙感受。诗人运用了贴切的象征手法，他将怀有爱情的心灵比作一只质地精细而脆弱的花瓶，它经不起轻轻的碰击；碰击产生的裂痕会逐渐自行扩大，最终使花瓶完全破裂而成为废物，使得瓶中的花卉也枯竭而死。心灵也是这样娇贵，一旦受到情人的打击便会留下痕迹，最后开裂，心灵之中的爱情之花也会凋谢而死。在诗人看来，爱情是高尚的、纯洁的感情，情人之间应当像爱护眼珠一样来对待它，彼此不能有伤害对方之处，否则会带来严重后果。爱情的美好、神圣由此得到了衬托。这首诗的成功之处在于运用了“借物比兴”的手法，它先给读者提供一幅日常生活的画面：这发生在一个幽雅的客厅里；诗人并没有描写客人们的谈天，他们也许就在一只花瓶的旁边，其中一个女士正在摇着扇子，她不经意的一击敲在花瓶上面，连声音也没有发出。这是寻常而又寻常的事，可是，花瓶却被敲裂了。客厅中这普通的交际场面过去之后，诗人再转到花瓶本身的描绘，写花瓶不为人们注意的细微变化，这变化却有根本性的意义，因为它使花瓶在慢慢经历彻底毁坏的过程。这个过程的隐蔽性是诗人所强调的，它同花瓶一样，具有象征意义。爱情的象征物在这首诗中是优美的，由于这象征，难以言传的爱情及其变化具有可以感触到的外形，并被刻画得准确而细致。最后，诗人通过这象征手法，委婉地表达了珍重爱情的呼吁，爱情由此得到崇高的赞颂。这是一首八音节诗，隔行押韵，整齐的形式更增加了典雅的情趣。

从《破裂的花瓶》中，可以看到苏利·普吕多姆力求捕捉情侣心中细微的感受，这种描写也反映在《爱情最美好的时刻》中。诗人指出，爱情最美好的时刻不是在说“我爱你”时，而是存在于暂时的沉默里，存在于心灵短暂的闪光中，存在于假装严厉和暗暗的原谅宽容之中，在手臂的颤动中，在翻开看书却目无所见中，在紧闭着嘴、羞羞答答之中，在互相敬重中。这是纯粹的爱情，是诗人憧憬的理想境界。在《水边》中，他描写一对情侣观看河水流淌，云彩飘荡、炊烟袅袅，芬芳缭绕，果子甜蜜，鸟语欢悦，“对世间的争吵烦嚣毫不挂虑”，充耳不闻，万物虽然悄然逝去，但他俩的爱情却永驻长存。这种世外桃源般的爱情生活反映了诗人对世上的金钱婚姻的厌弃和对爱情悲剧的同情，他的诗中所描写的正是他所追求的幸福。他的爱情诗篇贯穿着理想的探求。

作为巴那斯派诗人，苏利·普吕多姆写了不少歌唱大自然景物和动物的诗篇，其中著名的一首是《天鹅》。这是一幅美丽的油画：在得天独厚的水光潋滟、暗林掩映中，曲线优美的天鹅时而游弋，时而振翼飞上蓝天，当夜晚降临时，它沉睡在泛出满天繁星的湖面上，宛如钻石闪烁之间的一只银瓶。大自然的宁静、幽雅、华美得到了尽情的赞颂。诗人笔下的天鹅是自由自在的，没有任何烦扰侵袭它。它又是美的象征。天鹅是历代诗人喜欢描绘的对象。波德莱尔在此之前也写过一首《天鹅》，这是流亡者、生活中的受戕害者、怀念理想故国的人的象征。马拉美稍后也写过一首十四行诗《天鹅》，他笔下的天鹅有多种象征含义，其中一种是象征诗人枯涩的写作时期，被冻在湖面上的天鹅无法飞上自由的蓝天。波德莱尔和马拉美的天鹅形象各有其美，然而它们是不幸者的代表，受到命运的捉弄，无法摆脱束缚。苏利·普吕多姆笔下的天鹅则是幸福的，无忧无虑的，是大自然的骄子。它的美与大自然的美相协调、相统一。苏利·普吕多姆追求的是宁静、安详、自由、纯粹、优美的理想境界，这种境界与周围的社会现实形成了鲜明的对比。但诗人的观点没有明白地道出，而是隐藏在他的描绘后面。诗人是不动声色的，以客观的笔法去表达，这种手法与波德莱尔和马拉美有相通之处。这首诗在艺术上也是相当杰出的：原诗采用十二音节的亚历山大体，两行一韵，整首诗不分节，在格律之中保持一点自由，以求变化。

苏利·普吕多姆不仅仅热爱静谧、清新，仿佛给人以凉爽之感的大自然，他也歌颂给万物以生命的太阳。在《太阳》一诗中，他描写夏日炎炎的景象，大地渴望甘露，唯有蜜蜂振翼奋飞，仿佛传来幽幽的竖琴声；一只鸢鹰张开宽翼在空中停住，洗个火浴；一大群小昆虫飞来飞去；太阳的烈焰映红了石子的尖刃；野兽龟缩在密林下面，而人躺在阴影下，凝望着，不去思索，“心灵消融在万物里”。这幅夏日图，与勒贡特·德利尔的名作《正午》有点相似，《正午》写的是烈日暴晒下成熟的麦田景象，暑气逼人，诗人虽然以冷漠的手法去表现，但这幅画面仍然给人强烈感受，读者似乎就沐浴在烈日中。《太阳》给予读者的也是同样的感受：欣欣向荣的大自然具有严酷的、无情的威力，然而万物正是在这种环境中以各自的方式生存。《祈春》一诗则赞美春天：春天所触到的都会开花，老树根也恢复活力；春使人的嘴漾出微笑，心里感到充实；春把烂泥地变成牧场，连坟墓的外表都变样了，让逝世的萌生出复苏的神圣希冀。这首诗透露的是欢快、乐观的情绪，结尾的描写略带哲理意味，将全诗的描绘提高了一步：春给万物以光芒、苏醒和复活。

将哲理与抒情相结合本是苏利·普吕多姆着意追求的特色，《眼睛》最能体现这一点：

可爱、漂亮、蓝或黑的
无数眼睛凝视破晓；
它们睡在坟墓深底，
太阳正在节节升高。

黑夜比白天更柔情，
迷惑了无数的眼睛；
满天繁星闪烁不停，
眼睛却充满了阴影。

噢！愿它们失去视力，
不，不，这是非分之想！
它们已经转向某地，

朝着不可见的方向；

好似在倾落的星辰，
离开我们，仍留天穹，
眼睛也有入睡时分，
但决不消逝冥府中。

在坟墓的另外一侧，
向无边的黎明大张，
可爱、漂亮、蓝或黑的
眼睛，合上仍在凝望。

这首诗首先表现出诗人敏锐的观察力：他将星星的闪烁与眼睛的张合相类比，因为两者之间存在某种相似之处：它们都闪射光芒。然而夜空中的星星又酷似冥冥之中的眼睛，后者在坟墓中一眨一眨。后面一点尤其反映了诗人观察的细致和深入，反映了他独特的感受力。整首诗在实写与虚写之间，创造了一种扑朔迷离的意境。开首第一行似在实写眼睛，因为“蓝或黑的”一般只能指人的眼睛，但第二行“无数”“凝视破晓”，又在写星星。第三行是实与虚的结合，诗人认为这是眼睛睡在坟墓之底，但这只不过是对星星的一种拟人化描写。第二节的开头两行虽在写眼睛，实乃写星星，诗人找出一个原因，认为黑夜柔美，胜过白日，迷惑了无数眼睛，使它们在黑夜中闪烁，表达得优美、富有诗意。第三行写星星，而第四行把浮云遮蔽形容为眼睛入睡，这是虚与实合写。最后一节将重点移至眼睛，认为这些可爱漂亮的眼睛在坟墓那边虽然合上，仍在凝望，因为星星不会消失光芒，它们在地球的另一边还在闪烁。这种实与虚的交织与结合，使这首诗具有一种神秘的诗意。诗人寓于其中的哲理也是只可意会不可言传的。评论家认为，诗人的心不能容忍虚无，他相信灵魂不朽，相信存在来世。不过读者也可以从另外的角度去领会诗人的寓意：宇宙中的一切都是生命体，你只要给予它们灵性，就能得出新的意义。

在《夜的印象》中，同样可以看到苏利·普吕多姆的感受力和富有哲理的思索。这首诗叙述“我”独自旅行，在一个小旅馆过夜。我躺在大木床上，听到喃喃声和窸窣声，好似指甲在摩挲丝绸，又像远处的谷仓隐约传来轻微快速的连枷声，又可以说樵夫在挥斧；随后传来辚辚车声，像一条冒着热气、疲乏的龙在驾辕；突然，一下尖厉的惨叫远逝在无垠的夜中，如同绝望的灵魂凄厉呼喊，逃向虚空；平原上有一列火车飞速而过，使窗户砰然震响，屋内陈设也在震颤；然后寂静笼罩一切，我的心受到震动，这样沉思：这发狂的奔驰，这刺耳的叹息，是世纪掠过的形象。诗人将种种夜的声响归结为一个印象：诗人的听觉是敏感的，想象力是丰富的，他的抽象概括十分准确。他的哲理思索和结论虽是简短的，却建立在许多事实和细节之上，因而很有说服力，而又避免生拉硬扯和长篇大论的说教。

苏利·普吕多姆的诗往往染上一种隐约的愁闷。诗人的心灵过于细腻和正直，因此会受到丑恶现实的伤害。他在爱情上的失意，以及亲人的故世，更增加了他的孤独感。在《银河》中，诗人抒写道：

有一夜我对繁星说：
“你们看来不像幸福；
星光在黑茫茫天幕

显出的情怀很痛苦；

我似乎在天穹看见
室女座手执白尸布，
她们擎着无数蜡烛，
懒洋洋地相随后面。

你们莫非总在祈祷？
你们是受伤的星体？
这并不是光芒普照，
而是光在流泪饮泣。

繁星，你们就是生物
以及天神们的祖先，
你们有双盈盈泪眼……”
繁星说：“我们很孤独……

我们相距都很遥远，
却被看作近邻姐妹；
温柔和细腻的光辉
在故土却无物相伴；

火焰发出柔光阵阵，

消失在长空的混沌。”
我说：“我很了解你们！
因为你们酷似灵魂：

灵魂似你们般闪耀，
远看像近处的姐妹。
而这长存的孤独者
默默在黑夜里燃烧。”

在诗人看来，宇宙中的星星彼此相隔遥远，它们在无垠的天宇中显得十分孤独，换句话说，星星是孤独者的象征。诗人采用与星星对话的方式，将星星拟人化，使得行文生动有致，避免平铺直叙。结尾点出星星是永世长存的孤独者，道出主题。诗歌巧妙地运用了天文学知识，为孤独的主题找到“科学”根据。孤独是诗人真切的心声，他的一部诗集就以此为名，说明他在一段时期内的精神状态处于苦闷、寂寞之中。孤独本是浪漫派诗人歌咏的一个题材，而在苏利·普吕多姆笔下，则带上了科学的色彩，即将抒情与哲理相融合。苏利·普吕多姆说过：“诗歌是满溢的心灵的叹息。”他在大自然中看到了这种忧愁、孤独：夜包含着忧愁，露水犹如泪水，等等（《忧愁》）。更进一步，他认为自己天然地具有这种思想状态：“天生兼作诗人和哲学家是非常不幸的；他最温柔的遐思转变成痛苦的沉思；他注视着一切事物的两面，这样哭泣他所赞赏的事物的虚无。”因为诗人往往歌颂美好的事物和感情，而哲学家则往往用严峻的目光去观察世界，他们所看到的东西和得出的结论经常相反，从感到矛盾发展到产生痛苦，再从痛苦到产生孤独、厌世。

综观苏利·普吕多姆的短诗创作，可以看到他确实创作了一些成功的作品。他的诗歌特色在于观察敏锐、细腻，情与理紧密结合。应该说，在这方面他有别于善写哲理诗的维尼。维尼的哲理诗较为深沉，常常沉思人生的意义，宣扬孤高傲世，而苏利·普吕多姆喜欢恬淡、幽深的境界，他的着眼点较小，思索的仅仅是爱情、友谊、生活情趣，诗中隐含淡淡的哲理。其优点是：这些小诗不同于风花雪月、艳情风雅之作，情调较为高尚，因而他被看作巴那斯派的佼佼者。

苏利·普吕多姆的长诗虽然数量不少，但有价值的却寥寥无几。今天人们往往只提及《绝顶》一诗，其余的长诗几乎都被遗忘了。《绝顶》发表于 1876 年。1875 年 4 月，三位气球驾驶员西维尔、克罗齐–斯皮内利和蒂桑迪埃驾驶“绝顶号”气球从巴黎起飞，进行科学观察。气球升至 8600 米高，几小时后在安德尔河附近着陆，但是只有蒂桑迪埃一人幸存。对苏利·普吕多姆来说，这次科学试验及其取得的成就是人们忠于科学的象征，“绝顶号”气球的飞上天空代表着“上升的人类”的史诗。他认为无论学者还是诗人，都只能以自己的作品及其榜样，表明自身的不朽：

死在世代的眼光仰望的地方，
那里，思索、梦想的头颅在瞻仰！
光阴得到调节，刻上对他的怀念！
在天空建立他的荣耀，在向大地
播下的种子中传播最纯分子，
也许这是死亡，但是并非全完：

不！他的生命给大家留下事业、榜样，
将更深广的生命复活他们身上，
在一切时间、地方和空间延伸，
他停止生存的空中，时间打鸣，
他化作了束缚人的细小幽灵，
但这是为了以神的方式生存！

哲人的永恒在于他达到的规律；
诗人所感受到的永恒的乐趣，
就是恋人心中那永存的晚上！
因为不朽，即受爱戴者的灵魂，
就是真善美的本质，天主本身，
一无所留的人才会真正死亡。

这首诗之所以为后人所记得，是由于诗人对科学探险者、为科学而献身的人的歌颂，并充满了激情。气球升上高空在当时是轰动的新闻，它标志着人类征服天空的开端，反映了科学技术新发展的一个侧面。这次试验部分失败，但却是成功阶梯上的一个环节。诗人看到了这一点，认为这是为后人造福的行动；死去的气球驾驶员为人们树立了榜样，他们是不朽的开拓者，达到了真善美的标准，升到了人类行为的绝顶。

然而，《绝顶》虽然也叙述了气球的升空过程，但这并不是一首叙事诗，可以想见，这首长诗的大半篇幅都在发议论，不管这些议论如何精辟，也是很难强烈吸引读者的，这也正是苏利·普吕多姆的长诗的通病和致命弱点。

工人运动的第一部悲壮史诗

——《萌芽》

埃米尔·左拉是19世纪后期法国最重要的作家，而且也是这一时期世界上影响最大的作家之一：自然主义一时风靡了全球，竞相效颦、趋之若鹜的作家一直延续到20世纪上半叶。至今，左拉仍然是拥有最多读者的法国作家之一。

《萌芽》是左拉当之无愧的代表作。长期以来，读者已经给他的作品做出公允的评价：在读者最多的二十五部法国小说中，左拉的小说占了四部，而《萌芽》在这四部小说中名列首位。这种情况毫不奇怪，因为《萌芽》在文学上第一次生动地描写了资本主义社会的主要矛盾——劳资双方你死我活的斗争；在艺术上，《萌芽》充分表现了左拉的风格和特色，属于左拉最出色的作品。

《萌芽》的产生似乎出于偶然。1884年2月19日，法国北部的采煤区昂赞发生大罢工，报纸迅速做了报道。左拉闻讯赶往现场，于2月23日到达罢工地点，进行了一系列调查和访问，至3月3日返回巴黎。4月2日他开始动笔创作《萌芽》，1885年1月23日写毕。1884年11月，小说在《吉尔·布拉斯报》上连载，至1885年2月载完。3月出单行本。

实际上，左拉写出自己的高峰作品有着多方面的原因。

《萌芽》属于《卢贡-马卡尔家族》的第十三部作品。《卢贡-马卡尔家族》

是“第二帝国一个家族的自然史和社会史”[1]。帝国的统治年代从1851年11月12日拿破仑三世发动政变开始，至1870年色当战役法军全部覆没、拿破仑三世被俘为止。这正是左拉的青少年时期。1868～1869年，左拉看过勒图尔诺的《激情生理学》和吕卡斯医生的《自然遗传论》[2]，又从泰纳的实证主义评论中得到启发，他决心仿效巴尔扎克，而又不同于巴尔扎克。在《巴尔扎克和我的不同》一文中，他说明自己想写一套更注重“科学”方面而不是社会方面的小说。这就是后来的《卢贡-马卡尔家族》。左拉在《卢贡-马卡尔家族》写作计划中提出，一方面，他要“研究一个家族中血缘和环境的问题”，另一方面，要“研究第二帝国……描绘一整个社会时期”。但在他列出的十部小说中，还没有《萌芽》。从1870年发表《卢贡家的发迹》至1884年2月发表《生之欢乐》，左拉写出了几部轰动一时的作品：1876年的《小酒店》使左拉成为举国瞩目的作家，报刊对这部小说展开了激烈的评论；1880年的《娜娜》出版的第一天就售出5万多册；同年左拉把他的文艺论文搜集成册，出版了《实验小说》。一句话，至1884年，左拉已经写出了《卢贡-马卡尔家族》这组自《人间喜剧》以来最大型的多卷体长篇小说集中的几部重要作品，艺术上已进入成熟阶段。而且，他的艺术思想和自然主义的纲领都已明确提出。

左拉在创作《卢贡-马卡尔家族》的过程中，曾提到过要“描绘我们时代的一个工人家庭”。写完《小酒店》之后，他有了写第二部关于工人的小说的计划，他想到的是“巴黎的劳动者”，这是“作为起义的革命工具的工人，巴黎

1　这是《卢贡-马卡尔家族》的副标题。

2　据左拉的信徒阿莱克西斯回忆，左拉当时并未读过克洛德·贝尔纳的《实验医学研究导论》，左拉直至1878年才读到这部著作。

公社的工人”。左拉并没有写出这个长篇，只在1883年发表了一篇2万多字的小说《雅克·达木尔》，描写一个巴黎公社社员的悲惨命运：公社失败后他被判流放美洲，但在流放期间逃走，当局误认为他已淹死，妻子因而改嫁，他回法国后和妻子不能团圆，过着隐居的生活。小说表达了左拉对巴黎公社社员的深切同情。1883年7月，左拉有了写作工人罢工的打算，在秋天开始搜集材料。左拉阅读了大量有关工人的著作。例如路易-罗朗·西莫南的《地下生活》(1867)，这部作品叙述女工生活、矿工的迷信、运煤事故等；多尔穆瓦的《瓦朗西埃纳的煤矿盆地》，这本书介绍地层、矿脉和工资情况；伊夫·基约的《社会地狱》(1881)，这是政治经济学方面的著述；还有博安-布瓦索的《煤矿工人的疾病、事故和畸形》。他还翻阅了《法国矿工的陈情书》(1883)和《法院通报》。左拉关于矿工生活的材料本有四卷，每卷有五百页之多。他曾访问矿工，下到矿井，亲身体验工人的艰苦工作环境。不仅如此，他还进一步阅读了拉弗莱的《现代社会主义》(1881)，勒罗瓦-博利厄的《十九世纪工人问题》，力图了解社会主义的理论和工人运动情况。1884年3月他去听取法国社会主义者的领袖盖德和龙格（马克思的女婿）在工人党会议上的讲话。关于国际工人联合会，左拉曾在笔记中记下了这个组织“建立于1864年9月28日，在圣马丁大厅，在马克思组织的会议之后……由卡尔·马克思起草宣言和纲领”，并记录了纲领中的话：“劳动者的解放，应是劳动者自己的事业……”左拉的评语是：“这是新的《社会契约论》！可是天啊，还没有一本历史教科书谈到这个！[1]尽管左拉并不真正了解社会主义的理论，他在1884年3月16日给友人的信中却非常自信地说：“我有着写一部社会主义小说的一切必要资料。”由此看来，1884年昂赞煤矿工人大罢工只不过是一个触发左拉创作《萌芽》的客观

1 阿尔芒·拉努：《你好，左拉先生》，阿歇特出版社，1952年，第305页。

因素，因为他在各个方面都已做了充分准备，写作条件早已成熟。

《萌芽》在世界文学史上，是第一部正面描写产业工人罢工的小说。它成功地再现了罢工的过程，从而展现了当代资本主义社会的重大社会现象，提出了令人振聋发聩的社会问题。

在19世纪下半叶的法国，随着资本主义的发展，罢工越来越变得频繁。法国资本主义在七月王朝时期（1830～1848）和第二帝国时期有长足的发展，工业革命是在第二帝国时期完成的。马克思指出：法国“资产阶级社会免除了各种政治牵挂，得到了甚至它自己也梦想不到的高度发展。工商业扩展到极大的规模”[1]。第二帝国时期的工业产值比七月王朝时期增加了约两倍。其中，石炭和褐煤的开采量增加了两倍多，这是由于采矿业实现了许多改进，矿井挖得更深了。但结果是煤炭价格下跌，生产出现过剩。资本主义得到发展的同时，工人却日益贫困化。第二帝国时期，工人的工资增加了8%～10%，而食品和房租却上涨了50%左右。因而罢工彼伏此起。在拉里卡马里、奥班和勒克雷佐等矿区都曾爆发过罢工。仅昂赞一地，1866年、1872年、1877年、1880年相继举行过罢工。正是工人生活的贫困化和罢工的浪潮引起了左拉的注意。左拉较深入地接触到工人的生活状况后，对工人的认识有了很大的变化。在《小酒店》中，他在很大程度上把工人生活的贫困归咎于酗酒等等生理上的原因，而且并没有看到工人和老板之间的尖锐矛盾。后来他初步接触到社会主

1　马克思：《法兰西内战》，《马克思恩格斯选集》，第2卷，人民出版社，1972年，第374页。

义的理论和工人运动，思想上有了一个飞跃，他给自己的小说定下的基调便远远高出于他以往的作品。

《萌芽》的主题不仅是崭新的，而且左拉意识到它的重要性。他在小说草稿本中提纲挈领地写道："我的小说描写工资劳动者的起义，这是对社会的冲击，使它为之震动；一句话，描写资本和劳动的斗争。小说的重要性就在这里：我希望它预告未来，它提出的问题将是20世纪最重要的问题。"列宁指出："无产阶级特有的斗争手段即罢工，是发动群众的主要方法，是有决定意义的事件波浪式地增长中的最突出的现象。"又说："任何一次罢工不是资本主义社会的小危机又是什么呢？普鲁士内务大臣冯·普特卡默先生说过一句有名的话：'在每一次罢工中都潜伏着革命的九头怪蛇。'他说得难道不对吗？"[1]罢工集中地反映了资本主义社会的两大阶级——资产阶级和无产阶级在经济和社会领域上的斗争，有时还体现了尖锐的政治斗争，它往往是经济危机所促成的，又加深了这个社会所固有的矛盾和危机，因而成为令人瞩目的社会现象。

《萌芽》确实把资本和劳动的斗争气势磅礴地描写出来了。

小说首先写出了罢工的根本原因。《萌芽》描绘了矿工极其触目惊心的工作条件，小说不啻是煤矿工人的一份控诉书。资本家只顾追求利润，不顾工人死活，矿巷里的设备年久失修，极不完备，遇到松软的地层，会有塌陷危险。有时瓦斯骤然增多，会将矿工熏死。有的煤层较薄，矿工必须爬在那里挖掘，他们"活像夹在两页书中的一只虫子，受到被活活压扁的威胁"。矿工一身漆黑，只有眼睛和牙齿闪出亮光。他们像畜生一样，身上一丝不挂，浑身给煤和汗水弄得污秽不堪，四肢累得要散架，"简直是一幅地狱的景象。"这样艰苦的

1　列宁：《关于1905年革命的报告》，《列宁全集》，第23卷，人民出版社，1959～1955年，第245、252页。

劳动一天只得到三个法郎，连普通的手工业工人的收入还不如。因此井下多的是女工和童工，他们推着沉重的斗车，累得汗如雨下。即使因工伤残废，也得用大锤子打碎煤块，继续干活。老矿工马赫一家九口有四个人劳动，却仍然入不敷出。老祖父在煤矿生活了五十年，就有四十五年在矿井里度过，而养老金不到十个苏。等待着矿工的是贫血、矽肺、关节瘫痪。他们的住屋拥挤不堪，一天劳累下来，需要洗澡也只能当着客人的面去洗。一边是矿工非人的生活，另一边是公司经理格雷古瓦家豪华的住宅，他一个人所得抵得上五十个矿工家庭的血汗收入，连最不值钱的陈设也够工人们吃一个月，“千万饥寒交迫的人们拿血肉供养了一尊肥胖的神”。经理的女儿赛西儿容光焕发，而马赫的七个孩子不是病弱就是残废。赛西儿即使日上三竿，依然慵倦不起，而卡特琳半夜就得上工。工人们高喊要面包，资产者却在欢宴。矿工们饥肠辘辘和赛西儿订婚的晚宴适成对照。无产者和资产者之间的生活鸿沟隐伏着深刻的矛盾和危机，他们的冲突总有一天要爆发。《萌芽》并非第一部描写工人悲惨生活的小说，发表在《萌芽》之前的有：埃克托·马洛的《无家可归》(1878)，莫里斯·塔尔梅的《瓦斯爆炸》(1880)，等等，它们对矿工生活都有不同程度的描写，但并没有写到贫富的强烈对比，更没有指出资产阶级的财富是建立在榨取无产阶级的血汗劳动基础之上的事实。《萌芽》则不同，左拉认识到这是工人罢工的症结所在，他不是单纯地描写工人的地狱般生活，而是透过事实看到本质的社会现象，这就大大胜过别的作家。

矿工生活只不过是小说中的背景描写，小说的中心情节是罢工。这场轰轰烈烈的罢工，是有了阶级觉悟的工人的集体行动。罢工有较正确的思想指导，是在国际工人联合会领导和支持下进行的；在罢工中，工人们同无政府主义者和工贼做了一系列的斗争。虽然这次罢工仍带有工人运动初期捣毁机器等泄愤的性质，但它不仅仅提出了经济要求，还接触到政治权利：要求废止镇压和束缚工人行动的里卡多法案。《萌芽》对这场罢工的描绘是符合现实的。当时，马克思主义在法国的传播还处于初期阶段，第一国际法国支部成立于1864年9月，但工人运动受到蒲鲁东主义的影响，无政府主义思潮十分流行。主人公艾蒂安的思想中混杂着空想社会主义甚至达尔文主义是毫不奇怪的。但他是国际工人联合会的代表，工人们正是在艾蒂安的启发下觉悟起来。以前，矿工们像牲口一样生活在矿井里，像采煤的机器一样在地下转动，对外界事物不闻不问，因此有权有势的富人们才能为所欲为。艾蒂安向他们指出了资本是剥削的结果，劳动者有权利和义务收回这笔掠去的财富。他说资产者每逢经济危机就不惜饿死工人，以保证他们自己的利润，“难道这不伤天害理吗？”他还向工人们描述了未来世界按劳付酬的图景。于是工人们闭塞的小天地打开了，“一束强光照亮了这些穷苦人的黑暗生活”。在初步觉悟的工人身上，一代代累积的愤怒和仇恨爆发了。2500个矿工像大海的波涛，席卷而来，锁闭了所有的矿井。罢工浪潮蔓延开去，上万个工人参加了行动。他们大公无私，团结一致，英勇斗争。矿工的生活本来就很艰难，罢工后断绝了经济来源，大家却毫无怨言，甘愿变卖家中的一切实物。尤其是矿工们面对军队的刺刀，毫无畏葸，有的献出了自己的生命。这是一曲无产阶级同资产阶级英勇搏斗的赞歌。左拉写出了工人罢工的巨大力量，显示了产业工人的组织性和坚定性。小说描写的不是19世纪上半叶从事个体劳动或作坊里的工人，而是自1848年以来意识到自身力量的工人群众，是从手工业过渡到大工业的无产阶级。他们在反对取得统治地位的资产阶级、反对寡头政治、反对剥削压迫中站到了历史的前台。这是无产阶级作为整体力量第一次出现在文学作品中。这就是《萌芽》的重要意义所在。

《萌芽》并没有用低沉的调子去表现罢工斗争以失败告终，它充满对未来的憧憬和乐观的情调，应该说，这是一部悲壮的史诗。左拉在创作这部小说时，曾经反复推敲过作品的基调。他想到法国大革命时期共和三年芽月12日，饥饿的民众拥入国民公会，高呼要“面包和九三年的宪法”。左拉在1889年10月6日致冯·桑登·科尔夫的信中说：“我一直在寻找一个名字，表达新人的成长和劳动者为了摆脱至今仍在挣扎的艰苦劳动环境，甚至是不自觉地做出的努力。有一天，我偶然说出了‘萌芽’这个字。起先我不想要这个名字，觉得它太神秘，太有象征性，但它包含了我所要寻找的东西：革命的四月，老朽的社会在春天里焕然一新……倘使它对某些读者有点隐晦，对我来说却像一柱阳光，照亮了整个作品。”“萌芽”这个孕育希望和前途的象征在情节中时隐时现，贯穿始终。在小说第三部分，随着春天到来，这个象征出现了，主人公望着麦浪，“当人们在地下为受苦受累而悲叹的时候，一片生机正在地面上萌芽和迸发”。在深夜聊天时，他又想起来，“如今矿工们彻底觉悟了，他们像埋在地下的一颗良种，开始萌芽了”。在罢工中，小说写道，“在矿井深处，一支大军正在成长，这代新人就像是正在萌芽的种子，不久将在温暖的阳光下破土而出，茁壮成长”。直到最后，主人公怀着希望离开矿区，踏上新的征途，小说以这样一句话结束：“人们一天一天壮大，黑色的复仇大军正在田野里慢慢地生长，要使未来的世纪获得丰收。这支队伍的萌芽就要冲破大地活跃于世界之上了。”左拉的作品往往以悲剧结局，情调较低沉；《萌芽》虽以悲剧结尾，但情调却是轻快乐观的。左拉以洋溢着激情的兴奋笔调写道：矿工们已经检阅了自己的队伍和力量，以他们的正义呼声唤醒了全法国的工人；资产阶级已经听到脚下的震动一下接着一下，直到把这个摇摇欲坠的腐朽社会彻底摧毁。这种带有预示性的乐观情调赋予这场罢工斗争高昂的战斗气息，使小说具有史诗的悲壮气势，画面雄浑而又富有抒情意味。这是左拉对工人阶级本身孕育的力量、对未来社会的远景抱有充分信心的表现，也是对社会现实进行了深刻的洞察分析，对普通的日常生活进行了概括提炼，看到了事物本质的结果。毫无疑问，这已经摆脱了在现实之上爬行的自然主义描写方法，不能不说是左拉遵循现实主义的一个重大胜利。

在这场绘影绘声的罢工斗争中出现的工人形象是塑造得较为成功的。

在法国文学史上，艾蒂安是第一个有阶级觉悟的工人形象。他本是个正直善良的机械工人，来到蒙苏煤矿后，做了一个采煤工。他是工人运动的组织者，作为国际工人联合会的会员，在蒙苏矿区大力发展新会员，组成了一个支部。他刻苦钻研社会主义的理论著作，虽然他对马克思的学说了解不深，受到蒲鲁东的理论的迷惑，但他毕竟与无政府主义者迥然不同。他主张在经济问题上据理同公司进行斗争，不主张采用破坏机器以致危及工人生命的行动。他同无政府主义者苏瓦林和非暴力主义者展开了面对面斗争。通过罢工，他进行了一次革命的洗礼，在政治上更加成熟起来。他认识到工人是最伟大的，“唯有他们才是最高尚的阶级和能够使人类自强不息的力量”，确信“新的社会将从新的血液中诞生”。这是一个在基层涌现出来的工人领袖的形象。他的成长过程写得十分自然。左拉曾计划让他在一部描写巴黎公社的小说中再度出现。

《萌芽》花了不少笔墨描写老矿工马赫一家，这是一个典型的煤矿工人家庭。马赫的老祖宗发现了煤矿和参加了煤矿的初建工程，他一家世世代代在煤矿干活已有一百年的历史。他们为矿主卖命，曾经有六口人在矿井里丧了命。马赫的父亲为煤矿卖了一辈子的苦力，如今病魔缠身，等于废人，连吐出来的痰都是黑的。马赫是个受人尊敬的正直矿工，他在艾蒂安的启发下参加了国际工人联合会，罢工中带领工人去请愿，直对军警面无惧色，终于饮弹而亡。马赫的妻子是个有血有肉、形象丰满的人物。左拉在草稿中认为应“让全部光亮集中在母亲身上”。她原是推煤车的女工。如今为了维持九口之家，日夜操劳。罢工时家里一无所有，她仍然鼓动矿工坚持下去。她对艾蒂安说：“我们挨了两个月的饿，把家当都卖光了，孩子们也病了，难道就这样白白地算了？还要叫我们过那不合理的日子吗？”她鼓励丈夫去斗争，解救被关进监狱的伙伴。丈夫死后，她不得不顶替丈夫的工作，下到矿井，干十小时的累活。通过眼前发生的事，她逐渐明白，复仇的一天总会到来，吞噬他们血肉的偶像将会倒塌。这个善良的妇女在生活的逼迫下终于爆发出愤怒的呼喊，她体现了矿工们逐步觉悟的形象。这是个真实的劳动妇女，平凡而又伟大。她具有工人勤劳、朴实、坚韧，勇于牺牲的优秀品质。

在艺术上，《萌芽》也代表了左拉的风格。左拉的创作受到自然主义的影响，但不少作品基本上还是遵循现实主义的创作方法。《萌芽》从主要方面来看，是一部现实主义的小说。毋庸置疑，巴尔扎克给予了左拉良好的影响。巴尔扎克细密地观察事物、善于鸟瞰全局、注重事件的社会意义、关心矛盾冲突的发展和人物形象的塑造等等，左拉都有所师承。在《萌芽》中，煤矿工人的生活、矿井的构造和非人的劳动条件，还有资产者的奢华，都得到真实的再现——用的是现实主义的笔触。这是《萌芽》的主体部分，完全值得肯定。左拉的描绘具有粗犷、扎实、浑厚、巨细无遗的特色，这些地方同巴尔扎克的现实主义风格较为接近。但是，左拉的小说还是明显地有别于巴尔扎克小说的风格。

巴尔扎克的小说往往开首是对环境的长篇描述，然后才引入正文，人物出场。左拉的写法则不一样，他的小说总是一开始主人公就登场露面，马上进入情节，以求一下子吸引住读者的兴趣。《萌芽》的开篇是一个有名的画面：在原野上有一个人踽踽独行，这就是失了业的艾蒂安，他来到了煤矿区。随着主人公的足迹，作家把读者带到一个他们不熟悉的新天地里。这种开场避免了拖沓的描写，笔墨简练而生动。

在结构上，左拉比巴尔扎克更注重有机的联系和安排的得当。《萌芽》的结构尤为严密。小说共分七部分。开头四个部分是引子、开场、发展、深入，一步步描写矿工反抗情绪的产生、扩大和高涨，第五部分是全书的高潮——罢工，后两部分描写罢工的失败经过和尾声，全书形成一个整体。情节的进展井然有序，节奏沉稳有力，气势雄健遒劲，具有古代史诗的特点。与左拉同时代的大批评家儒勒·勒梅特尔说得很对："《萌芽》的风格由于强有力的缓缓进展、广阔的潮流、细节的累积和作者手法的直率而具有古代史诗的风格。"左拉在 1885 年 3 月 22 日致亨利·塞阿尔的信中也认为《萌芽》是"一幅巨大的壁画"。这种从容、稳当的节奏同均衡、比例得当的结构密不可分，既是左拉小说的优点，也是其特点。

在写景状物方面，左拉一向不以辞藻华丽取胜，他的文字甚至同巴尔扎克相比也显得呆板一些。最明显的手法是，他喜欢重复运用有特征意义的形容词去描写环境。《萌芽》最常用的形容词是"黑的"。煤矿地区的特点就是一片黑色。矿区外面是黑色的煤炭和煤灰，矿井里面是黑洞洞的，矿工浑身是黑乎乎的，他们吐出的痰是黑的，死时流出的血也是黑的。小说共四十章，只有十章是在阳光下进行。这个天地仿佛是"一种物质构成的黑夜"。只有在下雪时，村庄才变成白色，但"像包裹在尸布里一样"。如果说白色是死寂、虚无的标志的话，黑色就是忧郁、恐惧、压迫的象征。这黑沉沉的天地就是矿工们生活着的现实世界。这富有象征意义的环境描写具有版画一般的严峻苍凉的力量，增添了小说悲壮的色彩。

然而，《萌芽》仍然受到自然主义的明显影响。在描写男女矿工的私生活时，左拉往往运用自然主义的笔法。现实主义要求一个作家有选择地提取生活现象，描写具有本质意义的社会生活，而自然主义则主张实录生活现象，甚至实录污秽的不堪入目的场景。这种描写往往既不反映人物的思想特征，又不能表现多少社会内容，甚至起到相反的作用。在某种程度上这也反映了作家对描写对象的错误看法。《萌芽》中的自然主义描写就是如此。在左拉看来，矿工的无知、粗鲁和不文明使他们做出一些纵欲行动或下流动作。左拉这种看法使他笔下的工人形象减色不少。

另外，左拉对资产阶级也是存有幻想的。他不认为资产阶级摧残人性，他在草稿中一再写下资产者“甚至有善良感情”，要在小说中“写出老板们追求利润也有人性”。左拉认为并不需要使用暴力，“合法斗争将来有一天也许更为有力。”他幻想通过工人平静地参加工会，把政权夺取过来，就会变成主人。所以他以责备的态度描写罢工中出现的混乱行动：赛西儿被扼死，暗杀掉哨兵，等等。而埃纳博不怨恨矿工，原谅了他们；德纳林也认为工人们不明底细，才贸然行动。左拉多次表白过：“我所愿意的，就是对这个世界的幸运者即当主人的人高呼：你们小心……看看这些劳动和受苦的悲惨的人们吧。或许还来得及避免最后的灾难。但要赶快变得正义一些，否则就会毁灭。”又说：“我唯有一个愿望：引起怜悯和正义的呼声，让法国最终不会被一小撮政客葬送。”“是的，发出怜悯的呼吁，正义的呼吁，我没有更多的愿意。”左拉这种改良主义思想削弱了小说的批判力量。左拉毕竟是个资产阶级作家，他还不可能完全否定自己所属的阶级以及资产阶级社会，他的揭露和批判必然是有限度的。

尽管如此,《萌芽》仍不失为一部正确表现工人运动的小说。它出版后受到了普遍的赞赏。莫泊桑指出:“毫无疑问,没有一部书包含了那么多的生活和运动。”巴比塞在自己的专著《左拉》中也认为《萌芽》等小说“就像流星一样降落在描写现代工人的苍白或矫揉造作的小说中间”。还有的作家正确地指出,今天的社会条件虽然改变了,但《萌芽》依然具有现实意义,因为劳资的对抗并未完结。一句话,《萌芽》的价值就在于它形象地记录了早期工人运动的一曲战歌,表明工业无产阶级已登上了历史舞台。《萌芽》是在高尔基的《母亲》问世之前写得最成功的反映工人运动的长篇小说,它在世界文学史上的重要地位是无可争议的。

百变的短篇小说家：左拉

左拉被认为是19世纪后期最重要的作家。1840年生于巴黎，母亲是法国人，父亲是意大利人。左拉七岁时，当工程师的父亲去世了，家境艰难。1858年，全家离开南方的埃克斯，来到巴黎。左拉在毕业会考中遭到失败，失去读大学的机会。1862年，左拉进入阿歇特书局当雇员，不久当上广告部主任。同年10月，他入了法国籍。1864年，他开始发表作品，很快受到现实主义的影响。随后开始的长篇创作，展示了新的文学方向：注意从生理学去探索人物的心理活动。从1870年开始，左拉进行《卢贡-马卡尔家族》(1870～1893)长达二十卷小说的创作，其中的《小酒店》《萌芽》引起轰动，左拉成为与雨果齐名的大作家。左拉效法巴尔扎克，要反映第二帝国的变迁，包括政治演变、经济发展、罢工斗争、社会状况，规模宏大。左拉是自然主义的理论家和领袖，他的小说观反映在《实验小说》和《自然主义小说家》(1881)等几部著作中。1897年，牵动全国的德雷福斯案件，引起了左拉的注意，他在《震旦报》上发表了致总统的长信《我控诉》，指名道姓地揭露当局指鹿为马、颠倒黑白的卑鄙伎俩，竟然遭到一年监禁和罚款三千法郎的判决。左拉不得不流亡到英国。直到1899年总统去世，左拉才得以回到法国，但到1906年才恢复名誉。1902年，左拉夫妇在家中因煤气中毒身亡。人民记得左拉的功绩，1908年他的骨灰安放在先贤祠。

左拉的第一本书是个故事集《给尼侬的故事》，从此开始他的小说创作。

他一生写过八十来个中短篇，收入八个集子，约有七八十万字，不可谓不多，在鸿篇巨制《卢贡-马卡尔家族》之外占据了一个重要位置，所以在权威的“七星丛书”的左拉作品集五卷本中，第一卷就收集了他的中短篇小说。其重要性由此可见。

左拉的短篇小说内容广泛，涉及政治、家庭生活、社会风俗、巴黎和各地的人情世故、人物素描、奇特的爱情和画家生活、童话故事、动物故事等等，展现和影射了19世纪下半叶法国的社会状况和光怪陆离的现实。从第一篇小说到最后一篇小说，前后经历了约三十多年，贯穿了左拉一生的创作。在某种程度上，补充和填补了《卢贡-马卡尔家族》缺失的东西，所以说，左拉的短篇在他的创作中是不可或缺的组成部分。

《磨坊之役》是左拉最著名的一个短篇，一般人只知道收入《梅塘之夜》(1880)，在这个集子中，除了莫泊桑的《羊脂球》，就是这篇小说脍炙人口了。其实小说最初发表在1877年7月俄文的《欧罗巴信使》上，次年又发表在法国的《改革报》上。在左拉的短篇小说中，也只有这一篇直接描写1870年的普法战争。评论家认为左拉在小说中抨击了沙文主义，但不可否认，小说歌颂了民众的爱国情感。磨坊主梅尔利埃和他的女儿弗朗索瓦丝，甚至未过门的女婿、来自比利时的多米尼克都表现出视死如归，不愿为侵略者带路、不向普鲁士人屈服的英雄气概。小说中，农民的平静生活被普鲁士军队的到来破坏了，磨坊在激战中被毁掉了，普鲁士人无情地杀害老百姓的残暴昭然若揭。磨坊主是当地的村长，一个很有主见的人，他的女儿突然提出选中了多米尼克为丈夫，他并没有不问情由地反对，而是默默观察，还和这个小伙子深入谈了一次，确认了年轻人是正直的、信得过的，于是同意了女儿的婚姻。对普鲁士人，他不亢不卑，非常冷静地与敌人周旋。他的女儿同样有主见，毅然地认定自己的意中人，想方设法让多米尼克逃走，支持他不给敌人带路。多米尼克看到她被子弹打伤后，愤怒地向普鲁士人开枪射击，参加了战斗，带来了杀身之祸，但他毫无惧色。他逃跑发后，一直担心磨坊主父女的安全，又跑了回来，以致失去了生命。这三个人，属于同仇敌忾的普通的老百姓。小说以法军歼灭敌人，取得一次小小的胜利结束，也无非是要给现实中法军在色当被全歼、皇帝拿破仑三世被活捉的可耻结局挽回一点面子。小说主人公们遭遇到的是猝然而至的悲剧，但是全篇却洋溢着英雄主义的高昂激情，显示了法国人民奋不顾身地保卫家园的优异品质。

在以家庭生活、男女爱情为题材的作品中，《苏尔蒂太太》是常常被人提起的一篇短篇小说。表面看来，这写的是画家的才情和夫妇的关系。第一主人公苏尔蒂太太有绘画才能，虽然是女子，却想扬名于世。她的丈夫苏尔蒂尽管有突出才能却生性慵懒，而且淫荡，成名后疏于作画，他的工作逐渐由妻子代替，最后完全被她取代。这对画家夫妇的生活相当奇特，小说的魅力也来自于此。可以说，在艺术家之中，这种情况并非绝无仅有。左拉其实取材于小说家都德夫妇的原型。都德类似苏尔蒂，他有创作才能，却很懒散，而且爱追逐女人。他以学校生活的题材取得了第一次成功，即写出了《小东西》。他的妻子受过教育，同丈夫合作。爱德蒙·龚古尔确认过这个事实。1874 年，爱德华·龚古尔开始常常拜访都德，注意到：“妻子在写作，我怀疑她是家中的艺术家。”一个月后，朱丽亚·都德在他面前朗读她起草的几页作品。她受到龚古尔的赞赏。[1] 至于都德的淫荡，连他都对别人叙述自己如何追逐女人。都德夫妇的情况对同行们已不是秘密。左拉自然知晓这一切，并曾在爱德蒙·龚古尔面前提起过。正因此，左拉虽然在 1880 年已经写出这个短篇，却直到

1　左拉：《中短篇小说集》，伽利玛出版社，1969 年，第 1576～1577 页。

1900年5月在都德去世以后才在《大杂志》上用法文发表。女主人公阿黛尔，即苏尔蒂太太，不是一个反面角色，她对丈夫有真挚的感情，即使丈夫在外面寻花问柳，或者在家里和女仆调情，她除了给他以无微不至的照顾，或者采取必要的措施，却不做进一步的要挟。她代替丈夫作画，既有应付订货的顾客，按时交货的需要，也有保住丈夫声誉的愿望，同时实现自己绘画的雄心。虽然每幅画到后来几乎都出自她的手，但她始终署上丈夫的名字，并没有真正取而代之。从中可以看到左拉对这个人物的态度。

《娜依丝·米库兰》是应屠格涅夫为俄国杂志写成的一个短篇。1877年5月至10月末，左拉在地中海边上度过。他在1877年9月2日给埃尼克的信中说："景色对我充满了回忆，太阳和天空是我的老朋友，有些草的香味使我记起往昔快乐的日子。"左拉选择了他童年生活的地方，即法国南方的埃克斯附近，这里的景物和生活很能体现法国地中海沿岸的风俗，与法国北方，特别是巴黎的景致是截然不同的，展现了田园风光，并保留了往昔拉丁民族的家庭习俗。小说的女主人公是一个佃农兼渔民的女儿。她的父亲虽然对她十分严厉，动不动就打她。可是这并不能阻止这个漂亮的少女不屑于周围小伙子的追求，爱上童年时的游戏伙伴、她的少东家弗雷德里克。然而这是一个浪荡的少爷，一贯玩弄女人。他确实一时爱上了这个少女。可是他们的交往从一开始就注定了没有好结果，他们由于身份的悬殊不可能结合。况且，弗雷德里克仍然是逢场作戏。娜依丝也清楚这一点。不过她照旧我行我素，表现出自由不羁的性格。她出于爱，敢于阻止父亲杀害弗雷德里克。老农的死写得比较隐晦，罗锅图瓦纳成为她暗害老农的工具。可是老农的死也导致了她的悲剧。由于需要有男人维持这个家，她不得不嫁人给了罗锅。女人犯罪的题材在左拉那里已经写过，如《苔蕾丝·拉甘》，这里又是一例。

《为了一夜的爱》的女主人公苔蕾丝·德·马尔萨纳也是左拉笔下女罪犯中的一员。这个人物的性格与左拉的自然主义观点十分接近。轻的说她是歇斯底里的，重的说她的神经有毛病，或者说她有虐待男性的嗜癖。“她独自一人时，会猝不及防地爆发出含糊不清的叫声、疯狂地顿足；或者她仰面躺在花园的一条小径中，一直躺在那里，固执地拒绝起来。”六岁时，她开始折磨她奶妈的儿子科龙贝尔，把他当马骑，指甲捏进他的肉里，咬他的耳朵，直到出血，想把他砸碎，要知道他身体里有什么东西；并在大庭广众中踢他，用针戳他的胳膊。科龙贝尔的气质也不正常。他在这种虐待中尝到一种辛辣的消遣。他并非毫无反抗，寻思要报复：让自己摔在石头上，拖上苔蕾丝，最后强奸了她。他们的“这种病症是一种疯狂的发作，一种情感的倒错”。左拉在早期的长篇小说，就实验了克洛德·贝尔纳分析人扭曲心理的理论。苔蕾丝·德·马尔萨纳是一个心狠手辣的凶手，她不慎将科龙贝尔杀死后，立即想到要利用钟情于她的小公务员于连，答应以身相许，让他把死尸扔进河里。于连的自杀解脱了她。小说没有细写于连为什么自杀，当然这不是小说要描写的重点。小说是否隐约显示这一点：生活中强者往往是胜利者，而弱者往往是倒霉蛋。

《昂日丽娜》的写作是左拉在德雷福斯案件中受到当局的迫害后，不得不逃到英国的时期。1898年9、10月间，他在英国的诺乌德，用来写《昂日丽娜》。他的妻子让娜和孩子们也在8月11日来到他身边，一直到10月15日。到英国后的头几个星期，左拉感到孤独和烦闷。他开始构思新的长篇。妻子走后，《昂日丽娜》也就写成，结尾是乐观的。左拉当时住在“潘”这幢租来的房子里，经常骑自行车消遣。他注意到一幢被废弃的房子，听到了一个小女孩被继母杀害的故事，孩子父亲的精灵每夜坐车来招魂。左拉很感兴趣，想详细了解情况。[1]不过，最后他把故事放在了巴黎附近，而且只保留了原有情节的框架，做了不少改动。这是左拉最后一个短篇。由神秘的闹鬼故事，变为一个正常的生活变迁故事：突如其来的悲剧，化为重新生活，开始新的篇章。前面符合左拉避居到英国时的精神阴郁，后面符合左拉回到国内重新开始正常生活的现实状态。

《雅克·达木尔》是左拉涉及巴黎公社的一个短篇。19 世纪 70 年代末，法国社会起了一些变化，对公社社员的态度有所改变。有的著作如费尔南·德利斯勒的《历史回忆：流亡生活》(1879～1880) 谈到避居国外的公社社员，泰奥多尔·杜雷的《四年史》(1880) 谈到巴黎公社。左拉赞赏杜雷的作品，表明他对公社社员的态度。左拉始终同情下层人物，在多部作品中描绘了他们的生活。在最初写作《巴黎之腹》时，他的手稿 (1872) 就多处提到巴黎公社：一个流放者，人们以为已经死了，却回到巴黎。即使在后来的长篇《崩溃》中，也写到流血的一周。以上种种，和《雅克·达木尔》是一脉相承的。左拉对工人生活的关注，使他写出像《小酒店》《萌芽》这样轰动一时的长篇。尽管如此，《雅克·达木尔》仍然是独立存在的。左拉认为共和国已经确立，1880 年夏天，他越来越激烈地抨击想延长无谓争论、不让人真正享受共和国好处的小集团。他认为公社是过去的一页、特殊危机已然过去，1871 年的情况不会再出现，革命的威胁并不存在，他的见解和议会中的极左派相同。他不同意泰纳在《当代法国起源》中对公社的观点，认为革命者不是怪物或强盗，这是在大街上每天遇到的普通人。小说就是以这种观点写成的。主人公是个普通人，他被政治席卷而去，不知为什么而战斗，甚至连贝吕也不是一个引人堕落者。当

1　维兹泰利：《同左拉一起在英国》，查托和温德斯出版社，1899 年，第 122～123 页。

然，我们不能苛求左拉去高度评价巴黎公社，甚至他在小说中通过路易丝贬低公社社员是作为一种遮眼法。总体而言，左拉能够写出一个被流放的公社社员的不幸经历，还是值得称道的。

左拉从同情下层人民发展到对他们赞颂。《铁匠》的产生源于左拉 1868 年住在贝纳库的马蹄铁匠勒瓦塞家里，不过发挥了想象。左拉在贝纳库并没有住上一年，也不是为了康复身体。在叙述者眼前呈现的劳动者具有极其强健的体魄，他巍然挺立，就像一尊米开朗基罗塑造的雕像。他热爱自己的工作，一天要干上十四个小时。他知道自己不是简单地锻造犁铧，他是在造福于这一带：两百多年来这一带使用的犁全是由这个铁匠铺提供的，一直沿袭到现在。农田作物的丰收应该归功于他。他为此感到骄傲。更进一步，他是在“火与铁中铸造明天的社会”。铁匠不是一个产业工人，对工人阶级的历史使命也并无认识，不像《萌芽》中的艾蒂安那样。但他也不是一个只埋头于干活，浑浑噩噩地度过一生的工人。他的形象的意义在于，他摆脱了周围那些庸俗的甚至卑劣的人，可以说他是一个纯粹的人，他使叙述者治愈了懒惰和多疑的毛病，在精神上进入一个新境界，所以受到叙述者的敬仰。

《穷人的妹妹》尽管是个童话故事，但其内涵也是对穷人纯良品质的赞颂。“穷人的妹妹”是个孤儿，十岁时便父母双亡，来到叔叔和婶婶家里，像《悲惨世界》中的柯赛特那样做最苦最累的活儿，冒着烈日去拾麦穗、下雪天拾柴禾、扫地、洗衣服、收拾屋子。有一天，她甘愿把自己仅有的一个铜板给了一个女乞丐，这个女乞丐其实是圣母马利亚。圣母给了她一枚能够变出无数钱的铜板。穷人的妹妹施舍了当地所有的穷人，使这一带的人都致富了。而且她使自己的叔叔和婶婶也变得善良起来。穷人的妹妹一心只想到穷苦百姓，她确实与自己的绰号名副其实。

左拉也擅长讽刺幽默。《猫的天堂》《陪衬女》《广告受害者》是三篇讽刺小说。《猫的天堂》接近寓言。一只生活在家中的猫厌倦了舒适的生活，它很羡慕那些流浪猫，觉得它们自由自在，生活在广阔的空间里。待到它溜出去，才不过一两天的工夫，就发现没有吃的，饿得肚子咕咕叫；没有垫子可以躺下，还要受到雨淋。亲身体验之下，发觉原来的家是天堂，迫不及待要回去，宁愿忍受女主人的一顿鞭打。它一面在忍受打，一面想到就有肉吃了，心里正高兴着呢。正是："人心不足蛇吞象。"在户外是自由了，在室内好似是在监狱里，可是户外怎么能与室内相比呢？一定的如意是以一定的限制为陪衬的，这是一条生活的哲理，从猫的感受是否可以得出这个道理呢？

《陪衬女》的构思别出心裁。杜朗多竟能想出利用丑女去陪衬美女，以制造出人意料的效果。丑女变成了商品，真是无所不用其极。有钱人为了赚钱，把一切东西都变成了获利的工具。丑女和美女站在一起，确实能够更加衬托美女的魅力。小说中的美女其实指的是交际花，只有她们才会接受以丑女去衬托自己的姿色。她们利用丑女的对比去招揽客人，达到了目的，而丑女回到家里以后，往往会掩面饮泣，因为她们做的是低贱的工作，她们是衬托出身边人的美色了，而也更加显出自身的丑，因而内心有说不出的痛苦。应该说，杜朗多的生意经与奴隶的贩卖是一脉相通的。他也将人肉拿到市场上出售，只不过换了一种方式而已。左拉对杜朗多的独特"本事"似褒实贬，字里行间包含着辛辣的嘲讽和贬斥。

《广告受害者》则更具有现实意义。商品离不开广告，广告有助于商品的销售，但假广告害人不浅，而这类虚假广告满天飞。虚假广告为了吹嘘商品，说得天花乱坠，骗人上当，"今年二十，明年十八"只是一种调侃的说法。假广告的为害令人触目惊心。小说主人公克洛德的家由于使用了广告宣传的产品而弄得关不上门，开不了抽屉，打不开保险箱，厕所成了一个污秽之地，“生活在一个真正的地狱里”；自己成了一个秃顶，失去了一头金发；收藏了所有荒谬愚蠢和无耻的书籍，成了一个白痴；身体由强变弱，气喘吁吁，同时服用各种药物，最后死在一个澡盆里；这还不够，他预订的棺材，刚抬到公墓就裂开了，尸体滚到烂泥里，只能草草掩埋了事；坟墓的纤维板和人造大理石经不起雨水淋，变成一堆叫不出名的破烂。这是一个迷信广告的受害者的悲剧下场。小说虽以夸大的笔法写成，但生活中的虚假广告不正是随处可见吗？名副其实的广告不是很有限吗？广告受害者何止千千万万，只不过受害的程度不同而已。在左拉生活的时代，作为曾是出版社广告部主任的他，已经看到广告常常出现的弊病，恨不能口诛笔伐，可想他也曾深受其害。

左拉写作短篇的内容取材多种多样。从自身经历去撷取题材自然是最直接的，《铁匠》《昂日丽娜》就是根据自身经历改写而成的。有的是从身边发生的事，加以观察，改变人物的身份而写成一篇故事，《苏尔蒂太太》属于这一类。有的从历史事件产生的影响去构思，《雅克·达木尔》《磨坊之役》是从自己的观点出发，加以思考，对历史事件做出的反应。有的是看到别人的著述，结合自己的文学主张，从中阐发而成，如《为了一夜的爱》是看了意大利的冒险家卡萨诺瓦（1725～1798）有名的《回忆录》，受到启发。这部回忆录在1833年译成法文，第二帝国时期在比利时重版过好几次。卡萨诺瓦1767年在马德里小住时遇到过类似的事。他受到一个住在自己对面的少妇的召唤。她把他带到自己的房间，要他发誓完成她要求他所做的事，然后撩开床幔，露出她杀死的情人尸体。她要他把尸体扔到河里，卡萨诺瓦服从了。这段叙述给左拉提供了小说第二、第四和第五节的内容。左拉曾向友人（阿莱克西、布尔热）讲过这事，三人决定各写一篇类似的故事。左拉还回忆起十四岁时看过一个令他难忘的连载小说，激起了他的想象力。《广告受害者》是看了菲拉雷特·沙斯勒的《旅行、哲学和美术》，里面写到有一个人忠实地按广告去做，用直流电疗法去治风湿病而丧失了生命。此外，有的小说是凭借左拉的想象力构想出来的，《穷人的妹妹》《猫的天堂》《陪衬女》显而易见归入这一类。

左拉有不少短篇首先发表在俄文刊物上。左拉在70年代中期以后，声誉大增，传到国外，俄国读者对他的作品很感兴趣。从1875年至1880年，左拉给《欧罗巴信使》提供作品。《为了一夜的爱情》1876年10月发表在《欧罗巴信使》上，次年7月给了法国的《宇宙回声》。《娜依丝·米库兰》按屠格涅夫的意见，写成一首"田园牧歌"，1877年9月份发表在《欧罗巴信使》上。《苏尔蒂太太》最早发表于1880年4月的《欧罗巴信使》，直至1900年5月才见诸法国的《大杂志》。这四篇小说篇幅都很长，情节较为曲折，内容紧密结合法国的现实和风情，对外国人尤其有吸引力。当然，左拉首先以俄文发表的小说不止这四篇。左拉在《欧罗巴信使》上发表过六十四篇文章，几乎每月一篇。其中有二十篇小说或故事，分别为1875年两篇，1876年四篇，1877年六篇，1878年两篇，1879年三篇，1880年三篇。数量相当惊人。

左拉的短篇有不少在后来写出的长篇中有进一步的发挥和变异。如《雅克·达木尔》对工人的关注在《萌芽》中有所延续，在他后期的小说《崩溃》中更有深入的发展。同样，《磨坊之役》描写的是小规模的战斗，《崩溃》对战争的描写有了更大的发展。《为了一夜的爱情》中的自然主义因素在左拉的早期小说中已见端倪，随后的长篇有更集中的描写，突出的如《小酒店》《家常事》《人兽》等。《铁匠》在《小酒店》《萌芽》描写的工人形象中有很大的变化和发展，虽然观察的角度和对工人的评价已有很大出入，但他们之间的不同表现了工人形象的各个侧面。在某种程度上，短篇的描写引发了左拉对题材更广泛的思考。

19 世纪的法国短篇小说，经过梅里美、斯丹达尔、巴尔扎克、福楼拜、巴尔贝·多尔维利（1808～1889，著有中短篇小说集《恶魔故事》，1874）、戈比诺（1816～1882，著有短篇小说集《亚洲故事集》，1876）、维利埃·德·利勒-亚当（1838～1889，著有《残酷的故事》1883，及其续集），以及都德和莫泊桑，已经达到极致的田地。左拉虽然不以短篇小说为代表作品，但是也留下了一些佼佼之作，可以列入优秀的短篇小说家之列。

左拉的文学批评

众所周知，左拉是自然主义的领袖和理论家，其实他还是一个颇有见地的文学批评家，然而后一方面却历来被人所忽视。人们只将注意力放在他对自然主义理论的阐述上，却把他的文学批评放在一边，这显然是失之偏颇的。

诚然，左拉的文学批评建立在他的文学理论的基础之上，或者说，是基于他对以往文学流派的评价上面。左拉原本信奉浪漫主义，甚至创作了一些浪漫主义作品。他的早期作品，如《给尼侬的故事》就可以看到浪漫主义的痕迹。左拉向现实主义的转向大约发生在1864年。他在1864年8月18日给安托尼·瓦拉德布雷的长信中提出了对古典主义、浪漫主义和现实主义的新看法，他指出古典主义“丧失了所有生硬的形体和所有发光的活力；它只保留阴影，在光滑的表面上像浮雕一样再现出来”。他认为浪漫主义“给我们的作品是杂乱的和活跃的”，但它是“一个折射力很强的棱镜”。而现实主义“作为当代艺术中最后产生的一种……映出一块屏幕尽可能忠实地反映出来的影像”；“我的全部好感是在现实主义屏幕方面……我感到现实主义屏幕中有坚实和真实的无限的美……我完全接受它的创作方法，即非常自然地面对自然，把自然整体地还原出来，毫无剔除”[1]。自从左拉以现实主义为圭臬，他的创作走上了

1 朱雯等编：《文学中的自然主义》，上海文艺出版社，1992年，第267～271页。

一条全新的道路。他将龚古尔兄弟开创的、在文学中引进生理现象的主张发展下去，逐渐形成了自然主义的创作特色。

左拉从1868年开始酝酿《卢贡-马卡尔家族》的创作。70年代他写出了《小酒店》《萌芽》《娜娜》等代表作，确立了自然主义流派，可是却遭到了来自各方猛烈的抨击。1880年前后，左拉暂时搁下了《卢贡-马卡尔家族》的创作，集中精力写作阐述自然主义理论的文章，汇编成《自然主义小说家》《实验小说》《戏剧中的自然主义》等论文集，给反对派以犀利的回击。这几部集子除了阐发自然主义的理论主张以外，另一个重要内容就是对左拉崇尚的现实主义作家，如巴尔扎克、斯丹达尔、福楼拜进行了评论。可以说，他的文学评论也自此真正肇始。

左拉的文学批评最重要的方面自然就是对前辈现实主义作家的评论了。他关于巴尔扎克、福楼拜和斯丹达尔的三篇文章构成了他的文学批评的支柱。不过这三篇文章的写法各有不同。

《巴尔扎克》是一篇长文，这篇文章并非对巴尔扎克全部创作进行细致的分析，而是通过当时出版的一部巴尔扎克的《通信集》去论述巴尔扎克的创作，也即通过巴尔扎克一生的重要通信所展示的生平事件去透视这位作家的创作侧面，而这些侧面集合起来可以构成对巴尔扎克全部创作的总体评价。这种方法显然十分特殊，却别开生面，不同于一般的作家创作论。它既可以展示巴尔扎克的生平经历，又可以扼要地对巴尔扎克的艺术成就做出评价。它不需要对《人间喜剧》的作品进行细致的分析，又可以灵活地评价巴尔扎克的创作特点。其中有的论点达到，甚至超过了前人的评论，至今仍发人深省。

左拉认为巴尔扎克“创造了现代小说”[1]，这是对巴尔扎克的创作成就的总体评价，应该说是非常准确和公允的。左拉指出：“今日他是几乎所有小说家无可争议的大师。”[2]在另一篇文章《巴尔扎克和我的区别》中，左拉指出，巴尔扎克“想借助三千个人物形象来撰写风俗史……他希望他的作品是当代社会的一面镜子”[3]。巴尔扎克通过描写风俗来反映社会历史和当代生活，以表现一段历史时期的社会，开创了现代小说的新纪元，这是左拉对巴尔扎克的创作的深刻认识。左拉进一步指出：“巴尔扎克这个金钱悲剧的演员，从金钱中抽取出我们时代所包含的全部可怕的动人事例……他出色地描绘了他的时代。”[4]这句话点明了巴尔扎克以自身经历去观照周围事物，善于通过金钱悲剧去描写社会生活的特点，可谓一语中的。巴尔扎克深刻认识到金钱的作用，在《人间喜剧》90多部作品中，几乎每一部小说都围绕金钱的争夺去展开矛盾纠葛，力图囊括当时社会的突出现象。左拉还注意到巴尔扎克创造了极其众多的人物，“只有莎士比亚创造出同样广阔和同样生动的一群人物”[5]。左拉认为巴尔扎克的人物形象是生动的，成功的。而且，“没有人对人性发掘得更深”[6]。至于对不少人指责巴尔扎克语言粗糙、缺少精细的琢磨，左拉则认为：“如果他有闲暇写得完美，我们就会失去《人间喜剧》中这道冲刷生活的洪流。”[7]左拉的这个观点，得到了不少批评家的支持。巴尔扎克写得不够完美，指的是文字上不像福

1 Zola，*Œuvres complètes*，Fasquelle，1953，p.355.

2 Zola，*Documents littéraires*，Fasquelle，1926，p.238.

3 Zola，*Les Rougon-Macquart*，Gallimard，1988，pp.1736～1737.

4 Zola，*Œuvres complètes*，p.360.

5 Ibid.，p.361.

6 Ibid.，p.362.

7 Zola，*Œuvres complètes*，p.360.

楼拜那样，有时间去斟酌；然而，巴尔扎克的成功是与他的缺点共生的。如果他也像福楼拜那样，一生只创作几部小说，那么，他未必能达到福楼拜的成就的高度。

左拉不同凡响地看到："巴尔扎克是他那时代最惊人的梦幻家。"[1]这个论断和波德莱尔的论断几乎是一样的。波德莱尔指出：巴尔扎克是一个幻想家。今天，波德莱尔的观点已被视为经典的看法。这个观点改变了以往仅仅将巴尔扎克看成是一个如实反映现实的作家，忽略了巴尔扎克也是一个有激情和热烈想象力的幻想家。

左拉论巴尔扎克最有分量的一句话是："他的才能基本上是民主派的，他写出人们能看到的最革命的作品。"[2]左拉不认为巴尔扎克信奉天主教和君主政体的原则，他的思想就属于反动的，而是相反，左拉认为巴尔扎克基本上属于民主派。可以这样认为：左拉看到，尽管巴尔扎克自己标榜信奉天主教和君主政体，但是，他在小说中表现的思想倾向是站在中小资产阶级一边的，他反对金融资产阶级和大贵族大地主，反对七月王朝，这在当时看来等于民主派。他的作品是当时最革命的，因为他揭示出法国复辟王朝、七月王朝的本质和历史发展趋向，这在当时几乎没有哪个作家做得到。无疑，左拉的论断清醒、准确、精辟。在他之前没有任何批评家达到这样的高度。泰纳虽然肯定了巴尔扎克，却没有认识到巴尔扎克的作品几乎是独一无二的。根据左拉的论断，巴尔扎克当之无愧地是法国19世纪最伟大的作家。

巴尔扎克被左拉看作是自然主义之父，他秉承了巴尔扎克以一整组小说去反映一个历史时代的方法。就这方面而言，左拉确是巴尔扎克的真正继承

1 Zola，*Œuvres complètes*，p.408.

2 Ibid.，p.356.

者，他从巴尔扎克那里吸取得最多，他与巴尔扎克的文学渊源最深。

左拉论述斯丹达尔的文章也很长。正如斯丹达尔自己所估计的那样，他的声名是在他去世后三五十年才会得到人们的赞许。果然，到1880年，斯丹达尔的声誉已经确立：他是一位心理现实主义大师。今天人们认识到，斯丹达尔和巴尔扎克同是19世纪现实主义的奠基人。左拉也把他看作自然主义之父。应该说，左拉的创作路子与斯丹达尔不完全相同，主要是左拉的写作方法不是以心理描写为主的，因此，左拉对斯丹达尔的创作多一些批评。这与通常的批评家就有所不同，不是光说好话，这倒是体现了一个独立的批评家不愿人云亦云的眼光。

在分析斯丹达尔的心理描写方面，左拉有自己的独特看法。他认为："（斯丹达尔）每时每刻展开他的人物的脑子，让人感到它的最小的皱褶，没有人拥有这样程度的心灵机理。"左拉这句话是从生理方面去看待斯丹达尔的心理描写才能的。这个观点是对斯丹达尔心理描写才能的崭新分析，很有新意。左拉由此得出："从来没有人这样细腻地挖掘人的头脑，"[1]"这是一个一流的心理分析家，以不同寻常的清晰理清一个人头脑里的一团乱麻。"[2]斯丹达尔看到，人的思维相当复杂，有时难以理清，而他却能以不同寻常的清晰去理清，深入挖掘人的头脑，毫无疑问，他是一个一流的心理分析家。

左拉还指出，斯丹达尔的小说体现了他的爱情观，主要"应用孔狄亚克关于思想表达的体系"[3]。左拉指出了斯丹达尔和18世纪思想家的关系，认为这是斯丹达尔和巴尔扎克的"巨大差异"。左拉由此认为："斯丹达尔是联系我们当

1 Zola，*Œuvres complètes*，p.389.

2 Ibid.，p.405.

3 Ibid.，p.383.

今的小说和18世纪小说的真正一环。”[1]在左拉看来，斯丹达尔的作用和地位与巴尔扎克有所不同，他在文学史上的地位，从小说发展史上说，应放在巴尔扎克之前，他的小说中包含了18世纪文学的因素，这个观点是很有道理的。斯丹达尔生于1783年，在18世纪生活了17年，比巴尔扎克大了16岁，他受到18世纪哲学家和文学家的影响是很自然的。能看到这两位现实主义大师的差异点，表明左拉的感受力和判断力的精细和准确。

论述福楼拜的长文实际上包含两个部分，第一部分是对福楼拜生平的叙述，含有左拉与福楼拜的亲身交往经历。就介绍作家的生平而言，这一部分写得生动具体，而且感人，比一般的作家生平介绍更胜一筹。福楼拜从年龄上说是左拉的长辈。从文学因缘上来说，福楼拜对人物生理方面的描写，如爱玛吞服砒霜后的种种表现、对迦太基战争腥风血雨的细致描写等等，与自然主义的描写直接相通。所以，福楼拜被左拉也称为自然主义之父是理所当然的。

左拉将福楼拜的小说创作概括为三个特点：一是准确地再现生活，排除一切浪漫因素；二是消灭英雄；三是佯装消失在情节后面，表面客观。最后左拉指出：“整个新诗艺就在这里。”[2]这三点概括，抓住了福楼拜小说创作的特点。第一点符合现实主义的要求，将真实论放在第一位，并与浪漫主义划清界限。第二点是现实主义发展到中期出现的特点，即不再写英雄人物，作品主人公都是平庸的、毫无作为的，甚至卑污的，他们与丑恶、闭塞的现实相适应。第三点是福楼拜一贯所主张的：作者不要在作品中露面，保持一种客观的叙述方式，就像上帝一样不出现在人间。福楼拜对现实主义文学的发展可以说表现在这三方面，左拉称之为“新诗艺”是对这种方法的推崇。左拉认为福楼拜的

1 Zola，*Œuvres complètes*，p.383.

2 Ibid.，p.414.

作品是“将小说改变成和谐的、客观的、依仗自身的美而生存的艺术品”[1]。对左拉来说，福楼拜在艺术上成为自然主义的楷模，在某种程度上是不可企及的典范。当然，左拉不会像福楼拜那样，每部长篇小说都花上五六年时间去打磨，力求完美无缺。他还得像巴尔扎克那样，在二十三四年的时间里完成二十部作品组成的一组小说，一部长篇甚至花不到一年时间（他还要创作其他东西）。他在文字上不敢与福楼拜媲美，但是可以傲然地面对巴尔扎克。

左拉还注意到，福楼拜是“一个描写人类的愚蠢和卑劣的无情画家”[2]，“一个有着观察准确的冷静的诗人”[3]。福楼拜敢于面对社会的丑恶和卑污的事物和现象，而且保持冷静的描写态度。他具有毫不容情的批判现实的精神。这一点与左拉是一脉相通的。不过，福楼拜似乎在小说创作中贯彻得更加彻底，而左拉虽然也大胆地触及煤矿工人的悲惨生活和资产阶级的堕落，但他对社会的不公，如德雷福斯冤案，表现出更加大无畏的精神。左拉尽管把福楼拜看成一个疾恶如仇的作家，却认为他不失为一个诗人，也就是将福楼拜看成对社会生活仍然保留着诗意的想象，或者说还没有对社会完全失望。应该说，这一点用在左拉身上更为合适。他的小说中不乏诗意的描写，与巴尔扎克有着更多相似的地方。

左拉对前期现实主义作家抱着几乎赞美备至的态度，而对浪漫派作家则采取另一种看法。自从他转向自然主义创作之后，对浪漫派作家便抱着批判

1 2 Zola，*Œuvres complètes*，p.416.

3 Ibid.，p.421.

的态度。他论述浪漫派作家的文章不收集在捍卫自然主义的几本集子里，而是收集在单独的集子里（《文学文献集》）。这部集子不被人注意，主要原因怕是对浪漫派作家颇多诟病，含有一些不允之词。

首先是关于浪漫派先驱夏多布里昂。当时正值夏多布里昂诞辰100周年，他的家乡举行隆重的纪念活动，记者做了充分报道。作为一个政治活动家，他的活动受到左右两派的臧否，在整个19世纪他都是一个声名显赫的人物。对于他的政治活动，左拉作为一个左派人士，显然是抱着批判态度的。他认为夏多布里昂“表现出是一个平庸的政治家”[1]，“这个正统派却是最热烈的自由派，而这个自由派一旦获得自由，却要拒绝自由”[2]，“没有任何重大的行动显示他的政治生涯堪称杰出：隔开一段时间，它显得平庸、狭隘……（他）无法说服自己，他所捍卫的事业是最好的事业”[3]。但是，左拉并没有完全否定夏多布里昂的所作所为，他认为夏多布里昂“曾是王权的掘墓人和天主教的最后一位行吟诗人”[4]。夏多布里昂虽然当过复辟王朝的高官，但是他的不少作品却起到瓦解封建王朝的作用。当然，夏多布里昂算不得是歌颂天主教的最后一位诗人，但他的确是为复兴天主教而不遗余力的一位作家。

左拉认为夏多布里昂的存在是时代造成的：“出生的厄运把他置于过去的营垒中。”[5]18世纪末至19世纪前期，法国处于从封建社会向资本主义社会过渡的阶段，政治斗争极其激烈。夏多布里昂出身于贵族世家，站在封建王权一边是理所当然的。但是，作为一个有眼光的政治家，随着时代的发展，他对时

1　Zola，*Documents littéraires*，p.20.

2 4 5　Ibid.，p.19.

3　Ibid.，p.17.

局的看法会有所变化。例如，他对拿破仑的态度到后来仍能保持较为客观的态度。“本世纪的精神触及他……他的智慧不能拒绝从地平线上升起的巨大光芒。由此产生他一生的摇摆不定和前后不一。”[1]

左拉对夏多布里的华丽句子没有好感，认为夏多布里昂“只是一个普通的句子制作匠”[2]。不过，左拉虽然对夏多布里昂前期的代表作《基督教真谛》没有给予好评，对《勒内》等起过历史作用的小说也没有做出应有的评价。可是，他对夏多布里昂的后期代表作《墓中回忆录》(有多种译法) 却是给予肯定的，认为“后人会把《墓中回忆录》置于它应有的位置”，这部作品会“长存”[3]。夏多布里昂“一只脚踩在过去，另一只脚踩在未来”[4]。历史发展正如左拉所预料的，由于《墓中回忆录》相当客观地记录了 19 世纪在法国发生的事件，而具有文献史料价值。后人确实相当高地评价这部作品。

圣伯夫是 19 世纪重要的批评家，当时出版了一本蓬斯撰写的回忆录：《圣伯夫和他不为人知的女人》，写的是圣伯夫的私生活。蓬斯原是圣伯夫的秘书，掌握圣伯夫与多个女人的关系。圣伯夫虽未结婚，却是个色迷，甚至家里养着用钱搜罗来的年轻姑娘，供他玩弄。这本书轰动一时。左拉从评论这本书入手，目的不在于议论圣伯夫的私生活。他要论述的是圣伯夫的批评。左拉承认圣伯夫在文学史上的地位，认为他在近半个世纪中起着“十分重要的作用”，他“建立了科学批评”，也即他是实用主义批评的鼻祖，泰纳和大学派批评家都步他的后尘。“他在法国批评史上标志着一个过渡阶段，”“他留下了

1 Zola，*Documents littéraires*，p.19.
2 Ibid.，p.29.
3 Ibid.，p.41.
4 Ibid.，p.31.

对几乎囊括我国全部文学的评论。”[1] 他的批评著作有厚厚的五六卷，1 万多页，包括从古到今的法国作家。而且，“他以灵活的智慧和无与伦比的真诚努力，出色地总结了他那个文学时代。由于他，我们掌握了自 1825 年至 1870 年完整的精神活动”[2]。左拉的评语似乎给圣伯夫最高的评价。且慢！他的赞誉开的是“空头支票”，空话仅仅到此为止。接下来他笔锋一转，指出：如果说是圣伯夫的批评十分正确，那么，“我觉得是完全夸大了”[3]。

左拉举出圣伯夫对三位现实主义大师的评论完全失之偏颇。圣伯夫对巴尔扎克不公正，而且一直对巴尔扎克的杰出成就视而不见：“他不仅没有在巴尔扎克写出头几部杰作时便看出他的才华，而且直至巴尔扎克生命的终结，也拒绝这位小说家对整个时代的压倒性影响。”[4] 总之，他“不公正而且狭隘地评论巴尔扎克”[5]。圣伯夫一生写过几篇评论巴尔扎克的文章，其中也有对巴尔扎克说过一些好话的地方，可是总的说来是基本上否定的，他不喜欢巴尔扎克。相较而言，他更看好通俗小说家欧仁·苏和苏利埃。他更是彻底地否定斯丹达尔，认为斯丹达尔的作品“总是失败的小说，尽管有一些出色的部分，总之却是可憎的……缺乏创造性”[6]。至于福楼拜，他认为这位作家笔下的情侣描写“缺乏精细”，没有“将一个平庸的角色写成一个高贵的、令人同情的形象”[7]，这指的是包法利。一个批评家居然不能领会一位大作家笔下的出色创造，反而做出了相反的愚蠢的建议，他的评论能力也就值得怀疑了。为什么会

1 Zola, *Documents littéraires*, p.282.
2 Ibid., p.272.
3 Ibid., p.283.
4 Ibid., p.296.
5 Ibid., p.297.
6 Ibid., p.301.
7 Ibid., p.302.

这样？左拉认为，圣伯夫克对古典作品有扎实的研究，这是支撑他作为大批评家的重要原因。但是，圣伯夫“有一种对即将产生的新文学明显的厌恶”[1]，因此，他“既没有赞赏过现代的重要小说家，也没有深入了解他们要对未来世纪产生的决定性影响”[2]。读者对圣伯夫“给平庸作家和三流作家的赞扬感到吃惊”[3]！

左拉对圣伯夫深中肯綮的评论超越了同时代人的评价，却与二十几年后普鲁斯特的评论不谋而合。普鲁斯特在《驳圣伯夫》一书中提出了与左拉相同的观点，还增加了圣伯夫对波德莱尔的不公正评价。由于波德莱尔在 19 世纪 80 年代并未受到人们的重视，所以左拉没有提及圣伯夫对这位大诗人的评论。普鲁斯特的《驳圣伯夫》是 20 世纪初期的一部重要文学批评著作，由此看来，左拉对圣伯夫的批判不仅正确，而且十分重要。

左拉早年崇拜雨果，后来立场有了很大改变。雨果晚年发表《历代传说》第二卷时，受到批评界的一致好评。左拉却不以为然。在文章开头，他对雨果的文学成就虽也做了相当充分的肯定，可是，从后文看来，他似乎有点言不由衷。他先是用一句“自然主义运动埋葬了浪漫主义”，否定了浪漫派。然后左拉举出诗集中的两首诗《头盔的鹰》和《小保尔》，分析其中的败笔。例如，左拉认为雨果把一个十岁的孩子写成牢记复仇，十六岁便完成复仇大业，这个基本情节不可信。左拉站在现实主义的立场上去看待浪漫派作家的想象，自然不赞成这类描写。这令人想起巴尔扎克也曾指责雨果诗中描写蜥蜴出现在井沿上，说是这种爬行动物喜欢干燥，不喜欢潮湿的地方，因而蜥蜴不可能出现在井沿上。这两位现实主义作家的观点不谋而合。

1 Zola，*Documents littéraires*，p.320.
2 3 Ibid.，p.321.

左拉认为“公众逐渐习惯于真实和现代风俗的描绘，不再喜欢中世纪的传说、卓越而凶狠的英雄、1830年代那种造作的华丽词藻”[1]。左拉的观点显然偏激了。进一步，他认为“巴尔扎克会变得伟大，维克多·雨果将失去他崇高的地位”[2]，这个判断同样是错误的。今日，雨果的诗歌可能没有当年那样轰动(在文学史上仍占有非常重要的地位)，可是，他的小说却在世界上传播开来。雨果的声名并没有失去光辉。

浪漫派女小说家乔治·桑逝世时，左拉写了一篇关于她的文章。左拉对乔治·桑的总体评价不算低，他认为乔治·桑“同现代小说的创造者们并驾齐驱，她给1830年代的这场广阔运动带来了创新性，我们当今的文学就出自这场运动”[3]。在他看来，她和巴尔扎克“就像两个孕育了今日所有小说家的出色典范”[4]。乔治桑的写作继承了传统，“是她的先驱者的自然发展”。但是，就乔治桑的小说而言，左拉认为她的妇女问题小说并不成功，“根本没有使妇女的解放迈进一步”[5]。她对婚姻问题的议论，非常不真实，既笨拙又贫乏，只有她的田园小说是出色的。左拉最后给乔治·桑所下的结论非常严厉，认为她“代表了一种死亡的样式”[6]。缪塞去世以后，他的兄弟发表了一部回忆录式的传记，对缪塞有不少过誉之词。左拉在青年时期曾深受缪塞的影响，随着他与浪漫派分道扬镳，他对缪塞的诗歌不再崇拜了。当时，缪塞的戏剧深受欢迎，左拉也同样十分赞赏缪塞的戏剧，认为他是“所能看到的最有创新性和最有品位的

1 Zola，*Documents littéraires*，p.85.
2 Ibid.，p.83.
3 Ibid.，p.195～196.
4 Ibid.，p.197.
5 Ibid.，p.214.
6 Ibid.，p.239.

戏剧家”[1]，“缪塞的戏剧今日已经成为经典了”[2]。他还认为缪塞唯一的一部大型戏剧《罗朗萨乔》是能与“莎士比亚媲美的悲剧”。这些论断与今天的人们对缪塞戏剧的评价是一致的，可见左拉的眼光十分精到。

左拉对自然主义流派作家也作过评论，如龚古尔兄弟的创作，莱昂·埃尼克、于依思芒斯、保尔·阿莱克西的创作，以及都德的创作，他都进行过推荐。这些评论多半是赞赏性的，不是太引人注目。此外，左拉对当时的报纸杂志和出版事业也发表过评论。他的视野不可谓不广。

总的说来，左拉的文学批评有如下几个特点。

第一，左拉的文学批评属于他的自然主义体系的一个组成部分，与他的文学理论紧密相连。关于巴尔扎克、斯丹达尔和福楼拜的三篇文章就收入他的理论集子《自然主义小说家》中，作为他的自然主义理论一个不可分割的部分。在阐述自然主义时，他援引的典范例子就以这三位作家作为最主要的引证材料。他对其他自然主义作家的推荐同样是他阐述自然主义理论的一部分。他把巴尔扎克、斯丹达尔和福楼拜看成自然主义的先驱，认为自然主义是前期现实主义的延续、继承和发展。在左拉看来，文学是随着社会的进步而不断发展的。今天，由于科学技术的发展，生理和遗传的学说对文学能起到指导性的作用。自然主义就是运用了这些学说改变了现实主义，对现实主义起到推动的作用。

第二，他对这三位作家的评论是从自然主义的主张去审视的。左拉把真

1 Zola，*Documents littéraires*，p.122.

2 Ibid.，p.128.

实论放在文学创作应遵循的首位。他认为现实主义的首要原则就是要写真实："真实感就是如实地感受自然和再现自然。"[1]巴尔扎克有着"人们见过的最为发达的真实感"，"他是最先带来并运用真实感的作家之一，这种真实感使他展现了整整一个世界"[2]。而"斯丹达尔之所以真正伟大，正因为他敢于在七八个场景中提供了真实的色调，即带有真实可信成分的生活"[3]。左拉实际上运用的是实证主义的批评方法。他虽然批评圣伯夫没有正确评价同时代的大作家，但是，他赞赏圣伯夫"研究作家的家庭、生平、趣味，一句话，将一页作品看成各种各样因素的产物……由此，他写下了深刻的研究，具有进行绝妙探索的灵活，对人的千百种细微变化和复杂矛盾拥有十分精密的感觉"[4]。他赞赏泰纳"把批评变成一门科学。他将圣伯夫运用得很高明的方法变为法则"[5]。左拉并没有像圣伯夫和泰纳那样去研究被批评者的一切方面，可是，他对批评对象是十分了解的，他也研究他们的生平和尽可能多的有关材料，只不过他撰写批评文章的方式与圣伯夫和泰纳有所不同，显得更加灵活。

第三，左拉的评论方法往往是从一部有关作家的著作或一部作品的发表出发，去探索所论作家的创作。他通过巴尔扎克的《通信集》出版的机会，对巴尔扎克的创作活动进行了鸟瞰式的评论，既省去了叙述作家生平的套路，又使行文具有可读性。他通过一本对圣伯夫揭秘的书，对圣伯夫批评的得失进行探讨，尤其指出这位批评家致命的弱点。这篇文章将舆论界的评论从一片赞扬声中引到正道上来，提出自己的真知灼见，以正视听：圣伯夫的问题不在于他对女人的追逐，而在于他的批评存在根本性的缺憾。缪塞去世后他的兄

1 朱雯等编：《文学中的自然主义》，第207页。

2 同上，第210页。

3 同上，第209页。

4 5 同上，第216页。

弟的一部回忆录触发了他对这位诗人和戏剧家发表感想。雨果的诗集《历代传说》第二卷出版后受到热烈欢迎，使他觉得有必要发表一点刺耳的批评，逆潮流而动，同时展示自然主义的取舍倾向。有时左拉通过某个作家的逝世或纪念活动，找到论述这位作家的机会。福楼拜的去世使他感到有必要谈谈与这位大作家的交往以及对其创作的评价。夏多布里昂的家乡借这位作家的百年诞辰举行纪念活动时，左拉又借此机会站出来谈谈自己的独特观点，既不参与歌功颂德的大合唱，又指出这位作家值得肯定的作品。从一部通信集、一部回忆录的发表或者借一个纪念活动之机去评价一位现代或当代作家，这种评论方法与一般的批评家不同，是灵活可取的。

论《漂亮朋友》

居伊·德·莫泊桑（1850～1893）是世界上数一数二的短篇小说大师，他与契诃夫齐名，是名副其实的短篇之王。他在十年时间左右，创作了大约三百篇短篇小说，其中杰作不下数十篇。在他手里，短篇小说的思想内容和艺术技巧都达到了一个崭新的高度。由于莫泊桑在短篇小说的创作上成就过于璀璨夺目，人们往往忽略了他的长篇小说。其实，莫泊桑的长篇也是别开生面，颇有建树的，他在法国的长篇小说发展史上具有不可忽视的地位。据 20 世纪初的一项统计，莫泊桑的短篇小说集总共出版了 16.9 万册，而他的长篇小说却出版了 18 万册[1]，可见莫泊桑的长篇小说对读者的吸引力并不亚于他的短篇小说。

莫泊桑写过六部长篇，大致可以分两类，一类是风俗小说，以《漂亮朋友》为代表；另一类是心理小说，《两兄弟》，（又译《皮埃尔和让》）可说是典范之作（当然也包含风俗描写）。这两部长篇在法国的小说史上都占有一席之地。就《漂亮朋友》而言，“近半个世纪以来，这部小说的成功无论在法国还是在世界上，都没有中止过”[2]。1887 年，即小说出版后两年，已重印到 51 版。小说的大获成功使莫泊桑买了一艘游艇，取名“漂亮朋友号”。

1　安德烈·维亚尔：《居伊·德·莫泊桑与小说艺术》，尼泽书局，1971 年，第 11 页。
2　雅克·洛朗：《〈漂亮朋友〉序》，联合出版社，1983 年，第 13 页。

莫泊桑继承了福楼拜、巴尔扎克、斯丹达尔等现实主义大师的写实传统。如果说,《一生》与《包法利夫人》有许多相似之处,表明了莫泊桑确实是福楼拜的私淑弟子的话,那么,《漂亮朋友》的内容则近似巴尔扎克和斯丹达尔的作品。莫泊桑对巴尔扎克深为赞赏,认为巴尔扎克“具有天才的直觉,他创造了极其逼真的整个人物(典型),以致人人都相信这是存在的和真实的……巴尔扎克的人物虽然在他之前并不存在,却似乎从他的作品中走了出来,进入生活,他对人物、激情和事件具有多么全面的想象啊”[1]。他把巴尔扎克称为“法国文学之父”[2]。同时,他把斯丹达尔看成“描绘风俗的先驱者”[3]。莫泊桑继承了福楼拜、巴尔扎克和斯丹达尔揭露现实的优秀传统。《漂亮朋友》是一部揭露性很强的小说。

揭露内容之一是针对当时新闻界的黑幕。报纸从它诞生之日起,就是阶级和党派斗争的工具和喉舌。巴尔扎克在半个世纪以前写出的《幻灭》,已经揭露过报纸内部的倾轧以及报纸在制造公众舆论方面的巨大作用。《漂亮朋友》对报界黑幕的揭露有不少发展。首先,莫泊桑写出了报纸是操纵在财阀和政客手中的工具:“《法兰西生活报》的真正编辑和后台老板是半打左右的、与经理经营或支持的各种投机事业有关的众议员。在众议院里人们把他们叫作‘瓦尔特帮’”。瓦尔特是小说中的一个重要人物,他深谙经营之道,同时又插手政治。他既是金融家、“一个实力雄厚的南方犹太富商”,同时又是众议院议员,在议院形成一股强大的势力。他懂得报纸的作用,创办了《法兰西生活报》。用他的话来说,他的报纸是“半官方性质的”。他巧妙地让这份报纸容纳各种思想,让包括天主教的、自由主义的、共和派的、奥尔良派的思想都同时

1 2 3 莫泊桑:《十九世纪小说的发展》,《专栏文章集》,第3卷,联合出版社,1980年,第381页、第380页。

并存，并非他没有任何政治主张，他只是以此来掩盖自己的真正目的。“他创办这份报纸的目的，只是为了支持他的投机事业和他的各种企业。”他终于使《法兰西生活报》身价大增，巴黎和外省的所有报纸都从它那里寻找消息，引用它的文章，“由惧怕它发展到对它刮目相看。它已经不再是一伙政治投机者的暧昧的工具，而正式成为内阁的喉舌了”。莫泊桑细致地描写了报纸怎样成为瓦尔特帮操纵政局的重要工具。为了让他们当中的一个重要人物拉罗舍-马蒂厄上台，瓦尔特帮利用报纸制造舆论，实现了倒阁阴谋，拉罗舍-马蒂厄终于当上了外交部部长。这个人物是当时典型的政客，他“既无政治信仰，也无多大本领，没有胆略，也没有真才实学……伪装拥护共和，其实是个本质可疑的自由主义分子。这些人如同兽粪堆上生长出来的毒蕈，在民众普选中成百上千地冒出来”。他的政治手腕的特点是不择手段，因而在那些失意的众议员中，“俨然是个强者”。实际上，他只是瓦尔特帮在政治上出头露面的代表而已，一旦他的生活丑闻暴露以后，瓦尔特帮可以毫不容情地把他一脚踢开。总之，由财阀操纵报纸在政治和投机事业上大显身手，这就是《漂亮朋友》所揭示的，第三共和国的报界黑幕。拉法格对莫泊桑“敢于揭开帷幕的一角，暴露巴黎资产阶级报界的贪污和无耻”[1]，表示了由衷的赞赏。

《漂亮朋友》的尖锐揭露立即引起了强烈反应，有人攻击莫泊桑在影射某份报纸。莫泊桑给出了针锋相对的回答，指出“报界是一种领域广大的共和国，它伸展到四面八方，在那里可以找到一切，也可以利用它无所不为，在报界既可以成为一个非常正直的人，也可以成为一个骗子”。他认为《法兰西生活报》由一帮政治投机者和掠夺钱财的人所把持，“不幸的是现实生活中就有

1 拉法格：《左拉的〈金钱〉》，《文论集》，人民文学出版社，1979年，第146页。

几份这样的报纸”[1]。莫泊桑对报界的揭露确实是一针见血的，《法兰西生活报》无疑是一个缩影，真实地反映了当时报界的种种黑幕。

小说的揭露内容之二是针对当时法国政府的殖民地政策。从1880年到1885年，法国公众对殖民地的注意力增长了，因为在1881年、1882年和1883年，法国政府在非洲和亚洲地区采取了一系列军事行动，尤其是于勒·费里对突尼斯的干预最引人注目。费里借口克卢米尔部族在阿尔及利亚的东部边境骚扰，而突尼斯摄政却给他们提供了栖身处所，于是蓄意挑衅，采取军事行动。紧接着在1881年4月1日，他向众议院提出阿尔及利亚边境的局势问题，要求“惩罚不顺从的居民”，终于迫使突尼斯的贝伊签订了巴尔多条约，将突尼斯置于法国的保护之下。在这些政治和军事行动的背后，是尖锐的经济问题在起作用。突尼斯的经济情况一直不佳，无法清偿对法国的债务。1883年至1884年间，两国政府进行了一系列斡旋活动。1884年5月27日，贝伊以法令形式批准了利息为四厘的1.4255亿法郎的新借贷。在这期间，巴黎交易所的行情出现极大波动。例如500法郎一股的联合债券从1881年4月的360法郎涨至1884年4月的506.5法郎。由此引发的财政投机活动异常活跃，这些投机活动与政客、政府成员、参议员或众议员密切相关。比如于勒·费里的兄弟沙尔·费里在法国的埃及银行中拥有股份，而这家银行在突尼斯开设了分号，参与了创立突尼斯的土地信贷，大发横财。又如参议员古安，在西格弗里德银行的支持下制造火车头，参加建设突尼斯的博纳–盖尔玛铁路。（《〈漂亮朋友〉序》）

莫泊桑对当时的政局十分关注，他在《高卢人报》和《吉尔·布拉斯报》

1　莫泊桑：《给〈漂亮朋友〉的批评者》，《专栏文章集》，第3卷，第165～166页。

上发表了不少文章，揭露远征突尼斯的计划、殖民者在阿尔及利亚的敲诈勒索、政治家的贪婪，等等。例如他在《共和国的国王们》一文中指出："必须在积聚于他们（犹太金融家）手中的千百万财富里，寻找国际报界某些表现的奥秘；国际报界时而鼓吹同英国，时而鼓吹同德国打仗……拥有千百万法郎的人染指各种报纸，诱使某个拙劣作家写文章……这篇文章在爱国的表面词句下，迷惑舆论，鼓起人们的想象力，使人们头脑发热，然后促使这一民族去反对另一民族。"[1] 莫泊桑指出当局打着爱国的旗号从事殖民扩张政策，这是十分深刻的见解。他在 1885 年 4 月 7 日的一篇文章中这样说："如果我是当局，就像所有那些对如何拯救法国抱有种种想法的人一样，我知道该怎么做。我会把所有的殖民地：塞内加尔、加蓬、突尼斯、圭亚那、瓜特罗普、刚果、东京湾（北部湾）和其他地方，装进一只手提箱中，而且我会找到俾斯麦先生。我将对他说：先生，您在寻找殖民地，这里有一批存货，有一大堆，有一整套。有各种各样，形形色色的。居民有阿拉伯人、黑人、印第安人、中国人、安南人，等等。我要求以每一块殖民地换一公里阿尔萨斯和一公里洛林的土地。如果德国首相同意，我就做了一笔好买卖。"[2] 莫泊桑用讽刺的笔法抨击了当局的对外政策，既指出了法德两国对殖民地的争夺，又痛切地点出法国政府腐败无能，以致在普法战争中割让国土的惨痛现实。

诚然，莫泊桑并没有简单地把现实问题搬进小说中。他以摩洛哥来代替突尼斯，但是读者却非常清楚写的是何处的局势。莫泊桑的高明之处还在于把法国政府对突尼斯内政的干涉，以致将突尼斯变为保护国的行动当作背景来写，而突出这一军事行动跟公债行情涨落所造成的结果。小说描写瓦

1 安德烈·维亚尔：《居伊·德·莫泊桑与小说艺术》，第 321 页。

2 同上，第 323 页。

尔特在报上散布政府不会采取军事行动的烟幕，大量收购公债，一夜之间赚了三四千万法郎。另外他还在铜矿、铁矿和土地交易中捞到了大约 1000 万法郎。“几天之内，他就成了世界主宰之一，万能的金融寡头之一，比国王的力量还要大。”这一描写揭示了资产者利用政治局势大发横财的现象，这在法国文学史上似乎还是第一次。斯丹达尔认识到“银行家处于国家的中心。资产阶级取代了贵族在圣日耳曼区的位置，银行家就是资产阶级的贵族”。他在《吕西安·娄万》中曾经写到银行家与政治的关系，不过，他还没有像《漂亮朋友》那样生动而具体地描写金融家利用政治局势激增财产的事例。巴尔扎克也曾在小说中写道：“在我看来，大路上的谋财害命，比起某些金融手段，不过是仁慈的行动。”他在《戈布塞克》《纽沁根银行》等小说中写过金融家对政局的操纵，但也只是一笔带过。因此，《漂亮朋友》在这方面的描绘，无疑是对 19 世纪上半叶现实主义作家反映重大社会现象的一大发展。

历来的批评家都认为莫泊桑的作品（主要指短篇小说），在思想内容上还缺乏深刻性。他的其余五部长篇似乎也有这个缺陷。可是《漂亮朋友》就其涉及的政治内容之广，就其揭露政治和金融之间关系的内幕之深，就其对报纸作为党派斗争工具（以及记者如何炮制新闻，利用报道做广告，能自由进出剧院和游乐场所等）抨击之激烈而言，明显地突破了莫泊桑不触及重大政治问题和重要社会现象的一贯写法。在思想内容上，《漂亮朋友》完全可以跟斯丹达尔、巴尔扎克和福楼拜的作品相媲美。评论家认为“《漂亮朋友》产生在标志着第三共和国历史特点的投机活动第一个重要时期最辉煌的时刻，堪称是这一时期重大事件所孕育的杰作”[1]。这句话指出《漂亮朋友》反映了具有时代特点的

1 安德烈·维亚尔：《居伊·德·莫泊桑与小说艺术》，第 316 页。

投机活动，因而是部杰作，这个评价是恰如其分的。正因这部小说具有巨大的认识价值，所以恩格斯表示要向莫泊桑“脱帽致敬”[1]。

小说的揭露内容之三在于塑造了一个现代冒险家的典型。这个冒险家不是在东方的殖民地进行投机活动的人物，而是不择手段爬上去，在短时期内飞黄腾达，获得巨额财产和令人注目的社会地位的无耻之徒，用莫泊桑的话来说，这是“一个冒险家的生平，他就像我们每天在巴黎擦肩而过，在现今的各种职业中遇到的那种人”[2]。莫泊桑写出了这类人物是如何产生的：这是在当时的历史条件下，人物的特殊经历和他的性格相结合的产物，杜洛瓦在北非的殖民军里待过，练就了残酷杀人的硬心肠。有一次去抢劫，他和同伴断送了三个乌莱德·阿拉纳部族人的性命，抢到了二十只母鸡、两头绵羊和一些金子。他在巴黎回想起这段经历时还“露出一丝残忍而得意的微笑”。他觉得自己心里存有在殖民地肆意妄为的士官的“全部本能”。另一方面杜洛瓦是“一个机灵鬼，一个滑头，一个随机应变的人”。残忍而邪恶的经验与他狡黠的个性相结合，在巴黎这个冒险家的乐园里便滋生出这一个毒菌。

杜洛瓦的成功，在于他抓住了两个机会。第一个机会是报馆。莫泊桑认为，这个家伙“进入新闻界，可以轻而易举地利用特殊手段，他要用来爬上去，”“他利用报纸，就像小偷利用一架梯子那样”[3]。如果说，他以自身经历为内容的《非洲从军回忆录》碰巧适应了当时的政治需要，那么，待他熟悉了报社业务，便直接参与倒阁阴谋，舞文弄墨，大打出手，成为“瓦尔特帮”中重要

1 《1887年2月2日致劳拉·拉法格的信》，《马克思恩格斯全集》，第36卷，人民出版社，1974年，第588页。

2 莫泊桑：《给〈漂亮朋友〉的批评者》，《专栏文章集》，第3卷，第165页。

3 同上，第165～166页。

的笔杆子，受到了老板的赏识与提拔，当上了“社会新闻栏”的主编。然而，他在报馆的青云直上还直接得益于女人的关系，利用女人发迹是杜洛瓦的第二个，也是他用以爬上去的最具有特色的手段。他的本钱是有一副漂亮的外表，在女人眼中，他是个“漂亮朋友”。他敏感地发现原政治主编、病入膏肓的弗雷斯蒂埃的妻子玛德莱娜与政界人物交往频繁，文笔老练，抓住她便可在报馆站稳脚跟。于是他大胆地向她表示，他愿意在她丈夫死后接替弗雷斯蒂埃的位置。他果然如愿以偿，当上了政治主编，成为新闻界的知名人物。其间瓦尔特的妻子成了他的情妇，他在瓦尔特身边有了一个人替他说好话。接着，由于倒阁成功，他获得十字勋章，他的姓氏变成了有贵族标记的杜·洛瓦。但当他得知瓦尔特和拉罗舍-马蒂厄发了大财，自己只分得一点残羹以后，顿时勃然大怒，一个计划在他心里酝酿成熟了，他毅然地抛弃了瓦尔特的妻子。随后他侦察到自己妻子的诡秘行动，导演了一场捉奸的闹剧，一下子把拉罗舍-马蒂厄打倒了，又与妻子离了婚。最后，他一步步接近瓦尔特的小女儿苏珊，把她拐跑，威逼瓦尔特夫妇同意他娶苏珊。老奸巨猾的瓦尔特虽然气恼，却仍然保持清醒头脑。他认识到杜洛瓦并非等闲之辈，此人将来一定能当上议员和部长；他感到宁可息事宁人，顺从杜洛瓦的意愿。因此不顾妻子的坚决反对，应允了杜洛瓦提出的要求。在杜洛瓦盛大的婚礼上，教士用近乎谄媚的词句向他祝福：“您是一个最幸福的人，您是一个最富有、最受尊敬的人，您，先生，您的才华出众，您用您的笔，教育、启发、引导着世人，您负有崇高的使命，您要为世人做出光辉的榜样。”教士的话代表社会、官方对这个流氓恶棍式的冒险家的成功表示赞许，但从中也透露出作者无情的辛辣的讽刺与抨击！

莫泊桑在描写男女私情上虽然非常露骨，但他的批判倾向却占据主导地位。例如，他在描写杜洛瓦勾引瓦尔特夫人的时候，安排了这样一个情节，他让杜洛瓦和瓦尔特夫人在教堂里幽会，然后发了一通议论："教堂又是她会见情人的隐蔽所，这就是人们通常把教堂当作一把万能伞的道理……遇有机会还要让天主给他们拉皮条。如果有人对她们提出到旅馆里去开房间，她们会认为这种事下流无耻，而在祭坛下面谈情说爱，她们则又觉得是一件再平常不过的事。"莫泊桑是反教会的，他不信教："如果我相信您所信仰的上帝，我对他会有无限的厌恶！""如果有一个上帝创造了这个世界，我可不喜欢成为这个上帝：世界的苦难会撕碎我的心。请想象出一个创造世界的魔鬼，人们有权向他指着他的创造，大声说道：你怎么竟然中止虚无的神圣休息的状态，使这么多的不幸和苦恼出现呢？"[1]这两段话与上文所引的小说中的一段话，都表明了作者对宗教和教会大不敬的态度。而莫泊桑着意用这个场面来描写主人公追逐女性，不能不说是他对笔下人物行为的否定。

杜洛瓦的形象不禁令人想起巴尔扎克在《幻灭》中描写的青年野心家吕西安。吕西安是个失败者，因为他缺乏的正是杜洛瓦的无耻和不择手段。同样被美色所迷醉，吕西安却不能自拔，以致被敌人利用，终于身败名裂，而杜洛瓦则能驾驭其上，一旦他的情欲得到满足，即使将情妇抛弃也在所不惜：女人只是他寻欢作乐和向上爬的工具。吕西安对女人的追求公之于众，而杜洛瓦则在暗地里进行，既大胆又无耻，他对瓦尔特夫人的追求从跪求、表白、软硬兼施到突然征服的过程就体现了这一点。他同时和几个女人保持通奸关系，更写出了他灵魂的卑污。当他得知妻子接受了一大笔遗产以后，起先闷闷不乐，然后他厚颜无耻地要分享一半。他对金钱的胃口越来越大，这一点又是吕西安无可比拟的。杜洛瓦看到社会上充斥弱肉强食的现象，上流社会

1 安德烈·维亚尔：《居伊·德·莫泊桑与小说艺术》，第244页。

的人物道貌岸然，骨子里却是男盗女娼，外交部部长拉罗舍-马蒂厄就是一个代表。杜洛瓦于是也奉行这种强盗与伪君子的哲学，他认为："世界是属于强者的。必须成为强者。必须凌驾一切。"这是他的座右铭。在小说结尾，"他正在成为一个主宰世界的人"，他和瓦尔特等金融大亨结成了更为紧密的关系，爬到了社会的上层。杜洛瓦无疑是资产阶级政客的典型，他的寡廉鲜耻达到了无以复加的地步。莫泊桑把法国文学中常见的"戴绿帽子"的描写与资产阶级人物的发迹结合起来，以刻画资产阶级政客的丑恶灵魂。在资产阶级的上层，这种人物比比皆是。《漂亮朋友》的描绘确实是现实的真实写照。

莫泊桑在《论小说》一文中指出，一个优秀的艺术家要写出"感情和情欲是怎样发展的，在各个社会阶层里人是怎样相爱、怎样结仇、怎样斗争的；资产阶级利益、金钱利益、家庭利益、政治利益，是怎样相互交战的"。他在《漂亮朋友》中就是这样描写的。他通过一个冒险家发迹的经历，深刻揭示了第三共和国的政治经济的复杂现象，《漂亮朋友》不愧为19世纪末法国社会的一幅历史画卷，完全可以列入19世纪末法国优秀小说之林。

论《一生》和《两兄弟》

居伊·德·莫泊桑是世界文坛上有名的“短篇小说之王”。他创作了大约三百篇短篇小说，其中像《羊脂球》《两个朋友》《米隆老爹》等世界名篇不下数十篇。其实，莫泊桑的长篇在法国文学史上也具有不可磨灭的地位。他一共写过6部长篇小说，即《一生》《漂亮朋友》《温泉》《两兄弟》《如死一般强》《我们的心》；其中以《一生》《漂亮朋友》《两兄弟》最为出色。

本文介绍的是《一生》和《两兄弟》。

《一生》是莫泊桑的第一部长篇，发表于1883年。这是一部描绘诺曼底农村的风俗小说。众所周知，莫泊桑是福楼拜的弟子，《一生》就颇有点像《包法利夫人》，因为《一生》写的也是一个女人的一生，而且是悲苦的一生。扩而言之，《一生》与《情感教育》和《一颗纯朴的心》也有不少类似之处。例如，《一颗纯朴的心》描写一个女仆的一生，女主人公全福是一个平凡而纯朴的女仆，在这一点上这篇小说与《一生》更相像。话说回来，如果《一生》只是模仿福楼拜的小说，那么它的价值就不大了。恰恰相反，《一生》仅仅在上述方面与福楼拜的小说相似，其实这是一部有创新意义的小说。它以别开生面的描写，成为19世纪末叶出类拔萃的长篇，也是莫泊桑最优秀、最有生命力的小说之一。

《一生》描写的是一个贵族女子追求幸福而不可得的一生。她与包法利夫人不同，包法利夫人虽然也追求更美好的生活，憧憬幸福的爱情，但却一步步走向堕落，挥霍掉家产，最后因走投无路而自尽。《一生》的女主人公让娜则完全不一样。不错，她也爱幻想，早先她在修道院白天百无聊赖，夜晚难以入眠时，就曾经渴望过上幸福的生活。她走出修道院以后，便急切地想尝一尝人生的欢乐和幸福，盼望有甜蜜的奇遇。但现实却一次又一次使她的希望幻灭；面对残酷的现实，她并没有堕落，而是一次又一次与命运抗争。最后，纵然她的家产被儿子败光了，可是天无绝人之路，她得到以前的使女萝莎丽的帮助，让她的儿子最后回到身边，她也还能维持简朴的生活。更重要的是，让娜的本性与包法利夫人不同，她是一个善良纯朴、洁身自好的女子。她生活在风俗败坏的诺曼底农村：在莫泊桑笔下，这里不仅贵族阶层，而且农民中也两性关系混乱。女孩子往往未婚先孕，有钱人家的使女与男主人有染的情况司空见惯。不说别人，就是让娜的双亲也不例外。她的父亲早年风流过，有外遇也不是一次两次。在他得知女婿德·拉马尔子爵与使女通奸，让使女有了私生子的丑事之后，一时之间勃然大怒。可是，当地神父只消几句话就说得他哑口无言，变愤怒为平静。神父说：“您难道没有碰过这样的小使女吗？我对您说吧，大家都是这样的，而您的夫人既没有因此少得到幸福，也没有因此少得到爱情，对不对？”这番话打中了他的要害。他与女婿不过是半斤与八两，彼此彼此。神父言下之意是不要对子爵苛求了。让娜的母亲同样有情人，她甚至将情人写给她的情书保留至死，不时还拿出来欣赏和怀念一番！她去世之后，让娜在翻看母亲视若至宝的书信时惊得目瞪口呆。她感到非常痛苦，心头对亲人的一点信任都失去了。面对周围的人的无行，让娜依然一以贯之，保持纯洁，出淤泥而不染。对于这样一个被命运所抛弃的女子，莫泊桑把同情的笔墨都倾注在她身上，并通过萝莎丽之口，把她悲苦的身世归结为尚未了解对方，就轻率地结婚，导致一生的不幸。莫泊桑很有可能根据切身经验去塑造这个形象：他的母亲因丈夫浪荡，很早两人就分居，然后离婚。无疑，莫泊桑的母亲的经历启迪了他塑造出让娜的形象。

让娜的纯洁形象是独特的，在莫泊桑的作品中几乎独一无二。然而，《一生》的描写如果只停留在这一点上，还不足以全部显示这部小说的成功。值得注意的是，莫泊桑力图通过女主人公的一生，表达自己对人生的理解。法国评论家认为，莫泊桑是在写人生的虚无："《一生》是叙述不能忍受的生活，也许应该说是'难以生活'。仿佛通过小说试图向我们叙述的生活中，我们只能得到否定的东西……人生的空虚。"[1]这样说并非指在让娜的生活中什么也没有发生，远非如此：她的生活充满了可怕的不幸，她从来不得安宁。一开始她拥有一切：受过教育、富有、美丽，又是父母的掌上明珠。她本应得到幸福，看来前程似锦。从修道院出来不到四个月之后，她同德·拉马尔子爵结婚，以为要实现自己的梦想了。子爵通过婚姻获得了偌大的财产，按理说应该保证妻子一生的幸福。但事实不是这样。到科西嘉岛的蜜月旅行，让娜感到第一次，也是最后一次的幸福。回到白杨山庄的老家以后，她的厄运也就开始了。她的丈夫一再欺骗她。她怀孕后发现了丈夫与使女的不正当关系。1821 年 5 月 7 日，她发现了丈夫朱利安与德·福尔维勒夫人的奸情。当年夏天，母亲的去世给她沉重的打击。1822 年春天，朱利安与情妇偷情被德·福尔维勒伯

1 莫泊桑：《一生》（法文版），亨利·密特朗评析，联合出版社，1983 年，第 301～302 页。

爵发现，愤怒之极的伯爵将关在牧人小屋中的一对男女推下山谷。最后轮到让娜的儿子保尔的堕落：1841 年，他和一个妓女跑到伦敦。同年，让娜的父亲因料理外孙的债务，受到极大的打击而死去。三年后，她的姨妈莉松离世。让娜的儿子商业投机失败，这个败家子负债累累。为了还债，让娜不得不卖掉祖传的产业白杨山庄，蛰居于普通的农家。综观她的一生，她似乎白白地度过了。这一生虽然动荡不安，却是无情地陷于日常生活的单调和平庸之中。婚后第二天，她原以为新的一天开始了，其实她搞错了："这一天过得和平常一模一样，好像没有任何变化，只是家里多了一个男人。"莫泊桑以这样的现实主义的描写来否定现实：事件发生的结果是销蚀一切，每种情势都只表明失落的预兆，事实的相继到来导致空无的结局。因此，她的一生是一系列虚空的总和。莫泊桑对平庸现实的批判令人想起福楼拜的描写，但莫泊桑选取的角度与福楼拜有所不同。福楼拜通过丑恶的社会现象、人物的庸碌无能和精神的麻木去揭露现实的平庸，而莫泊桑则是通过女主人公的悲苦命运和虚度年华去抨击现实的平庸。

在表现人生虚空的哲理时，莫泊桑经常使用"空洞"这个词。从"空洞"在不同场合的运用，可以看到莫泊桑的良苦用心。他在小说中多次用这个词来描写风景："突然一束斜阳通过一个看不见的空洞投射到牧场上。"让娜只有以回忆过去的美好日子来聊以自慰时，这个意象又出现了："小树林的浓荫中的那个充满阳光的空洞在眼前一闪而过。"在表现她的双亲的大方造成入不敷出时，作者也是用"空洞"这个词："他们家里有个永远填不满的无底洞，这就是乐善好施。"在婚礼那天，让娜"觉得全身空空洞洞"，她的婚礼本身也就变成了一个空洞："为什么这么快就跌入婚姻的空洞呢；""她跌入婚姻中，跌入这无底洞。"空洞也是她的生活所消磨的时间："12 月份，这个像阴暗的黑洞似的，一年当中最难熬的月份过得很慢。”空洞有时也表明记忆的失败：“她艰难地思考着，寻找着离她而去的东西，仿佛她的记忆中有过空洞，有过大片的空白，事件一点也没有留下印痕。”她生孩子是让体内排出东西：“突然，她觉得好像整个肚子一下子空了。”她所珍视的儿子离开了她以后，她感到精神无所寄托，在空中写着儿子的名字，同时轻声念着：“布莱，我的小布莱。”她好像在对儿子说话。她凝想着独生子的名字，有时好几个小时在空中用手指写着他的名字。她面对炉火一笔一画地写着，想象看到这些字母出现，然后发觉自己搞错了，于是又重新用疲倦得发抖的手写出儿子名字的第一个字母，竭力将整个名字写出来，如此反复不断。由于她的生活极为空虚，所以更加盼望见不到的东西、失去的东西和逸去的东西。空洞的意象构成了让娜的生活象征。虚空的意念的出现和形成，就是女主人公的精神由充实变为空无的过程，也就是她的精神解体的过程。19 世纪的小说大多描写人物的成长过程，而《一生》却是一部描写人物精神解体的小说。

小说中有一个次要人物往往被读者所忽略，但这个人物对于表现作家的思想却是至关重要的，这就是让娜的姨妈莉松。这个人物在莫泊桑最初构思小说时已经出现了。1881 年 5 月 7 日莫泊桑在《高卢人报》上发表了短篇《在一个春夜》，主人公就是莉松姨妈。这个形象早就出现在莫泊桑的脑子里。不过，在《一生》的初稿中，起先并没有这个人物。1881 年莫泊桑大加修改初稿时，莉松姨妈就有可能出现了。由此可见，莉松姨妈是一个具有特殊性的人物。她是《一生》否定现存生活的浓缩形象。她无声无息，无足轻重，可有可无，别人根本不注意她：“这是一个矮小的女人，寡言少语，处处避着人，只是在吃饭的时候才露一下面，随后又上楼把自己关在房间里。”“这是一样东西，就像一个影子或一件日常用品，一件活的家具，大家习惯天天见到，可是从来没有注意过它；”“她根本不占地方；她这样的人连亲人也感到陌生，仿佛不值得研究，他们的死既不会在家中造成空洞，也不会造成空缺。”她属于乔伊斯在《尤利西斯》中所说的“不存在的存在”，这种人没有存在的理由，可说是人物的零度。她的存在毫无意义，她只作为否定的意义才存在，是虚空的存在。她完全独自生活，她的死显然不被人注意，无意义的东西消失了自然会如此。她原来叫莉丝，仿佛嫌这个名字太漂亮了，听上去不舒服，而且她再没有结婚的可能，大家便把她的名字改成莉松。也就是在她的名字后面加上了无人称的“on”，她的名字变成了一种无人称。莉松姨妈于是成为人的身份解体的最完全的表现。莉松可以说象征着推至极点的让娜的形象，因为在小说中，让娜这个形象的意义与其说在于她后来变成什么样，还不如说她变成了几乎什么也不是。从这个角度看，书名的平凡就具有了意义，而小说卷首的题词“平凡的真实”则更加强了这个书名。莫泊桑一反19世纪作家爱用人名作书名的倾向，在某种程度上，《一生》的书名是将女主人公的名字隐去，以书名来代替她。莫泊桑甚至不像福楼拜那样，用了不定冠词，还用形容词，如《一颗纯朴的心》，“一颗”是不定冠词，“纯朴的”是形容词。《一生》只有“一”这个不定冠词。评论家诺埃米·索尔由此引申出：人名排除出书名，“产生了一系列的丧失：失去亲人，失去故居……《一生》叙述从有到无，从空到充满的过程。”[1]《一生》是一部描写失去一切的小说。

从这个意义上来说，《一生》是一部描写女人异化的小说，是一部描写“女性状况”的小说。妇女不能主宰自己的命运，她们的财产、社会地位和希望的丧失，不能归咎于她们本身，有某种更为强大的力量使妇女无法摆脱厄运。

1 莫泊桑：《一生》，第309页。

让娜结婚时，她的父亲教导她说："不论从人类的法律，或是从自然的法则来说，这都是丈夫应有的绝对权利……你完全是属于你丈夫的。"这是让娜所没有想到的，因为她原以为结婚是她获得幸福的第一步，不料一结婚，她却成了男人的附属品，失去了主宰自我的权利。她的期望不幸落空了，子爵根本不爱她。她发觉，她和丈夫永远不能从灵魂深处达到相互了解；他们可以并肩同行，有时拥抱在一起，但并非真正的合而为一，彼此精神上是孤独的。夫妻生活的不协调使她感到前途茫茫，生活中会出现数不尽的烦恼。她感到奇怪，为什么自己的家和可爱的故乡，以及当初使她心弦为之激动的一切，今天她却觉得十分凄凉。于是她沉浸在忧伤、消沉、无止境的绝望中。她知道自己要做母亲以后，毫无兴致地等待着孩子的降生，内心沉重地怀着要遇到不可知的灾难的预感。由于她在爱情中受了骗，她的希望幻灭了，她的母爱就特别强烈。但事与愿违，她的母爱反而助长了儿子的败家，她最后不得不变卖财产，沦为平民。她的社会地位已经改变，从社会角度看，她已经异化了。虽然小说结尾作者留了一条光明尾巴：她的儿子不日要回来，她有了一个孙女，其实她心中的希望是真正到了零的地步了。她在精神上也实现了异化。

《一生》还相当深入地描写了19世纪上半叶诺曼底农村的社会状况。一是通过贵族的破落和演变去反映，一是描写农民和渔民的贫苦生活。德·拉马尔子爵在小说开始时已是个破落贵族，他追求让娜的根本目的是看中她的财产。在莫泊桑笔下，这是第一个以色相去勾引妇女，摆脱自身困境的人物形象，这类形象在《漂亮朋友》中达到登峰造极的地步。德·拉马尔子爵是个寻花问柳的老手，他到白杨山庄来本是要追求让娜的，但第一天就把使女搞到手。小说描写他就像演员一样，一旦娶到让娜，满足了肉欲要求，便把她抛在一边，恢复本来面目。他对下人的吝啬与他对金钱的贪婪是并行不悖的。他自己在花钱方面则大肆挥霍，喝酒越来越多。让娜的父母决定赠给萝莎丽一处价值 2 万法郎的地产，以弥补他所做的丑事。他知道后像割了他一块肉一样心痛，认为给萝莎丽 1500 法郎足矣，表现出十分冷酷、自私和卑劣。莫泊桑给他安排了与情妇摔死山崖下的结局，是对这类贵族人物的否定。让娜家即代沃男爵家本来是相当富足的贵族，拥有几十万法郎的家产，但在短短几年中就败落得几乎一无所有。代沃男爵家的败落是这一时期诺曼底的一部分贵族走向没落的真实写照。小说还写到省里最知名的贵族库特利埃侯爵和福尔维勒伯爵，前者装腔作势，言谈居高临下，以显示自己高贵的身份，大摆臭架子。后者整天打猎，优哉游哉，一旦发现妻子与人私通，报复手段极为残酷。他的外表也十分粗野，表里倒是一致。贵族是外省的大地主，他们的生活与农民有天渊之别。小说写到，渔民为饥饿所迫，每夜要出海捕鱼，冒着生命危险，可是他们仍然非常贫困，从来吃不上肉。不过，总的说来，社会状况是作为主人公的生活背景来描写的。莫泊桑对现实生活的评价处于矛盾状态，他在小说结尾通过萝莎丽之口说："生活永远既不像意想的那么好，也不像意想的那么坏。"就让娜最后所存的微弱希望来看，这句话似乎勉强说得过去，但就让娜的经历来说，就很难符合这句带哲理性的话了。

在艺术上，《一生》表现了莫泊桑相当纯熟的写作技巧。《一生》虽然是一部风俗小说，但女主人公的塑造主要还是通过心理描写来完成的。莫泊桑通过她的目光去观察周围的一切和生活，描写她的所思所想。莫泊桑遵循福楼拜主张的客观和冷漠态度，在小说中不发表一句评论的话，不从故事中挖掘出任何教训。像莫泊桑的短篇小说一样，《一生》的文字简洁、准确、明晰。除了这些莫泊桑的作品中具有的特点以外，《一生》在人物描写、情节的安排和结构上是别出心裁、独具匠心的，值得做更详细的分析。

在人物描写方面，莫泊桑运用了几种与众不同的方法。第一种是双重描写法。对于同一个人物，莫泊桑往往描写不同时期的相同情景或相似情景，由于时间相隔很长，情势就根本不同，表明人物受到了“情感教育”。这个方法并非莫泊桑首创。巴尔扎克在《幻灭》中描写吕西安时，就两次写他来到香榭丽舍，但他的地位有了变化；福楼拜在《情感教育》中也两次让莫罗来到同一条大街上，但他的情感已然不同。莫泊桑在借鉴这种方法时有自己的创造和较大的发展。在《一生》中，让娜有两次从外地回到白杨山庄，一次在离开修道院之后，一次在蜜月旅行回来之后；两次坐车经过去诺曼底的道路，一次从鲁昂回到庄园，冒着滂沱大雨，一次是婚后秋天最初的失意期间；两次沿着悬崖到伊波村去散步，一次是刚出修道院，一次是在双亲离开前夕，两次都由父亲陪伴。这三次双重的描写都发生在婚前与婚后。还有两次到一个小树林，一次在结婚那天，一次在几个月以后；两次拜访附近的贵族，一次在婚后不久，一次在多年之后。最后，还有两夜：一次在让娜从修道院回到白杨山庄，她面对大海眺望，另一次在母亲逝世守灵时。这六次双重描写有助于使整体结合紧密，它们促使人物勾起生动的、有切身体验的回忆。第二种手法是为次要人物起到连接作用。莉松姨妈总是出现在有危机的时候：让娜得知丈夫与使女的关系后精神出现紊乱；让娜生孩子和孩子行洗礼；让娜的母亲去世；子爵惨死。她的出现像一个乐句、一个小调，能保证整部交响乐完整，启发人理解作品的深刻含义。另一个人物是萝莎丽，她在小说开始时出现，随后消失，直到莉松姨妈去世，她又重新出现，直至小说结束，并说出半点题的话。她和莉松姨妈起到串联小说情节的作用。此外，在小说开头和结尾，让娜从修道院带回来的日历两次出现，标志女主人公从走上生活直至老年到来，过着孤独的生活；梧桐树下的长凳最后腐烂了；让娜的母亲生前常走的小路，在她死后不久就长满了野草，埋没了路径；给布莱量身高的护墙板，在让娜最后拜访故居时又出现在她的眼前。以上这些细节的描写手法起到前后呼应和勾连小说情节的作用。

《一生》还以几组故事的连接，构成小说的主体，衔接自如，脉络清楚，十分紧凑。这就是“朱利安—萝莎丽的故事”“朱利安—福尔维勒夫人的故事”“让娜—布莱的故事”。这三个故事是前后衔接的。前面两个故事似乎没有女主人公在内，其实与她密切相关。让娜对朱利安和萝莎丽的关系反应十分强烈，而对朱利安和福尔维勒夫人的关系则不愿过问，这与她的感情变换和当时的处境有关。通过这两个故事，次要人物与女主人公的命运结合在一起；次要人物的生活事件成了女主人公精神生活中的一个事件，彼此不可分割。及至朱利安死去，便只剩下让娜和她的儿子，开始了第三组人物的故事。其间还穿插了让娜的父亲和莉松姨妈之死，紧接着作者让萝莎丽再度出场。《一生》之所以令读者有一气呵成之感，这与小说的情节安排有条不紊，衔接自然密不可分。

综上所述，无论是双重描写法，还是故事组接法，都“保证了他的作品的连续性、整体性和进展”[1]。这是《一生》在艺术上取得成功的重要原因。

《两兄弟》（又译《皮埃尔和让》）发表于1888年，是莫泊桑的第四部长篇小说，它在莫泊桑的长篇创作中占据着一个特殊位置。这是一部风俗小说，如同《漂亮朋友》和《一生》那样；同时这又是一部心理小说，反映了莫泊桑后期

1　安德烈·维亚尔：《居伊·德·莫泊桑和小说艺术》，第510页。

创作中的一个重要倾向，因此理应引起人们的重视。

莫泊桑只花了两个月就写成了这部小说，几乎可以看作是“急就章”。莫泊桑是根据一件实事构思出这部小说的，据了解内情的艾尔米娜 1887 年 6 月 22 日的日记，有如下的记载：“莫泊桑给我朗读了他的新小说《两兄弟》的开头几页。情节开展看来很不错：一件真事给了他写这部书的念头。他的一个朋友刚得到 800 万法郎遗产。这份遗产是家里的一位常客留给他的。看来年轻人的父亲是个老头，而母亲却年轻漂亮。居伊寻思这样一笔财产的赠予该怎样来解释……”[1]如此看来，莫泊桑是经过充分思索去酝酿这部小说，考虑成熟后才开始动笔的，所以创作速度很快。

从篇幅来说，这部小说不如看作是个中篇。它的情节并不复杂，作家着墨较多的人物也屈指可数。然而，这并不妨碍作家匠心独运，开掘较深。梅塘集团成员之一的亨利·塞亚尔就说：“对于这部小说，人们可以毫不夸张地冠以‘杰作’这个词。”[2]左拉也说，这是“奇迹、罕见的珍宝，无法超过的真实与崇高的作品”[3]。这种看法并非出于个人友好关系的逢迎之词，持有这种看法的人不是个别的。即使在 20 世纪，有的评论家也认为：“根据许多人的评价，这是居伊·德·莫泊桑最好的长篇小说。作者在这部作品中，尽管囿于有意写得更狭小的范围，却成功地做到了能与他最强有力的短篇那种紧凑效果相媲美。”[4]他们的评价或许有过誉之处，但《两兄弟》确实有它独到的优点，至少可以说，具有莫泊桑创作上的一些基本特点：叙述明快，笔调优美，表达准确，文字流畅，生动简洁，等等。

1 2　阿尔芒·拉努：《漂亮朋友莫泊桑》，格拉赛出版社，1979 年，第 279 页。
3　同上，第 280 页。
4 《作品辞典》，第 5 卷，罗贝尔·拉封出版社，1980 年，第 295 页。

《两兄弟》写的是莫泊桑所擅长的题材之一：一笔遗产的赠予给一个平静的家庭带来的风波。莫泊桑不同于巴尔扎克，他并不关注人们对遗产的争夺，由此写出各种人的金钱贪欲和精神特征。莫泊桑关注的是，面对既成事实，家庭各个成员的反应，从而勾画出一幅社会风俗图。

在莫泊桑的长篇小说中，这是唯一描写小资产阶级家庭的作品。罗朗是个退休的首饰商，他的商店本钱不大，从退休后的生活可以看出，他一年只有1万多法郎的入息，相当于小资产阶级的生活水平。他有两个儿子：皮埃尔和让，都已长大成人，刚刚步入社会，他们苦于家庭并不富裕，不能资助他们获得体面的职业和地位。就总体而言，这个家庭基本上是和睦的，夫妻之间看不出任何裂痕和争吵，孩子们也敬爱他们的父母，两兄弟之间虽有微妙的争强斗胜，关系也大体融洽。这样的小资产阶级家庭在中等城市如勒阿弗尔是相当常见和典型的。

然而，一石激起千层浪。罗朗家的一个富有的旧友马雷夏尔去世了，把自己的遗产全部赠给了罗朗的小儿子让。罗朗、他的妻子和让自然欣喜万分，这飞来的好运正是他们梦寐以求的，自然抓住不放。奢侈和舒适的生活是小资产阶级家庭渴慕而远不可及的，如今竟然实现了。可是，为什么这笔遗产独独给了小儿子让，而完全遗忘了大儿子皮埃尔呢？于是矛盾产生了。皮埃尔不由得嫉妒万分，抑郁不乐。他在体力上不如弟弟，这已经从划船比赛中又一次得到了证实。如今，弟弟有钱，租下了一间像样的房子——这正是他看中的、准备租下开诊所的那一套，只是苦于无钱——作为律师事务所。弟弟越高兴，他就越扫兴。一个偶然的机会，他的旧情人、一个啤酒店的女招待启迪了他：莫非让是这个遗产赠予人的儿子吧？他从怀疑到猜测到确信，一步步发现问题。他先是拿话去刺激母亲，继而向弟弟公开了自己的怀疑。家庭风波愈演愈烈。平静的家庭变得不平静了，从而揭开了这个家庭的隐秘内幕，原来似乎是幸福的家庭实际上并不幸福！

罗朗这个小商人精神生活贫乏，思想平庸到愚蠢的地步。他唯一的嗜好是钓鱼，除此以外，什么都不关心，也不留心。这样的人不可能给妻子以真挚的爱情和丰富的情感。他对妻子的偷情一无所知，直至这场家庭风波平息下去，他还蒙在鼓中，似乎从来未曾出现过任何事情。他儿子的婚姻只消最后通知他一声就行了，他只会表示赞同。这是一个行尸走肉般的小商人，活像福楼拜笔下的包法利先生。而他的妻子却是一个感情细腻的女子，她从婚姻中得不到半点人生的乐趣。她不满足于这种呆板乏味的生活，感叹周围的生活是多么丑恶，多么卑劣，多么虚假。所以，当她遇到心目中的理想对象时，便毫不犹豫地投身于他。她的大儿子皮埃尔发现了她的秘密以后，她内心是痛苦的，似乎无地自容。但是，她对于自己的选择和行为从没有后悔过，她毫不掩饰地对小儿子让宣称："如果我没有遇见过他，那么我的一生中什么也没有了，没有一点柔情，没有一点乐趣，没有一点那种可以使我们对自己的衰老感到极为遗憾的时刻，什么都没有！"她的长篇独白像打开了闸门以后，江水汹涌奔腾而出那样，抑制不住，感情澎湃。在莫泊桑笔下，这个女人的一生是令人同情的，她并不是一个荡妇，而是平庸的社会、平庸的家庭生活的牺牲品——她最后也被情人疏远和抛弃了。她有着和包法利夫人类似的家庭生活和情感生活，只不过不像包法利夫人那样走向悲剧。在法国的中等城市里，这样的女子又何止她一个呢？她们被平庸的社会现实所扼杀，大多数只能忍气吞声、毫无乐趣地度过自己的一生。

这只是家庭风波使之泛起的生活沉渣。这场风波的直接交锋者则在对阵中显示了各自的性格和精神面貌。在皮埃尔和让这两兄弟当中，弟弟让较有心计，性格沉着稳健，处事谨慎而有条理，这同他的律师职业有关。在比赛划船这场明争暗斗中，他后发制人，凭自己的健壮体魄将皮埃尔比下去，从这个插曲已能看出他的沉稳性格。他听到皮埃尔说出自己的身世奥秘并得到母亲的证实后，陷入激烈的思想斗争中。这时作家进一步刻画了他性格中的另一面：他是个得过且过、随遇而安的人，“面对这场灾难，他就像一个从来没有游过泳的人突然掉进了水里一样”，他不是一个性格坚强的人，本来就不喜欢同别人斗争。他先是想到把这笔遗产捐给穷人，但这样做他“很心痛”，“在他的头脑里，自私自利的念头蒙上了公正无私的面具；所有隐藏着的利益都在他的灵魂里斗争着”。于是他又从另一个角度去想：既然他是马雷夏尔的儿子，那么，“接受他的遗产不也是天经地义的吗？”然而，为了显得公正和良心安定，他觉得自己既然不是罗朗的儿子，就不能再接受他的财产，准备把自己本来可以得到的那一部分让给皮埃尔。他想出了一个办法，准备把皮埃尔打发走，以平息这场家庭风波。可是，当他重新看到皮埃尔时，发现皮埃尔愿意息事宁人，接受他的安排，到远洋邮船上去当医生，于是便将自己让出财产的计划缩了回去。他的狡黠和颇有心计在这里充分暴露出来，至此，他的复杂性格也塑造完成了。至于皮埃尔，表面看来，他争强好胜，实际上，他身上有着父亲罗朗的性格影子——懦弱的一面。他一旦把心里郁结的话倾吐出来，又生怕伤害了母亲，终于走上了妥协的道路。在这场小小的斗争中，莫泊桑写出了金钱在小资产阶级家庭中的重要性。没有金钱，两兄弟在大学里所学到的本事就不能充分发挥，无法施展才能。为了金钱，两兄弟的关系急剧恶化。让为什么不肯放弃自己的继承权利？因为他认识到，没有钱他将失去自己漂亮的律师事务所和罗塞米利太太的爱情。小说中关于让和她的爱情的描写富有讽刺意味：他向罗塞米利太太表示要娶她时，出现了一个干巴巴的对白场面。

其时，他们俩在美丽如画的海边捕捉长臂海虾，大自然美景迷人，正是谈情说爱的好地方。不料罗塞米利太太心中早已盘算过利害得失，没有丝毫忸怩腼腆，一口表示同意。而让在开口之前也考虑过他俩“财产基本相等”，娶她是合算的。在他们之间，金钱的铜臭味代替了含情脉脉的情感交流，爱情的诗意荡然无存。

小说结尾以远洋邮船上的景象来衬托主题，是画龙点睛之笔。这条华丽的邮船上，餐厅专供百万富翁享受美味佳肴。“它的豪华堪与世界各大饭店、各大剧院和任何公共场所相匹敌，那是一种可以使大财主们赏心悦目的庸俗的纸醉金迷的豪华，”而在底舱，“那些像矿里的坑道一样的又黑又低的地道似的夹弄里，有好几百个男人、女人和孩子躺在那一层层的木板上，或是一堆一堆地在地上乱钻乱动”。他们准备到海外谋生，希望在那儿也许不至于饿死。这条邮船好比社会的一幅缩影，贫富悬殊如此明显地并列在一起！皮埃尔为了谋生，也乘上了这条航船，与他们风雨同舟。他此举也是毅然决然的，他这一走意味着依赖他的穷苦药剂师、波兰老头马洛斯科的末路，买卖难以为继，但皮埃尔已顾不得这许多了。生活就是这样残酷无情！至此，这幅社会风俗画给添上了最后的一笔。

然而，《两兄弟》最引人注目的还是心理描写。19 世纪下半叶，心理小说开始流行，例如布尔热就善写心理小说，而龚古尔兄弟对精神病理学一些特例的研究和描绘也理应属于心理小说的一个分支。莫泊桑在 80 年代下半期开始对心理分析产生兴趣。他在小说的序言《论小说》中就十分重视心理描写，指出“心理学应该隐藏在书里，就像它实际上隐藏在生活的各项事件中一样”。他将心理描写看作小说的基本技巧之一，甚至认为应“把心理活动作为作品的骨骼”。基于这种认识，他在《两兄弟》中大量运用了心理描写。这一特色使

《两兄弟》在艺术上明显地不同于他以前的三部长篇小说。这部小说的心理描写相当成功，显示了莫泊桑在这方面的杰出才能，也表明他不满足于已取得的艺术成就，在创作上能不断创新和勇于汲取其他表现手法。《两兄弟》在下列五个方面对心理描写进行了深入探索。

其一，心理描写成为作品情节进展的有机因素。莫泊桑在小说中着力于对皮埃尔嫉妒心的绘写。最初皮埃尔的嫉妒仅仅是由于弟弟体格上比他强而引起的。让得到大笔遗产后，他的嫉妒陡然大增，由此导致怀疑母亲。从童年起，他那么熟悉而亲切的母亲的脸庞、微笑、声音，突然之间让他觉得陌生，和以前完全不一样了，他感到自己“不再有母亲了，因为他不可能再爱她，不可能怀着儿子们心里必须有的温柔、虔诚和绝对的崇敬心情去尊敬她了；他不再有弟弟了，因为这个弟弟是一个陌生人的儿子；他只剩下了一个父亲，这个他无论如何也爱不起来的胖子”。随着他的嫉妒心的膨胀，这种情感从他“全身的皮肤里钻出来”，小说情节也一步步深入发展：家庭秘密暴露了出来。换句话说，组成小说主体的事件只是他的心理推测和分析变为事实的经过，一旦他不再竭力去掩饰嫉妒心，他不再进行心理推测和分析，他的嫉妒平息下来，小说也就接近结尾了。而当皮埃尔的心理分析告一段落时，小说又将重点转到了让这方面。这时候，让的内心思考便成为小说发展的关键，决定着小说的结局。总之，在《两兄弟》中，心理描写是小说情节进展的重要因素，这样，心理描写并不是孤立的艺术手段，只用来揭示人物的精神世界，而具有更为重要的作用。

其二，心理描写是塑造主要人物性格的重要手段。皮埃尔是个心胸狭窄，表面上气壮如牛，其实色厉内荏，外强中干的人物。莫泊桑在剖析他的内心时，着重写他的愤慨、不平、仇视通奸等情绪，与他的行动相对照，便显出他是个阴沉、易怒、懒散、狭隘、懦弱的人物。至于让，则是一个稳健而有主见的人，他对待自己的婚姻，对待遗产无不是经过反复掂量，才下决心的，其中贯彻了两个字：求实；这是资产阶级重利务实的思想，已成为他行动和思考的准则。因此，虽然他也“想用他朴实而自信的情趣去征服那些有才识的人士”，事实上他却颇为狡黠，各个方面考虑得滴水不漏，待人处事十分圆滑。这些，都通过心理描写暴露得淋漓尽致。与刻画皮埃尔不同，作者对他的心理描写篇幅不多，但写得十分简洁有力，足以塑造出他的老练圆通的性格特征。

其三，莫泊桑的创新之处还在于，作家本人并不现身说法，进行心理分析的是人物本身。人物是自我剖析的唯一见证人，他自我观察的结果，由读者去评判，就如同他是在展示意识中活动最强烈的思绪，这些是主宰人物行动的内在原因，它们让读者明了人物的内心世界。人物的思索与行动之间的矛盾和出入，读者一目了然。例如，作者通过皮埃尔的观察和内心活动去写罗朗太太的举止：“她肯定早就在偷偷地观察那种相似之处了（按：指马雷夏尔的肖像与让相似）……于是她在某个晚上把那张可怕的小肖像取走，藏起来了，因为她不敢销毁它。”莫泊桑没有直接写罗朗太太藏肖像，也没有去“分析”皮埃尔的思想活动，而是让人物去观察，进而去思考，去判断。莫泊桑不仅遵循他的老师福楼拜教导的不在作品中露面，而且在进行心理描写时也做到了以人物本身为出发点。这样，读者也就进入到小说的境界中，同人物一起去观察，去思索，去猜测，去判断。读者看到上述那段引文，也会将信将疑，罗朗太太是否这样做要随着情节进展才能由自己最后下结论。这确能启发读者的思路，具有耐人寻味的积极效果。

其四，莫泊桑有时反过来用外部动作和富有含义的言辞去表达人物的内心活动，这是一种别致的心理描写手法。莫泊桑在《论小说》中写道，小说家应“寻求具有这种精神状态的人在某种特定情况下必然会做出的行动和姿态”。他在《两兄弟》中就力求达到这种要求。例如，皮埃尔在公证人宣布让要接受大笔遗产以后，忍不住这样问他的父亲：“那么您过去和这位马雷夏尔是相当熟悉的啰？”这句话暗藏他的嫉妒，令人意会。及至一家人从公证人那里回来，为了庆贺让接受了遗产而设宴时，皮埃尔再一次问：“这个马雷夏尔，你们是怎么认识他的呢？”这句问话的潜台词又进了一步，这时他已怀疑到母亲与马雷夏尔有不正当关系，因此这是一句旁敲侧击的话，用意与前一次问话已大不相同，不怀好意。又如，他听到马洛斯科责备他的话以后，晚上入睡前喝了两杯水，这个举动为的是镇定自己。此时无声胜有声，作者不去写他的心理，而他也确实没有更多的意念，但读者却对他的举动一目了然，从中悟出他这时的心境。

其五，莫泊桑的兴趣扩展到对思绪困扰现象、朦胧状态和潜意识的研究。在皮埃尔身上，可以看到冲动、狂热、不安、躁动、变态、下意识的思考和动作，幻觉出现前后的心理状态，时而痛苦（“陷在痛苦的想象里不能自拔”），时而竭力克制它，时而要离开家到海堤上、啤酒店去发泄自己的苦闷，时而待在家里做着可怜的思想斗争，时而处于清醒的状态，时而朦朦胧胧，无法摆脱固执的念头缠扰。这里试举一例：他意识到自己的母亲与马雷夏尔的暧昧关系后，脑子像一锅煮开的粥，乱糟糟的，不祥的意念纠缠着他。他于是离开了使他憋气的家，来到防波堤。莫泊桑写道：

> 虽然他的嘴没有说出来，可是他的脑子里一直在重复默念着这个名字，就像在呼喊他，召唤他，并引来他的亡灵一样：“马雷夏尔……马雷夏尔。”在他漆黑的闭合起来的眼皮里面，他突然看到了那个人，就像他过

去看到他时一样。那是一个六十岁的男人，留着白色的山羊胡髭，眉毛很浓，也是白的。他个子不高不矮，面貌和蔼可亲，灰色的眼睛很温和，态度谦虚，从外表上看是一个朴实、慈祥的老实人。他把皮埃尔和让叫作“我亲爱的孩子”，从来也没有显得对他们哪一个有偏爱，总是请他们两人一起上他家去吃晚饭。

这时候，皮埃尔像一只追踪模糊的足迹的狗一样固执地开始搜索这个已经消失在地下的人的话语、姿态、音调和眼色。他慢慢地完全回忆起马雷夏尔在特龙谢大街的套房里接待他的弟弟和他吃饭时的情况。

这里，皮埃尔随着执着的念头——这个念头是下意识的思绪表现——出现了幻觉，幻觉越来越清晰，随之又转化为回忆，种种往事呈现在脑际。这个过程写得非常细致而脉络分明。读者不难发现，皮埃尔是个非常敏感的人，他的内心活动异常丰富，有时甚至到了神经质的地步。有的评论家认为，这是莫泊桑本人在意识清醒时对他自己的精神病态现象所做的探索、观察和记录。[1] 众所周知，莫泊桑的精神病态现象从 1884 年已开始出现，逐渐发展，病状表现为：出现幻觉，感到自己身边有神秘的敌意的东西存在，死的念头常纠缠着他。病状终于在 1889 年变得严重：目光呆滞、语无伦次、性格易怒、认为他的影子夜间来找他、爱折磨人、把失眠归之于房东和医生。1891 年年末他最终发疯。由此看来，莫泊桑对精神的种种超常活动深有体验，他在小说中加以描写是很自然的。

综观莫泊桑在《两兄弟》中的心理描写，可以看到他的探索已经相当深

1　安德烈・维亚尔：《居伊・德・莫泊桑与小说艺术》，第 405～406 页。

人，较之前人取得了长足的进步。这是莫泊桑对小说创作的一个重要贡献。

或许莫泊桑觉得这部小说篇幅不大，所以在正文之前加了一篇长序，冠以《论小说》的题名。这篇文章与小说本身并无必然的联系，但对于了解莫泊桑的创作思想，进而言之，对于了解现实主义文学，确是一篇重要的文献。

我们可以看到，莫泊桑关于小说创作的观点所受影响主要来自福楼拜，而不是左拉。他援引的几乎都是福楼拜的教导和见解，也就是说，他主张的并非自然主义的理论，而是真正的现实主义观点："现实主义者，如果他是一个艺术家，那么他孜孜以求的，将不会是给我们看一张平淡无奇的生活照片，而是要给我们看一幅比现实更加充实、更加动人、更加能使人信服的图像。"他认为生活原是非常粗糙的，充满了偶然事件，没有次序，不合逻辑，五花八门，这就需要艺术家做提炼工作，提取一些对主题有用的细节，而把其余一切扔在一边，即是说要做典型化工作，情节要有典型意义，人物个性也要典型化。

作家如何对待自己的题材和写作呢？莫泊桑按照福楼拜的观点，主张"一定得用一种非常巧妙、非常隐蔽，可是形式又非常简单的方法来写他的作品，使人不可能觉察并指出他的用意，发现他的企图"。这是指作家要隐没在情节和人物背后，而不要现身说法；他的创作意图不能直白道出，而是消融在情节之中。这是符合现实主义创作原则的。

为了能把"生活惟妙惟肖地"再现出来，小说家必须掌握高超的技巧，这也正像福楼拜所教导的，由于世界上没有两样完全相同的东西，就要把任何事物的不同和特征一下子抓住，并用最简洁的语言表达出来，要找到叙事状物最确切的形容词和动词，而绝不能满足于差不多的低要求。不仅如此，作家要认识到在任何东西里面，总还有尚未被人挖掘出来的东西，包含着不为人知的东西，因此要把它找出来。这个观点反对创作上的模仿和雷同，为的是鼓励作家另辟蹊径。这是一条宝贵的创作原则。

所以，《论小说》一文已成为 19 世纪现实主义文学遗产中一篇极有价值的文献。

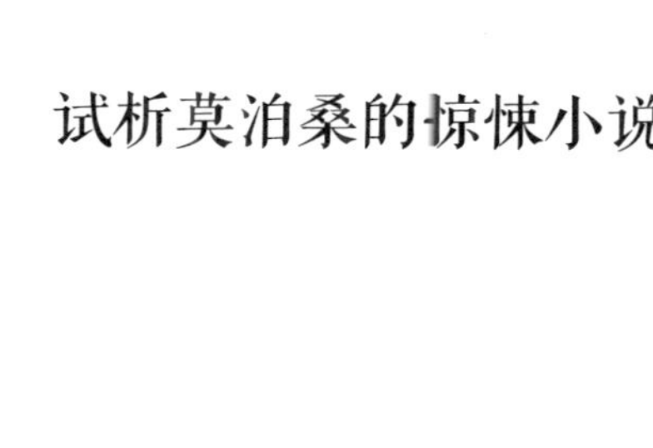

试析莫泊桑的惊悚小说

莫泊桑素以现实主义短篇小说著称，一般总以为他的短篇小说的题材都是描写普法战争、小资产阶级和公务员、农民、爱情等，其实他的短篇小说还有一个重要方面，就是以惊悚（或奇幻）内容为特点，这方面的小说约占他的短篇的十分之一，有 30 多篇。国内学者几乎没有触及这个内容，不能不说是一个缺憾。国内学界对莫泊桑的研究早先应该说受到苏联批评界的影响。苏联学者只肯定他们认为属于现实主义的东西，对现实主义有所偏离的内容或加以批判，或避而不谈。我国学者显然受到这种做法的影响，而且至今不变。可是，法国对莫泊桑的评论早已发生了很大变化，提起莫泊桑，对他的短篇中的惊悚（fantastique）内容必定要谈论一番，甚至作为一种主导倾向来论述。

西方惊悚小说不自法国始，最早应追溯至德国小说家霍夫曼和美国小说家爱伦·坡。他们的小说在 19 世纪初介绍到法国，引起众多作家的注目。法国 18 世纪作家雅克·卡左特是个先行者。诺蒂埃、巴尔扎克、戈蒂埃、梅里美、奈瓦尔都受其影响，写出了一些著名的惊悚小说，如《一点钟，或各幻觉》《斯马拉》《特里尔比》(诺蒂埃)，《红房子旅馆》《柯内留斯老板》《长寿药水》《塞拉菲塔》《驴皮记》(巴尔扎克)，《翁法勒》《女尸恋爱记》(戈蒂埃)，《炼狱的灵魂》《伊尔的维纳斯铜像》《洛基斯》(梅里美)，《西尔薇》《奥蕾莉亚》(奈瓦尔)，等等。19 世纪下半叶，洛特雷阿蒙、维利埃·德·利勒-亚当、巴尔贝·多尔维利、莫泊桑步其后尘，其中，利勒-亚当的《残酷的故事》多半是惊悚小说，巴尔贝·多尔维利的《恶魔故事》中的《一个女人的报复》也可以说是一篇惊悚小说。当然还不只这些，雨果、乔治·桑、欧仁·苏、大仲马、都德等名作家也写过惊悚小说，这里不一一列出。如此看来，至莫泊桑，惊悚小说在法国已经流行了半个世纪。惊悚小说与20世纪文学有密切的渊源关系，不仅影响到20世纪的现实主义文学，尤其影响到现代派文学。爱伦·坡的小说引起国内较多重视，但对其他作家尚缺乏深入研究，填补这一空白是很有必要的。

可以说，莫泊桑一生都很重视写作惊悚小说，从他开始写短篇，直至他的后期，他都在不断写作这类小说。他的第一个和第二个短篇《剥皮的手》和《划船》就是惊悚小说。《剥皮的手》发表于1875年，故事对这只剥了皮的手是这样描绘的："这只手很可怕，黑乎乎的，干枯，很长，收缩了；肌肉异常发达，里外被一块干瘪多皱的皮肤收束定住；指甲黄色，狭窄，留在指尖上；这一切让人闻到一法里开外的歹徒的气味。"此处对这只剥皮的手的描写是一个伏笔，因为这是一只要杀人的手，它是1763年被处死的一个出了名的杀人犯的手，他曾作恶多端。这只手后来落到一个老巫师手里，被拍卖出来。这次它又扼死了一个法科大学生，在埋葬大学生的时候，从墓地里挖出一个尸首，这个尸首正好少了一只手。这则故事令人想起爱伦·坡的《黑猫》，黑猫是邪恶力量的化身或象征，对人构成极大的威胁。这只剥皮的手继承了它的主人的杀人本性，一有机会便要杀人。这类惊悚故事带有恶魔意味，具有阴森恐怖的特点，能给人以刺激。莫泊桑于1864年在诺曼底认识了一个诗人，从这位诗人那里了解到一个英国人拥有一只剥皮的手："它的皮干枯了，黑色的肌肉裸露在外，骨头像雪一样白，上面留有血迹。"(1879年12月26日莫泊桑给福楼拜的信）在诗人的帮助下，莫泊桑获得了这只剥皮的手。他曾长期挂在巴黎自己寓所卧室的门上。可见，莫泊桑并非完全凭空杜撰这个故事，他是根据实物来幻想的。

《划船》更是根据作家的实感来创作。莫泊桑喜欢在太阳落山后到塞纳河边散步和划船。小说中，一个自杀的老女人的尸体拖住了叙述者的船，直到渔夫来救他。莫泊桑在雾气浓重的夜晚，自然会“设想有人企图爬上我的小船，我再也分辨不清，河流被浓雾覆盖住，大约充满了在我周围游动的奇异生物”。这篇小说显示了莫泊桑精神上已有不安的前兆。他对超自然的事物特别敏感，丰富而活跃的想象时常给他带来奇幻事物的显现。

从 80 年代初开始，莫泊桑忍受着眼疾之苦，需要放上水蛭来吸血。他还有神经痛，朝着精神病的方向发展：“我感到一切事物的极度迷乱和虚空的压力。在这种一切处于混乱之中，我的头脑在运作，明晰而准确，以永恒的虚无使我目眩神迷。”（《给母亲的信》，1881 年 1 月）他会突然感到无名的强烈的恐惧。应该说，他的神经病在 80 年代初已有预兆，被认为是遗传性的疾病：他的母亲有严重的精神分裂症，他的弟弟也是因神经病去世的。在 21～26 岁之间，莫泊桑染上了梅毒，加剧了他的神经系统的疾病。莫泊桑在 1880 年发表的一首诗《恐怖》中写到“我”感到背后有一个人，笑声残忍、神经质，“我”“惊吓得发狂，发出极其可怕的喊叫，这是活人胸中从未发出过的喊声，我失去知觉，直挺挺仰面跌倒”。莫泊桑的小说中，常常写到这种恐惧感。如在《恐惧》这篇小说中，他认为：“我们只是对我们不了解的东西才会真正地感到恐惧。看得见的危险使人紧张，使人不安，使人害怕！但是和我们将要遇到一个游荡的幽灵时，想到我们将要被一个死人抱紧时，想到我们将要看见由人类的恐怖臆测出来的那些可怕的怪物奔来时，心灵里所产生的抽搐相比，那又算得了什么?”这种恐惧也是对“表面生活后面的未知世界的隐隐约约的恐惧”，其中掺进了“过去多少世纪中具有迷信性质的恐怖”。莫泊桑感到的恐惧不完全是一种正常人对可怕事物生出的恐惧感，这里有着他的神经系统紊乱而产生的幻觉，包含着特殊的内容。从80年代中期开始，莫泊桑已患上精神病，屡次进入精神病院治疗。每次治愈出院后，他把自己在患病期间出现的幻象写成小说。学者们指出，在莫泊桑的小说中，对精神病的描绘是在上升的、发展的。《他?》这篇小说写于1883年，只描绘神经官能症患者的幻觉，而到了1890年创作的《谁知道呢?》写的就是真正的疯狂。“莫泊桑越往奇幻方向前进，他便越是往非真实前进……他的故事越来越由十分准确地对自己的观察组成。”(保尔·莫朗语)

《夜晚》的主人公在巴黎漫步，迷路了，发现街上的煤气灯已经熄灭，一个行人也没有，他不由得呼喊救命；中央菜市场是空的，来到河堤边，沿着阶梯走下去，“我大概永远也没有力气走上岸去了”。《旅馆》的主人公在同伴消失以后，和他的狗单独待在高山上，夜里，他以为死人在召唤他，他担心遇到这个幽灵，他将自己关闭起来却不能恢复镇静；他装狗叫，仍未能摆脱恐惧，陷入动物般的生存状态中。旅馆主人发现他发头变白，失去理智。人物受到自己的幻觉和想象的折磨而不能自制。《他?》的主人公也是这样：“我坐立不安，我感到我的惊惶在扩大；我关在自己房里；我钻到床上，藏在被窝里；我缩成一团，像一只球那样滚动，绝望地闭上双眼，这样无休无止地待着，惦记着床头柜上还点着蜡烛，最好熄灭。而我不敢。”一次他外出回来，发现有一个人背着他坐在他的椅子上，他想拍拍这个人的肩膀，可是椅子上没有人，“那是一种天真的人相信有鬼神出现的幻视；”他觉得房间里有人，但什么也没有看到。可是那个人在房里的意念总是纠缠着他。这个人物的幻觉和意识是一个有癔病的人或者是精神分裂症患者的表现。《谁知道呢?》干脆就是精神病院的病人在自述。他觉得自己的房子里有人，甚至好像听见火车开过，钟当当敲响，或者一群人走过，突然响起枪声和爆炸声。他猛然看到家具排成纵队从门口走出来，包括钢琴和书桌，他想去拦阻，家具却把他的大腿踩伤了。他逃到城里。他的仆人向他报告，他的家具都被人偷走了。于是他去旅行，却在鲁昂的一个旧货店里发现了自己的衣橱、扶手椅、桌子，惊得目瞪口呆。他去报案，但店主和家具找不到了。他的仆人写信告诉他，家具又都回来了。这是一个精神病人脑子中出现的幻觉。上面几个故事毕竟还是属于幻觉，而《幽灵出现》则神秘莫测，与聊斋故事差不多了。这是一个八十二岁的老侯爵讲述的一个故事，五十六年来他一直难以忘怀。当年，他是个军官，在街上遇到一个朋友，朋友要他帮忙到一个小城堡去取有关亡妻的两包信件和一扎文件。别人阻止他进去，但阻挡不住。正当他打开桌子抽屉时，他发现背后有人，回过身来，看到一个身材高大的女人，穿着白衣裳，望着他。他惊得魂飞魄散："我不相信有鬼魂；唉！我却在对死人的极端恐惧中瘫软了，我感到难受，噢！在超自然的恐怖无法抗拒的不安中一时感到的难受，超过了我余生所感到的。"这个女人居然说话了，要他医治她：帮她梳头。随后从一扇半开的门逃走了。这扇门再也打不开。"我有过那种不可理解的神经震荡，那种产生出奇迹的大脑的狂乱，超自然现象正是由此而具有威力的。"这句话表明莫泊桑把小说人物的经历看作大脑的狂乱，由此产生超自然的现象，即幻觉。然而他的朋友找不到了，小城堡里也没有发现什么可疑之处，没有任何迹象说明有一个女人曾经被藏在里面。这不是一个鬼故事。莫泊桑是个无神论者，他当然不相信有鬼神存在。那么，这只能归于精神病患者在发病时的幻觉表现。《死去的女人》也是一个"鬼故事"。叙述者坐在一块墓石上，突然墓石被一种墓中的力量移开了，露出一具尸骨。这死尸捡起一块石子，刮掉墓碑上的字，用发光的字体将自己一生为了继承父亲遗产，促成父亲早死，折磨妻子，虐待孩子的行为写下来。这时墓葬地里的尸首全都爬了起来模仿他的行动，将亲人们刻在石碑上的那些赞扬的谎话全都抹去，重新刻上真话。“他们全都是自己亲人的迫害者，充满仇恨，无耻，虚伪，说谎，狡猾，造谣中伤，嫉妒成性，盗窃，欺骗，干尽了各种可耻的事和各种可恶的事。”这篇故事表达了莫泊桑对世事人情的否定。法国评论家加斯泰克斯认为：“故事的思想过于奇特，以致我们感到真正的战栗。”这也许是在他精神失常时头脑中幻现的一幅情景，是他头脑深处的想法在特写情况下的显现。

名作《奥尔拉》在莫泊桑的惊悚小说中最为有名，这篇小说最早发表于1886年10月26日的《吉尔·布拉斯报》上，1887年莫泊桑加以改写，重新发表在同名短篇小说集中。小说改成日记体，由原来的6000余字扩写成2.2万，增加了不少内容。在这期间，莫泊桑多次进精神病院，他利用一切机会了解催眠术、磁性，长期询问精神病科医生，由此获得新材料。小说主人公在一天早上发现有人在夜里喝掉他放在床头柜上的长颈瓶中的水，第二天，他将房门锁上，但醒来时发现水瓶还是空了。他以为自己有夜游症，可是事实证明水不是他喝的。随后，又发生了其他古怪的事：花园里一朵花的茎折断了，然后消失；屋子里的玻璃杯自动碎裂，门自动打开，牛奶消失，书自动翻页。主人公于是认为家里有一个看不见的人，他给这个看不见的人取名为奥尔拉。这个名字引来许多解释，一种说法是，由“Horslà”变化而来，意思是“在外面”，“超出现实范围之外”，“彼岸世界”（笼罩着主人公的奇幻氛围）；另一种说法是来自“horzain”这个字，在诺曼底的土语中，这是“外人”的意思。总之，这是不可知、看不见的东西。一天晚上，主人公恐惧地发现，房间里的镜子反映不出他的映像，只看到面前雾蒙蒙的一片，像屏幕一样挡住了他的映像，他决定躲到精神病疗养院里。但是他不认为自己出现幻觉，他要证实一下这个现象。这时，他的三个邻居也出现了同样的情况。他想把奥尔拉当作看不见的力量，像风和电。在改写的小说中，人物开始不在精神病院里，然后他开始和自己的病状作斗争，长达四个月。小说描写了他的病状和如何克制自己。主人公最后摆脱了奥尔拉，设想把奥尔拉诱进陷阱，锁上了自己的房间，让仆人待在里面，放火烧掉自己的家。这个结尾比原来故事恐怖。莫泊桑在小说中对人的幻觉进行了研究，认为人"感到身边有一个就自己粗糙的、不完善的感官来说是难以理解的秘密，于是力图靠自己的智力方面来弥补自己的器官方面的力量不足"。幻觉与精神病存在关系，幻觉一接触到"疯病的暗礁，就会一下子撞得粉碎，散开，沉入被人们叫作'精神错乱'的这片充满了巨浪、大雾和狂风的，可怕的，狂暴的海洋"。这篇"狂人日记"与果戈里和鲁迅的两篇同类作品的不同之处在于，它是一个患有精神病的作家将自己的发病体验转化成小说，因而在描写精神病症时更显真实和细致，小说没有对社会进行抨击，而纯粹是奇幻类型的惊悚小说，虽然《奥尔拉》的主人公最后做出了激烈的行动。《奥尔拉》描写的是一种外力和不可知的力量对人物的精神压迫，这不是社会力量，而是幻觉造成的"人物"，在某种情况下这是对人的精神的一种探索。另外，莫泊桑的悲观主义和对世人的贬抑在小说中有所流露，这与果戈里和鲁迅也不同。

莫泊桑的惊悚小说对前人的创作有所继承，也有较大的发展。在恐怖这一点上，莫泊桑与前人的小说创作的内容是继承的。无论是变幻莫测的人生经历、鬼怪现象的出现、神秘诡异的内容，前人都已描写过，但是，莫泊桑的惊悚小说不是霍夫曼、爱伦·坡等作家作品的重复，在内容上已有很大不同，关键就在于莫泊桑是根据自身的经验创作的，不是纯粹的艺术创作。而且随着时间的推移，他越来越多地融入自己的经验。他说自己拥有“第二视觉”，就是在描绘迷乱的幻觉时，像在描绘风俗场景一样，突出有启示性的东西。读者分不清他描绘双重的人格是由于再现这些场景的技能获得的，还是从精神病院观察到的情况获得的，或者是表明已经受到疾病损害的意识最初的迷乱。这种复杂性构成这些惊悚小说的价值和魅力。托多罗夫认为，莫泊桑的惊悚小说并没有写魔鬼，而是写感官的幻觉、想象的产物，完全是属于现实的，“只不过这现实受到我们所不知的规律制约”“它碎裂成上千块；镜子碎裂了，反映在里面的面孔解构了”。(《奇幻文学导论》)

这些惊悚小说的人物较之爱伦·坡的人物更加精神紊乱。爱伦·坡是个嗜酒的作家，但他总是能够控制自己，而莫泊桑陷入错失理智和痴呆状态中。这种与自身生活经历相结合的特点与法国另一作家奈瓦尔有相同之处，奈瓦尔也患有精神病，《奥蕾莉亚》对自我精神分裂现象有精细的描写，他也将自己在精神病发病期间出现的幻象写进了小说中。应该说，奇幻小说是浪漫主义小说的一个重要分支，它是在描绘梦境、迷信、恐惧、悔恨、精神的极度冲动、迷醉状态、各种病态的情况下产生的，充满了幻觉、恐怖、迷乱。因而莫泊桑的惊悚小说与浪漫主义是一脉相承的。如果我们将莫泊桑的惊悚小说看作他的短篇小说创作的一个重要方面，我们就必须改变将莫泊桑看作完全属于现实主义或自然主义的作家，而应把他看作以现实主义为主，兼有浪漫主义倾向的作家。雨果的小说创作延续至60、70年代，而诗歌创作延续至80年代中期（他逝世于1885年）。莫泊桑的短篇小说创作处于19世纪80年代，一直到90年代初，与之几乎处于同一时期。法国浪漫主义文学的确延续至19世纪下半叶，利尔-亚当的《残酷的故事》和多尔维利的《恶魔故事》都创作于70年代。以往将浪漫主义文学截止于1850年是不对的。当下人们将现代派文学与浪漫派挂起钩来，其实19世纪下半叶上述这些作家的创作就是中介，浪漫主义文学的发展在整个19世纪一直并未中止。

莫泊桑创作惊悚小说不完全是由于精神病造成的，这里有着他的自觉探索。法国的莫泊桑研究者就指出："莫泊桑的作品中的奇幻不是疯狂的驱动。这是一种严酷的事物、一种像我们生活中的矿藏一样持续显现的命运的不可抗拒发展到顶点。"莫泊桑从最常见的生活现象去探索人的内心活动。莫泊桑在1883年分析过屠格涅夫小说中的描写："他处在可能的界限上，将心灵投入到迟疑中和惊惶中，找到了可怕的效果……让人猜测到他心灵的混乱、面对他不明白的东西感到的不安，还有掠过的不可解释的强烈恐惧感。"莫泊桑的惊悚小说在心理描写上有新的发展：人物对幻觉的自述应属于内心描写，这是对人的心理的另一种开掘。莫泊桑十分擅长心理描写，他的现实主义短篇小说就有不少心理描写的佳作，如《绳子》对捡到一段绳子的农民不安定的心理刻画入微。《月光》描写神父在月夜面对情侣的柔情而产生对自己反对爱情的怀疑。莫泊桑的长篇《两兄弟》是一部杰出的心理小说，被看作19世纪下半叶法国最优秀的心理小说之一。这部小说已经开掘了人物的深层意识和潜意识。莫泊桑的惊悚小说更是将笔触放在心理描写上。例如，《小萝克》在莫泊桑的短篇中是较引人注目的一篇，它既反映了当时的农村生活，同时也是一篇惊悚小说。小说描绘村长强奸了十二岁的小姑娘，然后扼死了她，他内心无法平静，总是感到女孩就在他的房间里，于是心神不宁，"似乎有一只看不见的、不可捉摸的手卡住了他的脖子"；他要砍倒整片树林，因为正是在这里他犯下了罪行；他想让倒下的大树压死自己；他在夜晚看到河边的一片亮光中赤身露体、血迹斑斑的小萝克躺在地上；他看到女孩的身体发出磷光，他徒劳地与"自己记忆中无情的迫害"做斗争；他写出一封自首信，投了出去，却又后悔，要向邮差讨回这封信，可是邮差不肯，导致他终于自杀。这篇小说与其说是暴露人物的兽行，还不如说是研究人物在犯罪后无法面对世人，思想逐渐解体，导致精神崩溃的过程。其间人物头脑中不断出现幻象，使得他的精神骚乱达到无以复加的地步，再也无法生存下去。幻象可以说是潜意识酿成的，人物日思夜想，总摆脱不掉被害人的映像，到一定程度便幻化为令人物惊惧不已的形象，出现在他的眼前。又如，《头发》的主人公在一个古老家具中发现了一束女人的头发，想象出这是一个美丽的女人的头发，以为拥有这头金发，就是拥有了这个女人。这是一个近乎变态的人物，他以想象当作现实，追求在现实中得不到的爱情。不难看出，这也是对人物心理的挖掘。

再者，莫泊桑的惊悚小说基本上都是以第一人称来叙述，有时以日记体写出，力求更真实地表达人物的感受、想法和惊惧，写出人物思想活动的整个流程。这些人物的精神往往处于不正常状态，因此，莫泊桑的心理描写偏于研究人物的变态心理：人格和精神分裂、负罪感、妄想症、恐惧感、厌世感。这是一些非理性的心理活动。

西方学者认为，恐惧是一切时代的人都具有的心理。读者对侦探小说的兴趣也多半来自这种恐惧心理。今日的不少电影（包括鬼怪题材和星际战争题材）更是将语言难以表述的恐怖情景和画面展示出来。人性中蕴含着的这种心理是使得惊悚文学得以存在的依据。其实从童话、鬼神故事起，文学已经给予描写惊悚内容以一定的位置，而直至 19 世纪才以惊悚小说的形式蓬勃发展起来。“文学中的奇幻是神奇采取的崭新形式”，“特别适应现代兴趣”。莫泊桑创作惊悚小说的缘由和意义正在于此。

论《包法利夫人》

居斯塔夫·福楼拜（1821～1880）是19世纪中期法国重要作家，他起着承前启后的作用，对自然主义和20世纪作家产生过重大影响。

1821年12月21日，福楼拜生于鲁昂一个医生的家庭里，父亲是当地市立医院的外科主任大夫，母亲的家庭也是从医的。他从父亲那里获得了细密的分析方法和注重科学的准确性，从母亲那里获得了高大的体格、执着和独立精神。中学时期他阅读浪漫派作品，受到歌德、拜伦和雨果的影响。1836年夏天他认识爱莉莎·施莱赞热，两人的友情持续了六年，她在他的作品《情感教育》里留下了身影。1841年，福楼拜按照家庭的愿望到巴黎攻读法律，但在1844年1至2月，他两次犯病，不得不中途辍学，自此他定居在鲁昂郊区的克罗瓦塞府中。据他的好友马克西姆·杜冈说，他得的是癫病，但后人认为这是神经性疾病，当时来势凶猛，一直到1849年经常发作，以致他终生不得结婚。

福楼拜从1832年起就开始写作，至1842年写成的小说《十一月》，都打上了浪漫派的烙印。1846年他认识了女诗人路易丝·柯莱，两人来往密切，她曾力图说服福楼拜夫人让儿子和她结婚。1847年春，福楼拜和杜冈步行游历了图兰纳、布列塔尼和诺曼底，从卢瓦尔河一直走到塞纳河口。1849 年 10 月，他遵医嘱到近东去旅行，游历过埃及、小亚细亚、土耳其、希腊，再从意大利返回法国。这次旅行给他后来的创作提供了背景和素材。

在这之前，1849 年 9 月，福楼拜召集友人来听他朗读自己的作品《圣安东的诱惑》。路易·布耶和杜冈宣称："我们认为必须把它扔到火里，不再提起。"福楼拜感到震惊，继而吓呆了，"你本想奏乐，但是你只发出噪音"。他们建议福楼拜要像巴尔扎克写作《贝姨》和《邦斯舅舅》那样，以平民生活为题材。1851 年 9 月，福楼拜回到法国后，开始创作《包法利夫人》，踏上了成功的道路。

1856 年 4 月，《包法利夫人》问世，引起了轩然大波。法院控告他有伤风化、侮辱宗教和公众道德。福楼拜十分泄气，于是转向古代题材的写作，他表示要"复活迦太基"。《萨朗波》(1862) 是一部新型的史诗小说。福楼拜通过一场特殊的战争去再现古代迦太基社会矛盾达到白热化的一段历史，小说描写了迦太基的贫富悬殊，展示了残忍的战争场面，写出人与人之间的险恶关系；他认为这种关系古今一样。这部小说以其雄奇壮观、五光十色的绚丽画面，以及富有传奇色彩的女主人公的悲剧命运，吸引了读者，获得了成功。第三部小说《情感教育》(1869) 重新以当代生活为题材，它围绕 1848 年革命中各种人物的表现，提供了一部形象的编年史，揭露了七月王朝的丑恶现实。自然主义者把这部小说奉为典范。随后，福楼拜修改旧稿《圣安东的诱惑》(1874)，它再现了公元 4 世纪埃及的各种教派，对主人公的种种诱惑代表了人类的各种幻想。福楼拜在晚年曾同乔治·桑发生文学论争，乔治·桑指责他写作过于冷漠。福楼拜在短篇小说集《三故事》(1877) 中力图改变自己的态度，其中《一颗纯朴的心》塑造了一个平凡而朴实的女仆形象。遗著《布瓦尔和佩居谢》通过两个主人公寻求各种人类知识，从农业到先验哲学都一无所获，最后回到原来的抄写职业的故事，抨击了资产阶级的文明和理想。

福楼拜继承了巴尔扎克描写当代生活的现实主义传统，《包法利夫人》《情感教育》《布瓦尔和佩居谢》分别以小镇、巴黎和农村为背景，但写的都是作家生活的时代，即主要发生在七月王朝时期和第二帝国时期外省和巴黎的生活。福楼拜甚至以重大的政治事件为中心去展开情节，1848 年革命在他的几部小说中都成为影响人物思想的决定性事件。乔治·桑说过："一个想了解政变之前那个时代的历史家，不能忽视《情感教育》。"诚然，福楼拜也描写古代生活，表明他受到浪漫派的影响。不过，他笔下的古代题材明显影射当时的社会现实，《萨朗波》中贫富的鲜明对比就是对第二帝国外强中干的抨击。无论描写当代生活还是描写古代的小说，福楼拜都力图表达他对世界的看法，他把自己的小说分为"哲理"小说和"纯粹而简单的"小说。贯穿于他的小说中的哲理，其实是对人类前途的一种悲观看法。虽然他不像巴尔扎克那样，是个思想深刻的社会学家；也不像斯丹达尔那样，是个政治上非常敏感的观察家；同时也不像雨果那样，力图成为一个社会的改革家，但是他的小说和书信仍然透露了他对社会问题有一套独特的观点。他认为，人对自由、正义、幸福、爱情、宗教、科学的渴望，都是无法满足的，人类的欲望都要归于失败。他说："寻找最好的宗教或最好的政府是愚蠢和疯狂的行动。"他对宗教信条感到厌烦，认为现今存在的政府没有一个是完善的。他从自由派的立场出发，认为当时的党派都"同样狭隘、虚伪、幼稚，谋求昙花一现"。在他看来，资产阶级社会虽然有了长足的发展，但是，社会生活的特点是新时代的人物或者平庸无能，或者充斥卑劣龌龊的欲望。包法利、莫罗、布瓦尔和佩居谢是前者突出的代表，罗道耳弗、郝麦、勒乐、戴楼芮耶、赛耐喀、哈农、史本迪于斯则是后者的生动写照。有进取心的英雄人物从福楼拜的小说中消失了，这种变化是现实主义发展到中期引人注目的特点之一。

在艺术上，福楼拜提出和实践了一套新主张。一是追求真实性。为此，他特别重视对材料的搜集。在他以前的作家，尽管也注意搜集材料，但不像他那样把这看作是一种科学的方法。他认为："美学就是真实……现实并不屈从于理想，而是适合于理想。"他又说："只有在真实的情况下才是理想的，只有进行概括才能真实。"因此，他认为材料是作家写作压倒一切的条件。为了达到逼真，他查阅数以千计的各种专业书籍；他甚至出国旅行，实地考察。福楼拜使小说创作向极端准确的方向发展，可以说是材料派的第一位大师。二是追求客观态度。他指出："伟大的艺术是科学的和客观的。"又说："精神科学必须……像物理学一样，从客观开始进行。"他认为作家要像天主一样隐身不见，不在作品中露面，"一个小说家没有权力对任何事物发表自己的见解"。这并不是说，作家的态度绝对不能投注到人物身上，相反，作家在写作时要设身处地想象人物的活动。福楼拜在写作爱玛自杀时就产生过吃毒药的感觉，于是禁不住呕吐起来。这种作家在作品中不要让自己的思想直接表露出来的文学观点，符合现实主义的创作原则。三是追求艺术美。他认为："艺术的目的，首先是美。"因此他对形式美极为重视。然而，他能正确认识形式与内容的关系。他指出："形式和思想就像身体和灵魂；在我看来，这是一个整体，不可分割……思想越是美好，词句就越是铿锵，思想的准确会造成语言的准确。"他强调形式与内容的统一："没有美好的形式就没有美好的思想，反之亦然"，"思想要找到最适合于它的形式，这就是创造出杰作的奥秘"。福楼拜把自己比喻成一个珍珠采集者，他一再潜入海底，寻找贝壳和珍珠。他就是这样一丝不苟、不厌其烦地锤炼句子，采集语言的珍珠。他不惜把写好的东西整页删去，以致每部长篇都要花费他四五年时间。他甘心忍受这种酷刑和创造“文体的痛苦”，因而有的评论家把福楼拜说成“文字的基督”。屠格涅夫说：“在任何语言的任何作家身上，都没有这样精益求精。”福楼拜如此刻意求工，是对艺术美的一种献身，不求取得什么荣誉。他在《包法利夫人》问世之前说过：“出名不是我主要考虑的事。我有更高的目标：让自己愉悦，这是更困难的……成功在我看来是一种结果，而不是目的……我呀，我寻找的不是港口，而是大海。如果我遇难了，你用不着给我举丧！”福楼拜的探索并没有落空，他在语言、句子、叙述角度上所下的功夫是卓有成效的，给后世作家开辟了广阔的道路。

居斯塔夫·福楼拜是世界小说史上独树一帜的大作家。如果说，巴尔扎克卷帙浩繁的《人间喜剧》犹如矗立在地平线上的喜马拉雅山，雄伟壮观，那么，福楼拜屈指可数的作品，尤其是他的代表作《包法利夫人》，就像群峰环绕下的湖泊一样，湖光山色，将天然美与人工美熔于一炉。

福楼拜上承巴尔扎克，下接左拉、莫泊桑。与他同时代的小说家，没有一个能与他比肩的。《包法利夫人》一问世，批评家圣伯夫就马上慧眼识英雄，敏锐地指出：“在许多地方，在不同的形式之下，我似乎发现新的文学标志：科学、观察精神、老练、力量、有点冷酷，这似乎是未来几代人的领袖们所追求的特征。”[1] 圣伯夫确实抓住了福楼拜的创作特点，认为这是他对前辈作家的发

1 见发表于 1857 年 3 月 4 日《世界导报》上的文章，转引自福楼拜：《包法利夫人》，拉罗斯出版社，1987 年，第 174 页。

展，因此，福楼拜是未来文学流派的先驱。

左拉在《自然主义小说家》中说得更明确："《包法利夫人》问世后，产生了文学上的整整一场革命。现代小说的格式在巴尔扎克的巨型小说中是分散存在的，似乎刚刚经过压缩，明确地在这部四百页的小说中提了出来。新艺术的法典写成了。《包法利夫人》具有一种明晰和完美。这种完美使这部小说成为典范小说和小说的最终典范。"左拉的评价虽然有溢美之嫌，然而他的判断大体还是正确的。左拉认为巴尔扎克在《人间喜剧》中所散见的现实主义手法，都在《包法利夫人》这部小说里得到集中的体现；但是福楼拜具有巴尔扎克所缺乏的明晰和完美，而这是新的艺术法典。从某种意义上来说，福楼拜开创了新的流派。

福楼拜在小说发展史上的地位，也得到欧美批评家的承认。亨利·詹姆斯认为《包法利夫人》具有"完美的、无与伦比的形式"。英国批评家珀西·卢博克认为《包法利夫人》是部"杰出的小说，文学批评无法驾驭它；只要我们一谈论艺术原则，我们就得准备跟福楼拜做斗争"。[1] 卢卡契认为福楼拜是"描写现代生活非人道化最重要的先驱者之一"。[2]

福楼拜还被20世纪的现代派小说家奉为鼻祖。例如，新小说派女作家娜塔莉·萨罗特以《先驱者福楼拜》为题，提出福楼拜是一位现代小说家，《包法利夫人》开创了新的心理学。[3]

福楼拜和巴尔扎克、斯丹达尔同为现实主义作家，但是他与这两位作家存在着明显的差异。研究这些差异，能更清楚地显示福楼拜的创作特点和思想

1 珀西·卢博克：《虚构的技巧》，海盗出版社，1957年，第60页。
2 转引自德布雷-热奈特编：《福楼拜》，马塞尔·迪迪埃书局，1970年，第32页。
3 参阅《见证》杂志，1965年2月号。

艺术成就。

首先，从题材的选择、取舍和加工来看，福楼拜属于更加严格意义上的现实主义。因为他更尊重事实的本来面目，不从戏剧性着眼去安排故事，从真实事件中所撷取的思想意义也迥然不同。众所周知，《包法利夫人》的故事主要来自一则真实的事件。1851 年，福楼拜的朋友路易·布耶和马克西姆·杜冈向他提出建议：“必须放弃散漫的题材和本身极其模棱两可的题材，你无法包揽全局、也无法加以集中的题材。一旦你要不可抑制地倾向于抒情，你就必须选择这样一种题材，抒情在其中会显得非常可笑……你要选取一个平凡的主题，选取这样一个插曲：资产阶级生活就充满这种插曲。要选取像巴尔扎克的《贝姨》或《邦斯舅舅》这样的题材。”[1]福楼拜的这两个朋友于是说出了欧仁·德拉马尔和他的第二个妻子的故事。这个德拉马尔原来是福楼拜的父亲的学生，他是个没有获得医学博士学位的医生。他的第一个妻子比他年纪大得多，她去世后，德拉马尔娶了一个年轻姑娘阿丽丝-德尔菲娜·库蒂里埃，她并不漂亮，却患有“女性求偶狂”。他们住在鲁昂附近的里镇。少妇不久就落入村里一个唐璜式人物的魔掌中，然后又投入一个事务所书记的怀里，这个书记后来当了公证人。少妇供养情人，负债累累。她死于 1848 年，留下一个女儿；死时她大约二十七岁。德拉马尔死于次年。在里镇，他们一家跟药剂师儒昂纳来往密切。显而易见，德拉马尔和阿丽丝-德尔菲娜的故事构成了《包法利夫人》的蓝本。斯丹达尔的《红与黑》是根据法院《通报》的一则报道写成的，但是斯丹达尔糅进了尖锐的政治内容，完全改变了情杀案和桃色新闻的色彩。巴尔扎克也常常从周围现实发生的事件中选取创作素材。不过，他

1　马克西姆·杜冈：《文学回忆录》，第 1 卷，阿歇特出版社，1882 年，第 433 页。

更多的是注意阶级关系的变化，阶级力量的消长和经济利益的冲突，而且往往将原来故事写得更加集中和使之具有戏剧性。福楼拜则不同，他更注重事件发生的可能性，他认为生活中没有那么多的巧合、那么多的戏剧性。评论家莫里斯·巴尔德什曾经在《巴尔扎克和福楼拜》中指出，小说开卷描写包法利的第一次婚姻似乎是多余的，至少可以简化一下。“但这个开场白是德拉马尔的故事本来就有的，福楼拜着力叙述的正是这个故事。出于尊重真实，他保留了这个讨厌的、用处不大的开端，而巴尔扎克必然会去掉它。”巴尔德什的结论是：福楼拜在选择事件时是一丝不苟的，甚至过分认真，他不会以剧情突变来改变原有材料，他“虽然牺牲了‘戏剧性’，却很少脱离逼真，但必须承认，巴尔扎克有时忽略了逼真”。巴尔德什贬低巴尔扎克的论点尚可商榷，然而他指出福楼拜更加注意小说的逼真性却言之有理。

福楼拜并非反对加工生活素材，他只不过反对任何方式的美化现实。他认为现实本身是平凡、庸俗、丑恶的，作家就应该如实反映出来。他在德拉马尔夫妇的故事中所看到的，正是平凡、庸俗、丑恶的现实对人物精神的扼杀。

其次，福楼拜创造了与巴尔扎克和斯丹达尔笔下人物不同的典型。巴尔扎克善于创造精力旺盛的个人野心家和富于激情的各类人物形象。斯丹达尔也热衷于描绘意志力坚定的顽强的典型。福楼拜则不同，他笔下的女主人公爱玛不是强者，而是弱者。

爱玛在法国文学的人物画廊中是一个闪光的形象。福楼拜的匠心独运之处，首先在于揭示了爱玛一生悲剧的根源，细致地描写了她成长的过程和精神上受到的毒害。在这方面，他的观察似乎比巴尔扎克和斯丹达尔更为细密。她出生在一个富裕的农庄主的家庭里，她的父亲想让她接受上等教育，把她送到修道院去，由此造成了她的悲剧的起因。因为她生活在闭塞的农村和小镇上，如果接受的是一般教育，做一个安于现状的贤妻良母，倒是这一阶层的女子的正常命运。可是，如今她接触到的这种教育却产生了不良影响。宗教布道和宗教音乐刺激了她想入非非的心灵，夏多布里昂和拉马丁的浪漫主义文学作品，使她沉湎于虚无缥缈的爱情遐想之中。这种教育的后果是使爱玛向往上流社会的糜烂生活，而她却以为这才是幸福的所在。她从侯爵的舞会中看到了巴黎社交生活的缩影：寻欢作乐的上流人士、荒淫无度的老贵族、传情递信的贵妇，都令她羡慕不已。这个舞会在她的脑海里打下了不可磨灭的烙印。不幸的是，爱玛在生活中并没有找到美满的婚姻。她的丈夫是一个庸碌无能的医生，爱玛对他没有爱情。在小说中，作者刻意描写了平庸、卑劣、污浊的现实与她的浪漫幻想的矛盾。道特是个毫无生气的村庄，不可能给她提供欢歌燕舞的场面。到了稍大一点的永镇，情况有所不同了。情场老手罗道耳弗来往于大城市和荣维之间，是个见过世面的人物。他看穿了爱玛渴望的是什么，便乘虚而入。失足的爱玛从此不可遏止地走向堕落和毁灭的道路。在这个过程中，爱幻想的习惯也变本加厉地发展起来。她把爱情想象为“一只披满粉红色羽毛、在富有诗情画意的瑰丽天空中翱翔的大鸟，藏在她心里”，认为爱情“应该突然而降，伴随着巨大的轰鸣和闪电——就如同猛然扑向人间的暴风雨，让人世间感到震惊；犹如狂风扫落叶，把意志夺走，把整个心灵带往深渊”。这种不切实际、想入非非的品性被称为“包法利主义”。它与爱玛这个形象结成一体，成为文学上的一个专有名词。“包法利主义”是平庸卑污的现实和渴望理想爱情、超越实际可能的幻想相冲突的产物。作为一种精神现象，它是七月王朝和第二帝国时期享乐生活盛行的恶浊风气孕育而成的。福楼拜对此持谴责态度。小说写到爱玛在同赖昂的通奸中感到腻味，一面仍然把他当作理想伴侣，给他写情书，情愫十分低下，就是明显的一例。不过，作者对爱玛的悲剧命运仍然抱有深切的同情。她死后被世人指责，但那些无耻之徒——勒乐、罗道耳弗、赖昂、郝麦，却左右逢源，步步高升，位高誉满。这个结局饱含了作者对现存社会愤怒的斥责。福楼拜说过："就在此刻，同时在这个村庄中，我的可怜的包法利夫人在那里忍受苦难，伤心饮泣。"显然，福楼拜基本上把爱玛看作受侮辱受损害的女性。

平庸恶浊的社会风气也产生平庸的人物，包法利就是代表。七月革命以后，金融资产阶级夺取了政权，从经济上来说，法国取得了空前的发展。正如《农业展览会》这一章所描绘的："处处商业繁盛，百业俱兴，处处兴修新的道路，仿佛国家添了许多新的动脉，构成新的联系，我们伟大的工业中心又活跃起来。"资产阶级高奏凯歌的时代到来，却预示了拿破仑时代叱咤风云的英雄人物一去不复返，连野心勃勃的人物也销声匿迹，取而代之的是庸碌无能之辈。包法利思想平庸，生活浑浑噩噩，举止毫无风度，医术平常，但在郝麦的鼓动下，居然想名满天下，可见虚荣心相当强烈。他根本不懂复杂的手术，却要给金狮饭店的跛脚伙计开刀，到头来束手无策，只得另请高明，把受害者的脚锯掉。他不是药剂师的对手，生意逐渐被郝麦抢走。爱玛死后，他偶然发现了妻子和罗道耳弗的奸情，不仅不想报复，反而表示不生对方的气，把过错归于命运。这种逆来顺受的窝囊人物，是平庸的社会风气产生的新典型，也是福楼拜敏锐的发现，这不能不说是对当时社会的深刻揭露。

平庸恶浊的社会风气还产生了一系列卑劣的角色，他们本是资产阶级的"精华人物"。其中刻画得最出色的是郝麦。他是一个没有开业执照的药剂师，所以包法利刚来到永镇时，他拍马奉承，想拉好关系，免得对自己不利。平时他口若悬河，三句不离科学，卖弄学到的一点知识。他不懂医术，却想医好瞎子，扬名天下，但医不好瞎子时，瞎子就成了他不共戴天的仇敌：他利用报纸，制造舆论，终于把瞎子关进收容所。他善于钻营，跻身于各种科学研究机构和委员会之中。他经常向报纸投稿，混淆视听，或者借以向当局和权贵献媚。他以民主自由相标榜，一个孩子取名拿破仑，代表光荣，另一个取名富兰克林，代表自由，他想以此表明自己具有开明的政治信念。最后，他卖身求荣，参加竞选，排挤同行；但当局宽容他，舆论保护他，他获得了十字勋章。郝麦是自由资产阶级的代表。勒乐作为商人兼高利贷者，把销售商品和放高利贷结合起来，先不收款，到时候大大提高商品价钱，迫使买方接受，要买方用不动产来抵押，最后倾家荡产；他还借债给小店主，最终加以吞并，或者依仗自己强大的财力同别人竞争，挤垮对方。他终于主宰了永镇的经济命脉。地主罗道耳弗收入丰裕，是个寻欢作乐的老手，精明而讲求实际。他时而在巴黎、鲁昂享乐，时而回到乡间寻花问柳。他对爱玛只是逢场作戏，一旦要他做出牺牲，他便断然拒绝，诀别信的语气是假惺惺的，还洒上几滴水表示流过眼泪。赖昂有些不同，他未见世面时行动畏缩，到了鲁昂以后，见多识广，才变得大胆无耻起来。及至影响到他的前程，他便要顾全自己，摆脱爱玛。教士布尔尼贤身为教徒的精神导师，却十分迟钝。爱玛几次想向他吐露自己的心事，他都没有觉察，爱玛只得欲言又止。在为爱玛的灵堂守夜时，他同郝麦因观点不合，有过交锋，但不久却同郝麦碰杯饮酒，像老朋友一样和解。国民自卫军队长毕耐生活空虚，百无聊赖，整天关在屋子里开动机床，不停切削，消磨时光。这些都是外省闭塞的环境产生的人物。《包法利夫人》的副标题是《外省风俗》，福楼拜通过这幅人物画廊，淋漓尽致地暴露了外省卑污的现实。

为了揭露现实，小说展现了两幅对照鲜明的画面。在官方大事张扬的农业展览会上，出现了一个老农妇勒鲁。她劳动了整整五十四年，几乎相当于法国资本主义的发展年限。她衣服褴褛，脸上满是皱纹，尤其一双手，长着一层厚皮，积上了谷仓的灰尘、碱水和油脂，而且全是裂缝，指节发僵，这双手像“千辛万苦的卑微的凭证一样”。这个老农妇形体的枯槁，形象地反映了精力的衰竭：她被农场主榨干了。她的存在本身是对这幅经济繁荣景象活生生的控诉！法国农村资本主义的发展，正是建立在对老农妇勒鲁这样的劳动者残酷剥削之上的。她几十年的辛劳，只换得一枚值二十五法郎的银质奖章，这真是莫大的讽刺！她最后把这枚奖章交给本堂神甫去做弥撒。她精神的麻木、愚昧跃然纸上。当局之所以炫耀农业展览会，在于显示政绩和拿破仑三世的统治才干。省行政委员会颂扬最高当局：“让人们如同重视战争那样，重视和平、工业、商业、农业和艺术。”其实这句话是对现实的一种讽刺。所谓“如同重视战争那样，重视和平”，是在影射第二帝国政府多次发动战争，扩大殖民地。当时社会危机重重，隐伏着尖锐的社会矛盾。小说里描写当局提出“政治风暴与大自然的骚乱相比，确实更为可怕”，含蓄地反映了当时的政治气氛。总之，小说写出了金玉其外、败絮其中的社会现实。

在艺术上，《包法利夫人》一向被看作是一部典范作品。乔治·桑精辟地指出：“居斯塔夫·福楼拜是一个伟大的探索者。”[1]福楼拜确实对小说艺术进行了孜孜不倦的探索，取得了重大的成就。

在典型的塑造上，福楼拜更注重精神气质的描绘，而不是性格特点的刻画。爱玛的耽于幻想，包法利的浑浑噩噩，郝麦的讲求实利，都是从人物的精神状态和特点去表现的。这种精神气质的形成同环境存在密切关系，换言之，这是环境的产物。因此，福楼拜刻画的仍然是典型环境中的典型人物，只不过这种人物与巴尔扎克的人物有所不同罢了。在描写环境方面，福楼拜不像巴

1 乔治·桑：《文学艺术问题》，卡尔曼-莱维出版社，1878 年，第 415 页。

尔扎克那样往往独立成章，大段描写，而是将环境描写融汇到情节的叙述中，与人物塑造有机地结合起来。永镇的面貌是随着人物的活动而逐渐变得清晰的，它分成若干次来描绘。“农业展览会”一章是环境与人物塑造紧密结合的成功范例。福楼拜将大会的进行与罗道耳弗引诱爱玛的场面交替描写，把爱玛的堕落放在社会繁荣的背景上，构思何等巧妙！为了塑造爱玛，福楼拜还让她从道特迁到永镇，这两个地方是同样的封闭、庸俗，说明法国的小城镇都是一样的令人窒息。人物在不同的地方活动，经历了不同的历史时期，但整个社会环境没有多大变化，这种环境自然而然对人物的精神和命运产生决定性影响。福楼拜的写法较之巴尔扎克无疑更为高明。

在遣词造句上，福楼拜不愧为大师。《包法利夫人》文字的精美在法国小说中可以说首屈一指。名句不胜枚举。福楼拜用“像人行道一样平板”来形容包法利谈话的平庸乏味；写他的第一个妻子瘦削得“骨头一把，套上袍子，就像剑入了鞘一样”；爱玛渴望爱情，“就像厨房桌子上一条鲤鱼巴望水”；镇子“就像一个放牛人躺在河边睡午觉”。上述各句，比喻贴切，声音铿锵，都是不易之句。此外，郝麦的夸张用语，罗道耳弗的甜言蜜语，女掌柜的生动词汇，都符合人物身份，极见功力。福楼拜还十分重视段落的安排和前后文的搭配关系，例如这一段：

> 爱玛一进门道，就觉得冰冷的石灰，好像湿布一样，落在她的肩头。墙是新刷的，木头楼梯嘎吱直响。窗户没有挂窗帘，一道淡淡的白光射进二楼房间。她影影绰绰望见树梢，再往远去，还望见有一半没在雾里的草原，月光皎洁，雾顺着河道冒汽。房间里面，横七竖八，随地放着五斗柜的抽屉、瓶子、帐杆、镀金小棒，椅子上搁着褥垫，地板上搁着脸盆——

搬家具的男人，漫不经心，信手扔了一地。

这是描写爱玛迁到永镇的新居进门时的感受。一进前厅，她便有冷的感觉，这种感觉是刚刷石灰的新墙给她的，湿布这个比喻简洁准确，给人以真实的印象。木板楼梯点出了乡居的典型细节。在法文中，还有时态的讲究：未完成过去时指示墙的状态，而简单过去时表达短暂的感觉。进入二楼房间后，她看到的是窗户没有窗帘，因为还没有布置家具；白光表示黄昏。随后是看景，由近及远，先是普通的景致：树顶、草原，然后，薄雾和月光令人沉思，为下文铺好伏笔。爱玛回过头来细察房间，诗意的描绘同物体的罗列恰成对照：这是一个还没有人住的房间。这幅新景勾起爱玛的回忆，几个短句概括了爱玛生活的三个阶段。她但愿这是个新阶段，希望事物不会重复出现，未来的生活会更好一些。从这两段描写中，可以看到福楼拜用词极其讲究，描写层次分明，情景交融。虽是散文，却有诗歌一字千金的分量，而这样的段落在《包法利夫人》中比比皆是。

后人发现，福楼拜在叙述角度上也力求变化。第一部第九章有一段写包法利夫妇用餐。这对夫妇用餐的场面表现得较为特殊，读者只面对爱玛一个人，仅仅通过她的眼睛才看到这个场面。读者看到爱玛的心灵，并进而看到餐桌上所发生的情况。这一段叙述不同于一般的第三人称的写法。“壁炉直冒烟……石板地潮湿。”这不是爱玛在说话，而是作者在白描，但这也是爱玛的感觉，虽然她不一定能这样简洁地表达出来。“她觉得人生的辛酸统统盛在她的盘子里。”这无疑是她所感受到的，尽管她不会用这样的词汇来表达。可是，包法利对妻子的想法一无所感，这表明他们之间毫无共同语言，十分隔膜，甚至他们没有争论，思想上无法交流。这段文字从白描转到人物在感受，再回到白描，叙述角度几经变换。这样描写非常客观，作者隐没不见，只是描写角度不断变换而已。评论家将这种角度变换称之为电影手法。农业展览会一章中，全景镜头与摇扫镜头的交替使用，特写镜头与中心场面的轮流变换，都是典型的电影手法。福楼拜无论对二人相处的小场面还是对热闹的大场面的处理，都较之前人大大发展了一步。

最后，在小说结构上，《包法利夫人》也有新的创造。全书分成基本对称的两部分，按女主人公的经历来安排，她的发展至农业促进会形成高潮，然后走下坡路，直到结尾。这种十分均衡的配置使得全书的结构非常稳固，有别于其他小说。

朗松指出，《包法利夫人》“是一部观察细致而紧凑，形式辉煌而简洁的作品”[1]。福楼拜研究专家蒂博岱认为：“就小说而言，《包法利夫人》的技巧，几乎就像《安德洛玛克》在悲剧中的地位那样，是部典范作品。”[2]沙尔·杜博斯指出：“《包法利夫人》不仅是小说中的经典作品，也许这是从严格、紧凑和狭隘意义上来说成为艺术品的唯一小说。”[3]当代评论家巴尔德什认为：“必须重读《包法利夫人》：它达到人为的完美境地，人们不会倦于欣赏它。”[4]这些作家和批评家从不同角度对《包法利夫人》的艺术性作了高度评价。

《包法利夫人》无疑会作为艺术珍品存留后世。

1 居斯塔夫·朗松：《法国文学史》，阿歇特出版社，1906 年，第 1056～1057 页。
2 阿尔贝·蒂博岱：《福楼拜》，伽利玛出版社，1935 年，第 93 页。
3 沙尔·杜博斯：《近似集》，法亚尔出版社，1965 年，第 181 页。
4 莫里斯·巴尔德什：《福楼拜的作品》，七色出版社，1974 年，第 204 页。

史诗小说《萨朗波》

《萨朗波》是一代文豪福楼拜的重要作品。福楼拜的创作大体可分为两类小说，一类以描绘现实生活为题材，《包法利夫人》是其代表；另一类以描绘古代生活或传说为题材，《萨朗波》则是其代表。作为承上启下的作家，福楼拜的小说，有的完全贯穿现实主义的传统，有的则着眼于创造与发展，成为后世小说的一种过渡形式而载入史册，《萨朗波》就属于后一种作品。卢卡契认为，历史小说是19世纪初产生的一种文学样式，《萨朗波》堪称历史小说发展新阶段的一部重要代表作[1]。因此，《萨朗波》的重要性是毋庸置疑的。

《萨朗波》确实是一种新型的历史小说，当代的法国批评家都称之为“史诗小说”。这个称谓有别于具有史诗性内容的作品，即指卷帙浩繁、场面和人物众多，记录了某一时代社会生活的长篇小说。《萨朗波》被称为史诗小说，指的是它的内容与形式与希腊史诗《伊利亚特》十分相似，是名副其实的史诗小说。

从内容来看，《萨朗波》的史诗特征十分明显，它描绘的是战争。只不过

1 卢卡契：《历史小说》，帕纹出版社，1965年，第250页。

《伊利亚特》描绘的是一场虚构的战争，而《萨朗波》描写的则是公元前3世纪确曾发生过的一场战争。

正如荷马选取了特洛伊城下的战事去表现希腊的英雄人物那样，福楼拜选取了一场特殊的战争去再现古代迦太基社会矛盾达到白热化的一段历史。

根据传说，迦太基城建于公元前814至813年，据维吉尔的叙述，是由狄东建立的，取名为“新城”。它位于突尼斯海湾的半岛之上，与突尼斯相距16公里。至公元前332年，迦太基取得独立，实行扩张政策。随着商业的兴盛，它在西地中海取得统治地位，占据了撒丁岛和一部分西西里岛，并在西班牙海岸和巴利河里群岛落脚。从公元前五世纪起，迦太基就由两个执政官掌权，300个贵族组成的元老院和104人组成的大法院是两大统治机构。公元前三世纪，两执政官由迦太基两大家族哈农和巴尔卡的成员担任，哈农家族在战争中代表主和派，巴尔卡家族代表主战派。在实行霸权政策的过程中，迦太基遇到罗马的抵制，为了争夺自由运输西西里的小麦，两霸终于在梅西纳海峡发生冲突，由此演成第一次布匿战争（公元前264～前241）。公元前241年，罗马的200艘战船歼灭了迦太基舰队。迦太基不得不跟罗马议和，放弃西西里岛，并支付巨额赔款。在这种情况下，迦太基共和国无力发给雇佣军军饷。于是雇佣军占据了迦太基，吉斯孔将军曾进行调停，可是这样做不合雇佣军首领马托和史本迪于斯之意。他们把吉斯孔抓起来，并发动利比亚农民一同起义。哈农在于蒂克曾小胜史本迪于斯，但不能阻止雇佣军前进。民众要求召回汉米加尔·巴尔卡。经过多次较量，汉米加尔将雇佣军诱入斧头隘，歼灭了史本迪于斯的军队。随后汉米加尔和哈农的军队又将马托的部队逼至绝境。最后，马托被俘，在酷刑中死去。这就是史籍的记载。

雇佣军起义发生在迦太基的霸权受到重大打击，国内社会矛盾空前激烈，处于内外交困的严峻时刻。福楼拜选取这一历史时刻来表现迦太基各种社会势力的斗争，委实独具慧眼。

小说入木三分地反映了迦太基处于盛极而衰的社会状况。在外政方面，它不断扩张，“那个强大的迦太基，海上的霸王，像太阳一样辉煌，像神灵一样令人生畏”。但它刚受到罗马的强有力打击，扩展势头受到阻遏。由于它对周围部落大肆搜括，使得那些部落民不聊生。它一味横征暴敛，谁稍有延误或口出怨言，则惩以铁镣、斧钺、十字架等酷刑。老百姓必须种植共和国所需的庄稼，提供共和国所要的物资；任何人都无权拥有武器；如果有村庄敢于反抗，就把村民卖为奴隶。这种掠夺、压榨政策使迦太基失去了周围部落的支持。在内政方面，贫富悬殊日益加剧。富人锦衣美食，享有特权。两个执政官哈农和汉米加尔的生活更是穷奢极欲，他们的住宅美轮美奂，家中奴仆成群。汉米加尔的家里藏满麦子，密室中，金币、银币、铜币“沿着四面的墙壁一直堆到搁天花板的横梁”；一堆堆辅币像一座座小山，还有无数古币；庞大的金盾和硕大无朋的银瓶相互辉映；各种宝石“像飞溅的牛奶、像蓝色的冰碴、像灿烂的银粉，发出成片的、辐射状的或星星点点的光芒”；小地下室也藏满珍珠、琥珀及无价之宝；各种建筑材料、造船器材、食品、布匹存放在仓库里，他还有各种工场。他的财富是“取之不竭、无穷无尽”的。他搜刮了多少民脂民膏啊！富人愈富，则穷人愈穷。在迦太基，随处可见衣衫褴褛的贫民。债户们几乎一丝不挂，被迫为债主耕地；农民被捐税弄得倾家荡产；作为贱民的仆役，被热病折磨得面黄肌瘦，长着一身虱子，他们喜欢蛮族人，成为迦太基潜在的反对力量。为汉米加尔干活的奴隶，身上磨出带脓的血痂，脚下铁索锒铛，套着嘴套，无法偷吃面粉；奴隶主有各种刑具对付他们，鞭梢都带着青铜尖爪。贫富的极端悬殊必然引起动荡不安，一旦条件成熟，便会爆发严重的社会危机。加之战争已使迦太基民穷财尽，无力支付雇佣军的饷银，于是便成为一场新的战争的导火线。小说展现了古代迦太基异常真实的生活画面，写出了历史的本质现象。

对于战争双方，福楼拜的描绘也是恰如其分的。雇佣军由外来民族组成，他们的人数虽然超过迦太基的军队，但成分复杂，彼此语言不通，是一群乌合之众。迦太基的居民感到雇佣军像一群蝗虫一样，本能地要抗拒他们，因而在战争中众志成城，全力支持抗击雇佣军。从某种意义上说，这场战争是第一次布匿战争的继续。迦太基唯有取胜，才有一线生机。

《萨朗波》对古代战争场面的描绘是相当精彩的：有全景式的鸟瞰图，也有局部战斗的特写；写到战略战术的具体运用，也写到各种兵器的交锋，特别写到象群这一特殊兵种的参战。这些描写生动多姿地再现了古代北非的战争场面。福楼拜指出："我力图将现代小说的方法用于古代，确定一个幻景。"[1]所谓现代小说的方法，就是以一个个历史画面来再现古代。体现在《萨朗波》中，首先就是一个个战争场面。福楼拜善于以雄浑而崇高的笔法与细密而精确的绘写相结合，前者体现了古代史诗的风格，后者体现了现代小说的方法，两者有机的结合便形成了史诗小说的特征。例如，福楼拜在一场激战中插入这个细节描写："伤兵在血泊里转过身来咬住敌人的脚跟。人群那么稠密，尘土那么浓厚，喧声震耳欲聋，什么都分辨不清，连懦夫乞降的喊叫也没人听见。"这仿佛是一个生动的电影特写镜头，十分传神地再现了当时战场上混战的情景。小说末尾对斧头隘的描写尤为出色：雇佣军被困在峡谷中，像笼中兽一样。他们最后大半饿死。这个场面令人想起英雄史诗《罗兰之歌》，罗兰是

1　福楼拜：《福楼拜全集》，第2卷，巴黎"有教养者俱乐部"出版社，1971年，第444页。

在荆棘谷奋战而死的。但《萨朗波》避免了英雄史诗那种千篇一律的战斗描写，斧头隘也不同于荆棘谷，雇佣军的败北也没有受到歌颂。福楼拜只是借鉴了史诗的某些形式和对场面气氛的点染手法。

《萨朗波》的史诗特点不仅表现在对战争场面的描写上，根据法国当代批评家巴尔德什的见解，小说对迦太基周围的海湾、海滩、海峡、平原、河流、沼泽的描写是朦胧而不是确指的，就像史诗中虚构的地点那样；小说还具有史诗的神奇和雄辩性，等等[1]，这里不一一详述。

福楼拜对史诗描绘手法最引人注目的发展，就是对残酷的战争手段的渲染。在希腊史诗中，对手被杀死了，还要拖着他的尸体在战场上走一圈。往往刀光剑影，杀得血肉横飞。然而这类描写比起《萨朗波》，只是小巫见大巫。迦太基人用石头去砸死俘虏，像砸死疯狗一样；对两千名俘虏，则用箭慢条斯理地射杀，故意延长他们的痛苦；大象乱踩尸首，雇佣兵的胸膛像踏碎的箱子一样爆裂开来；他们的额头垂下暗绿色的皮肉碎片，甚至压出了骨髓，或者被象牙挑出一个大洞。为了报复，雇佣军的女人们则用指甲抓破俘虏的皮肉，用插在发髻上的长针刺瞎他们的眼睛；雇佣军也从头到脚细细折磨囚徒，齐脚踝砍掉他们的双脚，在额头上揭下一圈头皮戴在自己头上，甚至在囚徒的伤口上撒灰、浇醋、塞进陶器的碎碴。小说结尾处死马托的场面更是惨绝人寰：人们一把把拔下他的头发，一点点抠掉他的肉，用绑着海绵的棍子沾上秽物往他脸上拍打，用烧红的铁条按在他的伤口上。他昏倒在地，但每次总被一种新的酷刑逼迫着重新站起来。有人把沸油滴到他身上，还有人把碎玻璃撒在他脚下。最后，一刀剖开了他的胸脯，挖出心来。司祭把他的心高举起，献给太阳。

1　莫里斯·巴尔德什：《福楼拜的作品》，第250～264页。

古代迦太基人在战争中手段残酷是有史籍记载的，并不完全是福楼拜的杜撰。福楼拜不厌其烦地加以描写，只是表现了他对古代人的一种看法。他在当代现实生活中看到的是平庸和卑劣，丑恶的现实使他转向了古代，他说："我正致力于古代最不为人所知的时代的一件考古工作，这个工作是另一部小说的准备……小说情节发生在公元前3世纪，因为我感到需要走出现代世界，我的笔泡在里面太久了，再说，现代世界既令我厌倦于再创作，也令我看了生厌。"[1]但在古代社会中，他看到的是残忍的虐杀手段："在这个亚历山大的后继者们的血腥世界中，在这个兵戎相见的时代，雇佣军的战争使一切希腊人和蛮族人都恐惧。"[2]福楼拜继而深入研究古代人，他要从中发现一幅人类社会从古到今的图景。他毫不隐讳地承认："我大量地剖开人的肚子，我使人流血，我不断写出残忍的场面。"[3]他这样写感到非常难受："人们根本不会知道，要复活迦太基该多么令人悲哀！"[4]

不少批评家指出，福楼拜对古代战争的残忍手段的描写，是出于对人类社会的悲观看法，他认为这是人性中丑恶一面的表现，正如平庸是另外一面一样。这种观点说明福楼拜对人性的看法流于偏颇，虽然在暴露社会的丑恶方面尚有积极意义。

其实，福楼拜描写残忍的战争手段，同暴露古代社会的贫富悬殊一样，目的还是为了抨击第二帝国的社会现实。19世纪60年代的法国，工商业获得了长足的发展，但是贫富的两极分化日益严重，社会矛盾异常激烈，正是金玉其

1 2　福楼拜：《萨朗波》，拉罗斯出版社，1972年，第10、11、14页。

3　转引自德布雷-热奈特编：《福楼拜》，第99页。

4　转引自杜梅斯尼尔：《居斯塔夫·福楼拜，人与作品》，德克莱·德·布鲁维公司出版，1947年，第401页。

外，败絮其中，隐伏着人民起义的火种。这种局面与公元前 3 世纪中叶的迦太基何其相似！因此，福楼拜愤愤地说："让我们残忍一些，让我们将生活之水泼在这甜水世纪之上。让我们把资产者淹没在一万一千度的掺热糖水的烈酒里，让资产者痛苦得吼叫！"[1] 然而福楼拜这一主旨表现得比较隐晦，并不为人们所充分了解。从圣伯夫开始，不少批评家都认为福楼拜这样热衷于残忍场面的描绘是一种萨德的想象力或萨德主义的表现。实际上，福楼拜只是力求说明，在古代社会中，人与人之间居然这样缺乏人性和同情心，可见人与人之间的关系是多么险恶。其实，战争的残酷历来如此，现代战争包括从拿破仑时期以来的战争都是这样。再说，正如战争是内政的继续一样，战争的残酷也是社会生活的残酷现象的继续。阶级剥削所产生的贫困现象与战争造成的景象同样惨不忍睹。所以，福楼拜认为："我甚至相信，在《萨朗波》中比起在《包法利夫人》中对待人类并不那么残酷，"[2] 这是说得很中肯的！

在人物刻画方面，《萨朗波》也跟史诗十分相似。史诗往往擅长群众场面的绘写，而不注重人物性格的刻画。《萨朗波》也是一样，群众场面的描画成为福楼拜最着力的部分。除了战争场面，小说开卷雇佣军的欢宴、迦太基人群起追赶窃取了纱帔的马托、祭献童男童女给莫罗赫神、祈求下雨，卷末迦太基人沿途虐待马托至死等等浩大的场面，都十分壮观和绚丽多彩，显示了福楼拜的大手笔。但这部小说的人物描写却不同于《包法利夫人》，几个主要人物都算不上个性突出的典型。女主人公萨朗波正如作者所说，跟包法利夫人有别，是个单纯的、思想固定的人物。她像个圣女，也是一个象征：她是迦太基的守护神，是迦太基亡魂的化身。她如同月神一样洁白无瑕，光彩照人，美丽无比。

1 转引自舒费尔：《福楼拜》，巴黎大学出版社，1958 年，第 52～53 页。

2 福楼拜：《福楼拜全集》，第 2 卷，第 449 页。

她被圣洁的灵光罩住，同周围恶浊的环境格格不入。她一旦委身于马托，思想中就无法摆脱开他，看到他忍受酷刑而受到极大的刺激，以致倒地而死。在福楼拜笔下，这是一个神秘的东方女人。但她说不上是一个活生生的、有血有肉的典型。在《萨朗波》中，引人注目的是汉米加尔和史本迪于斯，他们还具有一点现代典型人物的复杂性和丰富性。汉米加尔一方面极其贪婪：他家中储藏了无数金银财宝，他甚至要把迦太基的麦子全部据为己有，而且他残暴至极，硬要战败的蛮族人相互格斗致死；为了不让自己的儿子被祭献，他不惜以奴隶的孩子去代替，表现出心狠手辣。另一方面，他又是一个精明干练的政治家和军事家；他早就设想靠女儿萨朗波缔结一门在政治上于他有利的婚姻；为了对抗蛮族人，他在必要时能动员全迦太基的力量，不惜用强暴的手段使全体迦太基人服从他的调遣；但在全城陷于饥馑时，他又能开仓赈济，把麦子分给老百姓，或者施舍衣服、鞋子和酒，以笼络百姓，稳定人心；在外交上，他懂得四处寻求支持；在军事上他也足智多谋，屡次击退蛮族人的进攻，最后诱使蛮族人进入斧头隘，重创蛮族人，为最后胜利打下基础。他是强大的迦太基的象征。史本迪于斯有着复杂的经历：他是希腊雄辩术大师和一个妓女的儿子，早年靠贩卖神女发财，后因沉船而破产，在同罗马人打仗中当了俘虏，先在采石场做苦工，后在浴室伺候人，最后从战舰跳进海里，被俘获后带到迦太基。他虽是蛮族人首领马托的奴隶，但由于他诡计多端，实际上成为马托的军师。他协助马托潜入迦太基城内，窃得纱帔。他献计破坏引水渡槽，使迦太基人一时陷入恐慌之中。他在军事上其实没有多大能耐，终于被困在斧头隘，导致全军覆没。在斧头隘中，他让人放风说他已死去，免得矛盾集中在他身上；在干渴时他发现了一种植物充满汁液，却宣布这种植物有毒，把别人骗开，独自享用。这是一个卑鄙奸猾之徒。他是古代战乱生活产生的一种能随机应变、处处逢源的人物。至于另一个执政官哈农，则是一个贪婪好色之徒，他象征着迦太基的丑恶的一面。他在军事上极为无能，因患麻风病肉体丑陋不堪，一举一动显得滑稽可笑。马托有勇无谋，他为了爱情而不顾一切。但他能忍受酷刑而毫无愧色，表现了大无畏的气概。游牧民族的国王纳哈伐斯是马托的衬托，他狡猾善变，不可捉摸，在强大的邻邦面前应付裕如。小说中这几个主要人物尽管不是性格非常突出的典型，却轮廓分明，特点各异，相互映衬，分成好几对人物，如马托与纳哈伐斯，哈农与汉米加尔，史本迪于斯与吉斯孔，各方面都互为对照。再加上他们都有一定的象征性，这些特征与史诗中的人物十分相似。

不过，福楼拜描绘人物的手法带上了现代小说的特点，最主要的是运用不断照射、逐渐显露的方法。以萨朗波为例。她先是在雇佣军的注视下出现的，他们看到她的长发、珍珠钻石，被她艳若石榴红的嘴巴、赤裸的手臂、联结双脚的金链所吸引。她在周围散发出神秘的气息。继而她唱起了歌，迷住了马托和纳哈伐斯。但在马托的心目中，她始终是个梦幻。当马托潜入她的内室时，他注意到她的白色长袍和大眼睛，她的神圣外表由马托的眼睛反映出来。随后，汉米加尔发现女儿成了马托的情人。萨朗波在马托的营帐将这种预感变为事实。最后，她走出宫殿，显露在全体迦太基人面前。她的倒地而死泄露了她心中的秘密。萨朗波的形象是通过小说中人物的所见所感而逐步绘写出来的。这种逐层显现的手法不仅是对史诗塑造人物的发展，同时也是对现代小说描绘人物的一种新创造。作者不是从一个角度一次完成人物描写的，而是从多角度，像油画一样逐层描绘，或像电影一样多镜头拍摄而成。

即使福楼拜在描绘人物方面有新的发展，但不可否认，《萨朗波》的人物不能跟《包法利夫人》中的形象同日而语。《包法利夫人》塑造的是一个个生动丰满的典型，而《萨朗波》中的人物只能称为有象征性的形象。但就群众性场面在小说中占据极为重要的地位以及象征性的人物形象而言，《萨朗波》是朝19世纪末和20世纪的小说迈进了一步。左拉的《萌芽》及其他小说难道不是《萨朗波》的继续吗？左拉也擅长群众场面的描写而不注重人物典型的塑造，《萌芽》就是一部史诗小说。左拉将福楼拜尊为“自然主义小说之父”，确实从福楼拜那里学习到写小说的方法。他曾在《自然主义小说家》中赞扬《萨朗波》“结构紧密，具有无限的艺术性和惊人的准确性……使整个古代……活动起来”。至于20世纪的小说，大多同《萨朗波》有着或多或少的联系，无论《约翰·克利斯朵夫》《蒂博一家》，还是存在主义、新小说派的小说，都可以找到《萨朗波》或强或弱的影响。这些小说分别在群众场面、战争场面的描写，注重人物精神气质的刻画、甚至忽略人物的存在等方面，与《萨朗波》是一脉相承的。

福楼拜创作这部史诗小说，仍然遵循写作《包法利夫人》所采取的创作态度，这就是真实性、客观性和对艺术美的执着追求。正是这些原则使他成为新的一代文学巨匠和语言大师。

在再现古代社会时，福楼拜首先追求的是真实性。他认为，“美学就是真实……现实并不屈从于理想，而是适合于理想。”[1]他又说：“只有在真实的情况下才是理想的，只有进行概括才能真实；”[2]“成为理想的方法就是使之真实，只有通过选择与和谐地……加以夸张才能达到真实。”[3]可见，真实是福楼拜所追求的创作原则，并且他提出只有进行选材、概括和适当的夸张才能达到真实，小说家不能美化现实。

1 《通信集》，第4卷，柯纳尔书店，1933～1954年。
2 同上，第5卷，第56页。
3 同上，第2卷（补），第118页。

为此，福楼拜十分注意对现实和材料的研究，尤其对待古代社会，更应研究材料。关于迦太基，史籍记载不多，除了米歇莱的《罗马史》第 4 章以外，就只有希腊历史学家波鲁比奥斯（约公元前 202 年～前 120 年）的《史记》以及《圣经》中的部分材料。关于这场战争的情况后人只知道基本框架，其他都需要福楼拜发挥想象力加以补充。写完《包法利夫人》之后，他在巴黎神庙街 42 号租了一个套间，在那里过了四五个月，每天工作八至十个小时，“有时我一星期足不出户，”全部时间用来看各种材料。他在 1857 年 9 月开始动手写作，但开头部分反复修改了十来次，仍感不满意。他觉得自己“进入了一座迷宫，啊！迦太基，要是我把握住你就好了！”[1] 他无法以浪漫派作家的虚构来对待历史，他反对夏多布里昂以理想的观点去写历史题材的作品。由于他不能直接观察当时社会，便想到故事发生地点去游历一番。从 1858 年 4 月 16 日至 6 月 6 日，他游览了君士坦丁、突尼斯，并在迦太基废墟待了四天。6 月 20 日，他在信中说：“我要告诉你，《迦太基》这部小说[2] 要完全重写，或者说得更确切一点，需要另起炉灶。我拆毁一切。以前所写的是荒唐的！不可能的！虚假的！我认为我会达到准确的调子。我开始明白我的人物，对此产生兴趣。”[3] 实地游历收获很大，但对他来说不是一劳永逸，从此可以免去对材料的搜集和考证。作为材料派的第一位大师，他对于史实和古代风俗、战争诸种情况总是力求掌握尽可能多的材料。例如，他读过 4 世纪拜占庭历史学家普罗柯普的《秘史》，其中记叙了努米第亚人的战争。他有一本 400 页的笔记，写满了东方学家菲利克斯·拉加尔对金字塔形柏树的崇拜及各种宗教的情况。他搜集《考古杂志》有关腓尼基人的神祇埃斯姆恩的材料。他研究布匿诗人西留

1 3 《通信集》，第 2 卷，第 634 页。

2 福楼拜曾设想这部小说的题名为《迦太基》《雇佣军》，最后才定名《萨朗波》。

斯·伊塔利库斯的 17 首歌。他参考哈农的《航海记》。他阅读古代学者阿皮安、迪奥多文、柯内留斯·奈波斯、普利纳、普鲁塔克、利维乌斯、圣奥古斯丁、色诺芬的著作。他从柯里普斯的《约哈尼德》了解当时北非的家具、服装、首饰和游牧部落的风俗。他看过 53 部军事著作。关于饥渴问题，他阅读了萨维尼医生的著述；关于麻风病，他参考了《医学辞典》；关于雇用军的覆灭，他参阅了科雷亚尔的《三桅战舰的沉没》，等等。1857 年 8 月他在给友人费陀的信中说："为了写出一部建立在真实之上的作品，必须埋在它的材料之中，材料没到他的耳朵之上，"[1]"每次阅读之后，上千种其他的阅读接踵而至。"[2]正如朗松所说："他力图通过扎实的和深广的博览群书，确定他的视野，通过凡是能有助于形成迦太基生活的准确认识的东西，去引导和限制他的想象力：这就是游览当地、观看布匿艺术的一切残存物，研究古今文献，审阅一切相似或相近的文明形式。"[3]因此，当圣伯夫批评他杜撰词汇，怀疑福楼拜是否如实描绘迦太基的风俗时，福楼拜立即复以长信，逐一加以反驳，列举他所依据的著作，证明关于风俗、家具、首饰、酷刑、肢解敌人躯体、祭献孩子等等描写，无不都是有根有据的。至于他把迦太基军队写成拥有 11396 人，那是为了产生准确的效果。

福楼拜所追求的真实性，几乎达到科学的严整性。为了达到这一点，福楼拜往往研究生理学、医学。在《萨朗波》中，这种科学的严整性更多的是表现在福楼拜对社会风俗和客观世界的准确把握上面。就以《包法利夫人》与《萨朗波》所描绘的画面色彩来说，虽然《包法利夫人》的调子是灰色的，

1 《通信集》，第 2 卷，第 600 页。

2 转引自杜梅斯尼尔：《居斯塔夫·福楼拜，人与作品》，第 236 页。

3 居斯塔夫·朗松：《法国文学史》，第 1058 页。

《萨朗波》则是“鲜红色的”——这符合五光十色的古代迦太基的生活和战争场面，但是，鲜红色只是表面的，古代社会生活的实质仍是灰色的，由于福楼拜描绘了“完整的画面，描绘了外表与底里”[1]，以科学的严整性去对待，从而反映出生活的本质真实。

诚然，坚持真实性并非要丝毫不差地照录现实；现实主义并非要求完全屈从于史实或史籍材料。福楼拜说过：“我憎恨照相，与我喜爱创新成正比例：我感到照相不真实。”[2] 为了写作的需要，他认为可以改变某些史实。例如引水渡槽本是罗马人的发明，福楼拜却移植至北非，利用这种建筑物让马托潜入城中。又如对哈农的描写与史实也是相悖的，这个人物纯属福楼拜的创造，用以塑造出另一种类型的统治者。至于萨朗波则更是福楼拜虚构的人物。福楼拜的原则是，如果色彩不一致、细节不协调、风俗背离宗教规范、事实背离感情、性格不连贯、服装不符合习俗、建筑与气候不适应，总之，没有和谐，那就会虚假，否则，“一切都站住脚了”。福楼拜主张的真实性应该说具有很大的灵活性。一方面，小说对武器、物品、衣服、服饰、古怪的风俗（神庙中豢养狮子，这也是妓女开业的场所，家中饲养蟒蛇，沙漠中的十字架钉着狮子，祭献孩子）、奇特的建筑，等等，描写得巨细无遗，使人领略到古代北非的特殊风貌，创造出真实的氛围。另一方面，某些重要人物和某些建筑又是杜撰的，他并不拘泥于史实。这样写的目的是为了使小说显得更生动，不但不违背生活的真实，反而达到更高水平的真实，正如福楼拜所说，现实有时“只应是块跳板，为了升得更高”，[3] 才借助于它。

1 《通信集》，第 2 卷，第 600 页。
2 同上，第 2 卷，第 323 页。
3 同上，第 8 卷，第 374 页。

其次，福楼拜力图以客观的态度去对待所描绘的对象。他指出：“伟大的艺术是科学的和客观的。”[1]又说：“客观是力量的标志。”[2]“我对于将心里的想法落在纸上的做法感到一种不可抑制的厌恶；我甚至感到，一个小说家没有权利对任何事物发表自己的见解。上帝难道口述过他的见解吗？”[3]“精神科学必须……像物理学一样，从客观开始进行。”[4]

这种客观态度明显地表现在《萨朗波》中。在福楼拜笔下，迦太基军队和雇佣军一样残酷和虐杀俘虏，萨朗波的单纯、马托的钟情、汉米加尔的老练、哈农的贪婪、史本迪于斯的狡黠，都是以冷漠客观的笔触描绘出来的，读者很难看出作者的态度。跟以往的作家不同，福楼拜从来不在小说中发表议论，夹叙夹议的笔法与他无缘。恩格斯指出：“作者的见解愈隐蔽，对艺术作品来说就愈好。”[5]因此，从艺术创作的标准来看，福楼拜将自己的观点隐蔽起来无疑是正确的。

这并不是说，作者的态度绝对不能融化到人物身上。福楼拜认为，要“通过精神的努力，将自己设想到人物身上，而不是将人物拉向自己一边”[6]；“必须让外界现实进入我们心中，直至使我们呼喊出来，以便再现这现实。”[7]他写作《萨朗波》时，常常设身处地想象人物的活动：“我在肩上扛着整整两支军队，一支有三万人，另一支有一万一千人；”[8]“我在书房的静寂中沉浸于大声叫喊

1 转引自卡斯泰等：《法国文学史·19世纪》，阿歇特出版社，1966年，第228页。

2 4 转引自米歇尔·雷蒙：《大革命以来的小说》，阿尔芒·柯林出版社，1967年，第84、85页。

3 《通信集》，第2卷，第617页。

5 《马克思恩格斯选集》，第4卷，人民出版社，1972年，第462页。

6 《通信集》，第3卷，第38页。

7 转引自卡斯泰等：《法国文学史·19世纪》，第228页。

8 《通信集》，第3卷，第38页，第49页；第2卷，第527页。

和哑剧里，以致我终于酷似杜巴尔塔斯（按：杜巴尔塔斯是16世纪法国诗人），为了描绘一匹马，他在地上爬、奔跑、嘶鸣、趵蹄。这该是多美啊！”[1]这就像他写作爱玛吞下砒霜以后那样，他也呕吐起来。这是小说家借助想象力进行创作的有效方法，特别是以古代为题材的作品，更需要作家设身处地，展开想象的翅膀。

福楼拜是艺术美的孜孜不倦的追求者。虽然他有为艺术而艺术的倾向，但他关于作品的形式和内容有一些正确的见解，诸如："形式和思想就像身体和灵魂；在我看来，这是一个整体，不可分割，我不知道没有这一个，另一个会变成什么。思想越是美好，词句就越是铿锵，思想的准确会造成语言的准确；""没有美好的形式就没有美好的思想，反之亦然。美从艺术世界的形式中渗出。"[2]"思想要找到最适合于它的形式，这就是创造出杰作的奥秘。"[3]他强调的是形式与内容的统一。他的学生莫泊桑指出："对他来说，作品的内容必然决定唯一正确的表达方式、大小限度、节奏和形式的各个方面。"[4]因此，他在句子结构、词汇节奏、音响效果、表达准确上苦心经营。他说："我是一个默默无闻的采集珍珠者，潜入海底后，上来时两手空空，脸色发紫。有种不可抗拒的吸引力把我拖向思想的深渊，这种内心深渊对强者来说永远不会枯竭。我一生都用来观看艺术的大洋，别人在那里航行或搏斗，而我往往乐于去海底寻找没有人要的绿色或黄色的贝壳；我要为自己保留下来，装饰自己的木板屋。"[5]福楼拜在写作《萨朗波》时，就是这样一丝不苟地、不厌其烦地锤炼句子，采集

1 《通信集》，第3卷，第38页。
2 同上，第3卷，第49页。
3 同上，第2卷（补），第97页。
4 莫泊桑：《〈福楼拜给乔治·桑的信〉序》，《专栏文章集》，第3卷，第87页。
5 《通信集》，第1卷，第36页。

语言的珍珠。他常常因找不到合适的表达方式而苦恼："我越是在艺术中获得经验，这艺术对我来说就越变成一种酷刑……我相信，很少有人像我那样为文学而忍受那么大的苦痛。"[1]《萨朗波》有不少章节重写了十次之多，而《包法利夫人》中的《农业展览会》一章只改写了七次。所以法国批评家蒂博代认为，这部小说的"观念并不复杂，而写作却非常复杂"[2]。《萨朗波》中不乏精美的句子，诸如写人的疲倦时用"四肢仿佛在游泳时融化到了水里"来形容，写纳哈伐斯觊觎萨朗波用"蹲伏在竹林中的豹子"来比喻。小说第一句："在迦太基城厢的梅加拉，汉米加尔府的花园里，"原文音调铿锵，安排妥帖；"拉丁民族因没有在骨灰瓮里搜集骨灰而懊恼，游牧民族留恋沙土的温热，他们的身体在沙中变成木乃伊，而凯尔特人留恋小岛环抱的海湾深处多雨天空下那三块天然的石头，"这个排比句也写得比例均匀而变化多姿。至于日神庙和月神庙的奇特景象，月夜下宁谧幽美的原野，萨朗波卧房的华丽芬芳……都仿佛一幅幅瑰丽的油画，又像一篇篇散文诗，历来脍炙人口。亨利·詹姆斯将《萨朗波》的风格比作"水晶盒"，确实道出了这部小说玲珑剔透、色彩鲜艳的特征。

1861 年 5 月，小说已基本完稿，福楼拜向别人朗读小说，以期进一步完善。直至 1862 年 4 月 24 日，小说才算最后定稿，前后花费近五年的写作时间。小说出版后得到当时名作家的一致赞赏。波德莱尔在信中说："福楼拜所写的作品，唯有他才能写出来。"[3] 乔治·桑认为"《萨朗波》是惊人的，极为有力的作品。这是一个巨大的世界，它在不朽的人物周围成群结队地活动和怒吼。"[4]

1 福楼拜：《萨朗波》，第 14 页。
2 阿尔贝·蒂博代：《福楼拜》，第 178 页。
3 《通信集》，第 2 卷，第 611～612 页。
4 乔治·桑：《文学与艺术问题》，第 417 页。

莫泊桑认为“这部巨大的作品，在造型艺术上是他写出的小说中最美的，给人以瑰奇的梦的印象。”[1]莫泊桑还认为这是部散文歌剧，《萨朗波》后来确实多次被改编成歌剧上演。此外，雨果、勒贡特·德利尔也给予好评。

总之，《萨朗波》以雄奇壮观、五彩缤纷的画面，以匀称完整的结构和华美精确的句子为其特色，成为别具一格的史诗小说，开辟了历史小说的新领域，因而在法国小说史上占有令人瞩目的地位。至今，它依然保持着艺术精品的不朽价值。

1 莫泊桑：《〈福楼拜给乔治·桑的信〉序》，《专栏文章集》，第3卷，第87页。

传奇与历史壁画的巧妙结合

——简析大仲马的《二十年后》

《三个火枪手》于 1844 年出版后获得巨大成功，大仲马自然而然便想到写作一部续集。怎样写作这部续集倒是颇费思量的：沿着《三个火枪手》的故事发生的年代写下去似乎不是上策，因为续写这四位火枪手为王后效劳的事迹，只会是画蛇添足，令读者感到重复，必须另辟蹊径，找到新的内容，并变换手法，才不致失败。再者，《三个火枪手》多少取材于库尔蒂兹·德·盖拉尔的《达尔大尼央回忆录》，大仲马不愿再走老路，他要构思出全新的情节、不同的故事框架和更加深刻的内涵。将传奇与历史事件相结合，便是大仲马力图将《二十年后》写成一部杰作的思考结果和匠心所在。无疑，他取得了成功。

顾名思义，《二十年后》的故事情节发生在《三个火枪手》之后二十年，即 1648 年。当时，路易十三和首相、红衣主教黎世留都已去世；路易十四只有 10 岁，因尚未成年，还没有当政，权力掌握在母后安娜·德·奥地利和首相、红衣主教马扎兰手中，而他们的所作所为不得人心。本来，封建王权在前任首相黎世留手里已经获得巩固，他在 1628 年摧毁了新教徒的据点——拉罗歇尔，朝君主专制迈进了一大步。但路易十三和他相继去世后，封建王权处于不稳定状态中：投石党运动的爆发基于政治、社会和经济等多种原因，是当时政权不稳定的明显反映。它的导火线是议会反对政府的财政措施。大贵族伺机要恢复昔日权力，在助理主教贡迪和布卢塞尔的影响下，一些有权势的人物纠合在一起，发表了包括 27 个条款的声明，企图限制王权。政府逮捕了布卢塞尔等人，贵族利用老百姓对现实和财政措施的不满，鼓动民众起来闹事，他们筑起街垒，甚至深入到王宫，来到路易十四的床前。母后和红衣主教不得已带着国王，躲避到圣日耳曼，以避开暴乱的锋芒。是时，贡迪控制了巴黎达一个星期之久。1649 年他准备向政府让步，签订和约。由于他并未获得红衣主教的职务，又与孔蒂亲王、隆格维尔公爵夫人、博福尔公爵等会合。但最后他被监禁起来，贡迪后来同马扎兰做了一笔秘密交易，当上了雷兹红衣主教。他在自己的《回忆录》中详细记述了投石党运动的前前后后，以其叙述的真实和对历史人物刻画的生动和准确而成为 17 世纪有代表性的散文作品之一。

大仲马在写作《二十年后》的过程中，自然多处得益于雷兹红衣主教的《回忆录》。投石党运动组成了《二十年后》的历史背景和基本框架。作者对当时的法国做出了恰如其分的分析，小说开卷就指出："如今，法国变得衰弱了，国王的权力不受尊重了，贵族又强大起来，纷纷闹事，进攻的敌人已经越过边界（按：指三十年战争）。"阿多斯是作者的代言人，他指出："目前在法国，人人穷苦不堪，但又鼠目寸光。我们有一位年方 10 岁的国王，他还不知道今后如何打算。我们有一位沉迷于迟来情欲的母后，她丧失了理智。我们有一位统治法国的首相，他统治国家就像管理一个大农场，也就是说，他关心的只是如何使用意大利式的阴谋诡计深耕田地，让它能长出黄金来。我们那些亲王反对首相，完全从个人私心出发，他们除了从马扎兰手上得到一些金条和零零碎碎的权力以外，什么也捞不到。"这是对 17 世纪中叶的法国，尤其是上层社会和投石党运动前后社会状况的一个概括：国家权力掌握在两个滥施淫威的人物手中，大贵族的行为无非是争权夺利和谋取钱财；法国需要一个能控制局面的国王来治理朝政，才能推进历史的进程。

从内容来看，历史事件在小说中的确占据很大比重：投石党运动的一些重要场合以及大致过程，都在小说中得到描绘或交代，如布卢塞尔的被捕，群众筑起街垒、冲进王宫、同母后的直接交锋，母后、国王和首相马扎兰逃往圣日耳曼，最后被迫在协定上签字，等等，构成了小说的主干脉络。小说再现了17世纪中期法国政治风云在人们生活中掀起的巨大波澜。在这样的背景上，小说准确地刻画了一些历史人物，如马扎兰、安娜·德·奥地利、贡迪、博福尔等。红衣主教马扎兰虽是一个意大利人，却凭借他与母后的亲密关系，大权独揽。他是一个贪图钱财而又吝啬的人物，十分诡诈，“用苛捐杂税使百姓喘不过气来”。他在自己的私宅有一个大金库，显然是他搜刮和非法获取的民脂民膏。小说多次以黎世留和他做比较，认为黎世留是个“才智非凡的人”，虽然他“使国王变得渺小，却使王权变得强大了”。而马扎兰的作为正好相反，他有黎世留的权力欲，却无黎世留治理国家的才干和控制局面的铁血手腕。安娜·德·奥地利在二十年前爱上英国首相白金汉公爵，因路易十三是个庸碌无能之辈，似乎还可以理解；如今她又迷恋上年近五旬的马扎兰，便显出她的性格轻佻。她颐指气使，喜欢发号施令，心高气傲，爱听奉承。从她对暴动的民众以及对达尔大尼央的态度来看，她又是一个色厉内荏的女人：一旦遇到了强烈的反抗，威胁到自身安全时，她便乖乖地做出让步。她还是一个忘恩负义的王后：二十年前，四个火枪手为她出生入死，取回国王送给她的钻石坠子，让她能安然地出现在舞会上，保住了名誉，而她在事后却根本没有想到酬谢这些为她效劳的火枪手，直至达尔大尼央亲口对她提出要求，她还是一再置之不理。她的品格令人不齿。至于贡迪和博福尔，一个是善于在上层人士和国家首脑之间周旋，能把握发动暴动的时间，频频向母后和首相施加压力，时刻觊觎红衣主教的野心家；另一个是不甘心被排挤于权力核心之外，一心要恢复权势的大贵族，他们两人是对投石党领头人物的写照。投石党运动中这些人物的表演，简直是一场闹剧：他们之间的斗争充分暴露了他们的肮脏内心和丑恶灵魂。

大仲马并不满足于描绘17世纪中期的法国政局，他还把目光投向了英国。当时的英国正处于贵族和资产阶级搏斗的重要时刻：克伦威尔夺取了政权，将国王查理一世斩首（1649），然后建立了共和国。大仲马为描写这一惊心动魄的历史事件，便构想出法国有人企图干预英国政局的情节。英国王后昂利埃特是亨利四世的女儿，1625年嫁给查理一世；国王被推翻后，她逃到法国避难。由于这种关系，法国有不少人对英国发生的事件当然是十分关注的，而且同情是在查理一世方面。小说中，克伦威尔写信给马扎兰，要求法国政府不要干预英国政局。否则，英国就要和西班牙结盟，共同对付法国。而昂利埃特王后也去求见马扎兰，请求他能收留英国国王。马扎兰收到克伦威尔的信在先，自然不肯答应这样做。大仲马将达尔大尼央和波尔多斯写成受马扎兰的派遣，前往英国去见克伦威尔，而英国王后则靠了某种关系，找到阿多斯和阿拉密斯，请他们到英国去协助查理一世。于是，在小说中，克伦威尔与查理一世的军队进行决战，国王被俘，最后被斩首的过程得到了再现。

《二十年后》的独特之处在于，大仲马不是让上述人物作为主角出场的。主角仍然是达尔大尼央和他的三个好伙伴，换句话说，这四个人物起着穿针引线的作用。投石党运动要通过他们的活动，来展现这些政治舞台上的主要人物。小说开卷就描写当局强行颁布与执行征收新税的措施，遭到大贵族和百姓的反对，双方剑拔弩张，局势一触即发。红衣主教马扎兰想到起用火枪队副队长达尔大尼央，并知道他有三个朋友。马扎兰让达尔大尼央去找分别了二十年的朋友，为自己服务。不料，有两个火枪手已同意为英国王后效劳。暴动爆发后，达尔大尼央到王宫去接受任务，在那里遇到了贡迪代表投石党人向母后和马扎兰提出要求。正是达尔大尼央护送母后、国王和首相到圣日耳曼去避风头。达尔大尼央在王宫里看到暴动的人聚集在宫门外，甚至冲了进来。最后是他发现了马扎兰藏宝的秘密，迫使他就范，让他同意暴动者提出的协定；同样，也是他去见母后，开始，他试图以情理去感动她，对她说："您清楚地知道，我的天主啊，我们曾经无数次为陛下出生入死。陛下的仆人二十年来过着默默无闻的生活，从来没有在一声叹息里泄露出那些庄严神圣的秘密，今天难道您就对他们毫无怜悯之心吗？"可是母后仍然犹豫不决。达尔大尼央于是晓以利害，指出她若要拒绝，红衣主教就岌岌可危了，这才使她同意提升他为火枪队队长和其他要求。一场暴动终于暂告结束。显然，这是以传奇手法去表现历史事件。大仲马的原则是，在不违背历史事实的前提下，加进了虚构的内容，以达到生动地描绘历史事件的目的。同样，在描写达尔大尼央等四人去援救查理一世时，使用的也是这种笔法。一次是他们想救出被俘的英国国王，眼看就要成功，不料克伦威尔下令立即将查理一世连夜押送回伦敦，使他们的计划落空了。一次是他们企图援救囚禁中的查理一世，就要挖穿地道，通到牢狱的房间，这时斩首的判决书下达了，国王没有能够越狱。小说在不违背历史事实——国王被斩首——的前提下，成功地插入了传奇故事。这些传奇故事非但没有歪曲历史事实，反而能生动地再现历史事实：传奇和历史壁画巧妙地结合起来。《二十年后》是大仲马的历史小说中较为符合历史本来面目的一部作品。

大仲马编织故事的才能在《二十年后》又有新的发展。他不想运用与《三个火枪手》同样的套路，而是有意加以改变。这里可举出荦荦大端。在《三个火枪手》中，火枪手们虽然不期而遇，却同心协力，为王后卖命，克服重重阻拦，取回了钻石坠子。而在《二十年后》，火枪手们分成了两派，一派为马扎兰效劳，另一派替英国王后效劳。达尔大尼央说："我感到遗憾的是看到我们之间彼此对抗，而我们本来一直是十分团结的；我感到遗憾的是我们各自处在两个敌对阵营的时候相遇了。”火枪手们同去英国，任务却不相同。此其一。在《三个火枪手》中，达尔大尼央到达英国后完成了任务。而在《二十年后》，火枪手们未能救出查理一世，阿多斯只能给英国王后带回她的丈夫的遗物：结婚戒指。他说：“为了拯救国王能够做的事，我们在英国的土地上都做过了。”达尔大尼央和波尔朵斯回国后，马扎兰以“不服从命令”的罪名，将他们逮捕了。因为他也参与了营救查理一世的行动，违反了红衣主教的指令。火枪手们回国后脸上并没有光彩，还受到了惩罚。此其二。在《三个火枪手》中，只有达尔大尼央到达英国，单枪匹马与敌人周旋。而在《二十年后》，火枪手们都到了英国，尽管他们为不同的主子效劳，但还是能够同心协力，为营救查理一世而努力。此其三。在《三个火枪手》中，火枪手们忠心耿耿地为王后效劳，却得不到王后的赏赐，相反，黎世留看中了达尔大尼央的才干，最后让他当了火枪队副队长。而在《二十年后》，达尔大尼央并没有忠心耿耿地为王室效劳，回国后受到监禁，他设法逃出了监禁之地，反将马扎兰控制在自己手中，迫使他同意和投石党人签订协议。他又迫使母后让自己升官。此其四。在《三个火枪手》中，黎世留派出女间谍米莱狄，让她挫败火枪手的行动，她企图给几个火枪手下毒，最后让人杀死了白金汉公爵；她终于被火枪手处决。而在《二十年后》，米拉莱的儿子长大成人，以摩尔东特的名字出现。他做了克伦威尔的秘书，克伦威尔派他到法国给马扎兰送信；他以蒙面人出现，当了刽子手，给查理一世行刑。他一心要为母亲复仇，追杀火枪手们，布置好要将他们炸死在海上，谁知被火枪手们发现了炸药，他们坐上小帆船离开，反将大船炸掉。在最后一刻，摩尔东特跳下海去，追上小帆船，最后被阿多斯用匕首刺中心脏死去。他和母亲都是被火枪手杀死，但死法不同。此其五。这些不同避免了情节相似，又能各异其趣，给读者以回味的余地。

另外，《二十年后》的主要人物的性格与《三个火枪手》相比，也有所不同。达尔大尼央是“勇敢、机智和忠诚的典范”，他仍然是四个火枪手的核心。唯一与《三个火枪手》不同的是，他十分看重地位，因为他做了20年的火枪队副队长，还是看不到升官的前景；他始终没有多少钱。因此，虽然他明知马扎兰的为人，可他是在别人的屋檐下，也只能听命于别人的调遣，要履行军人的职责，达到升迁的目的。他最后亲自去见母后，由于掌握了主动权，终于如愿以偿。阿多斯有独到的政治见解，他比早先更为成熟，对政局的分析十分透彻，他说过：“国王只有依靠贵族才能强大，可贵族也是由于国王才有权势。让我们支持君主政体吧，这也是支持我们本身。”他的话道出了君主专制与贵族是互相依存的紧密关系，两者虽有矛盾，却是彼此不可分离的。波尔多斯尽管生活很舒适，拥有多处牧场、森林，收入丰厚，但是他在自己的城堡里待腻了，他对自己的婚姻并不满意，感到十分孤单，渴望再建功勋，获得男爵称号，所以乐意重新出山。阿拉密斯虽是教士，却做了隆格维尔夫人的情人，已属于投石党人一边。不过，他口头上表示并不想再卷入政治中，因为他的生活十分自在如意，对大人物的忘恩负义还记忆犹新。他认为马扎兰“品德恶劣”、“结党营私”，是个“坏得无法形容的家伙”，老百姓都不支持他。他不愿意跟达尔大尼央再次合作。然而命运使他和达尔大尼央又走到了一起。这几个人物纵然比不上《三个火枪手》中的刻画来得生动多姿，却也富有特色。

《二十年后》因为将传奇与历史壁画巧妙地结合，因此它不失为一部优秀的历史小说，同时又是一部精彩的通俗小说。

乔治·桑和《康素爱萝》

乔治·桑是法国最杰出的女小说家，也是世界上最著名的女小说家之一。在这个多产的女作家的作品中，《康素爱萝》占据着特殊地位，越来越多的评论家都认为这是乔治·桑的代表作，也是19世纪最出色的小说之一。

《康素爱萝》发表于1842～1843年，在《独立杂志》上连载，始终吸引着读者。最初乔治·桑只打算写一个10万字左右的中篇小说，仅仅写到康素爱萝离开负心的情人安卓莱托，辞别了威尼斯为止。小说得到读者的热烈欢迎，但许多人认为这部小说没有写完，纷纷询问作者，康素爱萝的命运如何。在读者的催促下，乔治·桑把目光投向欧洲大陆，写出了约70万字的长篇小说《康素爱萝》，若将续集《罗道斯塔特伯爵夫人》计算在内，有100多万字。这部小说在国外，尤其在德国引起很大反响。丹麦著名批评家勃兰兑斯认为，在乔治·桑的作品中，"《康素爱萝》是最长也最有名的一部小说"。（《十九世纪文学主潮》）然而在法国，曾有一段时期这部小说未受到足够的重视，直到20世纪初，法国著名评论家阿兰开始极力推崇《康素爱萝》。阿兰1913年在《漫谈集》中曾指出"这部强有力的作品人们阅读得太少了"。1928年他再次提到希望《康素爱萝》"最后获得荣誉"，他认为这部作品是乔治·桑用毕生精力创作出来的，阅读这部作品就像倾听肖邦的《序曲》一样。阿兰看到，《康素爱萝》是一部"教育小说"，同歌德的《威廉·麦斯特》属于同一类型，但比《威廉·麦斯特》写得更有魅力，他认为乔治·桑“由于写出了《康素爱萝》而成为不朽”。阿兰卓有见识的评论引起了人们的注意。近半个世纪以来，欧美各国已把《康素爱萝》看作乔治·桑的代表作，在法国更是如此。例如，阿兰主编的《法国文学》认为这是“乔治·桑唯一的杰作”。阿布拉罕和德斯奈主编的《法国文学史》中则认为“《康素爱萝》是乔治·桑内容最丰富的作品”。这两部有权威性的著作的评价是较为符合实际的。恩格斯曾经指出，19 世纪上半叶，欧洲出现了一批描写穷人的生活和命运、欢乐和痛苦的作家。乔治·桑就属于这个新流派，他们无疑是时代的旗帜。（恩格斯，《大陆上的运动》）乔治·桑的社会小说显然比田园小说更多地反映了下层人民的生活和命运、欢乐和痛苦，并且为人民争取权利，要求社会正义，充满革命民主主义的激情。而在她的社会小说中，《康素爱萝》不仅篇幅最大，涉及面最广，而且写得最为成功。

乔治·桑在《康素爱萝》中灌注了自己的生平、经验和思想，她自己就认为其中有“足以写三四部好小说的素材”“有不止一个矿藏可以开采”。（《〈康素爱萝〉出版说明》）因此，要了解这部丰富的小说，必须知道乔治·桑的身世和创作道路。

乔治·桑生于 1804 年，原名阿芒丁娜·吕西·奥罗尔·杜班。父亲是第一帝国时期的军官。乔治·桑从小由祖母抚养。她的祖母虽然倾向保王党，但很喜爱阅读卢梭的《爱弥儿》。祖母爱阅读的习惯给幼小的孙女带来了影响，乔治·桑后来说：“对于我，一本书总是一个朋友，一个劝告，一个雄辩而平静的安慰者。”（乔治·桑，《一个旅行者的书信》）她通过阅读激发起热烈的想象，祖母感到管束不住这个得不到父母慈爱的小姑娘，于是在 1817 年把她送到巴黎的一个修道院。幸福的无忧无虑的童年时代结束了。

乔治·桑在修道院中的生活是孤寂的，但宗教教义并不能改变这个情感丰富的少女。1820 年 2 月她离开修道院回到老家诺昂时，是何等欣喜啊：“植物的芬芳、青春、生命、茫无所知的未来的独立生活，在我面前展开了，使我感到忐忑不安和深深的忧郁。”（乔治·桑，《我的自传》）乔治·桑如饥似渴地读书，她喜欢阅读洛克、孔第亚克、孟德斯鸠、巴孔、亚里士多德、莱布尼茨、帕斯卡尔、蒙田等人的著作，同时她对但丁、莎士比亚、彼特拉克、弥尔顿、维吉尔、拜伦等诗人的作品也爱不释手。这些书籍给她贫乏的心灵带来丰富的营养和无限的喜悦。她尤其爱读卢梭的《忏悔录》：“让–雅克的语言和他的推理形式就像庄严的、闪射着光芒的音乐那样抓住了我……在政治上，我成了这个大师的狂热信徒，我长期毫无保留地保持这种状态。”（《我的自传》）毫无疑问，卢梭对乔治·桑的影响是巨大的，她不仅在政治信念上受卢梭的民主思想的影响，而且她的创作风格也直接师承卢梭的感伤主义。

1822 年乔治·桑同杜德望男爵结婚。这个乡绅酗酒，搞女人，挥霍钱财。1830 年底乔治·桑发现了丈夫给情妇的一份遗嘱，对他的荒唐行为忍无可忍，于是在 1831 年 1 月初愤然离家，来到巴黎。

她在巴黎住在阁楼里，生活艰苦。她认识了巴尔扎克和于勒·桑多。她和桑多合作写了一部小说《萝丝和布朗什》(1831)。她从桑多那里学到了一些写作技巧，很快就超过了这个平庸的作家。1832 年，她独自用乔治·桑的笔名发表了小说《安蒂亚娜》，这部小说揭开了“妇女问题”小说的创作序幕。

《安蒂亚娜》显然带有作者自身经历的某些痕迹。乔治·桑来到巴黎，一开始就寻求过独立不羁的生活，追求妇女解放。她穿上男装，抽起烟斗，以示与众不同。由于她把自己的切身感受写到小说中，因而小说显得热烈奔放。乔治·桑曾经指出，女主人公代表“弱者”和受社会法律“压抑的情感”，她敢于面对“文明的一切障碍”。（乔治·桑，《〈安蒂亚娜〉序》）安蒂亚娜的经历写得令人同情，小说获得了成功，乔治·桑一举成名。

30 年代，乔治·桑还写了好几部妇女问题小说。其中，《莱莉亚》(1833) 带有哲理性，描写一个上层阶级妇女追求个人幸福的经历。《莫普拉》(1836) 的问世标志着作家对现实的观察和分析深入了一步。乔治·桑以成熟得多的手法描写了一个曲折的爱情故事。男女主人公莫普拉和爱德梅同属于一个封建家族，他们战胜了闭塞迂腐的封建观念，结成一对互敬互爱的夫妻。小说不仅提出妇女幸福的问题，而且把目光转向更广泛的现实生活，揭露了外省贵族和教会互相勾结、横行乡里的情形。

乔治·桑在这个阶段的创作带有盲目追求的倾向。她从自身经历出发，认为爱情和婚姻是妇女解放的关键问题。她反对妇女在家庭中处于从属地位，主张妇女有权选择自己的配偶，宣扬浪漫的热情。但是，在乔治·桑的思想中，“人从对人的暴虐统治中解放出来，妇女从对妇女的暴虐统治中解放出来，男人对女子施以爱情的卫护，政治起咨询作用而不是实行统治，起说服作用而不是实施强权”(乔治·桑，《书信集)，达到这一理想就意味着光辉灿烂日子的到来。这是一种朦胧的不切实际的憧憬。因此，妇女问题小说的女主人公的争取独立往往只归结为“美满的”婚姻。这些小说只不过是乔治·桑在摸索前进中的产物。

1834 年乔治·桑同缪塞认识，到意大利游历。同时期又结识音乐家李斯特。1837 年她与肖邦相会，互相倾慕。她的爱情生活同她的小说一样充满浪漫色彩。可是她的思想并无寄托。巴尔扎克在1838年初拜访乔治·桑时看到她常常待在一个孤寂的大房间的角落里，“她在诺昂已有一年，非常忧郁，写作勤奋……她过着隐居生活，既谴责婚姻，又谴责爱情，因为无论对哪一种情况她都只有失望”。(莫里斯·托斯卡,《乔治·桑最深的爱》)正是在这种情况下她接触到空想社会主义。她和皮埃尔·勒鲁等认识，自此勒鲁成了她的精神导师。勒鲁的空想社会主义反对人剥削人，认为世界上分成两大阶级，才造成贫困现象，但他看不见革命暴力是改造社会的方式，只希望无产者参加政府，和平地结束资本主义的统治。他还认为天主教已过时，但人仍应有宗教信念。通过他，乔治·桑认识到存在着比解放妇女更为严重、更为迫切的问题。她开始注意到工人、女工、童工的悲惨生活，憧憬建立一个没有奴役的社会。她说过：“共产主义是我个人信仰的学说；但我在风暴来临的时期从没有宣扬过它，我只说过它的确立是遥远的事，目前还不应该考虑如何实施。(《书信集》)”因为乔治·桑信仰的是勒鲁以人道主义为基础的空想社会主义，并不是真正的共产主义理想。但她的眼界无疑是扩展了，所以她说：“是勒鲁挽救了我。”她要把老师的哲学表现在小说里。自此，乔治·桑的小说产生了深刻变化。从40年代开始，她发表了一系列“社会问题”小说。

《木工小史》(1840)是社会问题小说的发端。这部小说描绘了一个细木工皮埃尔的形象，展现了复辟时期的工人生活和斗争状况。

同时期，乔治·桑成了工人出身的诗人的热烈赞助者。她为泥瓦匠蓬西、纺织工人马居、锁匠吉朗、鞋匠拉普安特的诗集写序或撰文介绍，鼓励他们“在内心成为人民之子”，描写工人的生活。乔治·桑对推动无产阶级文学的发展是有贡献的。

1841年，乔治·桑发表了《奥拉斯》。《安吉堡的磨工》(1845)是另一部有名的社会问题小说，描写金钱和婚姻的关系。小说中的贵族妇女玛赛尔在火灾中失去了财产，终于与相爱的工人消除了结婚的障碍。而磨工路易得到玛赛尔的保护，又获得一笔意外之财，终于同自己心爱的姑娘结了婚。作家通过小说中的人物，谴责了金钱支配一切的罪恶作用，但作家又依靠金钱来解决矛盾。这样的结局反映了乔治·桑无力解决社会的贫富问题。

在乔治·桑的社会小说里，工人、农民和贫民成为小说的主人公，打破了历来的文学传统，这在文学上具有十分重要的意义。她描写的现实生活超出了上流社会的框架，转向工人和农民的生活，反映工人和农民在政治上的要求，有的小说还描写建立了空想社会主义的“公社”。在这些小说中，乔治·桑表现了深切同情劳动人民的民主主义立场。另外，共和党人的英勇起义也得到较充分的描绘，封建主义及其残余受到猛烈抨击。尤其是乔治·桑看到金钱在人与人之间的支配作用，在她笔下，财产是罪恶，正面人物总是力图摆脱财产的束缚，他们大抵一方是贵族上层人物，另一方是工人或贫民，最后双方平等地结合，而资产者则以反面角色出现。乔治·桑认为只有在农村才能实现这种不同阶级结合的理想，但1848年革命打破了乔治·桑的幻想。

革命刚开始时，乔治·桑满怀热情，写了好几封致各阶层人民的信，希望人民团结起来，“找到社会真理”，建立新的生活。她创办《人民事业周刊》，鼓吹实现平等、博爱和阶级合作。她起草过好几期《共和国通报》，认为共产主义是要“消除极度富有和极端贫困的不平等，让位于真正平等的开始”。她还参加了五月的游行。她的行动遭到资产阶级的攻击。六月工人起义及工人被屠杀镇压这一血腥的阶级斗争现实给她泼了一头冷水，她的幻想彻底破灭了，于是回到自己的庄园隐居起来。1846年她曾写过一个中篇《魔沼》，此后便完全沉醉在这类田园小说的创作中。

《魔沼》是田园小说中写得最成功的一篇。这个故事像一泓池水那样朴素和不假雕饰。热尔曼是个勤劳正直的青年农民，他根本看不上有钱而卖弄风骚的寡妇，却爱上能干温柔但贫穷的农村姑娘玛丽。热尔曼的爱情是通过在魔沼中同玛丽的接触以后油然而生的，他的爱情真挚而热烈。小说歌颂了这对青年男女的自由结合。恬静而充满神秘色彩的农村风光以及古老的农村结婚风俗都增加了小说的魅力。

《弃儿弗朗索瓦》(1848) 继续着《魔沼》的抒情风格。小说描写一个磨坊的年轻女主人玛德莱同一个弃儿出身的磨工弗朗索瓦由相互怜爱发展到爱情的故事。《小法岱特》(1849) 描绘了一个聪明伶俐的农村小姑娘，她爱上了同村一对双胞胎中的弟弟朗德里。法岱特的祖母死后，给她留下一大笔钱，把朗德里的父亲说服了。可是朗德里的哥哥西尔维奈暗中也爱着法岱特，阻碍着弟弟的婚事。法岱特在给他治病时点穿了他的幻想。西尔维奈参了军，法岱特同朗德里成了亲。法岱特是能干可爱的农村姑娘的写照。此外，1853 年发表的《笛师》反映了农村音乐家的帮工会活动和派别中的矛盾。

乔治·桑的田园小说具有较高的艺术性。它们没有复杂的情节，故事简单而不失之于单调，轻巧而富有韵味。田园小说之所以达到这样的效果，首先在于乔治·桑把农村理想化了：大自然的风光旖旎多彩，充满生机勃勃的醉人气息，这是作者家乡贝里的景色，字里行间流露了作者热爱这块土地的真挚感情。小说里的正面人物纯朴可爱，像秋天田野里的白杨树，他们是土生土长的具有高尚品质的农民，他们的命运自然而然博得读者的同情。再加上小说具有梦幻般的情调，令人感受到早春或初秋森林中雾气缭绕的意境。法国评论家泰纳曾经较准确地概括过乔治·桑田园小说的特点，他说：“这是一个理想世界，为了保持这个世界的幻想，作家抹去、减弱或往往只勾画出一个轮廓，而不是描绘人物的个性形象。作家不强调细节，只顺便地简单点一点，避免深入描写；她主张情感的冲动，循着情感流露或者循着描绘的情景的诗意轨迹前进，不在杂乱的破坏和谐的情节上停留，这种描绘的简约方式是一切理想主义艺术的本质所在。用巴尔扎克的话来说，这不能给户籍册带来新的人物……但它们属于一个更为缥缈、更为灿烂的世界，这是愿望和梦幻的世界。”这个世界显然具有艺术魅力，乔治·桑的田园小说虽不及她的社会小说那样具有较深刻广泛的思想内容，但具有鲜明的艺术特色，所以长久以来深受人们的喜爱。

乔治·桑在晚年主要撰写回忆录《我的自传》，也写过几部小说，如《金林的爵爷》(1858)、《祖母的故事》(1873、1876)。

如果说，乔治·桑的社会小说是以空想社会主义的观点去观察和反映现实的话，那么，《康素爱萝》就最充分地体现了她的这种思想。

《康素爱萝》并不是一部简单的传记体小说。康素爱萝虽然实有其人（乔治·桑为了写这部小说，翻阅了大量文献），小说中康素爱萝的经历也有一定的史实根据，但乔治·桑并不是为了专门写出这个女歌唱家的生平，小说的意义远远超过了传记的范围。也有不少评论家指出，康素爱萝的原型是与乔治·桑同时代的女歌星波莉娜·维亚尔多。诚然，乔治·桑把这部小说题献给她，小说女主人公反映了这个女歌星的不少特点，但康素爱萝的形象也远远超过了现实生活中的某一个女歌唱家。

《康素爱萝》中的男女主人公是具有革命民主主义思想的先进人物。康素爱萝出身于社会底层，母亲是波希米亚的卖唱女人，带着她走遍了欧洲各地，最后从西班牙来到意大利的威尼斯，住在一个破旧的房间里。起初，康素爱萝并不是美貌出众的少女，但心灵纯洁优美。小说开卷，这个穷得没有正式资格读音乐学校的小姑娘，同那一群闹闹嚷嚷、好争强斗胜、沾染了不良习气的唱诗班少女就已经形成一个鲜明的对照，博得了读者的好感。后来，她的未婚夫安卓莱托急于登台演出，一举成名，而她却深谙一上舞台就等于踏入名利场，从此便要忍受钩心斗角、不得安宁的倾轧，她流着眼泪做初次演唱的准备。两相对比，又是多么令人触目，更显出康素爱萝光彩照人。她所预料的事情终于发生了，安卓莱托背叛了她，竟然同剧院的头牌歌女高丽拉鬼混。康素爱萝愤然离开了威尼斯，“康素爱萝的出走不是逃跑，而是选择，也是往前更进一步”（赛利埃，《〈康素爱萝〉序》）。康素爱萝经历过这次惨痛的遭遇，接受了深刻的教训，她来到波希米亚的巨人宫堡时思想成熟多了。这个崇山峻岭环抱的地方，连亲人们都捉摸不透宫堡的继承人阿尔贝伯爵的“胡言乱语”，但康素爱萝一下子就了解了他的思想。在他“失踪”的时候，她不顾生命危险，通过泄水道，找到了阿尔贝，并打消了他的精神幻觉。康素爱萝为此累得病倒，阿尔贝日夜照料她。他们相爱了。他们的相爱首先是感情上的相通，从思想上来说，阿尔贝对康素爱萝起了启迪作用。

阿尔贝虽然是个贵族，但他从小同情穷人的命运，常常倾囊相助，他说：“成千上万不幸的人都头顶严寒冰冷的青天，”“生活极端贫困，”自己这样施舍是理所当然的，因此对自私自利的人不胜厌恶。他反对虐待农民，认为人间的法律穷凶极恶，君主在肆意屠杀人民。他憎恨教皇，谴责主教的奢侈和神职人员的野心。在他眼里，生活中充满偏见和陈规陋习，“充满欺骗和不公平”。他周游过欧洲以后，这种看法越加坚定。阿尔贝对历史上宗教改革的看法在小说中占有重要篇幅。他从侥幸保留下来的古籍、文件中获悉14、15世纪时以胡斯和杰式卡为首的宗教改革家的起义。这场宗教改革不仅反对顽固保守的罗马教会的暴虐统治，而且反抗异族压迫，它具有爱国的性质，是进步的、革命的历史潮流。阿尔贝看到，“宗教上的自由就是政治上的自由”。他赞赏这场运动的领袖坚韧不拔的品德，认为他们建立了丰功伟绩。阿尔贝的先辈是杰式卡的后裔，可是后来向哈布斯堡王朝的统治者低头屈服，甚至改名换姓。阿尔贝了解到这些史实以后，受到很大震动。因此，他一提起这段往事，讲起话来就很像精神错乱。实际上，阿尔贝是个叛逆形象，他是哈布斯堡王朝的逆民，贵族世家的逆子，他是封建主义不共戴天的敌人。正是在这一点上，康素爱萝与他志同道合。阿尔贝让她开阔了眼界，了解到农民在历史上可歌可泣的斗争，坚定了她不与污浊的社会同流合污的决心。

康素爱萝终于从一个有正义感的女子发展到一个有理想的艺术家的形象。以前，她出于正直的本能，对朱斯蒂尼亚尼伯爵用金钱、宠爱和舒适生活引诱她的行动嗤之以鼻。来到维也纳，当统治者以同样的条件引诱她时，她已能从这种现象看到统治者的卑劣。她不想跻身于上层阶级，因此最初不愿同伯爵结婚，成为伯爵夫人；她不愿接受伯爵巨大的遗产，宁愿分发给穷人，把平等思想贯彻到底。她不仅歌喉完美，而且品质高尚。

总之，康素爱萝的每一个遭遇都是一场新的诱惑，她冲破这个诱惑就是摆脱一种束缚，精神上获得了新的进展，虽然每一次都更加艰巨。乔治·桑要描绘的是人物精神的解放：无论是强烈的情感要求、社会上逆来顺受的主张、豪华的宫廷生活、舞台和艺术家的生涯，这些可能禁锢她的东西都束缚不住她。她要挣脱传统观念、封建制度的枷锁，她的思想是空想社会主义的艺术再现。

在小说结尾，康素爱萝的道路似乎还没有走完。在《康素爱萝》的续集《罗道斯塔特伯爵夫人》中，乔治·桑描写康素爱萝终于参加了一个秘密的小团体。这个秘密组织号召砸碎一切现存的社会禁锢，解放人民。这是康素爱萝必然会达到的归宿，是她的思想合乎逻辑的发展结果。

《康素爱萝》是一部通过主人公在欧洲几个地区的经历来反映现实的小说，它描绘的社会生活画面是广阔的。

首先，小说通过艺术舞台的一隅，尖锐抨击了18世纪欧洲宫廷生活的糜烂风气。当时，剧院完全掌握在最高统治者手中，无论是威尼斯，还是维也纳，艺术是统治者茶余饭后消遣娱乐的工具，既是他们（或她们）卖弄风雅、表示对艺术家施以恩典的一种方式，又是他们发泄情欲、寻求刺激的有利场所。朱斯蒂尼亚尼伯爵就是这样的人物。他挖空心思去搜罗漂亮的女演员，以保持他控制的歌剧院兴旺的局面，显示他的统治取得了繁荣成就。漂亮的女歌星往往成了他的情妇。她们还没有完成学业就登上舞台，由于演唱低级庸俗的音乐而走上邪路，在舞台上不会维持长久的魅力，艺术生命很快就会凋谢，继之而来的是被朱斯蒂尼亚尼抛弃。在豪华的宫廷生活的背面，是龌龊卑污的生活场景。

其次，小说展示了哈布斯堡王朝统治下的农村景象。康素爱萝离开巨人宫堡前往维也纳的途中，目睹中欧农村的贫困生活。修道院拥有广大的田产，要收取很重的捐税。这里连年战祸，民不聊生。为普鲁士国王拉夫的职业打手居然流窜到这里。不愿当兵的农民冒着生命危险，千方百计逃跑出来（他们在普鲁士的军队里也随时有送命的可能）。那帮职业打手会追踪而来，抓住逃兵以后把他打得皮开肉绽，五花大绑，藏匿在马车特制的暗厢之中。由于一家之主被抓走，本来以农为生的小康之家失去了主要劳动力，于是陷入绝境。在广大的农村，“男人被锁在土地上，是犁刀和牲口的仆人；女人被锁在主人身边，也就是男人身边，禁锢在家里，永远是奴仆，注定不停地干活，忍受做母亲的苦难。一方面，土地的占有者压榨盘剥劳动者，直到剥夺他们用以获得艰苦劳动果实的必需品；另一方面，在地主和佃农之间交互作用的吝啬和恐惧，使得前者专制跋扈，精明地治理自己的家和自己的生活。”乔治·桑这一概括的叙述写出了欧洲农民的悲惨处境。

小说对哈布斯堡王朝的暴虐统治也有所揭露。在维也纳，别动队横行无忌。别动队头子特朗克是个淫棍，他一直在追逐康素爱萝，遭到康素爱萝的坚拒。幸亏阿尔贝暗中保护，在特朗克要对康素爱萝施以无礼时挺身而出，把特朗克打倒在地。别动队的行动闹得人心惶惶，女皇为平息民愤，不得不拿他开刀，把他关了起来。女皇是个专横的统治者，但康素爱萝不肯巴结她，因而始终得不到重用。

小说交叉描绘上层社会和下层社会，情节大起大落，对比强烈。在描绘威尼斯时，朱斯蒂尼亚尼的宫殿与康素爱萝寒碜的住地形成鲜明的对比；受兵燹战乱蹂躏、满目疮痍的农村同豪华的维也纳上流社会相比，更是令人触目惊心。《康素爱 18 世纪欧洲风俗的画卷。在反映 18 世纪法国大革命以前欧洲社会的小说中，《康素爱萝》可以毫无愧色地属于最优秀的作品之列。

《康素爱萝》是一部描写女歌唱家的小说，关于音乐，小说进行了许多精彩的叙述。可以说，《康素爱萝》也是一部杰出的“音乐小说”，堪与《约翰·克利斯朵夫》等小说媲美。

小说成功地塑造了好几个音乐家的形象。严肃正派并不得志的波尔波拉是一个出色的音乐教师。他热衷于正统的音乐，反对哗众取宠的靡靡之音；他主张唱歌应以平易自然为主，以华丽的装饰音为辅；他要求学生按部就班地学完所有的课程，不赞同中途辍学，过早地登台演出；他耿直不阿，不愿向邪门歪道低头屈服；他像慈父一样培养、关怀康素爱萝。这个音乐老教师慈祥宽厚。海顿是个有名的作曲家，在小说中他还是个青少年。他富有朝气，天真纯朴，甚至有点幼稚，不能辨别真假好歹，但他已露出爱财重名的端倪，预示着将来要向贵族大老爷折腰侍奉，表现出奴性的弱点。这个形象衬托出康素爱萝的纯洁无疵。安卓莱托从小流浪街头，养成不良习气，时候一到，他就本性毕露；而且他爱沽名钓誉，不愿刻苦努力。他是个不堪造就的二流歌唱家。高丽拉轻浮爱俏，喜出风头，一味迎合庸俗趣味，企图以色相来掩盖自己声音的弱点。这是受社会风气败坏了的歌女的写照。此外，阿尔贝也是一个出色的小提琴手，而莰当柯则是民间音乐家，他能即兴演唱各种民间曲调。

毫无疑问，塑造得最成功的音乐家形象是康素爱萝。小说开头就生动地写出她与众不同的才华：在教堂的第一次演唱，她的歌喉压倒群芳。在乔治·桑笔下，康素爱萝不单是个高明的歌唱家，而且热爱音乐，懂得音乐的美妙和神奇的作用。小说中有这样一段话："任何别的艺术都不能这样崇高地在人的内心唤起人的感情；任何别的艺术都不能给心灵的眼睛描绘出大自然的壮丽、沉思的欢欣、人民的性格、激情的骚动和痛苦的抑郁。悔恨、希望、恐惧、凝思、惶恐、热烈、依赖、怀疑、荣耀、平静，这一切再加上别的情感，音乐都能按我们的能力所及得心应手地给予我们，又加以收回。它甚至创造出事物的外貌，而不会陷于幼稚的音响效果之中，也不会陷于对真实声音的狭隘模仿之中，它通过使外界事物变得崇高和神圣的薄雾般的纱幕，让我们看到这些事物，并使我们的想象转移到事物之中。"这是对音乐的功能精妙的概括，也是对音乐的礼赞。乔治·桑认为通过音乐能汲取"生活的本质"。音乐能使人在极度的激动中升华，达到崇高的境界，或者摆脱人间的烦扰，抒发心中的块垒。康素爱萝在地下岩洞倾听阿尔贝的提琴演奏时，就做如是感受。阿尔贝在精神迷乱中的演奏是排遣胸臆忧思的不自觉的举动，康素爱萝听了觉得这是出神入化的音乐，使她顿悟人生的奥秘。音乐是康素爱萝了解世界的媒介和工具。

乔治·桑对音乐有深入的了解。她同音乐界人士交往密切，尤其是她跟肖邦同居以后，对音乐有了进一步的了解。她曾经帮助肖邦创作出他的一些重要作品。乔治·桑对音乐的精湛修养是她能写出《康素爱萝》的基础。她对18世纪意大利的各个音乐流派都相当熟识，意大利是音乐之乡，产生了众多的第一流歌唱家。《康素爱萝》在这方面能帮助我们领略18世纪意大利音乐流派的风采和特色。1979年11月至1980年1月，法国广播电台结合《康素爱萝》中有关音乐的故事情节，配上波尔波拉、哈斯的歌剧，加卢皮、海顿的乐曲以及民歌等，进行连播，深受听众的欢迎。

《康素爱萝》是一部现实主义和浪漫主义相结合的作品。小说的人物塑造具有这个特点。康素爱萝这个形象基本上通过实描塑造而成。小说里的许多人物也多半采用这种手法。例如，阿尔贝伯爵的父亲是一个精雕细刻的人物，他看似糊涂，实则很有主见，到时候凛然不可侵犯。他了解儿子的心思，同意儿子与康素爱萝结合，这表明他还是一个相当开明的贵族。他的弟弟弗雷德里克男爵则是一个糊涂虫，终日沉迷在打猎之中，可是他心眼不坏，只不过像孩子一般没有头脑罢了。汪赛丝拉娃思想较为古板保守，心胸狭窄，却受人驱使，常常做出愚蠢可笑的事来。宫堡里的老教士专靠搬弄是非、暗中操纵女主人的手段来保持自己的地位，以便能在宫堡长期待下去。作者运用现实主义的笔触把这个内地贵族之家的各种人物刻画得生动真实，惟妙惟肖。另一方面，乔治·桑塑造人物又与巴尔扎克等现实主义作家不同，她是“按我所希望的那样、按我认为应该的那样去描绘人物”的(《〈木工小史〉序》)。康素爱萝就是这样一个按理想塑造的形象。她的品德和才能尽善尽美,而且胆略过人,虽然她体质羸弱,却在崎岖坎坷的地下穴道彳亍而行。这些描写使她具有浪漫色彩。阿尔贝伯爵的形象就更具浪漫特点。他似疯非疯,在疯话中隐藏着真知灼见;他的言论显示出他是一个有高度智慧的人物;他膂力过人。这些描写使他成为一个传奇式的人物。

小说对生活场景的描绘是写实的,但人物的遭遇则很离奇。尽管乔治·桑曾经争辩说,她描绘的世界全部是真实的,“我可以说,我的小说里最不可能发生的事,恰好是现实世界中发生过的(乔治·桑,《〈康素爱萝〉出版说明》)”,但仍不能排除小说中运用了似真似假等浪漫手法。乔治·桑设想的给池子灌水和放水的方法就纯属虚构,从科学上来说很不严密,虽然从理论上说这是可以实现的,但在当时似乎缺乏实施的手段。至于对康素爱萝没有走上正确的方向,误入泄水道,千钧一发之际侥幸脱险的描写,则纯粹是浪漫主义的。小说在描写威尼斯、巨人宫堡、乡村、维也纳的场景时,笔锋犀利,翔实地反映了时代的风貌,具有现实主义的格调,而其中插入的威尼斯的水乡风光、波希米亚的葱郁森林、多瑙河的秀丽景致,则又五光十色,斑斓夺目,极富于地方色彩和异国情调。《康素爱萝》同乔治·桑的许多小说一样,具有神秘主义的倾向,这种神秘主义是同离奇的情节相结合的;神秘色彩也增加了小说的浪漫成分。

乔治·桑的浪漫主义同雨果的浪漫主义并不相同。雨果的小说具有豪放的风格,有如暴风雨一般,气势浩瀚,而且奇谲诡秘,常常异峰突起。他善用对比反衬,以截然不同的感情、性格来状物写人,收到异常鲜明的效果。而乔治·桑的小说具有更多的抒情意味。她的小说也常常出现紧张和令人激动的场面，但宛如一场骤雨，紧张过后能给人以清凉舒适之感，这种感觉就来自小说的抒情场面。可以《康素爱萝》中对地道的描绘和《悲惨世界》中让·瓦尔让穿越下水道的描写为例。在雨果笔下，巴黎下水道阴森可怖，是藏污纳垢之地。让·瓦尔让背着受伤的马里于斯从这里逃走，他冒着危险摸索前进，不料在塞纳河的出口处又遇上他的死对头之一泰纳迪埃。一波未平，一波又起。读者始终处于紧张的心理状态中。而《康素爱萝》的描写却不同。康素爱萝所冒的危险开始似乎更大，山洞熔岩处处隐伏着使人葬身的险境但这里的景色自有瑰奇之处，洞穴里的人工斧迹令人赞叹。女主人公一步步走向安全，越过茨当柯的阻拦之后，她沿着潺潺的水流走去，这儿的景致又别是一番天地：从地表缝隙里透进来的空气拂动着丛生的水草，透过缝隙能看到满天繁星。这幅奇景令人心旷神怡。最后，康素爱萝来到阿尔贝居住的地方。正是在这儿，两人的心沟通了。雨后复斜阳，风景分外好。紧张的情节同抒情的笔触交融一体。乔治·桑的浪漫主义就具有这种热烈奔放而又委婉清丽的特点，恰是这种风格使乔治·桑成为独树一帜的作家。

综上所述，《康素爱萝》在思想内容和艺术上都充分反映了乔治·桑所取得的杰出成就，堪称她的代表作品和古典文学中的名著，值得我们加倍珍视和认真研究。

《瓦朗蒂娜》简论

乔治·桑从尝试写作，到蜚声文坛，可以说异乎寻常的迅速。1832 年初，她用六个星期写出了第一部小说《安蒂亚娜》。她将手稿拿给自己的情人和初期文学创作的指导者于勒·桑多去看，建议他跟她共同署名发表。但桑多阅后感到异常吃惊和难堪。他的女合作者文风大变，今非昔比，水平远远高出于他。他拒绝了这慷慨的好意。

《安蒂亚娜》的作者署名乔治·桑。桑是女作家和桑多两人名字混合以后产生的笔名；至于乔治，同通常人们采用的乔治略有不同，末尾少了一个“s”。在女作家的思想中，乔治既是个男性名字，又是她的故乡“贝里人”的同义词。这个笔名具有双重的意义：女作家表现了她对故乡的热爱之情，同时又流露了她作为新女性要在这个男性占统治地位的社会中争一席之地的强烈愿望。乔治·桑的愿望在某种程度上似乎是达到了。

《安蒂亚娜》获得了相当大的成功。她的文学老师昂利·德·拉都什写信给她：“啊，我的孩子，我对你非常满意。”有的批评家认为她比大名鼎鼎的女小说家和评论家斯达尔夫人更高一筹。巴尔扎克也撰文表示赞赏：“此书的成功是确定无疑的。”比较起来，乔治·桑从事文学创作不到一年半工夫，便跻身于文坛前列。而巴尔扎克在成名之前写了十部小说，磨砺了十年之久；斯丹达尔此时仍然默默无闻。无疑，乔治·桑的步入文坛要顺利得多。

其实，一个作家的成名有各种因素促成。单就乔治·桑来说，至少可以找到下列三个原因。

首先，是由于作家的创作意识觉醒和成熟得较早，艺术技巧成长过程较快。乔治·桑在《我的自传》回忆道，她来到巴黎以后不久，“不由自主感到自己是个艺术家，虽然还从来没想到过我会成为艺术家”。乔治·桑有一天走进了绘画博物馆，被历代大师的名画吸引住了。第二天、第三天，她又去看画，从博物馆一开门便进去，直至博物馆关门。她如醉如痴，站在提香、鲁本斯等大画家的名作前，像钉住了一样。她从中领悟到为什么意大利文艺复兴时期的绘画会受到人们赞赏，而佛兰芒画派之所以吸引她，是因为这些绘画表达了现实中的诗意，她进而悟出了什么是美。她感到自己来到了一个新世界中。离开博物馆后，大师们创作的形象在她眼前再现，她在这些杰作中感受到什么是生活；在现实中，人和事物往往笼罩上一层纱幕，艺术作品就是要找到出色的形式，去表现裹在纱幕中的人和事物的本质。她的头脑里涌现出一大堆人物的名字，心情兴奋至极，在街上游荡，忘了吃饭（《我的自传》）。乔治·桑无疑是个感情极为丰富、极为敏感的作家，同艺术大师的杰作接触，触发了她头脑中的艺术神经系统；同时，这些杰作给了她正确的指导，指引她如何去描绘人生，启迪她艺术的奥秘是什么。无可讳言，乔治·桑在同于勒·桑多的合作中，初步学会了一些创作手法。即使桑多连二流作家也算不上，创作手法多半是当时流行的通俗作品的写法，追求古怪离奇的情节，但乔治·桑从中还是学到一点布局谋篇的诀窍。自然，她并不满足于去编造一些毫不接触重大生活题材的故事。这种思想状态一旦同艺术博物馆中大师们的杰作给予她的启发相结合，便诱发了她的想象激情，使她走上正确的创作道路。

其次，乔治·桑是个孜孜不倦的小说家，她能整夜接连不断地工作，只在修削鹅毛笔、给炉火添柴和装满烟斗（她像男子一样抽烟）时才停歇一下。缪塞曾经这样描述过乔治·桑忘我的写作热情，他对乔治·桑说："我不能像你那样，脑子里有一根钢丝小弹簧，只消按一下按钮，意志便会运转起来。"她能一口气写作 8 小时，有时 12 小时。诗人和小说家泰奥菲勒·戈蒂埃到诺昂访问时，看到乔治·桑在半夜写完了一本书，睡觉之前又开始写作另一本书！1845 年，她用了四夜写出了《魔沼》。乔治·桑为什么要这样拼命工作，以致养成了习惯？就在她走上文学创作道路的时候，她过的是独立生活，需要挣钱来抚养两个孩子："离开他们，我会难受，问题不是要抱怨不迭，我必须工作。我从此决定从事文学生涯。我用笔比用主妇的针，对我的孩子们更为有用。（盖特·皮罗特，《乔治·桑》）"她的生活条件相当艰苦：躲在马拉盖沿河大街附近的一间阁楼里，房间热得要命。白天她到一个木匠间写作，很少出来，也没有人打扰她，只有蜘蛛和老鼠与她做伴。晚上，她下楼去呼吸新鲜空气，坐在石阶上沉思（《我的自传》）。这一切为的是争取到她的自由和尊严。在 19 世纪，需要工作的妇女是受人蔑视的，而乔治·桑却敢于同这种传统观念相抗衡。她说："我愿意成为艺术家，为的是能自我安慰：我不能无所事事，一无用处，像压在劳动者肩上的主人那样令人无法忍受。从兴趣来讲，我宁愿自食其力。"（《我的自传》）在明确、坚定的思想支持下，她才能奋笔疾书，勤于写作，笔耕不辍。这股动力保证了她旺盛的创作精力和不断进取的顽强探索，也是她迅速在文坛站稳脚跟和成为多产作家的原因之一。

最后，乔治·桑步入文坛时选取的主题具有特殊的意义。乔治·桑敢于蔑视传统的夫权主义，冲破了封建婚姻观念的樊篱，竭力追求妇女与男子的平等，甚至不惜标新立异，例如穿上男子服装，手握拐杖，在大街上目无旁人地行走。她从自身经历出发，将妇女的婚姻问题作为自己前期小说的压倒主题，她要“反对男人在婚姻中的暴虐，反对风俗在约定俗成原则的名义下的虚伪，通过妇女的自由和平等，要求爱情享有作为唯一主宰的特权，要求人格的独立，人格高于其他价值标准，人类法则要在这种价值标准面前弯腰屈膝，正如其他价值标准要在爱情面前弯腰屈膝那样”（罗什布拉夫，《乔治·桑作品选》）。乔治·桑要追求妇女的解放，这无疑是大胆的、具有不同寻常意义的举动。因为“在任何社会中，妇女解放的程度是衡量普遍解放的天然尺度”（恩格斯，《反杜林论》，《马克思恩格斯选集》）。所以，提出妇女解放问题是对封建意识的有力冲击。七月王朝初期，封建意识在风俗中和人们的头脑中还牢固地存在着。妇女是男子的附属品，在家庭生活和社会生活中，妇女实际上毫无地位和自由。乔治·桑是启蒙思想家卢梭的崇拜者，她从资产阶级民主主义思想出发，向往妇女得到民主自由的生活地位。另外，毋庸置疑，她受到傅立叶、圣西门的空想社会主义关于妇女问题的论述的影响。在这样的思想基础上，她才敢于挺身而出，向传统观念发起挑战。因此，乔治·桑早期关于妇女问题的小说反响很大，在社会上起到振聋发聩的作用，也就不是偶然的结果。

历史上也曾有过描写妇女问题的小说，但反映的内容不同。卢梭的《新爱洛依丝》抨击了不合理的婚姻制度，描写了受到封建意识束缚的妇女的内心痛苦。19 世纪初，斯达尔夫人写过两部小说：《苔尔芬》和《柯丽娜》，都是描述单身女人追求个人幸福的故事，但提出的问题和接触的症结都不够尖锐，既受到卢梭的影响，又达不到卢梭的高度，基本上没触及妇女解放的问题。诚然，斯丹达尔的《红与黑》也抨击了不合理的封建婚姻，但小说不是专门描绘这一主题的，而且由于别的原因，这部小说当时没有得到世人的理解。乔治·桑则不同，她的妇女问题小说是以妇女解放为前提的，她站在19世纪的高度要求妇女在社会上享有平等地位。因此，乔治·桑的妇女问题小说在文学史上，主题是崭新的。

无论如何，一颗新星已在法国文坛上闪耀出光彩。1832年秋，乔治·桑的第二部小说《瓦朗蒂娜》问世了。浪漫主义的前驱夏多布里昂不禁赞叹说："你将是法国的拜伦爵士。"这句话虽然言过其实，不够中肯，却也反映了人们对这个有着不同凡响的才能、驾驭独特题材的女作家是刮目相看的。

问题就在于，《瓦朗蒂娜》确实不比《安蒂亚娜》逊色。

从主题来看，《瓦朗蒂娜》也是从婚姻问题入手，去探求妇女的解放和争取社会地位平等。小说仍然采用多角恋爱的方式：男主人公贝内蒂克特是这些爱情纠葛的关键人物，他爱上贵族小姐瓦朗蒂娜，而她是朗萨克伯爵的未婚妻；贝内蒂克特与瓦朗蒂娜的姐姐路易丝有过恋情，路易丝开初拒绝，后来却爱上了他；贝内蒂克特被他的表妹阿泰娜伊丝热恋着，而后者有不止一个追求者。这种多角恋爱的情节也许是通俗小说给乔治·桑留下的不良影响，在某种程度上削弱了小说主题的集中表现，例如路易丝与贝内蒂克特的瓜葛是画蛇添足，显得多余。不过，乔治·桑通过这多角恋爱的情节，力图反映的思想还是脉络清楚的：小说中的几对婚姻都导致悲剧。瓦朗蒂娜在母亲的逼迫下与自己不爱的朗萨克结了婚，新婚之夜就是她的不幸的开始，因为朗萨克本是个浪荡公子，一身是债，他企图通过婚姻，获得妻子的房地产，用来还债。因此，他对瓦朗蒂娜只有虚情假意，丝毫没有爱情。婚后两人从未同房，始终分居。瓦朗蒂娜虽然同贝内蒂克特相爱，但他是个农民，又没有财产，无法跟一个贵族小姐结合。瓦朗蒂娜之所以不能冲破传统的枷锁，跟自己相爱的人结婚，是因为她有前车之鉴：她的异母同父的姐姐路易丝，就因为偷偷同一个花花公子相爱而遭到家庭的驱逐，在外流亡了十多年。姐姐的遭遇和严母的约束使她不敢越雷池一步，只能听任命运的宰割。乔治·桑力求写出这种不合理的、违反人情的现象是造成人间痛苦的罪恶渊薮。一方面作家通过主人公之口，道出“纯洁的爱就是这个宇宙的纽带和原则……我们创造出来是为了彼此相属的，我们之间缔结的非物质联系，胜过一切人间联系”，歌颂了爱情的神圣；另一方面，乔治·桑又通过男主人公，指出财富和地位是他们结合的障碍，愤怒指责：“婚姻社会、机构、可憎恨的东西！对此我只有刻骨的仇恨！”瓦朗蒂娜也提出了控诉：“我想把婚姻变成双方都视作神圣的一种约束。但他们嘲笑我的单纯；这一个对我谈论金钱（指朗萨克），那一个对我谈论自尊心（按指伯爵夫人），第三个对我谈论礼仪（指侯爵夫人）……他们怂恿我失足，鼓动我只知宣扬表面的德行。如果您不是一个农民的儿子，而是公爵和贵族院议员，我可怜的贝内蒂克特，他们就会吹捧我取得胜利！”男女主人公对不合理的婚姻制度的谴责，是一种叛逆思想。他们指出了这种婚姻制度扼杀了人们的天然感情，而且是以通奸来作为补充的。封建的卫道者只注重金钱、表面上的德行、礼仪，不许同下层阶级结合，只许向上攀亲，这种婚姻准则的虚伪实质暴露无遗。小说中，乔治·桑进一步用事实来证明不以自由恋爱为基础的婚姻所产生的恶果：瓦朗蒂娜被丈夫发现她同贝内蒂克特的柏拉图式的爱情关系，不得不被丈夫任意宰割，失去了偌大的蓝博宫堡和附属的地产，然后又被丈夫无情地抛弃；贝内蒂克特在幸福即将来临之际被情敌杀死；阿泰娜伊丝一气之下与自己不爱的人结了婚，享受不到家庭的欢乐，直至丈夫跌入河中淹死。乔治·桑在小说前言中说：“我指出了不幸结合的危险和痛苦……不知不觉在宣扬圣西门主义。”这句话是恰如其分的。乔治·桑抨击了不合理的婚姻，也指出了造成婚姻悲剧的部分原因。有人指责乔治·桑的思想“反婚姻”，这是毫无根据的。这种指责没有看到乔治·桑的用意在于披露封建婚姻给妇女带来的不幸和痛苦，她主张排除金钱和物质考虑的自由结合，仅仅是反对封建婚姻。然而，乔治·桑在当时也没有意识到，她正在宣扬空想社会主义。但正是在这一点上，《瓦朗蒂娜》具有不可忽视的进步意义。总之《瓦朗蒂娜》在反映妇女成为封建婚姻制度的牺牲品方面，完全可以同《印第安娜》媲美。

话说回来，如果《瓦朗蒂娜》只是重复《安蒂亚娜》的主题，那么，它就不会得到后人的重视。事实上，《瓦朗蒂娜》还反映了其他问题，在某种意义上，这是一部承上启下的小说，从中可以看到乔治·桑第二和第三阶段创作的端倪。

众所周知，乔治·桑第二阶段的倾向是创作社会问题小说。《瓦朗蒂娜》已牵涉到这方面的内容。

小说描绘了农民与贵族尖锐对立的情绪。一方面，是贵族对农民的鄙视，以蓝博伯爵夫人为代表。她“厌恶下等人”，“深深蔑视下等人”，认为必须对下等人保持距离。她觉得女儿在舞会上当众被一个农民抱吻，是受到了侮辱。她看到女儿同贝内蒂克特接触便火冒三丈，认为有失体统。她的婆母由于出身和经历不同，对农民的态度则不一样，虽然骨子里她也是憎恨农民的。侯爵夫人经历过大革命，深谙“礼贤下士一些，为的是在未来的革命中拯救你的头颅”的道理，因而她乐于对农民笑脸相迎，装出和蔼可亲的模样。她的行动反映了旧贵族对农民的恐惧和戒备心理。农民对伯爵夫人和侯爵夫人的为人可是看得一清二楚，知道前者鄙视他们，但有时也想炫耀一下自己的阔绰，招待他们一顿，而后者虽然平易近人，却不会给他们美餐一次。农民是仇恨贵族的，认为贵族“只有过出生时的艰难，我们则不同，我们是历尽艰险才挣到家产的”。农民和贵族平日很少接触，宫堡和田庄彼此分隔，但对立情绪却隐伏着，农民随时都准备同贵族摊牌，尤其是富裕农民，更是跃跃欲试。莱里家借女儿结婚之机，大摆宴席，要跟伯爵小姐的婚礼相颉颃，压倒贵族的气焰。在小说结尾，蓝博家败落了，阿泰娜伊丝由于继承了一大笔遗产，成了蓝博宫堡的业主，但她不以此为满足，“她心痒难熬，很想以蓝博伯爵夫人的头衔，在贵族沙龙中得到仆人的禀报”。她终于如愿以偿，在丈夫死后，与取得蓝博伯爵头衔的路易丝的儿子成婚。资产阶级化的农民成为新贵，这是复辟时期农村阶级关系产生变化的一个侧面，反映了农村中阶级力量的消长情况。这是外省一个角落的社会变迁史。就整个社会而言，“巨资集中在几个人手里……没有廉耻，到处是贫困，充满弊端”，社会腐朽到根部，这是对复辟王朝准确的概括。由此可以看到乔治·桑对社会问题的关注，表明她的视野正在扩大。

乔治·桑第三阶段的创作题材是田园小说，同样，《瓦朗蒂娜》已经令人看到这类小说的萌芽。小说开卷便是对法国中部地区贝里农村绮丽风光的描画和对当地风俗人情的细腻绘写，这些描写给小说带来一股前所未有的清新气息。农民淳朴简单的生活，殷实农户的宽大房舍，尤其是热烈、别致、盛大的乡村舞会，把读者带到一个农家乐的新天地。在这样富有诗情画意的环境中，乔治·桑安置了不同阶级的男女的爱情故事，使小说具有田园牧歌的意味。小说描写男女主人公在河边垂钓，彼此之间萌生出不由自主的爱情的场景，就是这类田园牧歌式的故事最有代表性的篇章。这时贝内蒂克特在欣赏心上人水中的倒影，神不守舍，而瓦朗蒂娜也在偷窥着这个受过教育的农民，“一个在田野上和大自然中的男子汉，他健美的胸膛可能因为强烈的爱情而乱跳，他忘怀在瞻仰上帝所创造的最美的事物中。难以描述的气息飘荡在他周围火热的空气中；难以形容的、说不清的、不由自主的神秘激动，一下子使年轻的伯爵夫人朴实纯洁的心扑扑乱跳起来。”这样的田园牧歌与沙龙中的谈情说爱相比，自有它的异趣。在乔治·桑笔下，这类描写摆脱了庸俗意味，无论男女主人公在乡村舞会上的初遇，夏夜在山谷的相逢和坦率交谈，还是在宫堡小楼的消闲聚会，纵然都是良辰美景、佳人相会的一幅幅图画，却也透出俊逸秀美、洒脱自然的气息。这种田园情趣与富有浪漫色彩的爱情描写的融合，已预示了乔治·桑后来的创作基调。

从艺术上看，《瓦朗蒂娜》塑造了几个性格鲜明的形象，这是乔治·桑在创作上逐渐走向成熟的标志。瓦朗蒂娜是个具有民主主义思想的女性形象，这是乔治·桑创造的“女性画廊”中有独特光彩的人物之一。瓦朗蒂娜不会假作谦虚，诚实坦率而又气质高贵，“善于让人敬畏，又从不伤人自尊心”，但她没有贵族偏见，相反，她厌恶贵族的伪善和烦嚣的城市生活，渴望成为一个农家女：“我多么热爱这纯朴的生活和每天平静的活计！我会像莱里大妈一样，样样亲自动手；我会养一群当地最好看的牲口；我会有羽毛漂亮的母鸡和山羊，带到灌木丛中去吃草！”她十分关切农民的苦痛和欢乐，农民见过她为他们的不幸哭泣，因此农民和她之间没有什么隔阂。她不断地同自己心里的传统观念——不能与农民结合——做斗争，直到最后，命运和社会环境把她降到同农民一样的地位，她不得不寄居在农民家里，才打消了她最后的顾虑。不管怎样，她摒弃阶级偏见，与农民接近的思想和行动，已经是对封建门第观念的大胆挑战。正是这样，乔治·桑才将她看作一个理想的女性形象。她性格温柔却并不懦弱，在平静的外表下隐藏着果敢的、毫不退缩的意志，正是柔中有刚。贝内蒂克特则性情暴烈，易于激动，富有反抗精神。他蔑视金钱，憎恨贵族的自命不凡，看不惯暴发户的倨傲，对暴发户的吝啬与挥霍加以无情的讽刺。他宁愿放弃一门女方嫁妆十分可观的婚姻，不顾一切地追求瓦朗蒂娜；

达不到目的时诅天咒地，指责上帝不去扶持弱者，企图开枪自杀，了结一生。这一行动同他的厌世思想是合拍的。早年在巴黎求学时，他虽然兴趣广泛，轮番爱上艺术和科学，可是，由于他并不想利用知识去谋取私利，正当他要取得成果时，他却止步不前，半途而废。这种与世无争的举动其实是愤世嫉俗的表现。所以，他拒绝了阿泰娜伊丝以后，回到自己狭小的屋子，清茶淡饭；他追求瓦朗蒂娜也不是看中她的财产地位，而是在爱情的驱使下不由自主的行动。

蓝博伯爵夫人是一个相当生动、真实的形象。她本是资产阶级出身，帝国时期嫁给贵族，实现了朝思暮想想得到贵族的荣耀和头衔的心愿。随着拿破仑帝国的覆灭，她的好日子也就一去不复返了。她庸俗、狭隘、爱慕虚荣，发现丈夫前妻之女越来越漂亮以后，便千方百计要把继女赶走。继女的情人竟是她的情人，这一点使她更加怨恨继女。甚至她要嫉妒自己女儿的美貌，想方设法把女儿留在家里，自己一个人去参加社交活动，免得自己相形见绌。“她空虚高傲的心从未尝过家庭的温暖。”她本想利用贵族身份炫耀自己的财富，后来又匍匐在王权面前，但这一切都幻灭以后，“热衷于阴谋诡计就成了唯一的精神食粮，她在其中倾注了逆境在她身上积聚的怨气”。她一手包办了女儿的婚姻，葬送了女儿的一生；她倚仗掌握钱财，控制婆母的行动；她热衷于争讼，以发泄自己的精力和显示自己的活动才干。这个专横跋扈、猥琐促狭的贵妇，是 19 世纪初叶法国社会产生的精神畸形儿。侯爵夫人是另一种贵妇的写照。她性格软弱、轻率、喜爱奢华而又自私，她本来最喜爱大孙女路易丝，可是慑于儿媳的淫威，“完全抛弃了路易丝，免得自己陷入贫困”。这是一个在经济上败落，不得不依附他人，而且经历过法国大革命，懂得怎样保存自己、委曲求全的旧贵族形象。不过，死前她还是要报复一下，揭露蓝博夫人的平民出身，表明这是伯爵夫人最大的缺陷。她这样说：“对于一个出身低微的女人来说，总而言之，她待我还是不错的。”这种隐含讥讽、似褒实贬的口吻，只有贵族阶层的人物才说得出来。

此外，阿泰娜伊丝也写得相当生动传神。她出身农民，却不欣赏农民的纯朴品质；不愿做活计，生怕动手干活会重新下跌到摆脱了的地位。她“爱虚荣、野心勃勃、爱嫉妒、狭隘”。当她在床上醒来时，看到身旁的丈夫是个粗鲁、缺乏优雅潇洒举止的农民，她便泪水盈眶。她“一直喜欢贵族；高级的语言，即使超出她的智力和能力，她也觉得具有最强的吸引力”，正是这样，她才爱慕贝内蒂克特。她最后终于成为伯爵夫人。她的心理和性格，体现了暴发户农民想跻身贵族和上层阶级的社会现象。

塑造人物的成功与否，是衡量一个作家的艺术功力的重要标准，由此看来，乔治·桑之所以脱颖而出，几乎是一鸣惊人，就不是奇怪的了。她对现实生活的观察和感受相当敏感、深刻，而且能够形象地再现出来。乔治·桑尽管是个浪漫派作家，但塑造人物时她并不仅仅使用浪漫手法，而且也善于采用现实主义手法。男女主人公瓦朗蒂娜和贝内蒂克特具有更多的浪漫色彩，而伯爵夫人、侯爵夫人和阿泰娜伊丝则具有更多的现实气息。乔治·桑塑造人物时是交替使用浪漫主义和现实主义手法的，显示了轻灵而又稳健的创作特色，这是她一贯的风格。

此外，《瓦朗蒂娜》的结构一气呵成，十分紧凑；乔治·桑温婉柔和，富于抒情色彩的笔调也给人留下深刻的印象。凡此种种，都是《瓦朗蒂娜》至今仍然拥有众多读者的原因。

《莫普拉》简论

《莫普拉》是乔治·桑处于创作转折时期的一部重要作品：她正从第一阶段的妇女问题小说转向第二阶段的社会问题小说。《莫普拉》于 1835 年 3 月动笔，但不久乔治·桑便停止了写作。她原定这是一篇“乡村小说”，且是个中篇，故事的背景放在农村，与《瓦朗蒂娜》相似。这篇小说是否仍然以妇女婚姻问题作为主旨呢？这正是症结所在。乔治·桑对此进行了反复的思索，可以断言，至少在写作过程中，她的思想产生了变化。乔治·桑在这期间开始接触到皮埃尔·勒鲁、巴贝斯、阿拉戈、拉莫奈等人的著作，[1] 她认识到妇女的解放并不能仅仅归结于婚姻，她的目光投向了更为广泛的社会问题。乔治·桑曾多次指出：“《莫普拉》的主题就一个中篇来说是过于丰富了，”这部小说“由不得我而变得复杂”。乔治·桑要把小说的内容大大扩充，冲破妇女问题小说的框架。在这种情况下，她终止了《莫普拉》的写作，一直等到 1836 年她考虑成熟以后，才重新拣起这部小说。因此，《莫普拉》是乔治·桑转向社会问题小说之前的试笔，从下列五个方面便可以看到这种变化。

第一，《莫普拉》的主题已经与妇女婚姻问题无关。在《安蒂亚娜》《瓦朗

1 皮埃尔·勒鲁（1791～1871），圣西门的信徒，1848 年曾任市长；巴贝斯（1809～1870），革命家，被拿破仑三世流放；阿拉戈（1786～1853），学者和政治家，1848 年二月革命后任临时政府成员；拉莫奈（1782～1854），思想家，主张政教分离，宣扬人道主义。

蒂娜》《莱莉亚》等妇女问题小说中，中心问题是女主人公的婚姻悲剧，换句话说，这些小说的女主人公为了冲破封建婚姻或不合理的婚姻结合而对社会提出了强烈的抗议。在乔治·桑看来，妇女的解放取决于婚姻的自由和美满。在这些小说中，女主人公往往竭力追求理想的婚姻，可是到头来都未能如愿以偿。但在《莫普拉》中，小说内容完全改变了，女主人公虽然受到口头上把终身许诺给别人的约束，事实上却掌握着自己的命运。正是由她来挑选自己中意的终身伴侣，由她来考验情人的忠诚——这段考验时间长达七年，甚至在婚后，她仍然掌握着丈夫的行动，让他参加志愿军抗击敌人入侵共和国，胜利后又立即召他回到自己身边。女主人公爱德梅是完全独立的，不受丈夫主宰。妇女的婚姻问题已经不复存在了。

第二，《莫普拉》展示了相当广阔的社会背景，虽然这并不能说是一部历史小说，却触及了法国大革命之前中部地区的农村状况和阶级矛盾，这正是后来的社会问题小说，如《康素爱萝》《安吉堡的磨工》等所描绘的社会背景。按小说的叙述，男主人公生于1757年，故事正式展开是在1774年，当时男女主人公均为17岁。贝尔纳·德·莫普拉7岁成了孤儿，由祖父特里斯当收养。特里斯当和他的八个儿子是封建制度下最落后、最野蛮、最凶残的代表。他们是一伙强盗、土匪，烧杀奸淫，无恶不作。他们是“封建小暴君这一类人的最后残余”，甚至连封建王国的司法制度都不遵守，因为他们负债累累，无力偿还，只能以这种劫掠手段来苟延残喘。他们的存在是封建制度的腐朽和趋于灭亡的象征；他们固守的城堡是封建的顽固堡垒。这个城堡的覆灭是封建顽固势力败退的写照。

这个家族并不是乔治·桑凭空杜撰的。乔治·桑说过：“我在我们黑谷的茅屋中部分搜集到这个故事。”乔治·桑不仅采用了贝里地区的一些传说和事迹，而且以当地的土豪劣绅作为小说人物的原型。小说第六章提到的普勒马丁就是特里斯当式的人物，两者如此相似，以致1853年，普勒马丁的后代要求乔治·桑取消小说中的那个注解（注解指出普勒马丁“淫邪凶残”，“把贝里地区封建的强盗传统延续到旧王朝的末日”）！女小说家还注意到，不但像特里斯当这样的社会渣滓在千方百计地对抗时代潮流的发展，即令是骑士于贝尔·德·莫普拉这样较开明的绅士，“在他身上，如同在大多数贵族身上，基督教忍辱负重的信条，却在血统高傲感面前碰壁；”“骑士满脑子尽是偏见。他受到他那个时代对乡下贵族来说良好的教育，可是时代比他前进得更快。”这是洞察入微的剖析。作为贵族阶级的一员，骑士摆脱不了本阶级的偏见；时代在飞速前进，尤其在18世纪下半叶，随着封建王国的日益衰弱以及启蒙思想的迅速传播，人们的观念发生了巨大的变化：“文明大踏步迈向革命的大动荡……教育的光芒，作为典雅宫廷的遥远反映的高雅趣味，或许还有对民众行将到来的可怕觉醒的预感，这些都渗透到古堡中，直到小贵族半带乡土气的庄园里。即使在中部境况最落后的省份，社会平等的思想也已经战胜了野蛮的习俗。”社会矛盾已发展到一触即发的地步，直至家庭内部、每间小屋，无不孕育着激烈的动荡，唯有一次大革命才能重新组织起新的社会秩序。新观念的传播超过了骑士思想上接受新事物的程度，他不能不落伍于时代发展。小说的描写可说是十分深刻而准确的。

围绕着这个封建家族的命运，作者把目光扫向周围发生的一些重大事件。1776年末骑士一家来到巴黎过冬，这时，美国的独立战争爆发了，富兰克林给法国宫廷内部带来了自由的种子，拉斐特秘密准备远征，伏尔泰在巴黎获得最高荣誉（小说的描写比实际情况提早一年），在巴黎的沙龙里，伏尔泰和富兰克林分别得到最高赞赏和最热烈的好感。这些事件接二连三地被提到，从而烘托出当时的革命形势。另外，爱德梅曾坐在庇护启蒙运动哲学家的马莱塞尔伯身旁，事实上，这位政治家确于1776年被任命为王家国务秘书而回到巴黎。男主人公更是前往美洲参加了美国的独立战争。小说提到了这场战争的一些重大事件：如萨凡纳的争夺战、格林和盖茨的行动、阿诺德的通敌。至于法国大革命，小说虽然一笔带过，但也作了不可缺少的交代。贝尔纳讲述生涯的这80年，几乎是一部风云变幻的法国历史。乔治·桑并不追求历史事件的准确性，而是以粗线条勾画出18世纪末的法国社会生活。她的视野显然扩大了，使一部爱情小说具有了较丰富、较坚实的内容；她对社会矛盾的剖析也避免了早期小说的偏颇观点，而变得比较符合实际。

第三，《莫普拉》中出现了一个农民哲学家的形象帕希昂斯，这个人物可以说是《康素爱萝》中的莰当柯，他是这类人物形象中的第一个。帕希昂斯信仰"自然哲学"，在他身上体现了卢梭以及拉莫奈等人的思想。他反对贵族，认为"人民胜过贵族，因为贵族压榨人民，让人民受苦！"他还认为："穷人受够了苦，将会起而反对富人，宫堡纷纷倒塌，土地将被分掉……再没有仆人、主人，也没有农奴、领主。"他主张平等自由，他热切盼望"普遍平均化和恢复黄金时代的平等"。他是农村中的哲学家和法律家，实行卢梭返回自然的生活准则，过着苦行僧的生活。贝尔纳案件最后是由于他的侦访，听到了若望和安托万的一场谈话才真相大白的。在作者笔下，他是农村中纯朴、睿智、正直的农民的化身，是在封建时代污浊现实中闪光的一颗珍珠。这样的理想人物是乔治·桑接受了新思想以后的产物，是她的空想社会主义的萌芽的表现。

第四，《莫普拉》加强了对封建制度的讽刺和抨击。小说末尾尖锐地揭露了18世纪末法国的司法制度：司法机构不问青红皂白，只依据个别人的"揭发"就逮捕了无辜的贝尔纳，尤其是法庭上法官不做缜密的调查，在有些重要案情未经核实，存在着极大疑点的情况下，居然判处了贝尔纳死刑！小说没有遗漏提及证人和法官受到了贿赂，所以才敢于作伪证和仓促地做出如此荒唐的判决。等到要复审案件时，法院又任意拖延，手续慢得要命，与以前仓促从事恰成对照。通过这些描写，法官的贪赃枉法、草菅人命相当形象地得到了再现。这场审判是对封建司法制度的一份控诉书，它如同一出风俗喜剧，各种人物在其中都进行了充分的表演，袒露了自己的灵魂或嘴脸。

小说对教会的抨击也是毫不留情的。小说第十九章集中了对这个“可怕的敌人”的针砭和暴露。贝尔纳为了同若望直接会面，来到加尔默罗会隐修院。这座隐修院“表面上制度森严，实际上却十分富裕，纵情享乐”，里面的僧侣“过着前所未有的最舒适、最懒散的生活；他们穷奢极欲，摆脱了舆论的监督”。院长出面同贝尔纳交谈，目的是要贝尔纳让步，拱手奉送一大笔财产，否则，院长威胁“要做出疯狂的举动”。这个面目可憎的院长一方面假惺惺地表示：“一个虔诚的人能从掌握尘世的财产中获得莫大的安慰吗？”另一方面却又话锋一转，说什么“过眼烟云似的财富代表无谓的取乐越应当受到蔑视，遵守教规的人就越应当坚决要求收回它们，因为这些财富为他确保了做好事的手段”。这番话充分暴露了这个宗教团体奉行“义行善举”，无非是为了享乐和扬名的私利。为了达此目的，他不惜软硬兼施，不择手段。这个团体收留了一些作恶多端的歹徒，例如若望·德·莫普拉。这个瘸腿贵族令人想起莎士比亚笔下的理查三世，他诡计多端，常常虐待童年时的贝尔纳；在特里斯当的八个儿子中，他最会出鬼点子；他逃脱骑警的追击以后，隐姓埋名，当了隐修士，但仍出没于老家，觊觎着他的叔叔骑士于贝尔的财产。乔治·桑把这样一个恶棍写成隐修士的一员，表明她对这类宗教团体是深恶痛绝的。

《莫普拉》对司法制度和教会的抨击，涉及她以往的小说所不曾有过的内容，说明她在关注社会弊端方面前进了一大步。

第五，《莫普拉》的主要情节是描写在爱情的感召下，一个从小受到不良习俗熏陶的贵族青年，如何在获得文化知识的基础上，改掉了丑恶、卑劣的行为和思想，成为新人的故事。这个故事发展了卢梭的教育思想，也是乔治·桑民主主义思想的一种表露。女主人公爱德梅在小说中是美和善的象征，她具有强烈的共和主义信念，并以这种信念感染了帕希昂斯，得到后者的敬重；她支持贝尔纳参加美国独立战争，后来又让他去抗击入侵者，但她并不要贝尔纳混入官场，战争结束后及时把他召了回来。她受到贝尔纳善良本性的吸引，深深爱上了他，然而她不能容忍这个小伙子野性未驯的种种恶习，她说："但我不爱恶，我不能爱恶，如果您在自己身上培养恶，而不是拔除恶，我就不能爱您。"她坚持这条原则，绝不肯向贝尔纳的哀求让步，她深知终有一天贝尔纳会改变成另一个人，符合她的理想要求，跟着时代潮流前进。另一方面，她认识到自己的未婚夫德·拉马尔什是个没有慈善心的贵族，他"会让穷人饿死在他的宫堡门口"，他们俩之间没有共同语言，不存在爱情结合的基础，她于是毅然决然丢下他，选择了贝尔纳。这个富有眼力和心计的姑娘终于获得了幸福。乔治·桑曾在自己的笔记中写下这样的句子："你受到诱惑，出于忠诚向情人让步。须知，当你的偶像不符合可作楷模的牺牲时，这种忠诚并不美……灵魂在放错位置的激情中会变得衰竭，并被毁掉。"爱德梅正是按照这一准则去行动的。至于贝尔纳，这个青年本质不坏。他始终看不惯他的叔叔们的恶行："我从童年起就听到邪恶的信条，但我没有接受。我从不认为允许犯下恶行，或者我从不感到这样做是快事。我作恶时是被武力强迫的。"他本性有善良的一面，这是他能改恶从善的基础，而不像他的叔叔们，都是怙恶不悛的恶棍。但这个改变过程相当漫长，绝不是一朝一夕就能功德圆满的："为了从狼变成人，必须斗争四五十年，而为了享受自己的胜利，则必须活过一百岁。”贝尔纳终于经受住了考验，获得了新生。卢梭在《爱弥儿》中写道：“心灵只能自动接受法则；人们企图束缚它，是为了解救它；人们让它自由自在，则会束缚它。”爱德梅正是按照这一原则去改变贝尔纳的。支持着贝尔纳行动的是他对爱德梅的爱情，这爱情从爱德梅误入盗贼老巢时就开始了：“她是我终生唯一所爱的女子；从来没有别的女子吸引过我的目光，感受过我的搂抱。我生性如此；我爱什么，就永恒地爱，无论是过去、现在，或者将来，都始终不渝。”贝尔纳在爱情专一方面堪称楷模，这是作者力图再现的忠于爱情的理想人物。贝尔纳的一生表明，教育在改变人的习性，进而使某些落伍的人跟上文明发展的过程中，起着巨大的作用。乔治·桑认为，人是能接受新时代的文化知识的，教育能促进人们之间新关系的形成，如果这个人受到爱情的驱使，这一改变就更易实现。

从上述五个方面来看，《莫普拉》明显地超越了妇女问题小说的框架，在内容上成为乔治·桑最丰富的小说之一。从它问世以来，一直受到读者和评论家的重视和赞赏。当然，这同《莫普拉》在艺术上所取得的成功也是分不开的。

《莫普拉》被称为一部“斗篷加长剑”式的小说，所谓“斗篷加长剑”，如同我国的武侠小说那样，注重情节的复杂曲折，波澜起伏。乔治·桑早年受到 19 世纪初流行的“黑小说”的影响，从《莫普拉》中就可以看到传奇小说的痕迹。尤其是小说开头，在风雨交加的夜晚，一个迷了路的美丽姑娘来到魔窟，外面是骑警队在猛攻，这个少女则在宫堡里为保持自己的清白展开一场斗智。这样的场面颇能看到“斗篷加长剑”，即英雄加美人的故事构想。但是，《莫普拉》的传奇色彩仅到此为止。与其说乔治·桑是在模仿“黑小说”，还不如说她是采用这类小说的一些有效手段来增添小说的魅力。这样的描写确能一下子吸引住读者。

《莫普拉》在情节安排上是相当引人入胜的。紧接在爱德梅误入魔窟之后，是贝尔纳对她的一场爱情追逐，最后他俩从地道安全逃出。他俩来到帕希昂斯在森林中的塔楼里。碰巧的是，城堡在夜里被攻破，两个莫普拉逃到这里，与贝尔纳和爱德梅不期而遇，其中一个叫洛朗的受了致命伤，另外一个叫莱奥纳的为了拒捕，免得受辱，趁宪兵不注意，夺枪自尽。戏剧性的场面一个接着一个：来到骑士家里以后，贝尔纳展开了对爱德梅的爱情攻坚战，而爱德梅的未婚夫拉马尔什是他们之间的障碍。这不是一场司空见惯的三角恋爱描写。爱德梅力图改变贝尔纳的习性，这一点是独特的，摆脱了庸俗趣味和雷同的描绘。贝尔纳并没有轻而易举就接受爱德梅的安排，潜心学习，他的思想转变过程写得细腻而合乎情理；随后，为了能配得上爱德梅，他准备参加美国的独立战争，赢得荣誉。可是，贝尔纳从美国凯旋后，并未能实现与爱德梅结合的梦想。一波未平，一波又起：爱德梅遭到枪击，而且是在贝尔纳和她发生一次口角之后，表面看来这是贝尔纳出于嫉恨而干的蠢事，或者如同他的朋友们想为他开脱的那样，是他的枪走火，误伤了爱德梅。审判贝尔纳达到小说发展的高潮，这个高潮写得精彩纷呈，跌宕起伏。作者先介绍了贝尔纳所面对的严峻形势，他处于极端不利的地位，因为几乎没有任何于他有利的证据。公审场面写得有声有色，特别是爱德梅的贴身女仆勒布朗的出场和作证出人意料，她把印象和表面现象当作事实并串联起来的证词几乎无懈可击，她提供的一封贝尔纳写给爱德梅的信更是置贝尔纳于不利的境地。正当法庭宣判贝尔纳死刑之际又突起波澜。神秘的、出没无常的帕希昂斯忽然出现，要求推迟死刑执行期限，因为他有重要的证词。于是贝尔纳的案子出现了转机。经过他的战友阿瑟的斡旋奔走，爱德梅复原后的出庭作证，帕希昂斯的揭发，案情才水落石出，小说自然而然和令人信服地走向结局。这场审案写得扣人心弦。综观全书，整部小说写得一气呵成。尤其难能可贵的是，小说是由年届八旬的贝尔纳口述出来的，读来却没有生硬和脱节之感，相反，小说酣畅自如地写出了人物的所思所想。这一切显示了乔治·桑娴熟的写作技巧。

乔治·桑还善于运用通过某些地点的反复出现来贯穿情节始终的小说手法。例如帕希昂斯寄居的加佐塔楼（这个塔楼确实存在于作者的家乡）曾出现过三次：第一次是贝尔纳 13 岁时在那里用弹弓打死了帕希昂斯心爱的一只猫头鹰，激起了帕希昂斯的愤怒，他惩罚了这个恶作剧的孩子；第二次是在贝尔纳 17 岁时，他同爱德梅逃到这里歇脚；第三次是贝尔纳在二十四五岁时，爱德梅在这里受到枪击。这三次构成了男主人公一生的三个重要阶段，加佐塔楼仿佛是个见证人，目睹了贝尔纳的一生经历。这是将小说情节有机地糅合在一起的有效方法。

最后还要提到小说中优美的风景描绘。无论是雷雨之夜贝尔纳居住的那个城堡的阴森、地道和机关的巧妙、宫堡废墟的荒凉恐怖，还是骑士于贝尔的宫堡里夜晚月下一对情人的交锋，面对初秋多雾之夜的田野人物内心的感受，都写得富于抒情和浪漫的色彩，这是对法国中部地区农村风景的一曲颂歌。

总之，《莫普拉》在内容上很难归入哪一类小说，而在艺术上又完全具备乔治·桑流畅自然、温婉亲切、情感炽热、优美抒情的风格，无疑属于她写得最优秀的作品之列。乔治·桑在写作时已意识到这点，她在 1837 年 3 月 30 日写完《莫普拉》的第二部分时，曾写信给出版商说："我相信能确保这部小作品的成功。"乔治·桑并没有言过其实，她兑现了自己的诺言。

雨果小说简论

维克多·雨果是法国浪漫派的领袖，他在小说、诗歌、戏剧、散文和文艺理论上都有重大建树。毋庸置疑，他是法国文学中最负盛名的作家之一，并毫无愧色地跻身于世界大作家之列。

一、生平和创作道路

雨果于 1802 年 2 月 26 日诞生在贝尚松。父亲是个共和党人，在拿破仑部下从一个普通士兵擢升为指挥官、将军。母亲信奉保王党。雨果幼年和少年时，父亲征战疆场，无暇顾及他。他跟随着母亲，在政治上受到母亲的影响，成为保王党的忠实信徒。他几乎以喜悦的心情迎接拿破仑的下台。雨果从 12 岁开始写诗。1817 年法兰西科学院为了纪念圣路易节，以“研究生活带来的幸福”为题，举行诗歌比赛。雨果得了第一鼓励奖。1819 年，他又获得图卢兹的百花诗赛奖。名重一时的浪漫派先驱夏多布里昂将雨果誉为“神童”。雨果也表示：“要么成为夏多布里昂，要么一事无成。”这是雨果为自己立下的第一个雄心壮志：要成为文坛泰斗。1818 年到 1819 年，他连续三次得奖，获得国王路易十八的 500 法郎奖金。1819 年，他同两个兄弟创办《文学保守者》，至 1821 年为止。1825 年，他以《加冕大典》献给查理十世，得到 2000 法郎的奖赏。

雨果是个早熟的诗人。1822 年，他发表了第一部诗集《颂歌集》。随后他与青梅竹马的阿黛尔·富歇结婚。1824 年他出版了《新颂歌集》，两部诗集随之合成《颂歌与民谣集》。雨果借取了中世纪行吟诗人喜欢的题材和形式，有的诗篇表现了高超的技巧。1826 年，他与维尼、缪塞等浪漫派诗人组成第二文社。1827 年，雨果转向政治上的自由主义，他的思想产生了重要变化。《铜柱颂》(1827) 缅怀拿破仑时代对封建君主国家的武功就是表征。

1827 年 10 月，雨果发表《〈克伦威尔〉序》，这是浪漫主义文学的宣言书，雨果从此成为浪漫派的领袖。这篇洋洋洒洒的雄文，在文学批评史上，具有划时代的意义。雨果提出："浪漫主义不过是文学上的自由主义而已。"他批评古典主义戏剧的造作和束缚，反对三一律，提倡现代正剧，与古典主义相抗衡。为了反对假古典主义，雨果提出了一条新的美学原则：对照。他认为："丑怪就存在于美的旁边，畸形靠近优美，滑稽怪诞藏在崇高的背面，恶与善并存，黑暗与光明相伴。"这条对照原则，一直指导着雨果的文学创作。

1829 年，雨果发表《东方集》，其中有歌颂希腊独立战争的诗篇，景色描绘十分出色。同年，他发表了剧本《玛丽蓉·德洛尔姆》，由于描写的是波旁王朝统治下发生的事，遭到了禁演。1830 年 2 月 25 日，《欧那尼》正式上演。演出期间，浪漫派和假古典主义展开了激烈的斗争。首演时，浪漫派占了上风。斗争从第二场演出又重新开始，直至第 43 场，最后浪漫派的胜利终于确立。雨果名声大振，圣伯夫用两句诗形容他这时的威望："我们在您面前就像芦苇折腰。您走过的风能将我们掀倒！"雨果成为文坛上升起的一颗灿烂的新星。

早在 19 世纪 20 年代，雨果写过两部小说《冰岛魔鬼》和《布格-雅加尔》，受到英国哥特体小说和司各特的影响，具有浪漫主义的特点。1829 年他发表中篇《死囚末日记》。1831 年，雨果发表了《巴黎圣母院》，这是一曲反封建的悲歌。小说女主人公爱丝梅拉达和钟楼怪人加西莫多代表受欺凌受迫害的下层人民。结局攻打巴黎圣母院的浩大场面，显示了人民的威力，这也是七月革命的一种回响。雨果将对照艺术运用到出神入化的地步。这部小说不愧为浪漫派文学的典范作品之一。

30年代至40年代，雨果主要从事诗歌和戏剧创作。他发表了四部诗集：《秋叶集》(1831) 抒写家庭和个人生活，情调忧郁；《晨暮曲》(1835) 既抒发忧愁，又憧憬希望的到来；《心声集》(1837) 回忆家庭生活，描绘大自然美景；《光与影集》(1840) 记录了他与朱丽叶的爱情，扩大了大自然的题材。这一时期，雨果主要从事抒情诗的创作。他以才思敏捷、题材丰富、激情奔放、韵律多变而称雄诗坛。雨果创作了六部戏剧。《国王取乐》(1832) 写的是法国文艺复兴时期国王弗朗索瓦一世的轶事。《吕克莱丝·波基亚》(1833) 描写一个女下毒犯的故事。《玛丽·都铎》(1833) 描写十六世纪英国女王的爱情纠葛。《安日洛》(1835) 描绘16世纪意大利贵族的复杂感情关系。这些剧本情节离奇，下层人物的作用十分突出。这个倾向在《吕依·布拉斯》(1838) 中得到进一步的表现。此剧是雨果戏剧创作的一个总结。主人公最后反抗和杀死了他的主人，他是聪明的下层人民的体现者。这部诗剧具有古典式的纯粹和简洁，形象鲜明，风格高雅。雨果的戏剧创作以《城堡卫戍官》的失败而告终。

雨果是法国戏剧史上的重要作家，他与古典主义戏剧家高乃依、拉辛和莫里哀齐名。他的主要功绩在于使浪漫主义戏剧确立了地位。他的戏剧不同于古典主义，其特点是描写下层人物，颂扬他们的聪明、能干、有理想和反抗精神，体现了深厚的人道主义思想。例如他笔下的绿林好汉欧那尼、小丑特里布莱、仆人吕依·布拉斯都是被社会排斥、被放逐、受侮辱、地位低下的人物，雨果的同情在他们一边。同时，雨果暴露贵族的贪婪、狠毒、好色、狡黠、背信弃义、好吃懒做。雨果的剧作喜欢悲喜混合，人物塑造运用对照手法。总的说来，他的戏剧是向现代剧的过渡。

从40年代开始，雨果力图在政治上有所所为。1841年，雨果经过多次努力之后，进入法兰西学士院。1845年，雨果当上贵族院议员。他为受压迫的波兰大声疾呼，为人民的贫困鸣不平，反对死刑。他属于自由派，但不是共和派；是人道主义者，但不是社会主义者。1851年12月，路易-拿破仑发动政变，雨果企图组织抵制活动。希望幻灭后，他不得不逃到布鲁塞尔。1852年8月，他和家人避居在英国的小岛——泽西岛上；1855年又迁移至根西岛。但他念念不忘祖国，从他的房间可以瞭望法国海岸。

在布鲁塞尔逗留时，雨果已经开始写作《一件罪行的始末》，并写成论战性小册子《小拿破仑》(1852)。雨果对路易-拿破仑的倒行逆施无比愤恨，与之誓不两立，由此又写出《惩罚集》(1853)。讽刺是《惩罚集》的尖锐武器。法国诗人勒贡特·德利尔指出："仇恨暴政，热爱自由，渴望斗争，争取胜利，勇于献身，一切都在诗集中凝聚、汇合。"雨果以拿破仑一世与拿破仑三世做对比，向政变时的死难者致哀，预言第二帝国的垮台，表示要战斗到底。1859年，雨果轻蔑地拒绝了拿破仑三世做出的大赦，他看不到这个政权崩溃，是不会踏上法兰西国土的。雨果过了19年的流亡生活，直至1870年9月，第二帝国覆灭，第三共和国成立后的第二天，他才返回祖国。

在流亡期间，雨果还写出了《静观集》(1856)。这是雨果对自己的生涯的总结和回顾，它汇总了各种抒情题材，并加以发展和完善，成为抒情诗创作的高峰。诗人咏叹童年、爱情，抒发失女的悲痛，写出哲理的沉思，感情真挚，诗句铿锵。

雨果不仅是个政治诗人和抒情诗人，而且是个史诗诗人。他从1840年起，就开始写作关于“人的诗歌”，这是一部“神秘的伟大史诗”。《历代传奇》（1859、1877、1883）这部人类的诗史，不同于一般历史教科书上所记载的史实，因为雨果既从《圣经》、神话和历史中撷取素材，又发挥诗人的想象。其中贯穿了雨果对人类不断进步的信心，体现了他对历史发展的乐观态度。这是一部诗歌杰作，堪称19世纪最有表现力、最丰富的诗集之一。

雨果晚年还发表了《路与林歌集》(1865)、《凶年集》(1872)、《祖父乐》(1877)、《精神四风集》(1881)，还有不少重要遗诗，如《撒旦的末日》(1886)、《天主》(1891)等。其中，《凶年集》反映了雨果的爱国主义激情和深厚的人道主义精神。这部诗集具有丰富的史料价值：普法战争期间巴黎的被围、饥馑、巴黎公社的诞生、街垒战、公社失败、当局的镇压，都有忠实的记录。

雨果作为一个大诗人，在诗歌艺术上有重大的发展。第一，他开拓了诗歌的领域，无论抒情、讽刺、写景、咏史，还是哲理沉思，他都得心应手，在这方面，没有哪个法国诗人能与他媲美。在抒情诗中，他擅长抒写爱情和个人生活，写出劳动和劳动者的尊严，对大自然的魅力和神秘有深切的感受，对自由和受压迫、求解放的民族充满了同情和支持。讽刺诗善用冷嘲热讽，题材广泛，形式多样，有的短小精悍，有的气势恢宏。他创造了小型史诗，使史诗这种古老形式焕发出新的生命。第二，雨果的想象力丰富。他的视觉非常敏锐，并能将各种意象刻印在自己的脑子里。想象力常常把诗人带出了真实的世界。他的诗歌豪放阔大，雄奇瑰丽，全景观照，气贯长虹。第三，雨果将对照也用于诗歌创作中，崇高与滑稽丑怪配对，黑暗与光明配对，罪行与无辜配对，冬天的阴冷与夏天的明媚对照。结句出人意料，形成强烈反差。第四，雨果在修辞上善用同位语隐喻，如“太阳—思想”“狗—撒旦”。这种构词法是将抽象事物与具体意象结合在一起，产生新的含义，对哲理诗、政治讽刺诗、史诗尤其有效。这种手法与后来波德莱尔提出的通感，兰波提出的“语言炼金术”一脉相通。第五，雨果的诗歌语言丰富多彩，韵律运用自如，音节有多种变化。在浪漫派诗人中，雨果也许是最注重艺术的一个。

流亡期间是雨果创作最丰盛的时期。他还出版了论著《威廉·莎士比亚》(1864)，特别是发表了《悲惨世界》(1862)，达到了他的小说创作的顶峰。《悲惨世界》是人同社会搏斗的一部史诗，而《海上劳工》(1866) 则是人同自然搏斗的另一部史诗。《笑面人》(1869) 以 17 世纪和 18 世纪之交的英国为背景，对贵族特权做了犀利的批判。

雨果的小说创作以《九三年》(1874) 煞尾。小说以法国大革命斗争最激烈的年代为背景，对这场革命做出了人道主义的哲理沉思。

雨果是一个精力旺盛、才思过人的作家。他一生著作等身，在小说、诗歌、戏剧、散文 [如《莱茵河游记》(1842)、《见闻录》(1887～1900)] 等方面都成果累累，就多才多艺来说，在法国作家中，他是无与伦比的。他直到 80 岁高龄仍然笔耕不辍。

雨果是一个著名的社会活动家。他传奇般的经历，他坚定的斗志，他维护正义的努力，更使他的形象显得高大。在法国人眼中，他是反抗专制暴政的不屈斗士，和平、民主、博爱的鼓吹者和捍卫者。值得注意的是，1861 年，他在一封信中义正词严地谴责了西方列强掠夺圆明园的罪行，对中国人民表达了深厚的感情。1881 年 2 月 26 日，在雨果巴黎寓所的窗外，有 60 万名仰慕者走过，祝贺他 80 岁寿辰。1885 年 5 月 22 日，雨果因患肺充血，不治逝世。在昏迷状态中，他吟出一个佳句：“人生便是白昼与黑夜的斗争。”这句话概括了他作为斗士的一生。6 月 1 日，法国政府为他举行国葬，200 万人参加了隆重的葬礼，他的灵柩被运送到先贤祠。雨果享受的哀荣，在法国作家中是独一无二的。

二、小说创作

雨果的小说在后世影响巨大，即使在法国，当今大部分读者阅读的是他的小说。雨果无疑是法国乃至世界最杰出的浪漫主义小说家。他的小说的思想内容和艺术特点都自成一格。雨果的小说并不多，重要小说只有五部：《巴黎圣母院》《悲惨世界》《海上劳工》《笑面人》和《九三年》。雨果仅以这几部小说奠定了他的小说家地位。如果说他的诗歌写得滥了一点，那么，他的小说倒是写得相对精粹，每部小说无论题材和艺术上都别出机杼。

雨果的小说在内容上的第一个特点是，他能以独特的角度去理解历史，反映他的共和思想。

《巴黎圣母院》写的是15世纪末的法国，但雨果不是写真实的历史事件。小说以一个吉卜赛女郎的经历为中心，展示下层人物的生活。在巴黎的贫困地区，有一个乞丐王国，乞丐们为了他们其中一个的安全，可以奋不顾身地攻打神圣的巴黎圣母院，引发一场暴动，惊动了路易十一国王。这个故事名不见经传，完全是雨果的虚构。一方面，雨果注意描写当时的历史风貌，正如他所指出的："这是15世纪巴黎的一幅图画，是关于巴黎的15世纪的一幅图画。"在小说中，中世纪的民间节日，上演神秘剧，选丑人之王的古风得到细致的描绘，特殊的流浪人社会、在街头和广场耸立的绞刑架、阴森恐怖的巴士底狱、巫术和炼金术的流行、宗教享有的特权、国王的隐蔽和行踪不定的生活都一一得到再现。雨果在《论司各特》一文中说过，他要创造一种新型的小说，在这种小说中，"想象的情节展开为真实而多变的画面，如同实际生活中事件的发展一样"。他还赞扬这位英国浪漫派小说家"把历史所具有的伟大灿烂、小说所具有的趣味和编年史所具有的那种严格的精确结合了起来”。雨果在《巴黎圣母院》中正是要追求，而且创造出这种类型的历史小说。雨果没有单纯地描绘风俗，他的独特之处在于构想出一场乞丐的暴动。这场暴动是对国王权威的冒犯，是对教会圣地的侵犯。路易十一不由得勃然大怒，“由狐狸变成了狼”，狂呼“把平民斩尽杀绝，把女巫绞死”。有两个佛兰德尔的使者提醒他，象征封建主义的巴士底狱将“在喧哗声中倒塌”，国王会“很快听到敲响了平民时代的钟声”。这是对封建主义行将崩溃的预言。小说发生在1482年，路易十一是在1483年逝世的。雨果将故事放在路易十一统治的末年，意味深长。路易十一的去世意味着中世纪的结束，继位的弗朗索瓦一世是法国文艺复兴时代的第一位国王。也就是说，1482年正是中世纪即将过去，新时代的曙光开始透露出来的交替时刻，如同1830年七月革命前夕社会动荡、封建制度摇摇欲坠的景况。雨果赋予了这部小说以鲜明的现实意义，他是以历史的折光来反映现实的。

《悲惨世界》倒是描绘了真实的历史事件：滑铁卢战役和1832年6月5日的人民起义。在雨果看来，拿破仑在滑铁卢战役中遭到惨败，既有偶然性，又有必然性。拿破仑虽气数已尽，但封建制要卷土重来。正因如此，拿破仑远比胜利者威灵顿伟大得多。历史的车轮是倒转不了的，法国社会尽管要经历一段曲折发展，但仍要朝共和的方向前进。雨果对这场战役的理解无疑有独到之处。另外，雨果把1832年6月5日的起义看作实现共和制的一个起点。起义领袖昂若拉在街垒覆灭前的一席讲话就体现了雨果的看法。昂若拉指出，这场起义是为了未来而付出的可怕代价，死在街垒上，也就是死在未来的曙光中。雨果对共和国的期待显然是针对第二帝国而言的，他以此去批判拿破仑三世的倒行逆施。

《笑面人》以17世纪末和18世纪初的英国为背景。雨果指出，这段历史“为法国的18世纪做了准备”，“倘若有人问作者，为什么他要写《笑面人》，作者会回答，作为哲学家，他旨在显示灵魂和良心；作为历史学家，他旨在显示鲜为人知的君主专制的事实以及提供民主政治”。雨果要对这一时期的英国君主立宪制进行批判。雨果采取虚构的方法：“我的方式是通过虚构的人物，描绘真实的事物”。笑面人格温普兰、卖艺人于尔苏斯和盲姑娘蒂是纯粹虚构的人物；女公爵约瑟安娜的怪僻性格也是作者想象的产物。通过虚构人物去反映历史，是雨果的基本方法。雨果站在共和主义的高度来批判君主立宪。小说抨击了贵族阶级享有极不合理的特权：他们的产业大得惊人，一个公爵骑马走了120公里，还没有走出自己的产业；一个爵爷有几万家臣和佃农，有自己的法官、牧师，犯了叛国罪也不能对他加以刑讯，他差不多等于国王和上帝；即使他不识字，依照法律也算是识字的。笑面人斥责贵族：“你们享有权威、财富、不落的太阳、无限的权力、无比的享受。”小说指斥国王查理二世“是个无赖”，詹姆士二世“是个坏蛋”：他怂恿贩卖儿童，把小孩变成畸形人。笑面人愤怒地说：“国王不过是寄生虫，你们却饲养寄生的君主。本来是蚯蚓，你们把它饲养成蟒蛇；本来是条虫，你们把它饲养成长龙。”安娜女王因为妹妹比自己长得漂亮，而且妹妹的未婚夫也很漂亮，就嫉妒万分。她发现了笑面人是克朗查理的继承人后，便幸灾乐祸地下令让妹妹和这个丑八怪结婚。笑面人感叹：“在这个世界上，有婚姻而没有爱情；有家庭而没有兄弟友爱；有财富而没有良心；有美貌而没有廉耻；有法律而没有公道；有秩序而没有均衡；有权势而没有智慧。”这痛切的语言，是笑面人对一生所见所闻的总结，也是整个社会的缩影。雨果通过他，预言这个罪恶的制度终将崩溃，代之以共和制。

《九三年》则反映了大革命斗争最激烈的年代的风貌。雨果以法国大革命为题材，是因为他对这场人类历史上的重大革命产生新的想法：他基本上赞成这场革命，同时又对革命期间出现的一些现象进行了思考。1793 年正是大革命处于生死存亡的一年。在巴黎，雅各宾派取代了吉伦特党，登上了历史舞台，面对得到国外反法联盟支持的保王党发动的叛乱，以及蠢蠢欲动的各种敌人，雅各宾派实行革命的专政和恐怖政策，毫不留情地镇压敢于反抗的敌对分子；雅各宾派派出共和军前往旺岱等地，平定叛乱，终于使共和国转危为安，巩固了大革命的成果。雨果指出："九三年是欧洲对法兰西的战争，又是法兰西对巴黎的战争。这就是九三年这个恐怖的时刻所以伟大的原因，它比本世纪的其余时刻更伟大。"他又说："九三年是一个紧张的年头。风暴在这时期达到了最猛烈、最壮观的程度。"选取这一年的事件来描写，能充分反映人类历史上最彻底的一次反封建的资产阶级革命。小说在读者面前真实地展示了革命与反革命斗争的残酷性。保王党叛军平均每天枪杀 30 个蓝军，纵火焚烧城市，把所有的居民都活活烧死在家里。他们的领袖提出"杀掉，烧掉，绝不饶恕"。保王主义在一些落后地区，如布列塔尼，拥有广泛的基础，农民盲目地跟着领主走。他们愚昧无知：农妇米雪尔·佛莱萨既不知道自己是法国人，又分不清革命和反革命，她的丈夫为贵族卖命，断送了性命；乞丐退尔马克明知政府悬赏 6 万法郎，捉拿叛军首领朗特纳克，却把他隐藏起来，帮助他逃走。农民的落后是贵族发动叛乱的基础，小说真实地反映了这种社会状况。面对贵族这种残忍的烧杀，共和军以牙还牙，绝不宽大敌人。在雅各宾派内部，三巨头——罗伯斯庇尔、丹东、马拉——虽意见分歧，但都一致同意采取强有力的手段。他们选中主张"恐怖必须用恐怖来还击"的西穆尔登去当共和军的政治委员，颁布用极刑来对付放走敌人的严厉法令。因为要保存革命成果，不得不用暴力来对付暴力。问题的严重性和艰巨性还在于："赶走外敌只要 15

天就够了，推翻帝制却要 1800 年。”1800 年的封建制度在人们头脑中造成的影响，使得革命经历了曲折反复，要同反革命进行多次较量，才能最后确立资本主义社会。战争、流血、以恐怖对恐怖，这是反革命迫使革命者采取的必要的自卫手段。

这几部小说的描写，都表明雨果鲜明的政治态度，体现了他高昂的为共和制而战斗的激情，这是他的小说值得肯定的进步倾向。

其次，雨果的小说一贯以人道主义去观照历史，批判丑恶事物，赞美崇高品德。在 19 世纪作家中，雨果这种取向较有代表性。

《巴黎圣母院》主要通过爱丝梅拉达和敲钟人加西莫多来表现主题。爱丝梅拉达是一个善良、纯朴的少女。诗人格兰古瓦误入乞丐巢穴，就要送上绞架。她出于同情，愿与他结为夫妇；根据这里的“法律”，他才免于一死。加西莫多曾经遵循克洛德的指使，企图劫走她。但他在广场上遭受鞭刑，口渴难熬时，她又出于恻隐之心，走上前去给他喝水。她被菲比斯的漂亮外表迷惑，对他一往情深，而对她所厌恶的克洛德则坚拒不从，为此种下祸根，受到接二连三的迫害。她因菲比斯被克洛德刺伤而忍受不了“穿铁靴”的酷刑，以致屈打成招。克洛德对她的追逐和迫害，是教会上层人物为了满足兽欲而不惜施展阴谋的表现；法庭只靠酷刑来审问，千古奇冤层出不穷，反映了封建统治的阴森可怖、腐败黑暗，封建官吏的贪赃枉法。雨果对生活在社会底层的善良人民寄予无限的同情。加西莫多外貌奇丑无比，是个弃儿，平日遭人笑骂，乐趣只在于抱住圣母院的大钟不停地撞击，似乎根本没有常人的感情。其实，唯有他的内心燃烧着对爱丝梅拉达纯真的爱情之火。他无法用语言表达对她的爱慕，只能以行动表现出来：他从绞刑架上将爱丝梅拉达救下，藏在圣母院之内；对这个圣地，别人奈何不得。加西莫多想以此来保护自己崇拜的偶像。他设法让她住得舒适一些，自从发现副主教对她有不轨的行为以后，他索性睡在她的门口保护她。乞丐们攻打圣母院，用意是保护她，不让她被绞死在广场上。加西莫多不愿她离开自己，一个人奋战在圣母院的塔楼上。他的行动远远胜过中世纪的骑士为了自己的美人在原野上冲杀的勇气。他的奋激、他的忘我、他的不顾一切，完全表露了他的爱情。最后，他瞥见副主教站在那里观看爱丝梅拉达上绞刑，露出一丝魔鬼的微笑，这微笑反映了黑袍下的恶毒心肠。副主教的卑劣和残忍激起了他正义的愤恨，他毅然将副主教从高处推了下去。雨果以人道主义思想去描写这个畸形人，发掘出他内心情感中美好的思想，认为下层社会中这样受凌辱的人物的内心要比上层人物的心灵高尚得多。

《悲惨世界》也是一曲人道主义的颂歌。小说描绘了社会底层受苦受难、受凌辱受欺侮的穷人，展现了一幅悲惨世界的图景。几个主人公都是挣扎在死亡线上的人物，他们代表了千千万万的穷苦人。让・瓦尔让因饥饿而偷面包，被捉住坐牢，判了5年徒刑，由于几次越狱，竟坐了19年的监牢。刑罚之严到了令人震惊的地步。他想改恶从善，但社会却不让他有一席之地，他被法律紧紧追踪，被打入另册。芳汀的命运比他更为悲惨，她因不慎失足而被工厂拒之门外，卖掉一头秀发、两颗门牙，仍然筹不满女儿的赡养费，终于沦为娼妓。曾几何时，一个活泼可爱的少女变得形容枯槁，病入膏肓，不久便离开了人世。她的女儿柯赛特自从流落在泰纳迪埃家，便成了一个小奴隶，受尽了一切折磨。雨果对笔下这三个人物倾注了同情，从人道主义思想出发，哀其不幸。雨果还从另一个角度宣扬人道主义的力量：让・瓦尔让受到米里埃尔主教仁爱之心的感化，重新做人，他广做善事，获悉别人要替他受刑，便挺身而出；看到平时与他作对的割风老爹压在马车下，便不顾一切相救；对于穷追不放他的沙威不但不趁机报复，反而放走。他的仁爱终于结出硕果：沙威被他的行为感化了，也放走了他，自己则投河自尽。通过沙威的死，雨果力图表现人道主义的威力：它能战胜最坚定的信念。

《笑面人》则通过对残疾人的描写，表现人道主义思想。笑面人的丑陋是社会强加给他的，人贩子改变他的脸容，既是秉承国王的旨意，又是为人供人取乐。对此雨果做了鞭辟入里的分析：“降低人的地位，很自然就会引导到改变人的外形，为了使外形和地位相符，就必须改变被降低地位的人的容貌。”为了改变人的地位，竟采取这种非人道的手段，充分暴露了统治者的狠毒。作者通过笑面人的口说，他的笑容表达了人类的痛苦，是肉刑的结果。这象征着人类的权利、正义、理性、智慧，都受到了摧残。国王在他心里安放了愤怒和痛苦，却给了他一个欢愉的面具。这是令人毛骨悚然的恶毒行径。蒂是个盲女。她看不见笑面人的丑，只感到笑面人的美。笑面人告诉她，自己长得很丑。她回答：“长得丑，这是什么？这就是做坏事。格温普兰只做好事，他长得挺美。”这富有哲理的回答，道出了符合道德标准的美丑观，也表现了人道主义精神。蒂以为笑面人一去不回后，失去了活下去的精神支柱，身体迅速垮了下去，离开了人世。笑面人赶来晚了一步，他跳海自尽，追随她而去。他们的爱情悲剧，是肉体残缺、心灵美好的一对情侣被社会戕害的一曲悲歌。

《九三年》的结尾又一次表现了雨果的人道主义思想。雨果叙述了一个奇特的故事。朗特纳克本来已逃出古堡，但看到三个小孩被困在火海中，于是又返身回来，冒着危险，救出三个孩子，自己则落入共和军手里。郭文震惊于朗特纳克舍己救人的人道主义精神，认为应该以人道对待人道，便放走了朗特纳克。西穆尔登不顾广大战士的请求，坚决执行法令，将郭文斩了首；就在郭文人头落地的一刹那，他开枪自尽。雨果认为：“慈悲心是人类共同生活的残余，一切人心里都有，连心肠最硬的人也有。”朗特纳克就是这样，“那个母亲的喊声唤醒他内心的过时的慈悲心，”“他已经走入黑暗之中，再退回到光明里来。在造成罪行之后，他又自动破坏了那罪行。”郭文一贯对敌人宽大，甚至认为路易十六是一只被投到狮子堆里的羊，“打掉王冠，但是要保护人头。革命是和谐，不是恐怖。……‘恕’字在我看来是人类语言中最美的一个字……在打仗的时候，我们必须做我们敌人的敌人，胜利以后，我们就要做他们的兄弟”。郭文果然把朗特纳克当作了兄弟，甚至当作了英雄。雨果把西穆尔登写成革命政府的化身。他认识到革命的敌人是旧社会，“革命对这个敌人是毫不仁慈的”。他是一个冷酷无情的人，没有人看到过他流泪。雨果认为他正直而又可怕，虽然崇高，“但这种崇高是和人隔绝的，是在悬崖峭壁上的崇高，是灰色的、不亲近人的崇高”。他向国民公会保证：“假如那委托给我的共和党领袖走错了一步，我也要判处他死刑。”他屡次警告郭文：“在我们所处的时代，仁慈可能成为卖国的一种形式。”他和郭文展开辩论，最后无言以对，但他无法克服心中的矛盾。“他有着箭一样的准确性，只对准目标一直飞去。在革命中没有什么比直线更可怕的了。西穆尔登一往直前，这就注定了他的不幸。”通过他的悲剧，雨果批判了只讲暴力不讲人道，只知道盲目执行不会灵活处置的革命者。《九三年》反映了雨果对法国大革命的思考。雨果对雅各宾派的恐怖政治是颇有微词的，雅各宾派三巨头在雨果笔下，狂热多于理智，只知镇压，不懂仁政。他们所执行的恐怖政治在一定条件下起了作用，可是同时也包含着弊病。郭文认为，对旧世界是要开刀的，然而外科医生需要冷静，而不是激烈，“恐怖政治会损害革命的名誉”。无可讳言，雅各宾派矫枉过正，滥杀的情况是存在的，这就是为什么雅各宾派的专政维持不了多久，连罗伯斯庇尔也上了断头台的原因。据马迪厄的《法国革命史》考证，1794 年当局嫌断头机行刑太慢，辅之以炮轰、集体枪毙、沉船，一次就行刑几百人。因此，雨果提出胜利后应实行宽大政策，具有合理因素。只不过如何执行这个政策，倒不见得像雨果所描写的那样，放走敌人。雨果提出："在绝对正确的革命之上，还有一个绝对正确的人道主义。"似有将革命与人道主义割裂开来之嫌。

总之，人道主义是雨果思想的核心，充分反映在他的小说创作中。虽然19世纪作家都有人道主义思想，但可以说雨果表现得最为强烈、最为鲜明、最为突出。

雨果的小说还有其他一些内容，例如描写人同自然的搏斗。雨果在《海上劳工》的序言中写道："宗教、社会、自然，是人类三大斗争的对象；这三者同时也是人类的三种需要……有三种宿命压在我们身上：教义的宿命、法律的宿命和物质事物的宿命。"这部小说的主题是："我旨在歌颂劳动、意志、忠诚以及一切使人变得伟大的东西。"《海上劳工》是人与大自然搏斗的颂歌，是劳动的颂歌，也是人的颂歌。吉里亚特锻造了各种各样的工具，竖起四台起重机，把沉重的机器吊到帆船上。艰巨的劳动创造了难以想象的奇迹。他战胜了暴风雨和巨大的章鱼，完成了常人无法完成的业绩，是个"普罗米修斯式的约伯"。他的劳动被作者升华为一种足以与任何巨大的自然力相颉颃，并战而胜之的伟大力量，他不屈不挠的意志被礼赞为人类不断进取的精神力量。吉里亚特还舍己为人，助人为乐，帮助自己所爱的人逃走，品德高尚。

在艺术上，雨果的小说独具一格，有不少创造。

第一，雨果的小说充满浪漫的想象。在他笔下，巍然壮观的巴黎圣母院被拟人化了。这座象征中世纪文明的大教堂，既是一个人物，又是一个世界："这个可敬的建筑的每一个面、每一块石头，都不仅是我们国家历史的一页，并且也是科学史和艺术史的一页。"这座建筑是神奇的，里面有丰富的艺术品，"每一块石头都生动地表现出艺术家的天才加以修饰了的、用千百种形式表达出来的劳动者的幻想”。雨果怀着无比热爱与赞赏的心情，称呼这是“巨大的石头交响乐”。更进一步，这座石头建筑与加西莫多联成一体，他对教堂有磁性相吸那样的密切关系，他附着于教堂就像乌龟附着于龟壳一样。一个畸形人，按常理说，连行动也不方便，而加西莫多却能在圣母院高耸峭拔的塔楼爬上爬下，在凸出于建筑物之外的古怪雕像之间跳来跳去，胜过杂技团的小丑。巴黎圣母院这座庄严肃穆的大教堂，在加西莫多手下仿佛有了生命，散布着神秘的气息，它窥测和吞吐着人群，守护着它的石兽不时发出吼叫；这个庞然大物，是俯视着历代生活的见证人，它并非无动于衷，而是与它的主人加西莫多共呼吸。在《海上劳工》中，暴风像一头野兽，有一张“吸液嘴”，有时又成为“水龙卷”。七种风形成竖琴上的七个音阶。咆哮的风使天空发出共振。风像吹喇叭一样吹云，有军号、号角、角笛、小喇叭、大喇叭伴奏。“风是一群猎犬的主人，取乐地叫这些猎犬在岩石和波浪中狂吠。风聚集着云雾，又使之四散纷飞。风用一百万只手任意搓揉无边柔软的海面。”暴风雨仿佛有了生命，这是恐怖的、壮观的，它具有吞没一切的力量。小说中吉里亚特同章鱼搏斗的一幕也异常精彩。这只巨大的章鱼是海里的吸血鬼。它有八条腕足，每条腕足有50个吸盘，可以随意伸出缩进，刺入人体达一英寸多深。它没有血，没有骨，没有肉，肛门就是嘴，浑身都是冰冷的。它时常隐没在暗处，出其不意地扑向猎获物。“这是抽气机对你的攻击，无数的脚爪在用真空压迫着你。这既不是被抓着，也不是被咬着，而是一种难以形容的刺痛。把身上的肉撕裂是可怕的，但还没有像被吸血那样可怕。和这吸血器相比，利爪简直算不了什么。野兽的爪可以抓进你的皮肉，而吸盘则是把你整个身体按进了野兽的嘴里。”这段描写有无科学根据并不重要，读者尽可以把章鱼当作一种极其凶残的海洋生物，当作海洋——大自然的化身，当作浪漫想象的一种怪物。此外，爱丝梅拉达和加西莫多，死后尸骨一分开即成灰烬；吉里亚特和恶魔般的章鱼搏斗并战而胜之，等等，都是浪漫想象的精彩描绘。

第二，雨果是运用对照手法的大师。《巴黎圣母院》把对照手法运用到极致。小说的四个主要人物分成两对：爱丝梅拉达与加西莫多、克洛德与菲比斯之间互为对照。前一对具有心灵美，但爱丝梅拉达的爱情是盲目的，不能分辨美丑，而加西莫多爱憎分明；在形体上，他们更是美丑对照，爱丝梅拉达美若天仙，而加西莫多是丑人之王，外加是聋子。后一对人物的心灵丑各有不同，克洛德奸诈狠毒，而菲比斯快活风流，看重钱财。爱丝梅拉达和克洛德又是一对矛盾，纯洁与阴毒是他们各自的特征；爱丝梅拉达和菲比斯是另一对矛盾，那是纯真与虚假的对比。加西莫多和克洛德又是一对，一个头脑简单，只知道服从，另一个外表威严，发号施令；一个善良，富有同情心，在紧要关头敢作敢为，另一个恶毒，制造阴谋诡计。加西莫多和菲比斯则是一丑一美，加西莫多形体丑心灵美，菲比斯外貌美心灵丑。人物之间的相互对照在艺术上的效果，使得形象特点分明，美的显得更美，丑的显得更丑。人物之间也像有无形的纽带一样联系起来，不可分割，相得益彰。对照方法还应用到人物本身之中。爱丝梅拉达天生丽质，爱情热烈，心地单纯，表里一致，是外在美和心灵美的结合。加西莫多外貌奇丑，而心灵崇高，形成美丑对照。雨果在《吕克莱丝·波基亚》的序言中说："取一个形体上丑怪得最可厌、最可怕、最彻底的人物，把他安置在最突出的地位上，在社会组织的最低下、最底层、最被人轻蔑的一级上，用阴森的对照的光线从各方面照射这个可怜的灵魂，并且在这灵魂中赋予男人所具有的最纯净的一种感情，即父性的感情。结果怎样？这种高尚的感情根据不同的条件而炽热化，使这卑下的造物在你眼前变换了形状；渺小变成了伟大，畸形变成了美好。"这段话也可以用在加西莫多身上。加西莫多有一颗善良正义的心，有疾恶如仇的高尚品格。于是，外在渺小变成了伟大，畸形并不妨碍美好。加西莫多为了开导爱丝梅拉达，唱了一首曲子，这首曲子提出了衡量人的美的标准："不要光看脸，姑娘，要看心灵。帅哥的心往往是丑陋的，有些人心中不保存爱情。姑娘，枞树并不美，不像白杨那样好看，但它在寒冬绿叶常青。"

这首歌所阐明的道理是作者的美丑标准，也是加西莫多这个形象的写照和意义所在。加西莫多这个形象的美丑对照不单在美学上具有价值，而且在道德观上也具有启迪人的意义。克洛德外表严峻冷漠，内心凶残歹毒，嘴上标榜禁欲主义，心里欲火炎炎。菲比斯仪表堂堂，像太阳神一样俊美，可是举止轻浮，灵魂空虚，被称为愚蠢的美。人物的自我对照突出了心灵美的价值：内在美与外在美统一固然好，然而最重要的是内在美，即心灵美。心灵美是决定一个人好坏的唯一标准。在美学上，外貌丑心灵美的人物具有显示美与丑的特殊意义，给文学画廊增添了崭新的典型。在雨果之前，还没有一个作家如此生动、充分、深刻地表现了美与丑的统一。这种形式上的丑与内容上的美的结合，为后世文学创作开辟了一条新路。在其他小说中，雨果的对照艺术还有某些发展。

第三，雨果重视心理描写，对人物的内心世界挖掘颇深。《笑面人》的心理描写十分成功。雨果细致入微地刻画了笑面人的纯洁正直，不为美色所动，不受荣华引诱。约瑟安娜公爵小姐是一个复杂的形象，这种复杂性通过她的心理描绘出来。这是一个出身高贵、生活奢华、百无聊赖、追求刺激的贵妇典型。她美艳异常，可是，她的"上身是漂亮的女性，下身却是一条水蛇"。她内心隐秘的思想十分邪恶。她的未婚夫是大卫·迪里-莫伊尔爵士，两人都希望保持若即若离的关系，不愿立即结婚，以便可以自由自在地寻欢作乐。她厌弃了唾手可得的爱情、风度翩翩的男子。出于寻求刺激，她看上了丑八怪笑面人。只见了一面她便向他发出情书："你是骇人的，我是美丽的。你是丑角，我是公爵小姐。我是第一位，你是最后一个。我要你。我爱你。来吧。"她认为这样的爱情别有风味。她声称："牙齿下咬的不是天堂而是地狱的苹果，这就是吸引我的东西。"她这种变态心理，使她处于一种矛盾的状态中。一方面，她自卑自贱："我是女人。女人是渴望变成污泥的黏土。我需要蔑视自己。……卑贱之下的卑贱，多么痛快啊！这是耻辱的双重花朵！我采摘下来。把我践踏在脚下吧。你只会为此更加爱我。"另一方面，她又倨傲地意识到自己的高贵身份："你知道我为什么崇拜你吗？因为我蔑视你。你远远在我之下，因此我把你放到祭坛上。"她喜欢把高级和低级混合起来的混乱。这不是爱情，这是疯狂，是寻求刺激，是变态，是宫廷中的贵妇在百无聊赖和淫乱放荡的环境中产生的一种极端心理。所以，一旦她接到女王的谕令，要她成为复得爵位的笑面人的妻子时，她马上来了个一百八十度的大转弯，命令笑面人出去，因为这是她的情夫才有权利待下去的地方。"那么是我，我走开。啊！您是我的丈夫！再好没有。我憎恨您。"这种反复无常，是通过心理活动描写出来的，活生生勾画出一个绝妙的贵妇典型，从而有力地抨击了当时的宫廷风尚。此外，《九三年》的结尾，郭文、西穆尔登展开思想斗争，都是大段的心理描写。《悲惨世界》中，让·瓦尔让、沙威、马里于斯、吉尔诺曼的塑造都贯穿了精彩的心理描写。雨果的心理描写已经达到相当成熟的地步，可以和斯丹达尔的心理描写相媲美。

第四，雨果擅长以史诗的气魄和规模去再现社会和历史。《巴黎圣母院》描绘了乞丐王国、宫廷、古建筑，特别是人民起义，具有史诗特点。小说描绘的场面浩大，人民的起义敲响了中世纪结束的钟声。这是一部描写中世纪社会风情和生活的史诗。《悲惨世界》是一幅历史壁画。历史重大事件如滑铁卢战役、1832 年 6 月 5 日的人民起义和街垒战，得到正面的描写。雨果以雄浑的笔触描绘出事件的全景图。滑铁卢战役的描绘是粗线条的，大刀阔斧的。共和党人的起义则是具体的分镜头描写，表现得生动细致。社会生活下至强盗窝、苦役监、巴黎下水道，五色斑斓，场景恢弘，采用史诗笔法。《海上劳工》是一部人与大自然搏斗的史诗。雨果说过："劳动也可以成为史诗。"小说描写人如何征服自然，克服了难以想象的困难，这是一曲赞美人的伟大力量的颂歌，是人征服自然的史诗。《九三年》是再现大革命的史诗。小说描绘了大革命处于关键时刻的形势，共和军和保王党发动的农民叛军的残酷战斗。雨果从哲理高度去观照革命，悲惨的结局使这部小说具有崇高的史诗意味。总之，雨果力图在一部小说中再现一个历史时期的社会生活，这是使他的小说具有史诗色彩的重要原因。

论雨果小说的心理描写

雨果的小说创作十分注重心理描写，可是长期以来，这一重要的艺术特点却被人忽视了。众所周知，浪漫派在心理描写上是有很大贡献的，但是，人们往往只将爱情描写列入浪漫派的心理描写中。这种理解不能说是全面的。不错，斯丹达尔在1830年创作《红与黑》时，雨果也在创作《巴黎圣母院》。在这部小说中，雨果的确很少运用心理描写。他对《红与黑》的心理描写似乎并不理解，颇有微词："我想阅读这本书，你怎能看到40页以上呢?"但1862年发表的《悲惨世界》有了突变，在这部小说中，心理描写成为塑造主人公的重要手段。需要指出的是，《悲惨世界》创作的时间很长：雨果从40年代开始已经着手写作。诚然，雨果在拿破仑三世发动政变后，精力集中在写作《小拿破仑》《惩罚集》以及《静观集》等随笔集和诗集上，一度将《悲惨世界》的写作搁置一边。他在50年代末重新捡起这部小说以后，可以说另起炉灶，重新改写了旧稿。小说中的心理描写很可能是这时采用的。如果这种设想是合理的话，那么，雨果小说的心理描写可以说进入了第一阶段，也是最重要的阶段。1869年发表的《笑面人》对主要人物的刻画也运用了心理描写。《九三年》是雨果小说创作的煞尾。以往人们对小说结尾雨果表现的人道主义很感兴趣，其实，雨果对人物思想的剖析也是一种心理描写，只不过他采取的手法有所变化而已。《笑面人》和《九三年》的心理描写可以看作第二阶段。

一、《悲惨世界》的心理描写

《悲惨世界》是雨果第一部采用心理描写的小说，但却取得了惊人的成就。他在塑造男主人公让·瓦尔让的一个重要手段就是心理描写，其他重要人物如吉尔诺曼老人、沙威和马里于斯也有篇幅可观的心理描写。可以说，心理描写在展示人物的思想变化、揭示人物的精神面貌和性格特点上起到决定性的作用。

让·瓦尔让洗心革面、重新做人以后，遇到的第一次考验是如何对待尚马蒂厄案件。当他从警官沙威口中知得流浪汉尚马蒂厄为他顶替罪名，要受到重判时，他的思想展开了激烈的斗争，这是一场“脑海中的风暴”。雨果在描写这场脑海风暴之前，对人的心理活动的复杂性和重要性议论了一番，他写道：“在精神之眼看来，没有什么地方比人心更令人眩目，也更黑暗，它所注视的任何东西，也没有人心那么可怕、复杂、神秘和广袤无边。比海洋更壮伟的景色，这就是天空；比天空更壮伟的景色，这就是人心。”他继续议论说，人的心里既有梦想，也有卑劣思想，这既是诡辩的魔窟，又是激情的战场，其中有荷马史诗中巨人的搏斗，也有弥尔顿诗中龙蛇的混战和但丁诗中幻象的飞腾。这是极其丰富的，也是极其可怖的。作家就像但丁在地狱门口那样，要勇敢地跨进门去，描写人的心理活动。雨果便是据此对让·瓦尔让的内心进行了观察和分析。

在长达一节半的心理分析中，雨果剖析了让·瓦尔让当前所处的状况：他当了滨海蒙特勒伊的市长，积累了一笔财产；他已经痛改前非，可以平静地这样生活下去。可是，现在他能安心待下去吗？他明明知道有一个人在替他服罪，而这个人是无辜的。他置之不顾不是卑劣之极吗？他想道："相反，自首，救出那个蒙了不白之冤的人，恢复真名实姓，出于责任感，重新成为苦役犯让·瓦尔让，这才真正实现复活，永远关闭他脱身的地狱！看似重堕地狱，实则脱离地狱！"否则，他的全部忏悔就付诸东流。他又想到，他已让滨海蒙特勒伊富足起来，可是他一离开，这个地方便缺少灵魂，一切会恢复原状。因此，他不自首是为了大家：他当市长，"工业兴起和繁荣起来，工场和工厂如雨后春笋般增加，幸福的家庭成百成千"，荒无人烟的地方出现农场，贫困消失，恶习和罪行也会随之消灭。所以，自首不是荒谬绝伦吗？让·瓦尔让的头脑里有两种想法在搏斗，他有不自首的理由，而且是相当有理的。然而归根到底这是自欺欺人的理由，"他感到自己接近了良心和命运的又一个决定性时刻：主教标志他的新生活的第一阶段，而这个尚马蒂厄标志第二阶段。在严重的危机之后，是严峻的考验。"他发现命运要他做出选择："要么外美内丑，要么内美外丑。"汗从他的脑门淌下来，他似乎听到一个声音在诅咒他，这声音是从他的良心中升起来的，十分响亮，以致他高声问是不是有人在房间里。可是他还是留恋如今美好的生活。他处在两难推理中："待在天堂里，还是变成魔鬼！回到地狱中，还是变成天使！"经过五小时的思想斗争以后，他感到非常疲倦，不由得睡着了，做了一个噩梦，直到他事先约好的马车来接他走，才把他惊醒。

他驾马车走了，但他的内心斗争并没有结束。从滨海蒙特勒伊赶到阿拉斯的路途中有几个插曲，这是对他的心理的续写。他的轻便敞篷马车在黑暗中被邮车撞裂了两根轮辐，无法继续赶路，要修车的话，需要一整天工夫，在他停下来休息的地方，又没有车出租。这时，让·瓦尔让感到无比高兴，因为他无法赶到阿拉斯了：问题不出在他身上，是老天爷在帮忙，他可以问心无愧。不料，旁边有一个小伙子听到了他和车匠的谈话，领来了一个老女人，她有一辆车可以租给让·瓦尔让。他不寒而栗起来，只得重新上路。待到小伙子问他要赏钱时，平时很大方的他骂了小伙子一句："浑小子，你什么也没有!"因为这个小伙子是在帮他的倒忙，让·瓦尔让的反常表现反映了他的内心：他直到如今仍然是不得已而为之。他在圣波尔的旅店中让马休息一下，吃点饲料，他自己也要了面包。他觉得面包很苦，只吃了一口。他的心境使面包都变了味。

让·瓦尔让直到晚上八点钟左右才赶到阿拉斯，并设法找到法院。他原以为审案已经结束，但并不是这样，审案在进行之中。不过他进不去大厅，因为里面坐满了人。守门的执达吏告诉他，庭长后面还有两三个位子，只允许官员落座。他斗争的结果是，写了一张字条，表明自己的市长身份。他要从会议室进入法庭。他在打开门之前，盯住铜把手，禁不住慌乱起来，额角上汗如雨下，他想，是谁在强迫我呢？于是，他又离开了会议室，在走廊里奔逃起来，好像有人在追赶他。随后他止住了脚步，待了一刻钟，然后耷拉着头，忧郁地叹气，像被人抓了回来一样。他望着铜把手，"俨然一头母羊望着一只老虎的眼睛"。

让·瓦尔让就是这样半自愿半不情愿地去自首，他在法庭上听到和看到了审案的进行，终于彻底摆脱了犹豫。雨果通过一系列心理描写，充分而有说服力地写出了让·瓦尔让的内心活动，他并非一下子就做到了常人不易做到的事。

小说对让·瓦尔让的第二处心理描写是他担心柯赛特有了心上人以后会离开他。他把柯赛特从泰纳迪埃的狼窝里救出来，然后又摆脱沙威的追踪，冒着生命危险，把小柯赛特弄到修道院，好不容易安顿下来。待到柯赛特长成亭亭玉立的少女，他更舍不得这个相依为命的姑娘了。他发觉有一个年轻人在卢森堡公园转悠，而且在跟踪他们时，便忙不迭地躲开。最后，他知道马里于斯确实就是柯赛特的情人。他来到街垒，他并没有参加街垒战，而是在监视马里于斯，同时又在保护马里于斯。他的心情是矛盾的。他不希望这个年轻人夺走了他的柯赛特，但是，柯赛特所爱的人他又不能不关心、不保护。及至马里于斯受了重伤，他一把抓起年轻人，打出街垒，转入下水道，摸黑在下水道走了几小时，险些在下陷的烂泥里遭到没顶之灾。随之而来的是柯赛特和马里于斯结婚。让·瓦尔让把自己的全部财产近 60 万法郎给了他们，自己只留下 500 法郎。他不愿以逃犯身份玷污他们的婚礼，借故右手受了伤不能签字，避免自己的名字出现在他们的结婚文件上。出于同样的原因，他不愿同他们住在一起。最后，他终于透露了自己的苦役犯身份，遭到了马里于斯的嫌弃。他从天天去见柯赛特减少到几天一次，甚至永远不去了，只走到街角，从远处观看他们的房子。他内心的痛苦使他迅速衰老，精神的崩溃导致了他不久便撒手人寰。

这一处的心理描写不同于前面的写法，雨果没有采用长篇的心理分析，而大抵是通过简短的心理描写或者反映内心的行动来表现。有时也通过他人的心理如马里于斯的猜想去描写让·瓦尔让的内心活动。如马里于斯对他送给柯赛特的这笔丰厚的财产总是猜疑，不肯动用这笔钱，使他感到痛苦。

吉尔诺曼是《悲惨世界》中心理描写较多的人物之一，雨果把握住这类顽固老贵族的特点：尽管时代在前进，他就是停滞不前。他保持旧贵族的一套习惯，如白天不接待客人，要等到晚上才开放沙龙。他的脾气暴躁，性格轻浮，早年是个花花公子。他敌视法国大革命，容不得别人在他面前颂扬共和国。可是，他的小女儿却爱上了拿破仑麾下的一个上校（后来是将军），他不承认这个篷梅西，不让篷梅西照管他的外孙马里于斯。然而，马里于斯后来了解到父亲的光荣业绩，与外祖父决裂了，一走四年。马里于斯为了和柯赛特结婚，不得不征得吉尔诺曼的同意。吉尔诺曼是很爱外孙的，尽管平时对他非常凶。看到外孙回家，他喜出望外。可是，他还保持着长辈的尊严，希望马里于斯请求他原谅，马里于斯却没有想到这一点，这就使老人气愤得很。这是描述，也是心理刻画：写出了他的虚荣心。马里于斯无意中叫了他几声外公，亲情使老人软化了，来了一百八十度的大转弯。他是个外刚内柔的人。不料，他从一个亲戚那里听说过柯赛特，以为这是个轻佻女郎，便随便说了一句："让她做你的情妇吧。"这句话大大刺伤了马里于斯。年轻人也是暴躁脾气，一气之下愤然离开了外祖父。小说至此已将吉尔诺曼的形象刻画出来了，为后来进一步的心理描写做好了铺垫。马里于斯被让·瓦尔让送回家以后，老人心花怒放，把外孙捧在手心里呵护着，生怕再一次得罪外孙。这回，外孙说什么他答应什么，一次，他偶然说出雅各宾派杀死了诗人安德烈·谢尼埃，几乎就要说出雅各宾派是十恶不赦的罪人。话才说了半句，他便赶快煞住，改嘴说杀得对，说是谢尼埃有点碍事，而雅各宾派是些伟人。他实在说不下去了，冲出门去，脸涨得通红，口吐白沫，眼珠几乎鼓出来。他是为了讨好外孙才说出违心的话，其实他心里根本不是这样想的。他在马里于斯婚礼上的长篇讲话再一次展现了老人的内心世界：他憎恨 19 世纪，憎恨第三等级，憎恨大发横财的资产阶级。但因为他高兴，他并无违拗马里于斯的意思，所以无伤大雅。这篇讲话实是他内心思绪的表露，把这个老古董刻画得更为完整。

沙威的人物塑造在很大程度上也依赖心理描写。沙威像狗一样尽忠守职，他似乎是严厉的法律的化身。如果他的父母犯了罪，他也会毫不犹豫地去告发。在他眼里，穷人和罪犯永远是错的，富人和长官永远是对的。雨果在沙威出现时，对他这种奴才思想进行了剖析。他对让·瓦尔让穷追不舍，只要发现了让·瓦尔让的一点踪迹，他都要深究到底。可是，面对让·瓦尔让的仁慈，他的信仰动摇了。在他生命的最后一刻，雨果对他的内心进行了细致的剖析（整整一节）。本来，他的头脑像水晶一样单纯，如今这块水晶产生了云雾。他居然放走了让·瓦尔让，违反了自己的职责。背叛社会而忠于良心，出现在他的身上，是一件荒谬的事。他发现一个“坏人”成了他的救命恩人，让·瓦尔让宽恕了他，而他也宽恕了让·瓦尔让。他最感到惶恐不安的是丧失了信念，他认识到，人世确实存在善良，苦役犯让·瓦尔让是善良的，而他也变得善良了。可是，他也就堕落了。沙威不明白自己的所作所为的合理性：放走一个人有罪，逮捕一个人也有罪，这是怎么搞的？他想：刑罚、法院判决、司法界、政府、监禁、镇压、官方的明智、法律的万无一失、由法典引出的逻辑、社会的绝对重要，等等，全都坍塌了，他这个秩序的守卫者、不可腐蚀的警察、保卫社会的鹰犬，抵挡不住了。他无法解决内心的矛盾，在尽了自己最后一个职责，把自己对司法的改进意见写下来以后，他跳进塞纳河的漩涡中自尽了。

二、《笑面人》和《九三年》的心理描写

第二阶段的心理描写有一些变化。《笑面人》的主人公格温普兰、约瑟安娜公爵小姐、女王的人物塑造也与心理描写分不开。

雨果描写格温普兰不为美色所动，不受荣华富贵引诱，是通过心理描写来完成的。面对约瑟安娜诱人的肉体，格温普兰感到一种巨大的吸引力，他虽然觉得其中有阴谋，但是他的意志力慢慢消失了，“肉欲之乐是一个陷阱，”“夏娃比撒旦更可怕”，他觉得神志恍惚，像着了魔一样，“又觉得自己正在黑暗的深渊中倒栽葱地跌下去”。他无法逃走，他的双脚被诱惑钉在地上。公爵

小姐醒来以后，格温普兰又想钻到地下。他感到的是“肉体、生命、恐怖、肉欲、闷人的陶醉以及蕴藏在骄傲里的全部羞耻”。他真的被公爵小姐征服了吗？显然没有。他确实一度处境非常危险。这个美女的魅力比豪华生活对笑面人的冲击更大。他对豪华生活嗤之以鼻，而对美女的魅力不免惶惑。但他心里始终想着盲女，况且他并不想成为贵族，而更愿意做一个平民。雨果对他的心理描写较为含蓄。

对约瑟安娜公爵小姐的心理描写更为酣畅、直接。这是一个出身高贵、生活奢华、百无聊赖、追求刺激的贵妇典型。她天生丽质，美艳异常，可是，她的“上身是漂亮的女性，下身却是一条水蛇”。她内心十分隐秘的思想是邪恶的。她的未婚夫是大卫·迪里-莫伊尔爵士，两人都希望保持若即若离的关系，不愿意马上结婚，以便双方可以自由自在地寻欢作乐。她厌弃了唾手可得的爱情、风度翩翩的男子；这些对她来说，得来易如反掌。出于寻求刺激，她看上了丑八怪笑面人。只见了一面她便向他发出情书：“你是骇人的，我是美丽的。你是丑角，我是公爵小姐。我是第一位，你是最后一个。我要你。我爱你。来吧。”她认为这样的爱情别有风味。她声称：“牙齿下咬的不是天堂而是地狱的苹果，这就是吸引我的东西。”她这种变态心理，使她处于一种矛盾的状态中。一方面，她自卑自贱：“我是女人。女人是渴望变成污泥的黏土。我需要蔑视自己。……卑贱之下的卑贱，多么痛快啊！这是耻辱的双重花朵！我采摘下来。把我践踏在脚下吧。你只会为此更加爱我。”另一方面，她又倨傲地意识到自己的高贵身份：“你知道我为什么崇拜你吗？因为我蔑视你。你远远在我之下，因此我把你放到祭坛上。”她喜欢把高级和低级混合起来的混乱。这不是爱情，这是疯狂，是寻求刺激，是变态，是宫廷中的贵妇在百无聊赖和淫乱放荡的环境中产生的一种极端心理。她并非真的想贬低自己，只是想换一种方式来寻欢作乐，做出常人不敢做的事。所以，一旦她接到女王的谕令，要她成为复得爵位的笑面人的妻子时，她马上来了个一百八十度的大转弯，命令笑面人从她的卧室出去，因为这是她的情夫才有资格待的地方："那么是我，我走开。啊！您是我的丈夫！再好没有。我憎恨您。"她的多变心理从瞬间的变化中显露出来。她的性格有两面性：白天是女人，晚上变成了食尸鬼。这个特殊女性的变态心理刻画得非常出色。

女王对她的妹妹约瑟安娜公爵小姐十分嫉妒，因为妹妹长得比她美丽，而且是一个女王生的，而安妮身上有下等血统。她非常在意妹妹的婚姻，暗地里派人探听妹妹和大卫爵士的关系。最后她让笑面人同妹妹结婚，把一个丑八怪塞给妹妹，这是一个恶毒女人才做得出的事，在这个决定中她的嫉妒心理暴露得再充分不过了。

雨果最后一部小说《九三年》的心理描写较为特殊。小说结尾雨果对共和军的两个主要人物的思想剖析实是一种心理描写。郭文是人道主义的化身，面对做了好事以后，自己束手就擒的朗德纳克，他的脑海里进行了激烈的思索和斗争。他坚信："在绝对正确的革命之上，还有一个绝对正确的人道主义。"这是他的一切行动的思想基础。所以，他把保王党叛军的首领朗德纳克放走了。因为他感到朗德纳克在烈火中救出三个孩子是伟大的行动；通过这个行动，"一个英雄从这个恶魔身上跳了出来"，变成了一个"光明的天使"；通过这个行动，内战消失了，兄弟自相残杀消失了，"仇恨不存在，黑暗不存在"，如果共和国还要对朗特纳克执行死刑，那就是不仁慈。思索的结果是郭文选择了仁慈，这符合他的最高信仰。西穆尔登则是革命政府的化身。他是一个"冷酷无情的人"，如果共和党领袖走错一步，他也要判以死刑。雨果分析道："他有着箭一样的盲目的准确性，只对准目标一直飞去。在革命中没有什么比直线更可怕的了。西穆尔登一往直前，这就注定了他的不幸。”雨果认为他的崇高是与人隔绝的，“不亲近人的崇高”。他在审讯郭文时说：“由于怜悯心发作，我们的祖国又被陷入危险中。”他在处死郭文的同时，开枪自尽了。他在贯彻自己的信念时似乎没有思想斗争，但从他自尽的结局看来，他也是生活在矛盾的状态中：按他的信念的逻辑，他不能不处死放走敌人的司令官，而这一行动又无法使他生活下去，他的行动岂不是成了问题？

三、雨果的心理描写的特点

从上述论述的雨果小说的心理描写看来，显然，这一手法在雨果的小说艺术中占据十分重要的地位。应该说，雨果从一开始写作，就已经注意到心理描写。他早在《论司各特》(1823) 一文中便指出，司各特创作的奥妙有一条：“他在嬉戏之间向读者揭示心灵中最隐秘的皱纹，犹如揭示大自然中最神秘的现象，掀开历史发展中最秘密的篇章。”他将心理描写放在对当时流行的历史小说家司各特的评价的重要位置上，是耐人寻味的，尽管雨果并没有意识到他所指的“揭示心灵中最隐秘的皱纹”即是心理描写。后来，他在《〈克伦威尔〉·序》(1827) 中也指出，要将滑稽丑怪和崇高优美、灵魂与肉体、悲剧与喜剧相结合，其中第二点也指的是挖掘心灵。在《〈光与影集〉序》(1840) 中，雨果说：“自我也许是一个思想家能够创造的最广阔、最普遍、最包罗万象的作品。”总之，雨果一向注重对人的内心挖掘。雨果在小说中重视心理描写并不是偶然的。只要稍微观察一下，就可以看出雨果的心理描写具有自己的特点。

第一，他不像斯丹达尔那样，后者的心理分析是随时随地而又十分简短的；雨果的心理描写则是长短结合。长的可以达到一节以上，有一两万字，如

《悲惨世界》中的“脑海中的风暴”及其后的半节；《笑面人》中的“夏娃”一章节是对笑面人的心理描写，“撒旦”一章节则是对约瑟安娜公爵小姐内心的刻画；《九三年》中的“沉思的郭文”一章节是对郭文贯彻人道主义准则的心理描写。这些都是长篇幅的心理描写。而让·瓦尔让坐马车赶往阿拉斯的法院，进入法庭之前，穿插了多次心理描写，篇幅则短得多，可以算作短篇幅的心理描写。长篇幅的心理描写起主要作用，充分揭示人物的内心思想：让·瓦尔让虽已改恶从善，但毕竟不愿放弃幸福的生活，重新回到地狱中去忍受煎熬：约瑟安娜公爵小姐身份高贵，但心灵空虚，心灵扭曲，她要追求不可思议的“爱情”；郭文放走了头号敌人，这个匪夷所思的行动究竟怎么回事，只有展示了他的内心，才能写出他行动的依据。小说中的这些描写正是作品最精彩的部分。让·瓦尔让从此走上了最艰苦的人生道路，遭受社会的残酷追逐。小说的戏剧性情节由此真正开始。读者第一次看到了让·瓦尔让已改恶从善的心灵，他经受住了这样严酷的考验，表明他已经不是一个属于人类渣滓的苦役犯，而是一个心灵高尚的慈善家。他的灵魂已基本上展露在读者面前，此后他的一系列行动只是对他的改恶从善的补充而已，对他的优异品质并没有增加太多的东西。约瑟安娜公爵小姐对笑面人感兴趣的情节是全书的核心，通过这一段描写，雨果袒露了她的变态心理，同时又写出了笑面人对女性美的欣赏和对心灵丑的厌恶，他对盲女的爱情经受了一次考验。他切身感受到上层贵族的丑恶心灵，更坚定了回到民间的愿望，最后他与盲女同归于尽。约瑟安娜公爵小姐一旦知道女王要她与笑面人结婚，她的优越感马上遭到重大打击，“爱情”随之烟消云散。她的任性又与女王的嫉妒心勾连在一起，从而写出了女王的心态。郭文的情况也是一样。读者对他的认识只有到了这一节才真正完成：他为了捍卫自己的信念，竟敢做出违反革命利益的行动，即使要被共和军判处死刑也罢。郭文的行动导致了西穆尔登的思索，引出了对西穆尔登的心理描写。读者对西穆尔登的认识也是在他的思索之后才完成的：他的思想与郭文恰好相反，只讲革命原则，而不讲人道主义，他对违反革命原则的行动没有通融余地。至此，小说达到了高潮，取得了扣人心弦的效果。三部小说的心理描写，所处的位置不同，《悲惨世界》对让·瓦尔让的心理描写主要放在小说开端，《笑面人》的心理描写，放在小说中间，《九三年》的心理描写放在小说结尾。这种安排也许是雨果对心理描写的一种尝试，他力图通过心理描写在小说发展中的不同阶段来研究这一艺术手法所能达到的效果。从上述的分析可以看到，雨果取得了预期的成效，这是雨果对心理描写的重大贡献。

第二，雨果的心理描写有很大一部分是思想分析。《悲惨世界》中的马里于斯从保王派转到共和派是这个人物最重要的变化，在某种程度上反映了雨果本人青年时代的思想转变历程。小说描写马里于斯在发现父亲是拿破仑手下的军官以后，决心摸清父亲的所作所为。他阅读了大量资料，不仅重新认识了拿破仑的历史作用，而且知道了父亲的丰功伟绩。他的共和思想甚至比信仰共和的“ABC 之友社”的成员更彻底、更明晰。雨果对这一转变的描写应该列入心理描写的范围。同样，福来主教的仁慈和宽恕精神给让·瓦尔让以极大的震动，引起了他的思想转变，雨果对这一转变的分析，也是一种心理描写。沙威的思想变化则描写得细致和具体：他被让·瓦尔让的行动感化了。可是，他对政府、法律、上级的绝对服从被自己一时的行为破坏了，他无法调和这个矛盾，也不能原谅自己的过错。他只有走绝路来了结一生。他的思想突变写得较为合情合理。约瑟安娜公爵小姐和女王的心理状态也多半采取了夹叙夹议的写法，不过，她们的心理与思想转变无关。这是她们的内心写照，也是作者对她们的思想剖析，以塑造她们的性格：一个怪异而任性，是贵妇的典型；另一个唯我独尊，容不得他人胜过自己，哪怕这是自己的妹妹，而且这个妹妹即令比她漂亮，也无法取代她的位置。雨果以此展现了女王的歹毒心灵。郭文和西穆尔登的心理状态也就是他们的思想信念，只不过他们的思想面对一件重大的事情展开了激烈的斗争，因此，也就成为心理活动：他们是否贯彻自己的信念？如果回答是肯定的，他们会付出生命的代价。换句话说，他们以生命来证实自己对信念的坚定不移。雨果这种心理描写与斯丹达尔的手法较为接近，不过，仔细分析，雨果对思想的描绘还是更多一些。

第三，雨果的心理描写有时通过人物自己的话语和行动来表现。乍看是人物在说话，其实读者通过这些话语可以看到人物的内心思想。《悲惨世界》中的吉尔诺曼老人在马里于斯和柯赛特的婚礼上的长篇讲话就是一个最好的例子。老人的守旧、轻佻、直来直去的思想和性格得到了淋漓尽致的表现。这篇讲话也是小说对这个人物的再一次刻画和总结性的描绘。在《笑面人》中，约瑟安娜公爵小姐向笑面人吐露了自己为什么看中他的理由。一方面，她袒露了自己爱丑怪的原因，另一方面，她是向对方表明，她的爱情是居高临下的，她在施恩惠于比自己低下的人，让对方不要得意。她这种微妙的心理通过一席话得到了充分的表现。雨果这种心理描写的方法似乎在某些作家的笔下已经出现过，但他显然是自觉地作为一种心理描写的方法运用到小说的人物塑造中，以丰富心理描写的艺术表现力。至于通过人物的行动来表现人物的内心，例子则不胜枚举。如让·瓦尔让在赶往阿拉斯时思想斗争过于激烈，连面包也觉得是苦的；他不愿让自己的苦役犯身份玷污了柯赛特和马里于斯的婚姻，假装自己的右手受了伤，不能写字；婚宴开始后不辞而别。马里于斯怠慢让·瓦尔让，实是嫌弃他。吉尔诺曼与马里于斯分隔几年以后，看到外孙回家，虽然高兴，却希望外孙屈服，极力保持矜持态度，两人一来一往，场面出现戏剧性的变化，又如约瑟安娜对笑面人的大胆追求。这些篇章都没有直接写人物的心理，而人物的心理却昭然若揭。

综上所述，雨果的心理描写是丰富而有鲜明特色的，他的成就应引起人们的重视。可以说，他的心理描写与斯丹达尔相比毫不逊色。

雨果的散文

维克多·雨果不仅是世界杰出的诗人、小说家、戏剧家和理论家，而且是文采斐然的散文家。光是散文，他就有300多万字的作品，包括政论、游记、日记、讲演、葬词、回忆录、纪念文章、杂文，等等，形形色色，多姿多彩，令人目不暇接。这一本选集虽然篇幅不大，却可以说囊括了雨果散文的精华，从中足以看出雨果不愧是一代散文巨匠。

从内容来看，雨果的散文博大精深，牵涉面极广。众所周知，雨果是个不屈不挠的斗士。他和倒行逆施的拿破仑三世是死对头。1851年拿破仑三世发动政变后，雨果被迫流亡，他先辗转到比利时，最后落脚于英吉利海峡的一个小岛上，过了十九年的流亡生活。在这期间，雨果坚贞不屈，不向拿破仑三世低头，而且把自己逃亡的经历和拿破仑三世发动政变时的所见所闻实录下来，作为投枪匕首，指向拿破仑三世。讽刺散文集《小拿破仑》就是这样问世的。从《主子的卑微和局势的恶劣》《拿破仑三世肖像》可以看到雨果对这个独夫民贼真是切齿痛恨，毫不容情地把他同历史上的暴君相比，把他钉在历史的耻辱柱上。拿破仑三世的可耻下场也正好为雨果的论断做了印证。1870年拿破仑三世在色当战役中大败，成了德军的阶下囚，扮演了民族罪人的角色。雨果回顾拿破仑三世的耻辱史，写下了政论专著《一件罪行的始末》，给拿破仑三世的恶行败迹算了一笔总账。作为正义的代言人和受迫害的一方，雨果的谴责是义正词严的，充分表达了他的民主主义思想和爱国主义的高尚情怀。这两篇散文可以同他的讽刺诗集《惩罚集》对照来读。

雨果的爱国主义在普法战争中表现得最为充分。在这期间他所写的散文，既表达了对友邦德国的深厚感情，同时他也没有一味沉浸在争取和平的呼吁中。他清醒地认识到，对付来犯之敌，只有拿起武器，投入战斗。雨果曾经将朗诵自己的诗集的收入去购买大炮，让人民保卫巴黎，他的行动表现了高昂的爱国精神和战斗激情。

雨果是一个人道主义者，他的作品渗透了人道主义思想，散文也不例外。雨果追求人的自由和尊严，向往人类的不断进步，凡是符合这种思想的都得到他的赞许，凡是与此相抵触的都受到他的谴责或抨击。他高度评价启蒙思想家，如伏尔泰，流露了他对民主、自由、博爱的理想的憧憬。他对在拿破仑三世政变中无辜的受害者——一个小男孩的死，表示无比的愤慨。他同情受到沙俄侵略的波兰人民，给予道义上的最大支持。同时，他对受侮辱与受损害的妓女抱着满腔同情，对作弄妓女的恶少给予谴责；他曾一再反对死刑，认为死囚也有值得同情之处；他同情上了断头台的路易十六，以怜悯的态度描写退位后潜逃的国王路易-菲利普。总之，雨果是受压迫、受迫害的人民最忠实的朋友，是压迫者、倒行逆施者不共戴天的仇敌。

雨果不单具有高洁的政治情怀、充沛的爱国激情、疾恶如仇的正义感，他还是一个具有亲子之爱和热烈情爱的父亲和情人。《我的儿子们》充分表现了他对儿子同样具有一颗慈父之心。《爱情结合周年纪念册》记录了雨果和朱丽叶的爱情史。雨果爱上朱丽叶并非移情别恋。自从雨果发现妻子另有私情后，他的精神受到巨大打击，青梅竹马的爱情从此泯灭了。他和朱丽叶的相遇使他重新燃起了爱情之火，这火焰一直燃烧了半个世纪之久。他们频繁地书信往来，凡是雨果所到之处，朱丽叶都紧紧相随。雨果从他们结合的那一天开始，年年在同一个日子写下一段文字，以资纪念。《爱情结合周年纪念册》不意成为他和朱丽叶的爱情史的忠实记录。就像贺年卡一样，雨果几乎年年写下自己的心迹，但他没有把这些贺年卡寄出去，而是珍藏起来。这本纪念册就放在他的枕头底下，伴随他度过一个个夜晚，年复一年，一页页记录组成一本珍贵的纪念册，这是一封封未曾寄出的情书。

雨果一生到过许多地方，他对异国山川的感受尤为独特。早年写下的《阿尔卑斯山游记》再现了这座欧洲最巍峨的大山的英姿，同时也表现出一个浪漫派作家的丰富想象力。《莱茵河游记》是雨果最重要的游记作品，这部散文集以书信体的形式写成，共有 39 封信，记录了雨果在 1838 年至 1839 年在莱茵河地区的见闻。他在描绘这条欧洲的大河的壮丽景色时，插入了在这个地区产生的民间故事和神话传说。在雨果看来，莱茵河是一条孕育了欧洲文明的河流，因此，他感到对这条河流特别亲切、特别向往。雨果的夹叙夹议表现出他具有丰富的历史知识，熟知欧洲的历史变迁和莱茵河流域的文化发展。

雨果的散文除了高度的思想性以外，还具有丰富的文献价值。他的散文记录了 19 世纪一些重大事件的发生和演变过程。雨果作为一个名作家和政治活动家，居于政治潮流和社会生活的第一线，接触到政界的重要人物和社会名流，他的所见所闻便具有历史资料价值。再者，由于雨果与一些名作家如巴尔扎克、夏多布里昂、乔治·桑、大仲马等人的特殊交往，他对这些作家的生前活动和葬礼的记述，也是弥足珍贵的文献。雨果对一些重要政治人物，如路易十六的处决和拿破仑灵柩的返回的生动记载，对历史做了形象的注释，同样具有不可多得的文献价值。

在艺术上，雨果的散文有着不少令人瞩目的特色，使他成为世界一流的大散文家。

首先，雨果的散文形式自由灵活，丰富多变。每篇的叙述方式互不雷同，有的像新闻记者式的平铺直叙或夹叙夹议，有的采用回忆或倒叙方式，有的以几个阶段的记载组成，有的从几个不同的侧面去写一个题目，有的以日记体来表现，有的以发人深省的结语告终，点出全篇要旨。长的可达几万字，洋洋洒洒，笔锋恣肆；短的只有几百字、百来字，字字珠玑。由此可见雨果写作的功力。法国散文发展到19世纪，已经达到成熟阶段。夏多布里昂的抒情散文字句铿锵，优美华丽，将卢梭开创的描写大自然的散文推进了一步。雨果紧紧步其后尘，而又有较大的发展。抒情散文、哲理散文、政论散文、书信体散文、日记体散文、箴言式散文，等等，不一而足，集各家之大成，体现出雨果作为浪漫派领袖的风采和气度，才能和笔力。

其次，雨果具有独特的叙事方式，他常常将细致的观察与独到的思考相结合，使他的散文大起大落、细腻绵密而又雄健有力。例如他对兰斯大教堂建筑的特点描述得纤毫毕现，令人惊叹其观察的细致和目光的敏锐。随后，雨果笔锋一转，描写一个国王塑像的顶冠筑有燕巢，从而发出深沉的感叹。这感叹流露出雨果对世界和生命的热爱。前面的叙述细致周到，文字严密，结尾的描写则异峰突起，粗犷有力。两者对比鲜明，发人深省。可以看出，雨果的观察与常人迥异，往往以奇取胜，发出诱人的光彩，给人以深刻的感受。在描写人物的短篇散文中，雨果也喜欢运用这种对比手法。譬如，对于塔莱朗这个曾经活跃在法国几个朝代的政治家，雨果从他的大宅和房子旁边一条阴沟来衬托，巍峨、富丽、阴森的建筑就像塔莱朗的身体和为人。他死后被人解剖出的大脑被仆人扔到阴沟里，则象征他可悲的下场以及人们对他的评价。

雨果是语言大师。他的语言丰富多彩，色彩斑斓，独具一格。他是个诗人，能使用精练的语言描绘出富有诗意的场景。他是个小说家和戏剧家，常常在行文中插入生动的对话，写成一篇篇有声有色的故事。雨果驾驭语言的能力达到了运用自如、得心应手的地步。丰富性是一方面，独特性是另一方面。尤其是修辞造句，他爱用并列的动词去表达见解。法文的动词特别丰富，时态表达细腻而多变化。他并列使用动词，表达的意思便丰富而简洁，层层递进，步步深入，富有力度。对比的修辞是雨果的语言的另一特色。例如这三个句子："底部是人民。在人民之上，是教会代表的宗教。在宗教旁边，是司法代表的正义。"这三个句子分成三行，对照的思维方式十分醒目。雨果往往通过这样令人意想不到的对比词句，引起读者的注意，收到强烈的效果。

毫无疑问，雨果的散文具有深刻的思想性和高度的艺术性，散发出独特的光彩。他厕身于世界散文大师之列而毫无愧色。这部散文选集就是一个有力的明证。

“这个人是一个世界”

——巴尔扎克生平及创作

巴尔扎克，这个名字不仅在法兰西文学史册上，而且在世界文学史册上，都占据着极其重要的地位。巴尔扎克与莎士比亚、歌德和托尔斯泰这三位世界文学泰斗并列而毫无逊色。他的《人间喜剧》是人类文化宝库中的瑰宝，至今仍受到世界各国人民的喜爱。

巴尔扎克在世上只活了52岁，可以说，他的一生是短促的。然而，他的作品卷帙浩繁，除了大大小小约九十部的《人间喜剧》，他还有近十部青年时期的试作，六部剧本，两卷《笑林》，三大卷杂文集和九卷通信集。他一生呕心沥血，辛勤笔耕。他所取得的巨大成就，永远放射着夺目的光辉，永远为世人所传颂。

一、孤独的雏鹰

1799年5月20日，巴尔扎克生于法国古城图尔，这一天正是圣奥诺雷（圣徒）节，因此取名奥诺雷·巴尔扎克。他的父亲是南方人，出身农民，有十一个兄弟姐妹，其父是长子。早年他步行来到巴黎，靠个人奋斗逐渐发迹，曾担任过军需处长、税务官、医院主管、市长助理。巴尔扎克的母亲出身于巴黎一个富裕的资产阶级家庭，漂亮而风流，18岁出嫁（丈夫比她大22岁），21岁时生下巴尔扎克。她并不十分喜欢巴尔扎克，却特别宠爱二儿子亨利——可能是个私生子。

巴尔扎克的童年和青少年时代得不到家庭的温暖，过着孤独的寄宿生活。他出生后不久就被送到卢瓦尔河上的圣西尔村一个警察家里寄养，一直到4岁，然后进了一所寄宿学校。从8岁到13岁近6年的时间，他在旺多姆的奥拉托利会的教会学校读书，过着极其严格的幽禁生活，总共只见过两三次父母。巴尔扎克在当时“是个可爱的孩子；他脾气快活，嘴巴线条突出，笑口盈盈，褐色的眼睛既晶莹又柔和，天庭饱满，浓密的黑发，这些使他在散步时引人注目”。巴尔扎克儿时的一幅肖像，显出他是个天真温柔的小男孩，充满羞怯之态。有个神甫认为巴尔扎克“有才能，有思想，记性好，想象力大于判断力，对神奇事物和各种体系有兴趣”。巴尔扎克孩提时的这些特点，以后进一步得到发展，成为这个伟大作家的一些基本素质。巴尔扎克时常躲在树下阅读，为了求得安静，甚至宁愿关禁闭。少年的巴尔扎克爱好思索，他曾这样发问：“上帝从哪里得出这个世界呢？”他不明白：“如果一切都来自上帝，那么为什么这个世界上会有恶呢？”巴尔扎克具有广博的知识，也富有自信心，虽然他的学习成绩平平，但他却断言：“我会成名的！”他的一个女友曾把他这段生活说成“鹅群中孵化的一只鹰蛋”。时代和环境培育着这头雏鹰。巴尔扎克出生的那一年，拿破仑当上了第一执政，从此开始拿破仑当政的时代，鹰是拿破仑帝国的徽号。拿破仑时代涌现了不少叱咤风云的英雄人物，他们往往出身平民，在征战中立下功勋，平步青云，恰如雄鹰翱翔在蓝天。巴尔扎克就是这样一头正待展翅飞翔的雏鹰。

几年后，巴尔扎克变得瘦削了，常常若有所思，答非所问，不得不被母亲领回家里。家里人见了他都大吃一惊，他的外婆痛心地说：“看看我们送去的漂亮孩子，中学把他送回时变成什么样啊！”

1814年，巴尔扎克的父亲被任命为巴黎驻军第一师的军需处长，11月，全家来到巴黎。巴尔扎克在勒皮特尔寄宿学校读书，他只不过改变了一个“监狱”。随后两年，巴尔扎克又换了两个中学。1814年和1815年是法国在19世纪出现重大事变的两年。先是1814年4月4日拿破仑退位，被流放在厄尔巴岛。可是，1815年3月1日，拿破仑从厄尔巴岛逃出，潜回大陆，召集前来堵截他的旧部，一呼百应，3月20日便返回巴黎的杜依勒里宫。然而，滑铁卢战役的惨败迫使拿破仑在6月22日再次宣布退位。这段时期史称“百日时期”。波旁王朝终于开始了长达15年的统治。其时，16岁的巴尔扎克耳闻目睹政治风云的变幻，对政权的更替留下了深刻的印象。1816年9月，巴尔扎克中学毕业，终于摆脱了严格的寄宿生活。

巴尔扎克童年和青少年时期的孤独生活，对于他的一生产生了重要影响。长期离开亲人，独自为生，培养了他独立思考和认真工作的习惯，哪怕环境再艰苦，也不能动摇他坚韧不拔的信心，他能夜以继日地写作，而不被艰辛的劳动所压垮。

巴尔扎克的母亲信奉金钱万能，她说过：“财产——巨大的财产——于今就是一切。”因此，她希望大儿子成为一个公证人，因为公证人属于社会的上层。于是她让巴尔扎克到诉讼代理人吉约奈-麦尔维尔的事务所当见习生。几个星期以后，巴尔扎克进法律系攻读。1818年，巴尔扎克在公证人帕塞的事务所工作。他在这两个事务所看到了许多家庭悲剧，这是只有从事法律的人才能知晓，但不会说出来的隐秘事实。他明白了家庭中有着隐蔽的惨剧和用欺骗手段进行的窃取，而这些行为是法律阻止不了的。他看到社会上有人用各种手段戕害善良的心灵，从而产生不为人知的痛苦；他看到民法加以保护或者对此无能为力的“不受惩罚的罪行”。应该说，这些发现不是一下子照亮巴尔扎克的思想的。他不能马上看出其中有着写作“新型小说”的材料。但这些发现在他身上引起了好奇和关注，可以说困扰着他，在他青年时期的小说中便可以找到痕迹。所以，这两年司法实践开阔了巴尔扎克的眼界。

据他的妹妹说，巴尔扎克在索邦学院听课，他热切地倾听“维勒曼、基佐、库赞等人的雄辩的即席发挥”，但法国的巴尔扎克专家却找不到证实这一点的材料。唯一可以肯定的是，巴尔扎克热衷于哲学方面的思考和研究，1817年写下《关于哲学和宗教的札记》，1818年写下《论灵魂不朽》，随后又写了《论人》。这些札记显示出巴尔扎克继承了18世纪启蒙学者的思想，是个无神论者。这种对哲学问题具有浓烈兴趣的倾向，在他的一生中得以保持。

1818年，巴尔扎克一家随着经济条件的下降，要迁居到维勒帕里齐镇上。8月，巴尔扎克离开帕赛事务所，放弃了家庭要他从事公证人或诉讼代理人的辉煌前途，住到莱第吉耶尔街的一间阁楼里，决心考验自己有无从事文学的才能。在巴尔扎克的一生中，这是个有重要意义的日子。其一，巴尔扎克向父母庄严宣布了自己要成为作家的志愿，因此，从这时起，巴尔扎克实际上开始了一门新的职业。其二，巴尔扎克显示了自己坚强的意志力。他的父母亲每月只供给他60法郎，他只能节衣缩食，正如他在《驴皮记》中描绘的那样：“把生活水平压缩到真正最低需要的程度，以严格的必要为界限，我认为365法郎足够我过一年的清苦生活……一个预感到有美好前途的人，当他在艰苦的人生大道上前进时，就像一个无辜的囚徒走向刑场，一点也不用羞愧。”巴尔扎克的确满怀信心，他一再在家书中说：“如果我使巴尔扎克的名字扬名，想想我的幸福吧！”“但愿我的悲剧[1]成为国王和人民的必备书，我初出茅庐，就要写

1　指他以英国资产阶级革命的领袖人物克伦威尔为题材，写作的一部诗体悲剧。

出一部杰作，否则宁肯拧断自己的脖子。”从他的乐观态度和坚定决心中，可以预料，有朝一日，他定会获得成功。

1820 年 5 月，全家和几位朋友相聚在一起，倾听这位踌躇满志的未来作家朗读剧本。读着读着，大家便觉得这部“杰作”枯燥无味。家里特意请来了一位新院士、作家安德烈厄来评判，他的评语十分简短：“令郎可以尝试各种职业，就是不要搞文学。”

这次失败并没有影响巴尔扎克的情绪和决心，恰恰相反，巴尔扎克在阁楼里的生活是幸福的，情绪很高。他在给妹妹的信中说：“财富并不造就幸福，我向你担保，我在这儿要度过的 3 年对我来说将是一生幸福和值得回忆的源泉。睡得安稳，随意生活，按自己爱好工作，只要我愿意，什么也不干，在未来之上安睡……啊！这种生活能永远持续下去，那多么好啊！”他怎么会放弃这种自由生活呢！

况且，巴尔扎克不会拧断自己的脖子，因为他不承认自己已经失败，他仍然以百折不挠的勇气，朝着写作这条道路坚定不移地走下去。

二、艰苦摸索和债务枷锁

19 世纪初期，“黑小说”[1] 在法国十分流行，这股潮流同英国小说的传入有关。例如，安娜 · 拉德克里夫的《尤道尔夫的秘密》就风行一时。巴尔扎克为生计着想，从 1820 年至 1825 年左右，或与别人合作，或独自创作，投入“黑小说”的写作中。巴尔扎克自知这些作品难登大雅之堂，便都化名出版。

1 指神怪小说、黑小说等流行的通俗小说，除极少数外，一般难登大雅之堂。

今天看来，这些创作并非毫无意义。

第一，这表明巴尔扎克的创作力惊人地旺盛。短短的四五年间，他居然写出近十部小说，每一部都不下二十万字。他的写作速度预示了日后他写作《人间喜剧》的过人精力。第二，这些小说对于一个初学者来说无异于练笔。巴尔扎克曾对另一作家尚弗勒里说过：“我写过七部小说，作为简单的学习研究，一部是为了学写对话，一部是为了学描绘，一部是为了组合人物，一部是为了组织结构。”由此可见，巴尔扎克在这几年中取得了不少小说创作的经验。第三，这些小说中的某些情节和人物在巴尔扎克后来的小说中重新出现，它们是《人间喜剧》中某些作品的情节和人物的雏形。例如《法尔蒂娜》与《塞拉菲塔》情节相似，《阿尔台纳的副主教》与《朗热公爵夫人》的某些情节相同，吝啬鬼、伏特冷等人的身影也在这些小说中出现。这些小说与《人间喜剧》仍有一脉相承之处，所以巴尔扎克在1836年愿意重版其中的几部。

但是，这些小说未能改善巴尔扎克的经济状况。在他的亲人看来，他是个“无能的人”，只能写些卖不掉的小说。因此，巴尔扎克想到做生意。1826年，他出版莫里哀和拉封丹的作品，花费了3万法郎，可是销售情况很差，他的合作者将自己的股份转让给他，为摆脱他而感到庆幸。为了弥补损失，有人建议他自印自销，这个想法打动了他。但要买下洛朗印刷厂需要6万法郎，而他手头连600法郎也没有。家庭的女保护人德拉努瓦夫人愿意预支3万法郎，由巴尔扎克的父母作担保。巴尔扎克的女友德·贝尔尼夫人也出资帮助他。1826年6月，巴尔扎克搬进印刷厂居住。他印刷历史回忆录、商业广告、《巴黎招牌辞典》、1828年的浪漫派年鉴、梅里美的《克拉拉·伽聚尔戏剧集》、维尼的小说《散-马尔斯》第三版。然而主顾很少，资金不能回笼。巴尔扎克既不会做成本核算，又不会监督生产。1827年，他进而决定浇铸铅字。破产的提前到来使这项工作半途而废。1828 年 2 月，他的合伙人巴比埃眼看破产不可避免，离开了印刷厂，让巴尔扎克独自承担责任。不久，巴尔扎克被债主和拿不到工资的工人所包围，印刷厂被清理，巴尔扎克一无所得，却欠了一大笔债。1847 年 10 月，巴尔扎克的母亲就提到借给他的 4 万法郎，这笔债一直没有还清。巴尔扎克负债的唯一收获是接触到经商，亲身体会到破产商人的痛苦。

失败并没有使他气馁，他仍然“在暴风雨面前挺直腰杆”，他的眼睛像两颗炭火，在凹陷的眉宇下灼灼有光，他只想着未来的胜利。他离开了被债主包围的冯雷-日耳曼街的房子，躲到天文台附近卡西尼街的一套房间里。工作室铺上柔软的厚地毯，书橱摆满了用红色摩洛哥皮做封面的精装书，乌木文件架上摆着一尊拿破仑石膏塑像，在皇帝长剑的剑鞘上写着：“这把长剑所没有完成的，我要用笔来完成。”

这句话表达了巴尔扎克重新回到写作中的心愿，而且这时他已决心摆脱早期创作的倾向。也许是商业上的坎坷经历使他增长了见识，思想上趋于成熟，从此，他走上了正确的创作道路。他立下的宏愿并非狂妄之言和空想。如果说，拿破仑的历史功绩是巩固了资产阶级刚获得的政权，为以后的发展奠定了基础，那么，巴尔扎克的历史功绩则是开创了现实主义流派，成为现代小说之父；如果说，拿破仑在欧洲战场上曾经取得了 14 次重大胜利，是法国历史上最伟大的统帅，那么，巴尔扎克创作了 90 部之多的《人间喜剧》，全面而深刻地反映了一个历史时期的面貌，这在法国文学史上也是空前绝后的。然而，至于拿破仑的未竟之业，即弘扬资产阶级的文化艺术，巴尔扎克则是完成这一大业的名副其实的巨匠之一。

三、发现和崛起

由于英国小说家司各特的影响，19 世纪 20 年代，法国也流行写历史小说。巴尔扎克显然被这股潮流所吸引，于 1829 年发表了《舒安党人》。小说写的是 1799 年布列塔尼地区发生的叛乱事件，事件发生时间距巴尔扎克写作时并不远，一些目击者和参与者还在世。为了写得真实，巴尔扎克前往该地区作了实地调查。这种搜集材料的方法也许出于无意，但却富有开创意义：它符合现实主义的创作要求，即必须建立在细节和事实的准确无误之上的写真实原则。与其说《舒安党人》是一部历史小说，还不如说这是一部描写现代生活的作品，是对布列塔尼地区风俗的研究。巴尔扎克并不着意于重现历史事实。对于蓝军和白军，亦即共和党人和保王党人的搏斗，巴尔扎克几乎是不偏不倚地作了充分的描写，这是小说得以成功的重要原因。《舒安党人》是巴尔扎克创作道路上的一大转折，它揭开了《人间喜剧》的序幕。

然而，正面描写当代生活才是巴尔扎克的创作带根本意义的转折点。在这之前，巴尔扎克已经相当关心当代的生活现象，他在《小偷》《身影》等刊物上发表的随笔透露了他对各类人物细致观察的心得。1828 年开始动手写作的《婚姻心理学》是对家庭生活的剖析，包含了各种长、短篇小说的素材。

30 年代初，巴尔扎克创作了一批以当代生活为题材的中短篇小说，辑为《私人生活场景》(1830)。这部中短篇小说集包括《家族复仇》《戈布塞克》《双重家庭》《苏镇舞会》《玩球猫商店》《家庭的和睦》。这 6 篇小说以社会风俗及其所反映的人与人的关系为描绘对象，这是一个崭新的描写角度。它们揭示了法国资本主义初期带有根本性的社会现象。

《家族复仇》从科西嘉岛盛行的这种风俗出发：为了复仇，这一方往往想方设法灭绝另一方，以致世仇一代代延续下去。但是巴尔扎克的描写重点并不放在家族复仇这种风俗上面。他看到，由于拿破仑在法国巩固了资本主义制度，要在法国推行资本主义的法律，而绝不允许这种封建时代没有法制观念的陋习继续存在下去。命运的安排是出人意料的，皮翁博之女吉奈弗拉竟爱上了仇家的遗孤。她同父亲一样，性格刚烈倔强，为了取得自己的幸福，她不惜同父亲闹翻，弃家出走。然而，叛离家庭的一对年轻夫妇却维持不了生计，最后，她同婴儿一起冷饿而死。这出婚姻悲剧说明，封建陋习是可以战胜的，而金钱却具有更大的力量，它能置人于死地。

《戈布塞克》刻画了一个吝啬鬼典型。他像巨蟒一样贪得无厌，对每笔小交易都锱铢必较，什么实物都要贮存，宁肯让贮存物在讨价还价的过程中腐烂发臭，也不肯做出小小的让步。这样的高利贷者如今统治着社会，他是复辟时期资产者的代表。

《苏镇舞会》描写了贵族阶级的衰败和封建门阀观念的破灭。德·封丹纳伯爵是一个顽固的保王党人，然而他却明智地让 3 个儿子和两个女儿与资产者联姻，以巩固自己在经济上和政治上摇摇欲坠的地位。他的小女儿却死抱住旧观念，嫁给了 72 岁的老舅公，因为她在贵族青年中找不到理想人物，而只有一个布店伙计符合她的要求，她却看不起他的低微出身；她万万没有想到，这个伙计日后竟成为她梦寐以求的贵族院议员。巴尔扎克的描写是别具慧眼的，至少还没有一位作家从这些素材中看出这些现象反映了社会发展已发生本质变化。

以上这些场景深入到家庭内部和家庭秘密的底蕴，而这些底蕴至今仍淹没在暗影中，不为人知。但是，巴尔扎克却将强烈的光投射到这些暗陬中，探出它们的奥秘，这不能不说是他的重大发现。

巴尔扎克不仅观察社会现象，而且力图探索其中的动因，由此他撰写了一批哲理小说，诸如《驴皮记》《长寿药水》《红房子旅馆》《不为人知的杰作》《耶稣·基督在佛兰德斯》，等等，汇成《哲理小说集》。其中，《长寿药水》借用了在欧洲家喻户晓的关于唐璜的故事，却赋予了新的内容。长寿药水是争夺遗产的工具。小说通过唐璜父子两代人寻求长生不老的故事，揭示了冷酷的家庭关系。《不为人知的杰作》则探讨了现实主义的艺术原则：艺术的任务不在于摹写自然，而是再现自然；艺术家要做一个富有想象力的诗人；形式和内容要统一；追求绝对美只能导致走入迷途。

长篇小说《驴皮记》(1831) 是这批哲理小说中最重要的一部作品。在巴尔扎克笔下，驴皮是生命活力的象征；巴尔扎克认为每个人都有一个生命活力的储备资本，人的生活表现为他如何运用这个资本。巴尔扎克把这种表述称为"人类生活的公式"。小说中，驴皮能满足人的任何愿望，但满足一次，即缩小一点。在驴皮上用梵文印着这个有象征意义的、越缩越小的题记："如果你占有了我，你就将会据有一切。但是你的生命将会属于我，上帝本意如此。发愿吧，你的愿望将会满足，但要按你的生命来安排你的愿望。你的生命在那里。满足你每一愿望，我将缩小，这恰如你的生命。你是否需要我？拿去吧，上帝会满足你！是的！"

小说主人公拉法埃尔·瓦仑丹想追求奢华的生活，却缺乏钱财。他在赌桌上输光了最后一文钱，眼看走投无路，心想跳进塞纳河自杀。他无意识地走进一间古董店，老板给了他这张驴皮。随着他的愿望一个个满足，驴皮迅速缩小。等到他发觉时已来不及了。他把驴皮投入井中，想摆脱它的纠缠，可是，园丁把驴皮冷不防捞了上来。驴皮依然无情地缩小。拉法埃尔病倒了。学者们对符咒的奥秘一窍不通，医生们也无力治愈拉法埃尔。即使他在病中，也不可能不思不想，总有各种愿望冒出来；他终于随着驴皮的消失而离开人世。

如果说，《驴皮记》这则寓言式的故事仅仅是描写人的生命随着愿望的实现而逐渐走向死亡，那么，这一哲理似乎过于平淡了。巴尔扎克抨击的是过于奢侈纵欲的生活，认为这会加速消耗生命。换句话说，巴尔扎克揭露了 19 世纪 30 年代初出现的资产阶级的糜烂生活。当时的七月王朝，是金融资产阶级一统天下，胜利了的大资产阶级过着一掷千金的享乐生活。小说中关于银行家举行盛大宴会，宾客“委身于自由的疯狂享乐”的描写，就是资产阶级奢靡生活的生动写照。《驴皮记》是对 1830 年革命后出现的上层社会生活的概括，抨击了某些人永无止境的贪欲。

尽管有关驴皮的描写用的是浪漫手法，但是，小说中仍然充满了现实主义的描绘。主人公涉足的场所有新闻界、赌场、银行家公馆、文学沙龙、科学界和医疗界，一幅幅都是逼真而生动的风俗描绘。

《驴皮记》也是巴尔扎克作品中最早在国外引起反响的一部。晚年的歌德对刚出版的《驴皮记》很感兴趣，认为“这是一部新型的小说”。高尔基也对宴会场面的大手笔赞扬备至：“我不仅听见，而且也看见谁在怎样讲话，看见这些人的眼睛、微笑和姿态，虽然巴尔扎克并没有描写出这位银行家的客人们的脸孔和体态。”可见，《驴皮记》的描写确实栩栩如生。

巴尔扎克找到了自己真正的创作道路，从 1830 年至 1833 年，他发表的长篇、中篇和短篇共有 30 多部。至 1834 年，他以《风俗研究》为标题，将他的作品组合在一起。一个大作家崛起了，他的出现令世人瞩目。

随着在文坛上声誉日增，巴尔扎克不甘心在政治上寂寞。30 年代初，他的政治倾向有了很大的变化。他的早期作品反映出他深受 18 世纪启蒙作家伏尔泰、卢梭的影响，具有较民主的倾向。后来，他结识了比他约大20岁的德·贝尔尼夫人。通过她的引荐，他涉足贵族沙龙，在熟悉贵族上流社会的同时，他的政治观点也产生了新的变化。他向往封建王权的威势，这种向往是同他对七月王朝的不满和失望相联系的。巴尔扎克幻想建立一个君主立宪王朝，他在1830年11月致女友朱尔玛·卡罗的信中说："法国应该成为一个君主立宪王朝，应该有一个世袭的王族，有一个异常强大的贵族院，它代表所有制，同时对继承和特权有尽可能多的保证。"这些话表明巴尔扎克的思想基本上站在资产阶级一边。由于他倾向于强权统治，迫切需要一个强有力的人物来统治，无论拿破仑还是查理十世，他都能接受。这就造成了他复杂的政治思想，这是一个大杂烩，很难用哪一个党派的观点来概括。

1831年2、3月间，他终于向正统派靠拢。正统派是以大地主大资产阶级为核心的保王派，亦即七月王朝的主要反对派。不过，巴尔扎克的思想与正统派的观点不尽相同。除了上述所引的话以外，巴尔扎克在1833年发表的小说《乡村医生》中描画了他心目中的乌托邦。他提出用宗教遏止人欲横流，建立宗法式的家长制，然而另一方面也提出了发展竞争、改善人民生活等主张，这些观点与正统派大相径庭。他曾在正统派的《革新者报》上发表过几篇文章，并想娶正统派的马来·德·特吕米利的女儿，这一切的目的是想参政。可是马来·德·特吕米利觉得他的政治观点太自由：他并不留恋查理十世退位，赞成君主立宪。巴尔扎克说过这样的话："如果我不能生活在专制王朝下，我宁愿要共和国，而不愿要这种没有行动、没有基础、没有原则的杂种政府，这种政府使得人欲横流，却从中得不到利益，由于缺乏权力，使民族停滞不前。"巴尔扎克始终不是一个地道的正统主义者。

1831年春，巴尔扎克想参加竞选。他写道："未来的议会可能会风云变幻，它孕育着一场革命……如果我有意于议会，那是出于想起一点政治作用。”但他的财产达不到被选举人的要求。随着他娶不成马来·德·特吕米利的女儿，他的从政愿望也成了泡影。

1831 年 4 月，巴尔扎克发表《对两届内阁的调查》，署名“德·巴尔扎克”，给自己的名字加上了贵族称号。这个行动既表明了他政治上的态度，也透露了他想跻身贵族的虚荣心。1831 年 8 月，他发表《驴皮记》时正式在自己名字上加上“德”的贵族称号。

四、成熟期迅速到来

巴尔扎克创作极其勤奋，他的一天是这样安排的：傍晚 6 点睡觉，睡到半夜被人叫醒，然后连续写作 12～15 小时。或者他这样倒过来安排时间：从傍晚 6 点起床，写作或修改，一直工作到凌晨 4 点，休息之后才修改晚上所写的东西。他在 1831 年的一封信中写道：“写作！我已写不动了！精疲力竭。您不知道我在 1828 年所欠的债超过我所拥有的一切：我只有靠笔杆子生存，支付 12 万法郎。”他在致女友朱尔玛·卡罗的信中又说：“一个月以来，我不能离开我的桌子，我就像一个炼金术士将金子投入熔炉中一样，将我的生命投到桌子上，”“我生活在自我强迫这种最严酷的专制之中。我夜以继日地工作……没有一点乐趣……我是一个使用笔和墨水的苦役犯，一个真正的思想商人。”

所幸的是，巴尔扎克的辛勤劳动并没有白费力气。在这期间，他的优秀作品接二连三地发表在杂志上，或者结集出版。在 1832 年发表的作品中，以《夏倍上校》和《图尔的本堂神父》最引人注目。

《夏倍上校》无情地揭露了金钱的罪恶：为了金钱和地位，妻子居然不承认自己的丈夫，甚至设下计谋去捉弄他。小说结尾这绝妙的一笔撕破了笼罩在资产阶级家庭关系上温情脉脉的面纱，揭示了人与人之间无情无义的金钱关系。

《图尔的本堂神父》写出了外省生活在平静的表面下隐蔽着阴险的、凶狠的、耐心的斗争，而这场斗争的起因只是庸俗的、狭隘的私欲。在巴尔扎克笔下，这场斗争写得富有戏剧性，三个主要人物活灵活现，这一切显示了巴尔扎克细腻而敏锐的观察力和反映市民生活的出色本领。

1833 年对巴尔扎克来说又是一个丰收年。《费拉居斯》似乎受到流行小说的影响，将一个以苦役犯为首的行会组织的活动写进了小说。由于《费拉居斯》获得成功，巴尔扎克又写出续篇《朗热公爵夫人》(1834) 和《金眼女郎》(1835)，组成《十三人故事》集。

巴尔扎克在 1833 年最大的收获是撰写了《欧仁妮·葛朗台》，这是巴尔扎克“最完美的绘写之一”。小说最大的成就是塑造了一个吝啬鬼典型。巴尔扎克善于选取一系列富有典型意义的细节来表现他的悭吝性格。葛朗台阴森森的老房子年久失修，楼梯踏级都被虫蛀坏了，女仆差点摔了跤，他还怪她不挑结实的地方落脚；每一顿饭的面包、食物、每天要点的蜡烛，葛朗台都亲自分发，一点儿不能多；女儿过生日那天，葛朗台要“大放光明”，也不过点了一支蜡烛；有人来了，要拿蜡烛去照亮开门，客厅里的客人便被撇在黑暗里；他不给妻子零用钱，连客人送给他妻子的一点点私房钱，他也要想方设法刮走；来了亲戚，他不让加菜，吩咐佃户打些乌鸦来熬汤；妻子卧床不起，他首先想到的是请医生得破钱。葛朗台的吝啬渗透到他的每一句话、每一个行动中。这种吝啬的可恶之处在于贪得无厌地追逐金钱。在他的心目中，金钱高于一切，“没有钱，什么都完了”，“看到金子，占有金子，成了他的嗜癖”。他的侄儿沙尔知道父亲破产后自杀，痛哭不已，他便觉得这孩子把死人看得比钱还重，真没出息。他瘫痪之后，坐在手推车上，整天让人推着在卧室与库房之间转来转去，生怕有人来偷盗。直到临死前，他还让女儿把金币铺在桌上，长时间地盯着，这样才感到心里暖和。他说的最后一句话是叫女儿料理好一切，到阴间去向他交账。巴尔扎克把资产者嗜钱如命的本质刻画得淋漓尽致。葛朗台的形象是对资产阶级金钱拜物教的生动写照。正如恩格斯所说："在资产阶级看来，世界上没有一样东西不是为了金钱而存在的，连他们本身也不例外，因为他们活着就是为了赚钱，除了快快发财，他们不知道还有别的幸福，除了金钱的损失，也不知道还有别的痛苦。"[1]

法国研究巴尔扎克的专家们曾经千方百计寻找葛朗台的原型。卡斯泰认为巴尔扎克曾在萨金古堡度假，认识了主人的岳父德·萨瓦里，从中借取了萨瓦里的某些特点。而巴尔德什认为葛朗台的原型是索缪城的吝啬鬼尼韦洛。他放高利贷，经营国家财产的标卖，娶了一个药剂师的女儿，有 3 个孩子。他穿得很蹩脚，把钱藏在家具的垫板下面。他向游客指点家里的古董，以便得到几个小钱，因为游客以为他是园丁伙计。他发财的经过不为人知晓。他虽然吝啬，但在夏天一家人要去外地避暑。尼韦洛死于 1847 年，留下 200 多万法郎，一半是土地，一半是动产。显然，巴尔扎克并没有按照实际生活的吝啬鬼去描写，而是进行了重大的艺术加工，吝啬性格的集中描写就是加工的结果。

如果巴尔扎克只是刻画人物的性格，那也只是对莫里哀笔下的吝啬鬼阿巴贡的进一步发挥而已，创造性就很有限了。重要的是，巴尔扎克通过这个人物，写出了法国大革命以后资产阶级暴发户的发家过程，揭示了在新的历史

1 《马克思恩格斯全集》，第 2 卷，第 564 页。

条件下资产阶级聚敛财富的特点。1789年法国大革命爆发时，葛朗台只是一个富裕的箍桶匠。共和政府时期，当局标卖教会产业，他用钱贿赂了标卖监督官，贱价买到了当地最好的葡萄园、一座修道院和几块分租田。有了产业作为后盾以后，他便登上政治舞台，见风使舵，成了共和党人，当上索缪的行政委员。他利用职务的方便，向军队承担制作1000多桶白酒的生意，作为交换，把另一处修道院的产业弄到了手。他当市长时修筑了几条公路，直达他的产业地，大大便利了自家产品的运销。仅仅十几年，他便一跃而为索缪的首富。巴尔扎克说过，法国每个省都有自己的葛朗台。这个通过政权更迭大发横财的暴发户，是大革命后得势的资产阶级的代表。复辟王朝时期，他获得了更快增长财富的机会。他鼓动大家压着酒不卖，自己却偷偷与外国商人洽谈，以高价成交，从而使国内市场酒价下跌，把所有的人都坑害了。他像条巨蟒，"长时间窥视着猎获物，然后扑上去"。他的聚敛财富的历史充满了血腥味。

巴尔扎克对吝啬鬼形象的发掘还表现在他写出了人物的时代特征：葛朗台懂得商品流通和投机买卖的诀窍。在必要时他毫不犹豫地抛出黄金，买进公债股票。他看准公债股票落价时买进，等到涨价时再抛出。公债投机是刚刚出现的一种金融投机活动；内地人不相信公债投机会发财，而葛朗台不但弄明白了，而且精于此道，使他的财产成倍增加，达到1700万之多，相当于今日的亿万富翁。他买了公债后，为充实财库起见，把草原上的树木砍掉，准备种植饲草，因为干草收入更大；他在河道浅水处栽种树木，这样可以不用纳税。这些行动说明他懂得资金周转在商业活动中的重要性。他还精通债务关系，利用自己和格拉散的商业信用，骗取了他弟弟的债权人的信任，把他们应付过去。他假装口吃，使愚蠢的银行家格拉散上当，最后格拉散被一脚踢开。他既是大土地所有者，又是个金融资本家，他的得势反映了复辟王朝时期土地、金融资产阶级实际主宰一切的社会现实。

揭露资本主义社会人与人之间的金钱关系是贯穿全书的一个重要内容。小说围绕着葛朗台的女儿欧仁妮的婚事，展开了一幕幕钩心斗角的场景。在小说中，克吕绍家为一方，格拉散家为另一方，彼此为争夺欧也妮的巨大家产而明争暗斗。克吕绍是个老奸巨猾的公证人，他的兄弟是当地神甫，他们的侄儿是初级裁判所所长；格拉散则是银行家。这两家都是富户，双方都有势力，旗鼓相当。葛朗台的侄儿沙尔的到来给这场争夺战掀起了波澜。欧仁妮爱上了堂弟，临别时以全部金币相赠，演出了一场“没有毒药，没有匕首，没有流血的资产阶级家庭的悲剧”：葛朗台勃然大怒，把欧仁妮关在房里，只许她吃清水面包。他把平时钟爱女儿的脸面放了下来，一时之间父女关系荡然无存。曾经侈谈“从今以后，应当是感情高于一切”的沙尔，等到发财以后便公然宣称：“我只想为了地位财产而结婚。”欧仁妮在爱情的幻想破灭之后，答应同蓬封先生结婚，蓬封激动得哆哆嗦嗦，连声表示：“愿做你的奴隶，”“赴汤蹈火，在所不辞。”实际上他一心想独吞这份家产，在结婚时订明财产互相遗赠这一条，结果他先死了，弄得人财两空。善良温柔的欧仁妮一生也没有得到幸福。这些描绘入木三分地暴露了金钱的罪恶，抨击了资本主义社会人与人之间冷酷无情的金钱关系。

巴尔扎克于 1834 年发表的《绝对的探求》是“哲理研究”中的一部重要作品。这部小说塑造了一种“科学研究癖”的典型。这个哲理故事的哲理意义在于：在科学上追求不可企及的理想超过了人类的能力；这种幻想家不仅失去了理智，而且造成了家人们的不幸。

从 1834 年 12 月至 1835 年 2 月，巴尔扎克发表了长篇小说《高老头》，这是巴尔扎克创作的一个高峰。它和《欧仁妮·葛朗台》的出现，标志着作家的创作进入了成熟期。

小说开首就是一幅巴黎下层社会的风俗画。巴尔扎克用纤细的笔触勾画了伏盖公寓灰黑和沉闷的外貌、破旧而油腻的内部，最传神的一笔是对这幢下等公寓令人作呕的气味的描写：“这间屋子有股说不出的味道，应当叫作公寓味道。那是一种闭塞的、霉烂的、酸腐的气味，叫人发冷，吸在鼻子里潮腻腻的，直往衣服里钻；那是刚吃过饭的饭厅的气味，酒菜和碗盏的气味，救济院的气味。老老少少的房客特殊的气味，跟他们伤风的气味合成的令人作呕的成分，倘能加以分析，也许这味道还能形容。”

正是在这等环境下，住着三教九流人物，小说的几位主人公就在这里活动。

首先，小说通过高老头和两个女儿的纠葛深刻地揭露了金钱的统治作用和拜金主义的种种罪恶。高老头是个靠饥荒牟取暴利而后发家的面条商，他把自己的全部感情都放在女儿身上。他的大女儿仰慕贵族，他让她成了雷斯托伯爵夫人；他的小女儿喜欢金钱，他让她当了银行家纽沁根的太太。由于他给了两个女儿每人80万法郎的陪嫁，所以，最初他在两个女儿家里受到上宾的待遇，但随着他的钱财日益减少，他的地位也就每况愈下，最后竟被闭门不纳。高老头有钱时，被两个女儿唤作好爸爸，等到他没有钱了，便像挤干了汁水的柠檬一样被她们扔掉。高老头被两个女儿逼得中了风，临终前，他渴望见女儿一面，她们却托词不来。但他们为了参加舞会，“即使踩着父亲的身体走过去也在所不惜”。面对这残酷的现实，高老头似有所悟，痛心地喊出：“唉！倘若我有钱，倘若我留着家私，没有把财产给她们，她们就会来，会用她们的亲吻来舐我的脸！我可以住在一所公馆里，有漂亮的屋子，有我的仆人，生着火；她们都要哭作一团，还有她们的丈夫，她们的孩子。这一切我都可以到手。

现在可什么都没有。钱能买到一切，买到女儿。”

高老头对容忍这一切的社会法律提出了抗议。说到底他是拜金主义的牺牲品：他用金钱去笼络两个女儿的感情，结果金钱用尽了，他和两个女儿的感情纽带也就断裂了。巴尔扎克以高老头的父爱，反衬出金钱败坏人心到了触目惊心的地步。高老头死前的长篇独白不啻是一份深沉有力的控诉书。作者通过高老头，喊出了“把父亲踩在脚下，国家不要亡了吗……不要天翻地覆吗？”对现存社会赤裸裸的金钱关系发出愤怒的谴责。

巴尔扎克进一步描写了在这种土壤上滋生的政治毒菌。他从不同的角度写出了政治野心家的形成过程，揭露了统治阶层的卑鄙丑恶，抨击了资产阶级的道德原则。

拉斯蒂涅是复辟王朝时期青年野心家的典型。拉斯蒂涅是外省小贵族的子弟，来到巴黎不愿埋头读书，渴望走捷径而飞黄腾达。他在鲍赛昂子爵夫人那里接受了社会教育的第一课，明白了“越没有心肝，越高升得快”的卑劣原则。子爵夫人让他去追求纽沁根夫人，以便在上流社会中显露头角。拉斯蒂涅憧憬着糜烂的社交生活，“奢侈的欲望像魔鬼般咬着他的心，攫取财富的狂热煽动他的头脑，黄金的饥渴使他喉干舌燥。”伏特冷对他的心态了解得一清二楚，指点他“要弄大钱，就该大刀阔斧地干，要不就完事大吉。”涉世未深的拉斯蒂涅在伏特冷邪恶说教的启发下，又往社会这个名利场的泥坑深陷了一步。鲍赛昂子爵夫人退出上流社会，使拉斯蒂涅更清楚地看到上流社会根本不讲什么感情，只讲金钱和个人利益。高老头之死，完成了拉斯蒂涅的社会教育。他看到两对女儿女婿的无情无义和这个社会寡廉鲜耻的真实面貌。在埋葬高老头的同时，他把剩下的最后一点神圣的感情也一起埋葬了。他欲火炎炎地投入上流社会的罪恶深渊，踏上了资产阶级个人野心家的道路。

在《人间喜剧》的其他小说中，他果然靠纽沁根夫人爬了上去，后来却把她抛弃了，竟娶了她的女儿；他利用政治情报，大搞投机买卖；他成为贵族院议员和伯爵，他的弟弟也跟着发迹。他所尊奉的原则就是极端利己主义。

伏特冷的身份是苦役监逃犯，实际上是政客和野心家的另一种典型。他深谙这个社会的黑暗内幕，用愤愤不平的语言揭露出来：“雄才大略是少有的，遍地风行的是腐化堕落，”“凡是浑身污泥而坐在车上的都是正人君子，浑身污泥而搬着两条腿走路的都是小人流氓。扒窃一件随便什么东西，你就给牵到法院广场上去示众，大家拿你当把戏看。偷上100万，交际场中就说你大贤大德。你们花3000万养着宪兵队和司法人员来维持这种道德。妙极了！”这种抨击确也一针见血，道出了真相，但这种愤愤不平并不是站在反对社会的立场上的，而是一个不得意的野心家发自怨恨的言辞。他千方百计要爬上去，当上“正人君子”。他研究法网上哪儿有漏洞可钻，他垂涎欲滴地羡慕那些心毒手狠的奴隶贩子，幻想10年之内挣到300多万，过上小皇帝一样的日子。他信奉不择手段地向上爬的卑劣原则，主张“不像炮弹一般轰进去，就得像瘟疫一般钻进去。清白老实一无用处；”“要捞油水不能怕弄脏手，只消事后洗干净。”这些话已把一个野心家的面目和盘托出了。他的处世哲学是：“有人要收买你的主张，不妨出卖。”这就透露了向统治者卖身投靠的信息。在《人间喜剧》的其他作品中，他果然同当局做了一笔肮脏交易，当上了巴黎警察厅的副处长和处长。

《高老头》对复辟时期贵族阶级逐渐被资产阶级所取代的历史现象，也做了深入而生动的描绘。鲍赛昂子爵夫人是“贵族社会的一个领袖”。她的客厅是资产阶级妇女梦寐以求的地方，“能够在那些金碧辉煌的客厅中露面，就等于有了一纸阀阅世家的证书”，其他地方便都可以通行无阻。光是她的姓氏就有很大的力量，能像“魔术棒一样”，使“周围的人为之改容”。然而，她的情夫阿瞿达侯爵为了娶上暴发户的女儿罗什菲德小姐，得到20万法郎利息的陪嫁，竟然抛弃了她，而且这一举动还得到国王的批准！这个结局是意味深长的，它说明资产阶级暴发户终于打败了世代簪缨的贵族。鲍赛昂子爵夫人告别上流社会的盛大舞会表面上一派繁华景象，府邸周围被照得通明雪亮，府邸内部被布置得花团锦簇。但是，主妇的内心却不胜悲哀，在她看来，“这个地方已经变成一片荒凉”。回到内室，她禁不住流泪发抖，烧毁情书，做诀别准备。这个场面具有象征意义：贵族社会表面的荣华富贵，掩盖不住实力的衰败，正是“无可奈何花落去”，贵族阶级的统治已经被资产阶级所取代了。鲍赛昂子爵夫人的遭遇反映了复辟王朝这一最本质的历史变化。

五、《人间喜剧》——文学大厦的构想和建造

巴尔扎克接二连三地发表小说集：《私人生活场景》《巴黎生活场景》《外省生活场景》，他还打算出版《政治生活场景》《军旅生活场景》《乡村生活场景》，以及《风俗研究》《哲理研究》。其间，巴尔扎克自然而然想到要把自己的作品组成一个庞大的有机的整体。据巴尔扎克的妹妹罗尔记述，他是在1833年写作《乡村医生》时第一次有了这个想法，要把他笔下的人物组成“一个完整的社会”。他快乐地对妹妹说：“向我致意吧，因为我正轻而易举地成为一个天才。”1834年，达文在巴尔扎克授意下写成的《哲理研究导言》中，指出“从来没有小说家像他这样深入考察细节和琐事，以深刻的观察力把这些东西选择出来，加以表现，以老螺钿工匠的那种耐心和手艺把它们组合起来，使它们构成一个统一、独创、新鲜的整体。”第一次透露了巴尔扎克意欲建造一座文学大厦的消息。同年，巴尔扎克在给韩斯卡夫人的信中这样预言：“我相信，

到 1838 年，这部巨大作品即使没有圆满完成，至少也会重重叠叠，人们可以认为这是座丰碑。

《风俗研究》将反映一切社会现象，任何生活状况，任何男女的面貌和性格，任何生活方式，任何职业，任何社会区域，任何法国地域，任何有关童年、老年、壮年、政治、司法、战争的情况，无一遗漏。

这样假设，人类心灵的历史便纤毫毕现，社会史的各个部分都得到绘写，这就是基础。这不会是想象的事实；这将是处处发生的事。

第二块基石是《哲理研究》，在现象之后，紧接而来的是原因……

在现象和原因之后，接着而来的是《分析研究》，《婚姻心理学》属于其中，因为在现象和原因之后，应该研究原则。风俗是场景，原因是后台和机关布景。原则是作者；但是，随着作品螺旋式地达到思想的高度，它便变得紧凑和浓缩。如果说，《风俗研究》需要有 24 卷，《哲理研究》就只需 15 卷；《分析研究》则只需 9 卷。这样，人、社会、人类将得到不重复的描绘、评判、分析，而且容纳在一部如同西方的《一千零一夜》的作品里。”

《风俗研究》《哲理研究》《分析研究》这三大部分正是《人间喜剧》的基本结构，这个巨大的工程计划已经拟就，因为这时巴尔扎克已完成了 30 多部作品，约占《人间喜剧》总体的 1/3 强。但是，从 1835 年至 1841 年巴尔扎克为《人间喜剧》正式定名，并写出前言为止，其间经历六七年的时间。巴尔扎克于 1839 年在给出版商埃泽尔的信中，第一次提到了《人间喜剧》这个总标题，在此之前，他曾设想用《社会研究》来命名。显然，意大利伟大诗人但丁的《神曲》(直译为《神的喜剧》）给了巴尔扎克以直接启示，他要创作出一部能与《神曲》相媲美的伟大作品。

到 1841 年，巴尔扎克已写出 70 多部作品，《人间喜剧》的主体工程已经完成，重要作品相继出版，成果洋洋大观。

长篇小说《幽谷百合》(1836) 通过一个爱情故事，描写了百日时期的贵族生活。巴尔扎克采用了故事中套故事的写法。塑造了一个“在纯粹人的形式下出现的人世间完美”的女性形象。

以《竞争》为总标题的两个中篇《老姑娘》(1836) 和《古物陈列室》(1838) 是两部重要作品。所谓竞争，即指旧贵族和资产阶级的搏斗，胜利者是资产阶级。两部小说互有联系，都发生在阿朗松。在《老姑娘》中，旧贵族的代表是德·瓦卢瓦骑士，资产阶级的代表是自由党人杜·布斯基耶。后者本是个投机商，在执政府时期破了产，来到阿朗松是为了寻找发财机会。他们争夺的对象是一个老姑娘科尔蒙小姐，她是该城嫁资最丰厚的女人之一。他们两人的争夺反映了资产阶级和贵族两大势力之间力量的消长。科尔蒙小姐却看中不期而至的德·特雷维尔子爵，不料他已经结婚，还有了孩子。失望之余，她决定尽早结婚，便嫁给了杜·布斯基耶。可是，她婚后却得不到幸福，杜·布斯基耶只是名义上的丈夫。

《古物陈列室》中描绘的两个阶级的斗争更加曲折和富有戏剧性。埃斯格里荣家以最古老的贵族世家而自豪，这个家庭的代表埃斯格里荣侯爵认为旧贵族掌握着不受时效约束的权力，因为贵族是法兰克人的后裔，他蔑视人民，称之为“高卢人”。作为不妥协的正统主义者，他的沙龙把一切不属于真正的旧贵族的人拒之门外。自由党人把他的沙龙谑称为“古物陈列室”。他的儿子维克杜尼恩虽然也充满父亲的偏见，却认为荒唐放荡无关紧要，为此欠了许多债，幸亏忠于旧贵族的公证人为他付清了，暂时挽救了他的名誉。其时，古瓦西埃决意要报复贵族对他的蔑视。他借钱给维克杜尼恩，并给了后者一封留下很多空白的信。维克杜尼恩利用这空白做了一张 30 万法郎的假期票。

事发后，古瓦西埃提出上诉。古瓦西埃去求情，他提出苛刻的条件，要维克杜尼恩娶他的外甥女杜瓦尔。维克杜尼恩的情人莫夫利涅斯公爵夫人找到法官卡缪索，为不予起诉而进行斡旋。古瓦西埃没想到自己败诉，他同维克杜尼恩进行了一次决斗，年轻的伯爵受了伤。保王党人指责古瓦西埃的无耻，而自由党人坚持年轻伯爵伪造票据。谢内尔疲于这场斗争，“像只忠实的老狗”死去了。老侯爵看到查理十世的离去，痛苦地承认“高卢人胜利了”。他的儿子在宫廷谋不到差使，只得娶了杜瓦尔小姐，得到她的300万法郎陪嫁。但他蔑视自己的妻子，在巴黎过着单身汉的快乐生活。

《老姑娘》和《古物陈列室》通过两场婚姻纠葛，揭示了复辟时期贵族和资产阶级没有硝烟的战争，最后资产阶级得势的局面。

长篇小说《赛查·皮罗多盛衰记》(1837) 转到描写商业竞争的题材，由于巴尔扎克有亲身体验，写来得心应手。巴尔扎克的立足点在于塑造一个以诚实为本的老式商人的形象。赛查·皮罗多出身农民，由于利用一种“治秃发”的药水而越加发迹。具有讽刺意味的是，这种药水其实也是骗人的，根本不能治秃发。因此，赛查·皮罗多的诚实也需要打上引号。这只能说，巴尔扎克忠于现实，写出商人从个体小贩到小店主再到批发商的变化过程与欺骗顾客分不开。皮罗多有进行大买卖的野心，却不具备大商人尔虞我诈、奸猾取巧的本领，在投机买卖中栽了跟头。但是，他不向命运屈服，经过持久与艰苦的努力，三年以后，还清了债务，恢复了名誉，让女儿完了婚，实现了他许下的诺言，然后撒手人寰。巴尔扎克以此表达了他对资本主义商业欺诈手段的谴责。

与赛查·皮罗多这个“为诚实而殉道”的商人形象相对照的，是《纽沁根银行》(1838) 中的大银行家纽沁根。比起戈布塞克和葛朗台，他是个更具有现代意识的资产者，对资本主义社会中发财致富的手段和商业信贷、金融投机的秘密了如指掌。他通过三次假破产、假清理，掠夺了千家万户的财产，而受骗者还把他当作最正直的银行家；他被封为男爵，并成为贵族院议员。这个形象的塑造，可以看到巴尔扎克对金融投机现象的敏锐洞察力达到令人惊叹的地步。

长篇小说《公务员》(1838) 则把笔触指向政府行政机构的弊端。这幕“官场现形记”写出了复辟时期官僚机构的黑幕，同时触及宗教组织修道会的作用。

长篇小说《于絮尔·弥罗埃》(1841) 写的是一个争夺遗产的故事。小说对一伙穷凶极恶的遗产争夺者的嘴脸刻画入微。作者以一个纯洁天真的孤女作为反衬，更突出利欲熏心的强徒们的可恶。争夺遗产本是《人间喜剧》常常涉及的题材，但这部小说写得惊心动魄，耐人寻味。

这一时期巴尔扎克最重要的作品是《幻灭》(1843)。小说共分三部，故事发生在 1821 年至 1823 年间。第一部《两个诗人》，叙述了安古兰末的两个青年吕西安和大卫的故事。吕西安是个年轻的野心家。大卫的父亲是印刷厂老板，大卫刚从巴黎毕业归来，与吕西安的妹妹夏娃相爱，专心致力于廉价纸的发明。吕西安设法进入贵族社会巴日东太太的沙龙，并追求巴日东太太，由此遭到贵族社会的排斥和打击。他不顾家庭反对，同巴日东太太一起潜往巴黎。第二部《外省大人物在外省》写吕西安在巴黎的经历。老谋深算的杜·夏特莱施展诡计，使巴日东太太疏远了吕西安。吕西安举目无亲，投身报界，为自由党报纸撰稿。他与女演员高拉莉同居。吕西安渴望跻身于上流社会，转而投靠保王党。而吕西安一旦失去自由党支持，保王党便立即下手打击他。吕西安两面受敌，与所有朋友的关系都告破裂，在同共和党人克雷斯蒂安的决斗中受伤。夏特莱等打击高拉莉，使她患病身亡。吕西安身无分文，伪造了大卫签署的3000法郎期票，但转眼也化为乌有。吕西安失魂落魄地返回故乡。第三部《发明家的苦难》写大卫的遭遇。大卫无法偿还吕西安冒名顶替签下的期票，藏匿起来。然而戈安得兄弟把大卫诱骗出来，加以逮捕。吕西安羞愧难当，想离家自杀，不期遇上化装成西班牙教士的伏特冷，被他带走。大卫只得屈服，让戈安得兄弟夺去了发明专利，从此心灰意冷，在乡间过着悠闲的生活。

《幻灭》深刻地反映了复辟王朝时期尖锐的阶级对立和党派斗争。安古兰末分为上下两区，形成贵族与资产阶级对抗的局面，彼此剑拔弩张，势不两立。吕西安要进入贵族圈子，便被认为是贱民闯入他们的领域。当时，报纸已成为党派斗争的重要工具，他卷入了报纸相互攻讦的旋涡而不能脱身。由于他没有靠山，只落得身败名裂、走投无路的下场。他本想飞黄腾达，却成了政治斗争的牺牲品，被排斥在上层社会的大门之外。巴尔扎克通过他的经历，写出新闻界是个“不法、欺骗和变节的地狱”“贩卖思想的妓院”；自由派报纸虽然利用宗教问题抨击教会，利用宪章反对国王，攻击政府和官吏，但这一切只不过表露了资产阶级自由派对贵族政权的觊觎，“它做的投机生意，打的算盘，比最肮脏的买卖还要狠毒”；而在保王党的报馆里，人们“在赃物面前竟像群犬争食一样狺狺狂吠，张牙舞爪，本性毕露”，彼此打击倾轧，手段层出不穷。小说对卑鄙无耻的党派斗争和黑暗的社会现实提出了尖锐的谴责。

《幻灭》对当时人与人之间尔虞我诈的关系和卑劣的道德原则也进行了深刻的剖析和揭露。作者通过伏特冷之口对这种关系和原则做了赤裸裸的阐述。伏特冷告诉吕西安，要支配社会，先要研究社会，不能相信官方的书上所写的，上面都是骗人的话，其实所有的大人物都是禽兽，“大人先生干的丑事不比穷光蛋少，不过是暗地里干的，他们平时炫耀德行，所以始终是大人先生”。

吕西安之所以失败，是由于他把自己的疮口暴露给别人看。这个社会遵循着假冒为善的原则，不这样做，就会从社会阶梯上跌下来，被社会吞没。伏特冷还说，为了获得成功，要把人看作工具，对上谄媚，等到成功再把他一脚踢开，越是阴险狡猾的人反倒越得到别人尊重，“别爱惜你的人格，别爱惜你的所谓尊严”。伏特冷宣扬的是资产阶级野心家不顾一切向上爬的秘诀，他也承认，这是一种“强盗逻辑”，然而它正是这个社会所遵循的最高准则。巴尔扎克的描写揭示了资产阶级极端利己主义的人生观，无情地撕下了统治阶级虚伪的面纱，还其丑恶的本来面目。

在《幻灭》中，巴尔扎克描写了一个小团体，塑造了自己理想的人物形象，表达了自己的政治倾向。这个小团体由一些最优秀的人物组成，他们博学多才，彼此尊重，重视友情，无私相助，以诚待人，其中最引人注目的是“雄才大略的共和党人”米歇尔·克雷斯蒂安，他的生活信念是：“我们先要献身于人类，再想到个人”。他的政治才干不亚于法国大革命时期的英雄人物圣鞠斯特和丹东。他的政治理想是实现欧洲联邦，这一主张对欧洲贵族威胁极大。他曾经为19世纪30年代的圣西门运动出过不少力。他参加了1832年6月的巴黎起义，资产阶级政府派军队前往镇压，他不幸光荣捐躯。对他的牺牲，作者表示了极大的愤懑，认为认识他的人无不表示惋惜，时常想起这个无名英雄。恩格斯指出，巴尔扎克“经常毫不掩饰地加以赞赏的人物，却正是他政治上的死对头，圣玛丽修道院的共和党英雄们，这些人在那时（1830～1836年）的确是代表人民群众的”。[1]

《幻灭》另一个值得注意的地方，在于表现了资本主义自由竞争的吞并现

1 《马克思恩格斯选集》，第4卷，第463页。

象：戈安得兄弟吞掉了大卫的印刷所。在法国文学史上，巴尔扎克是描绘这个题材的第一个人。大卫是一个不善经营的小业主，一心埋头于科学实验。戈安得兄弟是精明狡猾的资本家，他们在政治上附和保王党的论调，经常上大教堂，赶印宗教书籍，以绝后顾之忧。他们布下了天罗地网：收买了大卫一手栽培起来的助手和吕西安的同窗、诉讼代理人，然后要大卫还债，把他逼到绝境，他们还利用大卫父亲赛夏的吝啬，使大卫得不到金钱的接济。而商业诉讼和法庭又为他们服务，在短短的两三个月中，大卫的债务从3000法郎上升到1万多法郎，最后只好任凭债主宰割，交出发明秘密。戈安得兄弟假惺惺地让大卫继续实验，偷偷地把他的一些成果用在纸浆生产中，神不知鬼不觉地发了大财。直至最后法官明白地告诉大卫：“戈安得兄弟把你们摆布得够了……此刻明明是欺骗你们，可是你们被他们捏在手里……与其打一场稳赢的官司，不如吃些亏和解。”软弱的大卫无可奈何，说道：“只要让我们太太平平地过日子，无论什么性质的和解我都接受。”这场激烈的斗争，以资本更为雄厚、手段更为狡猾的资产者获胜，是合乎情理的。小说生动而精确地再现了资产阶级资本积累的过程。

1841年，《人间喜剧》即将出版时，出版商埃泽尔要巴尔扎克写一篇总序。巴尔扎克由于写作繁忙，提议用达文写的两篇序言。埃泽尔生气了，说道：“这是您的一部全集，又是您的作品要大胆付诸实现的最重大的事，同读者见面时竟然没有您写的文章放在首篇，那是不行的。”这一逼，巴尔扎克只得让步，于是写出了著名的《前言》。这是19世纪现实主义文学的一篇重要文献，它阐述了巴尔扎克的文学主张，也是对他的创作的一个总结。他提出小说家的任务是要描写被历史家所遗忘的风俗史，像一个书记那样，提出“恶行和德行的清单”，搜集“情欲的主要事实”，选择“社会的主要事件”，刻画性格，塑造典型。同时，巴尔扎克标榜在“宗教和君主政体”这“两种永恒真理的照耀下写作”，其实，这种思想在他的实际创作中并不起主要作用。

1845 年，巴尔扎克为《人间喜剧》列出了一份清单，包括他计划创作的小说题目，一共是 137 部（按他的计算方法，《幻灭》要算作 3 部），其中《风俗研究》是主体，又细分为《私人生活场景》《外省生活场景》《巴黎生活场景》《政治生活场景》《军旅生活场景》《乡村生活场景》6 部分。但最后巴尔扎克只完成了这个大计划的 3/5，约 90 部左右，有 20 多部作品成了未竟之作。

六、勤奋的写作和奢侈的享受

十几年来，巴尔扎克持续不继地夜以继日地工作。1834 年，他在一封信中说：“席卷我的急流从来也没有这样湍急；从来也没有一部更巍然得可怕的作品这样制约了人的脑袋。我奔赴工作就像赌徒奔赴于赌博；我只睡 5 个小时；我写作 18 个小时，作品写完了便要毙命。”诚然，巴尔扎克拼命地写作，部分原因是为了还债，但是，不可否认，他的想象力异常丰富，创作力极其旺盛，正如他所说的：“一切骚动起来，各种思想像大军的营队在战场上开始行动，战斗爆发了。各种回忆像冲锋般纷至沓来……各种对比的轻骑兵扩展开来……逻辑的炮兵伴随着辎重队和弹药筒奔驰而至，俏皮话成散兵线到达；形象耸立而起，白纸写满黑字。”他确实是“下笔如有神”，写作速度很快，有时一个夜里写完一个短篇，如《无神论者望弥撒》(1836 年 1 月)，有时 3 个夜里写完一个中篇，如《禁治产》(1836 年 1 月)。“工作！总是工作！灯火通明的夜晚紧接着灯火通明的夜晚，思考的白天紧接着思考的白天！”热爱写作而又极端勤奋，这是巴尔扎克对待创作的态度。巴尔扎克在《贝姨》中写下的一段话再确切不过地适用于他自己：

> 劳心的工作，在智慧的领域内追奔逐鹿，是人类最大努力之一。在艺术中值得称扬的，——"艺术"二字应当包括一切思想的创造在内——尤其是勇气，俗人想象不到的勇气……艺术家不能因创作生活的磨难而灰心，还得把这些磨难制成生动的杰作……手要时时刻刻的运用，要时时刻刻听头脑指挥……工作是一场累人的战斗，使精壮结实的身体一则以喜一则以惧，往往为之筋疲力尽……如果艺术家不是没头没脑的埋在他的作品里，像罗马传说中的居尔丢斯冲入火山的裂口，像兵士不假思索地冲入堡垒；如果艺术家在火山口内不像地层崩陷而被埋的矿工一般工作；如果他面对困难待着出神，而不是一个一个的去克服，像那些童话中的情人，为了要得到他们的公主，把层出不穷的妖法魔道如数破尽；那么，作品就无法完成，只能搁在工场里腐烂，生产不可能了，艺术家唯有眼看自己的天才夭折。

这是巴尔扎克关于创作的甘苦之谈，也是颠扑不破的真理，他就是这样身体力行的。他的创作过程简直可以用希腊神话中的西绪福斯来比喻：这个神话中的巨人奋力将一块巨石从山下滚到山顶，但一到山顶，巨石又滚落下来，西绪福斯再将巨石滚上山去，如此循环往复，永生永世。巴尔扎克还未写完一部作品，第二部作品就等待着他，有时他甚至不得不同时写作多部小说。这样累人的艰辛的写作生涯却始终压不垮他坚强的意志和毅力。如果说神话中的西绪福斯是被迫的，毫无工作兴趣，那么巴尔扎克则是怀着极大的热情和兴味去从事写作。他百倍的努力带来了丰硕的成果，大大丰富了人类精神文明的宝库。因此有的评论家又把他喻为给人类盗取天火，造福人间，而自身却在受着雷劈鹰啄之苦的普罗米修斯。从这个意义上来说，巴尔扎克确实是一个普罗米修斯式的人物。

巴尔扎克的一生，勤奋工作是主要的一方面，但还有另一方面，这就是追求奢侈享受。他在生活上竭力仿效大贵族，尽量过得豪华舒适，有时一掷千金。他的 1831 年的一份账单这样记载：613 法郎用来定做最时髦的衣服，其中 3 件是带有金流苏的白色便袍；12 副闪光的手套，其中一副是鹿皮的。他有两匹马，一辆紫色车篷的双轮轻便马车，车上嵌着姓氏字母；既有马车，自然还得有穿蓝色制服的马车夫，他身上还穿上绿色的美国式背心和百褶长裤，气派不凡。巴尔扎克使用一根金头拐杖，家具陈设华丽；他喜欢购买漂亮书籍、油画、稀罕的小物品，用来作摆设。1837 年，巴尔扎克为了躲避债主追逐，用 12000 法郎买下一幢小别墅（位于去凡尔赛的路上），称为“雅尔第”，加以扩建，装修费用高达 4 万法郎。浩大的开支使巴尔扎克入不敷出，源源不断的收入像流水般花掉，以至于在 1835 年 12 月，结算差额达到 105000 法郎，除去欠他的母亲 45000 法郎，净债务是 6 万法郎。到 1837 年，他债务又增加到 162000 法郎。到 1840 年 6 月，他欠债总数已是 262000 法郎，其中 115000 法郎是欠亲戚朋友的。

为此，巴尔扎克想方设法摆脱困境。1836 年，他联合别人办起《巴黎编年史》刊物。巴尔扎克占 6/8 的股份，但最后还是办不下去。1838 年，他到撒丁岛去勘察废弃的银矿，可是那里交通不便，缺乏供应，他囊中羞涩，无力开采，只得扫兴而归。巴尔扎克不得不卖掉“雅尔第”别墅去应急，只得到 17000 多法郎，损失巨大。1840 年，巴尔扎克办过三期《巴黎杂志》，最后仍以亏损告终。全集出版后，巴尔扎克只得到 15000 法郎，这不过是杯水车薪。40 年代巴尔扎克曾经致力于写作戏剧，因为上演一出戏的收入远远高于小说。可是他的剧本无一获得成功。1845 年，他曾收购北方铁路股票（用的是韩斯卡夫人的钱），略有所得。巴尔扎克总想发大财，但这一切就像童话中卖牛奶的小姑娘，幻想着一步步发财致富，到头来落个一场空。

巴尔扎克虽然债务缠身，但只要一有机会他便“旧病复发”，挥霍无度。1846 年，韩斯卡夫人给了他 10 万金法郎，他就大手大脚地用 5 万法郎买了一幢房子，用 12000 法郎买家具，用 24000 法郎买一整套书，这一切为的是准备他和韩斯卡夫人的安乐窝。他写信给她说：“所有你认为我发疯的事都是明智之举。”据雨果的回忆，在他和韩斯卡夫人婚后居住的家中，有不少油画，巴尔扎克以此自豪，总要对来客炫耀一番。

七、天鹅之歌——晚年的绝唱

巴尔扎克因长年过度劳累，从 40 年代开始，身体状况明显转坏。然而，他的后期创作仍然异常丰富，与他前期和中期的创作相比，可以说毫不减色。

长篇小说《搅水女人》塑造了一个混世魔王式的恶棍形象——腓力普。他在决斗中杀死了搅水女人佛洛尔的情人吉莱，撺掇病入膏肓的舅舅鲁杰与搅水女人结婚；等到舅舅去世，便娶了搅水女人，霸占了偌大的遗产。他虽来自拿破仑的军队，却背叛了拿破仑党人的事业，投靠了波旁王室，当上了中校，随后被封为伯爵，一心想做上司的女婿。于是他的妻子和慈母都成了他的障碍。他的母亲为他的兄弟向他要钱，遭到粗暴对待，她临死才发现腓力普毫无心肝。搅水女人被他遗弃。幸而天理昭彰，腓力普对经商一窍不通，却自以为是，结果被纽沁根和杜·蒂耶捉弄了，在投机中破了产。他到阿尔及利亚服役，受到上司和士兵的憎恨，在一次战斗中被剁成肉酱。在巴尔扎克笔下，腓力普是卑鄙无耻之徒的象征，他为达目的，不择手段，不讲原则，胡作非为，这是复辟王朝时期产生的社会渣滓。

长篇小说《烟花女荣枯记》可以说是《幻灭》的续篇，《幻灭》中的两个重要人物吕西安·德·吕邦波雷和伏特冷在这部小说中同样是主角。伏特冷的身份仍为教士，名叫卡尔洛·德·埃雷拉，在他的保护人支持下，重新来到巴黎活动。他想方设法让吕西安娶上德·葛朗利厄小姐，以便从中渔利。他同时迫使改邪归正的妓女爱丝苔从看上她的纽沁根身上榨取巨额钱财。爱丝苔深深爱着吕西安，她失身于纽沁根的第二天便自杀了。吕西安和伏特冷为此被捕入狱。吕西安本性懦弱，招出了内幕，然后自缢身亡。伏特冷面对这一局面，利用几位贵妇的关系，承认了自己的身份，与当局进行了一笔肮脏的交易，摇身一变，成了警探，从此为当局效劳，达 15 年之久。伏特冷的原型是一个名叫维多克的苦役监逃犯，警匪合流是当时的一个社会现象，维多克的经历是个突出代表。在巴尔扎克笔下，这个深谙社会道德原则的匪首，最后成了统治阶级的鹰犬，他的野心终于暴露无遗，这个人物的道路也走到了尽头。这部小说既展现了上层社会灯红酒绿、纸醉金迷的糜烂生活，又细致描绘了下层社会和监狱的阴暗场景，颇有通俗小说的兴味，只是巴尔扎克善于描写人物性格，则是一般的通俗小说所望尘莫及的。这部小说不仅出场人物多达 270 余人，而且巴尔扎克用以串联《人间喜剧》各部小说的重要手法——再现人物（即同一人物在多部小说中出现，因时期不同身份也有所不同）也多达 150 多人，两者在《人间喜剧》各部小说中都属首屈一指。

巴尔扎克后期的代表作之一是《农民》。这部小说没有写完，作者生前只发表了第一部和第二部的前 4 章，遗稿经过整理续成较简单的后 6 章。这是一部直接描写农村阶级斗争的小说，巴尔扎克从解剖一个农村庄园入手，描绘了复辟王朝时期资产阶级如何联合农民，同返回的贵族地主进行了较量，终于把贵族赶跑了。这一过程，深刻地反映了复辟时期法国农村发生的变化，而这个变化也正是整个社会所经历的历史变革。巴尔扎克在卷首提到这部小说“是一篇触目惊心的实录”，它记录了“时代的进程”，因此，这是自己作品中“极为重要的一种”。马克思高度评价说，巴尔扎克在小说中对现实关系具有深刻了解。

小说再现的这场资产阶级和农民为一方，贵族地主为另一方的生死搏斗，正是复辟王朝时期在农村的一对主要矛盾的反映。在这场斗争中，蒙戈奈伯爵处于极其不利的地位，他的遭遇正代表了贵族阶级的命运。蒙戈奈伯爵是在拿破仑时期发家的新贵族，复辟王朝时期投靠当局，同大贵族联姻，与封建贵族结成一体。在巴黎，他得到大贵族的支持；在外省，他得到省长的保护。他初到艾格庄，威风凛凛，不可一世，刚愎自用，专横愚蠢。他本想重整秩序，振兴家业，但他并不会管理家产和经营土地。他以为禁止农民捡拾麦穗和砍伐树枝就可以增加收入，殊不知这样反而使贫困的农民难以生活下去，激化矛盾。农民把他看成“人民的敌人”。由于地方政权已为资产阶级所把持，省里的行政权力鞭长莫及，他便非常孤立，连生命都受到威胁。他只得拍卖艾格庄，离开了这片庄园，这表明贵族阶级的权势得而复失。

《农民》是资本主义在农村取得统治地位的生动记录。农村商业大资产阶级有 3 个代表：高贝丹、里谷和苏德利。高贝丹精明狡猾、凶狠毒辣，他靠克扣艾格庄女主人的收入发家，成为当地商业的首脑人物。他掌握巴黎三分之一的木材供应，当地的巨富大族都听他调遣。他又是市长，亲戚遍布政府各部门，连教会都按他的意志行动。里谷是高贝丹的亲家，高利贷者。他收购国家标卖的土地，小块抵押给农民耕种，农民延缓偿付租税要为他无偿劳动，并要把女儿送到他家当女仆，供他蹂躏。苏德利则是一个浑身散发着铜臭气的庸俗资产者，喜欢讲排场。正是这3个资产者左右着农村的经济生活和基层组织，他们联合起来对付贵族，终于完全取代了贵族在农村的地位。

资产阶级的取胜，全仗与农民的联盟；农民在这场斗争中被推到第一线。农民生活贫困，是他们反对地主贵族的根本原因。福尔松老爹一家是农民家庭的代表。福尔松老爹本是佃农，后来经营手工业，他生活贫困，衣衫褴褛，经常在露天过夜。他饱经沧桑，仇视贵族。他义正词严地对蒙戈奈伯爵说：

> 我们刨地、铲土、施肥，我们给你们干活，你们生下来就有钱，我们生下来就穷……你们不肯放弃你们的权利，咱们永远是冤家，30年前是这样，现在还是这样。你们什么都有，我们什么都没有，你们不能指望我们作你们的朋友！

听到这愤怒的指责，蒙戈奈伯爵惊呼这是一篇宣战书。

《农民》尤为可贵的是，对农村经济制度有精确的描写，这是展示农村复杂的阶级关系的钥匙。法国大革命后，大批小农耕种着小块土地，表面上农民得到了自由，实际上，小块土地并不能改善农民的处境，农民经不起天灾人祸，纷纷破产。小块土地虽使农民得到某种自由，却又成为农民贫困的根源。问题是复辟王朝又把大部分国有土地归还贵族，这就明显地侵犯了农民的利益，在他们心中播下了仇根的种子，随着资产者的胜利，土地又分成小块，租给农民，小农土地所有制达到了鼎盛时期。这种曲折发展的过程，就是几种力量斗争的广阔背景。

然而就在这个时期，已经隐伏着农民与资产阶级的矛盾。这两者之间是剥削与被剥削的关系，其矛盾本来也是极其尖锐的，只是由于贵族的返回，才退居次要地位。小说描写到资产者对农民敲骨吸髓的剥削，库特克意斯起早摸黑地干活，可是收成却只能偿付地租的利息。他一家人生活极其贫苦，即使女儿在外做工，补贴家里，仍然不能偿还另一半地价，他只好让里谷收回土地，白丢了付出的一半地价。福尔松老爹对农民说：“这30年来，里谷老头吸着你们的骨髓，难道你们还不明白资产者比大老爷还要狠毒吗？”可是，农民同资产者联合，只是作了资产者的工具而已。事实上，农民对资产者的仇恨是暂时压抑着的。东沙曾经表示，如果里谷欺骗农民，“我要用子弹跟他算账”。里谷也知道农民对他的仇恨，天一黑，便不敢在野外走动，怕遭到暗算。小说结尾，蒙戈奈伯爵被赶走后，农民和资产者的斗争便提到日程上来了。

巴尔扎克后期的另一部代表作是《贝姨》(1846)。这部小说的情节发生在1838年至1846年。于洛男爵由于好色，败光了家产，这时又勾引上了淫妇华莱丽太太。为了监视她的行动，他让妻子的堂妹贝姨住到她的新居去。贝姨是个老处女，几年前救了一个波兰流亡者、雕刻家文赛斯拉，并爱上了他，一直供他食宿。但是，于洛的女儿奥当斯也爱上了这个波兰人，在家庭支持下，把他从贝姨那里抢了过去。贝姨本来就嫉妒堂姐，这下便立意报仇。她和华莱丽太太串通一气。华莱丽不仅同于洛同居，而且暗中和于洛的亲家克勒凡来往。在贝姨的指使下，她又勾引文赛斯拉。奥当斯知道丈夫的行径后，和他分居了。于洛也因丑闻和躲债，离家出走。华莱丽成了克勒凡夫人。于洛的儿子维多冷在伏特冷的帮助下，让克勒凡夫妇得怪病死去。贝姨的报仇计划一一落空。于洛太太终于找到丈夫，把他领回了家。贝姨看到这一家的团圆，懊恼之极，病势加重，离别人间。一天夜里，于洛太太发现丈夫跑到胖女佣房里求爱，气极而死。第二年，于洛就同女佣结了婚。他的儿子感叹说：“祖宗可以反对儿女的婚姻，儿女只能眼看着返老还童的祖宗荒唐。”

《贝姨》深刻地揭露了七月王朝时期大资产阶级腐朽糜烂的生活。暴发户克勒凡是大资产阶级的典型代表。他做花粉生意发了大财，拥有500万法郎，退出商界以后，当上副区长、区长，兼任国民自卫军连长、营长。他平时趾高气扬、不可一世、崇拜金钱、挥霍无度，在几个外室身上花费了几十万法郎，还专门收养十几岁的女孩子，供他日后蹂躏。然而，比起纽沁根在情妇身上花费几百万，他不过是小巫见大巫。这样的穷奢极欲充斥着资产阶级上层。马克思指出：“正是在资产阶级社会的上层，不健康的和不道德的欲望以毫无节制的、甚至每一步都和资产阶级法律抵触的形式表现出来，在这种形式下，投机得来的财富自然要寻求满足，于是享乐变成淫荡，金钱、污秽和鲜血就汇为一流了。”[1]《贝姨》所揭露的，正是这种丑恶的社会现象。克勒凡奉行的就是这种享乐至上主义。

《贝姨》还着力塑造了另一种资产阶级人物，这是在大革命期间立过功勋的英雄，但时过境迁，到了七月王朝，已蜕变为极端腐朽的人物。于洛男爵就是由资产阶级的英雄变为淫欲享乐的代表。他的堕落，深刻地反映了资产阶级精神上的日益破产。

《贝姨》还描绘了贫富的尖锐对立。土伦港的工人每天只有30个铜子的收入，可是少于40个铜子是很难养活一家人的。贫民区的房客交不出房租，平民中有3/4的人负担不了结婚费用。小公务员生活拮据。刺绣女工贝姨当了一二十年工人，仍然蛰居在冰冷恶浊的房间里，终年受富亲戚的窝囊气。贝姨是一个更值得同情的人物。

1 《马克思恩格斯选集》，第1卷，第396页。

面对黑暗的现实，巴尔扎克也感到道德感化是无能为力的。于洛太太是个贤妻良母，对于丈夫的放荡一味忍气吞声，逆来顺受，声称“我们女人天然倾向于牺牲”，她以为上帝要以最残酷的痛苦去磨炼她。但是她的一次次容忍并没有使丈夫回心转意，付出的牺牲并不能感动丈夫，她终于受不了打击而死去：仁慈、宽容毕竟敌不过荒唐、淫逸。但她的女儿反其道而行之，丈夫倒回到了她身边。两相对照，意味深长。

《邦斯舅舅》(1847) 与《贝姨》同属于《穷亲戚》的标题下，在这部描写争夺遗产的小说中，巴尔扎克刻画了两组人物。第一组是正面形象，主要有邦斯和他的好友许模克，他们是弱小者。邦斯有贪吃的毛病，因收藏艺术品而花光积蓄，只能到亲戚家打打牙祭，不料遭到加缪索庭长太太和女儿的戏弄。他本想做好事，为外甥女找夫婿，却弄巧成拙，加缪索太太以为他存心捣乱，则对他怀恨在心。受了委屈的邦斯积郁成疾。他积几十年心血的收藏被一伙小人发现后，他们连抢带偷，气得他病情加重，卧床不起。接二连三的打击终于使他离开了人世。还有点头脑的邦斯生前想把自己的藏画赠给许模克，他知道这份遗嘱必定会给那帮小人窃走，故而设下迷魂阵。假遗嘱这样写道：

余素以历代名画聚散无常，卒至澌灭为怅。此等精品往往转辗贩卖，周游列国，从不能集中一地，以饱爱美人士眼福，尤为可叹。窃以为名家杰作均应归国家所有，俾能经常展览，公诸同好，一如上帝创造之光明永远为万民所共享。

余毕生搜集若干画幅，均系大家手迹，面目完整，绝未经过后人窜改或重修。此项图画为余一生幸福所在，极不愿其在余身后再经拍卖，流散四方，或为俄人所得，或入英人之手，使余过去搜集之功化为乌有。所有画框，均出名工巧匠之手，余亦不忍见其流禽失所。

职是之故，余决将藏画全部遗赠国王，捐入卢浮宫。

这份假遗嘱措辞真切，对名画的珍重及见解均为肺腑之言，从中窥见一个藏画家的高尚境界。谁知许模克过于老实，邦斯死后他一味悲痛，任人宰割，根本不想与那一伙恶狼争个高低，只求获得生存权利。与这对善良而又感情真挚的朋友相对照的，是势利霸道、专横泼辣的加缪索太太，狡黠刁钻、老练圆滑的诉讼代理人弗莱齐埃，贪财庸俗、见利忘义的看门女人西卜，歹毒贪心、诡计多端的旧货商雷蒙诺克，精明心黑、鬼鬼祟祟的古董商玛古斯。他们沆瀣一气，既狼狈为奸，又各怀鬼胎。他们的如愿以偿在邦斯和许模克的悲凉归宿的衬托下，显得越发可恶可恨。这幅群鸦争食图确是这个弱肉强食的社会中真实的风俗写照。

《贝姨》和《邦斯舅舅》并未列入《人间喜剧》的原计划里，这两部新添的小说却构成了巴尔扎克的“天鹅之歌”——据说天鹅濒临死亡时要仰天长鸣，所以被用来形容绝唱。写完了这两部作品，巴尔扎克便基本上没有再发表整部新作品。他要忙于自己一生未了的心愿——与韩斯卡夫人完婚。

八、漫长的爱情追求与短暂的婚姻生活

巴尔扎克同韩斯卡夫人的来往从 1832 年至 1850 年，长达十七八年，两人的通信出版后有四卷之多。

1832 年 2 月 28 日，一封署名“外国女人”的信发自敖德萨。巴尔扎克成名后收到不少女人的来信，但这封信格外引起他的注意，从信的笔迹和风格

看，它出自一个贵妇人之手。这封信热情赞扬巴尔扎克的《私人生活场景》小说集，但指责他不该遗忘了《驴皮记》，因为这个长篇写得十分成功，以致她决定匿名给小说作者写信。巴尔扎克在《法兰西报》上表示收到了对方的信，但这个神秘的通信女人没有看到这个声明。11 月 7 日，外国女人又来信说：“我想认识您，又认为没有这个必要；心灵的本能使我预感到您的存在；我照自己的方式想象出他，如果我看见您，我会说：这就是他……阅读您的作品时，我的心颤抖不已；您把女人提高到恰当的尊贵高度；女人心中的爱情是一种至上的品德，一种神圣的流露；我赞赏您身上的这种出色的同情心，它使您让人感觉到这一点。”她还是不愿透露真名实姓：“对您来说，我是‘外国女人’，我在世时永远如此。”她让巴尔扎克在俄国发行的唯一的法文报纸《日报》上用缩写的署名表明他收到了信。

这种神秘方式，这种亲切语调，这种体己话，这种幽雅的文风，都十分吸引巴尔扎克。1832 年 12 月 9 日，《日报》上登载一则小小的启事：“德 · B 先生收到了写给他的信，他只能在今天通过报纸发出信息，而且很遗憾不知道回信寄到哪里。”外国女人终于透露了自己的身份：她出身于同俄国人联姻的波兰贵族之家，名叫埃弗琳娜 · 勒兹夫斯卡伯爵夫人；她在 1819 年嫁给旺赛斯拉 · 韩斯卡，丈夫比她大 22 岁。她在乌克兰拥有一座古堡维埃兹索夫尼亚，有领地 21000 公顷，还有 3035 个农奴。她宣称自己只有 27 岁，实际上是 31 岁或 33 岁。巴尔扎克倾慕她年轻、漂亮、富有。于是两人之间鱼雁往来，书信由她的女管家负责传递。

巴尔扎克的信很快转变为热烈的情书，例如其中的一封这样写道：“噢，我未曾谋面的心上人，我是个孩子，如此而已……像孩子一样纯洁，像孩子一样爱着……女人曾是我的梦幻，我从来只向幻想伸出手臂。”他渴望着与情人见面，韩斯卡夫人终于征得丈夫同意，到女管家的故乡、瑞士的纳沙泰尔旅行。1833 年秋天，巴尔扎克赶往那里，但一起只待了 5 天。10 年后，即 1844 年，巴尔扎克回忆这一段甜蜜的经历时说："啊！您还不知道我心中的感受，那时，从那个院子深处——院子里的小石子、长木板、车棚都铭刻在我脑海里——我看见一个面孔出现在窗口……我不再感觉到自己的身体，当我对您说话时，我目瞪口呆。这种呆痴，这条在汹涌翻腾中暂停一下、以便更加有力地奔腾的急流，这种状态持续了两天。'她该怎样想我呢？'这个疯子般的句子，我怀着恐惧反复说着。"

传说巴尔扎克在湖边散步时，看到一个女人在看书，发现她手里拿着他的一本作品。这个女人便是韩斯卡夫人。她没有料到他又矮又胖，掉了门牙，头发凌乱，不过面孔聪颖，目光如火，笑容可掬。巴尔扎克则看到一个庄重的大块头女人，额角突出，脖子有点肥胖，嘴巴肉感。

同年的圣诞节，巴尔扎克又赶到日内瓦去会见她，这一次待了 6 个星期。1835 年 5 月，巴尔扎克来到维也纳与她会面。这次分手直到 8 年后才重逢，但他们的结合还要等待更久。1841 年韩斯卡夫人的丈夫去世后，巴尔扎克已经表示了与她结婚的愿望。但韩斯卡夫人出于种种原因，其中包括要料理丈夫遗产，而一直拖延下去。1843 年巴尔扎克从海路赶到圣彼得堡去会见她，从 7 月底待到 10 月初，然后经柏林、莱比锡和比利时返回法国。韩斯卡夫人也曾携女儿安娜来到巴黎，巴尔扎克从巴黎陪伴她去意大利旅游。1846 年韩斯卡夫人怀了孕，但产下了一个死婴，巴尔扎克空欢喜了一场。1847 年，韩斯卡夫人再度来到巴黎，秘密地住在贝里寡妇街，她并不喜欢巴尔扎克在福蒂奈街张罗的房子，5 月便返回乌克兰。9 月，巴尔扎克来到维埃兹索夫尼亚，直至 1848 年 2 月才回到巴黎。同年 9 月，他又去乌克兰，在那里待了一年半，其间病得不轻。

直至1850年3月14日，他们的婚礼才在贝迪捷夫的圣胡子教堂举行。3月17日，巴尔扎克在给女友卡罗夫人的信中说：“三天前我娶了我唯一爱过的女人，如今我格外爱他，直至离世。我相信，这个结合是上帝为了那么多的不幸，那么多年的工作、经历和克服的困难而给我保留的报偿。我不曾有过幸福的青春，也不曾有过百花齐放的春天；我会有最辉煌的夏天和最柔美的秋天。”

然而，巴尔扎克是在盲目乐观，他的身体状况很坏，以致直到5月才与妻子一起回到巴黎。5月末，巴尔扎克夫人在信中说：“他既不能看，也不能走路，他不断昏厥。”5月30日，巴尔扎克的老友纳卡尔医生让医学界权威来会诊。不久，他四肢肿胀，出现蛋白尿，伴随水肿和阵阵刺痛。8月5日，他撞在一件家具上，腿部出现坏疽。在病情稍好的日子里，巴尔扎克仍然非常乐观，继续孕育庞大的写作计划。但随后他的病情急转直下，医生们束手无策。据说他临终前曾表示：“只有毕安训[1]能救我。”8月18日夜里，巴尔扎克一直处于昏迷不醒的状态。雨果闻讯后赶去看望他。

就像古代希腊报捷的战士，经过42公里的长途奔跑，到达目的地便倒地而死一样，巴尔扎克结婚以后获得幸福还不到半年，便与世长辞。他在晚上11时半停止呼吸。

8月21日，巴尔扎克被安葬在巴黎的拉雪兹神父公墓。

九、伟大成就与巨大影响

巴尔扎克的一生是光辉的一生。正如雨果所说，他的“作品比岁月还多”。

1 毕安训为《人间喜剧》中的名医。

他的鸿篇巨制《人间喜剧》是一座文学丰碑，具有不朽的价值。马克思和恩格斯给予巴尔扎克的作品以极高的评价，认为巴尔扎克对现实关系有深切的了解，《人间喜剧》“汇集了法国社会的全部历史”，[1]“在他的富有诗意的裁判中有多么了不起的革命辩证法”。[2]左拉认为《人间喜剧》“是一个世界，一个人类创造的世界，由一个生前是个艺术家的不可思议的泥瓦匠所建造”。这些评价并不过誉，巴尔扎克确实当之无愧。

世界上从来还没有一个作家，像巴尔扎克那样，将自己生活过的半个世纪的社会完整地反映出来。巴尔扎克的这一丰功伟绩是任何作家难以望其项背的。19世纪上半叶是法国资本主义社会建立的初期，资产阶级与贵族阶级的斗争几经反复，但总的趋势是资产阶级逐渐上升，贵族阶级逐渐败退和衰亡。巴尔扎克几乎是用编年史的方式将资产阶级对贵族社会日甚一日的冲击描写出来；资产阶级的这部上升史是一部罪恶的、充满血腥味的历史。而贵族社会曾经力图重整旗鼓，恢复旧日的生活方式，其中，明智的贵族能顺应历史潮流，与资产阶级联姻来保存自身，顽固的贵族则日薄西山，苟延残喘，有的则为资产阶级暴发户所腐化。这一社会现象是半个世纪以来最具有本质意义的历史发展过程，这个过程在《人间喜剧》中得到淋漓尽致的再现。

当然，文学作品不同于历史著作，它是以形象生动的人物和故事去反映和概括社会生活和社会现象的。巴尔扎克就尤其擅长通过一幕幕家庭、婚姻的悲剧去展示整个社会，特别着重表现金钱在资本主义社会中的作用。《人间喜剧》的绝大部分作品都离不开这个题目。这也是世界上任何作家都达不到巴尔扎克所描绘的深度和广度。而其中包含的极其丰富的经济状况的细节，则

1 《马克思恩格斯选集》，第4卷，第463页。
2 《马克思恩格斯全集》，第36卷，第77页。

是当时所有职业的历史学家、经济学家和统计学家都望尘莫及的。《人间喜剧》的认识价值不言而喻。

作为现代小说的巨匠，巴尔扎克发展和丰富了小说的形式。他擅长塑造典型环境中的典型人物。在《人间喜剧》中，脍炙人口的人物形象可以排成一个几十人的长名单，仅仅吝啬鬼就不下 10 个，而且个性各异，栩栩如生。《人间喜剧》中出场的人物达到令人惊叹的 2400 多个，他们不折不扣地组成了一个世界，有“巴尔扎克社会”的美称。生动的、个性化的对话是巴尔扎克的拿手好戏。巴尔扎克对文章结构也颇费心血，力求多变。尽管巴尔扎克写作过快，对语言的推敲显得不够，即令他想弥补，在校样上大加涂改，墨迹斑斑，仍然避免和消除不了种种瑕疵。但是，瑕不掩瑜，与他的成就相比，缺点微不足道。

法国伟大作家雨果，在巴尔扎克逝世时已经敏感地意识到巴尔扎克的重要性，他毫不犹豫地称巴尔扎克为“天才”，认为巴尔扎克是“最伟大的作家中第一流的一个，最优秀的作家中地位最高之一”。左拉尊他为自然主义流派之父，以《人间喜剧》为楷模，创作出 20 卷本的《卢贡-马卡尔家族》。20 世纪的法国作家中，儒勒·罗曼和杜阿梅尔也是巴尔扎克的学生，分别著有 27 卷本的《善意的人们》和 10 卷本的《帕斯吉埃一家纪事》。巴尔扎克的《人间喜剧》已被公认为 19 世纪小说创作的顶峰，新小说派作家认为，如果不另辟蹊径，那就无法达到巴尔扎克的高度。今天，巴尔扎克研究在法国是所有作家研究中最吸引研究者的项目，研究成果也最为丰富。据 60 年代末的一项统计，巴尔扎克的作品在青年人和成年人中拥有最多的读者。巴尔扎克的巨大影响早已越出国界，传遍了全世界。

论《幻灭》

《幻灭》是法国伟大的批判现实主义作家巴尔扎克的代表作之一。如果说，写于1833年的《欧仁妮·葛朗台》和写于1835年的《高老头》标志着作家的创作达到了成熟阶段，那么，《幻灭》就是他力图通过更广阔的社会背景去反映现实的一次有力尝试，是他的创作的另一个重要里程碑。巴尔扎克在为《幻灭》第三部作序时说，这部作品是“迄今为止‘风俗研究’中规模最大的作品”。马克思把它誉为一部“脍炙人口的小说”[1]。

这部小说的写作经历了一个曲折漫长的过程。巴尔扎克在写作中不断对题材进行深入的开掘，大大丰富了原先的构思，终于写成一部内容浩瀚的巨著。早在1832～1833年间，巴尔扎克的脑海里就出现了《幻灭》的题材，特别是关于发明家苦难遭遇的故事。1834年6月，他在《致外国女人》的信中写到，这部未来的小说写的是一个“巨大的、美好的、壮观的题材”。1836年6月20日，巴尔扎克从巴黎来到安古兰末小憩，在这里开始写作《幻灭》的第一部分。最初，巴尔扎克只想写成一个中篇：“这是一个中篇，它会受到欢迎的。篇幅不长不短。(《致外国女人》)”当时，巴尔扎克只想描写外省一个家庭和一个印刷厂的变迁。但当动笔的时候，巴尔扎克感到有必要扩大环境和时代风貌

1 马克思：《伏格特先生》，《马克思恩格斯论艺术》，第2卷，第397页。

的描写，于是描绘了外省这个十分典型的城市安古兰末和它的上层社会。第一部的第二、三、四节就是这样产生的。接着，巴尔扎克又看到，小说第一部并不能构成画面的中心，而仅仅是一个序幕，这样，他描写的“领域不由自主地扩大了”，他产生了要把“外省风俗同巴黎生活的风尚做一比较”的想法，试图通过巴黎同外省的关系以及巴黎生活对外省生活的影响，“从一个新的角度去表现19世纪的年轻人”，并进而反映当时的政治生活。“在把外省生活和巴黎生活做了对比之后，整个作品就会变得更加完美。(《〈幻灭〉第一部序》)”小说第二部就这样在作家的头脑中慢慢酝酿成熟了。他力图通过新闻界和文坛的内幕反映复辟王朝的一个侧面。原先构思的发明家的遭遇在第三部也大为扩充了，使之具有更加深广的社会意义。

从这一创作过程可以看到巴尔扎克的一个写作特点：他的一些重要作品往往都是按照题材的需要，从实际生活出发，打破原来构思的框框，深化了主题，从而更全面更深刻地反映了现实。

在《幻灭》中，首先展现在读者面前的，是一幅外省生活的场景。巴尔扎克认为外省生活富于特点，一切行动都是在静悄悄中完成的，人人的心机都极其巧妙地隐蔽起来，什么都要斤斤计较和经过细密分析，这一切都是为了攫取更多的利益（《〈欧仁妮·葛朗台〉序》）。在《幻灭》的第一部里，巴尔扎克从政治角度来反映外省生活，描绘贵族阶级和资产阶级的尖锐对立。巴尔扎克的突出成就在于写出了这两个阶级对立的根由和发展过程，以反映贵族阶级的败退和资产阶级的得势这一历史发展趋势。

巴尔扎克对安古兰末的描绘就是别具慧眼的。他清楚地看到这个工商业发达的古城在历史发展的过程中已分成两个区域：上城是贵族居住的禁地和政权的所在地，下城则是资产阶级的势力范围。上城死气沉沉，衰败凋零，下城兴旺富庶，欣欣向荣。上下城是两个对立的阵营。在拿破仑时期，由于资产阶级掌权，这种矛盾“还算缓和”。但在复辟时期，冲突“变得严重了”。因为贵族重新掌握了政权，而资产阶级掌握着经济命脉，彼此之间势不两立，剑拔弩张，要进行最后的较量。这幅出色的社会风俗画真实地再现了复辟时期外省最本质的现实。

对于贵族阶级，巴尔扎克进行了毫不容情的抨击。他以最尖刻不过的口吻为贵族社会的“精华”人物画下了一幅幅鲜明生动的肖像：从躯体到灵魂都衰朽的巴日东先生，矫饰庸俗、装腔作势的杜乡夫妇，不学无术、惯于招摇撞骗的桑多先生，生活糜烂的巴尔大先生和布勒皮安先生等。这个贵族社会极其闭塞保守，它不遗余力地维护等级观念，贵族的社交场合门禁森严，不仅排斥资产阶级，甚至官方人士也被拒之门外。他们拒绝接受一切新思想，死死抱住“落后的风俗习惯”。这个贵族社会就像颜色发黑的老式银器，看来分量挺重，实际早已过时。毫不奇怪，它是极端保王思想的大本营，贵族们竟认为保王党报纸《每日新闻》太温和，国王路易十八同雅各宾党相去不远。但这个贵族社会在经济上已经完全败落了。这些贵族虽然极力讲究衣着，仍然掩盖不了寒酸相。他们收入微薄，境况最好的巴日东先生年收入也只有1万多法郎，远远比不上那些有钱的资产阶级。在经济上，他们是资产阶级不堪一击的对手。

在这样的背景下，巴尔扎克描写了这两个阶级一触即发的斗争。令人惊叹的是，巴尔扎克在主人公吕西安和巴日东太太的一段恋爱中窥见了阶级对立的内容。巴日东太太是当地贵族上流社会的领袖。这是一个抑郁寡欢、百无聊赖、浮夸造作的贵妇人形象。她在婚姻中得不到爱情的欢乐，便一味追求有刺激性的东西，在这花残叶落的时节，还想最后荒唐一下。她对文学表现出兴趣，接纳一个药剂师的儿子进入她的沙龙，同吕西安谈情说爱，故意让人非议。这无非是逢场作戏，想给精神以新的刺激。这个行动果然激起了贵族社会的愤怒。一个小资产阶级出身的人物，居然能同贵族平起平坐，在贵族眼中，这简直是“一次小小的革命”，由此掀起了一场风波。夏德莱这个老奸巨猾的野心家本来就在追求巴日东太太，认为她可以成为他飞黄腾达的帮手。他制造了阴谋，演成一场决斗，逼使巴日东太太不能再和吕西安见面。这场闹得满城风雨的滑稽剧透露了贵族同资产阶级不可调和的利益冲突。

现实主义的创作原则要求作家通过典型细节和事件去反映社会现实。所谓典型细节和事件就是指能够反映历史本质和历史真实的日常生活的场面。巴尔扎克是非常善于捕捉现实生活中的典型细节和事件的。他从吕西安踏入巴日东太太的沙龙，受到贵族社会侧目敌视，最后竟无立足之地的一段插曲，看到了丰富而复杂的社会内容。这个插曲反映了贵族对其他阶级的排斥：贵族严格恪守等级观念，不让其他阶级的人物踏入他们的任何领域。社交场合尚且如此，他们的政治权力就更不容其他阶级问津和分享了。复辟王朝时期虽是贵族阶级和资产阶级实现妥协的局面，但这两个阶级之间充满着尖锐激烈的斗争。吕西安这一段经历就鲜明地表现了贵族和资产阶级的紧张关系。能透过社会现象看到现实的阶级关系，正是巴尔扎克创作的深刻之处。

如果说，在安古兰末贵族和资产阶级的对立还比较隐蔽的话，那么在巴黎

这种对立就是公开的、短兵相接的。小说第二部是全书的中心部分，它通过青年野心家吕西安的遭遇，揭露了这种对立的内幕，巴尔扎克改变原来创作构思的地方主要就在这里。他在第一部的序中说，他在写作过程中想到要描绘那些有才能、却不能明辨方向，以致走上邪路的青年野心家，以表现“这个世纪的巨大创疤”，特别是新闻界的黑幕。

青年野心家吕西安是《人间喜剧》中的一个重要人物。他在《幻灭》中是主角，在《烟花女荣枯记》中也是主角之一。在后一部小说中，他被人利用去争夺遗产，事败后在监狱里自杀。他的遭遇代表了复辟王朝时期一部分寻找出路、怀才不遇的小资产阶级青年的命运。

吕西安在《幻灭》里的经历自成段落。巴尔扎克起先曾想把他写成有坚强意志的人物，但在写作过程中改变了他的性格特征（贝拉尔，《巴尔扎克的长篇小说〈幻灭〉的渊源》）。吕西安在小说中是个意志飘忽不定、浮躁轻率、看重虚名、渴慕荣华的小资产阶级典型。巴尔扎克塑造这个典型性格时，笔触细腻，脉络清楚。在《幻灭》中，他的经历分为三个阶段。第一阶段在安古兰末，他为了实现个人主义野心，不顾妹妹的婚礼在即，匆促地跟着巴日东太太出奔。他的轻浮性格已经相当鲜明地显现出来。第二阶段在巴黎，他忍受不了贫苦清寒的生活，却如醉如痴地欣赏巴黎腐败糜烂的生活。“他的筋骨受不住巴黎的压力”，放弃了写作，不择手段地往上爬，从自由派报馆投入保王党怀抱。这个“缺乏意志而欲望不小的野心家”终于名誉扫地，并得罪了朝廷，在巴黎无立锥之地。在小说第三部，他只听了伏特冷的一席话就把身体和灵魂都出卖了。这个出乎意料的结局完全符合人物的性格发展。

巴尔扎克并没有孤立地去描写吕西安的性格，而是写出了这种性格如何是时代的产物，换言之，是吕西安所代表的社会阶层在社会环境熏染下的产物。吕西安作为小资产阶级青年，他的向上爬欲望反映了当时一部分小资产阶级青年寻找出路的要求。巴尔扎克看到，小资产阶级野心家的出现是复辟时期突出的社会现象。小说中的新闻记者罗斯多对吕西安说："你的经历就是我的经历，也是一般年轻人的经历；他们每年从外省到巴黎来，数目有一千到一千二。"这么多人拥到巴黎来反映了一个尖锐的社会问题：小资产阶级青年的生活日益变得毫无保障，他们要为生存而奔波挣扎，其中一部分青年受到社会风气的腐蚀走上了野心家的道路："今日之下，社会……叫他们年纪轻轻就有野心。"正是"复辟政府把青年逼上腐化堕落的路"。对于这种社会现象，巴尔扎克是怀着愤怒的心情加以抨击的。他对吕西安的文学才能被湮没的遭遇寄予了同情。

巴尔扎克深入一步进行了剖析，指出吕西安的遭遇反映了小资产阶级受到排挤、走投无路的命运。这种状况是在复辟时期出现的。自18世纪末法国资产阶级大革命以来，社会的剧烈变动给小资产阶级提供了改变自己地位、得以步步高升的机会。特别是在拿破仑时代，小资产阶级青年可以通过参加征战，一跃而为高级军官，有不少人还得到拿破仑的封号晋爵，成为新贵族。但到了复辟王朝，这种机会便消失了。复辟王朝重新恢复了森严的等级制度，严格限制人们社会身份的变动。小资产阶级青年失去了通过参军和征战爬上去的机会。另一方面，资产阶级同贵族阶级在各个领域展开争夺，根本不容许小资产阶级分沾利益；这两个阶级虽有矛盾，却是共同排斥小资产阶级的。社会对于小资产阶级青年每一个崭露头角的机会都给予凶狠无情的打击。他们无依无靠，缺乏雄厚的社会力量的支持，因此他们的个人奋斗往往以失败告终。《幻灭》就描写了"三十年来青年一代的惨史"(《〈幻灭〉第三部序》)。

吕西安不仅是个失败者，而且还是政治斗争的牺牲品。他进入新闻界之后，卷入了政党斗争的旋涡之中。小说对新闻界的描写，同第一部资产阶级和贵族之间的对立紧相呼应，是对第一部描绘的题材的深化。巴黎是法国文化的中心，也是政治中心。复辟王朝时期贵族和资产阶级的斗争在巴黎得到集中的反映。而报业是在复辟王朝时期才有了迅速发展的。拿破仑时期曾对新闻实行严格的管制，在巴黎只允许四家报纸存在，它们只能刊登官方审定的文章，外省的报纸则只能转载首都报纸的文章。拿破仑垮台后，这种局面完全改变了。当时，各种报纸如雨后春笋般出现。1830 年，法国有近 151 种报纸。资产阶级自由派十分注重这一舆论工具，大量创办了自己的报纸；极端保王党和政府党也分别有自己控制的报纸。当时报纸的发行量虽然远远不及现在，但同过去相比，已经不可同日而语。发行量最大的报纸有 4 万多份，一般在几千份上下，有的只有几百份。当时一般小说只发行几百本或一两千本。相形之下报纸的发行量相当不少了，而且报纸具有极大的宣传鼓动力量，成为当时激烈的党派斗争和政治斗争的重要工具。只要指出下面这一点就够了：1822 年，政府曾慑于自由派报刊的威力，颁布了监督报纸的条例，资产阶级自由派的代表人物贡斯当等曾就当局对新闻自由的限制在议会发表多次演讲，成为轰动当时政界的重大事件；1826 年，当局再次企图钳制报纸，又遭到失败；1830 年 7 月革命就是因为当局签署了限制新闻出版自由等法令，以此为导火线而爆发的。可见报纸是资产阶级和贵族斗争最激烈的领域之一。巴尔扎克把吕西安放到这一领域中，既能充分展示主人公的性格，写出这个形象的社会意义，又能绘写现实的阶级斗争，深刻暴露丑恶的现实。

巴尔扎克通过吕西安的经历，对自由派、极端保王党和政府党的报纸，统统进行了揭露。他指出，当年战场上的血腥斗争如今已经转到思想领域，“变成议会中的舌战和报上的笔战”。报纸之间的谩骂都是为了争权夺利。

自由派报纸利用宗教问题抨击教会，利用宪章反对国王、抨击政府和官吏，表面上冠冕堂皇，但这一切只不过表露了自由派对贵族政权的觊觎。保王党和政府党内部漆黑一团，彼此打击倾轧，阴谋迭出。幼稚无知的吕西安先是站在自由派立场上，得罪了贵族；等到他想转移阵地，实际上已经不可能了，贵族除了把他当作一个打手以外，不会更宽待他。两派都利用吕西安来打击对方，然后一脚把他踩了下去，最后身败名裂的是吕西安。巴尔扎克对这种卑鄙的手腕深恶痛绝，他通过小说人物抨击"报界是一个地狱"，报馆是'贩卖思想的妓院"，报上的文章是捧是骂要根据政党需要，没有是非曲直，报纸所做的投机生意"比最肮脏的买卖还要狠毒"。《幻灭》对新闻界淋漓尽致的揭露招来了帮闲文人的詈骂。当时有个批评家雅南带头指责巴尔扎克的描绘"太漆黑一团"(《幻灭》序)。巴尔扎克同右翼的《费加罗报》等早已打过交道，他知道自己这部小说会引起什么效果，在第二部的序中他先发制人地指出："作者在此只描绘了这种弊病的开端，今日这种弊病已经充分发展了。较之1839年的情况，1821年的报界还处在幼稚的状态中呢。"他严正地表示，他不顾代价如何高昂，也要正视"这种可能吞没法国的癌症"，因为"新闻事业在当代风俗史中所起的作用如此之大，如果作者在法国搬演的规模巨大的戏剧中遗漏了这一场景，今后就会被人指责为胆怯。"这些话表明了巴尔扎克敢于针砭时弊的极大勇气。

然而，巴尔扎克在描写吕西安"失败的野心"(《〈幻灭〉第三部序》)时是极有分寸的。他既指出这是社会环境造成的，又写出吕西安本身性格所起的作用。吕西安的软弱和缺乏意志力完全符合小资产阶级的不稳定性，这一阶层在不同的情况下，既可能同情劳动人民，向往民主主义思想和空想社会主义，又可能依附于资产阶级或贵族阶级，在政治上摇摆不定。巴尔扎克对吕西安的刻画，正如恩格斯所赞赏的那样，在"富有诗意的裁判"中，包含着"了不起的革命辩证法”[1]。

小说结尾巴尔扎克对吕西安向上爬的经历作了总结，这一总结是对尔虞我诈、损人利己的社会关系和道德原则的深刻剖析和揭露。那个装扮成西班牙教士的野心家伏特冷对吕西安进行了一番“教导”，他的话揭开了巴黎社会的内幕。伏特冷是《人间喜剧》的一个重要人物，他最早的身份是苦役监逃犯，诈骗犯集团“万字帮”的出纳，1819年重新被捕（见《高老头》），后来他再次逃跑，潜入西班牙打扮成教士返回法国。这个人虽是罪犯，却是一个典型的野心家，他深谙统治阶级的内幕和这个社会奉行的准则，愤愤不平于自己不能挤入上层社会，以分享特权阶级的既得利益。他分析吕西安的所作所为，向吕西安传授野心家的处世之道。他告诉吕西安：要支配社会，先要研究社会；不能相信官方的书所写的，那上面都是骗人的话；其实所有的大人物都是禽兽，“大人先生干的丑事不比穷光蛋少，不过是暗地里干的，他们平时炫耀德行，所以始终是大人先生。”伏特冷振振有词、慷慨激昂的分析确也一针见血，鞭辟入里。但他对社会的分析并不是要批判社会，而是为了顺着社会所信奉的一套爬上去。他指出吕西安不懂得这一套，所以失败了。吕西安公开自己同女戏子高拉莉的关系，等于把自己的疮口暴露给别人看。如果他像那些老于世故、熟悉上层社会假冒为善原则的人，一面暗中保持与女戏子的关系，一面追求和娶上巴日东太太，那就可以成为伯爵和州长。伏特冷这一番议论也言之成“理”，这个“理”就是资产阶级的道德伦理。吕西安的行事违背了资产阶级社会的准则，所以他不但没有爬上去，反而做了别人的垫脚石。吕西安的经历确实给伏特冷的议论做了印证。作者通过这种手法，巧妙地对吕西安的经

1　恩格斯：《致劳·拉法格》（1883年12月13日），《马克思恩格斯全集》，第36卷，第77页。

历加以概括，提到揭露当时社会人与人关系和道德原则的高度，把批判矛头对准了统治阶级。伏特冷最后给吕西安拉开了上层社会的内幕，让他看到政治野心家所采用的卑鄙手段。伏特冷告诉吕西安，野心家的秘诀就在于把人当作工具，对上要采取谄媚奉迎的办法，等到事成之后再毫不留情地把他一脚踢开，“为着权势也要不择手段”。既然这个社会不讲什么道德原则，那么，越是阴险狡猾就越得到别人尊重，因为社会承认既成事实。所以，要像猎人耐心等待猎物一样埋伏着，等待时机扑向猎获物，“别爱惜你的人格，别爱惜你的尊严。”伏特冷所宣扬的，正是野心家不顾一切向上爬的诀窍，同时这也是当时尔虞我诈、损人利己的社会关系的真实写照。伏特冷也承认，这是一种“强盗理论”，然而它正是这个社会所遵循的最高准则。伏特冷的“道德课”以毫不掩饰的语言道出了上层社会寡廉鲜耻、卑劣丑恶的黑幕。这一情节反映了巴尔扎克对当时的社会关系具有深刻的理解，并说明他透彻地了解伏特冷这一类亡命之徒出身的野心家。从思想上说，这也深化了作品的揭露意义，它精辟地揭示了资产阶级极端利己主义的人生观，无情地撕下了统治阶级虚伪的面纱，使这部小说突破了两个青年人悲凉身世的狭小框框，而具有尖锐地批判社会的思想、伦理、政治等方面的广阔、深刻的内容。

《幻灭》不仅揭露和批判了现实，而且塑造了当时社会的英雄人物，这是小说取得的另一个突出成就。

巴尔扎克在小说第二部描写了一个小团体，刻画了理想中的人物形象，并表达了自己钦羡的政治倾向。在巴尔扎克笔下，这个小团体的成员都是当时最优秀的人物。当时社会有很多类似的小团体，较著名的有圣西门派小团体和法国烧炭党等。《幻灭》中的小团体是根据现实生活中的某些进步的、革命的小团体塑造的。巴尔扎克固然企图以此与黑暗的新闻界和文坛相对照，但它的实际意义却大得多。这个小团体的领袖本来是哲学家路易·朗贝尔，据巴尔扎克在同名小说中的描写，朗贝尔“不可抗拒地被导致承认思维的物质性”，认为“理智完全是物质的产物”，可见朗贝尔是唯物论者，虽然他又承认唯灵论。朗贝尔是一个表达巴尔扎克思想的人物，被巴尔扎克称为“当代最了不起的一个思想家”。小团体当前的领袖是大丹士，他后来成为“当代最杰出的作家之一”。这个团体还有杰出政治学家、医生、生物学家等。他们互相尊重，休戚相关，有难同当，有福共享，把他们联结起来的原则体现了朴素的平等思想。这一思想无论是在复辟时期还是在七月王朝都具有十分进步的意义。

这个小团体最引人注目的人物是“雄才大略的共和党人”米歇尔·克雷斯蒂安。巴尔扎克以极大的热情歌颂了这个人物。他生活穷困，处于社会底层，平时替大部头的著作编目，代出版商写说明书，所得甚微。但他非常旷达，显得快活而落拓。他多才多艺，特别喜爱革命民主主义诗人贝朗瑞的诗歌，这说明他的思想同革命民主主义非常接近。他的生活信念是：“我们先要献身于人类，再想到个人。”他的政治才具不亚于法国大革命时期的英雄人物圣鞠斯特和丹东。他的政治理想是实现欧洲联邦，作者认为，这一主张对欧洲贵族威胁极大。巴尔扎克并没有详细介绍“欧洲联邦”的构想，但无疑这是要在欧洲全面实现共和制。由此看来，克雷斯蒂安的思想是十分激进的。巴尔扎克认为，那些自命为法国大革命期间产生的国民议会的继承者，他们提倡的自由观念毫不可取，“克雷斯蒂安的理想可不像他们的荒唐，要合理得多。”这里，巴尔扎克明确地表示了自己对共和党人政治理想的赞赏态度。他还注意到，克雷斯蒂安抱着实现欧洲联邦的理想，后来为19世纪30年代的“圣西门运动出过不少力”，这个共和党人同空想社会主义者有过非常密切的联系。30年代的圣西门主义者是小资产阶级的一个激进的政治派别，他们批判资本主义社会，对工人阶级表示同情。当时，共和派在反对路易-菲利普的斗争中，也支持工人的请愿罢工斗争；出庭为工人辩护的往往是共和派律师；共和派甚至还参加了工人起义。这并不奇怪，因为共和派也代表着小资产阶级的利益。反对七月王朝金融资产阶级的统治是圣西门派和共和派共同的目标。因此，克雷斯蒂安接近圣西门运动，同这一派有过合作关系是完全符合历史状况的，这一点反映了巴尔扎克对现实的观察非常深入。巴尔扎克以赞美的口吻写道：他“或许还是一个会改变世界面目的大政治家，后来像小兵一般死在圣玛丽修道院。”他参加了1832年6月起义，资产阶级政府来镇压军队射出的子弹打中了他——“法兰西最高尚的一个人物”。巴尔扎克把他当作能对人类社会做出重大贡献的大政治家来歌颂，对这个人物的政治信念做了毫无保留的高度评价。对于他的牺牲，巴尔扎克表示了极大的愤懑，强烈谴责了七月王朝统治者的暴虐。他饱含着激情写道：认识克雷斯蒂安的人无不惋惜他，时常想起这个无名英雄。

巴尔扎克在小说中对克雷斯蒂安虽然着墨不多，却还是写出了他的性格。他对于朋友有火一样的热情，但对卑劣不义的行为却又疾恶如仇。他性好冲动，襟怀磊落。吕西安要踏入新闻界之前，他指责报纸是拿思想做交易的地方，他对吕西安说：“你要是做了奸细，我就痛心疾首，跟你断绝来往。”吕西安昧着良心写文章诋毁大丹士的小说，克雷斯蒂安气愤已极，同吕西安进行了决斗。克雷斯蒂安这种火爆脾气和个性，通过这些细节表现得十分鲜明。当然，《幻灭》对这个形象并没有充分展开描写。但这个人物同小说中卑鄙无耻的资产阶级人物相对照，形象显得相当高大突出。在《人间喜剧》中，克雷斯蒂安是最有代表性的共和党人物，占有非常重要的地位。

这个形象的意义十分重大。巴尔扎克能创造出这个人物，雄辩地说明了他矛盾复杂的世界观中存在着进步的一面，而且这一面起着主导的作用。恩格斯曾经指出，巴尔扎克“经常毫不掩饰地加以赞赏的人物，却正是他政治上的死对头，圣玛丽修道院的共和党英雄们，这些人在那时（1830～1836年）的确是代表人民群众的。”[1] 恩格斯这段著名论断指出了一个事实，那就是，巴尔扎克所赞赏的共和党英雄在19世纪30年代初代表着人民群众。这是根据历史唯物主义得出的结论。前面已经说过，共和派同工人在这一时期接触很多，他们同情和帮助工人的斗争，1832年6月起义就是共和派同工人一起并肩战斗的一次事件。1832年6月5日，反对波旁王朝和路易-菲利普的拉马克将军出殡，大批工人，包括印染工人、印刷工人、啤酒工人、制帽工人参加了游行。第二天，政府军队前来干涉，在圣玛丽修道院发生了战斗，工人和共和派筑起了街垒，同政府军展开了激烈的对攻，不少工人和共和党人壮烈地牺牲了。共和派和工人行动一致，是因为他们目标相同，他们的斗争“还隐蔽在反对金融贵族的普遍起义外壳下面”[2]。当时，无产阶级力量还很弱小，未能提出明确的政治主张。取消金融资产阶级统治的政治要求是由共和派明确提出来的，在这一点上，共和派正代表着人民群众的利益。

但是，巴尔扎克所赞赏的共和党人却又正是他政治上的死对头，这应该怎样来解释呢？巴尔扎克于1831年下半年参加了保王党，保王党同共和党在政治上南辕北辙，大相径庭。但要看到，保王党其实是带有贵族色彩的一个资产

1 恩格斯：《致玛·哈克奈斯的信》（1888年4月初），《马克思恩格斯选集》，第4卷，第463页。

2 马克思：《1848年至1850年的法兰西阶级斗争》，《马克思恩格斯选集》，第1卷，第403页。

阶级反对派，它代表着大土地资产阶级的利益[1]。巴尔扎克之所以参加保王党，主要是由于他不满金融资产阶级的独霸统治。写于1830年七月革命后不久的《关于巴黎的信》这样指出："由七月所产生的伟大准则，没有一条写进立法中去……政府重操复辟时期的旧业。"他认为七月革命的成果落入了几个"小人物之手"。他在《一年中的两遇》里描写七月革命的参加者被逮捕了，"整个时代的历史可以用一个词来表达：叛变！"他清醒地看到，"以为我们的代表在代表着我们，那就是一个大错误"(《圣西门的门徒和圣西门主义者》)。同时，七月王朝时期，自由竞争激烈，不仅中小资产阶级破产的数目激增，而且可以看到"成百家银号像风吹纸牌一样纷纷倒闭的凄惨景象"(巴尔扎克，《杂文集》)。1832年1月14日的《环球报》这样写道："在各个阶层中失望日益全面扩展。幸福的梦想消失了，在许多人的心中，留恋让位于仇恨。有多少工商业者认识到，七月革命的后果不就是带来了他们自己的破产吗？(《〈人间喜剧〉中的社会经济现实》)"巴尔扎克就是对七月王朝的统治者感到失望的一个代表。巴尔扎克还意识到，七月王朝的统治者只是大资产阶级中的一部分："梯也尔先生是只愿由自己来统治的资产阶级的体现，""梯也尔先生不是单个人，而是一个体系，资产阶级政府的体系。(巴尔扎克，《杂文集》)"梯也尔当时是议会主席。由此看来，巴尔扎克是不满于七月王朝金融资产阶级的统治才加入反对派的。但是，巴尔扎克并不是一个正统的保王派。他与保王党有过不少矛盾。1832年他在《革新者报》上发表《论保王党状况》一文，指出"保王党和自由党都有极大的错误，它们为了稳住党内群众，而屈服于各自的偏见，进行无理的争论"。他认为，"企图反对1789年的物质成果，反对大革命在人们思想中、在事物和利益中产生的结果，那将是用政治语言无法表达的一个错

1　马克思：《1848年至1850年的法兰西阶级斗争》，《马克思恩格斯选集》，第1卷，第451页。

误，因为这样做既很荒谬，又不可能，既是犯罪，又是发狂。这是世界上最不符合理性的行为。”他提出要给“保王党人一种更适合我们所处时代的思想”。巴尔扎克发表的小说《乡村医生》，描绘了一个乌托邦的蓝图，这部小说用巴尔扎克的话来说，受到保王党三份报纸“最深的蔑视”[1]。保王党还对他的《幽谷百合》不满，因为这部小说的女主人公莫尔索夫伯爵夫人试图用资本主义的方式管理庄园。保王党甚至把巴尔扎克同雨果、大仲马等一起并列，当作政敌看待。巴尔扎克早在《关于巴黎的信》中就渴望出现“一个年轻而强有力的人物”，他要具有“高深的教养、明达的智慧、一套道德和政治理论、开明的爱国主义”，是个“善于争取自由的天才”。巴尔扎克在20年代末接触过圣西门主义，30年代中期又对傅立叶主义发生了浓厚兴趣。这一阶段正是共和党人十分活跃的时期，巴尔扎克同共和派领袖如阿尔芒·卡雷尔有过不少的接触，对共和党人十分敬佩。他在空想社会主义者尤其是共和党人身上看到未来社会的希望，认为他们是能领导社会的强有力人物。巴尔扎克的中小资产阶级立场在他加入保王党后并没有改变，这是他同空想社会主义者和共和党人能彼此接近的基础。巴尔扎克塑造了克雷斯蒂安的形象，把他作为人民群众的代表而加以毫不掩饰的赞赏绝不是偶然的，完全符合他当时的思想状况和阶级立场。

诚然，这里也还有着现实主义艺术的伟大胜利。巴尔扎克能够按照现实生活的真实去再现人物形象。他把自己所看到的、所熟悉的人物不加歪曲地描写出来，严格地遵循现实主义的创作方法去塑造人物，这无疑有助于克服他的某些保王党观点。

1 例如，保王党报纸《年轻法兰西回声报》认为这部小说是“所有乌托邦的赝品”。

事实上，巴尔扎克并没有完全放弃这种观点，这在描写小团体和克雷斯蒂安时就有所流露。例如，他笔下的大丹士“对君主政体的信念同米歇尔·克雷斯蒂安对欧罗巴联邦的信念一样坚定”；而克雷斯蒂安还“笃信基督教，认为基督是平等的奠基人”，坚持灵魂不死的荒谬说教。这种描写只能说明，作家在描绘小团体和克雷斯蒂安时，是受到他的思想和艺术观的制约的。小团体里的人物思想相当复杂，这恰恰反映了巴尔扎克的思想和世界观的矛盾。巴尔扎克并没有完全离开自己的思想立场去刻画当时社会的一群优秀人物。在巴尔扎克看来，主张共和的人物同主张君主立宪的人物可以共处于一体，信仰唯物论的人物同信仰唯灵论的人物也可以结合在一起，小团体就是这样一个混合物。初看起来这是很荒谬的，但是，这不正好说明巴尔扎克的世界观既有保守因素也有进步因素吗？不正好说明他的思想不同于正统的保王党人、仍然保持着中小资产阶级的立场吗？

在《幻灭》里所表现的巴尔扎克思想的矛盾并不是对半分的，而是进步的思想倾向占了主导地位。在克雷斯蒂安身上，他的性格、他的政治理想，是作者着力描写的方面，给人以具体的、鲜明的印象，他的高大形象从这些描写中树立了起来；而关于他的信仰基督教，作者只简单化地提上一笔，一般不细心的读者甚至会忽略过去。大丹士的情况也是这样。这个小团体的领袖热情友善、胸襟坦荡的思想性格和杰出的文学才能，作者花费了许多笔墨，通过他帮助吕西安，宽恕了吕西安对他的攻击中伤，得到了生动的再现；而他对君主政体的信念作者只是一笔带过，读者并不能知悉他的政治信仰的具体内容。这两个例子就足以说明，巴尔扎克在创作这部小说时，他的世界观中的进步倾向得到了充分的表现。

《幻灭》关于克雷斯蒂安和小团体的描写具有重要意义，它展示了巴尔扎克思想中的进步因素和保守因素，他的思想和创作的联系，从而可以作为批判“世界观越反动，作品越伟大”的修正主义谬论的一个有力佐证。

《幻灭》值得注意的地方，还在于描写了资本主义自由竞争的吞并现象。在法国文学史上，巴尔扎克是描绘这个题材的第一个人。他在《赛查·皮罗多盛衰记》(1837) 里描绘了一个老式商人的破产经过，这部小说已写到自由竞争，提到银行家在背后作祟，但皮罗多的破产主要由于公证人把他的资金拐走了。《幻灭》则是直接描写大资本家和小资本家的竞争，大鱼如何吞掉小鱼的斗争过程，《幻灭》的内容毫无疑问更有典型意义。

巴尔扎克在小说中接触到大工业生产，这在当时是绝无仅有的。所谓大工业，只是相对而言。19 世纪 20、30 年代法国还没有大规模的重工业。规模大一点的只有轻工业。印刷、造纸业是在复辟时期得到较大发展的大工业之一。资本主义文明的发展，是促使印刷造纸业发生现代变革，即采用更先进的印刷机器和改良纸张的主要原因。报纸的大量出现，书籍的需求增加，加上印刷时间需要缩短，这就要求造出连续快速印刷的机器和廉价轻薄的纸张。在欧洲的一些国家，如英国已经出现了印刷机器改革的热潮，并开始传入法国。机器的改革和纸张的改良必然引起激烈的商业竞争。对现实的观察极其敏锐的巴尔扎克看到了这一现象，小说对印刷机器和纸张的叙述，反映了作家对这个题材的强烈兴趣和深入研究。巴尔扎克在这个领域中看到了重大的社会现象。自由竞争是资本主义生产方式的内在规律。资本主义的发展，从某个方面来说，就是更为狡猾凶狠和实力更为雄厚的资本家吞噬了其他资本家的资本的历史，这是一部罪恶的发家史。《幻灭》形象地通过发明家大卫的印刷厂被戈安得兄弟所吞并，揭示了资本集中过程的内幕，反映了资本主义自由竞争的一个剖面。

戈安得兄弟吞并大卫的印刷厂的过程，是一场非常激烈的、惊心动魄的斗争。资本家戈安得兄弟的形象刻画得非常成功。他们不像不善经营、诚实可欺的大卫，而是十分注意政治对买卖的影响。他们附和政府党的论调，经常到大教堂望弥撒，故意让人知道他们也在守斋。社会上需要宗教书籍时，他们赶紧重印，这样，既占得了优厚利润，又给人以他们重视宗教的印象。果然，州公署和主教公署把本来由大卫承担的印刷业务，都转给了戈安得兄弟。当着贵族的面，他们低声下气，弯腰曲背，其实心里痛恨贵族。做买卖时，哥哥和颜悦色，弟弟则扮演大炮的角色，两人一搭一档，配合默契。对于大卫，他们布下了天罗地网。先是收买了大卫一手栽培起来的助手赛利才，让他监视大卫的活动。他们同诉讼代理人柏蒂–格劳做了一笔交易，指使他横生枝节，让大卫背上还不清的债。巴尔扎克描写了商业诉讼和法庭是怎样为大资产阶级服务的。负债的大卫由于商务追索而不断增加债务，在短短的两三个月中，债务竟从 3000 法郎上升到 1 万多法郎。种种极其烦琐的手续费和无奇不有的诉讼费居然比驴打滚的利息还要厉害，以致负债一方只好束手就擒，任凭债主宰割。司法制度的这种弊端有利于资本更为雄厚的资本家，使他们能轻而易举地吞并其他中小资本家的资财。至此，戈安得兄弟的狡诈阴险已经和盘托出。巴尔扎克最后又添加了一笔，使他们的性格显得更加突出。戈安得兄弟并不以挤垮大卫为满足，他们还要利用大卫的发明大获其利。大卫还有一些难题未获解决，但他找到了一些不值钱的原料。戈安得兄弟一面让大卫继续做试验，一面扬言降低纸浆成本的办法毫无价值。实际上他们偷偷地采用了大卫的发明，发了大财。他们暗地里却散布流言，说是戈安得兄弟被大卫拖累，损失不赀。别的厂商不明底细，不敢采用大卫发明的新方法，而大卫试验一再失败，也感到对不住戈安得兄弟，只得罢手不干，一无所得。等到大卫知道自己被耍弄，他也无可奈何，因为如果要上诉，恐怕要再打十年官司，而大卫宁愿“太太平平地过日子”。戈安得兄弟在经济上发了大财，在政治上也大显身手，七月王朝时期，兄弟俩分别当了议员和进了贵族院。他们的经历正是大资产阶级日益得势的真实写照。

这段描写相当完整地表现了自由竞争的过程，马克思在《资本论》中曾说过：“竞争的结果总是许多较小的资本家垮台，他们的资本一部分转入胜利者手中，一部分归于消灭。”《幻灭》为马克思的论断提供了十分生动的实例。这部小说不失为资本主义自由竞争现象的一份翔实纪录，它提供了极其丰富的经济细节，具有弥足珍贵的历史价值和认识价值。

资产阶级自由竞争现象是复辟王朝时期阶级斗争的一个重要侧面。大资产阶级在这一时期经济实力获得很大发展，这是它战胜贵族的根本条件。这方面的描写有助于更深入地发掘主题，它表现了掌握着经济命脉、越来越强大的资产阶级必然要重新夺回政权，而经济上到了穷途末路的贵族阶级终于不堪一击这一历史发展趋势。这就是复辟王朝时期发生的最根本的历史变化。巴尔扎克认识到经济因素对政治局面的巨大影响，这是他能深刻地反映现实的重要原因。

对自由竞争的描写在当时也具有极大的现实意义。七月王朝是法国资本主义处于逐步巩固的时期，当时，自由竞争加剧了，大资产阶级吞并中小资本家的社会现象变得极为频繁。仅在七月王朝时期，破产的中小业主的数目就大大超过了整个复辟王朝时期。当时还出现了不少大企业的联合，如 1836 年

10 月大运输公司的联合就是一个突出的例子。据当时报纸报道，这家公司的联合是为了“压垮第三者”；资本家通过联合，采用降低价格的手段，以“消灭竞争的对方”，一俟竞争结束，便又立刻提高价格（《〈人间喜剧〉中的社会经济现实》）。巴尔扎克曾亲身经历过商业竞争、企业倒闭，以致破产的遭遇，他把自己的感受融化到小说中去，这既表达了他对大资产阶级穷凶极恶地积聚财富的愤懑，同时也表现了他对七月王朝现实的批判。

巴尔扎克在《幻灭》中发表了不少关于文学创作、特别是小说创作的精辟见解。巴尔扎克在创作《人间喜剧》的过程中不断地对小说艺术进行探讨，《幻灭》中就部分记录了他所取得的丰富经验。

巴尔扎克对小说的开展作了一些回顾。他认为，“小说是近代最了不起的创造。”18 世纪法国启蒙文学以及司各特的小说都是很有成就的，但启蒙小说有一个缺陷，就是偏于用来图解或阐发某种哲学思想，在形象塑造方面显得不够生动丰满，在情节的连贯、铺叙等方面也显得不够紧凑有力。至于司各特，巴尔扎克批评他描写的人物，如女主人公，过于一模一样，人物性格不够突出。19 世纪的小说比起它们就有很大进步，主要表现在能广泛描绘社会生活，突出性格的刻画，善写对话，情节曲折，吸收了其他体裁如戏剧的优点，等等。在这个基础上，巴尔扎克提出了小说创作的一些带根本性的问题，阐明了自己的现实主义文艺观点。

首先是小说的反映对象问题，巴尔扎克提出了需要反映时代的整个面貌的艰巨任务。他谈到历史小说的写作时说，“从查理曼起，每个名副其实的朝代至少需要一部作品来描写，有的还需要四五部……你可以写出一部生动的法国史。”这里谈的虽是历史小说的写作，但同样适用于当代题材的小说。巴尔扎克在《人间喜剧》的前言中说过，法国社会好比是历史家，而他要担当它的秘书。在《幻灭》第一部的序里，巴尔扎克提出要“从各方面去观察，把握住各个阶段，全面地描绘社会”。《幻灭》就是这样一部小说，它描绘了一个历史阶段的社会情况。《人间喜剧》的许多小说都是这样力图通过一个侧面反映整个社会。正因为如此，巴尔扎克的作品具有浩瀚广阔的内容，反映的社会生活丰富多彩。

巴尔扎克指出了小说和文艺创作的特点是运用形象来表现社会生活，他在《幻灭》中说：“最高的艺术是要把观念纳入形象。”这句话明确地把形象的创作看作小说艺术的基本特征。巴尔扎克曾多次指出，小说要塑造形象和典型。在他看来，所谓形象或典型，就是“包括所有那些在某种程度跟它相似的人们的最鲜明的性格特征”(《〈一件无头公案〉初版序言》)。巴尔扎克认识到，艺术要“再现自然”，要真实地反映现实生活；艺术不等于普通生活，而要对现实生活进行加工、提炼和概括：“什么叫作艺术，还不是经过凝练的自然！”为了做到这一步，就必须通过人物典型或人物形象来反映社会。在《幻灭》中，巴尔扎克指出，形象或典型要反映“本质的东西”；形象或典型具有共性，是一个“社会的人”，但又有个性，要具备独特的性格特征。一方面，巴尔扎克提出要进行“生理方面的观察”，对人物外貌加以细致入微的描绘，另一方面，他又提出要描写各种人物和奇奇怪怪的社会现象的关系，“描绘最微妙的情欲”，赋予人物以生命，只有这样，才能“创造出一些比真人更真实的人物”。所谓“更真实”，就是要具有典型意义。巴尔扎克所说的要描写“情欲”，是他的一个重要观点。在他笔下，“情欲”往往就是人物的性格特征，是经过凝练和集中的某种思想特点，在这种场合下，巴尔扎克的描写总是取得了良好的效果（如对吝啬的描写）。但是，巴尔扎克的这个观点又往往抽掉了“社会的人”的阶级属性，其结果影响了人物的典型意义，这是同作家的主观愿望恰好相反的。

“最高的艺术是要把观念纳入形象”还有第二层意思，这句话强调的是形象应蕴含着思想。可见巴尔扎克非常重视人物形象的社会意义，他的所谓“观念”指的就是形象本身所体现的社会内容和思想意义；这观念不应笼统地由作者道出，而应“纳入形象”，即通过形象表现出来。恩格斯曾经指出，“作者的见解愈隐蔽，对艺术作品来说就愈好。”[1] 巴尔扎克的见解是符合这一现实主义原则的。巴尔扎克把纯熟地运用这一原则看作“最高的艺术”，表明他掌握了艺术创作的奥秘。

在巴尔扎克的许多长篇小说中都出现了众多鲜明的艺术典型。《幻灭》也不例外，除了小说的主要人物以外，一些次要人物都性格突出，栩栩如生。他们包括各个阶层的人物，如贵族、资产者、新闻记者、演员、司法人员，等等。有的着墨不多，在小说中甚至只出现过一次，但却给人留下难忘的印象。关键就在于巴尔扎克能够抓住人物的思想性格特征。以出版商道格罗为例，这个人物在小说中的地位并不重要，但写得十分生动。他去看吕西安。想收下吕西安的小说的场面写出了商人唯利是图的本质。开始，道格罗决定用 1000 法郎买下吕西安的小说，一看见吕西安住的旅馆，这个老狐狸马上改变了主意，心想：“住这种地方的青年欲望不大……给他八百法郎就行了。”一打听，吕西安住在五楼，他便想：“这个年轻人……钱太多了会心猿意马……给他六百法

1　恩格斯：《致玛·哈克奈斯的信》（1888 年 4 月初），《马克思恩格斯选集》，第 4 卷，第 462 页。

郎吧。”进了房门，看到屋里空无所有，便想最好让吕西安这样保持下去，开口只给他400法郎。这段描写将一个狠毒的出版商的形象十分鲜明地呈现在读者面前。

在怎样把人物写活这点上，巴尔扎克强调了人物对话的重要性。他指出，对话要写得“充实，紧凑，简练，有力”。他笔下的人物对话非常富于个性。赛夏老头的语言就是一例。他同大卫的一段对话活脱脱地显露了他的吝啬性格。赛夏老头要以3万法郎把印刷厂出让给儿子，大卫听到这个数目后惊呼这是要他性命，赛夏老头说：“我生你出来的人要你的命？”这句巧妙的答话写出了他的精明狠毒。当大卫提起还没清理母亲的遗产时，赛夏回答：“你娘的财产吗？她的财产是她的聪明和相貌。”在狡诈之中透露了他的蛮横和无赖作风。他还补充了一句，说是给儿子留下一件宝贝，大卫问什么宝贝，他说：“玛利红。”这是他家的女工兼女仆。把一个工人当作物件看待，恰如其分地反映了他的资本家心理。伏特冷的语言是另一个实例。读过《高老头》的人可以从他尖锐泼辣、愤愤不平的议论中认出他来，而不会被他的教士外衣所迷惑。巴尔扎克对这一类野心家的言行确实是观察得十分到家的。高尔基和鲁迅曾称赞巴尔扎克的对话写得如闻其声，如见其人，从《幻灭》也可以看到巴尔扎克在小说创作上的这一突出成就。

众所周知，巴尔扎克十分注重风俗环境的描绘。在《幻灭》中，他再次提出了这一主张。他认为反映时代和社会必须“描写各个时期的服装，家具，屋子，室内景象”，等等，只有这样才能再现社会生活，反映“时代的精神”，塑造出典型人物。巴尔扎克确信，大至一处环境，小至一件家具，都可以从中反映一个时代的面貌，正如一块化石可以反映一部生物史一样。从这一观点出发，他十分注意风俗的变化和环境的变迁，通过这些表现出对人物精神面貌所产生的影响。巴尔扎克的观点反映了他对社会物质生活给予人们思想精神的决定性影响具有一定的了解。这是巴尔扎克超越前人的地方，也是他对小说艺术的一个重大贡献。恩格斯曾经指出，现实主义的创作原则要求“除细节的真实外，还要真实地再现典型环境中的典型人物。”[1] 恩格斯的著名论断正是从一些杰出的现实主义作家，特别是从巴尔扎克的创作中总结出来的。巴尔扎克是最早认识到描写典型环境的重要意义的作家之一，他的小说确是这一现实主义创作方法的典型范例。

此外，巴尔扎克对小说的情节和结构也十分重视。他提出“要有莎士比亚式的伟大的结构”。他反对司各特一开始用长篇谈话引进人物，然后才展开描写和情节。巴尔扎克的小说结构颇多变化。有时采用倒叙写法，有时采用逐层展开的写法，有时把几条线索交织在一起，《幻灭》则用了一种新的结构：小说分成两个环境，通过主人公的往返活动，构成一个整体。《幻灭》的情节具有巴尔扎克小说的一般特点：戏剧性强，像剧本一样有序幕、进展、高潮和结尾。巴尔扎克的小说创作获得成功，情节结构的丰富多彩是一个重要原因。

最后，巴尔扎克提出作家需要深入研究社会，积累丰富的生活经验。他说，创作“伟大的作品需要长期的社会经验”；作家要研究人们之间的利害关系，“在社会和思想的广阔天地中，千辛万苦地跋涉过。”巴尔扎克从唯物论的反映论出发，认为作家要反映现实，必须先“感受一切”，而且“头脑需要长期的酝酿”。马克思在《资本论》中曾经指出，巴尔扎克对现实的阶级关系有“深刻的理解”，这是因为巴尔扎克确实对 19 世纪上半叶的法国社会状况和人们的阶级关系作过深入的研究。具有丰富的社会生活经验，对社会又有深刻的

1　恩格斯：《致玛·哈克奈斯的信》(1888 年 4 月初)，《马克思恩格斯选集》，第 4 卷，第 462 页。

理解，这是巴尔扎克在小说创作上取得伟大成就的根本所在。

以上是巴尔扎克在《幻灭》里谈到的关于小说创作的一些精辟见解，这是他从自身创作中总结出来的经验之谈，虽然还不足以概括他所有的文艺观点，但基本上已经可以窥见他的创作纲领，因而值得我们重视。巴尔扎克的上述主张无疑建立在现实主义的原则基础之上，闪现着深刻的思想火花，对于我们了解巴尔扎克给予小说艺术的重大发展和贡献会有重要的帮助。

狄德罗对表演艺术的贡献

狄德罗是现实主义戏剧理论的杰出先驱，他不但在戏剧理论上，而且在表演艺术理论上都有重大建树。他的名篇《演员是非谈》在世界戏剧史上是第一篇关于表演艺术的重要文献，它对现实主义的表演艺术理论做出了极其重要的贡献。狄德罗在这篇对话体的著作中奠定了“表现派”的理论基础。《演员是非谈》一问世，欧洲一些名演员、名导演纷纷著文加以评论，展开了热烈的争论。这一争论一直延续到20世纪。有意义的是，60年代初，狄德罗的《演员是非谈》被介绍到我国，当时也引起了一场热烈的讨论。狄德罗这篇著作为什么会引起人们这样大的兴趣呢？究其原因，是由于这篇著作以十分生动的形式提出了戏剧表演理论的一些重大问题，并进而牵涉到艺术创作的一些根本问题。但同时，这篇著作有机械论的偏向，有的论述过于绝对化。这样，就势所必然地招致一些演员、导演和戏剧理论家的反对，特别是遭到“体验派”的批评。然而，《演员是非谈》具有十分丰富的内容，时至今日仍然没有失去它的宝贵价值。正确地领会它的主导精神，指出其不足之处，这对于我们了解表演艺术乃至一般的艺术创作规律是会大有裨益的。

《演员是非谈》属于狄德罗晚年的作品。1770年，有一位名叫斯提考提的法国演员把一本《盖利克或者英国演员》的英文小册子译成法文出版，狄德罗不同意这本小册子的观点，对他的挚友格林详述过他对表演艺术的看法。格林把他的见解记录下来，发表在1770年10月1日的《文学通信》杂志上。1773年，狄德罗把自己的见解写成对话体形式，1778年又做过改动，但生前一直没有发表。直到1830年，这篇著作才得以问世。

狄德罗对表演艺术的见解是他的戏剧改革理论的重要组成部分。这里有必要概述一下狄德罗的戏剧改革理论。18世纪上半叶，法国古典主义及其变种占据着法国的戏剧舞台，这类戏剧毫无例外都是描写王公贵族，宣扬的是封建意识，以适合封建宫廷的趣味和要求。在经济上已变得十分强大的资产阶级愈来愈不满于这种状况，它要求文艺反映第三等级，提出向封建阶级的意识形态挑战的主张。狄德罗顺应了这个历史的要求，他主编的《百科全书》起到了启迪人们头脑的作用。狄德罗在文艺上特别关心戏剧，就在于戏剧这种文艺形式当时受到封建宫廷的牵制最深，最需要改革。他从17、18世纪之交在英国出现的新剧种“感伤剧”得到启发，这种剧用日常语言描写普通人的生活，情调感伤，法国人称为“泪剧”。狄德罗在“泪剧”的基础上提出了“严肃剧种”的主张，以代替古典主义悲剧和喜剧。狄德罗写了两个“严肃剧”或“市民剧”：《私生子》和《家长》，各附有一篇论戏剧的论文，即《关于〈私生子〉的谈话》(1757)和《论诗体剧》(1758)。在这两篇文章中，狄德罗阐明了自己的戏剧理论。他提出新剧种要描写市民和家庭，以代替旧剧种只描写贵族和宫廷。狄德罗还对人物、情节、语言提出了新的要求，主张表现人物的各种社会关系，通过戏剧矛盾去刻画人物性格，要用日常语言——散文，等等。狄德罗提倡的“市民剧”是后来的“正剧”的前身，他的理论为现代戏剧开辟了广阔的道路。

在《论诗体剧》中，狄德罗首次提出了表演问题。他是从剧本创作的角度来谈论的，认为剧作家必须考虑到剧中角色的动作，给出详尽的指示。狄德罗开始认识到戏剧艺术要通过演员的表演才获得更大的生命力的特点，把人物在特定情境下的动作看成剧本创作的一个重要部分。正是从这个角度出发，狄德罗考虑到演员的表演艺术，写出了《演员是非谈》。狄德罗于是进入了一个为历来的文艺批评家所忽视的领域。

《演员是非谈》的第一个重要贡献在于狄德罗把表演艺术建立在唯物主义的反映论的基础上。狄德罗遵奉“艺术要模仿自然”的原则，他把这一原则也运用到表演艺术之中，认为这是表演艺术必须遵循的基本准则。狄德罗曾经说过：“人们去看戏带着这样的信念：这是对某一事件的模仿，而不是要看到事件本身。”既然演戏是模仿某一事件，那么，演员扮演剧中角色，也就是模仿戏剧家塑造的这个形象了。初看起来，狄德罗的“模仿自然”不过是接受前人的文艺观点，并没有什么新鲜的东西。但是，如果我们再深入观察的话，就会看到，狄德罗“模仿自然”的戏剧表演理论有着深刻的现实主义内容。先看看狄德罗反对什么样的表演。狄德罗反对当时以杜麦尼尔为代表的凭灵感和直觉来进行表演，这类演员认为“一个人能有丰富的激情，能呼之则来，并且能在一眨眼就完全忘掉自己投进角色中去——这是一种天赋，任何努力都不能达到的”，他们认为这种天赋是“上天的一种特殊恩赐，一种神秘的灵感”。由于他们单凭自己的天赋条件，单凭一时的灵感冲动演戏，他们的演技必然是“有高有低，忽冷忽热，时好时坏”，而绝不会“浑然统一”。总之，这类演员的表演相信天赋，相信神秘的灵感，表明他们的观点建立在唯心论的基础上。他们的表演方法无疑是不足取的。狄德罗认为，人们的动作、姿势等是内心感情的表记，换言之，只要准确地抓住并模仿出这些表记，就能表现人物的内心情感，也就能再现艺术形象。伟大的演员就是能够“把这些表记最完善地扮演出来的演员”。因此，狄德罗要求演员“用心模仿自然，在自然门下做一名潜心向学的弟子”，要具有“模仿一切的艺术才能”，“有扮演任何种类性格与角色的无往而不相宜的本领”。以上这些引言抽去了狄德罗的一些偏颇的说法而突出了他的基本观点，这是为了能够抓住他的观点中合理的内核。尤其值得注意的是狄德罗对“情”与“态”的表述。狄德罗认为“态”是“情”的反映，“情”是因，“态”是果，因果互有联系，“模仿越是完美，越是接近于因，我们就会越觉得满意”。所谓“态”就是指动作。手势、面部表情、声音、眼神，等等这些“表记”确是人物精神的反映。唯物论的反映论认为，人们的思想情感是在同外界接触或在生活实践中产生的，它通过言语动作表现出来，所谓“言为心声”、“形之于外”就是符合反映论的表述。毫无疑问，狄德罗抓住了形体动作与内在感情之间的这种反映关系（虽然还没有看到它们之间的辩证关系），这样，他的表演艺术理论就同唯心论划清了界线，而符合唯物论的反映论。

狄德罗这样强调形体动作是否符合戏剧舞台的表演规律呢？显然是符合的。说到底，舞台角色的创造，最终是由形体动作来完成的。难以设想，一个演员只会干巴巴地背诵台词，而缺乏生动准确的形体动作，能把角色演活，或者只沉溺于自己所设想的角色的感情中，却无法在形体动作上表现出来，这样也是演不好角色的。戏剧是一种视觉艺术，观众是通过演员形体动作的表演来感知剧中角色的，形体动作就是戏剧形象得到体现的具体形式。

重要的是，狄德罗用了“表记”这一个词。“表记”不是指一般的形体动作，而是指最准确、最真实地反映人物精神特征的形体动作。狄德罗的这个概念包含两方面的意思。其一，演员为了抓住并扮演出这些特定的形体动作，那就必须对角色进行刻苦的钻研和琢磨，领会角色的内在感情，然后才能准确地模仿和表达出来。狄德罗说过，“模仿美的自然的原则要求对自然的一切产物进行最深入和最广泛的研究”，指的就是这个意思。不仅在戏剧上演之前要做这一番最深入最广泛的研究工作，而且在演出过程中还要不断摸索，直到尽善尽美的境地。狄德罗指出，演员要准确地抓住戏剧人物的“表记”，往往需要经过五六次的演出才能达到。其二，狄德罗实际上是在强调技巧的重要性。他认为演员必须善于表演喜怒哀乐的形体动作，而且不止于掌握一种角色一种性格的喜怒哀乐，这样他才有可能扮演各种特定的角色。狄德罗在《演员是非谈》中举了一个有名的例子：

> 盖利克在两扇门当中，露出他的头来，脸从狂喜变到小喜，从小喜变到平静，从平静变到诧异，从诧异变到惊奇，从惊奇变到忧郁，从忧郁变到消沉，从消沉变到畏惧，从畏惧变到恐怖，从恐怖变到绝望，又从这么一种变化回复到原样，其间也就是四到五秒钟。

狄德罗为了否定表演时不再需要感受角色的情感而举出了这个特殊的例子，他也没有说明盖利克是在演哪一出戏。不过，这个例子是可以设想实有其事的。从狄德罗的叙述可以看出，盖利克是一个演技相当高超的演员，他至少掌握了十来种不同感情的脸部表情，而且能随心所欲地变化。[1] 我们并不赞同狄德罗完全否定表演时需要体验角色情感的观点，但是也不能不承认，在戏剧舞台上，是需要掌握各种各样的演技的，在特定的情境下，需要用纯熟的技巧

1 有人认为盖利克这样善于脸部表情变化是“进入角色”的结果，这种观点似乎站不住脚。就盖利克这段表演来看，显然是经过加工的形体动作，盖利克多少有点显露自己的艺术技巧，而在实际生活中却绝少甚至不会出现这种表情的迅速而繁复的变化，很难想象“进入角色”能够表现出来。

来表演角色复杂的感情变化。技巧是绝对必要的，因为人的感情的自然形态是各种各样的，生活中每个人的喜怒哀乐的表情不能都原封不动地搬上舞台，舞台上的喜怒哀乐的表情无不经过选择和艺术的加工。表演哭泣，绝不能像实际生活那样，眼泪鼻涕一大把。表演英雄的死，也不能给人以丑恶的感受，“我们希望这个女人倒下去的时候，要端庄、柔和，而这位英雄死的时候，仿佛古代的角斗者，在竞技场上，听着四周的喝彩声，既文雅，又高贵，姿态优美入画。”演员的这种表演，既是对角色的模仿，也是对外部形体动作的艺术加工。演员能否表演得恰到好处，表明演技是否达到高水平。

过去有一个偏向，就是怕谈技巧，似乎一谈技巧就是排斥演员体验生活、改造思想的必要。其实，演技有相对的独立性，演员的演技同作家的写作技巧具有同样的性质。作家要写出成功的作品需要掌握出色的技巧，演员要成功地塑造出舞台形象，也同样需要有优秀的演技。大凡杰出的演员都拥有丰富而高超的演技。如果不讲究演技，而只一味讲体验感情，那必然会流于自然主义，不能塑造出生动准确的舞台形象。技巧是演员借以塑造舞台形象的必不可少的手段，在很多场合还具有决定的意义（上面所引的盖利克脸部变化的例子，技巧的因素就是主要的）。中外古今的一些大演员在演技上精益求精、不断磨砺的成功经验都说明技巧的重要性。狄德罗还指出，一个演员在几十场、上百场的演出中，靠什么来保持表演的一贯完美呢？他认为这就需要靠演技，重复搬演预先设计好的一套动作。不少有经验的演员，甚至反对狄德罗观点的演员也都承认，不可能在戏剧舞台上保持一贯的激情，这时候，就需要用“表演”来代替，这也能达到相当好的效果。例如“体验派”大师意大利名演员萨尔维尼谈到他演自己的拿手好戏《奥赛罗》的一个场面时说：他在美国演《奥赛罗》获得成功。有一次，当他做出惨死的样子倒下去的时候，他对扮演苔丝德蒙娜的女演员低声说："在这个演出季节里我已经死了一百零三次，但这回是最后一次了！"萨尔维尼显然并没有在体验奥赛罗的感情，否则他不会说出这种玩笑话来的，但这并不妨碍他演好奥赛罗。事实上，不管承认与否，演员大部分时间都在那里复演事先设想好的动作（斯坦尼斯拉夫斯基说过，一场戏中，一个演员"进入角色"的时间只有四五分钟）。既然如此，一切演员就必须把提高演技作为自己的重大课题。

《演员是非谈》的第二个贡献在于狄德罗把艺术典型化的主张运用到表演艺术上，这就是他提出了"理想典范"（或译理想范本）的要求。狄德罗这样说："最了解和最完美地把根据理想典范设计得惟妙惟肖的外部表记再现出来的人，是最伟大的演员。"以往对于狄德罗提出的"理想典范"的评价是估计不足的，一般的评论者只是从表演方法上去加以考察，而没有从狄德罗的美学观点上去评价，因此未能充分估计"理想典范"的理论意义。

狄德罗对美学研究有重大贡献。他的"美在关系"的论述把美学建立在唯物主义的基础上。他把美的观念同客观的实际生活联系起来，同社会各种关系联系起来，从而把对美的论述大大向前发展了一步。狄德罗的文艺观点贯穿着他的美学思想，"理想典范"就是体现了他的美学思想的一个概念。

在狄德罗看来，什么是"理想典范"呢？所谓"理想典范"，就是演员对角色进行充分研究之后，发挥自己的记忆和想象，创造出一个符合"理想美"的舞台典型形象。

狄德罗要求于演员的，并不是模仿一般的"自然"，创造出平庸的舞台艺术形象，而是模仿经过艺术加工的"自然"，创造出优美的艺术典型。狄德罗并没有用"典型"这个词，但他的"理想典范"的含义却明明白白地指的是"典型"。照狄德罗看来，成功的艺术形象如阿巴贡、达尔杜弗并不等于实际生活中的某一个吝啬鬼和伪君子，“这里有他们最普遍和最显著的特征，而不是任何某一个人的准确画像”。他举出一系列戏剧中的历史人物的名字，然后问道：这“真就是历史人物吗？不是。他们是想象出来的诗的形象”。这就是说，戏剧作品中的形象虽是从现实生活中来的，但又不同于现实生活中的某一个人，他们概括了某一类人最普遍、最显著的特征，意义远远比现实生活中的原型大得多。这些观点难道不是对典型的深刻概括吗？狄德罗还指出，艺术形象应高于“模特儿”，体现出“理想美”，“理想美”是建立在“现实美”的基础之上的。他以雕塑为例子：雕塑家发现有些模特儿比较完美，便作为素材采用了，但在雕塑的时候，他把这些模特儿身上粗糙的缺点改正过来，最后形象完成了，但这雕像已不再是“原人”。狄德罗想说明的意思很清楚：“原人”是现实美，雕像是理想美，理想美来自生活，但高于生活。显而易见，“理想典范”指的就是典型，就是理想美。

在狄德罗看来，典型是美的一种体现。狄德罗说过：“艺术中有两个重要部分，就是模仿性与理想性”，又说，“最严格的选择势必导致使之变美或者在一个描写对象中聚集大自然在大量事物中分散显现的各种美。”塑造理想典范就是要表现出这种美来：演员要通过对角色的分析研究，捕捉住绘影绘声的外部动作，使之达到艺术美。生活中并不美的事物如哭泣、死亡，甚至于丑的事物，在舞台上都要表现得具有艺术美感，符合艺术典型的要求。总之，“理想典范”的主张是把艺术典型化的要求贯彻于表演艺术之中。

有一点还需要指出，狄德罗在这里把演剧视为一种新的艺术创作，虽然这只不过是根据剧本角色的一种模仿。既然是艺术创作，那当然就有一个创造典型（舞台形象）的问题，只不过演员是在戏剧家创作的典型上进行再创造而已。“诗人（指剧作家）有时候比演员感受更深，有时候（也许更其常见）演员比诗人意会更深。”因为演员从角色出发，进一步体会这个典型的各个方面的特点，使之在舞台上更加形象化。狄德罗举出这样一个例子：名演员克莱隆出色地扮演伏尔泰的一出戏，伏尔泰看后不由得喊道：“这出戏真是我写出来的吗?”狄德罗从而得出这样的结论：克莱隆的“理想典范，在演的时候，至少高过诗人在写的时候所创造的理想典范”。这个论断固然存在着值得商榷的地方，但有一点是值得注意的，即他高度评价演员的创作活动，认为演员创造的舞台形象是更加具体、更真实可感的典型，用狄德罗的话来说，则是戏剧家写出野兽，而演员使野兽发出吼声。狄德罗充分估计到演员的主观能动作用和创作舞台形象的意义。

狄德罗还认识到，艺术典型化的问题是同艺术的真实性问题相结合的。他说：“什么是舞台上的真实？是动作、谈话、容貌、声音、行动、手势与诗人想象出来的一个理想典范的符合，而这种理想典范又往往被演员加以夸张。妙处就在这里。”可以看出，狄德罗把理想典范看成是符合艺术真实的，演员的表演不完全同生活中的实际情境一模一样，而带有夸张的成分，这种夸张是艺术典型所要求的，符合舞台艺术的美。舞台艺术的妙处就在它符合生活真实，而又不同于实际生活。演员必须认识到这一点，才能不囿于个别的、粗糙的实例的束缚，敢于大胆地探索，从舞台表演的要求出发，找出富于表现力、能反映生活真实的形式来。

综上所述，“理想典范”是狄德罗要求演员塑造舞台艺术形象或典型的具有深刻意义的概念。他用“典范”一词来表达后来明确化的“典型”一词的含义，用“理想”这一形容词来加强典范这一概念高于生活、比实际生活更美的内容。这一表述形式体现了现实主义的表演艺术的根本原则，虽然在概念上有点重复，因为“典范”(即典型）本身就包括了“理想”这个形容词的含义。

但是，从戏剧表演理论发展史的角度来看，“理想典范”的提出奠定了现实主义的表演艺术理论，对表演艺术的贡献是巨大的。

《演员是非谈》的第三个贡献在于指出了演员创作过程中的矛盾，提出了如何对待的办法。这个问题牵涉到表演艺术的固有特点：演员既要把角色扮演得活灵活现，但又不等于剧中人，这里存在着矛盾，这个矛盾就统一于演员身上。演员怎样解决这个矛盾，关系到他表演的成败，也关系到他表演的风格。

狄德罗认为，演员创造出来的理想典范并不就是演员本人，“假如这个典范只和她（指演员）一样大小的话，她的动作要多软弱、多渺小！”但是，一个身体弱小的演员却可以扮演一个伟大的人物，往往有这样的情形：由于演员成功地扮演了一个伟大人物，使观众也觉得她身材高大。狄德罗举出克莱隆为例子，他在舞台下见到克莱隆以后，才发现她是个身材不高的女演员，同自己看她表演得到的印象不相符合。正由于演员不等于角色，他就要保持非常清醒的头脑，要能控制住自己的一切行动，这样，他才能按照自己创造的理想典范毫不走样地复演出来，即使有时遇到了特殊情况，例如演员身上的饰物掉落在舞台上，他也能冷静地把这饰物踢到后台，或者碰到一张椅子摆得不是地方，他能自然而然地把椅子摆好，使戏正常地演下去。

狄德罗进一步指出，演员必然带着自己个人的特点去扮演角色，因此，不同的演员对同一角色的扮演，会塑造出不同风格的舞台形象。指出这一点在于强调演员要有自己的表演风格。狄德罗主张演员在舞台上要排斥敏感的表演，代之以冷静、清醒、有控制力和判断力，即所谓“表现派”的表演风格。这里暂且不谈能不能绝对保持不动感情，但以冷静态度为特色的演员在戏剧史上却不乏其人。表现派大师哥格兰就提出演员的双重人格问题，认为每个演员都分“第一自我”和“第二自我”，第一自我是扮演者，即按角色想象出要扮演的人物，第二自我是工具，即由自身去表现这个想象中的人物。第一自我要完全控制第二自我，“即使当深受他的表演所感动的观众以为他已经无法控制自己的感情的时候，他仍然应当能看清自己正在做什么，判断自己的表演效果和控制自己——一句话，在竭尽全力、异常逼真地表现情感的同时，他应当始终保持冷静，不为所动。”哥格兰在这里发挥了狄德罗的理论，虽然他完全排斥情感是不对的，但他的观点仍有合理的因素。在理智与情感这两者中，在表演的大部分时间内起主导作用的是理智，这是我们今天已经明确认识到的。狄德罗和“表现派”强调理智还是符合舞台艺术规律的。

“表现派”虽然宣称排斥感情，实际上是做不到的，只不过这一派的表演内心情感的冲动较少而已。而“体验派”虽更注意内心情感的真实流露，但他们也离不开理智。在戏剧史上始终存在着这两大表演流派。应该说，两派的表演艺术家都曾创造出成功的舞台形象，我们没有必要厚此而薄彼。文艺的百花园里需要百花齐放，在表演艺术的领域里，也可以容许不同风格的表演流派并存。“表现派”是有它的长处的，这就是表演得比较精确，能够反映角色的种种极细微的变化层次，用狄德罗的话来说，是“有发展、有飞跃、有停顿、有开始、有中途、有顶点”。表演效果也比较稳定统一。当然，这是相对而言的。

但是，过去似乎有这样一种倾向，就是演员们更愿意承认自己是“体验派”，而不愿意属于“表现派”，似乎“表现派”是形式主义的，不能塑造出生动的有血有肉的舞台形象。其实这是对真正意义上的“表现派”的误解。这种倾向并不利于各种不同风格的表演艺术的发展。

在指出《演员是非谈》对表演艺术的贡献的同时，也要指出狄德罗的论述所存在的偏激之处。

狄德罗反对演员在舞台上的一切敏感表现、一切情感的流露，把感情和理智完全对立起来。狄德罗不理解感情和外部形体动作之间的有机联系。对演员来说，一定的思想感情的自然形态固然未必能表现为舞台上所要求的形体动作，但是，思想感情总是可以表现为舞台上的形体动作的，当两者达到一致时，能够使形体动作具有更感人的力量。在舞台上这样的时刻虽然很短暂，却十分宝贵。狄德罗看不到这一点，因而把模仿形体动作置于绝对的地位上，认为演员在舞台上的动作完全是不动感情的模仿，演员的表演是模仿骗取观众感情的外在表记。这样，狄德罗便将感情和外部表现形态割裂开来，他看不到演员在流露真实感情时仍然可以理智地控制自己，在进入角色时仍然受到意志力的控制，否则他就不可能背诵台词，按剧本把戏演下去。必须分清凭灵感和一时冲动随意即兴的表演以及受理智控制的、有一定限度的进入角色的表演，不能因为反对前者而否定后者。

再说，舞台上的表演恐怕也难于做到不让任何感情的真实流露。演员在扮演角色之前长时间对这个角色进行了研究，从各方面去领会角色的思想感情，他对这个角色已经有了某种感情，他怎能在演出时完全抛弃角色的思想感情而像机器人一样复演动作呢？如果说，在一定的场合演员通过模仿外形动作来表演还是可能的话，那并不能说在所有场合都能做到这样，否则演员就表达不出自己深有体会的地方（这正是他对角色带有感情色彩的表露），就会是毫无个人特色的表演，角色就会是毫无血肉的。

狄德罗的偏激思想，其根源来自他的机械唯物论。狄德罗不了解理智和感情，外部动作和思想之间的互相影响、互相作用的辩证关系，而往往强调了它们彼此之间的一定独立性。在思想方法上则是形而上学地观察问题：他看到单凭灵感演戏的弊病，就一股脑儿地否定了舞台情感、进入角色，认为这样必然会“表演本人的性格”，表演个人的情感。他的模仿说也有绝对化的弊端：他认为演员要按照理想典范一丝不走样地演戏，或者说，理想典范一创造出来，演员就可以一劳永逸了，以后只是重复而已。事实上，理想典范既没有艺术的止境，也不可能每次演出都达到同一标准。演员的舞台实践是一个永不停止的、不断创造的过程，他总是在不断摸索、不断改进自己的表演。狄德罗也承认演员的表演一般是后面比前面好，原因在于演员是在不断总结自己表演的得失而有所提高。

尽管有以上的偏激观点，狄德罗仍不失为第一个系统性总结表演艺术的戏剧理论家，他奠定了表演艺术的现实主义基础，并为演剧两大流派之一的“表现派”提出了理论依据。《演员是非谈》是关于表演艺术的一份重要文献，它的贡献是巨大的，因而得到后世人们的广泛重视。

寓言诗的翘楚

——论拉封丹的寓言创作

拉封丹（1621～1695）是以短小的寓言诗而达到与法国古典主义剧作家莫里哀、高乃依、拉辛齐名的诗人。他的寓言创作不仅在法国文学史上占有独特的地位，而且对欧洲各国的寓言作家产生过重大影响，具有世界声誉。伟大的作家歌德和巴尔扎克都曾高度评价过他的寓言创作，歌德肯定他的寓言具有很高的“诗歌价值”，巴尔扎克认为“不幸的经历丝毫没有泯灭他的天才禀赋”。歌德和巴尔扎克的评价代表了后世作家对拉封丹的充分肯定。拉封丹的成就值得我们重视和研究。

寓言是一种古老的文学体裁，它以其短小精悍，富有教育和启发意义而深得群众的喜爱。如我国先秦诸子散文中的寓言历来是脍炙人口的。优秀的寓言保持着经久不衰的魅力，往往会从中产生出一些谚语和成语，从而丰富民族语言。文艺需要各种各样的体裁，不同的体裁都可以产生优秀的作品；寓言是文艺百花园里一个不可忽视的品种，拉封丹的寓言创作就证明了这一点。

一、生平和思想

拉封丹出生在一个小官吏的家庭里，他父亲是沙托–蒂埃里的水泽森林管理和狩猎官，母亲出身于家境富裕的医生家庭。拉封丹的家庭属于中小资产阶级。拉封丹是长子，得到较好的教育，从小就熟读希腊罗马作家的作品以及16世纪马罗、拉伯雷、蒙泰涅和七星诗社诗人的作品，受到人文主义的熏陶。一直到中学毕业，拉封丹都有机会同农村的大自然接触，陶醉在大自然的旖旎风光之中，这对他日后的创作起了十分重要的作用。1641年拉封丹进入巴黎的一所祈祷派的神学院，一年半后他转攻法律，毕业后任巴黎法院的咨询律师。他耳闻目睹法院的腐败内幕，深感不满，他自小形成的自由不羁的性格使他决然离职回家。这时期他同一个诗人小团体来往密切，对诗歌发生浓厚兴趣。他曾试译过罗马喜剧家泰伦斯的《阉奴》。1652年，他继任其父的职位，但他既不胜任这个官职，又不善于理财，家境迅速败落。1656年或1657年，他被介绍给财政总监富凯，他献给富凯一首牧歌《阿多尼斯》，富凯给他赏赐，他为富凯作诗，赞美富凯府邸的华美。1661年9月富凯被捕，拉封丹写了一首诗《献给沃镇林神的哀歌》，为富凯说情，后又写了一首颂歌，继续为富凯辩护，这些诗竟得罪了朝廷，甚至有人告状告到国王那里，使他不得不出奔至里摩日。这一事件在拉封丹的生活中起了极大的波澜。自此他对朝廷十分不满，从而开始冷眼观察现实。60年代初，他开始撰写故事诗，1664年出版了《故事诗》第一集。《故事诗》的内容是从家庭生活的角度去描写教士、法官的丑态的，虽然有些不健康的地方，但《故事诗》的写作表明作家的创作倾向产生了重要的变化。拉封丹在这之前还只写些不着人间烟火的作品，或者是按神话传说敷衍故事，或者是写些庆贺应酬之作。而《故事诗》则是直接描写社会生活，尽管题材仍然是从薄伽丘等人的作品中撷取而来的。这是拉封丹转向注意观察封建朝廷和社会现实的结果。

这种结果更多地反映在寓言诗的创作上。他写寓言诗也始于60年代初，有的诗先在民间流传。1668年拉封丹出版了《寓言诗》第一集，共六卷，获得了很大成功。《寓言诗》第二集共五卷，于1678年出版，最后一卷发表于1694年。

拉封丹从事寓言诗创作时已经四十多岁，他的世界观已基本形成。在古典主义作家中，拉封丹的思想同莫里哀较为接近，具有唯物主义和反宗教的倾向。但与高乃依、拉辛等作家不同，拉封丹对笛卡尔唯理主义的某些论点是颇不以为然的，他在寓言诗中多次指出，他不同意笛卡尔认为动物是简单的机器的观点。他明确反对把笛卡尔尊为神（《致拉萨布利埃尔夫人》）。拉封丹信奉的是伽桑狄。他同拉萨布利埃尔夫人来往了二十年，她家的沙龙经常谈论伽桑狄的哲学，有个名叫贝尼埃的甚至为她撰写了一部《伽桑狄哲学简论》，拉封丹颇受影响。在《寓言诗》中，拉封丹对古希腊罗马的唯物论哲学家伊壁鸠鲁和卢克莱修有不少论述，而伽桑狄正是这两个哲学家的继承者。伊壁鸠鲁的学说发展了具有朴素唯物主义的原子论，提出了否认宗教的进步论点，并认为人生的目的是寻求快乐或幸福。在《德谟克利特和阿布德人》一诗中，拉封丹认为“伊壁鸠鲁的老师”德谟克利特指出存在原子，强调过要解剖大脑，因此应看作一个哲人。从拉封丹对德谟克利特的赞赏中，可以看到他对伊壁鸠鲁主义的推崇。事实上，拉封丹在唯物论、反宗教和幸福主义等这几方面都接受了伊壁鸠鲁的主张。至于古罗马哲学家卢克莱修，他进一步发展了伊壁鸠鲁的朴素唯物论。拉封丹曾经仔细研读过卢克莱修的著作，有不少段落还能背诵出来。他在《金鸡纳霜》一诗中承认自己是“卢克莱修的门徒”。据研究，《寓言诗》中有上百处能同卢克莱修的观点衔接起来。拉封丹的唯物论思想比较集中地反映在《星占术》这首诗中。拉封丹反对星占迷信，否认“在天上就注定了我们的命运”的荒谬说法，指出星占术士鼓吹的人类命运决定于“两星在天空的相遇”是站不住脚的。他讥讽地说，这些星占术士为什么没有一个人能道出目前欧洲局势的发展呢？可见他们并没有预卜的本领。拉封丹进一步阐明，木星、太阳和火星都是没有知觉的物体，另外，宇宙中存在无限的真空。这些观点表明拉封丹接受了当时自然科学得出的先进结论，是个唯物论者，同时，他对无限真空的认识也说明他反宗教的思想有相当牢靠的基础。

但是，拉封丹的世界观具有两重性，他的思想存在着唯心论的地盘。他十分推崇唯心主义哲学家柏拉图，他有时也承认上帝的存在，说什么“人的一举一动都逃不过神明的眼睛”(《神谕和轻慢神的人》)。因此，他在晚年皈依宗教并不是偶然的。拉封丹的思想的两重性还表现在他一方面对宫廷和权贵不满，另一方面又常常接近大贵族，如有可能也极力想获得宫廷和国王的青睐。

然而，在60、70年代，拉封丹的思想主要还是属于较激进的一面，《寓言诗》第一集和第二集就是在这种思想指导下写成的。

二、《寓言诗》的内容

《寓言诗》共有239首。表面看来，绝大多数诗篇都不满百行，编排也缺乏系统性，题材多半也取自前人，但是，《寓言诗》这种松散的结构却包含着极其丰富的内容。

拉封丹在《寓言诗》中力图描绘的是17世纪下半叶的法国社会。他在《老人和他的孩子们》一诗中写道，他的寓言诗多数取材于《伊索寓言》，如果说他增加了一些什么，那就是“描绘我们的风俗”。在另一首诗中他又说，寓言诗的主题“都能在当今现实中碰到”。寓言诗描写的大部分是动物，而其实写的是人间社会：“这些寓言是一幅画卷，我们每个人都在其中得到描绘。(《寓言诗序》)”拉封丹明确地把反映社会现实当作寓言诗创作的根本目的，从而使《寓言诗》具有丰富的社会内容。在这方面，当时只有莫里哀才能与之比美。

第一，《寓言诗》大胆地对封建王朝的黑暗腐败进行了有力的揭露和抨击。第二集第一首《患瘟疫的野兽》是封建王朝的一幅缩影，诗人以形象的描绘无情地揭露了封建社会的阶级关系。诗歌开篇写群兽中流行瘟疫，因为上天要惩罚“人间的罪行”，群兽的生活于是失去了正常秩序。狮王召集群臣开会，由他最先发言。他说，为了平息老天爷的愤怒，需要把“我们之中罪恶最大的”拿去祭献。那么，罪恶最大的是谁呢？狮王无论如何不能回避自己的罪恶，但他自有办法洗刷自己，他假惺惺地说：

> 我们不要自我吹嘘；要毫不留情
> 察看我们自己良心。
> 至于我，为了满足贪婪的胃口，
> 吞噬过绵羊许多头。
> 得罪过我？绝没冲撞；
> 有时候我甚而至于要去生吞
> 牧羊人。
> 如果需要，我就献身：但是我想，
> 人人都像我这样来认罪才好。
> 因为应这样希望：办事须公正，
> 罪最大的要做牺牲。

狮王的话锋一转，就把自己排除在祭献者之外。群臣马上接过他的话头。狐狸最狡猾，他谄媚狮子说，国王审慎深虑，无微不至，羊是坏蛋，是贱民，吃羊根本算不了什么罪恶，这反而是给了羊很大的面子。这番话博得了喝彩。狮子不能冒犯，老虎、熊等大野兽也同样不能触动，连普通猎犬也把自己说成圣徒。轮到老实弱小的驴子说话，它承认自己啃了舌头那么大一块青草。群兽于是起而攻之，狼主张把这该死的兽类拿去祭献，认为驴子犯下“可恶的罪行”，该上绞刑。这首诗中，狮王的虚伪阴险，他的大臣的逢迎拍马、蛮横凶恶，小民的无辜和受宰割，都写得栩栩如生。它显示了封建王朝层层统治机构的暗无天日，表达了作者对统治人物丑恶嘴脸的谴责和对被压迫者的同情。它所反映的正是封建专制制度下的社会现实。当时，国王同群臣的关系，统治者和人民的关系，就处在这样极端专制的状态中。拉封丹笔下的狮王有很多路易十四的特点：他是臣民的主宰，臣民的人身和财产都属于他；他凌驾于法律之上，法律不是为他而设的，或者说，法律只有靠他的权威才具有力量；他是一个十足的专制君主，处于封建金字塔的顶端。在《牝狮的葬礼》中，狮王是一个暴虐的统治者，谁要是不对狮后的去世表示哀悼，就要把他拿去祭奠狮后。在《狮子的朝廷》里，拉封丹指出狮王是用“壮丽堂皇的场面，向他的臣民摆出自己的力量”。而他的卢浮宫是个真正的藏尸所，有谁嗅到扑鼻的臭气而喜形于色，便会受到严酷的处罚。这些描写用在路易十四身上，是颇为合适的。同时，拉封丹也写到这个君主虚弱的一面：他到了年老体衰的时候，悲怆、忧郁，廷臣中这个踢他一脚，那个咬他一口（《老了的狮子》），也就是说，豪华显赫的宫廷总有败落的一天，那时，国君就会面临众叛亲离的局面。拉封丹曾明确声称：“人们不能过于颂扬三种人：天神、情人和国王。”拉封丹不仅不过于颂扬国王，反而颇多针砭。把国王的暴虐和他的虚弱揭示得如此鲜明，在法国古典主义文学中，拉封丹是较为突出的作家。

除了国王，《寓言诗》对廷臣的抨击也十分犀利。狮王之下，凶恶的野兽逐级而下，他们也是丛林中的统治者，同时也是人间各级官吏的写照。拉封丹把他们说成是一群“变色的蜥蜴，听话的猴子”。他们为了趋奉求荣，互相之间陷害倾轧：狼在生病的狮王面前毁谤狐狸不来觐见，想给狐狸背后插一刀；狡猾的狐狸见机行事，怂恿病狮用生剥下来的狼皮裹在身上治病，把他的对手置于死地（《狮子、狼和狐狸》）。拉封丹特别揭露了封建官僚机构的徇私舞弊、榨取民脂民膏的黑暗内幕。《颈上挂着主人膳食的狗》描写一只狗带着主人的膳食回家，途中遇到别的狗都来抢食，他眼看保不住这份食物，便首先咬去一大块，于是猛狗、野狗一起来争食，个个都捞了一把。这些狗就是“议员、市长，大家都在贪污，本事最大的给别人做表率”。《走进谷仓的黄鼠狼》描写一只黄鼠狼从小洞钻进谷仓，大享盛馔，过了一个星期，吃得脸孔浑圆，两颊丰满，浑身肥胖，再想从小洞出去已经不可能了。这是对贪污成风、中饱私囊的官吏的辛辣讽刺。至于法院，作者通过蜜蜂和大黄蜂相争认领无主蜂巢的故事，指出在法院案子往往悬而不决，一放就是半年，目的是“鱼肉我们，宰割我们，用拖延的办法来剥夺我们”。（《大黄蜂和蜜蜂》）拉封丹在《狐狸、苍蝇和箭猪》中，直接指责法官和宦官是剥削者。诗人还往往把法官描写成假慈悲的猫，养得又肥又胖，小兔和黄鼠狼到他那里去争讼，却被假仁假义的猫伸出脚爪，抓住他们，吃得咔嚓作响（《猫、黄鼠狼和小兔》）。《牡蛎和诉讼者》描写两个旅客在海滩拾到一只牡蛎，请第三者来评判牡蛎属于谁，却被第三者吞吃了去，作者愤愤地说：“试把今日的诉讼费统计一下，再把很多家里所剩下的钱计算一下，你就可以看出，法官是在那里刮钱，只将空钱袋留给诉讼的人。”路易十四时期，法院的贪赃枉法达到空前未有的程度。拉封丹当过最高法院的律师，深谙此种情况，《寓言诗》表达了他对这种腐败制度深恶痛绝的鲜明态度。

拉封丹笔下这幅封建朝廷和统治机构的图画，在同现实繁华辉煌的外表相互对照之下，显得十分刺目，但这却是十分真实地反映了现实本质的描绘。17 世纪 60、70 年代法国确实走上了封建社会鼎盛的时期，但这是以进一步实施君主绝对专制为代价的：1661 年马扎兰病逝，路易十四亲政掌权，他大批撤换官员，起用自己的亲信，财政总监富凯的被捕就是这一行动的先声。路易十四终于达到集政治、经济、军事大权于一身的目的，宣布"朕即国家"。拉封丹从自身经历出发，对这种专制统治心怀不满。60、70 年代路易十四自恃国力强盛，发动了一系列对外战争，耗费了大量资财，已经开始隐伏着国内的危机。他的庞大的官僚机构已成为封建制度的一种弊病，卖官鬻爵的制度日益盛行，而终于成为封建机体不治的赘瘤。路易十四的宫廷穷奢极欲，开支浩大，也助长了贪污的风气。这些都是专制制度的痼疾。《寓言诗》对之加以暴露具有十分重要的现实意义。

第二，《寓言诗》还对封建制度的支柱——贵族和僧侣进行了入木三分的揭露和愤怒的鞭挞。《狼和羔羊》是其中揭露性较强的一篇：

一头羔羊饮水解渴，
就在清澈的溪水里。
一只饿狼四处觅食，猝然而至，
把他引到这儿的是饥饿。
这头野兽狂怒说道：
"谁让你大胆到搅混我的饮料？
这样胆大要受惩罚。"
"皇上，"羔羊赶忙回答，"国王陛下
不必如此大发雷霆；

但愿陛下体察下情：
我来到这条小溪流
饮上几口，
在您下游二十步还多，
因此，不管怎么样，我绝对不会
搅混了陛下的饮水。”
“你搅混了，”残暴的野兽回答说，
“而且我知道去年你骂过我。”
“当时我没生出来，怎会这样做？”
羔羊说道，“我还在吃奶呢。”
“如不是你，是你哥哥。”
“我没哥哥。”
“他在你们里头：
因为你们不放过我，
你们，牧羊人，还有狗。
人家对我说：此仇非得报。”
说完，狼把羔羊拖走，
在森林的深处吃掉，
任何审判全都没有。

作者一针见血地指出，在这个社会里，“强者的理由总是最好的理由”。拉封丹的这则寓言通过生动形象的描绘，揭露了这条“理由”的荒谬；在狼和羔羊的对话中，恶狼的面目一层层地剥露出来，他杜撰的一个个“理由”都被羔羊批驳了，便索性什么理由也不要，用强力和牙齿来满足自己的欲望；强力和牙齿就是他最后的理由。这篇寓言是对“强权即公理”的豺狼逻辑的生动绘写。在《小母牛、山羊和绵羊跟狮子合伙》中，山羊网到了一只鹿，狮子把鹿分成四份，然后说：“第一份应该是我的，理由是我叫作狮子，这是不容有异议的。第二份，根据权利，也应该归我；这个权利，你们知道，就是强权。我最勇敢，因此我要第三份。如果你们之中有谁敢去动第四份，我就立即把他扼死。”在中世纪，这则寓言本是狼、狐狸跟狮子合伙，拉封丹改为弱小动物与狮子合伙，改造了这则寓言，突出和暴露了强权的横暴。这正是现实生活中封建权贵欺压人民、掠夺人民、为所欲为、作威作福的形象写照。

《寓言诗》还揭露了封建权贵的寄生性和腐朽性。17 世纪的封建大贵族享有很多特权，他们可以在自己的领地上称王称霸，讲究排场，过着荒淫无耻的生活，他们是一股落后的保守的势力。在《想变成像牛一样大的青蛙》中，作者借不自量力，企图与牛比试谁的个儿更大，结果胀破肚皮的青蛙，指责封建大老爷讲求威势，也要像国王一样有侍从少年，甚至派出自己的“大使”。《园丁和贵族》抨击了大贵族在自己领地打猎的特权：一个农民有块园地，发现有只兔子在园里偷吃菜蔬，他没有权利打猎，只能请求贵族来猎取兔子，这样一来便遭了殃。贵族带了一班人马，除了大吃一顿，调戏主人的女儿，还把园地踩得一塌糊涂，“猎犬和猎人在一小时内所造成的损失比全国所有兔子一百年可能造成的损失还要大”。这幅情景在夸张中隐含真实，当时，贵族常常打猎自娱，农民要忍受他们对农田的糟蹋，有如忍受一场飞来横祸。《人和蛇》对贵族的寄生生活也有深刻的揭露，诗中写道：显贵人物“老是以为一切都为他们而生”，所以他们吃了母牛的乳，出卖小牛，母牛老了，便被甩到一边；公牛为他们辛勤耕作，到头来却被当了祭牲；树木给他们避暑挡风御雨，还给他们以果实，最后成了他们炉中的炭薪。他们的寄生性是如此可憎可恶，通过寓言的描写，使人一目了然。封建权贵在精神上是非常空虚的。《狐狸和半身像》一开篇就说："高贵人物大部分都是舞台上的假面具；他们的外表吓倒了庸俗的偶像崇拜者。"大贵族恰好像半身像，有"很美的人头，可是没有脑子"。《猴子和豹》讽刺封建权贵"只有衣服是他们的一切才华"。这是对行尸走肉的封建权贵的深刻揭露。

僧侣同贵族一样是特权阶级，过着寄生生活，他们不同于贵族的地方，在于更加虚伪，可以披着宗教外衣，无恶不作。《背神像的驴子》的结论似乎在指责不学无术的法官，而寓言本身其实是抨击僧侣：一头驴子背了神像，以为旁人是在礼拜他，所以就傲步而行，架子十足地接受香火和圣歌。这难道不是靠宗教迷信享受特权的僧侣的写照吗？同样，《老鼠会议》似乎是嘲讽朝廷里空谈的议士，最后则直接点出教士会和牧师会。拉封丹的手法十分巧妙，他似乎在针对比较便于批评的法官和议士，其实这是一种遮眼法。看起来，内容和结论是矛盾的，实际上却完全可以一致：僧侣、教会、法官和朝廷议士虽然职责不同，却都起着维护封建统治的作用。《小公鸡、猫和小鼠》把僧侣比作外貌温和、谦逊、仁慈、文雅的猫，其实是伪装的凶恶的敌人，"他的饭餐是建立在吞噬我们的基础之上的"，一语道破了天主教会的伪善和压榨人民的本质。

第三，在《寓言诗》中，反映劳动人民悲惨生活的内容占有重要地位。拉封丹总是同情生活在社会底层的人们，站在弱小者一边。《死神和樵夫》是他直接描写农民困苦生活的杰出诗篇：

一个穷樵夫，全身被枝叶盖住，
不堪柴捆重负和岁月的磨难，

呻吟叹息，弯腰曲背，步履维艰，
吃力地走回烟火熏黑的茅屋。
他终于辛酸难熬和精疲力竭，
放下了柴禾，寻思自己的不幸。
自从来到人间，可曾享过快乐?
比他更穷的人，世上何曾有过?
往往没有面包，从来没有休息，
他的妻子，他的儿女，捐税、兵痞、
债主、徭役，各种重压，
完整地构成一幅穷人的图画。

这首诗真实地描绘出 17 世纪下半叶的法国贫苦农民的悲惨处境，他们既要交纳多如牛毛的捐税，又要去服繁重的徭役，一方面要遭受高利贷者驴打滚的经济剥削，另一方面还要忍受兵痞的骚扰滋事，更有妻子儿女的拖累，因此缺吃少穿，终年得不到休息，生来没有享受过人间欢乐。从这首诗可以看到拉封丹对挣扎在死亡线上的农民抱有深挚的同情。《老妇和两个女工》反映了手工工人所受的沉重压榨。诗中写道，每天天不亮公鸡一啼叫，可恶的女主人就“点着了灯，一直跑到那两个可怜的女工还在沉睡的床边”，催她们上工。她们忍受不了这牛马般的生活，开始进行反抗，把公鸡杀死。但是，女主人代替了公鸡，她怕错过时辰，像夜游神一样半夜就起来活动。拉封丹注意到手工工人的生活处境，并描写到她们的初步反抗，这在当时来说，是十分难能可贵的。《多瑙河的农民》塑造了一个敢于藐视强暴的农民形象。诗歌叙述一个来自受罗马人蹂躏的多瑙河畔的农民代表，他到罗马后向罗马帝国的掌权者们发表滔滔讲话，要求罗马人撤离。他的雄辩使罗马统治者不得不折服。《鹰和甲虫》是弱小者战胜强暴者的一曲小小的颂歌。甲虫因为鹰不肯放过自己邻居兔子约翰的性命，将鹰卵打得粉碎。鹰在更高的山岩筑巢，甲虫再次报复成功。鹰求天王保护，将卵置于天王膝头。甲虫把兽粪落在天王衣服上，天王起身拂拭，鹰卵又落地而碎。出庭辩论，甲虫有理，天王只得息事宁人。在这首诗里，弱小者的智慧和胆量得到了歌颂，弱小者的正义得到了伸张。这首诗同《狮子和小蚊虫》比较起来就有力得多了，后面这首诗先写小蚊虫逗惹狮子，使狮子狂怒却无可奈何，终至筋疲力尽。可是作者笔锋一转，让小蚊虫落入蜘网，这个转折不免大煞风景，虽然作者想说明别的问题，但对小蚊虫的形象塑造不够理想。小蚊虫不像小甲虫那样，小甲虫是个完整的小斗士的形象。《寓言诗》还赞扬了劳动者的一些美德。《补鞋匠和银行家》描写一个以唱歌为乐的补鞋匠自从得了银行家的一百块银币以后，就失去了歌声，失去了欢乐和安宁，他终于不要这些银币，要恢复过去的生活，这则寓言写出穷人对“人们日夜为之辛劳的那样东西”——金钱的鄙弃。《樵夫和默居尔》也赞扬了樵夫不贪财的可贵品质。正是在这些生活在社会底层的劳动者身上，作者看到了他们诚实勤劳的美德。

第四，《寓言诗》中大量的诗篇是关于生活经验的，涉及面相当广泛。作者总结出许多有意义的生活哲理，有些是直接继承以往寓言家的结论，有的则是作者从当时社会生活中提取的有益见解。较有价值的首先是对劳动的赞颂。《农民和他的孩子们》写道：“要工作，要勤劳；劳动是最可靠的财富。”作者叙述了这样一个故事：一个农夫觉得自己不久于人世，把他的孩子们都叫来说：千万不要变卖遗产，因为有一宗财宝藏在里面，你们一找就会找着的：秋收之后，去犁一犁田，到处都要翻遍。农夫一死，儿子们把田好好翻了一遍，一年以后获得丰收。田里其实并无所藏，“父亲真是明智，在临终时告诉他们，劳作就是宝藏。”这则寓言古已有之，拉封丹从中抽出的教训进一步赞美了劳动创造一切的生活真理。拉封丹对劳动的看法并非孤立地只有这一篇。在《商人、贵族、牧人和王子》这则似乎完全是他构想出来的寓言中，他叙述了四种不同阶层的人遇难流落到新大陆，沦为乞丐。商人想以替人补习算术来谋生，王子表示要教授政治，贵族说要讲授徽章学，牧人则认为他们都是纸上谈兵，无以济急，解决不了当天的饭餐。他马上到树林里去砍了好几捆柴，解决了生计。作者的结论是：“由于天赐的才能，手的劳动是最可靠和最迅速的援助。”这则寓言比前面那则更进了一步，作者甚至将劳动者的作用置于商人、贵族、王子这些高贵人物之上，认为劳动者掌握了劳动的本领，在特定条件下要比这些高贵人物更有用，另外也说明了直接解决人们生活问题的首先是劳动这一平凡的真理。从这种观点出发，拉封丹在《寓言诗》中贬斥了好逸恶劳的思想。有名的一篇寓言《知了和蚂蚁》写道：

知了整个夏天
都在唱歌消闲，
北风终于来到，
她可样样缺少，
没有一点苍蝇，
小虫更不见影。
她找邻居蚂蚁，
前去叫饿喊饥，
恳求蚂蚁宽容，

借给几粒麦种，
挨到春天来临：
“动物一言为定，
明年秋收以前，
连本带利还清。”
蚂蚁不爱出借，
多少算是欠缺。
她对借债者说：
“热天你没干活？”
“请您不要见怪，
逢人唱个痛快。”
“唱歌？真是舒服：
何不现在跳舞！”

这首诗是对游手好闲的懒汉的绝妙讽刺。知了被写成只知玩乐、不事劳动的反面形象，她受到勤劳的蚂蚁理所当然的拒绝借贷。这首诗放在诗集的第一首，固然是因为写得别致，但也说明拉封丹对其内容的重视。这与他同情劳动人民的悲惨命运、赞赏劳动者的优秀品质是一脉相通的。

《寓言诗》有不少诗篇是总结斗争经验的。《乡下人和蛇》是《伊索寓言》中著名的一篇，拉封丹改变了结尾，描写乡下人发现蛇苏醒后要咬他，愤怒地用斧头将蛇砍为三段：“慈善本来是好的：但对谁讲慈善？问题就在这里。至于忘恩负义之徒，结果没有一个不惨死的。”这个乡下人十分机警，他能当机立断，将蛇杀死，才幸免于难。他不同于《伊索寓言》中那个农夫的地方，就在于他具有农民迅速适应实际生活的本领，能从斗争中学习斗争方法。作者的结论也颇能发人深省。《狼和绵羊》描写绵羊和狼彼此议和，狼以小狼作押，绵羊以狗作押。小狼长大后把肥羊咬死拖走，而老狼也把高枕无忧地睡着的狗统统扼死："对于坏人必须继续战斗下去。和平本身是极好的，这点我同意；但是遇到不守信用的敌人，和平又有什么用处呢？"这首寓言诗谈的也是对敌人要保持警惕性，不可松懈战斗意志。同上篇对慈善的看法一样，作者的见解包含着一点辩证的思想：我们既需要和平，但又要认清敌人的本性，做好两手准备。这不能不说是从人民的斗争中总结出来的相当深刻的哲理。在《寓言诗》中，拉封丹对欺骗、奸诈尤为痛恨："阴险的口舌，用了它那恶毒的手法，什么阴谋干不出来！从潘多拉[1]的盒子里散布出来的许多罪恶之中，最令宇宙痛恨的，在我看来，就是奸诈。(《鹰、野母猪和牝猫》)"《变成牧人的狼》写道："骗子的诡计始终要给人拆穿的。"豺狼的本性不会因为披上了人皮而有丝毫改变，它的本性会暴露自己。《公鸡和狐狸》中，狐狸想把公鸡骗下树来，公鸡以其人之道还治其人之身，谎说看见猎犬来了，把狐狸吓跑，"对骗子施行欺骗是加倍的痛快"。拉封丹指出："世界上从没有缺少过骗子：自古至今，以行骗为业的人多不胜数，(《骗子》)"然而，"计划得最周密的诡计可以危害诡计的制造者；缺乏信义的行为往往害了自己。"(《青蛙和老鼠》)除了对欺骗行为的谴责以外，《寓言诗》还强调团结互助的必要（《老人和他的孩子们》《驴子和狗》等），认为实用胜于美观（《望见水影的鹿》等），向往自由的生活（《城里老鼠和乡下老鼠》《狼和狗》等），凡此种种，都是从生活中撷取的经验，有的至今仍然保持它们的价值。

1 潘多拉，希腊神话中火神之女，丘比特为了惩罚普罗米修斯盗取天火给予人类，命令她下凡，并送给她一只盒子，打开以后，里面所藏的一切灾害都散布人间。

综上所述，《寓言诗》的内容反映的是17世纪下半叶的法国封建社会，从它所揭露的专制王朝的黑暗腐败、贵族和僧侣阶级的横行霸道、劳动人民的悲惨生活，以及充斥当时社会的种种恶习，可以看到法国封建社会开始趋向没落的历史现实。上文已经提到，拉封丹写作《寓言诗》的年代，法国封建王朝正达到极盛时期。但这一阶段十分短暂，它一到达顶峰便开始走下坡路，转向衰落的过程。《寓言诗》所描绘的，正是封建社会所呈现的种种败象。这种败象从社会的上层到社会的底层都有所表现。拉封丹由于自身的经历对现实有着比较清醒的认识，又由于有着唯物论的指导，对问题分析得比较深刻，能做到由表及里。归根结底，拉封丹是站在中小资产阶级的立场上来观察现实的。这一阶层的地位很不稳固，他们受到大贵族和大资产阶级的压迫和排挤，常常入不敷出，经济拮据，稍有风波，便濒于破产。因此他们对统治阶级怀有不满，对下层人民又有一定的同情。拉封丹自己就是日渐贫困，以致只能仰人鼻息，寄人篱下的。从《寓言诗》也可以看出他的中小资产阶级的立场。《牧人与海》是影射东印度公司的，该公司于1664年建立，1667年开始衰败，1672年宣告破产倒闭，这一事件轰动了当时的社会。在这个过程中，极少数大资产者发了横财，而无数中小资产者却破了产。拉封丹不由得发出"一人致富，万人荡产"的感叹。他正是站在破了产的中小资产阶级的立场上抨击封建社会的黑暗，而对劳动人民表示同情的。

《寓言诗》揭露和抨击现实的锋芒激怒了封建朝廷，拉封丹自此以后受到宫廷的冷落。古典主义理论家布瓦洛的重要著作《诗艺》出版于《寓言诗》第一集之后（1674），但布瓦洛却把寓言排除在各种文艺形式之外，悲剧和喜剧不用说，寓言的地位连牧歌、颂歌等形式都比不上——布瓦洛根本没有列举寓言。这究竟是什么原因？布瓦洛和拉封丹有忘年之交，就在1664年拉封丹发表了两篇故事诗，遭到攻击时，布瓦洛曾经撰文对其中一篇表示赞赏，说它出自阿里奥斯托的思想，写得朴实自然。布瓦洛和拉封丹的友谊一直没有出现什么挫折，这里面不可能有个人恩怨的关系。布瓦洛是接近宫廷和国王的，他的《诗艺》是在宫廷许可的范围内阐述古典主义的理论。他没有把寓言列入文学样式之内，应该说反映了当时宫廷的态度。还有一件事实：1683年拉封丹与布瓦洛同为学士院的候选人，在预选时拉封丹的票数遥遥领先，但在路易十四的干预下，竟让布瓦洛入了学士院，国王的态度反映了宫廷对拉封丹的创作的不满。后来拉封丹入学士院，还当众宣布了国王的圣旨，说拉封丹承认了自己的“过错”，表示要有所改变云云。

然而，宫廷的冷眼对待以及《诗艺》的贬抑都不能抹杀《寓言诗》的价值，《寓言诗》在古典主义文学中占据着独特的地位。从寓言的发展史来看，拉封丹的《寓言诗》正是由于深刻揭露和抨击了丑恶现实、反映了时代面貌，而发展了这一文学体裁。寓言在古代可分成两个系统，一是东方寓言，一是古希腊罗马寓言。东方寓言较流行的国家是印度（我国古代寓言对欧洲寓言影响较小），东方最有名的一部寓言约写于公元前10世纪，后传至中亚和西亚，以《五卷书》的形式留传于世。这部书在13世纪被译成拉丁文，16世纪译成西班牙语、意大利语和法语。拉封丹仔细研读过这部东方寓言集。至于寓言的另一个系统，情况是这样：在古希腊，荷马史诗中已有寓言存在（写老鼠和青蛙的战争），历史家希罗多德以及普鲁塔克等人的作品中也夹有寓言。《伊索寓言》约写于公元前6～3世纪，集古希腊寓言之大成。古罗马时期，最有名的寓言家是菲德罗斯，他的寓言基本上是对《伊索寓言》的改写。在罗马帝国之后，寓言同古希腊罗马文化一起湮没无闻了几百年。但在中世纪的骑士传奇中，已有人引用过《伊索寓言》，从15世纪末开始，人文主义者比较深入地发掘和研究《伊索寓言》。16 世纪的法国，希腊罗马寓言已经翻译得相当多，17 世纪上半叶出版了几个较完整的译本。从思想内容来看，最早的两部寓言集《伊索寓言》和《五卷书》绝大多数是总结生活经验，得出指导人们行为的教训。寓言这种体裁到了古罗马的菲德罗斯手里有了发展。他把《伊索寓言》改写成拉丁诗，但他往往同时改写了寓言的经验教训，使之具有政治讽刺的内容，为此，他被流放了好几年。菲德罗斯的贡献在于扩大了寓言反映现实的范围：能直接干预现实。拉封丹从菲德罗斯那里得到很大的启发（菲德罗斯的寓言在 1643 年有了一个比较完善的法文译本）。在形式上他还吸取了将寓言写成诗体的经验。拉封丹从东方寓言中也得益匪浅。东方寓言中直接写人的较多，带政治内容的也较多，拉封丹在写作《寓言诗》第二集时从中撷取的东方题材数量大为增加，诗集的揭露锋芒也比第一集激烈得多。

拉封丹的创造性发展表现在这里：在拉封丹之前，寓言要么只是总结生活经验，要么只是对某些政治事件进行讽刺，不管前者和后者，都比较零碎，在反映现实方面视野不够宽广，往往只针对某一点而有所感、有所发；拉封丹则不同，《寓言诗》力图反映作者生活时代的整个社会面貌。拉封丹说过："为说故事而说故事，一钱不值。"他提出要描绘当时的社会风俗，要把寓言写成"一部巨型喜剧，幕数上百，宇宙是它的舞台，人、神、兽，一切都在其中扮演某种角色"(《樵夫和默居尔》)。他列举了其中的主要角色是暴君、大坏蛋、欺诈者、忘恩负义者、谄媚者等等（《不忠实的受托人》)。拉封丹认识到寓言也能反映广阔的社会现实的功能，因而不满意宫廷把寓言置于毫不足道的地位，他在序言中据理争辩说："自古以来，在一切崇尚诗歌创作的民族中，文艺之神都认为这（指寓言）属于他管辖的领域。"他在《寓言的力量》中叙述了古希腊的一个故事：有个演说家为了挽救垂危的民族，登台演说，但他用尽钩心夺魄的口才，足以激发顽石的慷慨陈词，都不能使人感动，于是他讲起一则寓言，马上吸引了听众的好奇心，终于使他们注意到国家危急存亡的现实。作者说，这就是寓言的光荣。寓言能用新奇的故事使人把注意力投向社会现实，这就是拉封丹所要指出的寓言的作用，同时也是他对寓言的特殊功能和地位的看法。由于寓言具有别的文学样式所没有的魅力，它对社会现实的反映就有其独到的地方。但有一点，寓言也能像别的文学样式一样，广泛地反映社会各阶级的状况。拉封丹的观点是对寓言创作的一次大的总结，他的创作则是对寓言的一次大的发展。在法国古典主义文学领域内，寓言已同喜剧和悲剧并列而毫无愧色。《寓言诗》能达到这样的成就是同它的作者对寓言的发展，使之运用来反映法国封建社会盛极而衰的现实分不开的。

如果仔细分析一下拉封丹对寓言创作的发展，那么就会发现，除了寓言反映的社会生活范围扩大了以外，拉封丹对寓言的道德教训的作用也给予了更多的重视。拉封丹在序言中说："寓言是身体，道德教训是灵魂。"整篇寓言的意义都集中在短短两三行的道德教训上。莱辛在拉封丹之后也曾强调过："谁要是想在寓言里面不说道德教训，而说别的什么教训，那他就滥用了寓言。"他又说："创作寓言的目的，就是一句道德教训。"道德教训对寓言确实是非常重要的。顾名思义，寓言即是寓有道德教训的小故事，或者说，它通过动物故事（也可以直接是人物出场）来表达某种具有深刻意义的哲理教训。由于它的篇幅一般来说非常短小，它要说明的道德教训不被点明的话，读者未必都能领会；作者加以点明，则起着画龙点睛的作用（不点明道德教训的寓言，应该含意相当明确）。再者，同一则寓言，作者立意不同，则会得出不尽相同的结论。菲德罗斯的寓言大多取自《伊索寓言》，而其道德教训并不相同；拉封丹的寓言有不少取自这两位寓言家，但他得出的道德教训也多半不同于原来的寓言。

从这里可以看出，道德教训确是寓言的灵魂。拉封丹重视寓言的道德教训同他认识到寓言的教育作用有关。他说："在我的作品里，动物是人的教师。"他又说，寓言包含着用作教训的真理，"我利用动物来教育人。"他同意柏拉图的见解，认为儿童从小需要学习寓言，以形成智慧和道德。同样，大人也可以从中获得有益的东西，并通过他们自身的经验去印证寓言的教训，进而移风易俗，干出大事业来。拉封丹的观点比前人都提得更为明确，可以说抓住了寓言的特点，所以《寓言诗》的道德教训往往写得更加精辟。

总之，寓言创作到了拉封丹手里，在内容上有了较大的突破；《寓言诗》的产生标志着寓言创作发展到一个新阶段。就它反映了当时社会概貌这一点来说，在世界上除了俄国的克雷洛夫以外，还没有别的寓言作家达到了这样的成就。

三、《寓言诗》的艺术成就

《寓言诗》的成就不仅表现在思想内容方面，而且表现在高度的艺术水平上。不少评论家都认为拉封丹是17世纪最杰出的诗人，这是不无道理的。拉封丹在诗歌形式上很有独创性，他的不少寓言诗都是完美的艺术品。拉封丹虽然推崇古人的作品是不可企及的典范，但同时也宣称："我的模仿绝不是盲从。"事实上他对古人的寓言从内容到形式都进行了改造，使之成为一件新的艺术品，在艺术上大大超越了前人，获得了杰出的成就。

首先应该提到《寓言诗》的诗的形式。《寓言诗》采用自由体。自16世纪七星诗社提倡亚历山大诗体（即每行诗有十二个音节）以来，法国诗歌纷纷加以采用，高乃依和拉辛的悲剧，莫里哀的诗体喜剧用的都是亚历山大诗体。在

《寓言诗》中，既有十二音节的诗句，也有十音节、八音节的诗句，甚至两三个音节（一个字）就算一行的诗句。以诗体来说，这是一种很大的革新，从此开创了自由诗的形式。《寓言诗》的音节虽然变化万千，却遵循着押韵这一原则。寓言诗的韵律也是千变万化，丰富异常，而且极其和谐。拉封丹开创了法国的自由诗体，一下子就达到了成熟的阶段：正是由于它富于变化，所以读来显得极其顺畅自然，毫无雕琢痕迹；又因为做到押韵并注意诗行的节奏停顿，所以朗朗上口，优美动听，极适宜于朗诵。诗歌的体裁要求简洁凝练，这就多少弥补了寓言这种体裁的短小所带来的某种局限，但诗句并没有束缚住拉封丹去表达自己的思想，拉封丹善于用极精练的语言去叙述故事，使寓言诗具有精巧的形式。

在克服寓言篇幅短小的局限而写得曲折有致时，拉封丹的一个重要的手法是运用对话。在他手里一篇寓言诗仿佛是一出小小的戏剧，主要篇幅由对话组成："我的作品里一切都能说话，""宇宙中一切都能说话，样样东西都有自己的语言。"既是寓言，动物、植物当然都能说人的语言，这是寓言的特点。拉封丹喜用对话是充分运用了这个特点。拉封丹的艺术造诣表现在他不仅能把对话写得生动活泼，而且能在短短的对话中，通过富于心理活动的语言写出动植物（其实是人的写照）的思想性格。下面试举《橡树和芦苇》为例：

一天，橡树对芦苇讲：
"你很有理由指责自然的过错；
一只戴菊莺对你来说是重担；
一阵微风偶尔掠过，
吹皱了那一片湖面，

迫使你把脑袋垂低；
然而我的头颅好像高加索山，
不但可以阻挡住太阳的光线，
又能对抗风暴威力。
一切对你是狂飙，对我是和风。
如果你生来在我的叶下避居，
让我覆盖周围地区，
就不会受这些苦痛：
我会为你抵御风雨。
可是你通常却生长
在狂风的王国潮湿的边缘上。
我觉得大自然对你真不公平。"
芦苇于是回答他说："你的同情，
出自诚心好意；但别为我担心；
狂风对我不像对你那么可怕；
我弯曲而不会折断。直至如今
你抵挡住狂风吹打，
你的腰并没有弯低；
但是且看结局。"在他说话之际，
北风至今在他怀抱里所产生
最可怕、凶暴的孩子。
从那天边疯狂地往这里奔腾。
芦苇弯曲；橡树挺直。

风将他的威力加剧，
越刮越猛，无法硬顶，
那头部高耸，与云天并肩为邻，
脚踩黄泉的橡树被连根拔去。

这首寓言诗取自《伊索寓言》中的《芦苇和橄榄树》。橡树普通代表力量，用来代替橄榄树显然要好得多。这首诗里橡树成了活生生的人，体现拥有力量者的骄傲。这种骄傲隐藏在对表面柔弱的芦苇的怜悯之中。他甚至越过了怜悯，似乎要表现出宽宏：他要保护他的邻居。然而这是表面的怜悯，廉价的宽宏。橡树的心理表现得很曲折，他的傲慢和虚情假意的性格烘托得很鲜明。另一方面，芦苇虽是个弱者，却知道自己的力量所在，不为橡树的傲慢所辱没，甚至反唇相讥，预见到橡树的结局。他的凛然不可侵犯的气概也跃然纸上。这篇寓言通过对话塑造了两个生动的形象，它像一出小小的独幕剧。

对话在拉封丹的寓言中不但构成故事的主体，而且活跃了行文，避免了平铺直叙之嫌。在寓言中这样有意识地运用对话，是拉封丹对寓言创作的一个重要发展。拉封丹以前的寓言创作虽然已经出现了对话的形式，但并不普遍，而且不作为主要的艺术表现方式之一。对话的普遍运用无疑使寓言这种短小的体裁也能写得跌宕起伏，迂回曲折，其文学价值显然提高了一步。对话还有一种作用，就是使寓言这样一种以动物为主要登场人物的文学样式具有浓厚的生活气息，因为在这里动物已经拟人化了，某种动物就是某种类型的人物，例如通常狮子代表国王，狐狸代表奸猾者，猫代表法官或阴险的角色，驴代表愚蠢的人，等等。动物或植物之间的对话，往往是不同思想的交锋，故事结局则是矛盾的解决，这样，富有哲理意义的生活场面便得到了集中的表现。由于对话，寓言具有了生活的真实感，充满着生活的情趣。拉封丹强调寓言要有趣味和魅力，他就是以动植物之间或他们与人类之间生动的、戏剧性的对话表达出某种生活情趣，从而达到这种效果的。

《寓言诗》中的动物固然是拟人化了，但还保持着动物的特点。寓言不需要细致描绘动物的外形，因而拉封丹一般只用极简洁的一两个形容词来描写，例如，他用修长、细瘦这两个词来形容黄鼠狼，“轻巧的动物”指的是兔子。他更善于描绘动物的神态：乌龟像议员那样迈着方步；遭到报复吃了亏的狐狸“夹着尾巴，两耳下垂，”灰溜溜地走了；小兔子“吃吃草，溜达溜达，到处转悠；”老鼠以为捕捉他们的猫死了，“往空中露出鼻尖，把头伸出一点，然后又缩回洞里，以后又出来走了几步，最后才开始觅食。”动物的不同神态都写得活灵活现，颇为有趣。拉封丹对各种动物做过细密的观察，所以他对动物的描绘十分逼真。当然，在寓言中用不着严格按照动物的习性来写，如乌鸦不会吃烙饼却可以写它吃烙饼，知了不吃苍蝇却可以写它吃苍蝇。因为寓言毕竟不是动物志，它要表现的是人间社会，是“我们或好或坏的缩影”，可以容许有较多的自由。

拉封丹十分喜爱大自然。他说自己常常远离城市和喧嚣，整个身心沉浸在大自然之中，“我只爱歌唱树荫、植物、回声、和风、它温柔的呼吸、绿草坪、银白的喷泉。”又说：“森林、水泽、草地，是甜蜜的梦幻之母。”在《寓言诗》中，拉封丹并没有像小说家那样大段描绘风景，他往往只用一两句诗来描写大自然，然而从整体来看，《寓言诗》对大自然的描绘还是很多的。在法国古典主义作家中，拉封丹在描绘大自然方面独占鳌头。他描绘大自然的手法相当高妙。《百灵鸟和她的小鸟和麦田主人》就是一幅非常出色的农村风景画。这个寓言的背景是一片麦田。百灵鸟本应在世界万物如海底的鲨鱼、林中的老虎从事恋爱与繁殖之际在麦田里筑巢的，可是有一只百灵鸟时至春深还没有享受过春情之乐。等她孵出小鸟，麦子已开始成熟。麦田主人几次三番要来收割麦子，都因各种原因没有来。小鸟们非常着急不安。百灵鸟问明情况，一再安慰小鸟。直到麦田主人真要动手收割，百灵鸟才带领着扑棱扑棱的小鸟踉跄离去。这篇寓言富于抒情意味，具有浓郁的农村气息。开首几句对大自然优美的抒写同后面描绘的农田里庄稼的成熟、生物的繁殖和谐地结合起来，给我们揭开了大自然的一角，让我们看到自然界万物生长的一个剖面：到处是生机勃勃、活跃紧张，大自然的美就寓于其中。这是一幅充满诗情画意的写生。这首寓言历来为人们所称道，是拉封丹描绘自然的一篇力作。

《寓言诗》的语言极其富丽多彩，内中既运用了上流社会社交场合的辞藻，也插入了司法方面的习惯用语，既用了古字，也有民间语言、甚至农民的村言土语，既采用日常用语，也有从拉伯雷等作家的作品中取来的语言。这些语言都同诗中人物的身份或所写的题材相符，用得十分确切自然。《寓言诗》中不少的诗句至今已成为谚语和成语。

拉封丹的《寓言诗》也存在着局限性。由于作者出身于中小资产阶级，因而《寓言诗》也反映了这个阶层易于接受的安分守己、逆来顺受的保守思想。如《要有国王的青蛙》通过青蛙不要“一声不响”的橡木做国王，结果被鹤大嚼一顿的故事，劝告人们应当知足，保留在位的国王，以免碰到更坏的君主。在描写劳动人民悲惨命运的诗篇中，作者也往往宣扬了这种消极思想，如《死神和樵夫》的结语是：“与其受苦，也不愿死，这就是人们的箴言。”这则箴语似乎是乐观的（要生活下去），其实仍然是消极的（安贫知命）。拉封丹毕竟生活在法国封建王朝的盛世，他还不可能完全否定当时的社会，也不可能去反抗这个社会的恶势力，所以《寓言诗》中表现以弱胜强的诗篇极少，而较多地宣扬了顺从命运的观点。《寓言诗》的另一局限表现在作者寄希望于统治阶级的上层人物，他把《寓言诗》献给王太子，劝说国王要借助于身份低于自己的人，不要运用暴力与激怒，要考虑积德防怨，以免将来受到臣民的攻击。《寓言诗》的最后一卷反映了更多的消极倾向，这一卷赠给权贵名媛的诗大为增加，有的吹捧肉麻。拉封丹自己也承认在晚年“岁月削弱了”他的想象，“我的精神减退了”。在最后的十几年里，他的寓言诗写得很少，质量也大大降低。

《寓言诗》虽有不足之处，然而它的成就却是主要的。在 17 世纪，《寓言诗》曾再版 20 多次。在 18 世纪，《寓言诗》再版了 125 次，19 世纪更是猛增至 1200 多版。《寓言诗》早已收入教科书之中。在法国，几乎人人都能背诵拉封丹的几句寓言诗，拉封丹早已有“民族诗人”的尊称。他的影响远远超出了法国，《寓言诗》出版以后，欧洲各国也开始流行起这种形式来了。

论法国短篇小说

法国短篇小说在世界文苑中的地位，如果不能说首屈一指，那么也是名列前茅的。就其源远流长，产生年代的古老来说，只有意大利和英国的短篇小说可与之媲美。19世纪是欧洲资产阶级文学的黄金时代，短篇小说也相应发展到高峰。19世纪法国短篇小说的成就在其中占据了重要的一席地位，似乎只有俄国短篇小说能与之并列。20世纪，短篇小说在美国获得了有利的发展条件，形成十分兴盛的局面。20世纪的法国短篇小说依仗着丰富的传统，依然取得了令人瞩目的成就，能与20世纪的美国短篇小说相颉颃。从这个简略的说明来看，法国短篇小说在每一个历史时代都处于世界短篇小说的发展前列，从总体来看，确实瑰丽多彩，涌现了数量可观的短篇小说作家，其中就有莫泊桑这样的世界上数一数二的短篇小说大师。因此，法国短篇小说值得人们给予更多的注意。

从这种文学形式的发展史来看，法国短篇小说大致可以分为三个阶段：15世纪至18世纪末，19世纪，20世纪。第一阶段是短篇小说的发展初期，第二阶段为成熟时期，第三阶段的总趋势是向多样化发展。

在法国，短篇小说的起源可追溯到中古时代，第一部用散文写作的短篇小说集是《新故事百篇》(1456～1457)。在这部作品之前，已有故事性质的作品存在，但这是用诗写成的，即《故事诗》(12～14世纪)。《新故事百篇》的题材大多取自《故事诗》，内容多半描写愚笨的丈夫如何受到精明的不贞的妻子捉弄，或者写狡诈的僧侣怎样夺走天真无辜的少女的贞操。《新故事百篇》保留了说话人的口吻，如“请听”“你们应该知道”“我对你们说”“正如你们所听到的”等插入语。可以说，《新故事百篇》是一些口述的故事，或者是用散文写成的故事诗，具有口头文学的性质。

在《新故事百篇》之后，出现了许多同类性质的小说集，但都缺乏独创性，其中，玛格丽特·德·纳瓦尔的《七日谈》(1549) 是最著名、艺术水平最高的一本短篇小说集。《七日谈》无疑直接受到意大利文艺复兴时期著名的小说家薄伽丘的《十日谈》的影响。作品的框架结构师承《十日谈》。大部分故事似乎仍然吸取了故事诗的传统题材。但作者的创造性表现在：她避免描写粗鄙的细节，不用生涩的词汇，注意描绘富有戏剧性的故事，着重绘写人物在特殊遭遇中的情感，篇末还有人物评述故事的材料、意义和价值。有的故事插入书信，使行文曲折有致。情节展开了，不像故事诗那样篇幅短小。《七日谈》将短篇小说提高到一个新的水平，使之具有更多的文学性。在某种意义上，《七日谈》是法国第一部真正有文学价值的短篇小说集。

短篇小说在 17 世纪得到一定的发展。17 世纪初，塞万提斯的短篇集传入法国，使人耳目一新，于是模仿之作纷至沓来，有的越写越长，题材则千篇一律，人物千部一腔：两个情人虽遭到家长反对和情敌作梗，但最后终成眷属。与此同时，历史题材的短篇小说也发展起来，这类小说往往描写不同地位的情人由于政治原因导致其中一人死亡而不能结合，但这类历史小说缺乏历史真实性，而更注重传奇性。

在 17 世纪众多的短篇小说家当中，以斯卡龙和拉法耶特夫人的作品较有价值。斯卡龙的《悲喜短篇小说集》(1655～1657) 从西班牙的题材中吸取素材，用以针砭法国的社会现实。《对贪吝的惩戒》塑造了一个悭吝人的形象，作者通过细节的积累来刻画人物的性格。斯卡龙所描写的不同于流行的题材，可见他是独具慧眼的。他还描写过伪善者。这些题材后来为莫里哀、巴尔扎克提供了再创造的基础。

拉法耶特夫人在法国小说史上占有一个特殊的地位：她首先把心理分析引入文学，中篇小说《克莱夫公主》以心理描写细致地刻画了女主人公的感情世界，从而开了心理小说的先河。女作家在短篇小说中同样运用了心理描写，《蒙庞西埃王妃》和《唐特伯爵夫人》都丝丝入扣地描绘了主人公的嫉妒、痛苦、悔恨的心情和曲折反复的爱情纠葛。拉法耶特夫人善于集中描写几个突出的场面，情节逐渐向高潮发展，小说写得紧凑、脉络清楚，较为完整。总之，拉法耶特夫人的短篇已不是口头文学，而是笔头文学，在短篇小说史上迈出了一大步。

18 世纪作家为短篇小说达到成熟阶段准备了充分的条件。这一时期的短篇首先当推启蒙作家的作品。伏尔泰的哲理小说是他传播启蒙思想的有力工具，在他的作品中，这是最有生命力的文学形式。他的短篇哲理小说有不少精彩之作。这些作品不以人物形象鲜明或者情节曲折动人取胜。作为法国第一流的散文家和讽刺家，伏尔泰善于将科学知识通俗化，抽取出复杂事物的前因后果，嬉笑怒骂，皆成文章，行文如清泉般流畅自如。《如此世界》对封建社会进行了全面的抨击，笔势恣肆辛辣；《雅诺和科兰》则以隽永的风格讽刺了爱富嫌贫的炎凉世态。短篇小说到了伏尔泰手里，成为批判和针砭现实的武器，无论从内容和形式上都丰富了短篇小说的表现手法。

狄德罗被认为是第一个近代小说家，他的重要性表现在理论和实践上都有重大建树。狄德罗提出小说必须反映现实生活，符合真实，既要严格的准确，又要有虚构成分。同时，狄德罗提出要重视细节，注意人和物的外表描绘，而人物在其中活动的环境也应得到再现。狄德罗还提出小说家应采取客观的态度，但作品的效果要催人泪下。狄德罗的观点已接近19世纪的现实主义小说家。狄德罗能以辩证的观点去观察复杂的社会生活现象，他的小说反映了他对现实生活的深刻观察和理解。《布博纳的两个朋友》以下层人物为描写对象，一改往昔以贵族男女为主角的旧传统，他歌颂了下层人物至死不渝的友谊，反映了他描写第三等级人物的民主主义激情。《这不是一个故事》和《众口铄金》将善与恶糅合在一起描绘，对复杂的社会现象做了深入剖析，抨击了封建社会的法律和风俗，读后令人深思。尤其是这两篇小说采用了对话体，充分表达作者的观点和印象，具有天然粗放、亲切随和的艺术魅力。对话体短篇小说是狄德罗的一种创造，丰富了短篇小说的表现形式。

18世纪下半叶，短篇小说相当盛行，受到伏尔泰影响的马蒙泰尔和卢梭的信徒雷蒂夫·德·拉布勒托纳是其中的佼佼者。马蒙泰尔的《道德故事集》(1761)曾风行一时，其中的《游移不决，或名挑剔的爱情》写得相当别致，作者以几个内容各不相同的故事组成一篇完整的小说，从不同角度绘写人物的面貌，创造了一个三心二意却又讲求实际的女性形象。作者的叙述方式也有多种变化，时而是主人公的内心独白，时而是对话，时而是含讥带讽的评论，时而通过小说人物发表见解。这篇小说反映了马蒙泰尔对短篇小说表现技巧的革新和追求。雷蒂夫则师法卢梭，善于描绘人物情感起伏的波澜，而且将目光投向农民和城市底层人物。《路易丝和苔蕾丝》就以两个弱女子为描写对象。作者从《忏悔录》得到启示，用第一人称的写法，具有抒发感情的浓烈色彩。第一人称的写法用于短篇小说中无疑是一个发展，预示了近代短篇小说的一个重要手段。同样是描绘弱女子的《波莉娜的故事》则偏重揭露法国大革命前夕道德沦丧的社会风貌。这个短篇的内容已接近19世纪现实主义小说的暴露倾向。法国大革命前夕，贵族社会已腐朽透顶，而萨德是从病态的角度去描绘贵族这种荒淫无耻的两性关系的。但《爱情的策略》能以对话写出人物微妙的心理活动，又较得体地借用女扮男装和男扮女装的故事，具有一定的美学价值。它代表了18世纪短篇小说的一个侧面。

从15世纪到18世纪末，短篇小说处在不断发展的状态中，概括起来表现在如下几个方面：其一，从半口头文学向笔头文学过渡，最早的《新故事百篇》是半口头文学，至拉法耶特夫人发展为笔头文学；其二，从平铺直叙发展为多种形式，包括心理分析、哲理小说、对话体、书信体、倒叙、第一人称叙述等；其三，从最初提出表现真实开始，发展到明确提出反映现实生活，《七日谈》的作者表明“没有一篇小说不是真实的小说”，狄德罗则主张严格的真实，但可虚构，重视细节和环境，保持客观态度等等，已接近19世纪的现实主义文艺理论。一句话，18世纪的短篇小说从内容到形式，从理论到实践，都为即将到来的繁荣局面打下了坚实的基础。

19世纪的法国，是浪漫派率先登上历史舞台的，夏多布里昂作为浪漫派的先驱，是先以短篇小说饮誉文坛的。他的短篇小说《勒内》曾产生过重大影响，熏陶过后来的浪漫派作家雨果、拉马丁、维尼等，甚至给现实主义作家如巴尔扎克以直接影响。《勒内》是浪漫派文学的先声。这个短篇塑造了一个世纪病的典型。勒内的形象也许是有史以来第一个个性鲜明的文学典型了，这个人物所产生的影响之强烈自然并不奇怪。夏多布里昂显示了他擅长刻画人物内心世界的才能，他还善于将人物的情感与大自然的景物紧密结合起来，创造出浓厚的抒情气氛，这一写法确实是别出机杼。

紧随在夏多布里昂之后，相继出现了诺蒂埃、维尼、大仲马、乔治·桑、奈瓦尔、缪塞、戈蒂埃等浪漫派作家。他们的短篇小说各有其特点，展现出浪漫派文学绚丽多姿的异彩。诺迪耶和奈瓦尔有相近之处，他们最早意识到梦幻的作用，将梦幻与现实交织起来描写，这种手法启发了后来的超现实主义者。《一点钟》，或名《幻觉》将幽灵和活人、现实和幻觉相混杂，写得迷离恍惚，令人如雾中看花。小说对人物的变态心理进行了一些探索。《西尔薇》是奈瓦尔的名篇，主人公在梦和理智之间半下意识地进行回忆，情节若隐若现，朦朦胧胧而又串成一个整体，再加上自然风光和民间风俗的绘写，散发出浓郁的奇异的浪漫情调。这篇小说是浪漫派最富有特色的作品之一，又具有现代文学的内涵和风格。戈蒂埃也写了梦，但在他笔下，梦是与鬼相连的，或者作为人物日间苦索的一种必然反映，它带有神秘的色彩。它与现实结合，又代替了现实。戈蒂埃认为梦具有神话一样的艺术魅力，所以尤为重视。《翁法勒——罗可可故事》《女尸恋爱记》《木乃伊的脚》如同三则聊斋故事，情节离奇，构思精巧。尤其是《女尸恋爱记》刻画了人物的双重人格，他忽而是梦境中的人物，忽而是现实中的自我，竟至分不清哪一个是真我。作者通过这种描写，抨击了宗教对人的情感禁锢所产生的毒害。这篇独特的小说是浪漫派文学的一篇小小杰作。

维尼是个善于作哲理沉思的作家，他出身贵族，为贵族的灭亡唱了一生的挽歌。《红色封印》就反映了维尼对历史发展所感到的沉重情绪。他对法国大革命的某些过头措施发出深沉的悲愤呼喊。不过，小说的结构是巧妙的，“图穷匕首见”，结尾具有千钧之力。

大仲马的名字与历史小说分不开，他注重情节的传奇性。短篇小说不是他的特长，《德·冈热侯爵夫人》却能反映他的某些创作特点：以历史人物的秘史作为小说加以铺陈敷衍的情节，传奇性和神秘性相结合，并注意刻画人物性格，写得扣人心弦。人们不妨将这类作品称为通俗短篇小说。

乔治·桑一向标榜追求理想真实，摈弃对风俗的认真描绘。在《侯爵夫人》中，她采用了回忆手法，以便更多地揭示女主人公丰沛激荡的感情世界。她笔下的人物既能洁身自爱，又能将澎湃的激情压抑在心底，这样塑造理想人物的方法正是乔治·桑奉行的理想真实的浪漫手法。但小说写得悲怆动人而又真实可信。一个得不到爱情的贵族妇女只能在古典主义悲剧中找到迷恋的对象，这本身就是一个悲剧；她无法与扮演悲剧主角的演员相爱，阶级界限起着阻碍作用，这个结局符合生活的真实。从这一点来看，《侯爵夫人》比女作家后来描写贵族妇女与平民结合的长篇更为高明。

缪塞的短篇小说带有浓厚的诗意，风格柔和，像童话一般优美。《克鲁瓦齐勒》歌颂了在这个金钱世界纯真爱情的可贵，读来别具一格，在色彩繁丽的浪漫派短篇小说中，这篇小说犹如一朵淡雅的素色小花。

上述作品都写于19世纪上半叶，浪漫派作家对短篇小说的贡献主要表现在对人物的内心世界和精神生活的发掘上，从描绘人物的特定精神个性到运用梦幻和回忆的手法，都做了深入的探索。这不仅丰富了文学描写技巧，而且更重要的是以人为表现主体的文学得到深化的发展，人的形象表现得更复杂、更全面、更丰富。

浪漫派在19世纪下半叶仍然有相当大的影响，巴尔贝·多尔维利、利勒-亚当等作家可以称为后期浪漫派作家，虽然文学史家把他们算作超自然主义派或超现实自然主义派。巴尔贝·多尔维利追求的是恐怖奇特的事件，描绘社会这个地狱里的恶魔故事。利勒-亚当同样描写奇异的，在现实生活中往往不可能发生的故事。他们的小说明显地带上了浪漫气息，同前期浪漫派的创作特点有一脉相通之处。多尔维利的《一个女人的报复》的构思相当奇特，公爵夫人的报复令人难忘，虽然这种报复具有反抗强暴的意义，却是只有在特定条件下才能出现的手段。女主人公的感情汹涌澎湃，谁也无法阻挡她的意愿得以实现。这样的人物完全是浪漫派的典型。而利勒-亚当的《薇拉》描写了爱情的超自然力量能使死者复活，写出了想象力的奇特作用；《陌生女人》中，作者认为情人之间也无法沟通思想，小说通过一个聋子能从别人脸部表情猜度出要表达的话的特殊才具，构想出一个奇特的故事。从艺术上看，巴尔贝运用对话，尤其是由人物讲故事的手法得心应手，引人入胜。利勒-亚当则善用象征手法。他们的小说笼罩着阴郁的悲惨的情调，较之前期浪漫派作家的作品更显沉郁悲切。他们的小说向20世纪的现代小说迈进了一步。

波德莱尔早期创作的《芳法洛》显然受到浪漫派的影响。男主人公性格的复杂（他想象怪诞，有自大狂等），以及女主人公作为纯粹美的化身，都具有浪漫气息。小说虽然写得不够成熟，但作者笔下的形象，他在小说中阐发的文艺见解却有发人深省之处。

把短篇小说推到发展高峰的应是19世纪的现实主义作家；现实主义的短篇小说构成了19世纪短篇的主流。

短篇小说的第一位大师是梅里美，其标志表现在这几个方面：

第一，他在短篇小说中塑造了性格鲜明的典型形象，例如疾恶如仇、刚烈正直的马铁奥，不屈不挠、有勇有谋的塔曼戈。梅里美笔下的人物大多是强者，他们具有坚韧的毅力和不屈服的意志，给人留下难以忘怀的印象。

第二，他把短篇小说写得极为凝练，他说过：“我憎恶无用的细节，另外，我认为不必向读者说出他能想象出的一切。”梅里美善于总结别的作家的经验，例如他这样评价普希金：“我尤其欣赏他的简洁和他善于选择最引人注目的特点，同时又摈弃许多会损害想象的细节这种艺术。”他赞赏普希金写得简洁，同样自己也奉行简洁。为达此目的，他的小说有的只延续几个小时（《马铁奥·法尔科纳》），有的几天，情节单一：《马铁奥·法尔科纳》写父亲杀儿子，《伊尔的维纳斯铜像》写铜像杀新郎，《塔曼戈》写黑奴在船上的起义，情节都非常集中。而且梅里美只在有决定意义的时刻或重要场面上才展开叙述，其他情节一笔带过，以节省笔墨。他往往用有承上启下作用的字句来分阶段，点明这些重要场面的到来。如《塔曼戈》，在高潮到来时作者这样写道：“长时间的等待过去了，复仇和自由的伟大日子终于来临，”接着是黑人起义的壮烈场面。有时梅里美用删节号分阶段，略去多余的话：《塔曼戈》的末尾叙述到船上只剩下塔曼戈和艾舍两人后，是一行删节号；艾舍死后又是一行删节号，略去累赘的交代，叙述显得极为简练。不仅简练，而且层次分明，这是梅里美的短篇的显著特点，尤其是《马铁奥·法尔科纳》，发展脉络清楚：第一阶段写巡逻队追逐强盗，故事发生在马铁奥离家“好几个钟头”之后；第二阶段写孩子出卖强盗，从“几分钟后……”开始，第三阶段写马铁奥回家：“兵士们在忙乎……”；第四阶段写马铁奥杀子，从“过了将近十分钟……”到结尾。环环相扣，交代清楚，衔接利索，迅速推向高潮。简练、层次分明、紧凑、高潮突出、扣人心弦，这些就是梅里美的短篇在形式上达到的高度。短篇小说顾名思义就是写得短，因而简洁明晰是短篇小说本身所要求的要素之一，梅里美在这方面刻意求工是抓住了根本。

第三，现实主义是梅里美创作的主导方面，他着意搜集准确的材料和真实的细节，有机会就进行调查研究，了解民情风尚，并喜欢保持漠然的语调和客观的态度。与此同时，梅里美善于将浪漫主义与现实主义结合起来。他对奇特事物、特殊的性格、强烈到不可抑制的激情、浓墨重彩的描绘、异国情调和地方色彩都着意追求，甚至爱好神秘因素。他这样评价屠格涅夫：“谁也不如最伟大的俄国小说家那样，善于让心灵掠过朦胧的陌生事物引起的战栗，并在奇异故事的半明半暗中让人看到不安的、不稳定的、咄咄逼人的事物的整个世界。”这段评价适用于他自己。梅里美对神秘事物有特殊的偏爱，在小说中这种神秘性表现为浪漫色彩。《伊尔的维纳斯铜像》的艺术魅力正是将现实主义与浪漫主义结合起来而产生的。作者对比利牛斯山区的婚礼风俗以及人物的刻画无疑是现实主义的笔触，而在这样的框架中梅里美根据中世纪的一则传说插入了一个铜像杀人的故事，使小说充满神秘的奇特的浪漫色彩，给人以艺术美的回味。

第四，梅里美在语言上有深厚的功底，他的语言极为纯粹洗练，常用第一人称娓娓道来，显得亲切随和。这种古典式的语言同具有强烈激情的人物恰成对照，相得益彰。同时他善用方言土语，既烘托出地方色彩，又使人物栩栩如生。梅里美也许是最早将方言土语有意识地运用到短篇小说的作家之一，对后来的作家影响是深远的。

仅就这四个方面来看，梅里美已将短篇小说的写作提高到成熟的地步，难怪评论家蒂博岱说：短篇这种文学样式“在梅里美之前并不存在”。这句话虽然说得有些过分，但把它理解为梅里美是法国第一位真正的短篇小说作家，则有精到之处。

簇拥在梅里美周围的有一大批现实主义作家。在莫泊桑之前和稍后，斯丹达尔、巴尔扎克、戈比诺、鲁马尼尔、福楼拜、埃尔克曼-沙特里昂、凡尔纳、路易丝·米歇尔、左拉、都德、法郎士、布尔热、库特林等，在短篇小说方面都写出过名篇，这批作家形成浩浩荡荡的队伍。

斯丹达尔是同梅里美比较接近、互有影响的作家，作为19世纪的现实主义大师，他擅长心理分析。但他的著名短篇《瓦妮娜·瓦尼尼》以及《箱子和鬼》都写于成熟期前夕，显得似乎是长篇小说主旋律的两支前奏曲。即使如此，瓦妮娜这个受到资产阶级新思潮影响的贵族少女异常任性、充满浪漫想象的形象，仍然是光彩熠熠的。斯丹达尔笔下的女主人公往往具有不同寻常的毅力，令人想起梅里美的小说人物。作为批判现实主义作家，斯丹达尔是站在民主主义的高度去俯视现实、给以评价的，他的作品具有深刻的思想性。同样，作为冷静的观察者，他的行文简朴、明晰，力求用最少的字去交代必要的情节发展，给人以茂林修竹一样的清爽气息。

巴尔扎克写过不少短篇小说，不乏精彩之作。《大望楼》塑造的冷酷无情地把妻子和她的情人禁闭起来活活饿死的贵族形象，是《人间喜剧》典型形象画廊中颇具特色的一个；《刽子手》歌颂了西班牙人反抗拿破仑入侵的大无畏牺牲精神，展示了惊心动魄的一幕惨剧；《不为人知的杰作》讽刺了一个追求绝对美的画家；《长寿药水》描写争夺遗产、儿子杀父的故事，这是《人间喜剧》的典型题材。在艺术上，这几个短篇显示了巴尔扎克多种多样的小说技巧。《大望楼》用叙述套叙述、层层剥笋的方法写成，讲故事人的个性不同，叙述也各有特色；《刽子手》用的是白描手法，逐渐走向高潮，写得扣人心弦；《不为人知的杰作》富有哲理意义，寓现实主义创作原则于生动的故事之中，足见作者的大手笔；《长寿药水》用的是浪漫主义手法，但巴尔扎克的浪漫手法不同于浪漫派作家，它是现实生活的一种变异形式，是社会现实的一种扭曲反映，体现的仍然是具有本质意义的人与人的社会关系。总之，短篇小说到了巴尔扎克手里已达到相当完美的地步，其中的优秀之作可以列入短篇名作而毫不逊色。

戈比诺的创作受到梅里美和斯丹达尔的影响，他喜爱描绘具有坚强意志力的女性形象。《红色手绢》的女主角索菲颇有高龙巴的遗风，为了爱情，她毫不容情地将反对她恋爱的教父杀死，性格强悍而又有心计，是个女中豪杰。《阿黛拉伊德》的同名女主人公热衷于争斗，同母亲争夺情人，即使她早已不爱这个男子。她的性格泼辣骄矜。戈比诺的小说富有异国情调，同时又十分注意绘写形成人物性格的社会教育和环境，使得他的人物有血有肉，真实可信，具有强烈的感染力。

福楼拜是19世纪中叶的重要作家。他本来主张纯客观的描写，但在乔治·桑的影响下，写出了倾注自身同情于其中的《一颗纯朴的心》。福楼拜不愧为现实主义的大师之一，在塑造人物方面有独到之处。他选取人物一生中能反映精神世界的事件去描写，像运用聚光灯一样，展示人物的精神品质，简繁得当。同时，他不专门描写环境，而是着意于时代和环境对人物性格的影响，写出平凡的性格是平庸的环境产物，将典型环境与典型性格做了有机的结合，由此揭露了现实。福楼拜对现实主义的发展表现在此。他的这个短篇也成了不可多得的杰作，闪射出独特的光彩。

在19世纪的现实主义流派中，出现了一批乡土作家，他们的创作丰富和扩大了文学的反映面。鲁马尼尔以法国南方的普罗旺斯方言写作，他的《居居尼昂医生》是篇讽刺小品，它采用冷讽笔法，由人物口中道出大实话，以刻画炎凉世态，写得轻灵而又深邃。埃尔克曼-沙特里昂本是两个写通俗小说的作家，但他们的《莱茵河畔的故事》(1862)和《伏斯日故事集》(1877)属于乡土文学。其中的《拐小孩的女人》描写了偏远小城的传奇风俗，展示了外省的风貌。《蓝色轻骑兵团的司号员》则从刻画敌人的歹毒卑鄙去反映普法战争，不同于这类题材的其他作品。曲折的情节加上地方风情绘写，是埃尔克曼-沙特里昂擅长的方法。都德的短篇创作其实也是乡土文学中的一种，《磨坊文札》(1866)像一支支田园牧歌。其中的《群星》以抒情笔调去写牧童的初恋，普罗旺斯的田园风光展现出一派幽美恬静的景象。《专区区长在田野里》以微温的讽刺口吻刻画一个乡镇官吏。这两篇小说都散发出浓郁的乡土气息。

在描写普法战争的短篇中，都德的《最后一课》和《柏林之围》均属名篇。前者选取了最典型的事例——与祖国分离的前夕面临失去祖国语言，即将成为亡国奴的现实给阿尔萨斯和洛林人民带来无比悲痛。这曲爱国主义的悲歌，以少不更事的孩子的感受写出，更具有震撼人心的强大力量，充分显示了短篇小说以小见大的功能。后一篇用反衬法去塑造一个爱国军人的形象，也感人至深。都德虽然怀有巨大的激情，却不直接流露在笔端，而让情节和叙述自然表现出来，体现了他高超的小说艺术。以极短的篇幅去反映重大题材，而又取得如此的成功，在世界文学中也并不多见。

凡尔纳是科幻小说之父，从创作方法来看，他无疑属于现实主义流派。在《2889 年一个美国新闻界巨子的一天》中，作者的科学幻想无一不是建立在一定的科学根据之上的，并非胡乱臆测或无稽之谈。至于风俗小说《让·莫雷纳斯的命运》，则塑造了一个农村木匠忠于爱情的动人形象，是用严格的写实手法叙述的。凡尔纳是一个相当高明的小说家，他以幽默的笔调来叙述科幻故事，令人读来饶有趣味。风俗小说也写得波澜起伏，充满戏剧性，故事逐层展开，插入倒叙，以介绍身世，而不是平铺直叙。在 19 世纪的法国短篇中，真正的劳动者形象并不多见，让·莫雷纳斯的形象显得尤为可贵。

在为数不少的无产阶级文学的作家中，巴黎公社的参加者、女诗人路易丝·米歇尔写过一些短篇小说，她的《猛禽》揭露了第二帝国黑暗腐败、不法分子横行的社会现象，令人触目惊心。人们感兴趣的地方还在于，这篇写实小说运用了新闻报道式的写作手法，夹叙夹议，作为一种新形式值得重视。

左拉是自然主义的倡导者，但他的优秀短篇却见不到自然主义的痕迹，完全是严格的现实主义作品。《陪衬女》的别致之处在于无曲折情节、无主人公，而且通篇议论，在一般短篇中这种写法本是大忌，而《陪衬女》却处理得妙趣横生，可见这是一篇格局新颖的小说。《磨坊之役》是一篇巴尔扎克式的作品：从环境描写入手，塑造几个爱国者的形象；这里，优美的大自然是主人公产生爱国主义的根由。翁婿两代人之间的感情联系也是真挚动人的，这种情感越发衬托出他们的高尚情操。《苏尔蒂太太》描写一个有才能的画家在糜烂的资产阶级生活方式腐蚀下的毁灭，作家在这个故事中突出了艺术需要独特个性的哲理，深化了小说的内涵。这篇小说更多地反映了左拉的风格：他偏爱于从平凡的生活中去发掘体现时代风貌的事件；从容不迫地展开故事，情节像生活一样慢慢流逝，发展到高潮后戛然而止。左拉的取材和叙事方法随着自然主义在世界上的流行而产生广泛的影响。

19 世纪的现实主义继承了古典传统，常常运用讽刺这个武器，上述作家的短篇有的就是讽刺小说。但法郎士的《克兰克比尔》或许是 19 世纪末 20 世纪初法国短篇讽刺小说中最有名的一篇了。小说写的是一个小贩无端被判刑和罚款，以致无法谋生的悲惨故事，其实这是在影射轰动一时的德雷福斯冤案。在塑造一个弱小者的典型时，作者运用了多种讽刺手段：或用反语，或罗列事实，或幽默诙谐，或犀利抨击。《克兰克比尔》不愧为讽刺小说的典范之作，克兰比尔已成为无辜受害者的同义语（爱情小说《罗克姗娜小姐》也描写了一个弱女子）。库特林也是一个讽刺小说作家，作品多半取材于军旅生活，他的讽刺小品带有喜剧色彩，谐多于谑，《喉咙痛》就是这样一则写弄假成真的故事。库特林熟悉士兵语言，人物写得活灵活现，富有生活气息，无论在题材还是在表现形式上，都自成一家。

此外，布尔热的《维普尔先生的哥哥》是篇很有特色的小说，它以 1814 年神圣同盟军队入侵法国为背景，小英雄只身独胆制敌于死地的爱国主义题材可说是凤毛麟角；叙述者假托他人讲述自己的所作所为，更是构思巧妙，却又合情合理。这篇小说反映19世纪的法国作家刻意求新的倾向和成功尝试。

现实主义潮流是如此壮大，就连浪漫派的主将雨果也受到影响。《克洛德·格》完全是一篇现实主义小说，它以真人真事为基础，通过一个穷苦人的遭遇抨击了法律和社会制度的弊端。雨果意犹未尽，后来将这个故事拓展成长篇小说《悲惨世界》。19世纪的现实主义短篇包括《克洛德·格》一篇，可见声势和影响之大。

19世纪后期法国最重要的短篇小说作家自然是莫泊桑，他是和契诃夫并列的世界上两位短篇小说大师之一。莫泊桑在短短十年内创作了300多个短篇，在题材上几乎无所不包，主要表现在写普法战争、小资产阶级生活、农村生活、家庭、婚姻和爱情等方面。

莫泊桑曾得到福楼拜的指点，进行了七年的习作，他还私淑左拉和巴尔扎克的创作方法，在短篇小说的技巧上进行了极富成效的探索，把短篇小说艺术提高到梅里美还不曾达到的高度。

其一，在莫泊桑笔下，短篇小说有各种各样的描写角度，有时截取生活的一个横断面（如《羊脂球》），有时写人物相当长的一段生活（如《项链》），有时在几个小时内进行（如《我的叔叔于勒》），有时从侧面去烘托（如《月光》），一般采用白描手法，但经常进行心理探索（如《小萝克》《绳子》），也有神秘色彩浓厚的短篇（如《奥尔拉》）。既有平铺直叙，也有倒叙、回忆，可以说集19世纪短篇小说写法之大成。在谋篇布局上，莫泊桑不愧为大师。一般而言，莫泊桑比较喜欢这样的结构：先以简练和富有表现力的语言勾画出背景，它们是农庄院子、市场、花园或车厢；然后引出人物，准确有力地勾勒出他们的外貌特征；接着开始正文，故事简单而平凡，或是偶然遇到的渔猎故事，或者是乡村和巴黎生活的一则社会新闻，意料不到的事态使情节急转直下，向悲剧发展，而叙述仍保持冷静、客观。《两个朋友》很能反映莫泊桑的这种写法。小说开头只有三句话："巴黎被围，忍受饥饿，苟延残喘。屋顶上麻雀变得罕见，阴沟里空无一物。人们不管什么都吃。"寥寥数语，围城中的巴黎的艰难处境完全烘托了出来。随后人物出场，作者三言两语描画出他们的身影和爱好。正文开始后，写他们相约去钓鱼，不料碰到普鲁士人。于是情节骤然转折，惨剧来临。作者无一字评点，但对侵略者的愤怒控诉却力透纸背。这是一篇相当完美的艺术杰作。由此可见莫泊桑在谋篇布局上的精湛功力。在这方面，他比梅里美更为成熟。

其二，表面看来，似乎莫泊桑是随手拈来，取材不费思索，其实他对题材的选择是非常严格的，他认为"艺术是有选择和有表现力的真实"，因此，应该力图"提供比现实本身更全面、更鲜明、更使人信服的生活图景"。写普法战争的短篇很多，而《羊脂球》能鹤立鸡群就在于作者对生活的提炼别具只眼。莫泊桑选取了一个处于社会最底层、受人歧视的妓女作为正面人物来描绘，已是与众不同；他将这个妓女同形形色色、道貌岸然的资产阶级人物做对比，后者为了自身利益，不但连普通的爱国心都没有，甚至在人格和礼仪上也相形见绌，这样描写更是别出心裁。从这一精选的场景中，莫泊桑确实提供了比现实更全面、更鲜明、更使人信服的东西。莫泊桑的大多数短篇由于题材选择的精到而具有强烈的思想性，这一点无疑比梅里美略胜一筹。

其三，莫泊桑的短篇小说写得简洁、紧凑、准确、毫无废话，浓缩到最高度，这些技巧没有谁能运用得比他更娴熟。《项链》在这方面很有代表性，作者将故事分为几个阶段。每个阶段用空一行来表示，省却交代的文字：在开场白之后空了一行，接着便写这对小职员夫妇接到部长邀请参加晚会；第二阶段是女主人公向女友借项链，第三阶段写晚会上丢失了项链；第四阶段写负债还项链，第五阶段写这对夫妇生活在贫困中；第六阶段是结尾，女主人公从女友那里获悉以前借的是一条假项链。语言真是精简到最高程度，但却层次分明，一环紧扣一环，导向高潮，再突然刹住。莫泊桑在划分情节发展的阶段时，往往用一个起连接作用的词串起来，如“可是”“一天”“随后”“就这样”，等等，承上启下，妥帖自然，尽量简约。莫泊桑的短篇小说绝大部分在万字之内，真正做到了“短”。

其四，莫泊桑大大发展了第一人称的叙述方法，他的短篇有一半是用第一人称来写的，细分起来，有如下五种：第一种，叙述者向听故事的人讲述他亲身经历或目睹的遭遇（47 篇）；第二种，叙述者遇到一个朋友或相识者，将自己的往事讲给他听（32 篇），这两类叙述的结尾，几乎总是回到开头的场面，作个交代（如《我的叔叔于勒》），第三种，叙述者直接诉诸读者，讲述个人回忆（39 篇）；第四种，叙述者讲述他听到的一件事，故事正文则用第三人称（24 篇）；第五种，用书信的形式来写，口气是第一人称（8 篇）。莫泊桑认为，亲口叙述故事能得到直接感动人的效果，这是用第三人称写作的短篇所作不到的。因而在这样的短篇结尾，听故事者往往会泪如雨下或捧腹大笑。据研究，不仅莫泊桑，19 世纪的其他作家也酷爱第一人称写法，力求显得更加真实，并同读者直接交流。

其五，莫泊桑是语言大师。他不以纤巧华美的词藻取胜，而是以平易通俗、准确有力、能为所有人接受的文学语言征服读者。很少有作家能写出比他更明晰、更清澈如水、更难以捕捉到的语言了。也很少有读者读不懂莫泊桑的短篇小说，因为其中没有丝毫晦涩的东西，读者只觉得莫泊桑找到了最恰当的文字和描述方式，而无法换一种文字和方式来表达。同时，莫泊桑也使用方言土语，但总是以读者能了解为限度。由于语言的纯粹，莫泊桑的短篇已成为学习法语者的范文。

19 世纪的法国短篇其重大成就可以概括为如下几个方面：第一，出现了浪漫主义和现实主义的两大流派，短篇的内容和形式丰富多彩，为以往的短篇所无法比拟。19 世纪的短篇小说旗帜鲜明地提出要干预现实，揭露社会的黑暗面；在形式上，浪漫派对感情、梦幻和回忆的描绘令人注目，现实主义尤以塑造典型环境中的典型人物著称，这两种文学流派塑造的众多形象大大丰富了文学宝库；第二，出现了世界上第一流的短篇作家梅里美和莫泊桑，他们将短篇小说的技巧推进到完美境界，除了他们以外，斯丹达尔、巴尔扎克、福楼拜、左拉、都德等都写出了短篇杰作，19 世纪的短篇作家确实是群星灿烂；第三，19 世纪作家普遍意识到短篇小说要写得简练，篇幅相对要短，短篇小说最终成为独立的文学形式，能同长篇、中篇媲美；第四，小说语言也取得长足的进步，或以华美辞藻取胜，如夏多布里昂，或以平易准确赢得读者，如莫泊桑，不少作家善用方言土语，掌握个性化的人物语言，写景状物能随心所欲。毫无疑问，19 世纪的短篇小说达到了前所未有的高峰。

20 世纪的法国文坛，形形色色的现代派层出不穷，它们在短篇小说中留下了深深的痕迹。从文学发展史的角度来看，现代派在表现形式和技巧上是有所贡献的，有的加强了对人的内心世界的挖掘，有的将哲理与文学做了更紧密的结合，有的对事物的描绘达到极致地步。它们对当代文学已产生并对未来的文学将产生重大影响。

普鲁斯特是意识流小说的鼻祖，他早年写出的《薇奥朗特》和《一个少女的忏悔》已显示了他的一些基本写作手法。《薇奥朗特》描写一个贵妇人黯淡凄凉的一生，着重刻画她的精神世界。她喜欢沉思凝想和自我欣赏，在冬天寻找怕冷的乐趣，在狩猎中追求秋天的忧郁，这种细微复杂的贵妇心理，得到了纤毫毕现的描绘。《一个少女的忏悔》像《追忆逝水年华》一样，由回忆组成，一个堕落少女弥留之际对自己的一生做了回顾。这不是一般的回忆，而是意识不断涌流的表现：回忆犹如一面魔镜，再现人的内心生活；回忆是往昔和现在之间的一道桥梁，沟通时间与空间。人处在朦胧状态中的感觉，同其他细微感觉一样，是普鲁斯特所偏爱的“细节”，他认为转瞬即逝的印象能织成无比丰富的实感，小说家应该捕捉住。因此，普鲁斯特的意识流有别于一般的心理描写，它发掘到人的潜意识和更深一层的精神状态。意识流小说确实丰富了对人的内心世界的探索手段。

存在主义是第二次世界大战前后兴起和流行的一个文学流派。它的特点是在文学作品中表达存在主义观点，两者结合得非常紧密。18 世纪的启蒙作家曾经将哲理寓于文学作品中，但他们是在作品中宣扬启蒙思想——揭露和批判不合理的封建制度的弊端和意识形态，这比较易于理解。而存在主义哲学深奥难懂，即使在萨特和加缪的文学作品中只表达了存在主义的一些基本观点，读者还是不易理解。但由于萨特和加缪将他们的哲学思想通俗化和形象化，还是写出了成功的文学作品，从而将哲理性小说提到一个新的高度，这些作品以其独具一格而惹人注目。《墙》一方面揭露了佛朗哥政权残酷镇压人民的暴行，另一方面又阐释了萨特对生与死问题的观点，小说的主人公是一个带有虚无主义思想的硬汉子，性格较为复杂，必须了解萨特的思想，才能正确理解这个形象。小说以其独特的深奥哲理性而具有艺术魅力。《沉默的人》描写工人对自身命运的探索，工人们的希望是朦胧的，但沉默到最后总要爆发。在加缪笔下，这个世界是冷漠和荒诞的，它对人缺乏同情，人生活在这个世界上有流亡者的隔膜之感。加缪善于用浅显简短的语言和淡雅素净的风格去表达自己的哲学思想。这种语言和风格具有古典式的庄重和优美。

二战后兴起的新小说派尤其注重对物的描绘，有的小说甚至排除了人的存在。这种倾向影响了不少作家，勒克莱齐奥就擅长描写大海、沙漠、森林，《未见过大海的人》是他的短篇代表作，小说对大海的描绘真是有声有色，气象万千，令人叹为观止，足见作者驾驭文字、写景状物具有出神入化的功力。这篇小说反映了当今法国部分青少年的精神苦闷。应该说，这类小说只要触及社会题材，还是有发展前途的。

维昂是个黑色幽默派作家。《回忆》写得别出心裁，通篇贯穿了一种令人心酸的幽默意趣。作者运用了荒诞、夸张、意识流等艺术手段，确有独特之处。

20 世纪法国短篇小说的另一个发展侧面，是众多不同体裁的形式的出现。散文体小说、幽默幻想式小说、瞬间小说、传记小说、纪实小说、新闻报道体小说，都各有特色。当然，以现实主义传统手法写出的优秀短篇还是数量最多的。两次世界大战提供的题材，对上层人物的揭露、讽刺和抨击，描写小人物等，都有不少佳作。不过，似乎还未出现具有世界影响的短篇小说家，这与法国评论界更为注重长篇小说的倾向不无关系。

法国散文概述

散文古已有之。古希腊古罗马就有不少杰出的散文家。就法国而言，中世纪已经出现了散文作品，其中有四个代表作家：维尔阿杜安、儒安维尔、傅华萨和科米纳。他们的作品是历史纪事或传记。有的章节描绘生动，人物刻画传神，类似司马迁的《史记》，虽然艺术成就稍逊一筹。

法国散文真正登堂入室，步入文坛，功绩归于蒙田。16世纪下半叶，随着宗教战争的兴起，散文作品如雨后春笋般出现，涌现了一大批散文作家，蒙田是其中的佼佼者。蒙田的《随笔集》是人文主义思想经过长期发展的产物。他开创了“杂谈式”的散文，形式不拘一格，自然亲切，却又寓意深邃。另一优点是旁征博引，知识渊博，又善用比喻，富有形象性。蒙田的散文不仅在法国，而且对欧洲的散文发展产生了良好影响。

17世纪的古典主义散文有不少引人注目之处。种类有书简、箴言录、杂感、随笔、回忆录、诔词、演讲词、对话录、历史政治读物，等等，不一而足，散文领域扩大了。这些散文常常运用在日常生活和人际交往中，实用性很强。

18世纪的启蒙思想家则利用散文作为传播思想的工具，甚至用做斗争的武器。他们的小说也有散文化倾向，他们往往用书信体、对话体或回忆录的方式写小说。就小说而言，这是一种新创造。但是否也可以看作这是散文的一种发展呢？

法国大革命期间，演说词和政论获得了长足发展，比之 16 世纪，这类散文在语言方面有明显进展，雄辩性、鼓动性、逻辑性都大大加强。

法国散文发展至 18 世纪末，属于第一个阶段。这一时期各种体裁的散文作品大体具备了，而且不乏优秀作品。它们为 19 世纪散文的繁荣准备了条件。

19 世纪是法国文学乃至欧美文学发展到高峰的时期，散文也不例外，出现了欣欣向荣的局面。19 世纪法国散文的繁荣有如下几个特点。

第一，散文作为一个独立的文学体裁已经得到了确认。不少作家有意识地撰写散文作品，他们重视写札记、日记和书信，等等，不是纯粹为了记录、交往的需要而写，而是当作一种文学创作来对待。他们认为即使一时不能发表，日后总是要面世的，这种明确的意识无疑超过了前人的写作目的。因此，一些大作家的散文作品往往不止一两本，有的多至十余本，例如雨果的散文就有数百万字，数量惊人。

第二，有的体裁得到蓬勃发展，譬如游记、报刊随笔。19 世纪以前很少有游记，卢梭的小说《新爱洛依丝》和《忏悔录》包含了不少游记成分，但毕竟不是游记。而从夏多布里昂开始，游记大为盛行。他的《基督教真谛》展示了美洲风光，吸引了许多作家。此后，斯丹达尔、雨果、乔治·桑、戈蒂埃、莫泊桑、都德等都步其后尘，发表过一本或数本游记。游记之多，蔚为大观。报纸是 19 世纪风行起来的，它能容纳各种各样类型的散文，小品文、杂文、随笔、议论文、散论、人物速写、回忆、游记、艺术欣赏、动植物素描……无所不包。报纸促使散文向多样化发展，并把这种文学样式普及到广大读者之中。

第三，19 世纪的法国作家力求在散文的内容和形式上有所发展。比如，勒纳尔对动物的描绘就不同于布封，前者以猎人的眼光去观察动物，传达出动物和大自然生机盎然的气息，而后者则以博物学家的眼光去观察动物，喜爱从动物的习性和动物之间的差异去描写。显然，勒纳尔的散文更具文学色彩。19 世纪散文的一大发展是散文诗的出现，散文诗是散文与诗的结合，它兼具诗歌的音乐节奏和散文的叙述自由的优点，可以说是一种更精炼的散文，文字更加优美而且富于抒情意味。

第四，在法国，一般将史学家的著述列入散文范畴。19 世纪上半叶的史学家如米什莱等，他们的史学著作颇具个性，观点鲜明，灌注了自己的感情，不失为优秀的散文。况且他们之中有的以历史典籍中的某些篇章写成故事，如米什莱对贞德事迹的描述，又如奥古斯丁·蒂埃里的《墨洛温时代的故事》，甚至夏多布里昂的《殉教者》，都可列入这一类。这是中世纪历史散文的延续和发展。

第五，19 世纪法国散文百花齐放，各个作家风格迥异。散文可以用来衡量一个作家的语言功底和风格，夏多布里昂的华丽多彩、斯丹达尔的简洁流畅、雨果的热情澎湃、大仲马的轻快风趣、乔治·桑的感情洋溢、莫泊桑的准确平实、都德的优美抒情、波德莱尔的含蓄精粹、马拉美的朦胧不定、魏尔伦的飘忽柔和、兰波的诡奇怪异，都各有特色，自成一家，他们跻身于散文大家之林而毫无愧色。

20 世纪的法国散文是 19 世纪散文的赓续，但也有其特点。

其一是传记文学的兴盛。斯丹达尔写过一些艺术家、音乐家和政治家的传记，成就不算很高。莫洛亚则将传记文学提高到一个新水平，他的成功引起法国乃至欧美传记文学的繁荣。《雪莱传》等几部传记已成为经典之作，至今还没有出其右者。他善于利用传记对象的生平轶事，写出其音容笑貌、性格特点。

其二是哲理散文的开拓。启蒙思想家的散文倒不一定是哲理散文，而往往是哲学思想的通俗阐释。蒙田的随笔包含着哲理，帕斯卡尔的《思想录》、苏利·普吕多姆的《沉思录》均是哲理散文，但屈指可数。20世纪法国作家则不同，他们更加热衷于这种哲理散文。阿兰是哲理散文的大家，他并不酷爱过于高深的哲学，相反，他喜欢从日常生活的琐事或人们习以为常的现象入手，“见微而知著”，一层层深入挖掘和推论，给人以生活品行的启迪。克洛岱尔的《认识东方》等散文集，罗曼·罗兰的《内心旅程》，甚至马尔罗的《反回忆录》，等等，都力图归结到哲理的高度。可以看到，20世纪的法国作家大多对人的命运进行思索。两次世界大战的浩劫和物质世界对人类精神的压迫，都促使作家考虑人的处境，他们不仅在小说、诗歌、戏剧中表现这种思考的结果，而且在散文中加以归纳和阐述，因而哲理散文受到了青睐。

其三是散文诗的空前繁荣。几乎没有一个诗人不写散文诗。20世纪散文诗的几大家是：克洛岱尔、圣琼-佩斯、沙尔、米绍、蓬热等。如上所述，散文诗可以列入散文范畴。20世纪散文诗多半抒写作者对大自然的感慨或者描绘大自然的一草一木、一山一石、物体人体，描写对象是扩大了，但作家的思想更深藏不露。他们要么在大自然面前自感渺小悲哀，要么对西方文明表示失望，对东方，尤其对中国感到极大的兴趣，要么描绘自己的内心世界。由于散文诗的盛行，散文诗的文风对散文产生了影响。

失恋者之歌

——法国爱情诗一瞥

优秀爱情诗几乎半数是“失恋者之歌”，阿波利奈尔这首名诗的标题道出了爱情诗的一个奥秘；至少从法国爱情诗来看，这个立论是断然不错的。谓予不信，请看事实：

玛丽·德·法兰西的《金银花》是描写特里斯坦和王后伊瑟的爱情悲歌，抒发失恋者的幽怨和激情。

佩奈特·杜·吉耶与莫里斯·塞夫相恋，却未能结合，由此产生了诉说失恋痛苦的一系列爱情诗。

马罗爱上他的保护者的侄女安娜·德·阿朗松，但无法与她结合，他写下一组给“高贵朋友”的爱情诗。

龙沙曾爱过意大利银行家的女儿卡桑德尔·萨尔维亚蒂，这是柏拉图式的恋爱，卡桑德尔并不知晓，龙沙自作多情，写出了《颂歌集》《爱情集》，将卡桑德尔看作彼特拉克笔下的劳拉；龙沙后来又爱上了在内战中失去未婚夫的爱伦娜·德·苏热尔，后者比他小得多，自然这也是不能实现的爱情，龙沙却写出了《致爱伦娜十四行诗》。

拉马丁于1816年布尔谢湖边结识了朱丽·沙尔，两人相爱，相约来年在湖边再见面，但朱丽因患严重肺病，濒临死亡边缘，不能赴会，名诗《湖》便是拉马丁触景生情，思念垂危中的恋人而写下的。

雨果发现妻子与圣伯夫的暧昧关系以后，痛苦万分，他和妻子的爱情难以破镜重圆，在这种情况下，雨果爱上了演员朱丽叶·德鲁埃，他俩有时秘密出游；1837 年 10 月，雨果一家来到拉比埃弗尔山谷的农家小住，雨果将朱丽叶安顿在别的地方暂居；雨果的感情生活处于一种极其复杂和矛盾的状态中，面对他和恋人游历过的一切，他不由得感情汹涌起伏，写下了《奥林匹欧之愁》。

1835 年缪塞同乔治·桑相恋了两年后关系破裂，胸中块垒不吐不快，他在两夜和一个白天中写出了长诗《五月之夜》，心情才平静下来，卸下了心头重负，心灵的创伤愈合了。

费利克斯·阿维尔对玛丽·诺蒂埃怀着胆怯的爱情，写出《我心灵有秘密》这首著名的十四行诗。

《恶之花》中收入了波德莱尔的三组爱情诗，第一组是他同让娜·杜瓦尔相爱后他对这个冰冷的美人的赞颂与谋求和解的呼吁，第二组是他对高等交际花萨巴蒂埃夫人单相思的表露，第三组歌咏玛丽·杜布伦（她拒绝了诗人的追求）。显而易见，这些爱情诗要么是诗人在一厢情愿地表白爱情，要么是表白失恋之痛苦，要么是同情人争吵后心情苦闷的产物。

魏尔伦的爱情生活很短暂，他和妻子的关系在婚后不久便冷淡下来，随后，他悔恨自己有酗酒的毛病，这是他与妻子不和的起因，他想弥补同妻子的关系，于是写出《无言的情歌》。

阿波利奈尔短暂的一生有过五次恋爱，前四次都只有失败的记录：1899 年他在阿尔登纳地区遇见玛丽，留下了美好的记忆；1901 年他爱上在新格鲁克古堡当教师的英国小姐安妮·普莱登，后来到英国去向她求婚，被她拒绝，《失恋者之歌》是在这次失恋后写出的；1908～1912 年他与玛丽·洛朗散交往，感情破裂后写出《米拉波桥》；第一次世界大战前夕他认识露·德·柯利尼，产生组诗《给露的诗》，失恋是阿波利奈尔爱情诗的主旋律。

克洛岱尔在中国遇到一个叫伊瑟的女人，分手之际写下了一组爱情诗。

上述诗人的爱情诗几乎包括了最优秀的法国爱情诗，还不说尚未提及有的诗人在某种不为人知的失恋状态下写出的爱情诗，我们只不过将诗史上人人皆知的事实罗列一下而已。这些事实足以说明，失恋诗在爱情诗中的比例和分量是很大的。如果再加上写爱情折磨的诗，这个比例就更大了。受爱情折磨在某种意义上也是一种失恋状态——要么是受到恋人的轻慢，要么是竭力争取爱情而又未能获得，这时便流露出烦恼、痛苦。这类爱情诗，我想不必一一列举，那是为数不少的。至于失恋诗在爱情诗中所具有的重要性，则可以从下列几方面来看。

从爱情诗的发展史来看，失恋诗在内容和艺术技巧上起了重大的推进作用。这里可以龙沙的爱情诗为例。龙沙的爱情诗有三类：赞颂式、启迪式和感伤式。第一类是对情人的赞美，爱用最高级的形容词来歌颂情人，充分反映了诗人丰富的想象力。例如这几句："你眼睛是如此可爱，眨一眨就可以使我丧命，再一眨又突然使我活命，两下子能使我死去活来。"这首诗采用避实就虚的写法，不描绘情人如何美丽，而是写自身的感情如何炽烈，以此衬托情人之美。但这样形容毕竟属于"豪言壮语"，以致所歌颂的女子成了高不可攀的女性，不像凡人。龙沙的第二、第三类爱情诗在技巧上有了提高，他不是这样直露地写爱情。启迪式的爱情诗（如《宝贝，咱们去看玫瑰》）将青春比作玫瑰，呼吁情人珍惜年华，接受爱情，投身爱情。诗人虽是失恋者，却与诗中人是平等的，这是现实生活中的恋人，诗人与她进行思想交流，以自己心中的火花去点燃恋人心中的火花，这种表现方式给读者的感染力更强烈、更直接。龙沙后期的爱情诗以《待你到垂暮之年》为代表，诗中渗透了深深的感伤情调，这种情调形成了浓郁的诗意，对后来的爱情诗产生巨大影响，拉马丁、缪塞等都步他的后尘。总之，从龙沙的爱情诗来看，失恋诗在内容和艺术上都比以前的赞颂式爱情诗迈进了一步。

写失恋无疑是在抒写真情实感。失恋是爱情遭到挫折后所呈现的最突出最尖锐的失望状态，在这种状态下写出的诗歌也就最集中地表现了失恋者——诗人的复杂心绪，它们由痛苦、烦闷、苦恼、悲哀、悔恨以及回忆美好的往昔、眷念，对情人的呼吁等情愫交织而成，感情的丰富为一般的歌颂、赞美爱情的诗歌所不及。试以拉马丁的《湖》为例。这首诗以感情真挚著称，诗人对自己的情感毫无掩饰，诗歌细腻地表达了诗人的惆怅、失望、悲哀、对恋人的向往、对幸福的无限怀念、对人生的哲理沉思等等复杂的心境。诗人将湖拟人化，向它尽情表白，这一诗意的处理是出于诗人感情澎湃，无法自制，力求向别人宣泄内心积忧所产生的一种需要。诗人在极度亢奋中甚至出现了一种幻觉，他似乎听到了恋人的话语声在湖上回荡。这是对恋人极端思念而引起的感觉，生动而真实地表现了诗人的精神状态。最后，诗人的痛苦自然而然升华为对人生幸福的思索，它使诗人的感情变得更为深沉。《湖》中折射出来的诗人情感是异常丰富的，与一般的爱情诗不可同日而语。

俗话说，愤怒出诗人。其实，痛苦也出诗人，尤其是爱情诗人。失恋往往生出极其强烈的，乃至痛不欲生的情感，用缪塞的话来说，“最绝望的歌才是最优美的歌，我所知不朽的歌是呜咽痛彻”(《五月之夜》)。至少，失恋诗的特点是有感而发，它避免了造作、矫饰或虚假，它嫌恶夸张、无病呻吟和空泛的辞藻，相反，它要挖掘诗人的心理状态，并用诗歌语言和特殊手段表述出来。例如阿波利奈尔的《失恋者之歌》中，将耶稣心中的七种痛苦将化为：忍让、怀念、自怜、肉欲、幸福的觉醒、自暴自弃、背叛，其中有真实的感觉，也有象征的成分。因而从艺术上来说，失恋诗在描画心理活动方面丰富了诗歌的表现内容和形式，具有很大的美学价值。

处在幸福状态中写出的爱情诗之所以一般不如在失恋状态中写出的爱情诗动人，原因在于美满的爱情使人处于一种满足、平静的心境中，感受不如失恋时那样情感冲突强烈、尖锐、丰富，也缺乏那种感人至深的冲动。因而赞颂幸福美满爱情的诗歌在感情上往往会显得平淡、单调，表达上也会随之变得单纯而缺少变化，只能产生令人赞赏的心理，却不能产生动人心魄的力量。所以，前者的优秀诗作不及后者多也就不足为怪了。

法国爱情诗的产生，几乎与诗歌的产生是同步的。织布歌是最古老的法国诗歌之一，也是最古老的爱情诗。顾名思义，织布歌是用来取悦于刺绣或织布的贵妇或妇女的，它似乎介于“破晓歌”(写两个情侣在天亮时由担任警戒的人唤醒）和田园牧歌之间。如《盖叶特和奥莉娥》就以农村为背景，却将一对情侣的相会放在白天。但这是民歌，具有民歌的质朴美。

随后，爱情诗由于骑士文学的产生而得到发展。骑士文学中的长篇叙事诗都是描写爱情的：写骑士对贵妇忠贞不渝的爱情。骑士之爱同宗教所宣扬的禁欲主义格格不入，具有进步意义。在艺术上，骑士文学创造了标准语言，为当时的欧洲各国所望尘莫及。《金银花》文字表达的精确和叙事的简繁得当便可见一斑。

14～15世纪，爱情诗仍为诗人们所喜爱，但他们运用短小精悍的形式：回旋曲、谣曲，等等。马肖注重比喻和韵律。傅华萨擅长语义双关和联想。德尚从民歌中汲取养料，用词大胆，节奏跳荡而和谐。夏尔·德·奥尔良的爱情诗典雅而真诚。他们的爱情诗各有特色。

总的来说，中世纪的爱情诗在内容和形式表现上还处于初级阶段。中世纪爱情诗多半与民歌有联系，内容比较简单，稍为复杂一点也只是采用语义相关。表达的情感也比较单纯，无非是渴求、思念、痛苦等等，而且大多只写其中一种。

文艺复兴时期，爱情诗得到很大发展。马罗从意大利诗歌中汲取营养，形式轻巧而自由，感情真挚，善于借物比兴。龙沙的出现是爱情诗发展史上的里程碑，他是写爱情诗的圣手。他的诗歌精巧优美，意象鲜明，节奏和谐。他和七星诗社其他诗人一起，从意大利引进十四行诗，手法娴熟；他们提倡亚历山大体，发扬了法国诗歌中的一种主要形式；龙沙还创造了不同类型的爱情诗，丰富了这种诗歌的内容和表现形式。自龙沙开始，短小的爱情诗成了人们喜爱的诗歌形式，而他的诗也达到了家喻户晓的程度。龙沙倚仗爱情诗成为法国的大诗人。16 世纪的其他诗人中，吉耶的诗纯朴热烈、明白流畅，拉贝的十四行诗真诚坦率，心理活动用确切的比喻描画出来，这两个女诗人有着女性的细腻和纯真。拉博埃蒂具有人文主义者的书卷气，以古希腊传说中的人物作铺垫；若岱尔巧妙运用自然景象来畅叙心怀；帕斯拉的对月吟唱不落俗套，别有新意，结尾含蓄；伏克兰·德·拉弗雷奈能抓住生活中刹那间的感受；德波特善于雅致地委婉表白。16 世纪的爱情诗在表现形式上显然大大发展了以往的爱情诗，留下了不少优秀篇章。这一时期的爱情诗由于吸收了古希腊罗马的诗歌形式，种类有了不少增加，尤其是十四行诗这一韵律严格的诗体运用得十分纯熟，而且有创造性，成为诗人们最喜爱的诗体之一。16 世纪的诗人在表达情感方面较之中世纪的诗人要细腻得多，有启发、回忆、对物吟唱、运用典故等多种方式。更重要的是，爱情被真正当作人类的自然情感来抒发，它不再是贵族的典雅情趣，而是“返璞归真”，被当作高尚优美的人类本性来歌咏。

17 世纪和 18 世纪爱情诗的发展势头有所低落，好诗不多。马莱布的风格是抒情中带有雄辩。特里斯坦·莱尔米特描写死前的一吻有感人至深的力量。高乃依以有力的议论去说服对方，与马莱布的风格相近，但高乃依显然更为振振有词。莫里哀则以缓解的口吻，体贴的话语去劝说恋人，议论方式又略有不同。伏尔泰仍然沿着这条路子走下去，不过他表达得更为轻巧、妩媚，语气自然灵活，略带忧郁。法布尔·代格朗丁用民歌体去写爱情诗，亲切柔美，稚拙可爱。安德烈·谢尼埃喜爱古希腊罗马的传说题材，有一种幽渺、旷远、忧郁的意味，或者在甜蜜的回忆中带上淡淡的哀愁，在艺术上较为精致，能令人回味。这两个世纪爱情诗的发展，表现在善于采用议论，这是龙沙启发式爱情诗的一种延伸。

19世纪，法国在爱情诗发展史上达到高峰。诗人层出不穷，形式丰富多彩。女诗人德博尔德–瓦尔莫善于描画蛰居家中的女性焦思苦虑、等待情人、孤独苦闷、依依惜别、甜蜜约会的场景。她既采用古代波斯的诗歌形式，又爱运用民歌的节奏和韵律，写得自然亲切，缠绵悱恻。拉马丁是最早产生重大影响的浪漫派诗人，《湖》是爱情诗名篇，除了上述的优点以外，这首诗大量采用了小舌音，全诗共十六节，诗人一共用了十次小舌音来押韵。小舌音发出柔和的颤声，起到如诉如怨的效果，回环往复，和谐动听。雨果既善于运用滔滔不绝的诗行去表达喷涌而出的感情，又能创作短小精美的爱情小诗。布里泽写出了青梅竹马式的天真美好的爱情。圣伯夫的十四行诗似在表白失恋痛苦，又似在追忆早年的爱情，朦朦胧胧，让人琢磨。阿维尔写出单相思的心灵酸甜苦辣的种种滋味。奈瓦尔的爱情诗写得像梦幻一样，少女的娇姿在诗人心头留下了不可磨灭的剪影，她们在公园的小径一闪而过，或者只存在于冥冥之中，令人有凄冷、渺茫之感。缪塞才华横溢，既能押出奇僻的韵和写出精警之句，又能注入瑰丽浪漫的诗情。在所有浪漫派诗人中，他是最不加修饰地袒露心灵的一个；他反对在诗中发议论，主张保持情感的原始自发性。他擅长难度较大的对话体诗。戈蒂埃喜用比喻手法来映照爱情的盲目、不知不觉、难以实现，风格清淡而隽永。勒贡特·德利尔显示了运用和谐韵律的高超本领，他的诗爱用异国题材，对民歌也表示出同样浓厚的兴趣。波德莱尔的《恶之花》使法国诗歌在世界文坛产生了前所未有的影响。他深厚的功力在爱情诗中同样得到了体现。无论《黄昏的和声》运用马来诗体产生的和谐音响效果，还是《起舞的蛇》用词大胆、形象精确、诗句节奏起伏，或者《远游》的异国情调和斑斓色彩，都是极有艺术魅力的。众所周知，波德莱尔是运用通感的大师，这种具有独创性的艺术手法在他的爱情诗中比比皆是，它们表明了波德莱尔对词与词之间奇异组合的极端敏感。诗人以通感手法扩大了语言的表现力，为现代派的产生提供了有力的手段。苏利·普吕多姆善于刻画爱情易于破裂的特点和幸福美好的感受，有时则带点神秘意味，对心理状态有独到的写照。他的象征手法十分细腻，如能抓住眼睛与星光的相似，从而发出对人生的感叹。科佩写出对恋人殷切期待以及对爱情惶恐不安的心情。克罗斯向往典雅、高贵或纯真美好的爱情生活，愿在爱情中忘却一切。马拉美的爱情诗不多。他的诗歌特点是朦胧晦涩，这在爱情诗中也不例外。从字面看他似乎在写爱情，然而其中包含着更深一层的哲理，这要由读者去细细思索。魏尔伦能写出温柔动人的情思，也能写作凄清、冷峻的爱情诗篇。他既善于创造出情景交融、幽雅而富于诗情画意的场面，又善于刻画幽怨惆怅的心理状态。他喜用短句、奇数音节、叠韵、谐韵、多变的节奏，等等，产生富有魅力的音乐效果。他以不同色彩来表达感情的欢快或阴郁，这种心灵写照具有创造性。魏尔伦在诗艺上的创新和对通感的成功运用（在某种程度上，他是将波德莱尔的通感手段通俗化），使他拥有广大的读者。科比埃尔通过母亲对睡着孩子的独语，语义双关地吐露自己的情怀。里什潘用民歌形式写出母亲对儿子过分的溺爱，她为满足狠心姑娘的无理要求而甘愿献出自己的心，诗歌写得悲怆感人。努沃追求幻想中的美好爱情，有时也描写傲视一切、要取得爱情的大无畏决心，有时则描写富于肉感的爱情。萨曼将自己的心灵比作公主，让人进入梦幻般的仙境，沉醉在爱的温馨中。古尔蒙以诗集《西蒙娜》闻名诗坛，《雪》足以代表他善于将民歌体和象征手法熔于一炉的技巧。拉福格在忧郁的情调中带上幽默意味，幻想离奇的不可企及的爱情，这种幻想新颖，并具有真诚的动人之处。

19世纪的爱情诗在艺术上有较大的创新。浪漫派大量吸收外国诗歌形式，在对话体、长短句混合、韵律节奏多变等方面都有新的发现。尤其是浪漫派对心理描画更加细致入微，采用了回忆、幻觉等多种手段，将爱情诗写得曲折动人。象征派诗歌一改浪漫派诗歌不够精练的缺点，更加讲究形式的工整和简约，并从通感的艺术理论出发，运用了象征手段，将色、香、味熔于一炉，并用叠韵、谐韵等手段，尽力捕捉词语的音乐性，充分显示语言的组合功能的丰富性。象征派爱情诗在这个基础上提高了描摹人的心理的能力，将本来难以描述的抽象情感用具体可感的意象表达出来，使爱情心理得到淋漓尽致的描摹。同时，有的象征派爱情诗又写得扑朔迷离、朦胧晦涩、隐隐约约，创造出另一种意境。浪漫派和象征派的创新为20世纪诗歌开辟了发展道路。

19世纪和20世纪之交出现的几位诗人继承了象征派的传统。雷尼埃早期善写自由诗，但随后又回复到格律诗上来。他对大自然有特殊的感受力，从中发掘出爱情的温馨。图莱擅长短诗，在令人心碎的愁苦中，在大自然的殷红景色中，抒发绵绵情思。克洛岱尔早年写出的爱情诗也受到象征派影响，他描写初恋的羞涩和爱情不可抗拒的力量，抒写情侣分手的痛苦和担心，另有一番新意。亨利·巴塔伊继承浪漫派的传统，对光与景色有特殊爱好。雅各布通过希腊神话传说追寻神秘莫测的爱情。阿波利奈尔是20世纪爱情诗人中的佼佼者，他最著名的作品都属于爱情诗之列。他注重民歌形式；一面倚重传统，一面又大力宣扬和运用新形式：他将立体派、未来派的理论在诗歌创作中进行实践；他取消标点符号，代之以内在节奏；他创造楼梯式诗歌，还创作图像诗（即以诗行为线条，勾画出标题所命名的诗篇的实物形体）。毫无疑问，他是20世纪现代派的先驱之一。例如《失恋者之歌》就运用了象征手法，并包含了未来派、立体派的特点，写成了“一篇爱情得胜和被背叛的纪事，它丰富、复杂、多姿多彩，达到纯情和浓郁抒情性的几个高峰”[1]。诗人把神话、《圣经》传说、民间故事、史实和自身经历融合在一起，写成一首内容丰富的诗篇，堪称杰作。维尔德拉克将格律诗与自由诗混合起来，节奏轻快。女诗人诺埃尔爱用民歌体写爱情诗，《圆舞曲》塑造了一个反抗强迫婚姻的女子形象。卡尔科描写了特定情景中幽会的甜蜜，情景交融。艾吕雅的爱情诗运用超现实主义手法，用各种不同的意象去写爱情，不时闪现出警句。布勒东的《我的妻子》更是一连用了60个意象去写“我的妻子”，想象丰富、奇特甚至不可思议，确实有点“自动写作法”随手拈来的味道。阿拉贡的爱情诗同样具有意象丰富的特点，但他汲取了民歌的形式和节奏，写得清新、热烈、奔放，韵律也异常优美，他的句法始终保持现代派特点，例如《元旦的玫瑰》就巧妙地运用词语的重叠，或颠倒或跳跃，创造出特殊的韵味，结尾笔锋一转，点出赞美对象，是画龙点睛之笔，手法新颖独特。普雷维尔的爱情诗有点像一则小故事，谜底直至最后才显现，令人拍案叫绝。他往往写的是生活中平凡的场景，但这场景抽

1 贝尔纳·勒歇博尼埃：《阿波利奈尔的〈醇酒集〉》，费尔南·纳唐出版社，1983年，第43页。

取出来却显得异常独特，富有诗意。他的诗句不拘一格，或长或短，而大多是自由诗。

20 世纪的法国爱情诗有三个特点：第一，自由诗居多，这一点同自由诗在 20 世纪诗歌中占据优势是相应的。自由诗在 19 世纪已经出现，但当时格律诗仍占据统治地位。随着现代派诗歌的兴起，诗歌格律首当其冲，受到挑战，自由诗于是便占领了诗坛。第二，民歌体在爱情诗中重新受到重视，也许这是由于诗人们发现民歌体易于表达爱情的纯朴、缠绵和淳厚的缘故。第三，意象的大量运用，这种手法从象征派开始注重，经过阿波利奈尔和超现实主义的大力提倡，在爱情诗中运用得十分普遍。与以往诗歌中出现的意象不同，20 世纪的诗歌中出现的意象往往彼此缺乏表面联系，千奇百怪，从而产生奇妙的幽默效果。这是在潜意识和幻觉中出现的意念，它们不可能是互相连贯的，但却有内在的统一。这个特点构成了 20 世纪爱情诗现代性的主要因素之一。

郑克鲁文集·译作卷

欧仁妮·葛朗台
高老头
悲惨世界（I II III）
巴黎圣母院
九三年
笑面人
红与黑
基督山恩仇记（I II III）
茶花女
局外人
魔沼
名人传
八十天环游地球
海底两万里
神秘岛
小王子
青鸟
巴尔扎克中短篇小说选
莫泊桑中短篇小说选
梅里美中短篇小说选
法国名家短篇小说选
法国名家散文选
法国诗选（I II III）

郑克鲁文集·著作卷

法国文学史（I II III）
法国诗歌史
现代法国小说史（I II）
法国经典文学研究
普鲁斯特研究

图书在版编目(CIP)数据

法国经典文学研究 / 郑克鲁著. —北京：商务印书馆，2018
（名家名著·郑克鲁文集.著作卷）
ISBN 978-7-100-15701-8

Ⅰ. ①法… Ⅱ. ①郑… Ⅲ. ①文学研究-法国 Ⅳ. ①I565.06

中国版本图书馆 CIP 数据核字(2017)第 318117 号

感 谢
上海师范大学光启国际学者中心
上海高校高峰高原学科建设“中国语言文学”
资助出版

丛书策划：谷 雨 李玉瑶 朱振武
责任编辑：谷 雨
特约编辑：李玉瑶
装帧设计：刘水·闲与文创设计

名家名著·郑克鲁文集·著作卷
法国经典文学研究
郑克鲁 著

商 务 印 书 馆 出 版
（北京王府井大街36号 邮政编码100710）
商 务 印 书 馆 发 行
苏州市越洋印刷有限公司印刷
ISBN 978-7-100-15701-8

2018年1月第1版　　开本 890×1240 1/32
2018年1月第1次印刷　　印张 15.375
定价：88.00 元